CHRISTINE GRÄN

Die drei Leben der Anna Marx

Grenzfälle
»Selbstmord oder Unfall? Die dreiunddreißigjährige Susanne Sawitzki stürzte gestern abend aus ihrer Wohnung in Berlin-Zentrum.« Als Anna Marx diese Zeitungsmeldung liest, ist sie wie elektrisiert. Das ist doch der Name, den der Typ in der Leipziger *Postkutsche* erwähnte. Und seitdem dieser Name gefallen ist, verhält sich Philipp Handke geistesabwesend und abweisend. Dabei hatte sich Anna so auf die Reise in die neuen Bundesländer und das ungestörte Zusammensein mit Philipp gefreut. Anna versucht der Geschichte auf den Grund zu gehen – ohne zu ahnen, daß sie sich in sehr gefährliche Wasser begibt ...

Marx ist tot
Die Informationen, die der Journalist Kössler von dem holländischen Waffenhändler Kolofsky erhält, sind von höchster Brisanz: Es geht um Milliardenaufträge für die Rüstungsindustrie. Und ausgerechnet Ministerialrat Hubert Blank sitzt an einer wichtigen Schaltstelle. Daß Sybille Blank nicht zur Verabredung mit Anna Marx kommt, überrascht Anna, daß sie anschließend verschwunden bleibt, beunruhigt sie. Als Anna von der Verbindung Kolofsky-Blank erfährt, ahnt sie, daß Sybille keine Reise in die Toskana angetreten hat, sondern ins Jenseits ...

Anna Marx, der Müll und der Tod
Anna Marx soll über den Prozeß um den »Müllkönig« Jürgen Wilhelm Borg berichten. Doch Borg steht nicht wegen Umweltsünden vor Gericht, ihm wird vielmehr Spionage gegen die Bundesrepublik Deutschland vorgeworfen. Denn schon zu DDR-Zeiten war Borg als Müll-Reisender in Ost-West-Geschäften unterwegs – und ein Abfallprodukt waren brisante Berichte über seine Geschäftspartner. Starverteidiger Eikelen und Richter Herrenhaus liefern sich erbitterte juristische Gefechte, bis Eikelen einen schwerwiegenden Fehler begeht ...

Autorin
Christine Grän lebte in Afrika, ehe sie sich zunächst in Bonn, dann in München als freie Journalistin und Autorin niederließ. Der Roman »Grenzfälle« bildete den Auftakt zu der erfolgreichen ARD-Fernsehserie mit Anna Marx, die von Thekla Carola Wied gespielt wird. Weitere Romane mit Anna Marx sind bei Goldmann in Vorbereitung.

Von Christine Grän außerdem lieferbar:
Dame sticht Bube (44381)
Die Hochstaplerin (gebunden)

Christine Grän

Die drei Leben der Anna Marx

Drei Romane in einem Band

GOLDMANN

Umwelthinweis:
Alle bedruckten Materialien dieses Taschenbuches
sind chlorfrei und umweltschonend.

Der Goldmann Verlag
ist ein Unternehmen der Verlagsgruppe Bertelsmann.

Genehmigte Taschenbuchausgabe 8/2000

Umschlaggestaltung: Design Team München
Umschlagfoto: Photonica / Joseph Squillant
Satz: DTP Service Apel, Hannover
Druck: Elsnerdruck, Berlin
Titelnummer: 13132
BH · Herstellung: Heidrun Nawrot
Made in Germany
ISBN 3-442-13132-4
www.goldmann-verlag.de

1 3 5 7 9 10 8 6 4 2

Vorwort

Anna Marx wurde 1982 in Afrika geboren, auf einer Lodge in der Nähe von Gaborone, der Hauptstadt Botswanas. An einem heißen Sonntag im Dezember, kurz nach Sonnenuntergang, denn dies war die Zeit, in der vernünftige Trinker ihr erstes Glas erhoben und die Nacht begrüßten, die kühle Getränke und Gedanken zuließ. Wohltemperierten Klatsch, der an jenem Abend eskalierte: Eine Frau war ermordet worden, das erste weiße Opfer eines abscheulichen Verbrechens, und schon ging das Gerücht vom bösen schwarzen Mann, von Vergewaltigung, Plünderung und Revolution. Der Umsatz von Alarmanlagen und Waffen stieg sprunghaft an. Die Angst zog feine, scharfe Spuren ins Bild der friedlichen, multikulturellen Gesellschaft und entblößte sorgsam verborgene Gefühle und Vorurteile. Anna Marx trat in Erscheinung in »Weiße sterben selten in Samyana«.

Sie ist vierunddreißig Jahre alt, als sie nach Afrika fährt, um den Mord an einer deutschen Expertenfrau zu recherchieren. Sie ist Klatschjournalistin in Bonn, damals noch die kleine Hauptstadt Deutschlands. Anna Marx ist groß und üppig, rothaarig und grünäugig, ein Kind aus kleinen Verhältnissen mit einem großen Herzen. Zu viel Lebensgier und zu viele Laster: Essen, Trinken, Rauchen – und natürlich Männer. Anna ist ein Single mit Eheproblemen, denn die Männer sind leider alle verheiratet. Man sollte ihnen entsagen, so wie dem Alkohol, den Zigaretten und den nächtlichen Ausflügen zum Kühlschrank. Der Weg zur Hölle ist mit guten Vorsätzen gepflastert, die ebenso langweilig wie kurzlebig sind. Also neigt die Marx zu Anflügen von Weltschmerz, die sich manchmal in Gelächter auflösen. Sie hat Humor und wie käme sie in all ihrer Unvollkommenheit ohne ihn aus?

Politisch korrekt war Anna Marx nie. Sie pflegt eine klare Sprache und verabscheut die schwammige Rhetorik der Politiker. Ihr Herz schlägt irgendwo links, doch für politisches Engagement ist sie einfach zu träge. Sie ist eine unmoralische Moralistin, zynisch manchmal, aber doch unbeirrt in ihren seltsamen Wegen, die von vielen Niederlagen und wenig Erfolgen begleitet sind. Sie ist neugierig, wohl ihre beste Eignung zur Hobbydetektivin, neugierig und stets auf der Suche nach der Wahrheit, die oft unbefriedigend und manchmal gemein ist.

Nach ihrem afrikanischen Abenteuer und einem Ausflug auf die Philippinen (»Ein Brand ist schnell gelegt«) tanzt Anna Marx im Bonner Reigen aus Macht, Gier und Geld und bisweilen Mord. Sie tanzt aus der Reihe, doch sie löst ihre Fälle, weil sie besonders gut ist, wenn sie auf Widerstand stößt.

Gute Eigenschaften? Anna haßt Sport in jeglicher Form. Sie ist um kritische Distanz zur eigenen Person bemüht, weil sie die Selbstgerechten (Politiker, die meisten Männer und dünne, arrogante Frauen) nicht mag. Eine Frau ohne Ehrgeiz: Für eine gute Portion Spaghetti würde sie den unsterblichen Ruhm hingeben. Vom Märchenprinzen, netten Kindern und der glücklichen Familie träumt sie bisweilen und lächelt darüber – oder greift zur Flasche. So ist Anna Marx, und so folgt sie den Spuren von Verbrechen, und sie weiß um den feinen Unterschied zwischen Recht und Gerechtigkeit, zwischen Opfern und Tätern, zwischen denen, die davonkommen und jenen, die gehängt werden. So wie jener Gärtner in Botswana, der die weiße Frau umbrachte, gefaßt und verurteilt wurde – ein Mord, der den Stoff für den ersten Marx-Thriller lieferte.

Man wird nicht besser, wenn man älter wird. Sagt Anna. Mit zunehmendem Alter wird sie melancholischer, einsamer, zynischer. Anna Marx erreicht das Jahr 2000 mit einem Minimum an Selbstdisziplin und dem Prinzip Hoffnung. Mit den Worten von Erich Fried:

Sie ist unsere einzige Zeit

Unsere Lebenszeit.
Und wenn wir das Leben lieben

Können wir nicht ganz lieblos
Gegen diese unsere Zeit sein.

Wir müssen sie ja nicht genau so
Lassen, wie sie uns traf.

Ich liebe Anna Marx, als wäre sie ein Stück von mir. Mein Geschöpf, in Afrika geboren, mit mir älter und wenig klüger geworden. Anna Marx ist nicht tot. Sie wird wiederkommen. Von ihrem Verlag aus Anlaß des Berlin-Umzuges verabschiedet, wird Anna nach einer angemessenen Trauerzeit aus der Arbeitslosigkeit auftauchen und ihr Hobby zum Beruf machen. Sie wird eine Detektei eröffnen und den Kampf aufs neue aufnehmen. Nicht als strahlende Heldin, das war sie nie. Eher wie eine, die nicht aufgibt, weil ein großes Herz nicht klein beigeben kann.

Anna Marx hat drei Leben: eines, das liebt; eines, dem sie nicht ausweichen kann, und eines, das sie umbringen wird.

Christine Grän
München, im Sommer 2000

Grenzfälle

Die Hauptpersonen

Anna Marx	stößt an Grenzen
Philipp Handke	versucht Schadensbegrenzung
Susanne Sawitzki	überschätzt ihre Grenzen
Willi Wöhl	grenzt sich aus
Dr. Walter Fuhrmann	lebt mit Grenzfällen
Ingrid Wells	überquert Grenzen
Erich Wells	kennt keine Grenzen
Rolf Harrenberg	ist grenzenlos gierig
Andreas Schalke	ist grenzenlos dienstbar
Lutz Böhm	ist grenzenlos eifrig

1

Die kleinen, häßlichen Geheimnisse lassen sich nicht begraben. Sie werden lebendig, wenn du es nicht erwartest, und bringen dich um, wenn du dich sicher fühlst.

Die Frau am Fenster drehte sich zu dem Mann um, der ihr immer das Gefühl von Unterlegenheit gegeben hatte. Und jetzt Haß. Sie haßte ihn dafür, wie er auf ihrer schwarzen Ledercouch saß: wuchtig, selbstgefällig, die Beine übereinandergeschlagen, so daß man über dem Sockenrand ein Stück behaartes Bein sehen mußte. Dunkle Haare über weißen Socken. Er war ihrem Blick gefolgt und bemühte sich nicht, seine Beinstellung zu verändern. Er lächelte jetzt. So gemein und überlegen, daß die Frau tief durchatmete, um ein Stöhnen zu vermeiden.

»Du hast dich kaum verändert«, sagte der Mann. »Immer noch so hübsch wie die junge Studentin aus Ostberlin. Man möchte sagen, der Westen ist dir gut bekommen.«

Man möchte sagen ... Diese Phrase hatte er immer noch drauf, nur der sächsische Akzent war fast verschwunden, so wie sein Oberlippenbart und die braunen Lederjacken, die er früher immer getragen hatte. West-Anzug, West-Schuhe, West-Haarschnitt, angepaßt bis auf das Ost-Gesicht, das grenzenlose Dienstbarkeit und geborgte Autorität in teigiger Mischung vereinte. Die Frau starrte ihn an und kaute an ihren Fingernägeln, eine Angewohnheit aus alten Tagen.

Er war gekommen, um eine Rechnung aus diesen alten Tagen zu begleichen, und sie wußte, daß sie zahlen würde ... Trotzdem sagte sie: »Ihr habt mir versprochen, daß alles vorbei ist, wenn ich rübergehe. Und acht Jahre habt ihr das Versprechen gehalten. Warum jetzt? Jetzt, wo alles vorbei ist?«

Sie ist immer noch so naiv wie früher dachte der Mann. Naiv und deshalb gefährlich. Er lächelte beruhigend: »Wir verlangen nichts Ungesetzliches von dir. Einen kleinen, unbedeutenden Gefallen: Du sollst ihm die Wahrheit sagen, das ist alles. Das kann doch nicht so schwer sein.«

Er hat keine Ahnung, wie gräßlich die Wahrheit ist, dachte die Frau. Und daß der Mann vor ihr gar nicht wußte, was das war: Wahrheit. Er war einer, der in der großen Lüge so geborgen war wie ein Kind im Schoß der Mutter. Der Mann hielt das, was er tat, für gut und richtig. Da war kein Platz für Wahrheit oder Lüge, sondern nur noch Selbstgerechtigkeit. Sie haßte ihn so sehr, daß sie sich beherrschen mußte, ihm nicht mit den Fingernägeln das Gesicht zu zerkratzen, den Nägeln, die sie noch nicht zerbissen hatte.

»Du mußt ihm nicht sagen, daß wir beide Geschlechtsverkehr miteinander hatten«, sagte der Mann und fing ihre Hand auf, die ihn schlagen wollte. »Na, na, keine Aufregung. War ja nur einmal, das zählt doch nicht.«

Nein, dachte sie: In dem Dreck, in den du mich gezogen hast, zählen die einzelnen Fehler nicht mehr. Es ist alles gemein und widerwärtig, und ich war so dumm zu glauben, daß ich davonkomme. »Warum? Was soll das Ganze überhaupt?«

»Es geht um ein kleines, unbedeutendes Geschäft. Mit den Einzelheiten wollen wir dich gar nicht belasten.« Der Mann ließ ihren Arm los und versuchte, Vertrauen auszustrahlen.

»Und wenn ich nicht mitmache?«

Es hätte ihn beinahe enttäuscht, wenn die dumme Kuh diese Frage nicht gestellt hätte. Und er brachte es fertig, herzlich zu lachen, bevor er seiner Stimme jene Schärfe gab, die schon ganz andere Kaliber eingeschüchtert hatte – in einem anderen Land allerdings. »Es existiert eine Akte über dich. An einem überaus sicheren Ort, aber es kann ja immer was passieren ... Zum

Beispiel, daß diese Akte in falsche Hände gerät ... beim Staatsanwalt oder bei einem dieser Pressegeier ... Na, den Rest kannst du dir ja wohl selbst ausmalen, meine Liebe.«

Wie ein Bild von großer Schärfe: die Blicke ihrer Freunde, die Kündigung, vielleicht Gefängnis ... und die vielen Fragen, die sie vor sich selbst nie beantwortet hatte. »Hast du keine Angst, daß ich dich da mit hineinziehen könnte?« fragte sie den Mann, der jetzt so dicht vor ihr stand, daß sie seinen Atem spürte.

Hände, die jetzt schwer auf ihren Schultern lagen. »Das würde ich dir nicht raten. Mein Arm ist noch länger, als du glaubst.«

Glaube ihm, sagte eine Stimme, die sie aus der Vergangenheit kannte. Tu, was er sagt, denn das ist deine einzige Chance. Wehr dich, sagte die andere: Er kann dir nichts mehr tun. Stimmen im Kopf und Hände auf den Schultern, die sie niederdrückten, so klein machten. Die Frau senkte den Kopf in einer Geste der Demut, die der Mann vor ihr mit einem selbstgefälligen Lächeln zur Kenntnis nahm.

»Und was ist, wenn er nicht anruft?«

Er lächelte. »Oh, er wird anrufen. Verlaß dich drauf. Er wird anrufen, und du wirst ihm die Wahrheit sagen – und dann wirst du ihn nie wiedersehen – und mich auch nicht. Versprochen.«

Die Frau wollte ihm so gerne glauben. Sie forschte in seinem Gesicht nach einer Bestätigung, aber sein Gesicht war leer. Sie sagte: »Ich muß dir wohl glauben.«

»Kluges Mädchen.« Er nahm seinen Aktenkoffer aus feinem schwarzen Leder und tätschelte ihr zum Abschied die Wange. Die Stelle brannte noch, als er längst gegangen war. Sie ging ins Badezimmer und starrte in ein Gesicht, das ihr verändert vorkam, plötzlich alt und gezeichnet von den Spuren böser kleiner Geheimnisse.

2

»Marx ...? Anna Marx?«

Eine Mischung aus Frage und Anklage. Der Portier spielte mit seinem Computer, ziemlich ungelenk, wie Anna fand, und in jedem Fall zu lange. Sie trommelte mit den Fingern auf die Empfangstheke.

»Was ist? Gefällt Ihnen der Name nicht?«

Der Portier des Hotels *Stadt Leipzig* sah vom Bildschirm auf die große rothaarige Person, registrierte Wessi-Ungeduld, gepaart mit typischer Unverschämtheit, und war überrascht, daß sie jetzt grinste.

»Nein. Ich meine, ich habe keine Reservierung für Marx.« Ihr Lächeln war ansteckend: »Es tut mir sehr leid, aber ...«

Durch die Halle, deren Innenausstattung dem real existierenden Sozialismus der gehobenen Form entsprach, schon ein wenig abgenutzt vom Lauf der Geschichte, eilte ein Mann auf das hilflos lächelnde Paar zu. Setzte zwei Koffer ab, sagte: »Ich habe unter meinem Namen reserviert, Anna.« Zum Portier: »Dr. Handke – aus Bonn. Ein Doppelzimmer für eine Nacht.«

Ja, natürlich, dachte Anna, während der Portier erleichtert seinen Computer bediente. Hättest gleich daran denken können, statt den armen Mann zu nerven: Ein Doppelzimmer für Handke und Marx klingt nicht so gut wie die Vortäuschung ehelicher Zweisamkeit. Für drei Tage. Drei Tage mit Philipp Handke, in denen sie Ehefrau spielen durfte. Ein Bonbon für Anna, die mal den Osten sehen wollte. Philipp wäre lieber nach Paris gefahren, aber er hatte sich ihrem beharrlichem Nörgeln gebeugt.

Philipp Handke, über das Anmeldeformular gebeugt: Er braucht eine neue Brille, dachte Anna – und er sah müde aus nach der Fahrt von Berlin nach Leipzig. Sie waren von Bonn nach Berlin geflogen und hatten dort einen Leihwagen gemietet, weil Anna der Meinung war, daß man ein Land durchfahren mußte, um es kennenzulernen. Keine Rücksicht auf die Rückenbeschwerden ihres Liebhabers, der sie jetzt mit ironischem Zwinkern fragte, ob sie das Anmeldeformular auch unterschreiben wollte. Ein Häppchen Emanzipation. Anna erwiderte mit einer eindeutigen Geste, der Portier reichte den Schlüssel über den Tresen und verneinte die Frage nach einem Gepäckträger.

»Ein tolles Hotel«, sagte Anna im Lift, der groß genug war für zwei Personen mit drei Gepäckstücken.

Typisch Anna. Philipp erinnerte sie daran, daß sie nicht in das Luxushotel, sondern ins *Stadt Leipzig* gewollt hatte. »Du hast gesagt, im *Merkur* sei man in einer anderen Welt – und du wolltest eben diese erleben. Weißt du noch?«

Anna auf den Spuren der DDR: Wie hatte er sich nur jemals überreden lassen können, Paris gegen Leipzig zu tauschen? Annas dummes Gesicht beim Betreten des Doppelzimmers war nur eine kleine Entschädigung. Gelsenkirchner Barock in schäbigster Ausführung, das Zimmer war klein und miefig, und auf dem Doppelbett lag eine rosafarbene Nylonüberdecke, von Neonlicht bestrahlt.

Anna sagte: »Oh« – und dann nichts mehr.

»Sehr erotisch, findest du nicht?«

Anna öffnete schweigend ihren Koffer, den sie auf die rosafarbene Nylonüberdecke gelegt hatte. »Immerhin gibt es Telefon und Fernsehen und Video, he, schau mal, sogar Pornos sind im Angebot. Wieviel Erotik erwartest du denn?«

»Deine Anwesenheit reicht vollkommen.«

Philipp öffnete die Minibar. »Ist alles da, bloß die Kühlung funktioniert nicht.«

»Macht nichts«, murmelte Anna, Kleidung bewegend. Sie hatte zuviel eingepackt, tat sie immer, man muß an alle Eventualitäten denken, hatte Mutter gesagt. O nein, nicht daran denken. Es lag jetzt sechs Monate zurück, und der Schmerz war nicht mehr allgegenwärtig, flackerte auf, wenn sie sich erinnerte, und verlor sich in einem bestimmten Gefühl des Verlustes. Auch einer von Mutters Sprüchen: Der Mensch erträgt alles. Wie hatten Carolines gesammelte Lebensweisheiten sie genervt – und jetzt fielen sie ihr bei jeder Gelegenheit ein und klangen nicht mehr lächerlich.

Philipp hatte sich ins Badezimmer zurückgezogen, sie hörte ein leises Stöhnen und dann das Geräusch eines Menschen, der sich vorsichtig auf einen Toilettendeckel setzt, von dem er glaubt, daß er unter ihm zusammenbrechen könnte. Er wird dort bleiben, bis ich ausgepackt habe, dachte Anna. Er haßt miese Hotelzimmer, aber er wird sich zusammennehmen, um mir die Reise nicht zu verderben. Vier Jahre kennen wir uns jetzt – und er hat mir nie zu erkennen gegeben, ob er auch eine richtig häßliche Seite hat. Ironie ja, aber nie diese gemeinen Verletzungen, die Paare einander zufügen können, wenn Liebe sich mindestens in Gewohnheit verwandelt hat.

Ich müßte ihm dankbar sein, überlegte Anna während sie seine akribisch gefalteten Hemden in den Schrank legte, der mit Blümchenpapier ausgelegt war. Die edle Regung wurde kurzfristig unterbrochen, als sie sich fragte, ob Frau Handke die Hemden gefaltet hatte? Annas edle Regungen waren nie von langer Dauer, nicht in bezug auf ihren Liebhaber.

Der dunkelblaue Anzug: Sie waren nicht oft miteinander verreist, Philipp fühlte sich wegen der Kinder zu Familienurlauben verpflichtet, von denen er hinterher sagte, daß sie anstrengender waren als die Arbeit im Kanzleramt. Was man seiner Geliebten so erzählt …

Den dunkelblauen Anzug hängte Anna so nachlässig über den Bügel, daß die Verdoppelung der Bügelfalte absehbar war. Sie war eben keine gute Hausfrau. Schlampe, hatte ihre Mutter manchmal gesagt, aber in diesem liebevoll-verzeihenden Ton, der das Wort relativierte.

Ich weiß so wenig über Philipp, dachte Anna, als sie den Schrank schloß. Er ist jemand, der die leise Macht liebt, die ihm seine Stellung verleiht. Er sagt, daß er Politik nicht mag, und trotzdem zieht er gern an politischen Fäden. Er ist gut erzogen, fast ein bißchen altmodisch, anständig, obwohl er diese Eigenschaft in seinem Job gewiß strapazieren muß. Ich liebe seine kluge, ironische Distanz, die er Gott sei Dank auch zu sich selbst hat – aber manchmal denke ich, daß sie nur ein gefälliger Mantel für Gefühlskälte ist. So, wie seine guten Manieren die egoistischen Nuancen abdecken ... Pfui, Anna. Philipp hat Humor und manchmal beinahe Züge der Güte. Was zum Teufel erwartest du von Männern?

»Lebst du noch, Philipp?«

»Ich schon, aber der Toilettendeckel liegt in den letzten Zügen. Sei bloß vorsichtig, wenn du dich draufsetzt.«

»Ich habe zwölf Kilo weniger als du.« Es gab Dinge, die wußte Anna genau. Äußerlichkeiten: Er war ein guter, vorsichtiger Autofahrer und ein guter, manchmal schon müder Liebhaber. Mit neunundvierzig war Lust nicht mehr selbstverständlich. Schon gar nicht, wenn man auf einer Dreiundvierzigjährigen lag, die gelegentlich Züge einer zänkischen Ehefrau annahm. Anna war durchaus fähig zu selbstkritischen Betrachtungen: Aber nicht immer und laut nur dann, wenn sie sich der Zuneigung des Hörers sicher war.

»Bist du bald fertig? Ich hab Hunger.«

Die Toilettenspülung klang gehorsam. Philipp kam mit gerümpfter Nase aus dem Bad. Er haßte es, wenn Bad und Toilette nicht getrennt waren – und in gewisser Weise haßte er auch die Intimität dieser Situation mit Anna. Er küßte sie auf die Wange und sagte: »Laß uns gehen, bevor mir dieses Ambiente den Appetit verdirbt.«

»Kann ich vorher noch ins Bad?«

Annas witzlose Fragen. Sie war so verdammt bemüht, rücksichtsvoll zu sein, wenn sie miteinander verreisten, so als wollte sie ihm zeigen, was für eine perfekte Gefährtin sie war, auch länger als einen Tag oder eine Nacht. Während der Fahrt über holprige Landstraßen hatte sie ihm den Nacken massiert und sich sogar bemüht, das Auto nicht vollzuqualmen. Anna, die Gute. Philipp checkte den Schrank und stellte beinahe erleichtert fest, wie nachlässig sie seinen Anzug aufgehängt hatte. Anna, die Unzulängliche.

»Das sogenannte Bad ist die allerletzte Pfuscharbeit«, sagte Anna, als sie zum Lift gingen.

»Im *Merkur* haben sie nur Importware verarbeitet – und dorthin gehen wir jetzt Mittag essen, weil ich den Gedanken an Schnitzel mit Salzstangen nicht ertrage.«

Anna wäre lieber in eine »typisch Leipziger Kneipe« gegangen, sofern es die gab, aber sie schwieg. Sie gab dem Portier ihren Schlüssel für das Handke-Zimmer und trottete hinter Philipp her auf die Straße. Es sah nach Regen aus – und nach einer ostdeutschen Großstadt. Vor dem Hotel waren dicke West-Autos geparkt, direkt nebenan und zum Hotel gehörig befand sich ein Spielsalon, vor dem Jugendliche lungerten, die blaß und verloren aussahen. Neonazis, dachte Anna sofort, es konnten aber auch Punks sein, sie ging schnell vorüber, an Philipps Seite über die breite Straße, die zum Bahnhof führte, ein riesiges, altes Bauwerk, das gerade renoviert wurde.

»Der größte Kopfbahnhof Europas«, sagte Philipp. »Willst du mal rein?«

»Nach dem Essen. Ist es noch weit?«

Wieso trugen Frauen, die großgewachsen waren, dennoch unbequem hohe Schuhe? Philipp riß Anna am Arm, als sie einem Trabi die Vorfahrt nehmen wollte. »Laß das arme Auto unbeschädigt. Wir sind gleich da.«

Philipp erinnerte sich an eine Fahrt nach Leipzig vor drei Jahren. Er hatte im *Merkur* gewohnt und sich wie in einem Glashaus gefühlt. Die Stadt hatte sich verändert, aber er war nicht sicher, ob ihm die Veränderung gefiel. Die bunten Plakate, die Pommesbuden und dicken Autos wirkten aufgesetzt, so als würde man zu übertünchen versuchen, was nur in alter Schäbigkeit seinen Charme bewahrt hatte.

Anna, zum erstenmal in Leipzig, hatte nur eine Vergleichsmöglichkeit. »Traurig«, sagte sie. »Es sieht alles irgendwie grau und traurig aus, findest du nicht?«

»Du mußt deine West-Brille ablegen.« Philipp zog seine Hand zurück, als sie die Auffahrt hochgingen, die mit Luxuslimousinen gesäumt war.

Sogar das Luxushotel fand nicht ihren Gefallen. »Protzbau«, murmelte Anna auf dem Weg durch die Halle, die ein funkelnder Prototyp von Wagen schmückte, der nie produziert werden würde. Eine gewisse Symbolik war unbestreitbar. Und daß das *Merkur* Westland war, eine Oase für Männer in grauen Anzügen, bewaffnet mit Aktenkoffern und umhüllt vom Duft der großen, weiten kapitalistischen Welt. Sie gingen alle eine Spur zu schnell, zu forsch durch die Wandelgänge, die von Büros und Geschäften umrahmt waren. Alle Türen trugen Nummern, und Anna dachte, daß dies vielleicht dazu gedient hatte, das Abhören zu erleichtern. In einer anderen Zeit. *Bismarckturm* nannten die Ossis das Hotel: jeder Biß eine Mark.

Das *Milano* lag am Ende des Wandelgangs, ein Italiener in Leipzig, den man auch in jeder anderen Stadt hätte finden können. Philipp war sichtlich erleichtert, seine Oase gefunden zu haben, und Anna bestellte iranischen Kaviar, 68 Mark für 50 Gramm, sagte: »Wenn schon, denn schon«, dachte: Das war auch einer von Mutters Sprüchen.

»Anna Marx auf den Spuren der DDR«, murmelte Philipp, durchaus zufrieden mit dem neunundachtziger Verdiccio, mit seiner Pizza, von der Anna jetzt sagte, daß sie dick mache, während sie Kaviar löffelte und unverschämt auf den unteren Teil seines Pullovers starrte, die kleine Erhebung des guten Lebens, die er mit gutgeschnittenen Anzügen noch kaschieren konnte.

»Du meinst, du ißt nur deshalb Kaviar, weil er dünn macht?« Anna hatte drei Kilo abgenommen seit dem Tod ihrer Mutter; er hatte nicht gewußt, daß sie so trauern konnte. Aber es paßte in das Bild einer Beziehung, die leicht war und unbelastet von zuviel Wissen von dem anderen. Es ist nicht Annas Schuld, dachte er: Sie wollte mehr Tiefe, und ich habe immer abgeblockt, versucht, das Geschenk der Liebe in schöner Verpakkung zu bewahren. Das Resultat war eine gewisse Statik, ein unausgesprochener Vorwurf in Annas grünen Augen. Auch ihr Gesicht ist schmaler geworden, dachte er: Leiden bekommt ihr.

»Ich esse Kaviar, weil er hier so billig ist. Wahrscheinlich ein Schnäppchen aus Bonzen-Restbeständen. Sag mal, bist du immer noch sauer, weil ich dich zu dieser Reise überredet habe?«

»Nein. Ich hab's dir versprochen, und du hast dich für Ostexotik entschieden. Du weißt, ich tue alles für dich, Anna.«

Fast alles. »Ich wollte es einfach mal sehen, reine Neugierde, verstehst du? Bei dir ist es etwas anderes, du warst ja früher schon oft hier.«

»In Ostberlin. In Leipzig war ich nur einmal.« Philipp hatte Anna nur wenig über seine Ostreisen von früher erzählt. Sie wußte, daß er an Freikäufen von Häftlingen beteiligt gewesen war, damals noch ein kleiner Beamter mit großem Ehrgeiz, im Bonner Treibhaus das politische Klima mit zu regulieren. In gewissem Sinn hatte er geschafft, was er erreichen wollte – oder vielleicht war es nur einfach so, daß der ganz große Ehrgeiz auf der Strecke geblieben war. Es genügte ihm, der Mann im Hintergrund zu sein, eine graue Eminenz, wie Anna manchmal spöttisch sagte.

Anna bestellte zum Nachtisch Tiramisu, dazu Espresso und Grappa – wenn schon, denn schon. Die Kellner waren freundlich und gut geschult, die Gäste fast ausnahmslos Wessis, was Anna an Kleidung und Auftreten zu erkennen glaubte. »Die sehen alle aus wie Goldgräber«, sagte Anna.

»Was meinst du?«

»Na, wie Verkäufer, Vertreter, Andreher, Bescheißer. Nix Seriöses, wenn du verstehst, was ich meine.«

Ganz unrecht hat sie nicht, dachte er, obwohl ihm Annas schnelle Urteile suspekt waren. Jemand, der es geschafft hatte, sich in vier Kriminalfälle verwickeln zu lassen, entwickelte eine blühende Phantasie. Anna hatte ihm versprochen, ihre Karriere als Hobbydetektivin nicht weiterzuverfolgen. Aber viel hieß das nicht: Was interessiert mich mein Geschwätz von gestern, würde Anna sagen.

»Wenn du das Thema vertiefen möchtest, würde ich die Lautstärke drosseln, Anna. Noch einen Espresso?«

Anna nickte. Senkte tatsächlich die Stimme. Er mochte ihre Stimme, tief und gelegentlich heiser, wenn sie zuviel getrunken und geraucht hatte. Eine gute Radiostimme, dachte Philipp, aber Anna war zu träge, um sich vom *Wochenmagazin* zu trennen, obwohl sie ständig lamentierte, wie ihr das Dasein als »Klatschspalte« auf die Nerven ging.

»Nein, im Ernst. Ist dir aufgefallen, daß man sie auf den ersten Blick erkennen kann? Die Leute hier sehen einfach anders aus, traurig und ein bißchen dröge, aber vor allem traurig. Sie sehen aus wie Leute, die vom Leben beschissen wurden und keine Kraft mehr haben, sich dagegen zu wehren. Und blaß sind sie und schlecht angezogen natürlich. Die Männer tragen Bärte und die Frauen miserable Dauerwellen. Und sie sind so leise: Ist dir aufgefallen, daß die Geräuschkulisse hier ganz anders ist als bei uns?«

»Du verallgemeinerst schon wieder.«

»Nein. Ja. Ich habe mir einfach nicht vorgestellt, daß es so ... anders ist. Die Straßen, die vergammelten Hauser, die Leute. Dieses GRAU. Als wir reinfuhren, hast du diese Trabantenstadt gesehen? Alles platt, kein Baum, nur diese scheußlichen Betonklötze, die alles gleichmachen ... Sag mir, wie können Menschen in solchen Häusern glücklich sein?«

»Bist du glücklich? Ich meine, wovon hängt es ab?«

Wenn ihn ein Thema langweilt, stellt er eine Frage, von der er weiß, daß ich keine gute Antwort finde ... Anna überlegte, während Philipp dem Kellner signalisierte, daß er zahlen wollte.

»Ich glaube, daß ich zumindest das Glück der Auswahl gehabt habe. Ich meine, für das, was schiefgelaufen ist, kann ich nicht andere verantwortlich machen.«

Für den Liebhaber, den Job, das Buch, das du nie fertigschreiben wirst, dachte Philipp. »Die Antwort war zwar nicht präzise, aber trotzdem gut. Sollen wir noch ein paar Schritte laufen nach dem Essen?« Er sah dabei auf ihre völlig ungeeigneten Schuhe.

Anna lachte und holte aus den unendlichen Tiefen ihrer Tasche ein Paar flache Treter, zog sie an und warf die Pumps in die Tasche. »Du unterschätzt mich. Das tust du immer.«

Sie besichtigten den Bahnhof, und Anna, die beständig versicherte, an alten Gemäuern nicht interessiert zu sein, war für ihre Verhältnisse sehr ausdauernd. Sie gingen am Hotel vorbei in die Innenstadt, wo zumindest einige der Bürgerhäuser renoviert waren, vorbei an Pizzaständen und Pommesbuden, an verfallenen und neueröffneten Läden mit West-Ramsch, vorbei an einer Menschenschlange, die sich vor dem Arbeitsamt drängte, an schönen Buchläden und frisch herausgeputzten Einkaufspassagen. Anna war schrecklich uninteressiert an Kulturdenkmälern: Kirchen, die Bach-Statue, Gewandhaus, Schauspielhaus, Universität. Anna konzentrierte sich mehr auf Menschen, fand, daß die jungen Leute nicht mehr so anders aussahen. Die Normalität, wie Anna sie kannte, war in manchen Ecken wiederzufinden. Sie hatte sich bei Philipp eingehakt, etwas, das sie in Bonn nicht wagen würde. Anna war beinahe glücklich. Und nach dreieinhalb Stunden Stadtbesichtigung müde und durstig. Außerdem hatte sie dreieinhalb Stunden keine Zigarette geraucht.

»Ich hab mich schon über deine Ausdauer gewundert«, sagte Philipp. »Wir können ja vor dem Abendessen noch eine Stunde in dieses ... Bett gehen.«

In diesem Bett liebten sich Anna und Philipp mit der routinierten Leidenschaft eines alten Liebespaares. Nicht aufregend, aber angenehm, dachte Anna unter ihm. Er muß den Bauch nicht mehr einziehen und ich meinen Luxuskörper nicht so drapieren, daß die Abwärtsneigung der Brüste kaschiert wird. Ohne Brille sieht er ohnehin alles ein bißchen verschwommen und überhaupt: Wenn wir uns in einem Punkt gut kennen, dann in unserer unvollkommenen Leiblichkeit. Beide ein bißchen zu schwer für allzu hektische Bewegungen und sexuelle Akrobatik. Ich weiß, daß er es nett findet, wenn ich ein bißchen stöhne – und er weiß, daß ich es für ihn übertreibe.

Anna stöhnte, und Philipp verdoppelte seine Anstrengungen, zwei Körper zum Höhepunkt zu bringen, erst Annas und dann seinen, wie sich das gehörte. Er rollte sofort zur Seite, weil er wußte, daß Anna jede Umklammerung »danach« haßte. Sie lag mit geschlossenen Augen da und sah zufrieden aus. Die Matratze war zu weich und gab in der Mitte nach.

»Du wirst Kreuzschmerzen bekommen, so wie du in der Kuhle liegst.«

Anna grunzte nur.

»Wenn du jetzt einschläfst, wachst du um Mitternacht auf und schreist nach Essen – und hier gibt es keinen Vierundzwanzig-Stunden-Roomservice.«

Anna öffnete die Augen. »Du meinst, ich soll jetzt in diese furchtbare Badewanne steigen, mein Gesicht renovieren und dann mit dir zu Abend essen?«

»Wir können auch versuchen, in irgendein Konzert zu gehen oder ...«

»Kein Konzert.« Anna stand auf, bewegte sich mit leichtem Ekel auf dem schmutzig-geblümten Teppichboden. »Wir waren heute in zwei Kirchen und drei Buchhandlungen. Ich finde, das reicht.«

»Du bist ein Banause.« Philipp sah ihr zu, wie sie auf Zehenspitzen zum Tisch ging und aus den Tiefen ihrer Handtasche die Zigarettenpackung holte. Annas obligatorische Post-GV-Zigarette.

»In Kultur kannst du dich mit deiner Frau ergehen. Ich wette, daß ihr auf euren gemeinsamen Reisen ständig in Ausstellungen und Konzerte geht, nur um nicht miteinander reden zu müssen. Oder um etwas zu finden, über das ihr reden könnt.«

Es war ein Tabu-Thema. Anna wußte es und sah es an seinen herabgezogenen Mundwinkeln. »Ich könnte jetzt sagen, daß mir meine Zeit mit dir zu kostbar ist. Aber ehrlich gesagt langweilen mich Konzerte zu Tode. Sie sind zu laut und zu lang.«

Anna gehörte zu den Menschen in Bonn, die kein Premierenabo hatten. Eben nicht ganz gesellschaftsfähig. Und sie hielt es nicht mal für nötig, das zu verbergen. Philipp betrachtete seine Geliebte mit gelangweilter Zärtlichkeit. Er kannte jeden Millimeter ihres Körpers – und in der Addition waren es viele, schon gerundet und nur an den Oberschenkeln schon ein wenig schlaff – und dort, wo sich die Brüste dem Gesetz der Schwerkraft beugten, widerwillig aber unausweichlich. Manchmal dachte er, daß es unfair von ihm war, sie in ihren besten Jahren an ihn zu binden, ihr die Chance zu nehmen, einen Mann fürs Leben kennenzulernen, einen ohne Familie, einen netten Mann, vielleicht sogar Kinder, so gebärfreudig, wie ihr Becken war. Aber es fiel ihm schwer, sich Anna als Frau und Mutter vorzustellen – ohne Zigarette, ohne Presseausweis und ohne Zeit für Weltschmerz. Es war unfair von Anna, ihre unerfüllten Traume auf ihn zu projizieren. Schließlich war es nicht seine Schuld, daß mit den Jahren ihre Ansprüche gewachsen und ihre Chancen gesunken waren.

»Was siehst du mich so an? Habe ich deinen sexuellen Phantasien nicht entsprochen?« Jetzt drückte sie ihre Zigarette aus, aggressiv, so als ob die Zigarette etwas für Annas Laster könnte.

»Das tust du nie. Das tut keine Frau, die man gern hat.«

Anna lachte. Wenn sie lachte, warf sie den Kopf nach hinten, und die roten Haare flogen in den Rücken. »Sexuelle Abgründe, was? Hast du keine Lust, mir mal zu erzählen, wovon du träumst?«

Anna stand auf und setzte sich auf das Bett, das mit einem Ächzen reagierte. »Na komm schon, Philipp. Du kannst ja mit dem Harmlosen anfangen.«

Annas Küsse waren ganz leicht, aber ihre Haare kitzelten unangenehm, und sie roch nach dem Schweiß der sexuellen Begegnung. Philipp rückte ein Stück ab. Niemals, dachte er. Ich habe nicht die Absicht, mich dir auszuliefern. »Ab ins Bad, Anna. Das, was sie hier Bad nennen.«

Tabu-Thema Nummer zwei. Anna dachte daran, daß sie sich ganz fest vorgenommen hatte, in diesen drei Tagen nicht zänkisch zu sein. Keine Vorwürfe, keine Forderungen, ganz natürlich nett. Drei Tage mußte man so etwas doch durchhalten können.

Anna massierte kurz seinen schmerzenden Nacken, bevor sie auf Zehenspitzen ins Bad ging. Der Spiegel war vergilbt wie alles in diesem Zimmer. Sei nicht unbescheiden, Anna, sagte sie stumm zu ihrem Spiegelbild. In der engen Badewanne liegend, dachte sie, daß die Bescheidenheit des Alters nichts anderes war als verdammte Resignation. Irgendwann fing man an, das Leben quantitativ zu sehen: So viele Jahre noch, so viele Chancen und Möglichkeiten noch, so viele Beschränkungen. Anna dachte an ihre Mutter, die die letzten zehn Jahre ihres Lebens einsam und leise verbracht hatte, überwiegend vor dem Fernsehapparat, so entsetzlich anspruchslos, so verdammt resigniert, so als wäre man mit siebzig nur noch ein

Zuschauer in der hintersten Reihe, darauf wartend, daß der Vorhang fällt.

Philipp telefonierte, aber sie konnte nicht hören, was er sagte, weil er sehr leise sprach. Rücksichtsvoller Philipp, der seine Familiengespräche nicht in Annas Gegenwart führte. Es tat nicht mehr weh, kaum noch. Anna schmierte sich mit einem seltsam riechenden Gel ein, das das Hotel als Badeessenz ausgewiesen hatte. Dachte, daß sie oft mit ihrer Mutter telefoniert hatte, sie selten besucht, sie ungern in Bonn ertragen hatte. Worüber hatten sie denn miteinander gesprochen? Über nichts, das zählte, das sie einander nähergebracht hätte. Mutter hatte die tapfere Witwe gespielt und Anna die glückliche und erfolgreiche Tochter – und wenn beide wußten, daß es nicht ganz stimmte, dann waren sie doch zu feige für jede Annäherung an die Wahrheit gewesen. Im Grunde, dachte Anna, weiß ich nicht, was meine Mutter in den letzten zehn Jahren gedacht, gehofft oder geschmerzt hat. Ihre Klagen waren immer so belanglos, und meine Fragen waren zu oberflächlich, um sie wirklich zu erreichen. Vielleicht hat sie gemerkt, daß sie mir oft auf die Nerven ging mit ihren blöden Fernsehserien und ihren Lebensweisheiten, die sie aus Zeitschriften bezog. Sie hat sicher nicht gemerkt, daß ich ein schlechtes Gewissen hatte und sie dafür haßte, daß ich es hatte. O verdammt, es war zu spät, diese Beziehung aufzuarbeiten. Zu spät.

Jemand klopfte beziehungsweise hämmerte an die Tür. Anna hörte Philipp »Moment« rufen, dann seine Schritte, das Öffnen der Tür. Jemand sagte in breitem Sächsisch, daß er gekommen sei, den defekten Kühlschrank zu reparieren.

»Ist doch nicht möglich«, sagte Philipp.

Doch, dachte Anna. Du hast dem Zimmermädchen ein hohes Trinkgeld gegeben, als du dich beschwertest. Die Gesetze der Marktwirtschaft funktionieren bereits, langsam aber unausweichlich.

Schritte, dann wieder Philipps Stimme: »Kommen Sie in

einer Stunde wieder, dann sind wir weg, und Sie können in Ruhe arbeiten.«

Anna hörte ein Klimpern. Das mußten harte Markstücke sein.

3

Der Mann mit der gelb-grün gestreiften Krawatte starrte auf schokoladenbraune Brüste, die im Takt kreisten. Wabbelndes Fleisch, das sich ihm und drei Dutzend anderen Gästen zur Schau bot. Exotik, Erotik in der *Orion-Bar* in der Nikolaistraße in der Leipziger Innenstadt. Melina, die angeblich aus New Orleans stammte, strippte um Mitternacht für sechs Mark Eintritt und fünfzig Pfennig Garderobe, Getränke zu zivilen Preisen.

Das Licht war gnädig zu einer fünfzigjährigen Stripperin und den Gästen, die sie nicht aus den Augen ließen ... Keine »Messe-Onkel« zu dieser Zeit, sondern lokales Publikum, auch Frauen, neben anderen geschlechtsspezifischen Merkmalen an leicht verschämten Blicken zu erkennen. Einige saßen ohne Begleitung an der Bar, eindeutig zu geschäftlichen Zwecken, aber weder routiniert noch abgebrüht noch in einem Maße gekleidet, das auf gute Geschäfte schließen ließ.

Der Mann mit der gelb-grün gestreiften Krawatte und dem braunen Sakko, Marke West-Ramsch, nippte an seinem Bier, Marke Importware. Sein Begleiter trank Whisky-Cola und wechselte seine Blickrichtung zwischen den kreisenden Brüsten und einem Paar, das am Ende der Theke saß. Ihre Gesichter waren im Dunkel nur schwer auszumachen, aber er meinte zu sehen, daß sie belustigt waren. Die einzigen Wessis im *Orion* an diesem Abend, das war absolut klar. Erich Wells erkannte sie unter anderem an ihren arroganten Fressen, die ihn zunehmend reizten, sie zu polieren. Bloß um einen anderen Ausdruck reinzukriegen: den von Angst und Unterlegenheit zum Beispiel. Ein paar Tropfen Blut auf die makellose Kleidung, Hände, die zitterten, statt Scheine aus der Tasche zu ziehen.

Er wandte sich an seinen Begleiter: »Meinst du, daß die hier sind, um 'ne Alte abzuschleppen?«

Andreas Schalke war ein wenig erregt, auf jeden Fall angeregt, und er ärgerte sich über Erich Wells, der ihn ansprach, während Melina in einem furiosen Finale jeden Teil ihres gewaltigen Körpers zum Schwingen brachte. »Woher soll ich das wissen?« murmelte er, ohne den Blick zu wenden. Er war den beiden beinahe dankbar, daß sie ins Orion gegangen waren statt an die Bar im *Merkur,* wo man als Ossi unangenehm auffiel. Hier war nicht »Feindesland«, sondern Heimat. Hier hatte er früher schon oft gesessen, um den einen oder anderen Messe-Onkel auszuspionieren. Hier kannte er das Personal und die Räumlichkeiten, nur die Damen an der Bar waren teilweise neu, nicht mehr im Dienst des Vaterlandes, sondern auf eigene Rechnung tätig. Ziemlich viel Schrott dabei, wie Andreas Schalke fand. Die Besseren verkehrten um die Ecke, in der *Postkutsche,* direkt gegenüber vom Hotel *Stadt Leipzig.*

»Du denkst zuviel«, sagte er zu Erich Wells, als Melina zum Stillstand kam und sich vor applaudierendem Publikum verbeugte. Was für ein Hinterteil, das ihm jetzt zugewandt war!

»Und du solltest dir 'ne unauffälligere Krawatte umbinden, wenn wir konspirativ unterwegs sind.« Erich Wells sah, daß der Mann im dunkelgrauen Anzug, den er bestimmt nicht im Warenhaus gekauft hatte, der Barfrau ein Zeichen gab.

»Noch einen Gin Tonic – oder wechseln wir das Etablissement?«

»Wechseln.« Anna lächelte die freundliche Barfrau an, während Philipp zahlte. »Eine wirklich tolle Show«, sagte sie, um die Barfrau zu erfreuen. Philipp sah sie von der Seite mißtrauisch an. Man konnte Anna nicht immer trauen, wenn es um Geschmacksfragen ging. Melina, jetzt in einen glitzernden Umhang gehüllt, rauschte an ihm vorbei in die Garderobe, einen Duft von 4711 hinterlassend.

»Fünfziger Jahre«, murmelte Philipp, als sie auf die Straße traten. Er hoffte, daß Anna es nicht zur Gewohnheit werden ließ, sich bei ihm unterzuhaken.

»Aber doch rührend und nicht so abgezockt wie bei uns.« Er ist so ein Snob, dachte Anna. »Mich erinnert das irgendwie an die gute alte Zeit, als die Mama noch mit ins Bordell ging und mit den Damen strickte, während ihr Sohn in die Freuden der Lust eingeweiht wurde.«

»Du bist altmodisch.«

Anna schrie auf. Ein Stöckel hatte sich im Pflaster verfangen. Straßen und Gehwege, die seit den fünfziger Jahren nicht repariert worden waren, fand Anna weniger romantisch. Während sie, auf einem Bein hüpfend, fluchte, befreite Philipp den Schuh und reichte ihn Aschenputtel, die an diesem Abend sehr schön aussah, fast perfekt geschminkt, die Haare offen und in einem seiner Lieblingskleider. Trotzdem: Er war müde und hatte Kreuzschmerzen und sehnte sich nach dem gräßlichen Hotelbett.

»Danke, Prinz. Noch ein Absacker in der *Postkutsche?*«

Sie war nicht zu stoppen, wenn sie in Fahrt war. Und er war zu gut erzogen, einer Frau einen unbedeutenden Wunsch abzuschlagen.

Weder Anna noch Philipp bemerkten die beiden Männer, die ihnen gefolgt waren. Anna fielen sie erst im Lokal auf, als sie neben ihnen an der Bar standen, entfernt von dem Jüngling, der »heiße Musik« auflegte, die die Pärchen zum Tanzen animieren sollte.

Aber es waren wenig Pärchen in der *Postkutsche.* Anna registrierte ein paar junge Mädchen, die auf etwas zu warten schienen. Männer mit harten Gesichtern und Goldketten um Hals oder Armgelenk. Anna fielen die Schubladen »Zuhälter und Nutten« ein, aber sie zügelte ihre Phantasie, ließ sich ihrerseits abschätzend mustern, bestellte Whisky ohne Eis und fragte Philipp, ob er Lust zum Tanzen hätte?

Philipp bestellte Kaffee und schüttelte den Kopf. Er bemühte sich, noch müder zu erscheinen, als er tatsächlich war, und er dachte, daß Anna manchmal verdammt unsensibel war. Außerdem fühlte er sich in dieser Atmosphäre nicht wohl, auch wenn eines der jungen Dinger ihn lasziv anlächelte – oder es zumindest versuchte.

Die beiden Männer neben ihm tranken Bier, und einer der beiden trug die abscheulichste Krawatte, die Philipp je gesehen hatte. Sie sprachen nicht miteinander, starrten abwechselnd in ihre Biergläser und auf die Tanzfläche. Wende-Ossis, dachte Philipp, und sofort fiel ihm auf, daß ein längeres Zusammensein mit Anna dazu führte, ihren lockeren Sprachgebrauch zu übernehmen. Wer in der Politik stand, mußte mit Sprache umgehen wie mit rohen Eiern: vorsichtig balancierend. Sprache durfte nie verräterisch sein, sondern perfekt verschleiernd Tatsachen umhüllen, bis sie unter der Sprache begraben waren.

Schöne Anna. Bewegte sich in der unmöglichsten Umgebung wie ein großer, friedfertiger Fisch im fremden Wasser. Wie neugierig sie sich umsah, immer bereit, Leben aufzusaugen wie ein Schwamm, der seine Sättigungsgrenze nie erreicht. Außerdem gab es Abende, an denen sie trinken konnte wie ein Fisch – und das schien einer von ihnen zu sein, denn sie bestellte jetzt den zweiten Whisky. Annas Reaktionen auf Alkohol in Mengen fielen unterschiedlich aus: Entweder sie wurde lustig, oder sie wurde sehr sinnlich oder aggressiv. Selten müde. Philipp bat um Müdigkeit, während er sie anlächelte und darüber vergaß, ihr Feuer zu geben. Doch der Kavalier neben ihm hatte reagiert, hielt sein Feuerzeug an Philipp vorbei unter Annas Zigarette.

Anna dankte.

»Sie kommen sicher von drüben«, sagte der Mann mit dem Feuerzeug.

Drüben. Sie sprechen es komisch aus, dachte Anna, während sie nickte.

»Geschäftlich?« Die Frage war an Philipp gestellt, der zudringliche Fremde verabscheute, jedoch antwortete, weil er nicht arrogant wirken wollte.

»Privat. Meine ... Freundin wollte lieber nach Leipzig als nach Paris.«

Das war nicht die richtige Antwort. Philipp sah es an Annas strafendem Blick, der sagte, sei nicht so verdammt arrogant, schon gar nicht hier.

Erich Wells schien es nicht so zu sehen, denn er zählte die Sehenswürdigkeiten der Stadt auf, während er eine Runde bestellte und Philipp Mühe hatte, die Augen offenzuhalten. Die Konversation, durch laute Musik ohnehin erschwert, wurde mit gebotener Vorsicht geführt, überwiegend von Anna und Philipps Nachbarn. Anna sprach von »schönen alten Häusern«, die sie am Nachmittag noch als beklagenswerte Ruinen bezeichnet hatte. Erich Wells sprach von den West-Buden, die in Leipzig wie Pilze aus der Erde geschossen waren – häßliche Pilze –, als »Farbtupfer für die Stadt«. Philipp gähnte. Der Mann mit der gelb-grünen Krawatte trank schweigend sein Bier.

Ein untauglicher Annäherungsversuch am falschen Ort, dachte Philipp, während Erich Wells von den »neu erblühenden Städten« redete und von Berlin schwärmte. Er war es nun wirklich leid, seine Zeit mit Anna so zu vergeuden. »Es ist spät«, sagte er nach dem dritten Blick auf die Uhr. »Und wir wollen morgen früh raus, Anna.«

Das war ihr neu. Anna haßte es, morgens früh aufzustehen. Außerdem fand sie diesen Mann, der sich nicht vorgestellt hatte, ganz sympathisch, auch wenn er einen Zweckoptimismus verbreitete, der ihr nicht echt schien. Immerhin der erste Ossi, mit dem sie ins Gespräch kam und wie ein Zuhälter sah er eigentlich nicht aus. Bloß Philipp, der sah aus, als würde er auf der Stelle einschlafen und sie kurz vorher ermorden …

Sie nahm Philipps Arm und signalisierte Zustimmung, während der Typ immer noch von Berlin schwafelte … Sagte: »Ich zahle mal«, und winkte dem Barmann. Als sie die Scheine auf die Theke legte, redete der Mann immer noch auf Philipp ein. Anna hörte nicht richtig zu, aber den Namen registrierte sie, vielleicht, weil es der erste Name war, den der Mann aussprach, oder auch, weil sie in diesem Moment Philipps Gesicht sah: Keine Spur von Müdigkeit, sondern Erstaunen, gefolgt von Erstarren.

Als der Mann den Namen »Susanne Sawitzki« aussprach, hast du ein unglaublich dummes Gesicht gemacht, würde Anna später zu Philipp sagen.

Jetzt sagte Philipp mit seiner kältesten Stimme: »Nein, ich kenne die Dame nicht! Wenn Sie uns entschuldigen.«

Später, als sie schweigend die paar Schritte zum Hotel gegangen waren und ein verschlafener Portier ihnen den Schlüssel reichte, sagte Anna diesen Satz. Philipp erwiderte nur, daß er sehr müde sei. Oh, wie Anna es haßte, wenn er auswich.

»Was wollte er von dir?« fragte sie im Lift.

»Nichts. Ein Dummschwätzer, der krampfhaft den Anschluß vollziehen wollte.« Er gab vor zu gähnen, als er die Tür aufschloß. Anna schwankte nicht. Sie war in diesem Stadium der Trunkenheit, in dem alles zu erwarten war.

»Wer ist diese Susanne Sawitzki?« fragte Anna aus dem Badezimmer. Abschminken war eine Tätigkeit, die sie haßte. Weil das so war, tränten ihr oft die Augen von zuviel Fettcreme oder Resten der Wimperntusche. Außerdem war es ihr peinlich, sich mit nachtcremeglänzendem Gesicht zur Schau zu stellen. Außerdem gab er keine Antwort.

Anna, ein Handtuch um den Leib gewickelt. Das Handtuch

war zu klein, und weich war es auch nicht. Sie stand in diesem häßlichen Zimmer und beobachtete Philipp, der aus der nunmehr funktionierenden Minibar einen Whisky entnommen hatte. Er saß auf dem Bettrand, halb ausgezogen, und trank in großen Schlucken. Sah zu Anna auf, die vor ihm stand.

»Was ist los? Redest du nicht mehr mit mir? Habe ich irgendwas getan, das dein Mißfallen fand?«

Philipp nahm seine Brille ab und legte sie vorsichtig neben sich. »Tust du mir einen Gefallen, Anna? Laß mich jetzt einfach in Ruhe. Ich habe Kopfschmerzen und bin todmüde – und diese Bar und dieser Typ haben mich unglaublich genervt. Und ich habe keine Ahnung, wer diese Susanne ...«

»Sawitzki.«

»Danke. Ist.«

Anna mußte betrunken sein, denn sie dachte: Endlich zeigt er mir seine Migräne-Seite, so als wäre ich sein Eheweib. Anna küßte ihn ganz leicht und rollte sich schweigend ins Bett, das unter der Last nachgab. Anna schloß ihre tränenden Augen und murmelte: »Gute Nacht, Philipp«, bevor sie leicht schnarchend einschlief.

»Gute Nacht, Anna«, war das letzte, was sie hörte. Nicht mehr, daß er aufstand und sich einen zweiten Whisky holte und die Zigaretten aus ihrer Handtasche. Philipp war kein Raucher, sondern bediente sich der Krücken nur in extremen Streßsituationen. In diesem widerwärtigen Raum zu sitzen, empfand er als Streß. Er stand auf und öffnete das Fenster, das den Blick auf den Bahnhof freigab. Der Gedanke, noch mal in die Bar zu gehen und diesen Mann auszufragen, war verlockend, aber er verwarf ihn wieder. Er würde nichts mehr sagen, dachte Philipp, der versuchte, sich genau zu erinnern, an welcher Stelle all dieser überflüssigen Sätze ihr Name gefallen war.

Der Mann hatte etwas von Bekannten in Berlin erzählt, den einen oder anderen Namen eingeflochten ... und dann plötzlich dieser: Susanne Sawitzki. En passant. Auf jeden Fall ohne besondere Betonung.

Es kann Zufall sein, dachte Philipp. Aber das war Wunschdenken. Vielleicht war es kein Zufall, daß die beiden Männer ihnen von der *Orion-Bar* in die *Postkutsche* gefolgt waren. Kein Zufall, daß der Typ Anna angesprochen hatte. Vielleicht ... aber warum?

Philipp drehte sich vom Fenster weg zu Anna, die keineswegs lautlos in den Schlaf der Gerechten versunken war. Sie sah nicht mehr schön aus mit ihrem fettglänzendem Gesicht und dem offenen Mund. Es ist Annas Schuld. Sie wollte unbedingt nach Leipzig, dachte er. Nein, das war unfair. Aber der Himmel möge verhüten, daß Anna sich an diesen Namen erinnerte. Anna mit ihrer verfluchten Neugierde!

Susanne Sawitzki: Philipp starrte auf ein verfallenes Haus und erinnerte sich an ein junges Mädchen mit braunen Haaren und grünen Augen. Nicht so katzenhaft wie Annas Augen, sondern rund und faltenlos und ohne jegliche Schminke. Kuhaugen, wären sie nicht grün gewesen. An diese Augen erinnerte er sich genau, nicht aber an das glatte Gesicht, das seine Schönheit aus Jugend bezogen hatte. Susanne Sawitzki, 25 Jahre, Musikstudentin in Ostberlin. Cello. Er hatte sie bei diesem Konzert kennengelernt, seine Nachbarin zur Linken, die ihn mit ihrer Begeisterung für Mahler angesteckt hatte. Susanne, die sich in der Pause neben ihm durch die disziplinierte Menge drängte. Susanne, die ein Glas Krimsekt mit ihm trank. Susanne, die ihm viel zu schnell erzählte, daß sie aufgrund ihrer politischen Haltung nicht sehr oft an Konzertkarten käme. Die seine Einladung, nach dem Konzert ein Glas Wein mit ihm zu trinken, nur zögerlich akzeptierte.

Susanne hatte nicht geschnarcht, so wie Anna. Und sie war ihm in sein Hotelzimmer gefolgt, weil sie von ihm erwartet hatte, daß er ihr all das ersetzen konnte, was sie in fünfundzwanzig Jahren DDR-Gefängnis vermißt hatte. Philipp erinnerte sich kaum noch an ihre tausend Fragen nach der Welt, die sie nur in der Propagandaverzerrung kannte, der sie instinktiv mißtraute. Gegenwärtig war sie noch ein junges Mädchen von unglaublicher Naivität – ganz anders als die Fünfundzwanzigjährigen drüben. Ein Weltbild, das mit Phantasie ersetzte, was an Wissen und Erfahrung fehlte. Nicht ein einziger Grauton, nur Gut und Böse existierten in Susannes Welt. Böse, das war die enge Welt, in der sie leben mußte. Gut, das waren ihre Gesinnungsgenossen diesseits der Grenzen und alles, was jenseits lag.

Er war sich seiner Unvorsichtigkeit bewußt gewesen, als er mit ihr in das Apartment ging. Er hatte Susanne nicht gesagt, daß er im Kanzleramt tätig war – jedenfalls anfangs nicht. Und er hatte sie so geschickt ausgefragt, daß ihr Leben bald wie ein offenes Buch für ihn war. Nicht, daß das schwierig war: Susannes Vertrauensseligkeit grenzte haarscharf an Dummheit und war nur durch die intellektuelle und soziale Isolation zu erklären, in der sie lebte. Diese fast exotische Unerfahrenheit hat mich am meisten angezogen, dachte Philipp. Das und ihre Jugend. Und Susanne?

Vermutlich der Prinz in strahlender Rüstung, der sie aus der Höhle des Drachens befreit, dachte er zynisch. Liebe hatte anfangs immer etwas Märchenhaftes, Irreales, weil man dazu neigte, die Welt auszuklammern. Wenn sich die Realität einschlich, war das Schönste schon vorbei.

Es hatte begonnen zu regnen, und der Asphalt glänzte im trüben Schein der Straßenlampen. Philipp schloß das Fenster, spülte das Whiskyglas aus und putzte sich die Zähne, um den Geschmack von Alkohol und Zigaretten loszuwerden. Er zog sich aus und legte seine Kleider vorsichtig über Annas chaotischen Haufen.

Sie lag jetzt auf dem Bauch und schlief ganz still, das Gesicht unter roten Haaren verborgen. Philipp betrachtete sie einige Sekunden, bevor er das Licht löschte. Dachte, sie kennt mich von allen Frauen vielleicht am besten. Aber da war vieles von ihm, das er Anna erspart hatte. Aus Klugheit. Oder aus Selbstschutz.

4

Dresden, Weimar, Erfurt und jetzt zurück über die Autobahn nach Berlin: Der Chauffeur an ihrer Seite war schweigsam, konzentrierte sich auf Schlaglöcher, Trabis und West-Flitzer. Im Stau starrte Anna auf eine Fabrik, die wie eine Ruine finstersten Frühkapitalimus ihre drohenden Schatten warf. Ein anderes Deutschland und eine andere Zeit, die sie im Schnellschritt passierten, in Staus erlitten. Dörfer, die nur aus der Ferne idyllisch und verschlafen wirkten und – auf Umwegen erkundet – in miefiger Kleinbürgerlichkeit erstarrten. Obszön und aufdringlich wirkten dagegen die bunten Plakate der Konsumwelt, die glänzenden Gebrauchtwagenhandlungen, die Eisstände und Pizzabuden, die sich in die Dörfer eingeschlichen hatten wie Diebe.

West-Augen. Anna, die sich in Dresden vor den Jugendlichen geekelt hatte, die mit leeren Augen und tätowierten Hakenkreuzen auf den Straßen lungerten, ohne Ziel, aber mit zielgerichteter Wut in den Köpfen. Anna, die sich über die Wessis mokiert hatte, die in Weimar »ihre Kulturschätze« massenhaft vereinnahmten. Anna im *Erfurter Hof,* teuer und von innenarchitektonischer Monstrosisät: Sie hatte über die »Goldgräber« unter den Gästen hergezogen, die Käufer und Makler, die Anlageberater und smarten Managertypen der zweiten Garnitur – wilder Westen im wehrlosen Osten. Oder war es nur Annas Unfähigkeit, das Positive zu sehen im stillen Grau und den grellen Kontrasten?

Der Stau löste sich auf, und sie passierten die Unfallstelle, die dritte seit Erfurt. Anna registrierte, daß Philipp seine dritte Zigarette ansteckte, das war ungewöhnlich. So wie seine Schweigsamkeit, die Anna seit ihrer Abfahrt aus Leipzig hinnahm. Nein, es stimmte nicht ganz: Sie sprachen über das, was sie erlebten, über Politik und Gesellschaft, das DDR-Syndrom im allgemeinen und speziellen. Aber sie sprachen nicht wirklich miteinander, so empfand es Anna. Philipp schien sich von ihr entfernt zu haben, in seine Gedankenwelt, und nach zwei vergeblichen Anläufen hatte Anna es vorübergehend aufgegeben, ihn zu erreichen.

Vielleicht gehe ich ihm nach drei Tagen schon auf die Nerven, dachte Anna. Er sagt doch oft, daß zuviel Nähe zerstörerisch ist. Vielleicht stört ihn mein dezentes Schnarchen oder mein defätistisches Palaver über ein Land, das ich unbedingt sehen wollte. Oder er ärgert sich einfach über die miesen Hotelzimmer, das schlechte Essen und die teuren Weine. Und diese sogenannte Autobahn, auf der sie rasen wie potentielle Selbstmörder. Wieso saßen die Ossis so verkrampft nah hinter dem Steuer und nicht so lässig zurückgelehnt wie ihre reichen Verwandten?

»Bist du müde? Soll ich ein Stück fahren?«

Philipp lächelte sie kurz an, schüttelte den Kopf. »Es ist alles in Ordnung«, sagte er. »Ich hoffe, du siehst mir meine schweigsamen Phasen nach, Anna.«

Rücksichtsvolle Anna, die jetzt verzeihend zurücklächelte. Philipp dachte, nichts ist in Ordnung. Er war zutiefst beunruhigt und konnte nicht einmal erklären, worauf sich die Ahnung einer nahenden Katastrophe gründete. Er hatte die beiden Männer aus der *Postkutsche* am nächsten Morgen gesehen, als sie aus dem *Leipziger Hof* auscheckten. Anna nicht, Anna sah nie etwas vor zehn Uhr morgens.

Der eine hatte ihn angegrinst, aus der Ecke der Hotelhalle. Ein konspiratives Grinsen, das Philipp nicht erwidert hatte. Er kennt meine Geschichte mit Susanne, dachte Philipp. Aber was sollte das, nach all den Jahren, in denen er Susanne nicht mehr gesehen hatte? Er wußte nicht einmal, wo sie wohnte, irgendwo in Westberlin war die letzte bekannte Adresse gewesen. Ob es ein Verwandter von Susanne war, der ihn jetzt mit einer alten Affäre erpressen wollte?

Ein Versuch am untauglichen Objekt, dachte Philipp. Seine Frau würde allenfalls eine sarkastische Bemerkung machen und den Wunsch nach einem neuen Wagen anmelden. Sie wußte, daß es Annas in seinem Leben gegeben hatte, daß es eine Anna gab, und sie akzeptierte seine »notorische Untreue«, solange Form und Schein gewahrt blieben und sein schlechtes Gewissen ehetaktisch auszuwerten war. Manchmal hegte Philipp den furchtbaren Verdacht, daß Luise Gefallen an dieser Ehesituation gefunden hatte. Die »Opferrolle« wertete sie moralisch auf und ersparte ihr selbstkritische Betrachtungen in bezug auf Wärme und Leidenschaft. Luise konnte sich auf die Instandhaltung ihrer Schönheit konzentrieren, auf die Kindererziehung, die Perfektion des gehobenen Haushalts, auf Vernissagen und gesellschaftliche Verpflichtungen, denen sie mit geheuchelter Langeweile nachkam.

Sein Schuldgefühl war zu groß, um dieses Bild von Luise zu hinterfragen. Der Gedanke, daß sie durch sein Versagen so kalt geworden war, dieser Gedanke war unerträglich und mußte in die hinterste Ecke der Zweifel verbannt werden.

Es fiel Philipp schwer, sich an die junge Luise zu erinnern. Susanne schob sich ins Bild, die Unbeschwertheit der Stunden mit ihr und die Leichtigkeit der Leidenschaft, die nur abgehoben von der Wirklichkeit überleben konnte. Nur abgehoben vom real existierenden Sozialismus, in dem Ministerialrat Philipp Handke als einer von vielen um den Freikauf von Menschen feilschte, in Verhandlungen, die so abstrakt waren, daß man vergessen konnte, worum es eigentlich ging. Geld gegen Ware – und danach in Susannes Wohnung, in ihre Phantasiewelt des guten Sozialismus der guten Menschen, die sich liebten, statt des anderen Hölle zu sein ...

Mein Gott, wie naiv war ihm Susanne vorgekommen – und wie liebenswert in ihrer Naivität. Wie ihn ihr trauriges Gesicht berührt hatte, wenn er zurückfahren mußte in seine Welt. Bewußt oder unbewußt hatte sie seine Beschützerinstinkte mobilisiert, so daß es keine Frage mehr war, ihr zu helfen, als sie Hilfe brauchte.

Noch etwa siebzig Kilometer bis Berlin, der Stadt der schreienden Steine, wie pathetische Berlin-Befürworter es auszudrücken beliebten. Philipps Abneigung gegen Pathos war mit den Jahren in der Politik gewachsen. Für ihn war Berlin eine Stadt der sozialen Konfrontation, der hohen Mieten, des Verkehrschaos – ein Spiegelbild der neuen deutschen Wirklichkeit. Und Politiker hörten schreiende Steine nicht, wenn sie nicht einmal das Seufzen der Menschen erreichte.

»Eigentlich ist es schade, daß die Marx-Familie mit mir ausstirbt.«

Philipp sah Anna von der Seite an. Sie war lange still gewesen, und der Satz klang gefährlich

»Was heißt hier *eigentlich*? Und was meinst du damit?«

Anna ließ sich Zeit mit der Antwort: »Na ja, ich bin die letzte in der Familie und ...«

»Und du hast dich nie über den Mangel an familiären Verpflichtungen beklagt.«

Was interessiert mich mein Geschwätz von gestern, dachte Anna. Wenn sich alles verändert, warum nicht ich? »Eigentlich würde ich gerne ein Kind haben.«

Philipp fuhr so langsam, daß ihn ein Wartburg überholte. »Eigentlich ist eines der überflüssigsten Wörter. Und ich hätte nicht von dir gedacht, daß du dem Trend zur neuen Mütterlichkeit so unkritisch unterliegst.«

Anna dachte, jetzt endlich habe ich seine Aufmerksamkeit, auch wenn ich diesen überheblich-belehrenden Ton nicht ausstehen kann. Immerhin, der Mann redet wieder mit mir. »Ich denke schon längere Zeit darüber nach. Eigentlich sollte dich das nicht erstaunen ... Paß auf, der Trottel auf der rechten Spur überholt gleich ...«

Annas Trottel tat, was sie gesagt hatte, und Philipp bremste. Sie hat ein bemerkenswertes Talent, Probleme zu kreieren, wenn ich es am wenigsten gebrauchen kann, dachte Philipp. Man mußte das Thema so schnell wie möglich abschmettern, bevor Anna es zur Tragödie vertiefte.

»Wenn du ein Kind willst, setz die Pille ab. Geh zum Arzt und laß dich untersuchen, ob ...« Nein, das war zu hart. »Ich meine, wenn du es wirklich willst und durchdacht hast, dann solltest du dich beeilen.«

Anna sah in sein unbewegtes Gesicht, das auf die Straße gerichtet war. Der Ton völlig neutral. »Dich würde es nicht ... äh ... stören?«

Natürlich würde es ihn stören. Eine schwangere Geliebte war ein unangenehmes Gesprächsthema. Luise würde ausflippen, das war einfach nicht zu verheimlichen. »Nur bedingt. Würdest du dann aufhören zu arbeiten?«

Fragen stellte der Mann. »Natürlich nicht, wie sollte ich das Kind sonst ernähren. Ich müßte mir eine Tagesmutter suchen.«

Unter anderen Umständen wäre sie vielleicht eine gute Mutter, dachte Philipp, während er einem Schlagloch auswich. »Ich würde natürlich finanziell für das Kind sorgen, Anna. Du müßtest nicht arbeiten.«

Mistkerl. Anna griff nach einer Zigarette. Philipps Taktik war ihr jetzt klar: Er malte das Bild einer ledigen Mutter, Anna im Haus, das Kindlein im Arm.

»Was hättest du von einem Kind, das du kaum siehst, Anna? Oder besser gesagt, was hätte das Kind von seiner Mutter?«

Er drosselte das Tempo, weil eine Tankstelle in Sicht kam. Anna qualmte verbissen und schwieg. Er bog zur Tankstelle ab, reihte sich in die Schlange ein, wartete auf Annas Antwort. Ein Blick in ihr Gesicht sagte ihm, daß sie verletzt war.

Als er schon an der Zapfsäule stand, kurbelte Anna das Fenster herunter. Rief: »Andere Mütter und andere Kinder haben es auch geschafft.«

Ein paar neugierige Blicke. Mußte sie so laut werden? Das Benzin lief gemächlich durch den Schlauch, Anna starrte ihn herausfordernd an. Philipp sah sich automatisch um, in Erwartung, die Typen aus Leipzig zu erkennen. Verfolgungswahn – und Anna, die noch einen draufsetzte.

Die junge Frau an der Tankstellenausfahrt sah er schon, während er bezahlte. Sie hielt ein großes Stuck Pappe in der Hand, auf dem BERLIN stand. Als Philipp in den Wagen stieg und Annas entschlossenes Gesicht sah, war sein Entschluß gefallen. Er bremste den Wagen vor der Anhalterin und forderte sie mit einer Handbewegung auf, hinten einzusteigen.

»Das ist aber nett. Ich steh mir schon die Beine in den Bauch.«

Ingrid Wells lächelte Anna an, die sich nach kurzer Verblüffung und einem lautlosen Fluch auf den feigen Chauffeur umgedreht hatte. Ein breites Lächeln, das etwas gelbliche Zähne enthüllte. Leichter sächsischer Akzent. Anna schätzte sie auf dreißig oder so.

»Ich heiße Ingrid Wells. Und Sie?«

Philipp brummte etwas, das nach seinem Namen klang. Als Anna »Marx« sagte, fing Ingrid Wells an zu kichern. Sie war nach Annas schnell gefällter Meinung äußerst leicht zu unterhalten. Aber sie war hübsch, auf diese fade blonde Art, die Anna mit dem Ausdruck »gelbe Schönheit« abzufertigen pflegte. Niederlagen, die sich nicht auf andere projizieren ließen, waren schwerer zu ertragen.

»Wohnen Sie in Berlin?« Anna drehte sich noch einmal um und bot ihr eine Zigarette an, die dankend abgelehnt wurde.

»Nein. Ich wohne noch in Leipzig. Aber drei Tage die

Woche bin ich in Berlin – zu Fortbildungskursen. Und wenn alles klappt, zieh ich irgendwann um. In Berlin ist richtig was los, während Leipzig so ...«

»... dröge ist?« Annas Rache an Philipp, der ihr Thema getötet hatte: Sie unterhielt sich mit der Anhalterin, die munter drauflos erzählte: von ihrer Heimatstadt, von ihrem ehemaligen Job als Verkäuferin, von Berlin, das sie ganz dufte fand, von ihren Fortbildungskursen bei der OFG. Man mußte Ingrid nur ein Stichwort geben, dann sprudelte es aus ihr heraus, leicht sächselnd und von unbefangener Mitteilungsfreude ...

Ingrid hatte sich kurzfristig entschlossen, ihren Job als Verkäuferin an den Nagel zu hängen und sich bei der »Optimalen Finanzierungsgesellschaft« als Anlageberaterin ausbilden zu lassen. »Wissen Sie, von den neunhundert Mark, die ich im Laden kriegte, da ließen sich keine großen Sprünge machen. Ist doch alles so teuer geworden bei uns. Und ich, na ja, ich mußte mir das alles noch bei der Arbeit anhören: Als ob unsereins dafürkönne, wo wir doch nicht die Preise machen. Also bilde ich mich fort – und in einem halben Jahr oder so, wenn ich das Diplom habe, dann will ich richtig mitverdienen am Aufschwung. Die Leute brauchen ja Versicherungen, wo die anderen Sicherheiten weg sind. Und wir von der OFG beraten sie, welche Versicherungen auf sie zugeschnitten sind. Kompetent und effizient. Das ist unser Motto. Es ist wirklich ein wahnsinnig interessanter Beruf, will ich Ihnen sagen, und ...«

Nur Anna sah, daß Philipp seine Augen nach oben verdrehte ... Sanft schob sie seine Hand vom Knopf des Autoradios. »Dann können wir uns doch nicht unterhalten, Philipp.« Zu Ingrid Wells: »Das ist ja wahnsinnig interessant.« Es war nicht pure Ironie oder Bosheit. Anna meinte es fast so. Außerdem faszinierte sie dieser Akzent, in dem es keine harten Konsonanten gab, das P als B und das K als G ausgesprochen wurde. Selbst das CH verwandelte sich in Ingrids Mund zu einem breiten Sssschchch, obwohl sie sich offenbar Mühe gab, hochdeutsch zu reden.

Ingrid Wells erzählte, und Anna gab Stichworte. Philipp Handke schwieg, versuchte, alle Bedrohungen auszuloten, die mit der Namensnennung »Susanne Sawitzki« verbunden sein könnten. Wenn er sich sehr konzentrierte, floß das Geschwätz an ihm vorbei.

Als sie an die Grenzbefestigungen kamen, die in ihrer Verlassenheit noch immer bedrohlich wirkten, schwieg Ingrid Wells.

Anna fröstelte: »Was ist das für ein Gefühl?«

Ingrid Wells fand Anna sehr sympathisch. »Ich weiß nicht, Freiheit ist was Komisches. Irgendwann merkt man es nicht mehr. Immer, wenn ich hier vorbeikomme, zwick ich in meinen Arm und sage mir: Ingrid, du bist frei. Vergiß es bloß nicht.«

»Wo wohnen Sie in Ostberlin?«

Ingrid Wells fand, daß der Fahrer ein sehr schweigsamer Typ war, irgendwie nicht so sympathisch: »Wenn Sie mich irgendwo in der Nähe von Kreuzberg absetzen können ... Ich wohne da bei Bekannten, die kurz vor der Wende rüber sind und das Glück hatten, noch 'ne kleine Wohnung zu kriegen. Sind Sie aus Berlin?«

»Bonn. Die kleine Stadt am Rhein. Waren Sie schon mal da?«

»Nee. Aber die OFG hat dort in der Nähe ihren Hauptsitz. In Düsseldorf. Soll ein ganz vornehmer Laden sein.«

Philipp kannte die OFG nicht, aber der Name und das Anliegen flößten ihm Mißtrauen ein. Anlageberatung trug den Keim des Unseriösen. Du bist eine Beamtenseele, würde Anna sagen.

Anna kramte jetzt in ihrer Handtasche und überreichte Ingrid Wells ihre Visitenkarte. »Wenn Sie mal nach Bonn kommen sollten, melden Sie sich doch.«

Anna spinnt, dachte Philipp, den der kleine Umweg über Kreuzberg ärgerte. »Die Dame ist eine wichtige Person in Bonn«, sagte er spöttisch, während Ingrid ihre Adresse auf einen Zettel kritzelte. Der Kugelschreiber flog ihr aus der Hand, als er abrupt bremste.

»So. Von hier aus kenne ich den Weg zum Flughafen. Kann ich Sie hier rauslassen?«

Die Frage war rhetorisch, aber Ingrid Wells bedankte sich überschwenglich und meinte zu Anna, daß sie sie bestimmt mal in Bonn besuchen würde. Sie winkte, als der Wagen anfuhr. Eine hübsche Blonde im Minirock, die Plastiktasche an die Hüfte geklemmt. Sie winkte noch, als der Wagen nicht mehr in Sicht war. Da war immer so eine Beklemmung, wenn sie in Berlin ankam. Dieses Gefühl, du mußt es schaffen, du mußt dich bewähren, sonst gehste unter. Bloß nicht sächseln, weil dich dann die Leute so abschätzend angucken. Ganz cool bleiben, Augen offenhalten und lernen, wie die sich durchboxen.

»Hau ab, du Kümmeltürke«, sagte Ingrid Wells zu dem jungen Mann, der sich ihr aggressiv in den Weg stellte. So kam es ihr jedenfalls vor.

»Piß dir nicht ins Hemd, du Ost-Hure«, rief er ihr nach, laut genug, um bei jugendlichen Passanten Gelächter auszulösen. Ingrid bemühte sich um ein cooles Gesicht und den aufrechten, selbstbewußten Gang. Kein bißchen Akzent hat der, dachte sie, und daß es irgendwie eine verkehrte Welt war, in der sie lebte.

5

Alles an dem Raum, an dem Mann war gestylt. Italienische Designermöbel vom Feinsten harmonierten mit Perserteppichen, morderner Grafik und indirekter Beleuchtung bis hin zum Cartier-Tischfeuerzeug und schweren Aschenbecher. Dazu passend trug der Mann edles Leinen in Grau, eine futuristische Krawatte, weiße Seidensocken und eine Cartier-Uhr. Eine gewisse Vierschrötigkeit wurde durch ein Gesicht aufgefangen, das absolut glatt und verbindlich war. Ein Gesicht, das man sehen und sympathisch empfinden – und sofort wieder vergessen würde.

Rolf Harrenberg hielt dies keineswegs für ein Manko, ganz im Gegenteil: »Optische Durchschnittlichkeit gepaart mit scharfer Intelligenz ist vertrauenerweckend«, pflegte er zu sagen. Und: »Vertrauen ist gut fürs Geschäft. Was gut fürs Geschäft ist, ist gut für Rolf Harrenberg.« Seine Philosophie der Geldvermehrung bedurfte keiner großen Worte, aber wenn es dem Anlaß entsprach, konnte er sich durchaus gewählter ausdrücken.

Kein Bedarf an diesem Dienstagnachmittag in der Besprechung mit seinem Partner und zwei Außendienstmitarbeitern. Lutz Böhm, mit dem gemeinsam er vor exakt einem Jahr die Interconsulting gegründet hatte, saß zu seiner Rechten, Erich Wells und Andreas Schalke hatten sich in respektvoller Entfernung niedergelassen.

Zonengeschmack, dachte Harrenberg beim Anblick der drei: Es fing bei den Schuhen an und endete beim Haarschnitt. Lediglich Lutz zeigte in den letzten Monaten die Tendenz zu gehobener Anpassung, zumindest was die Anzüge betraf. An den Schuhen sollst du sie erkennen: Er löste seinen Blick von den weinroten Schuhen über weißen Socken. Man mußte in diesen Angelegenheiten vorsichtig sein: Sie waren ja alle so empfindlich, ganz besonders Lutz Böhm, der sich von den Höhen der KoKo-Macht in Ostberlin in die Niederungen des Ost-West-Geschäftes mit anderen Mitteln begeben hatte. Ein sanfter Fall, aber ein Fall immerhin.

Erich Wells und Andreas Schalke liefen in den Geschäftsunterlagen als »Kontaktpersonen Ost«. Ihre Vergangenheit als Stasi-Mitarbeiter war in diesem Zusammenhang nur von Vorteil, waren ihre Kontakte in den neuen Bundesländern doch vielschichtig und gewinnbringend. Auf der persönlichen Schiene schätzte Harrenberg die bedingungslose Loyalität seiner Mitarbeiter und daß sie keine unnützen Fragen stellten.

Mit Lutz Böhm hatte er einen Goldesel an Land gezogen. Ein Mann, der von geheimen Konten und Transaktionen wußte, wendegerecht einsetzbar wie die Aktenkopien, die jetzt im Safe des Düsseldorfer Büros lagen. Ein ängstlicher Esel, der noch immer nicht ganz kapiert hatte, daß Wissen Gold war. Persönlich etwas schwierig, der Mann. Empfindlich sowieso, aber manchmal auch furchtbar aufbrausend. Klarer Fall von Identitätskrise, dachte Harrenberg, der seinen *Spiegel* las. Nur seinem gewinnenden Wesen war es zu verdanken, daß es bisher noch zu keinem größeren Krach gekommen war.

»Alles wie am Schnürchen gelaufen«, sagte Wells jetzt zu seinem alten und neuen Vorgesetzten Böhm. »Der Typ ist fast vom Stuhl gekippt, als ich den Namen erwähnte.«

Lutz Böhm nickte nur knapp. Gelobt wurde erst, wenn eine Aktion abgeschlossen war. »Und jetzt?« fragte er seinen Partner, den er aus verschiedenen Gründen gleichermaßen haßte und bewunderte.

»Jetzt lassen wir den Typ ein paar Tage schmoren, um ihn mürbe zu machen.« Rolf Harrenberg schlug die Beine lässig übereinander. »Auf Susanne können wir uns doch verlassen?«

»Sie ist Modeliermasse in meinen Händen. Wenn es soweit ist, fliegt sie nach Bonn und ruft ihn an.« Lutz aber versuchte, so entspannt dazusitzen wie sein Partner, aber es gelang ihm einfach nicht. Verkrampfte Muskeln feuchte Hände – die Angst saß tiefer, als er fassen konnte. Selbstvertrauen, Zuversicht, Stärke: Das war wie ein Echo aus fernen Tagen, als er noch auf dem Boden des Staates geschritten war, gebunden an Gesetze und Regeln die vertraut, ja verinnerlicht waren. Seit eineinhalb Jahren war diese Sicherheit weg, fühlte er sich als Seiltänzer in Höhen, die Schwindel verursachten. Es war kein schönes Gefühl, das der Unterlegenheit gegenüber seinem Partner. Mit einem Vorgesetzten umzugehen, das war etwas anderes gewesen, denn man kannte seine Grenzen und Möglichkeiten. Aber bei Rolf wußte man nie, woran man war.

»Sollen wir ihn weiter im Auge behalten?« fragte Wells, die Augen auf Böhm gerichtet.

Harrenberg antwortete: »Nein, das wäre zu gefährlich. Ich habe andere Aufgaben für euch. Wir haben da Klienten, die in Leipzig Probleme mit Genehmigungsverfahren nicht in den Griff kriegen. Ich habe angedeutet, daß wir über gute Kontakte verfügen und sich mit relativ geringen Summen etwas machen läßt. Zweihunderttausend sind drin – wenn ihr höher gehen müßt, bitte ich um Rücksprache.«

Zu Böhm: »Ich denke, du solltest mit ihnen die Einzelheiten besprechen.«

Erich Wells dachte, daß der West-Chef (ganz im Gegensatz zum Ost-Chef) verdammt höflich war. So ein gepflegter Ton, jedenfalls solange man keine Scheiße baute. Als Böhm aufstand, erhob er sich sofort und berührte Andreas Schalke am Ellenbogen. Der träumte mal wieder von der guten alten Zeit, statt aufzupassen. Oder von der Königsallee, in der das Büro lag. Soviel Überflüssiges für soviel Geld hatte der Schalke noch nie in einer Straße versammelt gesehen. Und die Weiber erst, die sahen alle aus wie Bonzengattinnen, nur jünger und schikker. Der Schalke mußte aufpassen: Für Träume war nicht mehr die Zeit. Wer was verpennte, mußte passen: So war das hier.

Andreas Schalke trottete hinter Böhm und Wells aus dem Besprechungszimmer, wäre an der Tür fast mit seinem Kollegen zusammengestoßen. Erich Wells hatte noch eine Frage: »Was ist mit der Journalistin, mit der er zusammen ist? Diese Anna Marx aus Bonn?«

Harrenberg winkte gelangweilt ab: »Dem guten Mann wird kaum daran gelegen sein, seine schmutzige Vergangenheit in die Presse zu bringen.«

»Und wenn er durchdreht?« fragte Böhm.

Rolf Harrenberg strahlte Zuversicht und Stärke aus: »Keine Sorge, den haben wir voll im Griff.«

Nachdem sich die Tür sanft und satt geschlossen hatte, telefonierte Rolf Harrenberg mit seinem Kunden, der in den Geschäftsunterlagen als X geführt wurde. Top-secret, nur Lutz und er wußten, wer hinter der größten Transaktion stand, die Interconsulting bisher durchgeführt hatte. Millionen, dachte Harrenberg, und das Wort klang nach Engelsmusik. Nach einer Yacht vielleicht oder einem hübschen Haus in der Karibik – oder beidem, wenn es ihm gelingen sollte, Lutz Böhm ein ganz klein wenig zu übervorteilen.

6

Der Himmel über Berlin war blau, aber es mochte daran liegen, daß sich zu viele Menschen diesen Himmel teilten, so daß sich die Farben in gräulichem Dunst verloren. Wer sah schon nach oben, wenn er auf Fußgängerverkehr, auf Ampeln und Autos achten mußte? Susanne Sawitzki umklammerte den Griff ihrer Handtasche, als ein junger Mann von zweifelhaftem Äußeren neben ihr stehenblieb, auf die Kleider starrte, die er seiner Freundin oder Frau nie kaufen würde. Susanne Sawitzki verlor die Lust an der edlen Boutique sofort. Hineinzugehen wäre eine Möglichkeit gewesen, der Straße zu entfliehen. Aber sie wußte, daß Verkäuferinnen in edlen Boutiquen die Gabe hatten, sie einzuschüchtern, bis zu dem Punkt, an dem sie etwas kaufte, das sie gar nicht haben wollte.

Sie ging weiter in Richtung Meinekestraße, drehte sich ein paarmal um, aber niemand folgte ihr. Susanne dachte, daß sie in eines der Straßencafés gehen könnte, oder in Willis In-Lokal, von dem sie nur noch Schritte entfernt war. Aber sie hatte Angst vor seinen Fragen. Zum Beispiel, warum sie letzte Woche nicht aufgetaucht war? Susanne sah ihn förmlich vor sich: »Mensch, Mädchen, wir hatten den Laden voll, und glaub mir, wir haben dich vermißt.« Willi mit der weißen, langen Schürze, dem Dreitagebart, dem schwarzen Seidenhemd, den Griff an der Champagnerflasche. Willis Gäste tranken viel Champagner. Sie aßen Buletten dazu, weil das irgendwie witziger war als Austern. Sie saßen auf unbequemen Stühlen und gafften den knackigen Kellnerinnen nach. Sie sprachen über ihr Geld, ihre Autos, ihre Freundinnen. Manchmal brachten sie die Freundinnen mit: jung und schön und sehr gelangweilt.

Willi war Susannes Freund seit zwei Jahren, seit ihr Mann gestorben war. Lungenkrebs. Das kam vor, auch im Westen, und Susanne war froh, daß es schnell gegangen war. Nicht nur, weil sie einen Ekel vor Krankenhäusern hatte. Auch seinetwegen. Und nun gab es Willi, Freund und Arbeitgeber, eine vielleicht nicht glückliche Kombination, aber sie kam Susannes Entscheidungsunlust entgegen. Dinge passierten einfach, und sich nicht zu wehren war immer schon der bequemste Weg gewesen.

Als sie diesen Unfall hatte und es mit dem Musikstudium vorbei war, da war ihr Sebastian begegnet, ein Mann zur rechten Zeit, ein Mann, der sie heiraten wollte, den sie geheiratet hatte, weil Lutz Böhm nichts dagegen hatte. Sebastian hatte beim Senat gearbeitet, und Susanne hatte Lutz Böhm erzählt, was an Informationen aus dem Büro des Innensenators abfiel.

Nicht viel, so hatte Susanne immer gedacht. Die Spionage fürs Vaterland, das war ihr lächerlich erschienen, so wie die konspirativen Treffen mit Böhm, die Tarnung als Dissidentin, all die Masken, die man ihr aufgesetzt hatte, um das Spiel in Gang zu halten.

Sie stand vor einem Musikgeschäft, preßte ihr Gesicht gegen die Scheibe, starrte auf das Cello. Dachte: Wenn ich diesen Unfall nicht gehabt hätte ...

»Seien Sie froh, daß nicht mehr passiert ist«, hatte der Arzt gesagt, als sie mit einem steifen Finger aus dem Krankenhaus entlassen wurde. Wie grausam gedankenlos Menschen doch waren. Wenn ich Cellistin geworden wäre, dachte Susanne, dann hätten sie mich in Ruhe gelassen. Aber so hatte sie Sebastian getroffen, den »wertvollen Informationsträger« in der Sprache Böhms, den netten, ahnungslosen Ehemann, den sie ohne das Element des Verrats hätte lieben können.

Aber nicht so sehr wie die Musik, dachte Susanne, während sie ihren Blick von dem Instrument löste. Ihr Atem hatte die Scheibe beschlagen. *Nein,* schrieb Susanne mit dem steifen Finger auf die Scheibe. Nein war ein Wort, das sie in ihrem Leben zu selten benutzt hatte.

Kein Nein, als die Schulleiterin der Siebzehnjährigen ein Stipendium anbot. Hatte sie überhaupt kapiert, was man von ihr wollte, als ihr Lutz Böhm zugeführt wurde? Ein netter, sympathischer Mann, der mit ihr über Musik sprach, über ihre Zukunftspläne, über ihren Freundeskreis, Vaterersatz oder zumindest väterlicher Freund. So hatte sie damals gedacht, und Susanne hielt bis heute daran fest, daß sie ahnungslos in eine Affäre gestolpert war, die sie nie wieder loslassen würde.

»Man muß ein Ziel haben und diesem Ziel alles andere unterordnen.« Böhms Worte damals. Sie hatte seinen Worten geglaubt. Weil es ja auch viel einfacher gewesen war, als seine

Autorität in Frage zu stellen, das, was er repräsentierte: den Staat, das Recht. »Solange wir zwei zusammenhalten, kann dir nichts geschehen.« Komisch, daß sie so lange gebraucht hatte, um die Drohung hinter seinen Sätzen zu erkennen. Um zu begreifen, daß ihre Abhängigkeit von ihm so groß war, weil er der einzige war, dem sie nichts vormachen mußte.

Susanne löste sich von den Musikinstrumenten und der unangenehmen Reise in die Vergangenheit. Sie konzentrierte sich auf die Straße, den dichtbevölkerten Gehweg, ohne Menschen wahrzunehmen. Sie war so müde, seit Tagen schon – und wenn ihr die Wohnung nicht wie ein Gefängnis erschienen wäre, hätte sie kaum die Kraft aufgebracht, auf die Straße zu gehen. Zwei Tage, ohne den Telefonhörer abzunehmen. Zwei Nächte, in denen Schlaftabletten die Reise ins Nichts ermöglicht hatten.

Willis wilde Bulettenbar an der Ku'dammecke war jetzt dicht vor ihr, sie konnte Willi durch die Glasscheiben erkennen, er stand neben einem seiner schönen Mädchen, die als Kellnerin jobbten und fest daran glaubten, daß sie in einem In-Lokal den Mann ihres Lebens treffen würden. Den Porsche-Mann oder zumindest den Szene-Mann, der sie zu den richtigen Parties einladen würde. Manchmal beneidete Susanne die Mädchen um ihre unbekümmerte Lebensgier, dann wieder fand sie sie schrecklich oberflächlich und dumm.

Susanne wußte, daß die Mädchen nicht verstehen konnten, was Willi an der »Cellistin« fand. Daß sie sich über ihre penible Art lustig machten – und sie gleichzeitig fürchteten, wenn abgerechnet wurde. »Die bescheißen mich, wo sie können«, sagte Willi immer. Und daß er sich im Laden nur auf Susanne verlassen könne. Und überhaupt. So lässig sich Willi seinen Gästen präsentierte, so bodenständig und geschäftstüchtig war er hinter den Kulissen. Das vor allem mochte sie an ihm. Eine gewisse Klarheit in der Persönlichkeitsstruktur. Und Willi war nun wirklich keiner, den man ausspionieren konnte. Also keiner, den man anlügen mußte. Zwei Jahre lang, dachte Susanne, habe ich gelebt wie ein ganz normaler Mensch. Mit Vergangenheit, mit zerplatzten Träumen, aber ohne das ständige Gefühl von Angst und Selbstekel.

Was würde Willi sagen, wenn sie ihm die Wahrheit offenbarte? Würde er lachen oder von ihr abrücken? Sie mit seinem Wissen erpressen? Noch einer, dem sie sich ausgeliefert hatte?

Susanne preßte die geballte Hand auf den Mund, um ein hilfloses Stöhnen zu unterdrücken. Sie hatte nicht aufgepaßt: Willi stand jetzt an der Tür und winkte ihr lässig zu, schließlich waren Gäste da, und hier war nicht der Ort, Emotionen zu zeigen.

Weglaufen? Ihre Füße schienen ihr bleiern, als sie auf ihn zuging: eine kleine Person mit langen braunen Haaren, die ihr glatt über die Schultern fielen, mit grünen Kinderaugen und schwarzem Minikleid. Den steifen Mittelfinger ihrer rechten Hand hatte sie auf ihr Herz gepreßt, als sie vor Willi stand.

»Mensch, Mädchen, wo warst du denn? Ich hab mir beinah Sorgen gemacht.«

Die Stammgäste, die die Verhältnisse kannten, nickten ihr zu und grinsten neugierig bis aufmunternd.

»Es ging mir nicht so gut«, flüsterte Susanne. So was sprach man in Willis Bar nicht laut aus, weil es nicht zum Image paßte. Willi küßte sie auf beide Wangen, böse war er offenbar nicht, und deutete dann auf das schwarze Telefon auf der Theke.

Susanne schüttelte den Kopf. »Mein Telefon war kaputt«, log sie, es war schon so sehr zu einer Gewohnheit geworden, daß sie ihre Lügen als Wahrheit empfand. Die Kellnerinnen begrüßten sie mit jenem Lächeln, das sie aufsetzten, wenn »Mittelklasse-Leute« Tische besetzt hatten und Bier statt Champagner tranken.

Willi war nicht nachtragend. Die »Cellistin« war ein Juwel fürs Geschäft: Wo zum Teufel fand man in diesen Goldgräberzeiten noch zuverlässige Mitarbeiter? Außerdem mochte er sie auch auf privater Basis, weil sie nicht zickig war, nicht unbescheiden, appetitlich sowieso und treu wie Gold. Und irgendwie geheimnisvoll: Er hatte bisher nicht herausgefunden, worauf sie wirklich abfuhr. Im Gegensatz zu den Mädels redete sie nicht ständig über sich. Wenn er nachts um zwei aus dem Laden kam, hatte er wirklich genug vom dummen Geschwätz der Leute, dann brauchte er Ruhe und Entspannung. Susanne forderte nichts von ihm, was ihn anstrengen könnte. Gut möglich, daß diese Beziehungskiste einer Liebe ähnlich war.

»Ein wenig Schminke wäre nicht schlecht gewesen«, sagte er, während er ihr liebevoll übers Gesicht strich. »Willste was essen? Uly kommt gleich mit seiner Clique, und ich habe Sushi vorbereitet.«

Susanne schüttelte den Kopf, nahm eine der Buletten, die auf der Theke standen. Sie waren klein, aber kostenlos in *Willis wilder Bulettenbar*, eine Geste des Hauses, die über die Getränkekalkulation mitfinanziert wurde. Eine Geste, die von Reichen über Pseudoreiche bis zu Schnorrern gleichermaßen geschätzt wurde. »Mit gutem Speck fängt man erstklassige Mäuse« war eine von Willis Geschäftsdevisen.

»Du bist nicht böse?«

Willi lächelte tolerant, und Susanne setzte sich mit einem Gefühl der Erleichterung an die Kasse. Während sie automatisch Kassenbons checkte, flogen die Gedanken wieder weg in die andere Zeit. Zweimal nur war Lutz Böhm wirklich böse auf sie gewesen: Etwa eineinhalb Jahre nach ihrem Kennenlernen, als sie zu ihm gesagt hatte, wie schäbig sie sich vorkomme, ihre Kommilitonen auszuhorchen, den *agent provocateur* in der Gruppe zu spielen. Susanne erinnerte sich genau an Böhms Zornesader, an seine Vorhaltungen, ob sie etwa Mitgefühl mit Staatsfeinden habe? Und wie er ihr dann erzählte, daß es in dieser Gruppe noch einen Informanten gäbe, dessen oder deren Namen er ihr nicht nennen konnte.

Er muß genau gewußt haben, daß dies mein Verhältnis zur Gruppe verändern würde, dachte Susanne. Daß ich anfing, sie mit Mißtrauen zu sehen, weil es ja sicher war, daß eine oder einer von ihnen mich beobachtet und betrügt.

Ein Jahr später war Karl verschwunden, einer der talentiertesten Geiger ihres Jahrgangs, und alle wußten, daß die Stasi ihn abgeholt hatte. Ein Volksschädling. Einer weniger. Hatte sie sich je für Politik interessiert? Aber sie hatte Karl gemocht, und sie war ganz sicher, daß sie nie etwas wirklich Schädigendes über Karl gesagt hatte.

Der furchtbare Streit mit Lutz Böhm hatte damit geendet, daß er in ihrem Bett lag: Diese Nacht hatte Susanne nie verdrängen können, weil sie ihre Unterwerfung damit besiegelt hatte, daß sie ihm alles gab, zuletzt auch ihren Körper, den er nahm wie ein Stück Fleisch, wenn man Hunger hat.

War Haß ein angemessenes Gefühl für das, was das Leben ihr angetan hatte. Susanne sah hoch in das grinsende Gesicht von Uly Farkasch. Er grinste immer, das erfolgreiche Zahnarztlächeln, und er hatte als Stammkunde Anspruch auf ihre Aufmerksamkeit.

»Ein Fläschchen Dom Perignon, liebste Susanne.«

An Ulys Arm hing ein Mädchen, das seine Tochter sein konnte und es bestimmt nicht war. Susanne befahl sich, locker und fröhlich auszusehen, um dem allgemeinen Lebensgefühl zu entsprechen. Sie sah sich nach Willi um, der die Flasche bereits liebevoll in Händen hielt. Ulys Begleiterin machte Champagneraugen.

»Hast du meine neueste Errungenschaft schon bewundert?«

Susannes Blick folgte Ulys Zeigefinger, der in Richtung Straße wies. Menschen und Autos.

»Der goldlackierte Rolli dort, direkt vor Willis Laden.«

Susanne starrte schweigend auf das seltsame Gefährt. Ein verfremdeter Trabi, zum Kabriolett umgebaut, golden lackiert und mit schwarzen Ledersitzen. Sie dachte: Uly ist bestimmt so lange gekreist, bis er den Parkplatz direkt vor der Bar fand. »Sieht witzig aus«, sagte sie schließlich, merkte an seiner Reaktion, daß ihr Kommentar dem Anlaß entsprechend nicht originell genug gewesen war.

Willi stand am Fenster und drückte die geforderte Bewunderung aus.

»150 PS unter der Haube. Ihr solltet mal sehen, wie blöd die BMWs glotzen, wenn ich an denen vorbeizische. Hat natürlich ein Vermögen gekostet, der Umbau, aber das war mir der Spaß wert.«

Die Gäste lachten und einige gingen raus, um den Spaß aus der Nähe zu besichtigen. Willi entkorkte die Champagnerflasche, und zwei Kellnerinnen brachten Platten mit Sushi. Uly stand im Mittelpunkt seiner Clique und des Geschehens in *Willis wilder Bulettenbar.* Die kleinen Freuden, die blieben, wenn man schon mit anderer Leute Gebiß seine Brötchen verdienen mußte.

Susanne stand außerhalb, aber das merkte keiner, nicht einmal Willi, der jetzt die zweite Flasche entkorkte. Damals, als die Mauer fiel, da war sie für ein paar Tage »in« gewesen. »Wie fühlst du dich jetzt?« hatten alle gefragt. »Unwirklich«, hatte sie geantwortet und war mit Willi und seinen Stammkunden und Champagnerflaschen ans Brandenburger Tor gezogen, um zu feiern. Nur drei, vier Nächte, dann war es vorbei, das wilde Gefühl der Freiheit und Verbrüderung. Dann hörte sie die ersten abfälligen Bemerkungen über stinkende Trabis, Verkehrschaos, die Schnorrer von drüben. Willis Gäste waren bestimmt kein repräsentativer Querschnitt der Berliner Bevölkerung: Aber wie lange hatte es gedauert, bis die Freude dem Überdruß gewichen war, die Anteilnahme dem Spott, dem Rausch der Kater? Bis einer sagte: Man müßte jetzt eine achtspurige Autobahn bauen aber ohne Übergänge.

Jetzt bin ich wirklich frei, hatte Susanne gedacht, als die

Mauer fiel. Frei von Lutz Böhm und seiner Macht. Frei von Angst. Und dann war alles nur noch schlimmer geworden, als die Stasi-Akten ins Gespräch kamen, die Stasi-Hysterie ausbrach und die Gerechten nach Rache schrien. Susanne hatte zwei aus ihrer Gruppe im Fernsehen gesehen, kurz nach der Wende, als die Oppositionellen noch als Volkes Stimme gehört wurden. Gerechtigkeit hatten sie gefordert und schonungslose Aufdeckung und Bestrafung der Volksverräter.

Das Volk ist dasselbe geblieben, nur die Verräter haben ihre Positionen gewechselt, hatte Susanne gedacht, und wie gern sie jetzt auf der richtigen Seite wäre. Und dann hatte sie in einem Zustand innerlicher Starre gewartet, daß *es* passieren würde: die Akte auftauchen, ihr Name irgendwo veröffentlicht, einer von Tausenden, ein Verrätername ... Aber nichts war geschehen in dieser langen Wartezeit ... bis Lutz Böhm an ihrer Wohnungstür stand. Genau wie früher: Du schuldest uns einen kleinen Gefallen, Susanne. Böhm hatte sich nicht geändert. Nichts hatte sich verändert. Die Mauer war unsichtbar geworden. Das war alles.

»Würdest du mir zutrauen, jemanden zu verraten?« fragte sie viele Stunden später den nackten Mann in ihrem Bett.

Willi dachte an seine Kasse. Sah erst Susanne an, dann auf die Uhr: halb drei Uhr morgens. Er war müde und hatte absolut keinen Bock auf ernsthafte Unterhaltung. Aber sie sah aus, als ob sie Streicheleinheiten nötig hätte.

»Nein. Du bist der ehrlichste Mensch, der in dieser verdammten Stadt frei rumläuft. Wieso fragst du so was?«

Der Mann in ihrem Bett drehte sich zur Seite, um ihr zu zeigen, daß er eine kurze Antwort erwartete.

»Den Mann, mit dessen Hilfe ich rübergekommen bin.«

Eine Frau, die kurz vor dem Morgengrauen in Rätseln sprach, war eine Beulenpest. »Welcher Mann?«

Susanne lag auf dem Bauch, hatte ihr Gesicht in die Hände gestützt und starrte auf das Metallgitter des Bettes. »Er hieß

Philipp, wir haben uns in Ostberlin kennengelernt. Bei einem Konzert.«

»Und dann?« Schläfrig.

»Dann haben wir uns immer getroffen, wenn er in Ostberlin war. Er war irgendein Beamter in Bonn und hatte bei der Ständigen Vertretung zu tun, weißt du.«

Ein Ex, dachte Willi, und warum auch nicht? Daß sie fast nie über ihre Vergangenheit sprach, hieß ja nicht, daß sie keine hatte.

»War er nett? Hast du ihn geliebt?«

Eine komische Frage, dachte Susanne. Das Gitter warf im Halbdunkel bedrohliche Schatten, und sie wechselte ihre Position, so daß sie auf das Fenster gegenüber des Bettes sah. »Ich weiß nicht. Er war viel älter als ich, und er sprach über Dinge, von denen ich nichts wußte. West-Dinge, du weißt schon. Über Reisen und so Zeug. Aber er verstand viel von Musik. Ich glaube schon, daß ich ihn gemocht habe.«

»Vielleicht hast du ihn auch nur angemacht, weil du seine Hilfe wolltest. War ja verständlich.«

Seine Stimme war so schläfrig, daß sie ihn kaum verstand. Susanne rückte ein Stuck näher, kuschelte sich an seinen Rücken. Schutz und Geborgenheit: Ließ sich das an einem Mannerrücken finden?

»Wir haben uns fast ein Jahr lang getroffen, bevor wir darüber sprachen. Ich meine, daß ich raus wollte. Er hat mir nichts versprochen, aber er kannte die richtigen Leute, und zwei Monate später hatte ich die Papiere. Ich war wirklich überrascht, weil ich dachte, daß es Jahre dauern würde.«

Willi rückte ein Stück ab. Beim Schlafen brauchte er Bewegungsfreiheit. »Na, vielleicht waren sie froh, eine Regimekritikerin los zu sein.«

War da Sarkasmus in seiner Stimme? Susanne beugte sich über ihn, um sein Gesicht zu sehen, aber seine Augen waren geschlossen. Er sah so friedlich aus – und so unberührt.

»Er hat mir dann bei der Wohnungssuche geholfen und daß ich in Berlin ein Stipendium kriegte. Aber wir haben uns dann nicht mehr oft gesehen. Ich glaube, er weiß gar nichts von dem Unfall, von meiner Heirat mit Sebastian. Unsere Beziehung ist einfach eingeschlafen, verstehst du?«

Willi war eingeschlafen. Als sie ihn berührte, murmelte er etwas, das sie nicht verstand. Susanne legte sich zurück, löschte die Lampe an ihrer Seite, lag mit offenen Augen im Dunkeln. Dachte, daß sie wieder eine Schlaftablette brauchen würde, um sich von den Schatten zu befreien. Das Problem war, daß sie mit jedem Tag länger wurden.

Sie stand auf und tappte im Dunkeln ins Badezimmer. In der Küche spülte sie die Schlaftablette mit Wein nach. Legte sich neben den Schlafenden, der sich davongestohlen hatte, als sie sich ihm nähern wollte. Susanne dachte an Philipp: Gehörte er jetzt auch zu *denen*? Oder welchen Grund gab es, daß sie ihn treffen mußte? Oder war Böhm jetzt auf Philipps Seite, so daß sie jetzt für *die* benutzt wurde? Oder war Philipp immer Teil dieses Spiels gewesen, so daß die Wahrheit nur ihrer Demütigung diente? Und dann? So dumm war sie doch nicht zu glauben, daß ihre Dienste damit beendet waren, mit Philipp zu sprechen. So wie Böhm aufgetreten war, ging es um eine große Sache, nicht um ein kleines Gespräch. Um Politik? Susanne haßte Politik. Um Geld? Böhm hatte angedeutet, daß man sie bezahlen wollte. Natürlich konnte sie Geld gebrauchen, die Wohnung war teuer, und die Witwenpension und das, was Willi ihr bezahlte, reichten gerade so aus. Hätte sie wenigstens Geld verlangen sollen – viel Geld?

Susanne, die mit offenen Augen im Dunkeln lag, spürte endlich den Schlaf kommen, der sie von ihren Fragen erlösen würde. *Ich will nicht mehr.* Der Satz fraß sich in ihr fest, jenseits aller Fragen und Antworten. *Ich lasse mich nicht mehr von ihnen benutzen.* Der Satz gab ihr das Gefühl von Mut und Stärke. Mit diesem Satz schlief sie ein.

7

Der Oberbürgermeister hatte seine Rede beendet. Der Staatsbesucher hatte sich in gewähltem Englisch für die Ehre bedankt und sich anschließend ins Goldene Buch der Stadt Bonn eingetragen. Ein Zeremoniell, das Anna bestimmt schon fünfzigmal beobachtet und beschrieben hatte. Gleich würde es Sekt geben, eine halbe Stunde Blabla – und den meist vergeblichen Versuch, dem Protokollbeamten des Auswärtigen Amtes etwas Lohnenswertes für die Klatschspalte zu entlocken.

»Er macht Bodybuilding«, sagte der Protokollbeamte zu Anna. »Hat seine Gerätschaften mit auf den Petersberg gebracht.«

Immerhin. Anna musterte den bulligen Südafrikaner aus der Distanz, nippte an ihrem Sektglas, flüsterte plötzlich: »Stimmt es, daß er seine Freundin mitgebracht hat? Die Dame, die da hinten unter dem Gobelin steht?«

»Ich bitte Sie, Frau Marx. Der Mann ist verheiratet. Die Dame unter dem Gobelin ist die Übersetzerin seines Außenministers.«

»Das eine schließt das andere ja nicht aus«, murmelte Anna und erntete einen mißbilligenden Blick hinter einer Hornbrille. Dr. Fiege war humorlos, eine Eigenschaft, die er mit vielen höheren Beamten und Politikern seiner Generation teilte. Anna schätzte ihn auf circa fünfundfünfzig. Ein bißchen konservativ, ein bißchen selbstgerecht, immer ein bißchen dafür und ein bißchen dagegen. Wie Degenhardts alter Notar Bolamus.

Nur Berlin war ein bißchen zuviel. Dr. Fiege war natürlich pro Bonn und gegen Berlin. Aus politisch-historischen Erwägungen, wie er Anna bei ihren gelegentlichen Treffen versichert hatte. Nein, sein Haus in Mehlem spielte da überhaupt keine Rolle. Auch nicht, daß seine Frau an einer Godesberger

Schule unterrichtete. Der Sohn das AKU besuchte. Nein wirklich, persönliche Erwägungen spielten bei solch großen Entscheidungen eine absolut untergeordnete Rolle.

Wie verlogen sie alle waren, dachte Anna, die mit dem Bonn-Berlin-Streit viele Zeilen gefüllt hatte, bis hin zum bitteren Ende für die kleine Stadt am Rhein. Die Beamten, die ihre Autos mit Pro-Bonn-Aufklebern schmückten und um Eigenheime zitterten. Warum auch nicht? Aber warum nicht ein bißchen mehr Ehrlichkeit in der Diskussion? Die Bonner Wirte, die auf die Barrikaden stiegen, so plötzlich verliebt in diese Stadt. Und die Lokalblätter, die in geifernder Stellungnahme jeden Stiesel ins Blatt brachten, wenn er sich nur für Bonn aussprach. Armes Bonn, das sich gewissermaßen selbst entlarvt hatte. Arme Anna, der beim Gedanken an einen Umzug nach Berlin flau im Magen wurde.

»Der Oberbürgermeister sieht ohne Hauptstadt-Flair sehr verloren aus«, sagte Anna zu Dr. Fiege, der sich während ihrer Schweigeminuten mit dem Chef des Presseamts unterhalten hatte.

»Sie waren in der journalistischen Auswertung der Bonn-Diskussion manchmal ein bißchen spöttisch«, erwiderte Dr. Fiege und versuchte ein Lächeln, um den Vorwurf abzuschwächen.

Anna dachte, daß es Zeit für den Abgang war. »Ich liebe Bonn, Herr Dr. Fiege. Aus vielen ganz egoistischen und persönlichen Gründen war und bin ich gegen Berlin. Der Spott richtete sich nur gegen die Bonn-Befürworter.«

Päng. Fiege sah ihr nach, wie sie davonschritt in Richtung der Geliebten des Präsidenten, ach Quatsch, jetzt fing er auch noch an, dem Klatsch zu glauben. Die Marx hatte eine böse Zunge, typische Begleiterscheinung einer unverheirateten Journalistin unter hundert. Außerdem lief das Gerücht, daß sie mit Dr. Handke liiert war. Kein Wunder, daß sie das Thema »Geliebte« so interessierte. Andererseits mußte man aufpassen: Handke war ein Mensch, an dem man schlecht vorbeikam in Bonn. Fiege dachte, der Mann wäre ein Idiot, wenn er seine nette und elegante Frau gegen dieses rothaarige Monstrum eintauschen würde.

Anna Marx verließ das alte Rathaus und ging zu ihrem Wagen, der in der Marktplatz-Tiefgarage geparkt war. Neue Stöckelschuhe, mit denen sie hängenblieb. Sie fluchte, als sie ihren Schuh befreite. In Bonn, da schrien die Steine nicht wie in Berlin, sie ruinierten nur die Stöckel. War das vielleicht ein Argument, die Idylle zu verlassen?

Es gab Tage wie diesen, da nervte einfach alles. Die Putzfrau mit Migräne, die Waage, die zwei Pfund mehr anzeigte, diese dämliche Politesse mit ihrem Obrigkeitsgehabe, der plumpvertrauliche Pförtner im Verlagshaus, die Rathaustypen und Bonner Sonntagsreden. Anna nervte Anna, weil sie einfach nicht verstand, was mit Philipp los war seit dieser verdammten Reise. So als ob ihre Welt um diesen einen Mann kreisen mußte.

Es gab einfach Tage wie diesen – und man mußte sie schnell hinter sich bringen. Anna fluchte, weil sie ihr Auto nicht sofort fand. Wie sollte man das auch in diesen stinkigen Katakomben, vollgepfropft mit Autos, die alle gleich aussahen? Keine Panik. Das Leben konnte so schön sein, wenn man oben war. Ein Glücksfall, den Wagen jetzt zu finden, den dazu passenden Schlüssel, den Parkschein.

Anna fuhr in die Redaktion, tippte zwanzig Zeilen in den Computer, senkte den Blick, als Chefredakteur Gruber durch den Raum rauschte. Er hatte ihre »nonchalante Berichterstattung« zum Bonn-Berlin-Streit gerügt, auf Anweisung des Verlegers, wie man wußte, denn die Familie des Verlegers verfügte über Grundbesitz in Bonn, und hier waren der objektiven Meinungsbildung und Annas unbekümmertem Spott deutliche Grenzen gesetzt.

»Jede und jeder hat das Recht, Fehler zu machen: aber nicht auf meine Kosten.« Gruber fiel der Satz des Verlegers wieder ein, als er Annas gebeugten Rücken vor dem Computer sah. Dachte: Ab und zu braucht sie einen Dämpfer, sonst wird sie zu frech. Der Satz ließ sich im Prinzip auf alle Frauen anwenden, sogar auf die eigene. Und einen Teufel würde er tun, diesen oder ähnliche Sätze vor der unholden Weiblichkeit der Redaktion auszusprechen. Die Marx hatte vor kurzem nach einer Gehaltserhöhung gefragt. Es tat ihr sicher gut, eine Weile darauf zu warten.

Als Gruber seinen Kontrollgang endlich beendet hatte, wählte Anna Philipps Geheimnummer im Büro, versuchte es bei seiner Sekretärin, als sich niemand meldete. Erfuhr, daß Dr. Handke bei einem wichtigen Termin sei. Nach dem ehrfürchtigen Ton zu urteilen, war es mindestens ein Staatssekretär. Anna dankte und legte auf.

Sie sah so unglücklich aus, daß es sogar Udo Mertens auffiel, dem Kollegen aus der Politik, der Anna nicht immer gewogen war. Schon gar nicht, wenn sie, wie er es ausdrückte, in seinem Revier wilderte. Er blieb vor ihrem Schreibtisch stehen. »Was ist los? Hat dich die Reise in die neuen Bundesländer so deprimiert, oder was? Oder der Anpfiff von Gruber?«

Anna sah zu ihm hoch. Udo war klein und korpulent und ein ganz netter Mann, wenn er nicht gerade von seiner Wichtigkeit durchdrungen war. »Nein. Einfach so. Es gibt solche Tage.«

»Vielleicht das trübe Wetter.« Mertens nahm ungefragt eine von Annas Zigaretten und setzte sich auf den Schreibtischrand. »Apropos trübe. Ich habe was läuten hören, daß unser Verleger auch am Kauf der Inter-Verlagsgruppe interessiert ist. Obwohl die Sache 'ne Nummer zu groß für ihn ist. Zwei Komma vier Milliarden soll der letzte große Bissen im Medienmarkt Ost kosten. Ich hab was läuten hören, daß hinter den Kulissen schwer gefightet wird, wer den Zuschlag erhält. Da hängen so viele Interessenten dran, daß wir wohl kaum 'ne Chance haben.«

Kollege Mertens identifizierte sich mit der Zeitung und dem Verlag. Anna fragte lustlos, ob er an der Story dran sei?

»Na klar doch. Schließlich kann es nicht schaden, unserem obersten Dienstherrn die eine oder andere Information zukommen zu lassen, oder?«

»Und wer kriegt den Zuschlag? Weißt du das auch schon?«

Udo Mertens lächelte wissend, während er die Achseln zuckte. »Unser Bundeskanzler favorisiert einen großen Verlag im Süden der Republik. Aber was Genaues weiß man nicht.«

»Kungelmungel«, murmelte Anna.

»Wie bitte?«

»Alles, was mit viel Geld oder viel Macht zu tun hat, wird mit Geld oder Macht durchgezogen. Verkungelt. Rechts UND links. Immer von oben nach unten. Nach Art der Bananenrepublik, nur perfekt funktionierend und abgefedert.«

Udo Mertens erhob sich vorsichtig von Annas Schreibtisch. Er war nicht disponiert, auf diesem Niveau zu diskutieren. Nomen est omen, oder was?

»Mir scheint, daß du in diesem System auch ganz gut funktionierst und bequem abgefedert bist, liebe Kollegin.«

Anna wischte einen Fleck von ihrem Schreibtisch, den er gewiß nicht hinterlassen hatte. »Aber ja. Ich bin eine satte, krumme Banane in dem großen Haufen. Sonst noch Fragen?«

Nein. Udo Mertens entfernte sich eilig, nicht vergessend, der jungen und hübschen Volontärin zuzulächeln, die ihm immer so neugierig-kluge Fragen stellte. Das Gefühl von Überlegenheit war der erste Schritt zu Zuneigung. Oder was?

Während Anna rauchte und Konkurrenzblätter las, versuchte Philipp Handke, in einem Gesicht zu lesen, das ihm fremd geworden war.

Auch unter normalen Umständen hätte er es vorgezogen, diese Frau nicht wiederzusehen. Und dieser »Umstand« war keineswegs normal, sondern bedrohlich. Susanne Sawitzki, die vor ihm saß, nachdem er ihr den Pavillon des Rheinauenparks als neutralen Treffpunkt vorgeschlagen hatte. Susanne Sawitzki, die ihn haßerfüllt anstarrte, gerade so, als ob er ihre Existenz gefährden würde – und nicht umgekehrt. Susanne, die ihn nach so langer Zeit angerufen hatte – nicht überraschend. Er hatte es gewußt oder zumindest geahnt, nachdem ihr Name in dieser Bar gefallen war. Hatte darauf gewartet wie auf ein Unheil, das nicht mehr abzuwenden ist. Und jetzt saß sie hier und sah ihn an, als hätte er schuld.

»Du hast doch mit den Leuten wegen meiner Ausreise verhandelt. Hast du dich nicht gewundert, daß es so schnell ging? Du kannst mir doch nicht erzählen, daß du nicht gewußt hast, daß ich für die Stasi gearbeitet habe. Oder warum hast du mich sonst so schnell verlassen, als ich im Westen war?«

Angriff als beste Form der Verteidigung. Philipp sah in den grünen Kinderaugen nichts als alte Vorwürfe. »Es war ein ganz normales Ende einer fast normalen Affäre«, erwiderte er leise. Er mußte sich zwingen, leise zu sprechen, weil er sie sonst angeschrien, vielleicht sogar geschlagen hätte. Eine Regung, die er ganz normal fand. So wie den Haß, der wie ein Feuer brannte, das sich nicht mit Worten löschen läßt. Er stand auf, legte einen Zwanzigmarkschein auf den Tisch und ging zur Tür.

Susanne folgte ihm ins Freie. Sie war noch nicht fertig mit ihm. War es nicht seine Schuld, daß Böhm wieder in ihr Leben eingedrungen war? Es war ein grauer Tag, über dem Rheinauenpark hingen Nebelschwaden. Und wenn die Sonne geschienen hätte, Philipp hätte sie nicht wahrgenommen. Nur dies: seinen Haß auf diese Frau.

»Ich habe wirklich geglaubt, daß du ein Rädchen warst, das dieses System gestört hat. Ein unwichtiges Rädchen, das loszuwerden sie keine Probleme hatten. Ich wollte dir wirklich nur helfen, frei zu sein. Was für ein Vollidiot ich doch war.«

Susanne hielt ihren steifen Finger mit der linken Hand

umschlossen. Er lügt, dachte sie. Er war es auch, der mir diesen Mann geschickt hat, damals, als ich gerade in Westberlin Fuß gefaßt habe. »Frei sein? Machst du Witze?«

Er drehte sich abrupt zu ihr um und umklammerte ihren Arm so schmerzhaft, daß Susanne aufschrie. »Ich nehme es verdammt ernst, daß mich jemand so schäbig hinters Licht geführt hat wie du.«

»Laß mich los.« Ihre Stimme klang hysterisch.

Philipps Stimme war leise und klang gefährlich: »Hör mir gut zu, Susanne: Ich lasse mir von dir und von wem auch immer, der dich geschickt hat, mein Leben nicht ruinieren. Wieso sagst du mir jetzt erst die Wahrheit? Warum nicht schon damals, als du über die Grenze kamst? Was steckt dahinter? Was willst du von mir?«

»Du sollst mich loslassen.«

»Ich sollte dich verprügeln. Aber das würde mein Problem auch nicht lösen.« Philipp zog sie mit sich in Richtung des Japanischen Gartens, und Susanne duckte sich unter seinem haßerfüllten Blick, als er stehenblieb und sie mit beiden Händen schüttelte. Die Angst in ihren Augen war berauschend.

»Und jetzt sagst du mir endlich, womit ich dein rührendes Geständnis verdient habe?«

Philipp ließ sie los, als sie zu weinen begann, vor Schmerz oder vor Hilflosigkeit. Eine Waffe, die nur Frauen zu gebrauchen wußten, weil Männer Idioten waren. Er verspürte so unendlich große Lust, ihr weh zu tun. Susanne war die Falle, die ihm das Leben gestellt hatte – und er war reingetappt wie ein dummer Hund.

»Susanne, ich werde es aus dir rausholen, das versprech ich dir. Egal wie, verstehst du?« Brüllend: »Und wenn es uns umbringt!«

Er war so voller Zorn, daß er nicht aufpaßte, als sie einen Satz nach rückwärts machte, sich blitzschnell umdrehte und weglief. Er brauchte ein paar Sekunden, um zu begreifen und ihr nachzulaufen. Sie war viel jünger als er und viel schneller, sie rannte wie um ihr Leben, und die Distanz hatte sich vergrößert, als Philipp abrupt stehenblieb und sich ans Herz griff. Er keuchte und verspürte einen stechenden Schmerz in seiner linken Brustseite. »Scheiße« war ein von Philipp selten gebrauchtes und in dieser Situation inadäquates Wort. Susanne war weg, verschluckt im Grau dieses Tages. Er stand ganz in der Nähe des Parkausgangs und dachte, daß dieser Zeitpunkt zum Sterben nicht übel war.

8

»Na, das ist aber eine Überraschung, wa?«

In der Tat, dachte Anna. An mehr zu denken war ihr an einem Sonntagmorgen nicht möglich. Sie sah erst auf die Blondine, dann auf ihre Uhr: 10 Uhr 5. Irgendwie kam ihr die Frau an ihrer Eingangstür bekannt vor. Sie trug einen Blumenstrauß in der rechten und einen Koffer in der linken Hand.

»Ich bin die Ingrid. Ihr habt mich damals mitgenommen, mit dem Auto. Nach Berlin.«

Die Anhalterin. Im Morgenmantel an der offenen Tür zu stehen galt in diesem Wohnhaus als asozial, und unhöflich war sie auch, also bat Anna das Mädchen herein, nahm die Blumen entgegen und watschelte vor ihr ins unaufgeräumte Wohnzimmer. Anna nahm ihre Kleider vom Stuhl.

»Setzen Sie sich doch. Ich bin morgens nicht so gut drauf, es dauert eine Weile.«

»Na klar«, sagte Ingrid. »Ich hoffe, ich störe nicht.«

Diese blöden Floskeln, die alles vertrugen, nur nicht eine wahrheitsgemäße Antwort. Anna nahm eine Zigarette, hustete, dachte sofort an Mutter, die stets gemahnt hatte, vor dem

Frühstück nicht zu rauchen. »Nein, überhaupt nicht. Haben Sie Lust, mit mir zu frühstücken?«

Ingrid Wells, die im Gegensatz zu Anna sehr ausgeschlafen aussah, nickte und bot sich sofort an zu helfen.

Bloß nicht. »Setzen Sie sich bloß in die Küche, das ist gemütlicher.«

Anna fand eine Blumenvase, den Kaffee, noch ein paar Scheiben Wurst und Käse und im Gefrierfach Brötchen. Ingrid Wells sah ihr zu, wie sie schlafwandlerisch in der Küche hantierte, und machte Bemerkungen wie »Hübsch haben Sie es hier«. Vor einem Jahr noch hätte Ingrid angemerkt, daß es dies und jenes »drüben« nicht gab. Das stimmte inzwischen nicht mehr. Das Angebot war in Ordnung. Nur mit der Nachfrage stimmte es nicht mehr.

So erzählte sie, daß sie per Autostopp von Berlin nach Bonn gekommen sei, verschwieg, daß sie schon ein paar Stunden am Bahnhof verbracht hatte, bevor sie es gewagt hatte, bei Anna Marx zu klingeln.

»Gibt es einen besonderen Grund für Ihren Bonn-Trip?« Anna packte den Tisch voll, dachte: Ist eigentlich ganz schön, nicht allein zu frühstücken.

Ingrid rückte das Besteck zurecht. »Ab morgen beginnt ein dreitägiger Kurs in der Zentrale. In Düsseldorf.«

Anna holte schweigend die Brötchen aus der Mikrowelle. Setzte sich Ingrid gegenüber, goß Kaffee ein. »Eine gute Idee, mich bei der Gelegenheit zu besuchen. Wissen Sie schon, wo Sie unterkommen?«

Jetzt habe ich die überflüssige Frage gestellt, dachte Anna, als sie Ingrids verlegenes Gesicht sah. Schweigesekunden. »Wollen Sie bei mir übernachten?«

Ingrid Wells sah Anna mit einem Ausdruck unendlicher Dankbarkeit an. »Ja, wenn es Ihnen nichts ausmacht? Ich hab nicht viel Geld, aber ich könnte auch …«

»Quatsch.« Die gute Tat am Sonntag morgen, dachte Anna.

Deutsch-deutsche Vereinigung für späte Pfadfinder. »Nehmen Sie von der Marmelade. Die hat meine Mutter gemacht.«

Da war er wieder, der Schmerz, kurz und intensiv. Von ihrem Ärger über Philipp verlagert, hatte sie ihn eine Weile verdrängt. »Lebt Ihre Mutter noch, Ingrid?«

»Ja, wollen wir uns denn nicht duzen?« Ingrid strich sich dick Marmelade aufs Brötchen, ignorierte Annas zurückhaltende Miene. »Ja. Sie ist in Leipzig. Aber irgendwie hat sie das alles nicht so richtig verkraftet, ich meine die Wende und so. Sie ist einfach zu alt für das Neue. Ich meine, es macht ihr angst – und über die Preise meckert sie auch ständig.« Bei einer Rente von fünfhundertdreißig Mark kein Wunder, dachte Ingrid. Aber sie wollte nicht irgendwie vorwurfsvoll klingen, weil sie wußte, daß die Wessis da empfindlich waren. Seit sie in Kreuzberg wohnte, wußte Ingrid schließlich auch, daß diejenigen, die hatten, beim Wort »teilen« ganz hektische Flecken kriegten. Wer nichts hatte, hatte gut reden. Ingrid zählte sich jetzt noch zu letzteren, aber sie war davon überzeugt, daß sie den Sprung schaffen würde. Sie war jung und anpassungsfähig. Und das, was sie in dem Kursus über den »Erfolgsmenschen im kapitalistischen System« lernte, das sog sie auf wie ein Schwamm. Kritiklos, wie ihre Freunde in Kreuzberg sagten. Aber so wie die lebten, in der engen Wohnung, nie Geld da, die konnten das gar nicht beurteilen, wie das war, ein Erfolgsmensch zu sein.

Für Ingrid Wells war Anna Marx ein Erfolgsmensch, Visitenkarte, Wohnung und so. Und nett schien sie auch, obwohl sie sie bestimmt geweckt hatte. »Wohnt dein Freund nicht bei dir?« fragte sie jetzt.

»Nein. Und du? Hast du keinen?«

Ingrid warf die blonden, halblangen Haare zurück. »Nee. Zur Zeit konzentriere ich mich aufs Lernen. Ich war schon verheiratet. Aber Erich und ich, wir haben uns scheiden lassen, kurz bevor die Mauer fiel. Ich war ihm zu blöd. Das hat er mir zu oft gesagt, und ich hab ihn verlassen. Ganz einfach. Der Erich hat sich für was Besseres gehalten.«

Blöd ist sie nicht, dachte Anna. Jung und naiv, und wahrscheinlich wird sie mit ihrem Anlageberatungsverein auf die Schnauze fliegen. »Was hat dein Mann denn gemacht?«

Ingrid goß sich den letzten Kaffee ein. »Erich? Der war irgendwas bei der Stasi. Die sind sich ja alle vorgekommen wie die Weltmeister.«

Ah, ja. Anna, die bei dem Wort »Stasi« zusammengezuckt war, schalt sich eine dumme Gans. Sechzehn Millionen Opfer wären überhaupt nicht zu verkraften gewesen. Es war so schon schlimm genug. Beiläufig: »Hat dir das nichts ausgemacht?«

»Nee. Ich hab ja kaum was davon bemerkt, außer daß der Erich bessere Beziehungen hatte als die meisten anderen Leute. Er hat auch nichts Besonderes gemacht, irgendwas mit Außenhandel, nichts wirklich Schlimmes, will ich sagen. Aber als es losging, als wir schon längst auseinander waren, da sind die Leute, die vorher so freundlich zu mir waren, ganz schön fies geworden. Also wollte ich weg, neu anfangen – am besten in Berlin. Was der Erich jetzt macht, weiß ich gar nicht. Wahrscheinlich ist er auf die Füße gefallen. Er war so ein Typ. Soll ich abwaschen?«

Der Themenwechsel bewahrte Anna davor, Ingrids Ausführungen etwas Selbstgerechtes entgegenzusetzen. Etwas wie: War nicht alles an der Stasi schlimm? Durften die Nicht-in-Versuchung-Geführten sich so leicht moralisch entrüsten? Ein ganz klein bißchen bereute Anna ihre spontane Einladung. Sie wies auf die Spülmaschine, sagte: »Ich räume schnell ab, dann zeige ich dir die Wohnung und geb dir einen Schlüssel. Ich bin am Nachmittag bei Freunden eingeladen und …«

»Ich seh mir inzwischen die Stadt an. Kein Problem.«

Ingrid war taktvoll und las Zeitschriften, während Anna in der Badewanne lag. Anna schämte sich, als sie ihren Schmuck versteckte, aber schließlich hatte sie eine wildfremde Person in die Wohnung gelassen. Anna vermied es, auf die Waage zu steigen, an ihre Mutter oder an Philipp zu denken, während sie sich anzog.

Ingrid bewunderte den Computer auf Annas Schreibtisch, die Stereoanlage, das Videogerät und den futuristischen Fernsehapparat. Anna – warum eigentlich beschämt? – sagte: »Für diesen Mist habe ich mein Konto überzogen«, aber das beeindruckte Ingrid ganz und gar nicht. Sie hatte ihren Koffer ausgepackt und sich in Annas Büro, das auch als Gästezimmer diente, wollüstig niedergelassen.

»Ich lade dich heute abend zum Italiener ein«, sagte Anna, bevor sie die Wohnung verließ. Den Hausschlüssel hatte sie auf Ingrids Handtasche gelegt. Ein leichtes Unbehagen ließ sich mit dem Gefühl, Gutes zu tun, auffangen.

»Toll.« Ingrid hörte das Schloß zuschnappen und wenig später das Telefon klingeln. Jetzt wußte sie nicht, ob sie rangehen sollte ...? Annas Stimme auf dem Anrufbeantworter erklang: »Die Marx ist weg. Wenn Sie etwas von ihr wollen, sprechen Sie bitte nach dem Signalton.«

Ingrid kicherte. Sie hörte ein Rauschen, aber keine Stimme nach dem Signalton. Sie ging ins Badezimmer, um sich für ihren Bonn-Rundgang feinzumachen, und beherrschte sich, keine der vielen Fläschchen und Döschen anzurühren, die im Badezimmer ihrer Gastgeberin herumstanden.

Verschwenderisch. Aber sie war nicht angetreten zu kritisieren, sondern um nachzuahmen.

Die erste Reaktion beim Anblick ihres Ex-Mannes war Freude. So als würde man in der Fremde etwas Vertrautem begegnen. Ingrid stand auf dem Bahnhof und studierte den Fahrplan, als Erich ihr von hinten auf die Schulter tippte ...

»Na so ein Zufall«, sagte Ingrid, und Erich grinste. »Wat machste ausgerechnet in Bonn?« Ihr Ex sah nicht so aus, als hätte die Wende ihn niedergemacht, ganz im Gegenteil: ein schnieker Anzug und die blauen Augen noch mit demselben Selbstvertrauen; das breite Grinsen; nur die braunen Haare trug er was länger.

»Geschäftlich«, murmelte Erich, als er sie auf beide Wangen küßte. »Und du? Immer noch in Leipzig? Oder Berlin? Oder bist du nach Bonn umgezogen?«

Ein älterer Mann beschwerte sich, daß die beiden ihm die Sicht auf den Fahrplan verwehrten, und schuldbewußt wich Ingrid zur Seite, zog Erich am Ärmel, der gleich aggressiv werden wollte. »Laß doch, wir können ja irgendwo einen trinken.«

»Die gehen mir manchmal ganz schön auf den Nerv«, sagte Erich, als sie im Bahnhofscafé an der Theke standen, bevor Ingrid ihm erzählte, was sie in den eineinhalb Jahren seit ihrer Trennung erlebt hatte.

»Auf den Kapitalismus«, sagte Erich, als er ihr zuprostete, ein bißchen spöttisch, aber das konnte sich auch auf Ingrids Zukunftseuphorie beziehen.

»Und du? Hattest du keine Schwierigkeiten?«

Erich Wells lächelte seine Ex-Frau überheblich an. Sie war eben ein Typ, der nie das Ganze kapierte, sondern vom Leben nur die Scheibchen abschnitt, die sie einordnen und nutzen konnte. War ja nicht unsympathisch: Ingrid war eine, die sich auf ihre Art nicht unterbuttern ließ. Und hübsch war sie immer noch und auf jeden Fall nicht so arrogant wie die meisten Wessi-Weiber. »Nee, Ingrid, ich doch nicht. Ich arbeite jetzt für ein großes Tier in Düsseldorf, zusammen mit ein paar alten Kameraden. Ost-West-Geschäfte, verstehst du? Die brauchen uns doch für da drüben, die *connections,* verstehst du?«

Na klar, dachte Ingrid. Sie war nicht so blöd, wie Erich dachte. Die schmierten die Genossen, die noch am Hebel saßen. Lief eben alles so wie immer, nur nicht mit politischem Druck, sondern mit Geld. Und Erich, der gehörte eben zu den Absahnern. »Verdienst du viel Geld?«

Vorsicht, dachte Erich Wells. Mit den neuen Gesetzen, da

kannte er sich nicht so gut aus, wer wußte schon, welche Ansprüche Ex-Frauen stellen konnten. »Es langt so«, gab er zur Antwort und bestellte noch zwei Bier, sozusagen als Entschädigung. Ingrid sah jetzt ein wenig enttäuscht aus.

»Weißt du, mein Chef, der verdient sich eine goldene Nase. Ich wette mit dir, daß in ein paar Jahren die halbe DDR Leuten wie dem gehört. Kapital, die richtigen Beziehungen und Risikobereitschaft: Damit macht man in diesen Zeiten Kohle.« Er hatte Ingrids ganze Aufmerksamkeit, ach, es tat gut, wieder von ihr bewundert zu werden nach all der Zeit.

Ingrid Wells wischte sich den Bierschaum vom Mund. Leise: »Meine Leute in Leipzig kapieren das nicht, Erich. Vater ist gefeuert worden – und weißt du, warum? Die Genossen Direktoren haben die Fabrik von der Treuhand gekauft für 'nen Appel und 'n Ei – und dann haben sie nach ein paar Wochen zugemacht und den Grundbesitz verscheuert – an einen wie deinen Boss wahrscheinlich. Mein Onkel geht auch stempeln. Die kapieren das nicht.«

»Das tut mir leid«, sagte Erich, aber er meinte es nicht so. In dem neuen System mußte es Dumme und Kluge geben, sonst funktionierte die Chose nicht. »In ein, zwei Jahren sieht das alles anders aus, glaub mir, ist nur 'ne Durststrecke.«

Vater trinkt zuviel, dachte Ingrid. »Du redest wie der Kohl. Vater würde ausrasten, wenn du ihm mit so was kommst.« Demütig: »Kannst du ihm nicht was besorgen – ich meine, mit all deinen Beziehungen?«

Erich Wells verlangte die Rechnung. Hätte er sich doch denken können, daß Ingrid wieder was von ihm wollte. Als ob sich die Zeiten nicht geändert hätten – und die eigenen Sorgen nicht im Vordergrund stünden. »Mal sehen, was sich machen läßt«, wiegelte er ihr Ansinnen ab. Er dachte an Böhms Unverständnis, wenn er ihm mit so was käme. Und er dachte an das laufende Projekt, das ihm Bauchschmerzen machte. Es war eben doch was anderes, drüben mitzumischen, wo man sich auskannte und keine Fehler machte. Hier in Bonn fühlte er sich unsicher, und die Affäre Handke, wie Harrenberg sie nannte, war bestimmt ein krummes Ding. Erich Wells wußte, daß Böhm bei Harrenberg eingestiegen war, weil er Akten über Wessis mitgebracht hatte. Sie lagen in Harrenbergs Safe, um gewinnbringend eingesetzt zu werden. Und das war nichts anderes als Erpressung. Was Illegales in diesem Staat, so gut kannte er die Gesetze auch. Das war früher eben anders gewesen, da agierte man im Namen des Staates, auch wenn es mal nicht so astrein war. Aber jetzt? Wenn was schiefgeht, dachte Erich Wells, dann sind wir dran – nicht Rolf Harrenberg. Und irgendwie hatte er das dumme Gefühl, daß etwas schiefgehen würde.

»Ist was?« Ingrid hatte ihre Lippen nachgezogen und schürzte sie jetzt in einer Art schmollendem Vorwurf.

»Ach, nichts. Soll ich dich zum Essen einladen?«

An ihrem strahlenden Gesicht sah er, daß Ingrid immer noch gern mit ihm zusammen war. Eines war sie bestimmt nicht: nachtragend. Und es war gar nicht übel, von einer Frau, die man wenigstens gut kannte, von den neuen Sorgen abgelenkt zu werden.

9

Seine Sekretärin hatte ihm einen Zettel hingelegt, daß »eine Frau Marx« schon zweimal angerufen habe. Frau Behringer mißbilligte diese Anrufe respektive die Anruferin und druckte dies durch schriftliche oder mündliche Formulierungen aus, bei letzterem noch durch Betonung verstärkt. Jetzt erinnerte sie ihn an den Arzttermin am Nachmittag und an die Sitzung des Medienausschusses um 18 Uhr.

Frau Behringer fand, daß Dr. Handke entsetzlich aussah und dringend der Erholung bedurfte – vom Bonner Rummel und dieser Person. Als er ihr die Unterschriftenmappe gab und um Verschiebung des Arzttermins »auf nächste Woche oder so« bat, unterdrückte Frau Behringer mit aller Kraft die Versuchung, ihm eine mütterliche Standpauke zu halten. Der Mann war am Ende seiner Kräfte, das sah doch ein Blinder. Und sie hatte wirklich keine Neigung, sich an einen neuen Chef zu gewöhnen. Ein Chef, das war wie ein Ehemann: Wenn man sich einmal zusammengerauft hatte, war die Routine von beruhigender Gleichförmigkeit.

»Ich fahre anschließend weg und bin so gegen 17 Uhr zurück, Frau Behringer. Legen Sie mir die Unterlagen für den Ausschuß auf den Schreibtisch, ich will sie vor der Sitzung noch durchgehen.«

Bestimmt zu dieser Person, dachte sie, immer noch unentschieden, ob sie die Verschiebung des Arzttermins kommentieren sollte.

Wenn Frau Behringer ihre Lippen so zusammenkniff, nahm Philipp Handke sich normalerweise Zeit für ein kurzes Gespräch. Aber normal war nichts mehr in seinem Leben. »Ist noch was, Frau Behringer?«

So gut kannte sie ihn ja. Das war keine Frage, sondern ein Hinauswurf. Sie drehte sich schweigend um, schloß anklagend die Tür und dachte, jetzt fährt er bestimmt zu dieser Frau Marx. Der Himmel mochte wissen, was ein Mann wie Dr. Handke an dieser Person fand.

Frau Behringer irrte. Philipp Handke wählte Annas Nummer, erst privat und dann in der Redaktion, und hörte nur Annas Konservenstimme, was ihn der Qual enthob, Annas Vorwürfe mit Lügen zu beantworten. Dann schaltete er sein Telefon auf den Apparat seiner Sekretärin um und verließ das Büro. Er ging zu Fuß in das Johanniterviertel, zum Haus Walter Fuhrmanns, das unweit der Österreichischen Residenz hinter üppigen Rosensträuchern verborgen lag. Ein schönes altes Haus, das gut zu seinem Besitzer paßt, dachte Philipp: gediegen, zuverlässig und freundlich. Walter Fuhrmann war einer seiner wenigen Freunde. Man mußte sich nicht ständig sehen, um dies zu untermauern. Das Fundament war schon vor Jahren gelegt worden, als Walter den damals jungen Philipp Handke in das politische Geschäft einwies: gegenseitige Wertschätzung, basierend auf einem gewissen Gleichklang von Gefühlen und Prinzipien. Philipp war anfangs in der schlechteren Position gewesen, weil er Walter brauchte und nicht umgekehrt. Aber so wenig, wie ihn Walter Fuhrmann dies spüren ließ, so gering war der Eigennutz als Element ihrer Beziehung geblieben. Es gab solche Freundschaften, sogar in Bonn. Und Walter, der kurz vor der Pensionierung stand, war auch ein Freund in schlechten Zeiten. Und – wie passend in seiner jetzigen Lage: Walter war einer der obersten Gralshüter des Verfassungsschutzes.

Walter öffnete selbst die Tür. Seit seine Frau gestorben war, waltete zwar eine Haushälterin über sein privates Wohl, doch er hatte sie offenbar weggeschickt – voraussehend und klug, wie er war.

»Schön, daß wir uns mal wieder in Ruhe unterhalten können«, sagte er nach der formellen Begrüßung und ging voraus in sein Arbeitszimmer, das nur aus Büchern zu bestehen schien – und gemütlichen Sesseln und einem riesigen Schreibtisch, auf dem ein Schachspiel stand.

Philipp brachte es fertig zu lächeln: Er hatte Walter noch nie anders als im Anzug gesehen, selbst zu Hause oder bei einem Spaziergang. Kein weißes Haar, das irgendwie aus der Rolle gefallen wäre. Walter war ein Mensch, der seine geistige Ordnung mit perfektem Äußeren unterstrich.

»Ich nehme an, fürs Schachspielen bleibt keine Zeit. Aber ein guter Bordeaux kann nicht schaden, wenn wir ernst miteinander reden müssen.« Walter hatte den Wein schon dekantiert, schenkte ein, setzte sich Philipp gegenüber. »Du siehst angegriffen aus. Erzähl.«

Philipp Handke kostete von dem zweiundsiebziger Château Petrus, nickte anerkennend und dachte, den hat er aus dem Keller geholt, um mir wenigstens eine Streicheleinheit zu geben. Es fiel ihm schwer, die Geschichte zu beginnen, von der er wußte, daß das Ende nur schrecklich sein konnte. Walters helle, von roten Äderchen durchzogene Augen sahen ihn aufmerksam, aber nicht drängend an. Es ist das erste Mal, dachte Philipp, daß ich ihn wirklich brauche.

»Kannst du dich an Susanne Sawitzki erinnern, Walter?«

Walter Fuhrmann schloß für einen Moment die Augen, öffnete sie wieder: »Diese Studentin aus Ostberlin, die du damals kennengelernt hast?«

Philipp nickte. Walter wußte von den nächsten Schritten.

»Du hast ihr geholfen rüberzukommen. Gegen meinen Rat, wenn ich mich recht entsinne.«

Philipp zündete sich eine von Walters Zigarren an. »Wirst du im Alter rechthaberisch? Ich habe ein paar Beziehungen genutzt, und weil sie nur eine kleine Nummer in dieser Oppositionellengruppe war, hat man sie ohne große Verzögerungen ziehen lassen. Ich habe ihr dann noch bei der Wohnungssuche in Westberlin geholfen – und das war soweit das Ende der Affäre Susanne Sawitzki.«

Walter lächelte nur über den ersten Satz. »Und nun ist Susanne Sawitzki wieder aufgetaucht.« Nicht schwer, das zu erraten.

Ich wünschte, sie wäre tot. Der Gedanke war beunruhigend. Er schwemmte etwas nach oben, das Philipp von sich noch nicht kannte. »In der Tat. Sie hat mich nach der langen Funkstille angerufen und ist sogar nach Bonn gekommen. Sie hat mir eröffnet, daß sie keineswegs Oppositionelle, sondern Stasi-Spitzel war. Mit anderen Worten: Ich habe mitgeholfen, eine Spionin in den Westen zu bringen.«

Der letzte Satz klang sehr dramatisch. Er muß völlig durcheinander sein, dachte Walter, wenn er so gefühlsbetont redet. Er schwieg und schenkte nach.

»Ich kann nicht beweisen, daß ich das damals nicht wußte. Und das Argument der Verliebtheit ist so dumm, daß es mir keiner abnehmen wird.«

Das stimmt, dachte Walter. »Sie war keine Mata Hari, Philipp. Sie hat über ihren Mann, der beim Innensenator beschäftigt war, ein paar Informationen an ihren Führungsoffizier Lutz Böhm weitergegeben. Bis ihr Mann starb, dann wurde sie wegen Unwichtigkeit sozusagen eingestellt. Seither ist sie mit einem Gastronomen liiert, für den sie auch arbeitet.«

Er hatte nicht gewußt, daß sie verheiratet war. Unwichtig. Etwas anderes beunruhigte ihn: Walters Wissen um Susanne Sawitzki. Er hat nie mit mir darüber gesprochen, dachte Philipp. Der Freund, dem ich von Susanne erzählt hatte; der Verfassungsschützer, der sie überprüfen ließ ... Er war verletzt, und das war ihm anzumerken. »Im Gegensatz zu mir hast du also gewußt, daß sie eine ... Spionin ... war.«

Welch ein großes Wort für eine dumme Gans. Walter lächelte in das düstere Gesicht seines Freundes. »Ich sah keinen Grund, dich zu beunruhigen, solange wir die Situation unter Kontrolle hatten. Du kommst dir jetzt vor wie der letzte Idiot – das wollte ich dir ersparen, Philipp.«

Philipp ersparte sich zu fragen, ob Walter es schon vorher gewußt hatte – bevor er Susanne in den Westen geholt hatte. Nein, dann hätte er ihn vorher gewarnt. Bestimmt hätte er das getan.

Walter war manchmal gut im Gedankenlesen: »Wir haben die üblichen Überprüfungen vorgenommen, als sie in Westberlin war. Zunächst mit Zero-Ergebnis, aber als wir sie fast abgehakt hatten, wurde sie bei einem Treffen mit Lutz Böhm observiert. Der Rest ist Routine, der wird dich nicht interessieren. Lutz Böhm ist übrigens nach der Wende bei einem

Düsseldorfer Finanzhai eingestiegen: Ost-West-Geschäfte der lukrativen Art. Du kennst das ja.«

Die Karaffe war halb leer, und Walter stand auf, um aus der Küche Käse und Brot zu holen. Philipp dachte an die vielen Abende, die er mit Walter verbracht hatte: Schach spielend, Wein trinkend, manchmal in schweigsamer Ruhe und manchmal gefüllt mit Gesprächen über die Dinge des Lebens. Sie hatten wenig über Politik gesprochen oder über Walters Arbeit, das fiel ihm jetzt auf. Und daß die Abende mit seinem Freund selten geworden waren, seit er Anna kannte. Walter hatte sich nie beklagt.

»Habt ihr nie erwogen, Susanne oder Lutz Böhm festzunehmen?«

Walter spießte ein Stück Schweizer Käse auf, kaute langsam und ließ dann den Wein auf der Zunge zergehen. »Es wurde diskutiert, doch es schien keine Eile geboten. Und jetzt ... ich meine, diese ganze Spionagechose hat seit der Vereinigung einen merkwürdigen Beigeschmack bekommen. Dieselbe Sache, aber unsere sind die Guten, die befördert werden – und die sind die Bösen, die wir einsperren müßten. Logisch war das bestenfalls, solange es Feindbilder gab. Aber jetzt, das brauche ich dir nicht zu sagen, gibt es auch rechtliche Probleme. Die Haager Konvention ...«

»Ich weiß.« Philipp dachte, daß Walter es geschafft hatte, Distanz zu bewahren, Abgeklärtheit von Zynismus zu trennen. Man mochte es Weisheit nennen – oder auch nur die Bescheidung auf wenige Erkenntnisse und Wohltaten des Lebens.

»Willst du mir nicht endlich sagen, was sie von dir will?« Walter hatte seine Brille aufgesetzt und starrte Philipp fragend an.

»Sie hat es mir nicht gesagt. Sie ist weggelaufen.« Philipps Augen verloren sich in dem Weinglas. Dunkles, samtiges Rot – wie Blut. »Und dann bekam ich einen anonymen Anruf: Ein Freund von Susanne, wie der Mann sagte. Und daß er kein Interesse habe, meine Geschichte als Fluchthelfer einer Spionin an eine Zeitung weiterzugeben. Unter einer Bedingung: Daß ich meinen Einfluß geltend mache, damit seine Interessenten den Zuschlag für die Inter-Verlagsgruppe bekommen.«

Walter sagte kein Wort. Philipp suchte seine Augen: »Eine nette, klare Erpressung. Wenn die Sache in die Zeitung kommt, bin ich erledigt. Sie werden mich entweder als Spion darstellen oder als lächerlichen Tropf, der einer Agentin aufgesessen ist – oder beides.«

Absolut richtig, dachte Walter. »War der Anrufer aus dem Osten?«

»Kein hörbarer Akzent. Er hat mir nicht gesagt, wer seine Interessenten sind. Er will mich morgen um 11 Uhr im Büro anrufen und ein Treffen vereinbaren.«

Walter sah ihn mitleidig an, und das war schwer zu ertragen. So schwer wie die Tatsache, daß sein wohlgeplantes Leben, alles, was er sich an inneren und äußeren Werten aufgebaut hatte, ins Nichts abgestürzt war.

»Der Mann muß über deine Funktionen und deinen Einfluß ziemlich genau Bescheid wissen«, sagte Walter jetzt. »Er muß also die Bonner Szene gut kennen. Wieviel potentielle Käufer gibt es für dieses begehrte Objekt?«

»Interessenten gibt es viele. Zwei Direktbewerbungen der größten Verlagsgruppen und drei Anfragen über Consultingfirmen, vermutlich im Auftrag ausländischer Kunden. Hast du nicht gesagt, daß dieser ... Lutz Böhm ... bei einer Düsseldorfer Consultingfirma eingestiegen ist?«

Jetzt hat er's. Walter grinste konspirativ und leerte den Inhalt der Karaffe in die beiden Gläser. »Den Namen müßte ich checken lassen.«

Philipp war elektrisiert. »Interconsulting in Düsseldorf. Gehört einem gewissen Rolf Harrenberg, ein Senkrechtstarter in der Branche. Agiert angeblich für eine australische Verlagsgruppe, aber wir haben das nicht überprüft, weil er als ernsthafter Bewerber kaum in Frage kommt. Man favorisiert einen politisch nahestehenden Medienkonzern. Interconsulting hat übrigens das Höchstgebot eingereicht, aber ...«

... In sensiblen Bereichen gibt es eben noch andere Erwägungen als den schnöden Mammon. Walter lächelte traurig in sein Glas, das beinahe leer war: die vorletzte Flasche des zweiundsiebziger Petrus und das Wissen um Vergänglichkeit. »Nun wissen wir also, wer hinter Susanne Sawitzki steht. Viel ist es nicht, das hätte er dir ohnehin offenbaren müssen. Lediglich das Verbindungsglied Lutz Böhm ist ein Wissensvorsprung. Hast du schon in Erwägung gezogen, der Erpressung nachzugeben? Ich meine, wäre es überhaupt durchsetzbar?«

Susanne. Lutz Böhm. Rolf Harrenberg: Namen, die sich einbrannten. Einer Gefahr, die man einschätzen konnte, ließ sich leichter begegnen. Einer von Annas Sprüchen, vermutlich ein Erbstück ihrer Mutter. Philipp brauchte ein paar Sekunden, um Walters Frage wirken zu lassen und die richtige Antwort zu finden: »Natürlich habe ich darüber nachgedacht. Wenn ich alles in die Waagsschale werfe, könnte ich es vermutlich durchsetzen. Aber was gewinne ich dadurch? Eine Atempause bis zur nächsten Erpressung? Ich kann mich ja nicht gut ins Archiv versetzen lassen, um vor weiteren Attacken sicher zu sein.«

Keine Frage der Moral, sondern der praktischen Vernunft, dachte Walter. Alles in die Waagschale werfen: Das bedeutete für Philipp, sein Wissen zu nutzen, um Entscheidungsträger zu manipulieren. Es bedeutete weiter, sich in die Hand Dritter zu begeben, denen man Zugeständnisse machen mußte. Und im Hintergrund Rolf Harrenberg, der bestimmt zu gierig war, um es bei einer Erpressung zu belassen. Er sah, daß Philipp Schweißperlen auf der Stirn hatte, obwohl es kühl im Zimmer war. »Ist dir nicht gut? Soll ich dir ein Glas Wasser bringen?« Sein Freund war nie krank. Nie unbeherrscht. So kannte er ihn nicht, und die Veränderung machte ihm Sorgen.

Philipp winkte ab. »Nichts als Streß. Das geht vorüber. Was würdest du an meiner Stelle tun, Walter?«

Walter legte alle Wärme in seine Stimme, deren er fähig war: »In erster Linie sollst du dich von dieser Sache nicht kaputtmachen lassen. Betrachte sie als Schachspieler: Du bist in einer schlechten Position, aber du bist ein verdammt guter Spieler, und die Partie ist noch lange nicht verloren. Halte deinen Gegner hin, betone die Schwierigkeit dieses Unterfangens – und versuche, die Entscheidung über die Inter-Verlagsgruppe so lange wie möglich hinauszuzögern. Die Zeit werde ich nutzen, um die Sawitzki-Böhm-Harrenberg-Connection auszuloten. Vielleicht läßt sich über die Böhm-Schiene etwas erreichen, der Mann ist ja kein unbeflecktes Blatt. Über den gibt es eine Akte. Und möglicherweise kommen wir über ihn an Harrenberg ran. Ich werde sehen, was sich machen läßt. Wir brauchen etwas Zeit, Philipp.«

»Und Susanne?«

Ein geringschätziges Lächeln auf Walters Gesicht. »Sie ist doch nur ein Bauer in diesem Spiel. Vergiß es.«

Philipp dachte an ihr vorletztes Spiel, das durch einen Bauern entschieden wurde. Aber Walters Worte und seine Zuversicht zeigten Wirkung. Das Stechen in seiner Brustseite hatte aufgehört. Er brachte ein Lächeln zustande: »Du hast immer dazu geneigt, Frauen zu unterschätzen. Susanne kam mir vor wie ein in die Enge getriebenes Tier. Sie hat Angst. Und so, wie ich sie in Erinnerung habe, hat sie in Angstsituationen immer falsch reagiert. Weißt du, es macht mich krank, von anderen Menschen abhängig zu sein – von Leuten wie Susanne oder diesem Harrenberg.«

Manchmal ließen sich dumme Phrasen nicht vermeiden. »Mach dir keine Sorgen«, sagte Walter. »Und tue nichts Unüberlegtes. Versprich mir, daß du deine nächsten Schritte mit mir abstimmst.«

Wußte Philipp, daß er schweigend log, als er jetzt nickte?

»Ach ja, noch etwas Wichtiges: Du bist doch immer noch mit dieser Frau liiert …?«

»Anna.«

Walters Tonfall war unverändert. »Anna Marx, die Journalistin. Weiß sie von der Sache?« Als Philipp den Kopf schüttelte, war Walter spürbar erleichtert. »Das ist gut. Es liegt mir fern, mich in deine persönlichen Angelegenheiten zu mischen, aber du solltest sie damit nicht belasten. Und mich nach Möglichkeit raushalten. Wie du weißt, ziehe ich es vor, im stillen zu wirken.«

Walter hatte sich in bezug auf Anna immer neutral verhalten, tatsächlich hatte Philipp keine Ahnung, wie er zu ihr stand. Das war noch etwas, das er an ihm schätzte: Walter mischte sich – privat – nur in anderer Leute Angelegenheiten, wenn er gefragt wurde. Philipp sah auf seine Uhr. »Der Wein war vorzüglich. Und deine Ratschläge auch, also werde ich sie befolgen.«

Vieles, das nicht ausgesprochen werden mußte, weil sie einander verstanden. Walter stand sofort auf. »Das freut mich. Ich werde jetzt einiges telefonisch in die Wege leiten und morgen im Büro sein.«

»Kann ich dich dort erreichen?« Philipp ging nach ihm zur Tür, registrierte, daß Walters Rücken schon etwas gebeugt war. Dachte zum erstenmal daran, daß er diesen Freund verlieren könnte, und es schmerzte.

»Es ist besser, daß ich dich abends zu Hause anrufe. Du weißt schon.« Walter lächelte, weil er es lange aufgegeben hatte, sich über die lächerlichen Aspekte seines Berufs zu erregen.

»Danke«, sagte Philipp, als ihm die Tür geöffnet wurde. »Was immer geschehen wird – du hast mir schon geholfen.«

Er drehte sich nicht mehr um und konnte nicht sehen, daß Walter ihm nachstarrte und erst nach einer Weile die Tür schloß. Philipp ging mit gesenktem Kopf in Richtung Bundeshaus, die Villen hätten rings um ihn einstürzen können, und er hätte es kaum bemerkt. Er dachte an das Gespräch, an Susanne und ihre Rolle in dem gefährlichen Spiel. Sie war kein Bauer, wie Walter sagte. Die Dame war eine reale Bedrohung, und er mußte einfach wissen, in welcher Position sie stand. Also mußte er nach Berlin fliegen, am besten noch an diesem Abend.

Frau Behringer kochte Kaffee, als er ins Büro kam. Er nahm eine Tasse und die Liste mit Anrufern. »Sie sollten den Arztbesuch nicht hinausschieben«, sagte Frau Behringer vorwurfsvoll.

»Und Sie sollten sich nicht in meine Privatangelegenheiten mischen.«

Philipp knallte die Tür hinter sich zu. Instinktiv hatte er sich dafür entschieden, den Berlin-Flug selbst zu buchen.

10

Wenn ein Mann eine Frau wirklich kennt, interessiert sie ihn nicht mehr.

Anna las den Spruch ein zweites Mal. Dachte: Wenn es etwas ist, das jeder weiß, dann stimmt es garantiert nicht. Anna saß an ihrem Schreibtisch vor einem Stapel Zeitungen und Zeitschriften. Die Konkurrenz schläft nicht, wie der Chefredakteur wiederholt zu sagen pflegte. Anna war sehr schläfrig, eine Abwehrreaktion des Körpers gegen zuviel Nachdenken, zuviel Wein, zu viele Zigaretten. Das Übliche.

Der Spruch stammte von einem Hollywood-Schauspieler.

Das hier war Bonn, nicht Hollywood. Die Politiker sagen selten etwas Aufrichtiges über Frauen, dachte Anna. Was unter anderem damit zu tun haben mußte, daß sie keine Zeit für Frauen hatten. Oder zum Nachdenken. Sechzehn Stunden am Tag damit beschäftigt, sich gegen Journalisten zu wehren, gegen Feindbilder und gegen Feinde in den eigenen Reihen. Gegen den Feind in sich selbst, die vielfältigen Versuchungen der Macht und Eitelkeit.

Arme Politiker. Irgendwann wurden sie von ihren Phrasen eingeholt. Und von der Selbstgerechtigkeit eines Menschen, der ja immer recht haben mußte.

Arme Anna, die den Kopf in beide Hände gestützt hatte und Zeitungen las, schläfrig und verdrossen. Die Kollegen standen in Grüppchen zusammen, wie nach jeder Redaktionskonferenz. Das, was man sich vor dem Chefredakteur nicht zu sagen getraute, wurde jetzt durchgehechelt. Gruber hatte verkündet, daß eine Kollegin aus dem Osten eingestellt würde. Nun raunte man etwas von doppelter Quotenregelung: Frauen und Ossis, das ging ein bißchen zu weit, bei aller Toleranz.

Anna blätterte in Zeitungen, hörte mit einem Ohr auf das Raunen der Feiglinge. Kollege Mertens sprach sie an und fragte nach ihrer Meinung. Anna hatte gerade an Ingrid Wells gedacht, die morgen – Gott sei Dank – wieder abreisen würde.

»Ist mir egal«, gab Anna zur Antwort. Udo Mertens schnaufte angewidert ob dieser Indifferenz.

»Haben Sie keine Angst, daß jemand mal an Ihrem Stuhl sägt, Frau Marx?«

»Nein.« Eine klare Lüge. Wußte der etwas, was sie nicht wußte? Anna schlug die *Berliner Zeitung* auf. »Ihr Kommentar zum § 218 war übrigens sehr ausgewogen, Kollege Mertens. Winkt eine nette Journalistenreise aus dem Zirkel der *hardliner?*«

Sie war ein Stinktier. Udo Mertens setzte zum wütenden Protest an, als die Marx plötzlich aufschrie und mit dem Finger auf eine Zeile zeigte. Sie hörte seiner Suada überhaupt nicht zu, las irgendwas aus dem Lokalteil und schien ihn vergessen zu haben.

»Wer im Glashaus sitzt, sollte nicht mit Steinen werfen«, meinte er abschließend. Ungehört. Unerhört!

»Susanne Sawitzki«, murmelte Anna, während Udo Mertens sich zum nächsten Schreibtisch begab. Sie las die Meldung noch einmal:

Selbstmord oder Unfall? Die dreiunddreißigjährige Susanne Sawitzki stürzte gestern abend aus ihrer Wohnung im fünften Stock eines Wohnhauses in Berlin-Zentrum. Der sofort herbeigerufene Notarzt konnte nur noch den Tod der jungen Frau, die alleine lebte, feststellen. Die polizeilichen Untersuchungen sind noch nicht abgeschlossen.

Die Meldung war miserabel formuliert. Aber das war es nicht, was Anna beunruhigte. Der Name war es. Sie konnte sich genau erinnern, daß der Typ in Leipzig Philipp nach einer Susanne Sawitzki gefragt hatte. Und daß Philipp so merkwürdig reagiert hatte. Und seither, ja genau: Seither wich er ihr aus. Seit jenem Abend in der *Postkutsche* in Leipzig. Sie hatte gedacht, daß es vielleicht ihr Gespräch bei der Rückfahrt war, der Versuch einer Umklammerung mit untauglichen Mitteln. Wer zum Teufel war Susanne Sawitzki? Und was hatte sie mit Philipp zu tun?

Das war ein Grund, ihn anzurufen, obwohl sie sich so fest vorgenommen hatte, es nicht zu tun. Anna wählte seine Geheimnummer im Büro und ließ lange klingeln. Welche Enttäuschung, als sie die Stimme seiner Sekretärin hörte. Die überaus tüchtige Frau Behringer, die das Klingeln wohl genervt hatte – oder vielleicht war sie auch nur neugierig.

»Dr. Handke ist gerade zur Tür rein und wieder raus«, sagte Frau Behringer, nachdem Anna ihren Namen genannt hatte. Der Tonfall falschen Mitleids: »Kann ich ihm was ausrichten?«

»Ja. Er möge mich zurückrufen. Es geht um eine wichtige Sache. Ich bin bis zwölf in der Redaktion und ab drei Uhr zu Hause.«

Anna wünschte sich, von Frau Behringer geliebt zu werden, aber es war nicht zu machen. Selbst ihre Dankesworte fielen auf schweigsamen Boden. Anna legte auf.

Er rief nicht zurück bis zwölf. Anna traf ihn zufällig auf dem Weg zur Parlamentarischen Gesellschaft, wo die Bundestagspräsidentin eine Ausstellung eröffnen würde. Anna parkte verkehrswidrig am Rheinufer und kurbelte ihr Fenster herunter, als sie ihn auf der gegenüberliegenden Seite gehen sah. Anna rief seinen Namen.

Als er sich zu ihr drehte und auf das Auto zukam, erschrak sie. Philipp sah aus wie eine Karikatur seiner selbst: übernächtigt, blaß, mit rotgeränderten Augen und einem Ausdruck im Gesicht, den Anna nur als »verzweifelt« zu deuten wußte. Philipp ging langsam, fast schleppend. Anna stieg aus und wartete.

Philipp Handke küßte Annas Wangen, und sie spürte Bartstoppeln. Sie wich zurück und sagte: »Du siehst verboten aus.« Verfluchte sich für den anklagenden Tonfall.

»Das sagen mir in letzter Zeit viele Leute. Tag, Anna. Ich habe ein paarmal versucht anzurufen, aber mit Anrufbeantwortern mag ich nicht reden.«

Du lügst, dachte Anna, aber mußte man einem Mann nicht verzeihen, der so grauenvoll aussah? »Eigentlich habe ich einen Termin in der Parlamentarischen Gesellschaft, aber der läßt sich versäumen. Sollen wir ein paar Schritte laufen, wenn wir uns schon mal zufällig sehen?« Warum redete sie aus lauter Unsicherheit so dummes Zeug? Philipp nahm Annas Hand, das war ungewöhnlich in öffentlichen Gefilden. »Du hast mal wieder falsch geparkt.«

Anna Marx und Philipp Handke gingen am Rhein entlang, schweigend. Anna schaute auf die Schiffe, die vorbeizogen;

Philipp auf die Häuser der Macht am Rhein. Entgegengesetzte Richtungen und falsche Gedanken. Es fiel ihr schwer, jetzt etwas zu sagen, das unverfänglich war, nicht anklagte und nicht verletzte. Sie waren so weit voneinander entfernt, daß Anna fröstelte. Es war ein schöner Tag in Bonn, aber was hieß das schon.

»Es tut mir leid«, sagte Philipp schließlich leise. »Ich habe ein paar persönliche Probleme und ...«

Anna war stehengelieben: »Sie haben nicht zufällig etwas mit Susanne Sawitzki zu tun?«

Philipps Gesicht war eine Maske aus Abwehr. Misch dich nicht ungefragt in meine Angelegenheiten, sagte dieses Gesicht zu Anna. Ich liebe dich doch, erwiderten Annas Augen. Sie brachte es einfach nicht fertig, es auszusprechen. Wer immer diese Mauer zwischen ihnen gezogen hatte: Es bedurfte mehr als vier Worte, sie einzureißen.

»Als ich heute die Meldung über ihren Tod las, habe ich mich an den Namen erinnert. Der Mann in der *Postkutsche* – erinnerst du dich?«

Zwei Grenzschutzbeamte gingen vorbei, und Anna wich unwillkürlich zurück, als sie die Maschinenpistolen sah. Philipp hatte seine Brille abgenommen, rieb sich die Augen. Zeitgewinn. Was wußte Anna? Und wieviel durfte sie wissen?

»Ich kann mich nicht erinnern«, sagte Philipp. »Aber ich kannte tatsächlich eine Susanne Sawitzki. Es ist schon lange her. Vielleicht ist es auch nur eine zufällige Namensgleichheit. Ich habe die Meldung nicht gelesen. Was ist passiert?«

Er hat ein Gedächtnis wie ein Elefant, dachte Anna. Sie zeigte auf eines der Rheinschiffe, das gerade anlegte. »Sollen wir mitfahren?«

Nur, wenn es sehr weit fahren würde, dachte Philipp. Er schüttelte den Kopf, murmelte etwas von einer wichtigen Besprechung.

Wir haben schon lange nichts Spontanes mehr gemacht,

überlegte Anna und war traurig. Die eingefahrenen Gleise, die einen zum Tod beförderten, versperrten die Sicht auf Abzweigungen. »Eine gewisse Susanne Sawitzki aus Berlin ist gestern nacht aus ihrer Wohnung gestürzt – oder gestürzt worden. Das ist noch nicht klar. Vielleicht war es auch Selbstmord. Hat sie sich deinetwegen umgebracht?«

Nicht so verletzt erscheinen, Anna. Wenn du ihn angreifst, zieht er sich zurück ... Sie versuchte ein Lächeln, das nicht zum letzten Satz paßte und sehr mißglückte. Philipps Gesicht war wieder eine Maske. Und als ob er ihr das noch mit seinem Körper demonstrieren wollte, trat er einen Schritt zurück.

»Deine Phantasie treibt manchmal absurde Blüten, Anna. Ich habe mit diesem Tod nichts zu tun.«

Anna starrte ihn schweigend an.

»Wenn du mal wieder den Drang verspürst, als Detektivin zu wirken, kann ich dir nur dringend abraten, mir in dieser Form auf die Nerven zu gehen.«

Anna war verletzt. Es war manchmal leicht, sie zum Schweigen zu bringen. Er wußte, daß sie wußte, daß sie manchmal strapaziös war. Und wenn man ihr das sagte, fühlte sie sich schuldbewußt und verstummte. Annas Mundwinkel zitterten, und sie drehte sich um zu dem Schiff, das gerade abfuhr. Anna schlug mit der Faust auf ihr unschuldiges Auto. Drehte sich wieder zu ihm um. Ein leichter, unnatürlicher Ton: »Ich muß jetzt wirklich los zu meinem Termin.«

Philipp nickte, blieb stehen, als sie fortging. Zwei oder drei Schritte, dann drehte sie sich um. »Ich glaube dir kein Wort«, sagte Anna laut.

Ein junges Mädchen auf einem Fahrrad drehte sich neugierig um und wäre beinahe ins Schleudern gekommen. Anna stand da wie ein rothaariger Racheengel, und erst als sie sich endgültig umdrehte, sah er, daß eine Strumpfnaht verrutscht war. Ihr Zorn war lächerlich. Die ganze Frau war es. Und er war froh, daß sie endlich ging.

Philipp Handke stand da wie einer, der sich selbst verloren hat. Die geballten Fäuste waren nur ein Ausdruck hilfloser Wut. Es genügte eben nicht, neunundvierzig Jahre lang fast fehlerfrei gelebt zu haben, man mußte die Sache auch ordentlich zu Ende bringen. Und wenn das Ende schrecklich war, dann war es wenigstens dies: ein Ende. Er betrachtete seine geballten Hände mit Ekel, bevor er die Finger entkrampfte und die Hände in die Taschen seines Jacketts steckte.

Ich hasse ihn, dachte Anna, während sie mit einer CDU-Abgeordneten über »Kunst und Politik« sprach. Besser gesagt zuhörte, denn die Worte sprudelten mühelos aus dem Mund einer professionellen Selbstdarstellerin, während Anna nickte und gelegentlich mitschrieb. »Sehr interessant«, sagte Anna, deren Hirn leer war und so weit entfernt von Politik und Kunst wie nie zuvor.

»Machst du Diät oder so was?« fragte Rudi Engel, der Hoffotograf, den Anna am Ausgang traf. »Eigentlich wollte ich dich mit aufs Foto nehmen, aber so wie du aussiehst ...«

»Fick dich selbst.«

O Gott, konnte die vulgär sein. Rudi Engel heftete sich an Annas Fersen, weil auch er seinen Wagen am Rheinufer geparkt hatte. Sie ging schnell, aber er hielt sich an ihrer Seite: »Ist es was Privates? Apropos privat: Ich habe gestern deinen Typen getroffen. In Berlin.«

Sie blieb so abrupt stehen, daß er sie beinahe rammte. Eine seiner Kameras kratzte ihren Arm, und sie spürte es gar nicht. »Welcher Typ?«

Rudi Engel lächelte maliziös. »Dr. Handke. Oder seid ihr nicht mehr zusammen?«

»Wann?«

Er hätte schwören können, daß ihre Stinklaune etwas mit Handke zu tun hatte. Frauen litten um Männer, das war ihr Schicksal. Rudi Engel versuchte seit fünfzig Jahren, sich einzureden, daß Männer stärker waren als Frauen.

»Gegen 21 Uhr. Am Flughafen. Ich hatte einen Fototermin im Reichstag und ...«

Also wirklich. Jetzt ließ sie ihn einfach stehen und rannte weg. Er konnte gerade noch eine verrutschte Naht sehen, so schnell lief sie. Verrückt, alle Frauen waren verrückt, und nur mit den ganz jungen war ein Auskommen möglich, vorübergehend, bis sie zu sicher wurden und entweder anmaßend oder abweisend. Aber gut, solange der Vorrat reichte ...

»Die Liebe ist ein seltsames Spiel«, pfiff Rudi Engel, als er langsam zu seinem Wagen ging. Ein Gassenhauer, der ihm auf der Zunge erstarb, als ein dunkelblauer Uralt-Jaguar so knapp am Gehweg vorbeiraste, daß er vor Schreck in die Grünanlage sprang. Eine Sekunde Todesangst und dann die Erkenntnis, daß es erstens Annas Auto war und zweitens, daß man Frauen beizeiten aus dem Weg gehen sollte ...

11

Erich Wells hatte seine Ex-Frau zum Bahnhof gebracht, so wie er es ihr versprochen hatte. Ingrid, die auf viel zu hohen Schuhen neben ihm hertippelte, war ihm so dankbar, daß sie das Geld fürs Taxi gespart hatte, und überhaupt: Erich erschien ihr jetzt viel netter als in den letzten Monaten ihrer Ehe. Freier irgendwie. Nicht mehr so überheblich wie früher, sondern von einer lässigen Selbstsicherheit, die ihr imponierte. Erich wußte eben, wo es langging. Er führte sie zielstrebig durch den Düsseldorfer Bahnhof, checkte die Abfahrtszeit und den Bahnsteig, kaufte ihr eine *Brigitte* für die lange Fahrt nach Berlin. Er war schweigsamer als bei ihrem letzten Treffen, fand Ingrid, aber das ließ sich ja auch so erklären, daß er traurig über ihre Rückreise nach Berlin war.

Ein bißchen war sie es auch. Der Kursus war sehr interessant gewesen, obwohl Ingrid noch der Kopf schwirrte von den vielen Zahlen und Verkaufs-Instruktionen. Die Tage bei Anna in Bonn waren auch schön, obwohl ihre Gastgeberin am letzten Tag komisch gewesen war, irgendwie ganz abwesend. Die mußte doch auch froh sein, daß sie die Wohnung wieder für sich allein hatte. Anna war einfach zu nett, das zu sagen. Eines Tages, dachte Ingrid, werde ich mich revanchieren und sie in meine Wohnung einladen. Eine Wohnung mit vielen Blumen, so wie bei Anna, aber farbenfroher und nicht mit altem Kram möbliert, sondern exotisch, mit Rattan und Bambus und …

»Mädchen, du träumst schon wieder.«

Erich fing sie auf, als Ingrid beinahe über einen Penner gestolpert wäre, der hinter ihnen her maulte. Daß die auf diesen schönen Bahnhöfen rumlungerten, fand Ingrid furchtbar. »Bei uns fängt das jetzt auch schon an, Erich.«

»Wo? In Berlin?« Er wußte, daß sie »drüben« meinte, aber Ingrid reizte ihn, sie auf den Arm zu nehmen. Diese unreflektierten Vergleiche, die sie dauernd anstellte …

»Aber nein. Du weißt schon.« Ingrid hakte sich bei ihm unter. »War doch schön, daß wir uns mal wiedergesehen haben. Kommst du nicht mal nach Berlin?«

Ungern, dachte Erich. Aber das hatte nichts mit Ingrid zu tun. Sie war … ach, sie war eben was Vertrautes, ein Mensch, bei dem man sich leicht auskannte, nicht aufpassen mußte. Und hübsch war sie immer noch: Er sah es an den Blicken dieser Typen, die vorbeigingen, und irgendwie machte ihn das stolz. »Komm lieber hierher. Das nächste Mal kannst du bei mir im Apartment wohnen.«

Ingrid hatte sein Apartment schon gesehen. Drüben nannte man das eine Zwei-Zimmer-Wohnung, aber natürlich war es hier komfortabler, mit Bad und Dusche und allem. Wirklich nett von Erich, sie einzuladen … oder war es mehr als nett?

»Warum nicht? Ich würde auch gern Anna wiedersehen. Sie ist eine ganz berühmte Journalistin, weißt du, und ...«

»Ich weiß.« Erich bugsierte Ingrid in Richtung der Rolltreppe. »Dein Zug geht in zwei Minuten, sei nicht so 'ne Trödelliese.«

Ingrids Zug war bereits eingefahren – und er war voll belegt, jedenfalls in der Zweiten Klasse. Wo Ingrid einstieg, ihren billigen Koffer in der linken Hand, ein Taschentuch in der rechten. »Ich werde schon einen Platz finden«, sagte sie, und er erinnerte sich, daß ihr grenzenloser Optimismus ihn oft genervt hatte. Ingrid hielt ihm ihr Gesicht hin, und er küßte sie auf den Mund, bevor er ging. Für Abschiedsgesten hatte Erich Wells nichts übrig. Erfahrung hatte ihn gelehrt, daß Bedauern ein nutzloses Gefühl war. Die Dinge zu nehmen, wie sie kamen, war immer eine Überlebensregel gewesen – und daran hatte sich verdammt nichts geändert.

Als Ingrids Zug abfuhr, war Erich Wells schon auf dem Weg zur Parkgarage. Alles war ein bißchen mühsamer im Westen, die Wege weiter und die Prozeduren komplizierter. Er dachte nicht mehr an Ingrid, sondern an das Treffen in Harrenbergs Büro. An das Thema des bevorstehenden Gesprächs: Susanne Sawitzki. Andreas Schalke hatte ihn angerufen und ihm erzählt, was passiert war. Die dumme Kuh war aus dem Fenster geflogen, gerade jetzt, wo alles so schön eingefädelt war. Gerade jetzt.

Er mußte sich immer noch konzentrieren, sich in Tiefgaragen nicht zu verirren und sein Auto zu finden. Ein kleiner roter Flitzer, der 200 Sachen drauf hatte. Sein Dienstwagen. Als er einstieg, kam wieder die Panik hoch: das Gefühl, vor einem Abgrund zu stehen, so wie damals im Winter 1990. Man flog doch nicht einfach so aus dem Fenster. Entweder sie hatte sich umgebracht oder ...

Oder was? Erich reihte sich in den Düsseldorfer Verkehr ein und fuhr die nächste Tiefgarage an, neben Harrenbergs

Büro. Der Gedanke, daß Lutz Böhm seine Hände im Spiel hatte, war nicht gleich von der Hand zu weisen. Oder Harrenberg. Warum hatte der die Überwachung der Sawitzki abgeblasen, so kurz bevor sie ...

Der Stau in der Innenstadt war erträglich, und er benötigte nur zwanzig Minuten, um einen Parkplatz zu finden. Zwanzig Minuten, in denen er sich ernsthaft fragte, welchen Grund Harrenberg oder Böhm gehabt hätten? Daß er danach suchte und nichts fand, war ungemein beruhigend. Mit einem Mord wollte er nun wirklich nichts zu tun haben. Daß man mit gewissem Druck arbeiten mußte, um sein Ziel zu erreichen, das war etwas ganz anderes. Das war Business, da kam man nicht weit, wenn man zimperlich war. Aber Mord? Welche Schweinereien man seinem ehemaligen Arbeitgeber jetzt auch anhängen mochte, er – Erich Wells – hätte sich für so was nie hergegeben.

Als er im Lift hochfuhr, dachte er an Lutz Böhm als möglichen Kandidaten. Der war nicht so clever wie Harrenberg und, soweit er dessen Vergangenheit kannte, auch nicht zimperlich. Hatte am meisten von allen mit Susanne Sawitzki zu tun gehabt. Galt als jähzornig. Aber warum? Und warum kam er nicht davon ab, daß an dem Fenstersturz mehr als eine Person beteiligt gewesen war?

Mißtrauen, dachte Erich Wells, als sich die Holztür vor ihm öffnete und superweicher Teppichboden seine Schritte verschluckte. Die haben mir das nicht umsonst lange Jahre eingetrichtert, immer das Schlechteste von anderen anzunehmen. So was prägt fürs Leben. Er mußte sich um ein offenes Lächeln bemühen, als er an der Sekretärin vorbei in Harrenbergs Konferenzzimmer ging.

Die anderen saßen schon und sahen ihn vorwurfsvoll an, als er eintrat. »Tut mir leid, ich hatte Parkplatzprobleme.«

Lutz Böhm blickte ihn nur finster an, während Harrenberg auf einen Stuhl neben ihm wies. »Das sind Wessi-Standard-

Entschuldigungen, Erich. Wir haben schon mal ohne dich angefangen. Kannst dir ja vorstellen, worum es geht.«

»Andreas hat es mir gesagt.« Erich Wells setzte sich vorsichtig auf den Stuhl, von dem Harrenberg mal gesagt hatte, daß der 1000 Mark koste. Dessen leichter Ton konnte ihn nicht täuschen: Der sah ganz schön beunruhigt aus. Immer noch cool, aber mit so einem Flackern in den Augen.

»Die Sawitzki hat durchgedreht und sich umgebracht«, sagte Lutz Böhm mit Überzeugung und Verachtung.

Andreas Schalke zuckte mit den Achseln und grinste dabei. Erich Wells starrte auf Böhms weiße Socken, die zu kurz waren und dichte schwarze Haare freigaben. Wie ein Affe, dachte er.

»Uns geht es nicht um polizeidienstliche Erkenntnisse, sondern darum, wie wir auf diese neue Situation reagieren.« Harrenbergs Stimme war scharf. Er war nervös, und er wollte nicht, daß die anderen dies merkten. »Wie war die Begegnung zwischen ihr und unserem Zielobjekt? Genaue Eindrücke, bitte.«

Andreas Schalke erinnerte sich an einen regnerischen Tag im Rheinauenpark. Daran, daß er gefroren hatte und richtig erleichtert war, als die Sawitzki wegrannte und die Sache ein Ende hatte. »Ich konnte sie nur belauschen, solange sie im Lokal saßen, alles Weitere wäre aufgefallen. Der Typ war stinksauer, als sie ihm erzählte, wie sie ihn gelinkt hat. Plötzlich rannte sie raus – und er ihr nach, und dann hat er sie an den Armen gepackt und geschüttelt. Ich stand ja was weg, aber es sah so aus, als ob sie Angst vor ihm hatte. Sonst wär sie wohl auch nicht weggelaufen. Er ist dann nach, blieb aber plötzlich stehen und griff sich an die Seite. Sie war dann weg. Ich bin ihr noch bis zum Flughafen nachgefahren, laut Befehl.«

Rolf Harrenberg hatte sich in seinem Chefstuhl zurückgelehnt und die Augen geschlossen.

Andreas Schalke war verunsichert. Seine Vorgesetzten hatten ihn früher während der mündlichen Berichterstattung immer scharf angesehen. »Na ja, mehr weiß ich auch nicht.«

Rolf Harrenberg, die Fingerspitzen gegeneinandergepreßt, bot ein Bild entrückter Konzentration.

Lutz Böhm fand seinen Partner manchmal unerklärlich abgehoben. Und Verhaltensweisen, die ihm fremd waren, lehnte er ab. »Wir hätten sie weiter beschatten sollen«, sagte er laut.

Rolf Harrenberg, leise: »Reminiszenzen bringen nichts. Ich mache dir ja auch keinen Vorwurf, daß du unsere Zielperson in Berlin verloren hast.«

Die Abwehrreaktion kam automatisch: »Ich konnte wirklich nichts dafür. Es war schon so ein Chaos am Flughafen, weil zu wenig Taxis da waren. Und als ich endlich eines hatte, war die Zielperson schon lange außer Sicht.«

Und wohin bist du gefahren, als du so ganz allein in Berlin warst? dachte Erich Wells. Er vermied es, seinen Kameraden direkt anzusehen.

Rolf Harrenberg öffnete die Augen: »Ist es vorstellbar, daß unsere Zielperson mit dem Taxi in die Meinekestraße gefahren ist, bei Susanne Sawitzki schellte, mit ihr Streit bekam und die Nerven verlor?«

Schweigen. Erich Wells und Andreas Schalke starrten fasziniert auf das goldene Tischfeuerzeug. Böhm überlegt, ob Harrenberg ihm eine Falle stellen wollte.

»Ich meine, daß unsere Zielperson sie umgebracht hat. Er hatte ein Motiv, und er hatte rein hypothetisch auch die Gelegenheit.« Rolf Harrenberg fixierte seinen Partner, der die Kaffeetasse umklammert hielt. »Du hast sie doch gekannt, Lutz: War sie ein Typ, der zu Selbstmord neigte?«

»Also, ich weiß nicht ...«

Harrenberg betonte jedes einzelne Wort. »Ich glaube das nicht. Ich glaube vielmehr, daß Susanne Sawitzki von ihrem früheren Liebhaber ermordet wurde.«

Die vier Männer schwiegen jetzt, der Mann im Chefsessel triumphierend, sein Partner verwirrt und die beiden Untertanen beeindruckt. Es war Erich Wells, der sich schließlich zu Wort meldete: »Ja, gut. Aber wir können es nicht beweisen. Und außerdem: Was bringt uns das?«

Harrenberg zischte: »Mein Gott, bist du blöd. Siehst du nicht, daß wir jetzt einen viel gewichtigeren Grund haben, ihn unter Druck zu setzen.«

Heiß, dachte Erich Wells. Sein schmales Gesicht, das auch dann besorgt aussah, wenn kein Anlaß bestand, wirkte grau und verfallen. Magenkranke Falten um die Mundwinkel; sein auf Harrenberg gerichteter Blick war skeptisch und ein wenig furchtsam. Dann sah er Böhm an, der jetzt lächelte, und es mußte an seinen Zweifeln liegen, daß er Erleichterung darin zu lesen glaubte.

Andreas Schalke hielt den Kopf gesenkt, so wie immer, wenn ihm eine Sache über den Kopf wuchs und er nach Wegen suchte, sich durchzuschlängeln, ohne anzuecken. Das einfachste war, dem Befehl des Vorgesetzten ohne Wenn und Aber zu gehorchen. So war es früher gewesen und so war es jetzt. Mochte man ihn einen Idioten schimpfen: Auch so ließ sich Unschuld bewahren.

Wenn der Böhm ihm das befohlen hätte, Andreas hätte sie aus dem Fenster gestoßen, dachte Erich Wells. Nicht weil er böse ist, das nicht. Aber Andreas ist einer, der nie geübt hat, selbständig zu denken und Befehle zu hinterfragen. Natürlich hätte auch Böhm ... oder Harrenberg selbst? Oder stimmte dessen Vermutung doch, daß dieser Philipp Handke ...

»Susanne war immer schon ein wenig unberechenbar«, sagte Böhm jetzt im Brustton der Überzeugung. »Man kann sich gut vorstellen, daß sie durchgedreht hat – oder versucht, ihn auf eigene Rechnung zu erpressen.« Der Gedanke gefiel ihm: »Das wäre doch ein verdammt gutes Motiv, findet ihr nicht?«

»Herrschaften, wir wollen hier nicht Detektiv spielen, sondern ein Geschäft zu einem guten Ende bringen.« Harrenberg wandte sich an seinen Partner: »Du hast ihn nicht verloren, sondern dabei beobachtet, wie er an ihrem Haus klingelte. Dann hast du unten gewartet – und hast gesehen, wie sie aus dem Fenster flog. Dann bist du weggerannt. So könnte es gewesen sein – und wir behaupten einfach, daß es so war.«

Lutz Böhm verstand, lächelte und nickte. Er hatte nie Probleme damit gehabt, die Wahrheit ein klein wenig zu verbiegen.

»Meine Informationen sind dahingehend, daß es keine Zeugen gab. Die Polizei geht also davon aus, daß die Sawitzki allein in der Wohnung war, als es passierte.« Einen Moment lang störte Harrenberg der Gedanke, ob Böhm sein Objekt absichtlich aus den Augen verloren hatte. Der hatte schließlich auch Gelegenheit ... Aber nein, Überlegungen, die nicht ins Konzept paßten, sollte man besser nicht zu Ende führen. »Was unsere Chancen in Bonn betrifft, so habe ich gehört, daß nur noch zwei ernstzunehmende Konkurrenten im Feld sind. Sie versuchen natürlich, massiven Druck auszuüben. In einem Fall soll eine Spende von einer Million in Aussicht gestellt sein.«

»Sollten wir nicht auch auf dieser Schiene ...?« Lutz Böhm rülpste dezent, und sein bulliges Gesicht hatte sich zu einer Grimasse verzogen. Immer wenn er an viel Geld dachte, geriet sein Zwerchfell außer Kontrolle. Er dachte an die Asienreise, die er seiner Frau versprochen hatte. Seine Frau war fünfzehn Jahre jünger als er, und seit dem Fall der Mauer war ihre Reiselust ein Quell ständiger Diskussionen.

»Nein. Wir investieren zur Zeit in Berliner Immobilien und haben kein Geld zu verschenken. Warum sollten wir auch, wenn wir einen so potenten Fürsprecher haben?« Harrenberg lächelte ein wenig selbstgefällig: »Ganz im Gegenteil: Wir werden die Story dieser Spende an ein Nachrichtenmagazin geben. Man darf die freie Presse nicht unterschätzen. Und wenn die Sache erscheint, Herrschaften, haben wir einen Konkurrenten weniger.«

Brillant. Lutz Böhm, der sich ursprünglich Harrenberg nur angeschlossen hatte, um unbeschadet in eine andere Zeit überzuwechseln, merkte mehr und mehr, daß er auf eine Goldader gestoßen war. »Und wann steht die Entscheidung über den Verkauf an?« Anschließend würde er mit seiner Frau für vier Wochen nach Asien fliegen. Sie war ja noch so jung und wollte was von der Welt sehen.

Harrenberg zupfte an einer makellosen Bügelfalte. »Unser Fürsprecher in Bonn mauert, weil er Zeit gewinnen will. Aber unter den neuen Umständen, die sich aus dem Ableben von Frau Sawitzki ergeben, werde ich die Sache selbst in die Hand nehmen und ein wenig beschleunigen. Ich werde ihm ein Treffen vorschlagen – und ihm dann eine Frist setzen.«

»Und wenn er's nicht war?«

Rolf Harrenberg sah Erich Wells an, als sei er eine lästige Fliege. Seine Worte zischten wie Insektenvernichtungsmittel: »Er war's. Verlaß dich drauf.«

Die Instruktionen, die er seinen Mitarbeitern gab – Böhm gegenüber im Ton etwas verbindlicher –, waren knapp und präzise. Erich Wells gab keine Widerworte mehr, Schalke ohnehin nie, und sein Partner schien mit sich und dem Rest der Welt äußerst zufrieden. Rolf Harrenberg dachte an seinen Termin auf dem Golfplatz und daran, daß er alles Wichtige ja doch selbst erledigen mußte. Selbst Lutz, der mit der Manipulation von Menschen sein Arbeitsleben verbracht hatte, kannte sich mit den subtilen Spielregeln, die im Westen herrschten, noch nicht aus. Er war sich ziemlich sicher, daß Erich Wells der cleverste des Trios war. Aber auch der unsicherste Kantonist, eben ein bißchen zu klug für seinen Geschmack.

»Warst du nicht auch in Berlin an diesem Abend?« fragte er ihn an der Tür, so leise, daß die anderen es nicht hörten.

Erich Wells antwortete nicht, und Harrenberg lächelte milde. »War ja nur so eine Frage.«

Als sie weg waren, scherzte er kurz mit seiner Sekretärin, die jung und hübsch und diskret genug war, in sein Vorzimmer zu passen. Dann fuhr er mit dem Lift zur Tiefgarage, wo sein Porsche stand, schwarz und schön, eben auch ein Symbol seines Erfolgs. Rolf Harrenberg hatte nicht viele Leidenschaften: seinen Wagen, das Golfspiel, Innenarchitektur, Kunst, Essen und Trinken, schöne junge Männer. Alles, was sich mehr als weniger mit Geld bezahlen ließ. Daß es ihm nicht in die Wiege gelegt worden war, sondern hart erarbeitet, verlieh dem Luxus einen besonderen Reiz. Schließlich kannte er auch die andere Seite der Medaille: Sie war nur zu ertragen, wenn man jung war oder bescheiden aus Phantasielosigkeit. Nie wieder arm: Das Motto seines Lebens brachte eine gewisse Rücksichtslosigkeit im Umgang mit Paragraphen und Menschen mit sich. Sie waren gottlob biegsam, beide. Grenzfälle hingegen waren eine besondere Herausforderung an seine Intelligenz und Härte. Rolf Harrenberg hegte keinen Zweifel daran, daß er zu den Siegern gehörte. Und daß er es verdiente.

12

Willis wilde Bulettenbude war ein Schickimicki-Lokal von der Art, die es in Bonn nie gegeben hatte. Anna fühlte sich unwohl: nicht jung genug, nicht reich genug, in keiner Weise verrückt angezogen oder von der blasierten Art der Szene angehaucht. Eben Anna aus Bonn: der Gedanke, einmal umziehen zu müssen, kam mit erschreckender Nachwirkung. Anna umklammerte ihr Weinglas. Ich sollte mich beizeiten in Hamburg bewerben, dachte sie. Alte Bäume zu verpflanzen, und noch dazu in so 'ne Stadt, das ist Wahnsinn. Und andererseits: Wieviel von Anna Marx beklagte die Trägheit ihres Lebens? Wieviel war schon darin aufgegangen?

Die Kellnerin stellte ihr ungefragt einen Teller mit einer Bulette auf die Theke. »Noch'n Wein, gnä' Frau?«

Die Kellnerin war widerlich jung und hübsch. So lebensbejahend wie der Polizeisprecher, der beinahe mit ihr geflirtet hatte, aber im Ergebnis wenig fruchtbar gewesen war.

Anna nickte. Dachte an das halbstündige Gespräch aus vielen Fragen und wenigen Antworten. Susanne Sawitzki war nach den Erkenntnissen der Polizei in ihrer Wohnung gewesen, als es passierte. Pech, daß die einzigen Nachbarn auf der Etage in Urlaub waren. Die alte Dame darunter hatte ferngesehen und, weil sie schwerhörig war, den Ton sehr laut gestellt. Ein Unfall? Möglich, aber da hätte sie sich schon verdammt blöde anstellen müssen. Also Selbstmord? Kein Abschiedsbrief, aber so was müsse ja nicht sein, hatte Herr Bolle augenzwinkernd gesagt. Und daß Susanne Sawitzki nach einem schweren Unfall ihr Musikstudium an den Nagel hängen mußte. Daß die ihren Ehemann durch Krebs verloren hatte. Daß sie gelegentlich sehr verschlossen war – so die Aussage ihres Freundes Wilhelm Wöhl.

Alles gute Gründe, an einem Freitagabend den kürzesten Weg aus dem fünften Stock zu wählen? Annas bohrende Fragen waren an dem augenzwinkernden Herrn Bolle abgeprallt. Erst nach einer Weile hatte Anna kapiert, daß er nicht von seltsamem Humor befallen war oder mit den Augen flirtete, sondern einen nervösen Tick hatte.

Ost-West-Geschichten? Die Dame sei schließlich von drüben gekommen? Da war Herr Bolle sehr schweigsam geworden, hatte auf seine Uhr gesehen und Anna mit liebenswürdigsten Worten verabschiedet. Und jetzt saß sie hier, in Willis Bude, um den Liebhaber der Verblichenen zu befragen. Drei Tage Urlaub. Die Flüge waren natürlich ausgebucht, so wie alle besseren Hotels: eine Wahnsinnsfahrt mit dem Auto und ein absolut überteuertes Zimmer in einer miefigen Pension waren der Preis, den sie für ihre Neugierde bezahlen mußte. Nein, es war mehr als das: für ihren Verdacht, daß Philipp in die Sache verwickelt war. Ein absurder Verdacht vielleicht. Aber wenn sie nicht ständig daran denken wollte, mußte sie etwas tun. In dieser blöden Bar sitzen und Wein trinken und Buletten essen, die sie gar nicht mochte.

»Sie wollten mich sprechen?«

Jemand tippte ihr von hinten auf die Schulter, und Anna drehte sich erschrocken um. Ein großer, breitschultriger Muskelmann stand vor ihr. Anna registrierte einen Dreitagebart und einen dezenten Ohrring, geltrunkene Haare und sehr wache Augen. »Herr Wöhl?«

»Nennen Sie mich Willi. Das tun alle hier.«

»Anna Marx. Aus Bonn. Wollen Sie was trinken?«

Willi bestellte ein Glas Champagner, was Anna ziemlich unverschämt fand.

»Ich bin Journalistin, Herr Wöhl ... Willi. Und ich wollte etwas über Susanne Sawitzki schreiben, Sie waren doch mit ihr befreundet?«

Willi sah mißtrauisch aus, und Anna reagierte mit ihrem gewinnendsten Lächeln.

»Aus Bonn? Über Susanne?«

Anna, leise und verschwörerisch: »Ich recherchiere eine Reportage über Selbstmord in Großstädten. Die Vereinsamung. Die Auswirkungen des Ost-West-Gefälles.«

Er stutzte. Aber er bat sie in sein Büro, weil er Journalisten grundsätzlich wie rohe Eier behandelte und ihn die neugierigen Blicke der Kellnerinnen nervten.

Anna nahm ihr Glas mit ins Büro, das völlig anders und beinahe biedermeierlich möbliert war.

»Ich kann Ihnen nicht helfen, weil ich es nicht verstehe«, sagte Willi, nachdem Anna sich gesetzt hatte.

»Hatten Sie Streit? Oder gab es finanzielle Probleme? Ich meine, sie muß doch einen Grund gehabt haben?«

Als ob er sich darüber nicht schon den Kopf zerbrochen hätte. Die fragte so dämlich wie die Bullen. Willi kratzte ratlos seine Stoppeln. »War alles paletti. Unsere Beziehungskiste war in Ordnung, der Laden läuft gut und immer besser. Ich meine, sie war ein bißchen komisch in letzter Zeit, das ist wahr. Ich dachte mir, daß es mit ihrem Unfall zu tun hatte – mit dem steifen Finger und so, aber das waren so Depressionsschübe, die vorübergingen. Dachte ich jedenfalls, bis ...«

Ein erstes Anzeichen von Schmerz. Jetzt kratzte er sich nicht mehr am Kinn, sondern spielte mit seinem Ohrring.

»Einen anderen Mann gab es nicht?«

Willi zuckte mit den Achseln. »Wir hatten eine sehr tolerante Beziehung. Aber nicht, daß ich wüßte ...«

Du meinst, du hast sie beschissen, und fandest es ganz nett, daß sie es nicht tat, dachte Anna. Oder doch? War der Kerl so cool, wie er sich gab, oder war es nur Zeitgeistgetue? »Kannte Susanne zufällig einen Dr.Handke aus Bonn?«

Nun war er wieder mißtrauisch. Spannte seine Muskeln und sah Anna sehr wach an. »Wer ist das? Was soll das?«

Anna überlegte fieberhaft nach einer guten Antwort und versuchte, Zeit zu gewinnen, indem sie sich umständlich eine Zigarette anzündete. »Das ist ... ein Psychologe aus Bonn. Ich habe mit ihm gesprochen ... über das Thema ... und irgendwie den Eindruck gewonnen, daß er Susanne kennt. Kannte. Aber ich kann mich auch irren. Deshalb frage ich Sie ja.«

Manchmal hatte Anna Glück mit ihren Lügen. Willi hatte eine ausgesprochene Abneigung gegen »Seelenklempner« und drückte es Anna gegenüber so aus, daß »die alle selber den größten Schuß haben und sich an anderen abreagieren«. Willi überlegte: »Den Namen hab ich nie gehört. Aber sie ist tatsächlich nach Bonn geflogen, ein paar Tage, bevor sie ... Ich hab das Ticket gesehen, und sie sagte was von 'ner Freundin, die sie besuchen wollte. Also, wenn ich's mir recht überlege, ist schon möglich, daß sie zu diesem Dr. Handke geflogen ist.«

Fast ein Volltreffer, dachte Anna. In den eigenen Unterleib. Willi sah jetzt aus, als ob er wütend wäre.

»So was Bescheuertes. Als ob es nicht genügend Seelenklempner in Berlin gäbe! Und überhaupt: Wenn es so war, hat es nicht viel genutzt. Oder?«

Anna wurde nicht sehr schlau aus dem Mann, der sich Willi nennen ließ. Trauerte er, oder war nur seine Sprache mitleidlos? »Als Sie Susanne das letzte Mal gesehen haben – gab es da gar kein Anzeichen?«

Willi spielte jetzt mit seiner Krawatte, ein rosaviolettes Ding, das er mit seiner rechten Hand zerknüllte. Knitterfreie Seide. Der Zeigefinger der linken Hand auf Anna gerichtet: »Das hat mich die Polizei auch schon gefragt. Nein, gute Frau. Nichts. Sie ist um 18 Uhr aus dem Laden, sie hatte Frühschicht. Sagte, daß sie müde sei und früh ins Bett wollte. Also habe ich ihr auch nicht den Vorschlag gemacht, nach Ladenschluß zu ihr zu kommen. Wäre sowieso etwas spät geworden – halb drei war's. Als ich endlich zu Hause war, rief die Polizei bei mir an.«

Die Frage nach einem Alibi lag nahe, aber danach hatte ihn vermutlich die Polizei schon gefragt, und sie hatte keine Lust, ihn unnötig zu reizen. Anna stand auf. »Haben Sie Susanne geliebt, Willi?«

Das hatte die Polizei nicht gefragt. Er ließ seine Krawatte los und dachte an das Begräbnis, das er arrangiert hatte. An den teuren Kranz mit weißen Lilien, die Susanne so gemocht hatte. An die kleine Abschiedsfeier, die er anschließend im Lokal geben würde, nur für engste Bekannte und Stammgäste. Die rothaarige Journalistin stand an der Tür und sah ihn fragend an.

»Hätte es was geändert?«

Wer immer es war, dachte Anna: der nicht. Der ist zu

solchen Leidenschaften, wie seine Geliebte aus dem Fenster zu stürzen, nicht fähig. »Danke, daß Sie mit mir gesprochen haben, Willi. Ich bezahle dann vorne an der Theke.«

»Lassen Sie den Laden aus dem Artikel raus«, rief Willi ihr nach. »Ist nicht gut für's Image, wenn Sie verstehen, was ich meine.«

»Alles klar.« Anna bezahlte und dachte: Hauptstadtpreise. Als sie zur Tür ging, passierte sie einen Tisch mit zwei sehr hübschen Mädchen.

»Er muß mich wirklich lieben«, sagte die eine. »Stell dir vor, wir waren in einem unglaublich teuren Restaurant – und er hat beim Bezahlen nicht nach der Quittung gefragt.«

Als Anna auf die Straße trat und von dem Menschensog empfangen wurde, der angeblich Herz und Schnauze in sich vereinte, dachte sie an Bonn – und an Philipp. Ein falscher Schritt und du bist am Ziel – anderer.

Willi Wöhl saß in seinem Büro und tat etwas, das seinem Naturell sehr fremd war: Er dachte an den Tod. Er dachte an Susannes Leiche, die er identifiziert hatte, an die Kälte dieser letzten Begegnung und den Ekel, den Susannes Überreste in ihm ausgelöst hatten. Reste, die man in seiner Küche vom Teller wischte. Der Tod war der Abfall des Lebens. Der Friedhof eine Müllkippe. Susanne, die nun kein Schmerz mehr plagte ... Das mußte schön sein, irgendwie, nichts mehr zu spüren.

Nein, Susanne spürte nichts mehr von seinem Zorn über ihren lächerlichen Erpressungsversuch. Fünfzigtausend Mark: Eine Menge Kohle, die sie da von ihm gefordert hatte, bloß weil er einmal eine heiße Ladung gekauft hatte, geklauten Bordeaux und Champagner zu günstigeren Preisen. Ein Schnäppchen sozusagen, von dem sie leider gewußt hatte.

Susanne, die eine Reise machen wollte, eine große Reise, wenn sie soviel Geld dafür brauchte. Eine Weltreise, hatte sie gesagt, und ihn mit feuchten Augen angeglotzt. Bitte, Willi, hatte sie gesagt: Ich brauche Tapetenwechsel. Aber nicht mit meinem Geld. Hatte Willi gesagt. Und dann hatte sie diesen günstigen Einkauf ins Spiel gebracht, so von ungefähr ... Und was zum Teufel konnte er dafür, wenn einige seiner Gäste Koksbriefchen über die Tische schoben? Auch das hatte Susanne erwähnen müssen, das mit dem Kokain. Als ob er das Kindermädchen seiner Gäste wäre. Oder ein Mann, der sich erpressen ließe.

Wenn er daran dachte, stieg immer noch Zorn in ihm hoch. Das war der Dank dafür, daß er eine DDR-Frau mit steifem Finger bei sich aufgenommen, sie in seine Kreise eingeführt hatte! Susanne, du bist verdammt undankbar, hatte er zu ihr gesagt, und sie, sie hatte nur gelächelt und erwidert, jeder müsse selber sehen, wie er zurechtkomme. Und daß sie ihm eine Woche Zeit lasse, das Geld zu besorgen.

Fünfzigtausend Eier! Willi dachte: Für soviel Geld kann man seine eigene Mutter umbringen lassen. Zuviel Geld für ein paar Flaschen Wein und das bißchen Koks. Susanne war eben doch ein bißchen verrückt gewesen, nicht ganz von dieser Welt, sonst hätte sie nicht versucht, ausgerechnet ihn zu erpressen. Von wegen Darlehen: Sie hatten beide gewußt, daß dieses Wort eine Lüge war.

Angst. Sie hatte ihm was von einem Mann erzählt, vor dem sie Angst hatte, und nur deshalb müsse sie aus Berlin abhauen. In die Karibik – und mit seinem Geld. Davonlaufen sei doch keine Lösung, hatte er zu ihr gesagt. Worte! Willi dachte, daß er eigentlich immer ein Mann der Tat gewesen war. Die Leute redeten zuviel, das war das eigentliche Problem der Welt. Jeder hörte sich reden, und keiner hörte den anderen.

»Willi, da will einer Kaviar auf Kredit.«

Die Kellnerin, die er nur wegen ihrer Kurven eingestellt hatte, rief durch die geschlossene Tür. Eine mögliche Kandidatin für Susannes Posten, deren Intelligenzquotient allerdings nicht so üppig war wie ihre Oberweite.

»So was gibt es doch gar nicht«, murmelte Willi, der den Tod nunmehr abgehakt hatte und sich den Lebenden zuwandte. Trauer war nicht angesagt. Das echte Lebensgefühl konzentrierte sich auf das Ich und Jetzt.

»Ich komme«, rief Willi.

13

Anna hatte Philipp schon in vielen Positionen erlebt: doch nie auf der Treppe vor ihrer Wohnung sitzend, den Kopf in den Händen vergraben, einer müden Statue gleich, anklagend und ein wenig betrunken.

»Wo warst du so lange? Ich habe auf dich gewartet!«

Anna stand vor Philipp und suchte blind nach dem Hausschlüssel, der nie mit dem ersten Griff zu finden war. »Ich war in Berlin. Willst du mit reinkommen?«

Manchmal waren ihre Fragen unerträglich aufreizend. Philipp stand auf, riß ihr die Handtasche aus der Hand und kippte sie um.

»He, bist du verrückt geworden?« Anna starrte auf die Ansammlung nötiger und unnötiger Dinge zu ihren Füßen. Der Inhalt einer Handtasche war in dieser Form sehr lächerlich. Der Schlüssel lag auf dem Notizblock. Philipp hielt ihn mit einer Hand triumphierend hoch, während er mit der anderen Annas Kram einsammelte.

Willis Visitenkarte. »Hast du einen neuen Liebhaber in Berlin?«

Anna riß ihm den Schlüssel aus der Hand. »Du bist betrunken.«

»Äußerst scharfsinnig, mein lieber Watson.« Er hielt ihr die Handtasche hin, und Anna sperrte die Tür zu ihrer Wohnung auf, seine Alkoholfahne im Rücken. Er roch nach Whisky und Zigarren. Er war ein Mann, den Anna am besten von allen Männern kannte, aber eben nicht genug, um alle Fragen zu beantworten.

Anna warf ihre Handtasche auf den Küchentisch. »Willst du Wasser oder Kaffee?«

Rituale. Sie wußte, daß er sich an den Küchentisch setzen und die Beine auf die Bank legen würde. Philipp legte die Beine auf die Bank und sagte: »Bier. Hast du Bier im Haus?«

Sie hatte. Sie hatte auch plötzlich Mitleid mit ihm, und das war kein atemberaubendes Liebesgefühl. Während sie zwei Gläser Bier einschenkte, dachte sie, jetzt wird er mir sagen, daß wir uns besser trennen sollten. Aus diesen und jenen Gründen. Und ich werde ganz vernünftig und leise sein und ihm keine Szene machen – und dann werde ich mich unglaublich betrinken und zwei Schlaftabletten nehmen, aber mich nicht aus dem Fenster stürzen. Selbstmitleid ist besser als Mitleid.

»Ich hatte heute eine lange Sitzung, in der unter anderem das Thema Inter-Verlag behandelt wurde. Und ich habe kluge und gute Argumente vorgetragen, warum eine gewisse Düsseldorfer Firma eine reelle Chance bekommen sollte. Ich habe den Staatssekretär daran erinnert, daß ich seine letzte Fehlentscheidung mitgetragen und ausgebügelt habe und er mir mithin einen Gefallen schuldet. Nicht in diesen groben Worten selbstverständlich. Die Sprache der Politik kennt feinsinnige Zwischentöne. Nicht nur Chinesen müssen ihr Gesicht wahren, verstehst du, Anna?«

»Warum erzählst du mir das alles?«

Anna war aufgestanden, um sich Zigaretten zu holen. Große rote Anna, Urmutter und lästiges Kleinkind, seine letzte Liebe vielleicht, weil das Leben so kurz geworden war. Philipp gab ihr Feuer, fühlte sich sehr nüchtern in Annas Küche, leicht und von absolut klarer Unschärfe.

»Weil ich auf dem Wege bin, mich erpressen zu lassen. Und

weil ich denke, daß du das wissen solltest. Du willst doch immer alles von mir wissen, Anna.«

»Hat es was mit Susanne Sawitzki zu tun?«

Scharfsinnige Anna. Sie war so schnörkellos, und sie trank ihr Glas in einem durstigen Zug leer und holte eine neue Flasche aus dem Kühlschrank. Und jetzt nickte er, und ihm entging nicht der Triumph in Annas Blick, rechthaberische Selbstgefälligkeit, die sie fast immer mit Humor und Selbstironie zudecken konnte. Noch nie, schien es Philipp, hatte er Anna mehr geliebt als in diesem Moment, an diesem Küchentisch. Aber warum?

Es war verdammt schwer gewesen, sich zu entscheiden, sich in ihre Hand zu begeben. Jetzt schien es einfach. Anna würde verstehen.

Philipp erzählte seine Geschichte, während Anna Bier trank, rauchte und ihm aufmerksam zuhörte. Er untertrieb ein wenig, was Susannes Anziehungskraft auf ihn betraf, schließlich war es unnötig, seine Beichtmutter zu reizen. Philipp gab seiner Geschichte eine väterliche Note, die sie nie gehabt hatte. Er vermied es, Anna anzusehen, als er ihr von seinen wiederholten Besuchen in Ostberlin erzählte, von seinem Mitleid mit der tapferen Regimegegnerin, seinen erfolgreichen Bemühungen, sie in den Westen zu schaffen. Würde es Anna interessieren, daß sie sich noch ein paarmal in Westberlin getroffen hatten, bis er ihrer überdrüssig war und dies in schonende Worte verpackte?

»Mit Susannes Ankunft in Westberlin war unsere Affäre beendet«, sagte Philipp. »Ich habe sie nicht wiedergesehen – bis zu dem Tag, als sie nach Bonn kam. Um mich zu erpressen.«

Soviel Dummheit, dachte Anna, hätte ich ihm nicht zugetraut: auf eine Spionin reinzufallen. Auf einen kuhäugigen Mata-Hari-Ostverschnitt: Sie hatte Susannes Foto gesehen. Anna sagte: »Sie muß sehr überzeugend gewesen sein, wenn du nie mißtrauisch geworden bist.«

Verständnisvoll im Ton, das war sie ihm schuldig – und der Geschichte, deren Ende sie hören mußte.

»Sie war überzeugend, Anna. Ich bin aus allen Wolken gefallen, als sie mir auch noch unterstellte, daß ich ihr Doppelspiel immer durchschaut hätte.«

»Und warum bist du nach Berlin geflogen?«

Er fragte nicht, woher Anna das wußte. »Ich war bei unserem Treffen so außer mir vor Zorn, daß Susanne tatsächlich Angst bekam und weglief. Ich wollte ... noch einmal mit ihr reden, sie nach ihren Hintermännern fragen. Vielleicht wollte ich sie auch kaufen.«

Anna qualmte und sah ihn durch den Rauch ihrer Zigarette fragend an. Mutter Courage ohne Kinder: Wie hatte er nur je von ihr glauben können, daß sie eine Frau für leichte Stunden war? Freund Walter würde ihn für diese Beichte geißeln – wenn er es denn erfahren würde. Er hatte von Walter nichts mehr gehört seit dem Anruf, bei dem Walter geheimnisvoll angedeutet hatte, daß er Susannes Hintermännern auf der Spur war.

»Und – hast du mir ihr gesprochen? In Berlin?«

Anna kann es nur wissen, weil mich jemand dort gesehen hat, dachte Philipp plötzlich voller Panik.

»Circa eine halbe Stunde. In ihrer Wohnung. Sie hatte immer noch diese lächerliche Angst, daß ich ihr etwas antun würde.« Philipp dachte, daß diese Formulierung etwas unglücklich war. Annas Augen flackerten. »Ich habe sie beruhigt und ihr gesagt, daß ich nicht die Absicht hätte, sie anzuzeigen – wie sollte ich auch? Und ich habe sie gefragt, wieviel ihr Schweigen kosten würde?«

Anna tötete ihre Zigarette und zündete sich sofort eine neue an. Merkte sie etwas von seinem Haß, der Susannes Tod überdauert hatte? Er versuchte ein Lächeln, das mißglückte. »Sie hat sich auf nichts eingelassen. Stand die ganze Zeit da wie ein Opferlamm. Schwieg. Sagte lediglich, daß sie Angst habe –

aber nicht vor wem oder was. Ich hatte den Eindruck, als würde sie auf etwas warten und mir gar nicht zuhören, verstehst du, Anna? Es war so verdammt frustrierend. Schließlich habe ich es aufgegeben.«

Schweigen. Anna flüsterte: »Und dann bist du gegangen?«

Durch den Rauchschleier sah Philipp völlig klar, was Anna ihm bisher verborgen hatte: Zweifel. Grüne Augen, die seinen auswichen. Die hektische Bewegung, mit der sie ihr Glas zum Mund führte. Ich habe ihr vertraut, dachte Philipp, und die ganze Zeit hat sie überlegt, wie sie die Frage formulieren soll.

»Du meinst, ob Susanne noch gelebt hat, als ich ging?«

Von einer Sekunde zur anderen saßen zwei Fremde an einem Tisch. So empfand es Anna, die jetzt Philipps Blick suchte und nichts fand, woran sie sich festhalten konnte. Sie legte ihre Hand auf seine, spürte das kalte Metall seines Eherings. Eine starke Hand. Und eine Lüge: »Nein. Das habe ich nicht gemeint. Aber es könnte ja sein, daß du jemanden gesehen hast? Oder gespürt, daß Susanne am Ende war, durchdrehte und ...«

»Und was, wenn ich sie aus dem Fenster gestoßen hätte?«

Das Geräusch war laut wie ein Wasserfall. Anna dachte: Ich hätte schon längst den Klempner anrufen sollen wegen des tropfenden Wasserhahns. Und daß es jetzt ein Fehler wäre, die Hand zurückzuziehen. Seine Hand lag ganz ruhig auf dem Tisch. Er sah sie so herausfordernd an wie damals, an ihrem ersten gemeinsamen Abend, als er sie fragte, ob sie Lust hätte, mit ihm ins Bett zu gehen.

»Was willst du von mir hören? Daß auch Mörder ein Recht auf Liebe haben?«

Er hatte seine Hand weggezogen, um den Kopf in seine Hände zu vergraben, und Anna sah Philipps Schultern zucken, und sie dachte: Mein Gott, er weint, und mein Wasserhahn tropft, und ich bin nicht imstande, auch nur einen klaren Gedanken zu fassen, geschweige denn zu formulieren ... Das

Anna-Philipp-Spiel ist zu Ende, jetzt wird es ernst ... Es dauerte ein paar Sekunden, bis sie begriff, daß Philipp lachte. Er sah sie tränenlos und mit zuckenden Mundwinkeln an. Anna sah gnadenlos dumm aus in diesem Augenblick, mit offenem Mund und aufgerissenen Augen.

»Hast du wirklich geglaubt, ich würde dir einen Mord gestehen? Anna! Ich wollte nur wissen, wie du reagierst. Ich habe Susanne nicht umgebracht.«

Natürlich nicht. Anna klappte den Mund zu und griff mit unendlicher Erleichterung nach ihrer Zigarette, die im Aschenbecher fast verglüht war. Das vertraute, ironische Philipp-Gesicht, das jetzt wieder ernst wurde.

»Aber dieser Harrenberg behauptet es. Jetzt, da Susanne tot ist, wollen sie mich damit unter Druck setzen.«

»Wer ist Harrenberg?«

»Ein Gauner, der sich Ex-Stasi-Leute und Stasi-Akten unter den Nagel gerissen hat und versucht, damit Geschäfte zu machen. Seine Consultingfirma tritt als Interessent für die Inter-Verlagsgruppe auf. Einen Hauptkonkurrenten hat er schon aus dem Rennen geworfen, nachdem in der Presse Mutmaßungen über Bestechungsgelder aufgetaucht sind. Parteispenden, wie schon gehabt.«

»Pfui Teufel.«

Ihm war nicht ganz klar, wen oder was Anna damit meinte. »Ich weiß nicht, für wen Harrenberg auftritt. Kann sein, daß er den Verlag an den Meistbietenden weiterverkaufen will. Er tat am Telefon sehr geheimnisvoll. Aber er hat mir unmißverständlich klargemacht, was passiert, wenn ich nicht mitspiele.«

Philipp in Not, ein Gedankenspiel, in dem sie sich vorgestellt hatte, daß sich dann Liebe beweisen ließe. Aber die Wirklichkeit, die in Annas Leben immer hinter ihren Erwartungen gehinkt hatte, war komplizierter. Weil sie jetzt dachte: Wie weit würde er gehen, um sich zu schützen? Wenn er bereit ist, sich erpressen zu lassen, wie viele Schritte führen zum nächsten … zum ultimativen Selbstschutz? Und wieso wurde sie das Gefühl nicht los, daß er ihr die Wahrheit häppchenweise servierte, sozusagen im Testverfahren?

»Was hat Harrenberg gegen dich in der Hand?«

Annas Reaktionen waren weniger mitfühlend, als er gedacht hatte. Für ihre Verhältnisse war sie ausgesprochen kühl. Wenn er jetzt überlegte, warum er sie ins Vertrauen gezogen hatte, erschien ihm die Idee einer Art Rückversicherung nicht mehr so brillant. Schließlich, er hatte sich in ihre Hand gegeben, und auch dafür würde er irgendwann büßen müssen. Irgendwann … aber daran dachte man nicht, wenn man bis zum Hals im Morast steckte und sich freizustrampeln versuchte. Ein verlockender, jedoch kurzlebiger Gedanke: alles zu sagen … »Ich weiß nicht. Er behauptet, einer seiner Leute habe mich zur Tatzeit in ihrem Haus gesehen. Und ein Motiv kann er natürlich auch liefern …«

In das Schweigen tropfte Annas Wasserhahn. Philipp hatte seine Brille auf den Tisch gelegt und rieb sich die Augen. Liebe, Mitleid und Mißtrauen ließen sich so schwer miteinander vereinbaren. Anna haßte sich dafür, daß sie nicht so bedingungslos reagieren konnte wie die Heldin ihrer Gedankenspiele. »Und wenn er, ich meine, wenn seine Leute Susanne umgebracht haben? Sie haben dich gesehen, also waren sie da und …?«

Zugegeben, sehr logisch war es nicht. Aber kein Grund für Philipp, sie anzuzischen: »Selbstmord ist dir wohl nicht gut genug. Schließlich war sie eine labile Person. Und eine Frau mit einer verdammt häßlichen Vergangenheit.«

Es bringt sich ja nicht jeder gleich um, weil er ein Schwein ist, dachte Anna. Und daß sie jetzt genau da war, wo sie immer sein wollte: an Philipps bloßgelegten Nerven. Am ganzen Mann, nicht bloß seinem Anna-Schaufenster. Es war nicht schön. Es war unheimlich.

»Möchtest du Kaffee?«

»Nein. Ich möchte, daß du mir sagst, daß ich recht habe, auf Harrenbergs Forderungen einzugehen. Schließlich: Was geht mich dieser verdammte Verlag an? Er hat mir versprochen, mir die Sawitzki-Akte zu übergeben, wenn alles gut gelaufen ist. Und mich zu vergessen.«

»Das glaubst du wohl selbst nicht.«

Nein. Oh, Anna, hör auf, so selbstgerecht auszusehen. So schuldlos. Ein Mensch ohne Sorgen, abgesehen von denjenigen, die er sich selber machte. Anna, die Gute. Mit ihren klugen Sprüchen, passend zu jeder Lebenslage. Na los, Anna, sag was Kluges.

»Warum haust du ihn nicht übers Ohr? Erzählst ihm, daß du alles in deiner Macht Stehende für ihn getan hast – aber die Entscheidung höheren Ortes gefällt wurde?«

Nicht klug genug. »Er ist über die Verhandlungen genauestens informiert. Und über meine Position. Also noch jemand, den er in der Hand – oder gekauft hat: Glaub mir, Anna, ich bin nicht der einzige in Bonn, der erpreßbar ist.« Eine dicke Mauer um alle Stasi-Akten und Mitarbeiter hätte man bauen müssen, dachte Philipp. Damit die Guten gut bleiben. Er sah Anna an, die nachdenklich an ihrer Zigarette sog. Die Luft war schwer von Annas Laster, und er war so müde. Unerträglich, der Gedanke, nach Hause fahren zu müssen, in das perfekte Heim mit den Laienschauspielern einer glücklichen Familie. »Kann ich bei dir schlafen?«

Die Frage war ungewöhnlich und nicht sexueller Natur. Leidenschaft war Anna nicht vorstellbar, nur die Suche nach Nähe und Wärme. Sie hätte es nie übers Herz gebracht, nein zu sagen. Später, ein wenig später, als er neben ihr lag, sein Gesicht in ihren Brüsten vergraben, blieb Mutter Anna ihm eine Antwort schuldig. Er schlief darüber ein, während Anna sich selbstquälerisch in seine Frage verbiß: Würdest du mich verraten, Anna?

Was verraten?

14

Die Stimme war kultiviert und angenehm im Ton, dennoch hielt er den Hörer ein Stück entfernt, als Frau Handke ihm erklärte, daß ihr Mann in »Klausur« gegangen sei und für dringende Familienangelegenheiten nur noch im Büro erreichbar wäre. »Er wollte mir nicht einmal sagen, in welchem Hotel er sich einquartiert hat. Sehr ungewöhnlich, nicht wahr?«

Im Büro hatte Walter Fuhrmann bereits angerufen, um von der Sekretärin zu erfahren, daß Dr. Handke unterwegs sei. Die Stimme der Behringer war beunruhigter als die seiner Frau, dachte Walter, als er das Telefonat mit den Worten schloß: »... Und bitte verzeihen Sie die Störung, gnädige Frau.« Eine Floskel, auf die sie noch eine draufsetzte: »Ein alter Freund meines Mannes stört nie.«

Walter seufzte, als er auflegte. Er war zutiefst beunruhigt über Philipps Reaktionen seit diesem ... Vorfall. Es sah ihm nicht ähnlich, sich so aus der Lebensbahn bringen zu lassen, daß er sogar – vorübergehend – von zu Hause auszog.

Ein leichtes, die Bonner Hotels checken zu lassen ... Aber ein Instinkt warnte ihn vor übertriebenen Reaktionen. Derselbe Instinkt, der ihn davon abhielt, sich mit dieser Frau Marx in Verbindung zu setzen. Er hatte Frau Behringer dringend um Philipps Rückruf gebeten. Warum zum Teufel rief er nicht an?

Auf seinem Schreibtisch lagen die Akten Sawitzki, Böhm, Wells, Harrenberg. Letztere war nur eine rote Mappe mit schmalem Inhalt. Er hatte sie mit zusammengekniffenen Lippen gelesen und die Zeile »sexuelle Kontakte mit Strichjungen« grün unterstrichen. Jeder Mensch hatte mindestens einen Punkt, an dem man ihn packen konnte. Harrenberg bot eine sehr breite Angriffsfläche. Böhm und Wells waren wendige Springer in einem Spiel, das Harrenberg von der Grundlinie aus dirigierte. Und die Sawitzki war tot: ein Bauer, der sich zu weit nach vorne gewagt hatte. Der bisherige Spielverlauf war Walter völlig klar. Nur eine Figur – sein Freund Philipp – irritierte ihn durch Mißachtung der Regeln.

Walter Fuhrmann wandte seinen Blick von der roten Mappe auf den Giftschrank aus stabiler Eiche. Er beinhaltete Stasi-Akten, die seine Abteilung sozusagen aus dem Umlauf gezogen hatte. Beschlagnahmt, gekauft, erpreßt: Die dienstlichen Akzente hatten sich nur geringfügig verschoben, indem man nicht mehr Material gegen andere sammelte, sondern gegen sich Gesammeltes aus dem Verkehr zog. Zum Schutz der Politiker, zum Schutz der Demokratie, zum Schutz von Ruhe und Ordnung in diesem Staat. Es war müßig, darüber nachzudenken, daß energisches Durchgreifen in den ersten Wochen und Monaten seiner Behörde eine Menge Arbeit und Ärger erspart hätte. Wer Anarchie duldete, hatte die Folgen zu tragen.

Je enger sich die Kreise meines Leben ziehen, dachte Walter, desto weniger bin ich imstande, mich aufzuregen. Ruhe war ein wichtiges Wort geworden, seit Gerda gestorben war. Er wollte seine Ruhe vor der Welt – und in einem halben Jahr würde er sich nicht mehr von seinem Weinkeller und seiner Bibliothek trennen müssen, um zu diesem Schreibtisch zu gelangen, diese Akten zu lesen, in unwichtigen Besprechungen und Konferenzen Strategien zu wälzen und lächerliche Geheimnisse zu hüten. Noch fünf Monate, das Verdienstkreuz war bereits verliehen und sein Nachfolger ausgewählt. Wenn er die Augen schloß, konnte er sich sehr gut vorstellen, daß ein anderer an seiner Stelle saß, noch berauscht von der Macht seines Wirkens – und der Macht als solcher.

Wenn er die Augen geschlossen hielt, schob sich seine Frau ins Bild: Gerda, als sie noch jung, wenn auch niemals schön gewesen war. Gerda, der die Jahre Würde verliehen. Seine Frau, als sie krank wurde. Die Herzoperation und die tausend

Tode, die er in jener Zeit gestorben war. Gerda, die sich erholte und ihm noch zehn wunderbare Jahre schenkte. Nein, an das Ende wollte er nicht denken. Nur an ihre Güte, ihre Warmherzigkeit, ihre bedingungslose Loyalität und Liebe. Wenn er die Augen geschlossen hielt, ließ sich jede Szene ihrer Ehe wiederholen. Das Gedächtnis funktionierte perfekt. Alles funktionierte perfekt, bis auf die Tatsache, daß mit ihr das Beste an ihm gestorben war.

Mit offenen Augen kam deutsche Eiche ins Bild. Der Giftschrank. Die Erinnerung an einen Fall, der noch zu einem Ende kommen mußte. Schon Philipps wegen. Der arme Kerl, der sich im Irrgarten seiner Vergangenheit verrannt hatte und seiner Hilfe bedurfte. Das war schmeichelhaft, aber dennoch ein Gefühl am Rande. Wenn man zu alt wurde, verlor sich die Lust an großen Gefühlen.

Der junge Beamte, der vor seinem Eintreten geklopft hatte, ging vorsichtig auf den großen Schreibtisch zu. In seiner Hand trug er eine Mappe, die den Stempel »Geheim« trug, und er legte sie mit spitzen Fingern auf Walters Schreibtisch.

Der Alte haßte jeden, der seine Ruhe störte. Er wartete, bis der Feind aus dem Raum war, und schlug gelangweilt die Mappe auf. Der jüngste Bericht über Aktivitäten rechtsradikaler Organisationen in den neuen Bundesländern: Na und, dachte Walter, nachdem er ihn überflogen hatte. Wir werden diesen Bericht weiterleiten, und es wird Aktennotizen geben, vielleicht eine Besprechung ... und dann nichts. Nichts war ein Wort, mit dem er sich mehr und mehr anfreunden konnte.

Während der erfahrene Spion sich in philosophischen Betrachtungen verlor, beobachtete die Anfängerin ihre Zielobjekte mit deutlicher Nervosität. Philipp Handke und Rolf Harrenberg saßen drei Tische von ihr entfernt und waren in ein Gespräch vertieft, dessen Inhalt Anna nur ahnen konnte. Harrenberg, den Anna auf den ersten Blick unsympathisch gefunden hatte, gab sich betont gelassen. Er hatte die Beine übereinandergeschlagen, wippte mit Schuhen, die selbst aus der Entfernung glänzten, und streifte gelegentlich unsichtbare Fäden von seinem beigen Seidenanzug. Neben ihm, auf dem Boden, stand ein Aktenkoffer aus Straußenleder, farblich passend zu seinem

Outfit. Rolf Harrenberg trank Bier in kleinen, zierlichen Schlucken. Sein Gegenüber wirkte dagegen äußerst angespannt. Anna erkannte es an der verkrampften Körperhaltung und daran, wie Philipp die Kaffeetasse mit beiden Händen umklammerte.

Anna rauchte und bemühte sich, die beiden nicht allzu auffällig anzustarren und sich ab und zu hinter ihrer Zeitung zu verstecken. Eine halbe Stunde hatte sie die beiden jetzt im Visier. Nachdem Philipp sie in der Redaktion angerufen hatte, war sie sofort in das Café gegenüber vom Bahnhof gefahren. Er hatte sie gebeten, Harrenberg nach dem Treffen zu folgen und besonders eines im Auge zu behalten: den Aktenkoffer. Er will die Papiere irgendwo deponieren. Sagte Philipp. Und Annas Aufgabe war, herauszufinden, wo er sie deponierte.

Ganz einfach, hatte Anna gedacht, aber jetzt war sie nervös. Nicht, weil sie ihr Auto im Halteverbot vor dem Café geparkt hatte. Ein Gefühl. Ein Gefühl, das ihr sagte, daß etwas ganz Schreckliches schiefgehen würde. Was redeten die zwei so lange miteinander? Und der Mann zwei Tische weiter: Was glotzte er sie so an? Noch ein Spion oder bloß ein geiler alter Bock, der in Cafés auf Frauenfang war?

»Noch einen Kaffee, gnädige Frau?«

Anna zuckte zusammen und beantwortete die Frage der Serviererin mit einem Nicken. Sie sah über dem Rand ihrer Zeitung, daß Philipp jetzt sprach, sehr ernst und sehr eindringlich, während Harrenberg so ganz mies lächelte. Ein Mann, dem Anna ohne weiteres zutraute, über Leichen zu gehen. Auch über Susanne Sawitzkis Leiche?

Sie hatte mit Philipp nicht mehr über sie gesprochen. Er sprach überhaupt nicht viel. Er schlief bei ihr, aß mit ihr, glotzte mit ihr in die Fernsehkiste – aber im Grunde war er permanent abwesend, und Anna machte nicht den Versuch, ihn zum Sprechen zu bringen. Anna hatte Angst. Vor ihren Fragen und vor seinen Antworten. Anna ging mit einem Gefühl der Erleichterung aus ihrer Wohnung in die Redaktion. Und jetzt brauchte er ihre Hilfe: Das war gut, weil es auch eine Form der Ablenkung war.

Der ältliche Mann zwinkerte ihr zu, und sie hakte ihn als »geilen Bock« von der Spionageliste ab. Rolf Harrenberg winkte der Kellnerin und legte mit großspuriger Geste einen Hundertmarkschein auf den Tisch. Anna beobachtete, daß die beiden Männer kurz darüber stritten, wer bezahlen durfte, und es kam ihr reichlich lächerlich vor. Dann stand Harrenberg auf, den Hunderter ließ er auf dem Tisch liegen, nahm den Aktenkoffer an sich und streckte Philipp zum Abschied die Hand hin, eine Geste, die Philipp geflissentlich übersah.

Anna hatte zwanzig Mark aus ihrem Portemonnaie genommen, als Harrenberg schon an ihr vorbei zum Ausgang ging. Aus Detektiv- und Spionagefilmen wußte sie, daß der Beschatter nicht sofort aufspringen und hinterherrennen durfte. Unauffällig stand sie auf, drückte der Kellnerin den Geldschein in die Hand (brauchten Spione Quittungen?) und folgte ihrem Objekt zum Ausgang, nachdem sie mit Philipp einen kurzen Blick gewechselt hatte. Annas Partner in diesem Spiel war demonstrativ sitzen geblieben.

Rolf Harrenberg stand an der Fußgängerampel gegenüber dem Bahnhof und starrte ungeduldig auf dessen gemächliche Fassade. Anna starrte auf seinen Rücken. Es gab drei Möglichkeiten: laufen, Taxi oder Zug. Sie tippte auf Taxi, wenn er die Papiere irgendwo in Bonn deponieren wollte.

Anna blieb stehen, als die Ampel auf Grün sprang. Als sie sah, daß Harrenberg tatsächlich auf ein Taxi zusteuerte, sprintete sie (unauffällig?) zu ihrem Wagen. Dachte kurz, daß ein Jaguar Jahrgang 63 nicht gerade das ideale Beschattungsauto war. Kein zweites Taxi in Sicht, das die Verfolgung aufnehmen konnte: Als Harrenbergs Wagen anfuhr, sprang Anna in ihr dunkelblaues Gefährt, wendete in einem lebensgefährlichen Manöver, das verschiedene Verkehrsteilnehmer mit Hupen und Drohgebärden quittierten – und folgte dem Taxi.

Er will zu einer Bank, dachte Anna, als sie ihm durch die Unterführung in die Poppelsdorfer Allee folgte. Das Taxi fuhr zu schnell und Anna auch. Jetzt bog es nach rechts ab. An der Victoriabrücke stand eine Ampel auf Rot, dann reihten sie sich in den Verkehrsstrom Richtung Innenstadt ein. In der Bornheimer Straße drehte sich Harrenberg einmal zu ihr um, und Anna duckte sich unwillkürlich, eine überflüssige Geste, denn er schien nur den Wagen zu taxieren

Anna sah das Kind, das über die Straße lief, einen Sekundenbruchteil zu spät, weil sie ihren Blick auf das Taxi konzentriert hatte. Anna sah das Kind. Anna fluchte und trat gleichzeitig so hart auf die Bremse, daß der Wagen ins Schlingern und außer Kontrolle geriet ... und mit einem harten Aufprall, verbunden mit häßlichen Knirschgeräuschen, zum Stillstand kam.

Es war still, als Anna wieder zu leben anfing. Sie hing in ihrem Sicherheitsgurt und spürte ein taubes Gefühl im Nacken und im Kopf. Vor ihr, etwas zu nah, war ein Laternenpfahl. Neugierige Gesichter waren an die Scheibe gepreßt. Anna öffnete vorsichtig die Tür und drückte die Gesichter weg.

»Das Kind. Ist es okay?« fragte sie in die Gesichter hinein, und jemand antwortete: »Dem Kind ist nichts passiert. Aber Ihr Auto ...«

»Das schöne Auto«, klagte ein junger Mann mit einem Unterton von Schadenfreude.

Gott sei Dank, war Annas erster Gedanke. Der zweite: Verdammte Scheiße, ich habe den Wagen zu Schrott gefahren. Sie stieg vorsichtig aus, die Beine waren okay, nur der Nacken fühlte sich komisch an. Ganz steif. Sie rieb sich ihren Nacken, während sie das Ergebnis der abrupten Begegnung zwischen ihrem Auto und dem Laternenpfahl betrachtete. Der Laternenpfahl war sehr stabil, aber jetzt verbogen. Der rechte Kotflügel war Schrott. Der Anblick trieb Anna beinahe Tränen in die Augen. Schließlich dachte sie daran, wieviel Geld und Zeit es kosten würde, die Kiste zu reparieren. Und das zu einem Zeitpunkt, an dem sie ihr Konto überzogen hatte. Anna dachte an Mutters Erspartes, den Notgroschen, den sie geerbt hatte. Der Fall der Not war hiermit eingetreten.

Die beiden Polizisten hatten sich den Weg durch die Neugierigen gebahnt und standen jetzt vor Anna, die erst jetzt daran dachte, daß sie Harrenberg verloren hatte. Das auch.

»Sind Sie verletzt?« fragte einer der beiden Polizisten.

»Wahrscheinlich den Nacken gestaucht«, sagte Anna, die sich in Gegenwart von Polizisten stets schuldig fühlte. Nachdem sie alle Fragen beantwortet hatte, wurde ihr übel. Jemand rief: »Holt einen Krankenwagen.«

15

Annas Schleudersyndrom hatte äußerliche und innerliche Konsequenzen. Die Halskrause verlieh ihr das Aussehen eines unglücklichen Clowns. Eine Woche krank geschrieben zu sein zwang sie zum Nachdenken über das Leben im allgemeinen, Anna und Philipp im besonderen, die Affäre Sawitzki, den Tod ... Annas Gedanken drehten sich im Kreis und endeten stets im Mittelpunkt ihrer Zweifel: Wenn Philipp ein Mörder war, würde Anna ihn decken?

Philipp war ausgezogen und zu seiner Familie zurückgekehrt, nachdem er Anna im Krankenhaus abgeholt und sie nach Hause gebracht hatte. Fürsorglich, trotz all seiner Sorgen. Er hatte sich um den Wagen gekümmert und ihr natürlich keine Vorwürfe gemacht, daß sie Harrenberg verloren hatte. Es sei ohnehin eine idiotische Idee gewesen, sagte er, um sie zu trösten, und Anna hatte das Gefühl, daß er aufgegeben hatte zu kämpfen. Es paßte nicht zu ihm, nichts paßte zusammen in dieser Geschichte. Anna hatte das Gefühl, daß er längst bereute, sie hineingezogen zu haben. Schließlich hatte sie auf spektakuläre Weise vermasselt, dem Mann mit den Papieren zu folgen. Nein, er wollte ihr nicht erzählen, worüber er mit Harrenberg gesprochen hatte. »Du mußt dich schonen, Anna. Und du kannst mir nicht mehr helfen. Die Geschichte wird zu Ende gehen, ohne daß du oder ich sie noch verändern können.« Abgang Philipp Handke zu seiner Familie, die keine dummen Fragen stellte.

Anna fühlte sich ausgenutzt. Der Mohr, der seine Schuldigkeit getan hatte. Mohr mit Halskrause. Annas Haare waren fettig, und sie sah grauenhaft aus. Saß in ihrem Bett, der Fernsehapparat war eingeschaltet, las Burgess' *Enderby* und rauchte. Fühlte sich benutzt und unbefriedigt. Die Redaktion hatte Blumen nebst Genesungswünschen nach Hause geschickt. Die Werkstatt hatte telefonisch gewarnt, daß die Reparatur circa drei Monate dauern und mindestens 10 000 Mark kosten würde. Anna hielt Zwiesprache mit ihrer Mutter: Wäre sie damit einverstanden, daß Anna ein Drittel der Erbschaft dafür investierte? Oder wäre es besser, das Sparschwein auf Rädern zu verkaufen? Hätte Mutter ihre Tochter verraten, wenn diese ein Verbrechen begangen hätte? Nein, dachte Anna: Mütter tun so etwas nicht.

Die Türklingel war eine penetrante Erinnerung daran, daß das Leben weiterging. Der Klempner, dachte Anna, er hatte versprochen, »in den nächsten Tagen« vorbeizuschauen. Mit steifem Oberkörper schlurfte sie zur Tür, vergaß wie immer, die Sicherheitskette vorzulegen.

Der Klempner sah aus wie Ingrid Wells aus Berlin. Scheiße, dachte Anna, die hat mir gerade noch gefehlt.

»Tag, Anna. Was ist denn mir dir passiert?«

Anna registrierte, daß Ingrid nur eine große Handtasche und keinen Koffer bei sich trug. Das war immerhin beruhigend. Man konnte sie reinlassen.

»Ein kleiner Verkehrsunfall. Man nennt es Schleudersyndrom.«

»Das tut mir furchtbar leid«, sagte Ingrid. Sie meinte es wirklich so, aber Anna dachte nur, daß in Anbetracht eigener Sorgen Ingrids Besuch schon zuviel war.

»Ich will auch gar nicht lange bleiben. Aber ich muß was ganz Wichtiges mit dir besprechen.«

Gut, dachte Anna und ging voraus in die Küche, in der in letzter Zeit alle wichtigen Gespräche stattgefunden hatten. Ingrid bot sich an, den Kaffee zu kochen, und Anna saß mit steifem Oberkörper am Küchentisch und beobachtete die kleine Blonde, die sich in ihrer Wohnung so gut auskannte.

»Was macht der Kurs bei deiner Vermögensvermehrungsgesellschaft oder wie die heißt?«

Ingrid stellte zwei Tassen auf den Tisch. »Ich habe nachgedacht. Wenn die bloß Versicherungen und so vermitteln, dann kriegen die ja von denen Provisionen, und sie zahlen uns Provisionen und ...«

»... damit werden die Versicherungen für den Endverbraucher etwas teurer. Ist doch klar.« Anna trommelte ungeduldig auf den Küchentisch. Ingrid schenke Kaffee ein. Anna deutete auf den Schrank und die Cognacflasche. Schließlich war es schon nach Mittag.

»Ich will aber meine Leute nicht übers Ohr hauen«, sagte Ingrid. »Verstehst du das? Ich meine, ich wollte Geld verdienen und lernen, wie das alles funktioniert. Aber so blöde, wie die glauben, sind wir ja nicht. Ist doch irgendwie Beschiß – oder etwa nicht?«

Anna nickte und dachte: So funktioniert das System in seinen geldgierigen Randbezirken.

»Als ob sie uns nicht schon lange genug beschissen hätten. Prost, Anna.« Ingrid war nicht moralisch entrüstet, bloß enttäuscht. Als sie den Kursleiter mit den Ergebnissen ihres Nachdenkens konfrontiert hatte, war er zuerst wütend und dann richtig beredsam geworden. Hatte sie so mit Worten und Zahlen zugedeckt, daß ihr hinterher der Kopf rauchte und sie gar nichts mehr wußte. Außer, daß sie trotzdem recht hatte.

Sie wird mich jetzt fragen, ob ich nicht einen Job für sie wüßte, dachte Anna.

»Aber deshalb bin ich nicht gekommen. Es ist wegen Erich.«

Anna hatte ein schlechtes Gedächtnis, aber Ingrid nahm ihr das nicht übel. »Erich Wells, mein Ex. Wir haben uns zufällig getroffen, hier in Bonn, und dann noch mal und, na ja wie das so ist ... Er ist viel netter geworden, der Erich, nicht mehr so aufgeblasen wie früher.« Ingrid machte eine Pause, und Anna sah etwas gelangweilt aus.

»Na ja, gewissermaßen haben wir uns wiedergefunden, der Erich und ich. Und eigentlich geht es um ihn: Du bist doch eine große Journalistin.«

Feststellung, keine Frage. Bevor Anna Einspruch erheben konnte, sprach Ingrid schon weiter. »Der Erich arbeitet mit ein paar seiner Kameraden von früher bei einer Düsseldorfer Beratungsfirma. Ein piekfeiner Laden. Sie machen Ost-West-Geschäfte, verstehst du.«

Anna sah nicht mehr gelangweilt aus. Immer noch wie ein Clown mit Halskrause, aber sehr ernst und konzentriert.

»Der Besitzer heißt Rolf Harrenberg. Und Lutz Böhm, der war bei der Stasi, aber was höher als mein Erich, der ist irgendwie sein Partner. Der Böhm hat Erich und Andreas nach Düsseldorf geholt, nachdem drüben alles zusammengebrochen war.«

Sag jetzt nichts, was Ingrids Redefluß stoppen könnte, Anna. Ganz ruhig bleiben und zuhören.

»Erich will jetzt aussteigen.« Ingrid sprach diesen Satz sehr bedeutungsschwer aus. Schließlich hatten sie und Erich eine Nacht lang darüber gesprochen, und Ingrid war sehr stolz auf sich, daß sie die tolle Idee gehabt hatte, Anna Marx ins Spiel zu bringen. Zur Abwechslung nicht Erichs Beziehungen, sondern IHRE. »Er will alles erzählen, was er über die Stasi weiß. Und über das, was jetzt läuft. Gegen Geld natürlich, weil wir ja neu anfangen müssen. Und ich hab mir gedacht, daß deine Zeitung ...?«

»Warum will er aussteigen?« Anna schenkte Cognac nach und fragte sich, ob das eine Falle war. Harrenberg, Philipp, eine Tote und die Familie Wells: Wieviel Zufall braucht der Mensch, um mißtrauisch zu werden? Anna dachte an ein Erlebnis vor zwei Wochen: Da hatte eine Frau ihr in der Innenstadt einen Zettel in die Hand gedrückt, und Anna hatte automatisch ihre Handtasche festgehalten, als die Frau zu nahe kam. Auf dem Zettel hatte etwas von Gott und Liebe gestanden, und daß die Menschen einander vertrauen müßten. Die Frau hatte einen leicht verrückten Eindruck gemacht.

»Die Sache wird ihm zu heiß«, sagte Ingrid. »Die haben was in der Hand, um Leute hier zu erpressen, und damit machen sie Geschäfte. Erich sagt, das ist nicht legal. Er ist nämlich ein anständiger Mensch, eigentlich.« Sie sah Anna forschend an und fand eine Spur von Zustimmung in dem Gesicht über der Halskrause. »Und da ist noch die Sache mit dem Mädchen. Sie hat auch für die Interconsulting gearbeitet. Und Erich glaubt, daß Lutz Böhm was mit ihrem Tod zu tun hat. Sie ist aus dem Fenster gesprungen, heißt es. Und Lutz Böhm ist verschwunden. Es ist alles so komisch. Jedenfalls will Erich 'ne halbe Million für seine Geschichte. Auf einem Schweizer Konto.«

Ingrid sah ehrfürchtig aus, als sie die Summe nannte. Anna dachte, es ist zuviel, das wird die Zeitung nie zahlen, obwohl es eine tolle Geschichte ist. Nicht einmal die Hälfte, aber jenseits all dieser Überlegungen ist dies die erste richtige Chance, Philipp zu helfen. Wenn Lutz Böhm es war, dann war ihr Gefühl, daß es kein Selbstmord war, richtig gewesen – und ihr Zweifel an Philipp falsch.

»Darüber läßt sich reden«, sagte Anna vorsichtig in Ingrids erwartungsvolles Gesicht. »Es ist natürlich viel Geld, darüber muß bei uns höheren Ortes entschieden werden. Und dein Mann müßte natürlich irgendeine Kostprobe liefern ... am besten wäre es, wenn ich selber mit ihm sprechen könnte.«

Ingrid schüttelte den Kopf. »Erich sagt, er muß sehr vorsichtig und konspirativ sein. Aber das mit der ... Kostprobe ... das könnte er machen. Er hat irgendeinen Aktenkoffer von Harrenberg übernommen, da sind Papiere drin, mit denen ein Bonner Beamter erpreßt wird. Er hat sie für Harrenberg in einer Bank deponiert.«

Volltreffer! Anna machte eine ruckartige Bewegung der Freude und spürte einen stechenden Schmerz im Nacken, der ihr die Tränen in die Augen trieb. Ingrid sah sie mitleidig an, was war sie doch für eine gute Seele. Sie hätte es verdient, wenn Anna jetzt ehrlich zu ihr gewesen wäre. »Das wär genau das Richtige. Mit diesen Papieren könnte ich zur Chefredaktion gehen und über den Preis verhandeln. Wann kann ich sie haben?«

Ingrid war ein wenig überrascht über Annas leidenschaftliche Eile. »Ich muß erst mit Erich sprechen. Aber ich denke, in dieser Woche ... Wird das auch klappen mit der halben Million, Anna? Wir wollen damit nach Italien. Alles, was Erich weiß, will er auf Bänder sprechen, und die Papiere müßte er zum Teil aus Harrenbergs Safe klauen ...« Mein Gott, hoffentlich klappt das auch, dachte Ingrid plötzlich. Sie sah Anna hilfesuchend an.

»Wenn wir es nicht machen, vermittle ich ihn an einen anderen Verlag. Voraussetzung ist, daß seine Informationen das wert sind, verstehst du?« Sie sind es wert, dachte Anna: Wenn er beweisen kann, daß Harrenberg Bonner Beamte und Politiker erpreßt. Sie dachte: Ich sage Philipp nichts davon, bis Ingrid mir die »Kostprobe« bringt. Und dann? Wenn Erich Wells seine Enthüllungen verkauft, würde es Harrenberg an den Kragen gehen – aber auch seinen Opfern. Auch Philipp.

16

»Du hast dich verhalten wie ein Anfänger.« Walter Fuhrmann stand in Philipps Büro, von dem er sicher war, daß es nicht abgehört wurde. Frau Behringer war beim Arzt. Er konnte also auch laut werden – und er tat es. Sein Freund sah aus, als ob er ihm überhaupt nicht zuhörte. Verschlossen und distanziert saß er hinter seinem Schreibtisch, während Walter im Büro auf und ab ging wie ein gereizter alter Tiger.

Walter zeigte mit dem Finger auf Philipps Herz: »Ich hatte alles im Griff. Da mußt du zu dieser Marx ziehen und dich ohne mein Wissen mit Harrenberg treffen. Hast du sonst noch irgend etwas unternommen, das ich erfahren sollte?«

Ja, dachte Philipp. *Ja.* Aber er sah seinen Freund nur lange an und schüttelte den Kopf. Es war zuviel für seinen Mut. Walter wanderte wieder auf und ab. Er zog sein linkes Bein ein wenig nach, so wie eben die Wahrheit zu hinken pflegt. Und er schien nicht wahrzunehmen, daß der Mann hinter dem Schreibtisch ein anderer war. Walter blieb dicht vor Philipp stehen. »Du bist ein fähiger Beamter, mein Freund, und ich kann mich nicht erinnern, daß du jemals einen politischen Fehler begangen hättest. Aber diese Affäre zu bereinigen ist nicht dein Metier. Jeder soll das tun, was er am besten kann, Philipp: Wir haben Harrenbergs Mitarbeiter Lutz Böhm aus dem Verkehr gezogen. Die Schlinge sitzt um Harrenbergs Hals. Du brauchst nichts weiter zu tun, als abzuwarten und dich rauszuhalten. Wieso bist du nach Berlin geflogen?«

Philipp sah zu ihm auf. »Woher weißt du das?«

»Ist das wichtig? Es gehört zu meiner Arbeit zu wissen, was Leute tun und unterlassen ...«

Wie ein Krake, dachte Philipp, der über unser aller Leben wacht und uns beschützt oder zerstört, je nachdem, wem wir nützen oder schaden können. Er wußte von Walters Giftschrank – es würde eine Generation dauern, bis der Staub der Geschichte über ihm lag. Walter hatte viel Macht. Und er hatte lange gebraucht, um zu begreifen, daß mit zunehmendem Alter und zunehmender Macht ein Mensch verlorengegangen war. Philipp war nicht mehr imstande, in Walter nur noch den Mentor zu sehen, den väterlichen Freund und politischen Ratgeber. Jetzt nicht mehr.

»Die meisten Menschen unterliegen dem Irrtum, einen Fehler mit weiteren revidieren zu wollen. Ich hätte dich für klüger gehalten.«

Ich mich auch, dachte Philipp. Aber was wußte man schon über sich bis zu dem Tag, an dem die Normalität Purzelbäume schlug? »Ich nehme an, diesem Böhm wird nichts geschehen – und Harrenberg auch nicht. Sie wissen zuviel, nicht wahr, Walter?«

»Wir werden sie stoppen – und unter anderem deine Karriere retten – wenn wir Glück haben.« Der alte Mann dachte daran, daß viele Grenzfälle nur mit einer Mauer des Schweigens zu retten waren. Wie unfair von seinem Freund, ihm die Bürde seines Amtes als Altlast vorzuwerfen. Als ob es seine Schuld wäre, daß Menschen so fehlbar waren, und er der oberste Lumpensammler ihres Mülls. Gerade Philipp hatte nicht das Recht, ihn aus seinem zerbrechlich gewordenen Glashaus zu bombardieren. Sprich das Thema an, dachte Walter: Sag endlich, was dich wirklich quält. Wir haben immer offen miteinander geredet, aber damit scheinst du jetzt aufzuhören. Tut weh, dachte Walter. Er hätte es nicht für möglich gehalten, daß sein altes Herz noch so empfindlich war.

Die beiden Männer starrten sich beinahe hilflos an. Es war Walter, der sich abwandte. An der Tür: »Wir werden Harrenbergs Büro durchsuchen. Und dann einen Deal mit ihm machen. Ich denke, daß er darauf eingehen wird: Die Kaiman-Inseln sind ein angenehmer Aufenthaltsort, wenn man etwas Geld dort angelegt hat.«

»Meinetwegen?« Philipp hielt Walter auf, der die Tür zum Sekretariat geöffnet hatte.

Ein schmales Lächeln: »Nicht nur deinetwegen ... Sollte übrigens Frau Marx etwas über die Sache erfahren, wird es sehr kompliziert werden – für uns alle.« Walter wartete Philipps Antwort nicht ab, sondern schloß die Tür geräuschlos.

Anna knallte die Tür des Chefredakteurbüros geräuschvoll zu. Öffnete sie wieder, steckte Kopf und Halskrause durch die Tür: »Ist das dein letztes Wort? Du willst die Story nicht kaufen?«

Dr. Hans Gruber, der bei Annas starkem Abgang zusammengezuckt war, musterte seine behinderte Klatschtante mit gewisser Befriedigung. Sie war von ihm abhängig. Sie konnte nicht einfach aufspringen und Türen knallen und ihn sitzenlassen. »Wie ich schon gesagt habe: für ein Zehntel der Summe. Fünfzigtausend, mehr ist nicht drin, Anna.«

Anna schob den ganzen Körper durch die Tür. »Da wird er niemals drauf eingehen. Das ist lächerlich.«

»Mach die Tür zu. Erich Wells ist nicht Herr Schalck, Anna. Und selbst wenn er Belastungsmaterial gegen einen Minister hätte – eine halbe Million übersteigt unsere Möglichkeiten bei weitem. Außerdem hättest du die Sache mit dem Kollegen Mertens absprechen müssen. Ist schließlich sein Ressort.«

Aber meine Story, dachte Anna bockig.

»Sag ihm doch einfach, wir brauchen mehr Informationen, ein paar Kostproben, um die Sache zu entscheiden. Wenn der Deal platzt, haben wir immer noch ein paar Häppchen in der Hand. Und nimm Mertens mit, wenn du ihn das nächste Mal triffst, Anna. Mit diesen Stasi-Typen ist nicht zu spaßen.«

Der Chefredakteur wandte sich seiner Zeitung zu und überließ es Anna, sich böse schweigend davonzuschleichen. In letzter Sekunde gab sie der Tür dann doch einen kleinen Schubs, so daß sie lautstark ins Schloß fiel.

»Gehen Sie noch einmal rein?« fragte Grubers Sekretärin.

»Nie wieder.« Anna rauschte hocherhobenen Hauptes an ihr vorbei, eine andere Möglichkeit der Kopfhaltung war ohnehin ausgeschlossen. Aber trotzdem funktionierte er leidlich, der Kopf: Ich werde Mertens kein Sterbenswörtchen sagen, dachte Anna. Ich werde die Kostprobe, die ich ja schon habe, an Philipp weitergeben. Ingrid und Erich Wells? Anna überlegte, ob sie einen Kollegen von der Konkurrenz ... Es war verdammt schade, aber schließlich konnte sie die beiden nicht so einfach sitzenlassen. Doch Philipp zuerst: Nach dem lächerlichen Unfall brauchte ihr Stolz etwas Nahrung.

Eine Kollegin, die im siebenten Monat war, stieß mit Anna zusammen, entschuldigte sich, blieb neben ihr stehen. Anna bewunderte den Bauch und dachte, wie verdammt unfair das Leben doch war: Andere hatten Beruf, Mann und Kind – während Anna sich mit Susanne und Stasi beschäftigen mußte.

»Ja«, sagte die Kollegin. »Es wird bestimmt schön werden. Ich habe mir immer schon gewünscht, in Personalunion erfolgreiche Journalistin, liebevolle Mutter, perfekte Hausfrau und wunderbare Geliebte zu sein. Wir schaffen das schon.« Sie klopfte auf ihren Bauch und ging weiter.

Anna blieb stehen. Irgend etwas am Leben war verkehrt. Man starb nur, bevor man es rausbekam.

17

Die exquisiten Büroräume der Interconsulting wurden von fünf sehr höflichen Männern mittleren Alters auf den Kopf gestellt, während in einem Düsseldorfer Zwei-Sterne-Restaurant Rolf Harrenberg und Walter Fuhrmann über Informationen und Geld sprachen. Schon während des ersten Gangs – Variationen von Nudeln mit Trüffelsauce – hatte Walter seinen Gast darauf hingewiesen, daß es relativ einfach war, die Schlinge des Landesverrates um einen Hals zu legen, der bereits exponiert war. Da dies als Planspiel bereits im Hause diskutiert worden war, liefen Walters Erklärungen sehr präzise auf unwiderlegbare Beweise und eine zu erwartende Haftstrafe von fünfzehn Jahren hinaus. Rolf Harrenberg war beeindruckt, wenngleich er seinerseits darauf hinweisen mußte, daß ein öffentlicher Prozeß auch dem Ansehen gewisser Persönlichkeiten Schaden zufügen würde. Walters Erwiderung (Wer sagt denn, daß es zu einem Prozeß kommt?) hatte den Boden fruchtbarer Verständigung bereitet.

Lutz Böhm und Andreas Schalke sahen sich nach Tagen wieder – allerdings in einem Raum, der hinter ihnen abgesperrt wurde. Böhm beruhigte seinen Untergebenen: Dies sei nur eine Zwischenstation, denn man würde sie für neue Aufgaben einsetzen. Es gab Berufe, die nie aus der Mode kamen. Sie folgten den Gezeiten von Ebbe und Flut: Mit den neuen Konstellationen im Osten waren hohe Wellen angesagt.

Ingrid und Erich Wells saßen in einem großen Reisebüro in Köln und studierten Reiseziele. Ingrid favorisierte Italiens Küste, während Erich Slowenien ins Gespräch brachte. Ein Land im Aufbau könne Männer wie ihn gebrauchen.

Anna Marx und Philipp Handke waren über eine Handakte gebeugt, die seine Verstrickung im Leben Susanne Sawitzkis dokumentierte. Eine banale Geschichte, zumindest in der Terminologie der Papiere. Es beschämte ihn, über sein Leben zu lesen, schon gar mit Anna an seiner Seite. Aber natürlich hatte sie ein Recht darauf, nach allem, was sie für ihn getan hatte. Andere Frauen schenkten seidene Krawatten – Anna schenkte eine Stasi-Akte. Erich Wells Kostprobe, wie sie sagte: »Angeblich gibt es keine Kopien. Wenn das stimmt, bist du aus dem Schneider.«

Unverdient. Philipp betrachtete Anna, die beide Hände auf den Küchentisch gestützt hatte und ihn zweifelnd ansah. Mit ihren straff aus dem Gesicht gebundenen Haaren sah sie bäuerlicher aus, ein bißchen älter auch. Sie brauchte ihn, und er brauchte sie, und das war es, was sie in diesen Zeiten Liebe nannten. Er wußte nicht, ob es reichte. Und er war nicht sicher, daß es keine Kopien gab.

»Was willst du mit der Familie Wells anfangen?«

Anna hatte darüber nachgedacht: »Wenn dieser Redakteur nicht anbeißt, könnte man ihn doch immer noch an unsere Staatsschützer vermitteln. Du hast doch diesen Freund da – ich nenne ihn immer M – nach den Bond-Filmen.«

»Walter Fuhrmann.«

»Genau der. Ich meine, vielleicht zahlen die was für das Material. Muß ihnen ja was wert sein, Leute wie dich aus dem Schußfeld der Presse zu halten.« Die Kleinen, dachte Anna, hängen immer. Und die Großen machen aus Stricken Schlingen. Und ich – ich spiele auch noch mit dabei.

Je nachdem, dachte Philipp. Wie naiv Anna doch war. Vielleicht nur ein guter Mensch, weil ihre Phantasie des Bösen begrenzt war. »Die Idee ist nicht abwegig. Aber Walter ist nicht das richtige Subjekt.«

Natürlich fragte sie: »Warum?« Philipp sagte: »Weil er Susanne Sawitzki umgebracht hat. Davon bin ich überzeugt.«

Anna kratzte sich am Kinn. Sagte: »Ah, ja.« Dann schwieg sie. »Ich dachte, du wärst es gewesen. Wieso Walter Fuhrmann?«

Wenn sie ihn damit schockieren wollte, war es zu spät. Philipp stand auf und holte die Whiskyflasche aus dem Schrank. *Paddy*, für jeden ein Glas voll. Die Leber war zur Zeit kein wichtiges Organ.

»Walter hat sich persönlich um Susanne gekümmert, nachdem sie im Westen war. Das hat sie mir erzählt – und das ist verdammt ungewöhnlich, wenn man seine Position bedenkt. Es kann nur bedeuten, daß er wußte, für wen Susanne gearbeitet hat – und daß er sie vor seiner Behörde schützen wollte. Susanne war überzeugt, daß Walter und ich dazugehörten – zur Böhm-Riege. Sie glaubte das wirklich – und was Walter betrifft, so glaube ich es langsam auch.«

Ein Doppelspion: Anna sah aus wie ein Kind unterm Weihnachtsbaum.

»Aber du bist nicht sicher.« Der *Paddy* lief samten durch Annas steifen Hals. Noch zwei Tage, dann würde die Krause fallen.

»Ich kann es nicht beweisen. Ich habe nur Susannes Worte. Sie sagte auch, daß sie Angst vor Böhm hatte, aber noch mehr vor Walter. Sie wollte weg und sie brauchte Geld. Ich habe ihr zehntausend zugesagt, aber es war nicht genug. Und ich glaube, den Rest wollte sie sich von Walter holen. Ihn erpressen. Sie war wie besessen von der Idee, aus dem ganzen Dreck herauszukommen. Susanne haßte die Vergangenheit.«

Anna dachte, daß sie sich Walter, von dem Philipp ihr wenig erzählt hatte, immer als sehr alten Mann vorgestellt hatte. Jenseits böser Taten, sofern sie nicht staatlich sanktioniert waren. »Und weil sie dir das erzählt hat, glaubst du, daß Walter sie … Ich meine, dieses Motiv würde auch auf dich zutreffen, wenn man es genau nimmt.«

Philipp schlug mit der Faust auf den Tisch. Die Gläser

klirrten, und Anna vergrub ihr Gesicht in der Halskrause. Dachte, daß er sie wohl kaum erwürgen konnte in seinem Zorn.

Er hatte es schon als Kind gehaßt, wenn seine Eltern ihm nicht glaubten: »Sag mal, auf welcher Seite stehst du eigentlich. Ich habe sie nicht umgebracht. Susanne war noch sehr lebendig, als ich die Wohnung verließ und Walter sah, der in das Haus ging.«

Das hätte er gleich sagen können. »Ich hätte dich sowieso nicht verraten«, sagte Anna leise.

»Du bist eine lausige Detektivin. Hast du es wirklich geglaubt?«

Anna versuchte, den Kopf zu schütteln. »Hat er dich nicht gesehen?«

»Ich weiß es nicht. Aber Harrenberg behauptet, daß sein Partner Böhm mich am Tatort beobachtet hat. Also muß er auch Walter gesehen haben. Und Walter hat Lutz Böhm ganz plötzlich aus dem Verkehr gezogen. Das paßt doch alles zusammen, oder etwa nicht?«

»Du meinst, er hat ihn auch ...?« Anna machte eine eindeutige Geste quer über ihren versteckten Hals und erntete ein Schulterzucken. »Aber wenn du das alles weißt – warum zum Teufel erzählst du es erst jetzt – und mir. Warum nicht ihm oder ...«

Idiotin. »Soll ich ihm sagen, daß ich ihn für einen Mörder halte? Meinen alten Freund? Hast DU es MIR gesagt? Oder soll ich zum Staatsanwalt gehen? Und nebenbei meine Verstrickung in dieser Affäre gestehen? Von mangelnden Beweisen ganz zu schweigen ... und dieser Rest Unsicherheit, daß es doch ein Selbstmord war.«

Anna schwieg.

»Weißt du, worauf ich Lust hätte, Anna? Auf ein Schiff zu steigen oder in ein Flugzeug und alles so zu hinterlassen, wie es ist.«

Konditionalform im Singular, dachte Anna. »Quatsch. Nach vier Wochen würdest du dich nach dem blöden Bonn zurücksehnen. Du kannst nichts dafür. Du bist eine leidenschaftliche Beamtenseele.«

Philipp sah Anna an: »Willst du immer noch ein Kind?«

Tod und Leben. Philipp und Anna. Die Frage paßte jetzt nicht, aber das Verrückte an ihm war wohl das Liebenswerte.

Anna glaubte ihm, weil seine Wahrheit unwahrscheinlich war und Unwahrscheinliches Anna magisch anzog. Das Absurde war, daß sie es fast bedauerte, daß es zu keiner Probe ihrer Loyalität gekommen war.

»Wir müssen miteinander reden: Walter, du und ich. Sag ihm, daß ich Erich Wells an der Hand habe. Daß Wells Geld verlangt. Schlag ihm ein Treffen vor, Philipp. Es muß irgendwie geklärt werden.«

Wieder so eine Geschichte, die nie geschrieben wird, dachte Anna. Als Journalistin bin und bleibe ich ein ewiger Verlierer. Wie hatte Mutter immer gesagt: »Man muß sich auf das konzentrieren, was man wirklich will.« Als ob Mutter einen ihrer Sätze je gelebt hätte ... oder Anna wüßte, was sie wirklich wollte.

18

Was hatten sie erwartet? Den Zusammenbruch eines reuigen Sünders?

Der alte Mann saß in seinem Ohrensessel wie ein König vor seinen Untertanen. Philipp war blaß und nervös, und Anna spielte mit ihrem Weinglas und einer Zigarette. Walter Fuhrmann hatte auf Philipps Anruf sofort reagiert und einen Termin für 23 Uhr in seinem Haus vorgeschlagen. Er hatte sich schweigend angehört, was die beiden zu sagen hatten. Keine Zwischenfragen, nur ein erstauntes Zucken der Mundwinkel, als Philipp seine Geschichte erzählte. Er gehört zu den Selbstgerechten, dachte Anna, die ihn beobachtete: Walter Fuhrmann hat in seinem Leben zu wenig Widerspruch erfahren, um seine Entscheidungen in Frage zu stellen. Ein starker Typ: Walter wirkte sicherer als Philipp, der sich in seinen Erklärungen gewunden und das Wort »Mord« nicht ausgesprochen hatte.

»Noch etwas Wein, gnädige Frau?«

Anna nickte, und er schenkte nach. Alte Hände, die nicht zitterten.

»Für ein Trio infernale reicht es nicht.« Walter Fuhrmann lächelte beinahe gütig. »Der Idiot –« er sah auf Philipp – »die gute Fee –« mit Blick auf Anna – »und der Bösewicht.«

Anna sah Philipp an, der zusammengezuckt war.

»Wobei man nicht außer acht lassen sollte, daß die Geschichte mit verteilten Rollen ein gutes Ende genommen hat. Kein Skandal für Philipp Handke. Herr Harrenberg aus Düsseldorf hat sich überzeugen lassen, daß sein Pokerspiel ein böses Ende gefunden hätte. Seine Unterlagen befinden sich in einem gut verschlossenen Schrank, und Harrenberg wird nach Abwicklung seiner Angelegenheiten ins Ausland reisen, wohin er bereits einen Teil seiner Gewinne transferiert hat.«

»Ein Gentlemen's Agreement.« Annas Stimme war sehr sarkastisch. Walter sah sie leicht strafend an, bevor er fortfuhr:

»Die Herren Böhm und Schalke werden sich anderen Aufgaben zuwenden und jenes Maß an Stillschweigen bewahren, das zu ihrem Beruf gehört. Und was Ihren kleinen Informanten betrifft, Frau Marx …«

»Erich Wells.«

Walter lächelte milde. »Ich glaube schon, daß wir ihm ein besseres Angebot machen werden, als dies die Medien könnten. In vielerlei Hinsicht.«

Ich glaub's, dachte Anna. Und daß es ein Fehler war, Erich

Wells an Walter auszuliefern. »Wenn ihm oder seiner Frau etwas passieren sollte, würde ich nicht zögern ...«

»Machen Sie sich nicht lächerlich.« Seine Stimme war scharf, und er hatte, eine alte Gewohnheit, seinen Zeigefinger auf Anna gerichtet. »Wir sind keine Bananenrepublik, liebe Frau Marx.« Zu Philipp: »Oder möchtest du mir in diesem Punkt widersprechen?«

Philipp Handke schüttelte den Kopf. Ihm war ein wenig übel, was am Streß liegen konnte, an zu wenig Schlaf und zu vielen Zigaretten. Er fühlte sich schwach und auf eine merkwürdige Art gleichgültig gegenüber dem Ausgang dieses Gespräches. Wie hatte Walter gesagt? Eine Geschichte mit gutem Ende. So, wie Anna sie mochte. Aber nicht dieses Ende. Er sah es an ihrem Gesicht.

Walter Fuhrmann sah es auch: »Sie werden nichts schreiben, Frau Marx. Da wir drei das bereits wissen, können wir diesen Punkt abhaken. Was nun diese Frau betrifft – Susanne Sawitzki ...« Er sah Philipp an, er sprach zu ihm: »Sie soll rausgehen und draußen warten.«

»Nein.« Anna und Philipp sagten es gleichzeitig.

Männer und Frauen, das ergibt in der Summe immer Fehlverhalten, dachte Walter. In gewissem Sinne traf das auch auf seine Person zu. »Na gut. Dann bleibt es eben bei einer Verschwörung zu dritt.« Er sah Anna fast liebevoll an: »Sie hören wohl nie auf gute Ratschläge.«

»Doch«, sagte Anna, »manchmal. Aber ich bleibe.«

Walter lehnte sich in seinem alten Sessel zurück und schloß die Augen, als er weitersprach. »Vorausschicken möchte ich, daß ich nach Abschluß der Harrenberg-Affäre meinen vorzeitigen Abschied nehmen werde. Aus gesundheitlichen Gründen. Ich werde in mein Haus in Lugano ziehen und mit gutem Wein auf den Tod warten.«

Gleich kommen mir die Tränen, dachte Anna. Nun sag es schon, du abgeklärtes Ekel. Sag es!

Walter öffnete die Augen. »Ich habe mich zu einer Art Zusammenarbeit überreden lassen, als meine Frau diese Herzoperation brauchte. Mit meinem Beamtengehalt damals war die Operation nicht zu bezahlen. Man konnte es also einen edlen Grund nennen, aber ... in der Nachschau ist das Motiv ja doch Geld. Ich habe mich kaufen lassen.«

Zu Philipp: »Du weißt, daß ich nie ein sonderlich überzeugter Spion war. Für mich war es immer nur ein Spiel von Figuren auf einem Brett, das in Schwarz und Weiß getrennt ist. Jede Seite macht zwangsläufig ihre Züge, alles unterliegt Regeln – und am Ende eines Spiels beginnt eben ein neues.«

Walter sah Philipp an, der sein Lächeln nicht erwiderte. Er sieht krank aus, dachte Walter. Ich muß mich kurz fassen. »Ich habe mich also kaufen lassen. Keine große Affäre. Unter anderem habe ich die kleine Susanne davor beschützt, in die Mühlen unseres Apparates zu gelangen. Aber sie hat es mir nicht gedankt. Als diese Idioten auftauchten und sie gegen Philipp ausspielen wollten, fing sie an durchzudrehen. Sie hat mich tatsächlich bedroht. Wollte mich erpressen. Alles auffliegen lassen. Ihre Geschichte an eine Zeitung verkaufen. Eine Modeerscheinung inkonsequenter Spione.«

Du verstehst es doch, fragte Walters Blick Philipp. Und er meinte, Verständnis zu sehen. »Ich habe sie aus dem Fenster gestoßen. Du hattest völlig recht, lieber Freund.«

Anna sah Philipp an. Er sah mitgenommen aus, nicht triumphierend.

»Ich hatte das nicht geplant, also wäre es juristisch nicht Mord, sondern Totschlag.« Zu Anna: »Die grammatikalische Form ist Ihnen sicher nicht entgangen. Susannes Tod ist mit einer solchen Vielzahl von Karrieren verbunden, daß die Aufdeckung der Wahrheit in keinem Verhältnis zu den Folgen stünde. Außerdem: Wen interessiert es schon – außer uns dreien.«

Anna stellte ihr volles Weinglas auf den Tisch, neben die

Zierdecke, so daß es Ränder hinterlassen mußte. »Und das ist nicht Selbstschutz, sondern Staatsräson – nicht wahr, Herr Dr. Fuhrmann?«

Er hatte den Sarkasmus von Frauen immer als sehr bösartig empfunden. Seine Frau hatte nie in diesem Ton gesprochen. »Was meinst du dazu, Philipp?«

Walters Augen, auf ihn gerichtet. Anna, die ihn anklagend ansah, als ob er ein Richter wäre. Philipp hatte nie Richter oder Anwalt des Staates werden wollen und deshalb den Beamtenweg eingeschlagen. Ein bequemes Leben, so hatte es lange Zeit ausgesehen. Der stechende Schmerz in seiner Brust, er kannte ihn vom letzten Mal. Und er fühlte, wie der linke Arm taub wurde. Ihm war so übel – von allem.

»Es wird unter uns bleiben.« Hatte er das gesagt oder nur noch gekrächzt? Hörten die anderen ihn noch? Walters und Annas Gesichter wurden zu Fratzen, die ihn bedrohten ... und wenn er nur seine Hand auf dieses verdammte Herz legte, würde der Schmerz aufhören und ...

Er hörte Anna nicht mehr, die sagte: »Mein Gott. Es geht ihm schlecht. *Tun Sie etwas ...* « Er hörte Walters Stimme nicht mehr, die am Telefon im Befehlston einen Notarzt rief. Er spürte nichts mehr von der Welt, und es war gut so.

19

»Wenn Sie keine Verwandte sind, darf ich Ihnen keine Auskunft geben«, sagte der Arzt zu der rothaarigen Frau, die seit drei Stunden vor der Intensivstation wartete.

Anna stellte sich vor ihn und versperrte ihm den Weg. »Jeder Mensch ist zu einem Mord fähig, Doktor. ICH AUCH. Sagen Sie mir, ob er lebt.«

Er glaubte ihr nicht. Er schloß seine Lippen zu einem Strich und wollte sie zur Seite schieben, als sie ihn anschrie: »Sagen Sie es mir, oder …«

Eine Schwester kam aus der Intensivstation geeilt. Er haßte diese Auftritte zwischen Leben und Tod. Die Frau sah aus, als ob sie selbst reif für die Intensivstation sei.

»Er lebt.« Ein Flüstern. Eine Auskunft, die unvollständig war, weil man nicht wußte, ob er überleben würde. Aber die Frau war schließlich keine Verwandte. Dr. Handkes Frau und seine Kinder waren an seiner Seite. Die Frau vor ihm schloß die Augen, und er meinte, sie stützen zu müssen.

»Ist schon gut«, sagte Anna leise. »Alles andere erscheint nicht mehr so wichtig.«

Sie ließ von ihm ab und ging durch den weißen Flur in Richtung Ausgang. Sie ging sehr gerade, was an der Halskrause liegen mochte. Eine große rothaarige Person. Sie kam ihm vage bekannt vor, aber letztlich blieben die Toten leichter in Erinnerung als die Lebenden.

Marx ist tot

Die Hauptpersonen

Anna Marx	hat eine mörderische Wut.
Hubert Blank	gerät unversehens auf die Abschußliste.
Sybille Blank	tritt plötzlich eine Reise an.
Fabian Blank	liebt Wanzen und Jaguare.
Jonathan Blank	wird von Gott und der Welt verlassen.
Evangelista Morales	versteht Gott und die Welt nicht mehr.
Babette Hönig	streitet für Frauen und kämpft für einen Mann.
Anton Laubwitz	streitet am falschen Ort zur falschen Zeit.
Hank Kolofsky	setzt immer die richtigen Mittel ein.
Friedwald Kössler	weiß viel und doch zuwenig.
Ministerialdirektor Dr. Klaus Wertheim	ist pensioniert, aber noch lange nicht auf dem Abstellgleis.
Hauptkommissar Gottlieb Hermes	ist weder ein Liebling der Götter noch der Gangster.

Alle übrigen Personen dieses Romans –
seien sie bestechlich
oder unbestechlich –
sind ebenso frei erfunden.

1

Es gibt mehr zwischen Himmel und Erde als Sex. Aber was?

Anna Marx sitzt in der Badewanne und denkt. Ein Ort wie jeder andere, um zu erkennen, daß man immer die richtigen Fragen gestellt und die falschen Antworten gefunden hat. Sie sollte vermeiden, darüber nachzudenken, aber die Marx vermeidet selten Konfrontationen mit der Unzulänglichkeit des Seins unter besonderer Berücksichtigung des eigenen Beitrags. Geliebt werden will man. Und das Leben erfüllt einem nie die besten Wünsche.

Anna Marx in ihrer schwarzgekachelten Badewanne verdrängt Wasser. Es riecht nach teurer Badeessenz. Der Radiosprecher verliest mit routinierter Stimme die Meldung über einen Brandanschlag auf ein Asylbewerberheim. Anschließend kommt das Wetter.

Anna weint in ihrem duftenden Wasser. Die Welt ist noch wahnsinniger geworden und sie ein Stück trauriger. Im allgemeinen, vor allem aber im besonderen: Warum nicht, wenn man verlassen wurde nach sechs Jahren und allein in einer Badewanne sitzt und vor Selbstmitleid zerfließt?

Das Fleisch ist weich und nachgiebig, Annas Fleisch war immer so, sie mag es nicht ansehen, jetzt, da sie verlassen wurde und sich häßlich und überflüssig findet. Ungeliebt. Asexuell. Einsam. Sechsundvierzig Jahre alt. Umgeben von Dingen: Kosmetika für die reife Frau, flauschige Handtücher, blitzende Spiegel, die durchgestylte Wärmeflasche, die elektronische Waage, Radio, Zeitschriften, Bücher, ein Telefon. Was der Mensch so braucht in seinem Badezimmer. Die Hinwendung zu Dingen kommt mit den Jahren, in denen menschliche Nähe rarer wird.

Null-Nähe in diesen harten Zeiten. Anna ist ungerecht, denn sie hat in ihren sechsundzwanzig Bonner Jahren einen kleinen Kreis von guten Bekannten aufgebaut, Kollegen überwiegend, Journalisten wie sie, die meisten Singles oder geschieden, die meisten trinkfest, mit Humor gesegnet, aber doch etwas kurzatmig in ihrer Fähigkeit, anderer Menschen Sorgen zu ertragen.

Anna ist ungerecht, denn sie hat in den Jahren mit Philipp wenig Zeit für ihre Bekannten gehabt, die sie Freunde nennt. Sie hat sich auf die Liebe konzentriert, konsequent und idiotisch, und nun klagt sie über die Stille des Telefons. Es hat seit zwei Stunden nicht geklingelt an diesem Samstagnachmittag. Es ist so still in der Wohnung.

Anna steigt aus der Badewanne, durchweicht die Hochglanzzeitschrift, die sie gekauft hatte, weil auf der Umschlagseite »Rezepte gegen Liebesleid« angepriesen waren. Völlig unbrauchbarer Quatsch aus der untersten Psychologiekiste. »Treten Sie einem Fitnessclub bei.« So was Blödes hat Anna selten gelesen, als ob man Männer ausschwitzen könnte, und wenn überhaupt, würde sie allenfalls in eine Sauna gehen, aber auch dies empfindet sie als körperliche Anstrengung.

Anna haßt Sport in jeglicher Form. Gewalt natürlich auch, aber schon sehr viel abstrakter. Wer unter Biedermännern und Biederfrauen und Brandstiftern lebt und dem, was die Gesellschaft als Jugend auswirft, arrangiert sich doch irgendwie. Und irgendwie ist Anna nicht der Typ, der öffentlich Kerzen anzündet. Wenn sie es damit begründet, daß exhibitionistisches Gutsein auch ein wenig penetrant ist, dann kann es gut sein, daß sie damit nur moralische Trägheit kaschiert. Wahrscheinlich, daß Anna sich einmischen würde, wenn jemand ihre philippinische Putzfrau angreifen würde – aber doch sehr spontan und durchaus aus egoistischen Motiven.

Machen wir uns nichts vor, Marx: Das Unglück der anderen kann nie so schlimm sein wie das eigene. Anna haßt Philipp Handke und wünscht, er wäre tot.

Sie windet sich ein großes rotes Handtuch um den Leib und trägt beruhigendes Gel um die verweinten Augen auf. Furchtbar sieht sie aus, alte Frauen sollten Anspruch auf Glück und gnädige Spiegel haben. »Ich gehe nicht zu diesem verdammten Klassentreffen.« Anna sagt es laut und trotzig, denkt aber sofort an die Alternative: ein Fernsehabend. Grauenhafte Nachrichten, idiotische Glücksspiele, volkstümliche Hitparaden oder Serien mit patenten Frauen, denen ein Happy-End auf den schmucken Leib geschrieben wird. Pfui Teufel.

Anna schminkt sich ohne große Hoffnung, etwas verbessern zu können. Ein Klassentreffen nach achtundzwanzig Jahren ist ein Ereignis, das sie sich in besseren Zeiten hätte entgehen lassen. Was ist zu erwarten außer einer Ansammlung alter Frauen, die einander versichern, wie gut es ihnen geht, obwohl sie doch wissen, daß sie einmal geglaubt haben, daß es ihnen besser gehen würde? »Weißt du noch, wie wir damals ...?«

Anna weiß noch, wie sie damals glaubte, unbesiegbar zu sein. Das Gefühl hielt an, bis ein Entjungferer namens Harald ihr den Laufpaß gab. Harald wandte sich ihrer besten Freundin Sybille zu, während Anna jedem, der es hören wollte oder nicht, erzählte, daß Harald ein impotentes Schwein sei. Worauf Sybille Harald den Laufpaß gab und Anna den Glauben an irdische Gerechtigkeit wiederfand. Bis zum nächsten Mal.

Rufmord ist natürlich nicht so gut wie Mord. Harald ist nicht Philipp. Und Anna, der Kindheit nicht in allen Konsequenzen entwachsen, beschäftigt sich allen Ernstes mit Mordplänen. Spielerisch zunächst. Schließlich ist Haß ein wunderbares Mittel gegen Liebe. Wie sollte man sonst ertragen, daß die eigenen, die großen Gefühle gar nichts mehr wert sind? Haß ist befriedigend. Wenn sie ihn haßt, kann sie sich selbst wieder lieben.

Denkt Anna. Sie denkt über die praktische Umsetzung von Haßgefühlen nach, und weil ihre Phantasie schon immer blühend war, enden alle Überlegungen bei Mord. Aber wie soll sie Philipp ermorden, ohne als Täterin auch Opfer zu werden?

Der Mann verdient ein perfektes Ende, den perfekten Mord. Soviel ist klar. Unklar ist nur, ob Annas Fähigkeiten ihrer Phantasie gewachsen sind. Logik zählt nicht zu ihren Stärken. Sowenig wie Disziplin, Geduld, Demut und Beharrungsvermögen. Humor ist vorhanden. Andererseits: Wie käme eine so unvollkommene Frau auf der falschen Seite der Vierzig ohne ihn aus?

2

Das Büro des Ministerialrats Hubert Blank entspricht in allen Einzelheiten der seinem Rang zustehenden Einrichtungsnorm, und es widerspräche seinem Hang zu äußerer Unauffälligkeit, die bürokratische Tristesse verschönern zu wollen. Kein Bild, kein Blumentopf, kein persönlicher Gegenstand verraten etwas über die Privatperson Hubert Blank. Und nichts lenkt vom Wesentlichen ab: Schreibtisch, Computer, Telefon, Aktenschrank. Braunbeige ist die vorherrschende Farbe, und der Gedanke ist nicht von der Hand zu weisen, daß der Kontrast so gewollt ist: Denn der Mann hinter dem Schreibtisch ist alles andere als farblos. Er sieht außergewöhnlich gut aus, und das weiß er. Er ist groß, schlank, die Gesichtszüge sind regelmäßig, die ergrauten Schläfen interessant, die hellen Augen sehr wachsam. Der Mann trägt keine Brille, sondern Kontaktlinsen. Er rasiert sich zweimal täglich und verwendet edles Rasierwasser. Sein Anzug ist elegant und teuer, die Krawatte aus gestreifter Seide. Es ist angenehm, gut auszusehen; und weil es so ist, pflegt Hubert Blank das Image eines potentiellen Herzensbrechers. Der Mann wirkt auf Frauen, schon seltener auf Männer. Aber die Männerwelt, die er von seiner Frauenwelt abtrennt, hat Hubert Blank mit anderen Attributen erobert: mit Ehrgeiz, Tüchtigkeit und Geduld sowie jenem Maß an Klugheit, das einer bürokratischen Karriere angemessen ist.

Hubert Blank starrt auf ein Schriftstück, das er nach der Mittagspause auf seinem Schreibtisch gefunden hatte. Eine Einladung, getippt und kopiert, nicht unterschrieben. Eine Einladung zu einem »Treffen des rechtskonservativen Kreises im Hause«. Neben Ort und Zeitpunkt ist das Thema angegeben: »Ist die Rechte gesellschaftsfähig?«

In Anbetracht der Organisatoren findet Blank das Fragezeichen höchst überflüssig und die Antwort bereits vorgegeben. Das ist es nicht, was ihn beunruhigt. Vielmehr die Frage, wer ihm diese Einladung auf den Tisch gelegt hatte – und warum?

Hubert Blank kritzelt ein Fragezeichen auf die Einladung. Er unterschreibt alle wichtigen und unwichtigen Dokumente mit dem vergoldeten Füllfederhalter seines Vaters, geliebtes Erbstück, Erinnerung an Zeiten, in denen er noch keine wichtigen Entscheidungen treffen mußte, in denen das Leben fremdbestimmt, aber überaus angenehm war. Auf den einzigen Söhnen von ehrgeizigen Müttern und erfolgreichen Vätern ruht eine große Last: Sie müssen mehr erreichen. Hubert Blank hat sich immer bemüht, den Erwartungen gerecht zu werden, die man in ihn setzte. Er hat immer sein Bestes getan. Wenn es nicht zum Besten wurde, dann war es nicht seine Schuld. Daran glaubt Hubert Blank.

Er ist es gewohnt, die Fäden seines Lebens in der Hand zu halten, zu dirigieren, wenn es sein muß, zu manipulieren. Hubert Blank schätzt es, Situationen unter Kontrolle zu haben, deshalb irritiert ihn diese Einladung. Warum er? Ist es eine

Falle, die man ihm stellen will, um ihn – bei einem möglichen Erscheinen – zu denunzieren? Will man ihn dahingehend testen, ob er den Erhalt dieses Papiers seinem Vorgesetzten melden würde? Oder ist es einfach eine Einladung, ein Probeschuß sozusagen, Mitgliederwerbung der konspirativen Art?

Ein Mann, der das Abenteuer liebt, aber nur selten auslebt, fühlt sich von der möglichen Gefahr nicht abgestoßen, ganz im Gegenteil. Die Einladung beschäftigt Blank, die Unwägbarkeiten treiben den Adrenalinspiegel in die Höhe; die Möglichkeiten, die dieses Papier ihm eröffnet, fordern seine Intelligenz heraus. Sie ist in gewisser Weise einfach strukturiert, diese Intelligenz, weil sie sich stets auf das Wesentliche konzentriert: Was bringt mir das? Schaden oder Nutzen? Wohlgemerkt: dies ist nur eine seiner Welten, die Welt der Männer. Sich in ihr zurechtzufinden, erfordert wenig mehr als kluge Anpassungsfähigkeit.

Hubert Blank denkt nicht mit sittlicher Entrüstung über rechte Parteien, weil er im Grunde ein unpolitischer Mensch ist. Wenn ihn andere als einen Untertanen à la Heinrich Mann sehen würden, so ist seine Sicht der Dinge pragmatisch und praktisch, in der Grundhaltung ein konsequentes Sowohl-Als-auch. Man muß nicht böse sein, wenn man nicht gut ist. Man muß nicht engagiert sein, wenn man sich als guten Bürger und Demokraten sieht.

Sein Parteibuch hat er den Sozialdemokraten zurückgegeben, als Helmut Schmidt gestürzt wurde. Es war abzusehen, daß sie so bald nicht wieder an die Macht kommen würden. Parteilosigkeit konservativer Prägung kann in diesem Land und in jedem Ministerium nicht von Schaden sein. Denkt Blank, und er hat natürlich recht.

Mit schwarzer Tinte kritzelt er Namen auf das Papier, die er dem »rechten Kreis« zuordnet. Er kommt auf sechs in seiner näheren Umgebung – und rechnet hoch auf dreißig Mann. Nicht Namen, sondern Rang sind von Bedeutung: Das Spiel macht Spaß, und er lächelt noch, als die Sekretärin nach kurzem Klopfen eintritt und ihm eine Akte auf den Tisch legt.

Frau Siemens ist wie ein Spiegel, in dem er seine Attraktivität bewundern kann. Sie lächelt ein wenig verschämt, weil sie weiß, daß er weiß, daß sie ihn anhimmelt. Ein Büro-Klischee, aber ein angenehmes: Sekretärin verehrt Chef. Er würde nie so weit gehen, dieses Klischee mit einer Affäre auf die Spitze zu treiben. Verliebte Sekretärinnen sind angenehm, geliebte Sekretarinnen unbrauchbar. Außerdem: Frau Siemens läßt auch aus der Distanz ahnen, daß sie eine anlehnende, fordernde Person ist. Und sie hat eine entfernte Ähnlichkeit mit Sybille.

Sobald er an seine Frau denkt, verhärten sich seine Züge. Manchmal meint er sogar, daß er zu frieren beginnt. Frauen sind wunderbare Wesen, solange man sie nicht näher kennt. Als einzige Ausnahme von der Regel läßt er seine Mutter gelten. Sie war vornehm und bescheiden, weibliche Eigenschaften, die aus der Mode gekommen sind. Leider.

»War jemand in meinem Büro während der Mittagspause?« fragt er seine Sekretärin, die zumindest noch Ansätze von Demut erkennen läßt.

Frau Siemens schüttelt den blondgelockten Kopf. »Aber ich war selbst eine Viertelstunde weg«, sagt sie beinahe entschuldigend. Sie fügt hinzu, daß »dieser Herr Kolofsky« wieder angerufen habe. Sie mag Kolofsky nicht, obwohl sie ihn nie persönlich kennengelernt hat.

Der Name elektrisiert und lenkt ihn kurzfristig von seinem Ratespiel ab. Er sieht fragend in ihr starres Gesicht, das unter zuviel Schminke leidet.

»Er bat um Rückruf unter der bekannten Nummer.« Frau Siemens spuckt den Satz förmlich aus. An seinem Ausdruck kann sie erkennen, daß die Audienz beendet ist, aber sie bebt noch nach einem Lächeln oder einem persönlichen Wort.

»Danke, Frau Siemens.«

Hubert Blank wartet, bis sie die Tür geschlossen hat, bevor

er zum Hörer greift. Kolofskys Nummer hat er im Kopf; er verfügt über ein exzellentes Gedächtnis für Zahlen. Er hat den Mann am Telefon und spricht nur kurz mit ihm, um ein Treffen zu verabreden. Kolofsky begegnet man in teuren Restaurants, man einigt sich auf *Halbedels Gasthaus,* eine Hochburg der Spesenritter. Schließlich geht es um Geld, sehr viel Geld, und um ein Projekt von nationaler Bedeutung, dessen Projektleiter, jedenfalls auf Arbeitsebene, Hubert Blank heißt.

3

»Mensch, Sybille. Wie lange haben wir uns jetzt nicht gesehen?«

Der Satz, den Anna Marx nunmehr zum x-ten Mal wiederholt, betrifft immerhin ihre engste Schulfreundin, Sybille Liebknecht, verheiratete Blank. Sie haben sich vor exakt siebzehn Jahren das letzte Mal gesehen, bei Sybilles Hochzeit in Königswinter. Anna war während der Feierlichkeiten erst neidisch und dann betrunken gewesen, man hatte hinterher noch ein paarmal telefoniert, aber der Kontakt war mangels Gemeinsamkeiten eingeschlafen.

Es gibt Frauen, die schön sind, ohne es zu sein. Sybille Blank war ein sehr hübsches junges Mädchen, Anna hatte sie immer um ihre zarte Blondheit beneidet. Jetzt wirken die Farben aufgesetzt und blaß, das Jungmädchenhafte fast traurig verwelkt, das Zarte verdorrt, auch unter dem teuren Kostüm. Anna fällt zu Sybilles Gesamteindruck das Wort »bitter« ein, und sie ist angenehm überrascht. Sie hat gewiß nicht oft an sie gedacht, aber wenn, dann immer mit einem Anflug von Mißgunst.

Sie registriert, wie die andere sie mustert. Man konnte immer schon in ihrem Gesicht lesen: Leichte Herablassung steht darin geschrieben. War Anna nicht immer der dicke Frosch in ihrer Beziehung gewesen? »Du bist immer noch so leiblich«, sagt Sybille jetzt, und Anna schüttelt sich innerlich, bevor sie antwortet: »Das ist das gute Leben, meine Teure.«

Das gute Leben ist nicht spurlos an den anderen vorübergegangen. Anna sieht sie in Grüppchen stehen, so wie früher auf dem Schulhof. Alte Zuneigungen und Feindschaften sind nicht aufgehoben nach so vielen Jahren, schließlich hat sie nur die Neugierde zusammengebracht. In Annas Erinnerung stehen sie auf dem Schulhof und sprechen – natürlich – über Männer, über die Jünglinge mit und ohne Pickel, die ihre sexuellen Phantasien nichtsdestotrotz beflügelten. Hat sich was geändert?

»Du bist wohl nicht verheiratet«, sagt Sybille. Sie trägt einen Platinring; Anna hat einen Blick für Eheringe.

»Es hat sich nicht ergeben, weißt du.« Annas Herzensdinge in einem Satz. Sie hätte auch ein paar Stunden darüber sprechen können: über Hubert und Franz, Markus, Benjamin ... und wie sie alle hießen. Ein paar Namen hat sie glatt vergessen. Eintagsfliegen. Flogen auf Anna, ließen sich auf ihr nieder und schwirrten davon. Manchmal war es auch umgekehrt, aber öfter doch ergriffen die Männer die Initiative, so oder so.

»Na, immerhin hast du es beruflich geschafft. Ich bin ja ein Fan deiner Gesellschaftskolumne«, sagt Sybille, und ein wenig spöttisch: »Wir Hausfrauen sind so dankbar für amüsanten Klatsch.«

Das klingt selbstmitleidig, das kann Anna bei anderen nicht leiden. Verdammt noch mal, was willst du eigentlich, denkt sie. Hast einen Adonis geheiratet, dich mit Kindern geschmückt, schälst dich aus einem Nerz, und die Uhr ist von Cartier. »Du siehst gut aus«, erwidert Anna.

Schülerin mit Snob-Appeal, die »Mädels aus dem Arbeitermilieu« nicht in ihrem Dunstkreis geduldet hatte. So eine wie die Marx. Kleine Wunden, die schon lange verheilt sind – oder nicht? Anna denkt, daß Eleonore bestimmt Lehrerin geworden ist und einen höheren Beamten geheiratet hat. Zwei Kinder in passenden Abständen. Vielleicht ist sie schon Großmutter – sie sieht jedenfalls so aus.

»Unsere Eleonore kann einem wirklich leid tun. Sie hat einen Finanzmakler geehelicht, und der sitzt seit zwei Jahren im Gefängnis.« Sybille flüstert in Annas Ohr, und es klingt nicht so, als ob es ihr leid täte.

»Woher weißt du das?« Anna mustert die arme Eleonore mit deutlich weniger Ressentiments. Und sie erinnert sich, daß Sybille schon immer die Nachrichtenbörse der Klasse gewesen war, neugierig und mitteilsam, von vielen bewundert oder zumindest gefürchtet, weil sie alles über alle zu wissen schien. Anna Marx, groß, rothaarig und ausladend, eine mittelmäßige Schülerin aus nicht einmal mittelmäßigen Verhältnissen, hatte sich an die Erfolgreiche geklammert und sich in ihrem Schatten gesonnt. Eine keineswegs originelle Konstellation, diese Jungmädchenfreundschaft zwischen Stark und Schwach, Schön und Häßlich. Oder war es ganz anders gewesen? Hatte Sybille nicht immer die unangenehmen Aufgaben Anna überlassen? Und sich hinter Anna versteckt, wenn eine Situation brenzlig wurde? So wie damals, als während der Lateinarbeit der Spickzettel zu Boden fiel – und Sybille behauptete, es sei nicht ihrer, sondern Annas?

Anna sieht Babette Hönig auf den Tisch zukommen, auch eine von denen, die in der Jungmädchen-Klassengesellschaft nicht zu den Spitzen gezählt hatten. Wenn das Leben einem die Rollen schon sehr früh zuteilt, dann hatte Babette zumindest damals die Kraft besessen, der Nichtachtung der anderen mit Verachtung zu begegnen. Jetzt bleibt sie vor Anna stehen, grüßt sie mit einem knappen Kopfnicken, aber Anna hat den Eindruck, daß sie nur Sybille sieht.

Haben die zwei Kontakt gehalten? Anna beobachtet einen

Austausch von Blicken, den sie schwer einordnen kann. Haß? Wie können sich zwei Frauen hassen, die so wenig gemeinsam haben? Babette ist Anwältin in Bonn, engagiert im Frauenhaus, und sie hat Anna zweimal angerufen, um ihr eine »Story« zu verkaufen, Geschichten von Frauen und Männern und Kindern, die so nie geschehen dürften und die Anna nicht schreiben wollte. Sie hatte Babette an eine Kollegin, zuständig für »Soziales«, weiterverwiesen, und das hatte sie ihr übelgenommen.

Babette geht weiter, sie hat kein Wort mit Sybille gesprochen, die jetzt sagt: »Kannst du dir vorstellen, was ein Mann an der finden könnte?«

»Sie hat bestimmt ein großes Herz.«

»O ja«, sagt Sybille in einem Ton dramatischer Überspitzung. Anna denkt, sie wirkt wie ein Bogen, der ganz straff gespannt ist, auf den Abschuß wartet ...

Jetzt hat sie ihr Gesicht wieder vollkommen unter Kontrolle: »Du weißt doch, ich war immer schon an anderen Menschen interessiert. Vielleicht hat unsere Freundschaft ja dazu beigetragen, daß du Journalistin geworden bist.«

Ist ja typisch. Sie hatte alles auf sich bezogen; was immer in der Welt geschah, es mußte mit ihr zu tun haben. »Quatsch«, erwidert Anna. »Ich hab das Studium hingeschmissen und dann ein Volontariat begonnen, weil mir nichts Besseres einfiel.«

»Wenn ich mich recht erinnere, wolltest du doch eine berühmte Schriftstellerin werden.«

Sybille sieht Anna mit einem Lächeln an, das nett sein kann oder auch boshaft. Anna erinnert sich an die Demütigungen, die dicke rothaarige Mädchen von ihren schönen Freundinnen hinnehmen mußten. »Und du, du hast doch auch studiert?«

Sie ist immer noch so gräßlich direkt. Sybille Blank sammelt ihre Gedanken zu einer wohlklingenden Legende, sieht in Annas grüne, verweinte Augen und denkt, ach was, der brauche ich doch nichts vorzumachen, andererseits kann man nicht sein Leben vor anderen ausbreiten, ohne zu beschönigen: »Ein Jahr nach der Heirat kam Fabian zur Welt, dann wollte ich irgendwann weiterstudieren, nach Lydia war es zu spät, verstehst du? Ich habe eben an der Karriere meines Mannes mitgearbeitet, ihm sein Haus geführt, die Kinder erzogen. Ich meine, so etwas wird ja nicht mehr geschätzt, aber es ist verdammt harte Arbeit, das kannst du mir glauben.«

Der Lebenslauf wird mit geraffter Bitterkeit vorgetragen, und Anna wartet auf die Fortsetzung, als Babette mit dem Messer an ihr Wasserglas klopft und zu einer Rede anhebt. Babette Hönig, die Organisationsnudel der Klasse, die auch dieses Treffen arrangiert hatte, und die immer noch so aussieht wie jemand, der bar jeder Eitelkeit durchs Leben geht. Damals hatte sie Zahnspangen, Pferdeschwanz, weite Hosen und Gesundheitsschuhe getragen und wiederholt erklärt, daß sie niemals heiraten würde.

Sie hatte nicht geheiratet und trug keine Zahnspangen mehr.

Anna hört der launigen Rede zu und denkt, daß Babette zumindest an Humor dazugewonnen hat, auch wenn Sybille nicht einmal lächelt und die Rednerin mustert wie eine fette Fliege, deren Beseitigung zwingend, aber schwierig erscheint. Warum eine vage Abneigung über so viele Jahre halten konnte, ist Anna schleierhaft. Andererseits, Sybille war immer schon extrem nachtragend. Wenn ihr Unrecht geschah oder wenn sie meinte, daß ihr Unrecht geschah, wurde sie zur Furie.

Anna erinnert sich an den Tag, an dem aus Sybilles Schulranzen ein Liebesbrief gestohlen wurde. Sie weiß nicht mehr, von wem der Brief war oder wer ihn geklaut hatte. Jedenfalls hatte das Mädchen den Brief in der Pause laut vorgelesen, ein häßlicher Streich, mehr aber auch nicht. Sybille hatte die Schülerin danach bezichtigt, ihr neben dem Brief fünf Mark aus der Tasche gestohlen zu haben. Sie hatte den Vorfall dem Klassenlehrer gemeldet, und die ganze Sache war unglaublich aufgebauscht worden. Die Diebin wäre beinahe von der Schule geflogen ... und erst Wochen später hatte Sybille Anna kichernd gestanden, daß sie bezüglich der fünf Mark gelogen hatte.

Das war vor drei Jahrzehnten. Menschen verändern sich, oder etwa nicht? Anna hofft doch sehr, daß sie die schrecklichen Unsicherheiten, Komplexe, Gefühlsverwirrungen und gedankenlosen Bösartigkeiten jener Jahre überwunden hat.

Sybille beobachtet Anna. Sie registriert das zweite Viertel Wein und die vierte Zigarette. Sie ahnt, daß Anna nicht verheiratet ist und wundert sich, daß ausgerechnet die Anna keinen abbekommen hat. Schön war sie ja nie gewesen, aber ihre durchaus üppigen Formen waren bei den Jünglingen doch sehr beliebt gewesen. Einmal hatte Anna es sogar geschafft, IHR einen Freund wegzunehmen, und Sybille erinnerte sich sehr genau an ihre Haß- und Rachegefühle. Sie hat Anna dafür im Gegenzug einen Freund abgenommen, nicht, weil er ihr gefiel, nur weil sie ihr eins auswischen wollte.

Sybille hat die Frauen ihres Jahrgangs im Blick und denkt, wie häßlich sie alle geworden sind. Und keine Ballettänzerin ist darunter, keine berühmte Musikerin, niemand von irgendeiner Bedeutung. Mittelmäßige, mittelalterliche Matronen sitzen um sie herum. Einige sind fett geworden, andere grau, und es ist ihr absolut schleierhaft, warum viele von dieser Klasse auch noch zufrieden aussehen, so wie sie da sitzen. Die arme Eleonore mit ihrem Knastbruder oder Helga, die Ärztin werden wollte und jetzt mit ihrem Mann Damenwäsche verkauft. Oder Barbara, die seit zwei Jahren mit ihrem Mann um den Unterhalt streitet. Anna, na ja: als Klatschtante ist sie allenfalls Lokalgröße und als Frau wohl offenbar ein Versager. Sybille schätzt Frauen, die es nicht zum Ehemann geschafft haben, automatisch als Versager ein. Schließlich ist sie so erzogen worden: Die Familie ist der Weg und das Ziel, die gesellschaftliche Stellung der Maßstab des Erfolgs. Alles andere sind

Sekundärtugenden pflegte ihr Vater immer zu sagen. Sybille erinnert sich, ihn ebenso geliebt wie gefürchtet zu haben. Ein Mann, der keine Fehler macht, ist schrecklich überlegen. Er hat ihr, und vielleicht auch ihrer Mutter gegenüber, nie eine Schwäche zu erkennen gegeben.

»Die einzige, die ein paar Kontakte aufrechterhalten hat, ist Sybille. Ich bin zutiefst davon überzeugt, daß sie, wie in alten Zeiten, alles über uns weiß. Wer von uns also neugierig ist, wie es den anderen so ergangen ist, der möge sich getrost an unsere Sybille wenden.«

Auch die Schlußsätze aus Babettes Rede werden mit zustimmendem Gekicher aufgenommen, und für einen kurzen Augenblick ist das Gefühl einstiger Gemeinsamkeiten wieder gegenwärtig. Nur für einen Augenblick. Sie lachen über Sybille, die einmal wieder im Mittelpunkt steht, dann werden die Vorspeisen aufgetragen, und es sitzen wieder siebzehn Frauen am Tisch, die mühsam an das Vergangene anknüpfen. Fragen, Antworten, Schweigen, das Suchen nach Berührungspunkten, die Selbstdarstellung, in der Niederlagen fehlen und Siege beschönigt werden ... Später werden sie ihren Männern erzählen, daß es ganz amüsant war, und sie werden Äußerlichkeiten beschreiben und sich mit boshaftem Klatsch selbst in Szene setzen ... jedenfalls diejenigen, die über Männer verfügen, die ihnen bisweilen zuhören.

Ich-bin-besser-als-du: Ist das Spiel neu oder nur die Variante einer sehr alten Geschichte, die sie schon aus Schultagen kennen? Mir konnte es besser gehen, aber wenigstens habe ich einen Mann, denkt Sybille, während sie Anna erzählt, daß Jonathan vor einem Jahr zur Welt kam und sie endgültig an die Familie kettete. »Natürlich gibt es das eine oder andere Problem, aber unterm Strich sind wir eine sehr glückliche Familie. Wolltest du nie Kinder?«

Anna vermeidet eine Antwort und fragt, ob sie – unabhängig von der Familie – glücklich sei? Es ist die Retourkutsche für Sybilles böse Frage nach Kindern. Sie weiß doch, daß Anna allein ist. Sie weiß nicht, wie allein, aber Anna würde sich eher die Zunge abbeißen, als ihr von Philipp zu erzählen.

»Na, du stellst vielleicht komische Fragen. Hubert hat ein wundervolles Haus von seinen Eltern geerbt. Du mußt uns unbedingt einmal besuchen kommen.« Sybille steckt Anna eine Visitenkarte zu, Goldschrift natürlich, keine Billig-Visitenkarte, wie Anna sie jetzt hervorholt.

Während Sybille von ihrem Haus erzählt – warum eigentlich nicht von den Kindern? – denkt Anna, du kannst mir nichts vormachen, meine Teure, ich nehm dir dein Glück nicht ab, und wenn du es noch so prächtig schilderst. Du wolltest doch immer alles, so wie ich, und bekommen hast du nur den Teil, der dir zusteht. Und hier sitzen wir nun und machen uns groß was vor, statt den Verein der Enttäuschten zu gründen. Sind wir wenigstens weiser geworden?

Doch nicht Anna, die ihren grauenvollen Liebeskummer mit Mordplänen bekämpft. Philipp Handke lebt, und sie wünscht, er wäre wenigstens tot. Wie konnte er es wagen, sich nach sechs Jahren mit ein paar Zeilen zu verabschieden. Einfach so, nicht einmal sein Briefpapier war sie ihm wert gewesen. Ein Schreibmaschinenblatt, mit Schreibmaschine getippte Zeilen des Bedauerns. Es war, als ob er ihr eine schallende Ohrfeige verpaßt und gleichzeitig gesagt hätte: »Mir tut es genauso weh wie dir, liebe Anna.« Das konnte ja nicht sein. Anna Marx war der Empfänger und Philipp Handke der Absender. Er schlug, und sie wurde geschlagen. Er schrieb: »Jede große Liebe endet mit Schmerzen.« So was Blödes zu schreiben, schon dafür verdiente er den Tod. Wenn er an diesem verfluchten Herzinfarkt gestorben wäre, dann wäre sie zumindest dramatisch und endgültig verlassen worden, dann könnte sie trauern und mit dem Schicksal hadern, statt sich in Zurückweisung und Demütigung zu winden …

All das denkt Anna, während sie mit Babette, die sich ihr

gegenüber gesetzt hat, über Politik im allgemeinen und die Frauenbewegung im besonderen spricht, über deutschen Rassismus und die neue Ohnmacht der Linken ... während sie ißt und trinkt und raucht und merkt, daß Babette sie mit gewisser Geringschätzung behandelt, vermutlich, weil sie eine Journalistin, die über Gesellschaftsklatsch berichtet, nicht ernst nimmt. Anna ist so empfindlich, weil ihr Selbstbewußtsein Schaden genommen hat. Aber sie hat recht: Babette Hönig hat von Anna Marx noch nie viel gehalten. Für sie ist die rote Anna eine Person, die ihre Talente und Leidenschaften in Sackgassen geführt hat. Sie sieht unglücklich aus, die Marx. Doch wer sich nicht mit dem Leiden anderer beschäftigt, hat persönliches Glück nicht verdient. Denkt Babette und nimmt sich vor, dieses Essen zu nutzen, um der einen oder anderen eine »Spende fürs Frauenhaus« zu entlocken. Es sehen ja nicht alle aus, als ob sie der Kapitalistenklasse angehörten, aber vielleicht würden einige doch ihr Herz und ihre Börsen öffnen. Sie kann sich noch gut erinnern, daß die alle hier ein Herz gehabt hatten. Bis auf Sybille ... Merkt die denn nicht, wie lächerlich sie ist mit ihrem Protzschmuck und dem Gerede von Glück und Familie? Sie macht es absichtlich, denkt Babette, sie redet laut genug, damit ich mithören kann, und sie denkt, daß sie mich damit verletzen kann. Aber sie soll bloß nicht glauben, daß ich ewig den Mund halte. Irgendwann ist das Maß voll!

»Was ist aus deiner großen Liebe geworden, Anna?« Sybille hat die Hönig beobachtet, und sie lächelt zufrieden, während sie sich Anna zuwendet.

Welche große Liebe? Anna fällt Adrian ein, ihn mußte Sybille meinen. Sie hatte ihn ihr ausgespannt, und sie und Adrian wollten zusammenziehen und später heiraten ... Was war bloß passiert? »Er hat mich verlassen«, sagte Anna. »Wegen einer schwarzhaarigen Radrennfahrerin.« Die Geschichte ihres Lebens, auch wenn es nicht immer Radrennfahrerinnen gewesen waren.

Sybille findet das komisch, sie lacht, und sie hat nach achtundzwanzig Jahren noch diese schone Stimme und das melodiöse Lachen. So übel ist sie gar nicht, denkt Anna, wir haben uns vier Jahre lang blendend verstanden, auch wenn der Spaß zu oft auf meine Kosten ging.

»Um ehrlich zu sein«, sagt Anna, »sind mir die Liebesdinge nie so ideal geraten.« So was nennt man auch Understatement, denkt sie, und ein Funke springt über zwischen Sybille und ihr. Zwei alte Damen beginnen, sich zu schälen ...

Sybille grinst: »Um ehrlich zu sein: Ich schminke mich morgens und abends schminke ich mich ab – und dazwischen passiert nicht viel.« Sie sieht dabei in die Runde, denkt, manche schminken sich nicht mal. Anna sieht sie so ungläubig an, vermutlich denkt sie an die glückliche Familie: »Hör mal, Anna, so schlecht hast du es gar nicht getroffen ohne Mann und Kinder. Ich will dir mal was sagen: Als Fabian kam, da hatten wir noch nicht das Haus und Hubert verdiente nicht viel. Ich hatte keine Ahnung von Babys: Sie schaffen dich, verstehst du? Man wird eine sexlose, gehetzte, ewig müde Person, an deren Rockzipfel ein schreiendes Kind hängt. Ein Muttertier, dessen stählerne Tränen kein Männerherz erweichen, es ist so ... du bist gezwungen, deine Kinder zu lieben, nicht wahr, und dabei siehst du zu, wie dir dein Mann flöten geht; Mütter sind asexuelle Monster ... und alles andere ist Selbstbetrug. Es ist so verdammt ungerecht, weil man es vorher nicht weiß. Meine Kinder haben mein Leben zerstört. Sie können nichts dafür – aber ich vielleicht?«

Sybilles Hände umkrampfen das Weinglas, und Anna fragt sich, ob sie so viel hören wollte. Evelyn, die auf der anderen Seite sitzt und Sybilles Ausbruch mitbekommen hat, sieht betreten auf die Tischdecke. So was sagt man nicht bei einem Klassentreffen, es paßt nicht zu den Geschichten von erfüllten Hoffnungen. »Kinder sind doch ein Glück an sich, liebe Sybille«, murmelt sie schließlich, was kann Anna schon dazu sagen, außer, daß keine Lebensform der ersehnten Perfektion nahekomme.

»Ach Scheiße.«

Das Wort paßt nicht zu ihr, denkt Anna. Sybille ist aufgestanden, sie sieht wütend aus, und Anna beobachtet einen Blickabtausch zwischen ihr und Babette, der mehr einem Schlagabtausch gleicht. Die anderen verstehen nicht, beobachten Sybille, die fünfzig Mark auf den Tisch legt und ihren Nerz aus der Garderobe holt.

»Was hat sie denn nur?« fragt Evelyn, und Anna zuckt die Achseln. Sie steht ebenfalls auf und folgt Sybille bis an die Tür. »Hör mal, ich wollte dir mit meinem Anflug von Ehrlichkeit nicht das Klassentreffen vermiesen.«

»Ach was. Die blöden Weiber gehen mir ohnehin auf die Nerven.« Sybille sieht Anna fast flehend an: »Sollen wir uns nicht zum Essen verabreden? Nur wir beide?«

Anna zögert, und Sybille packt sie am Arm. »Bitte. Ich war schon so lang nicht mehr ehrlich zu jemandem, und ... sagen wir am Dienstagmittag hier, so gegen zwölf?«

Wie könnte sie nein sagen? Anna nickt, und Sybille läßt ihren Arm los. »Also bis Dienstag, Anna.«

Anna sieht ihr nach, bevor sie zurück ins *Bistro im Kaiser-Karl-Hotel* geht, zu den anderen, die sie erwartungsvoll ansehen, als würde sie ihnen jetzt etwas erklären können.

»Unsere liebe Sybille war schon immer etwas hysterisch«, sagt Babette, als Anna sich hinsetzt auf ihren Platz. Anna widmet sich ihrem vorzüglichen Ochsenschwanzragout, und die anderen sprechen überwiegend über Sybille, wie sie immer schon war und jetzt sein könnte.

Die Damen tauschen beim Dessert Fotos von Kindern und Enkelkindern aus, während Anna nichts vorzuweisen hat außer regelmäßigem Einkommen und unregelmäßigem Liebesleben. Sie schweigt und gafft auf Bilder von strahlenden Babys und mißmutigen Zehnjährigen.

Das Leben geht weiter. Als es erlaubt ist. Karl Kraus, denkt Anna, hatte wenigstens seinen intellektuellen Zorn, die meisten am Tisch haben sich mit Fortpflanzung abgelenkt, Sybille ist unglücklich, und aus unerfindlichen Gründen herrscht tiefe Abneigung zwischen ihr und Babette. Das war's. Das hat Anna bis jetzt herausgefunden, und viel ist es nicht.

4

Hank Kolofsky gehört seit zwei Jahren zur »Firma«, doch ihr Name taucht weder auf seinen Visitenkarten noch auf den Briefköpfen auf. Consultant ist die Berufsbezeichnung, die er gewählt hat, seit er Armee und später Geheimdienst verlassen und den Sprung in die Selbständigkeit gewagt hat.

»Mit fünfzig fängt das Leben erst richtig an«, pflegt er zu sagen, und unter Leben versteht er vor allem Geld und das, was man dafür kaufen kann: Suiten in teuren Hotels, schnelle Autos und schnelle Frauen, Maßanzüge, gepflegtes Essen und Trinken. Hank Kolofsky hält Armut für eine Sünde und das Schlimmste, das einem im Leben zustoßen kann. Wird die Welt nicht von Männern über fünfzig regiert? Somit gehört er zur Generation der Mächtigen, der alten Männer, die sich über die Potenzkrämpfe der Jugend längst erhoben haben und davonschweben, dem Tod entgegen, aber erster Klasse und absolut jenseits der Niederungen philosophischer und finanzieller Nöte.

Daß dieser Klassenunterschied ein grundsätzliches Problem der Politik ist, ist ihm bewußt. Aber Politik interessiert ihn nicht. Nur, wie man damit Geld verdienen kann. Hank Kolofsky verdient sein Geld – und wenig ist es nicht – im Dunstkreis der Politik. Er ist eine von tausenden Maden im

Speck der Macht. Ein *Consultant.* Ein Lobbyist. Der Mann von *Willbright* in Deutschland. Die Firma baut Flugzeuge. Flugzeuge müssen verkauft werden. Der Kauf von Flugzeugen zu militärischen Zwecken ist eine politische Entscheidung. Politische Entscheidungen basieren auf einer Vielzahl von Faktoren, von denen der menschliche Faktor manipulierbar ist. Deshalb residiert Hank Kolofsky seit zwei Jahren in Bonn, genauer gesagt in einer Suite des *Maritim-Hotels,* die ihm als Arbeits-, Schlaf- und Luststätte dient.

»Dicke Ärsche brauchen dünne Frauen und breite Sitze.« Einer seiner Sprüche, allerdings nur im privaten Bereich, in den Tabuzonen der Vulgarität, die er nur mit wenigen Menschen, meist weiblichen Geschlechts, auslebt. Dienstlich ist der dicke Holländer mit kosmopolitischer Vergangenheit in vier Sprachen von perfekter Gewandtheit. So leise ist sein Auftreten, daß seine Leiblichkeit zurücktritt hinter der schieren Kraft des Willens, unauffällig zu agieren. Wie eine Spinne sieht er sich gerne, ein geduldiges Tier, das Beziehungsfäden knüpft, in deren Netz sich zu gegebener Zeit die Schmeißfliegen fangen.

Im inneren Netz des Hank Kolofsky befinden sich derzeit drei Abgeordnete, einer davon Mitglied des Verteidigungsausschusses, ein prominenter Journalist, ein einflußreicher Politiker aus Nordrhein-Westfalen, diverse Beamte und ein pensionierter Brigadegeneral der Luftwaffe, der bereits einen Beratervertrag mit *Willbright* unterzeichnet hat. Aus Hanks Sicht ist Brigadegeneral Josef Lukosch eine besonders fette Fliege. Weil er über Insiderwissen verfügt, Entscheidungsabläufe kennt – und vor allen Dingen eine Menge Leute, die an Entscheidungen mitwirken. Das gleiche trifft auf Ministerialrat Hubert Blank zu: Kolofsky war nie so überheblich, die kleinen Bürohengste zu unterschätzen. Blank sitzt im richtigen Referat am richtigen Projekt. Ein Mann mit korrumpierbaren Eigenschaften. Ein Kapitalist ohne Kapital. Von der eigenen Wichtigkeit durchdrungen, eitel, selbstgefällig ...

eben ein Mann nach seinem Geschmack. Solche Männer braucht *Willbright*, und es gibt ihrer viele, überall auf der Welt, wo Politik und Wirtschaft eine natürliche Verbindung eingegangen sind und Vorteilsannahme fast ein Naturgesetz ist. Kolofsky hält den Ministerialrat Hubert Blank aufgrund seiner bisherigen Recherchen für bestechungsreif. Es ist eine Frage des Timings, des Taktes, der Höhe der Summe. Im Grunde hält Hank alle Menschen für bestechlich, mit Ausnahme der Intellektuellen vielleicht, aber da diese Spezies selten zu den Entscheidungsträgern zählt, hat er Gott sei Dank wenig mit ihr zu tun.

Es wäre fatal, Blank zu unterschätzen, ihm zu wenig zu bieten, eine Abfuhr zu erleiden.

Daran nur zu denken, verursacht einen Ausrutscher mit der Rasierklinge, was wiederum eine blutigrote Spur auf seinem Kinn hervorruft. Dem folgt ein herzhafter Fluch und die Suche nach einem Pflaster. Ein winziger Blutstropfen auf seinem weißen Hemd führt zu weiteren Kraftausdrücken in verschiedenen Sprachen. Hank Kolofsky ist jähzornig, das hat ihn schon einmal drei Jahre seines Lebens gekostet, aber daran mag er in Zusammenhang mit Blut nicht denken. Er findet das Pflaster, zieht sich ein neues Hemd an, beschließt, kein unnötiges Risiko einzugehen und Hubert Blank erst besser kennenzulernen. Obwohl die Zeit drängt. Obwohl die Firma ihm im Nacken sitzt. Es steht einfach zuviel auf dem Spiel, er kann sich keinen Fehler erlauben. Also gibt es zwei Möglichkeiten, den Mann einzukreisen: entweder über seine Frau oder über seine Sekretärin.

Hank Kolofsky ist noch unentschieden, als er auf das Taxi wartet, das ihn zu *Halbedels Gasthaus* bringen soll, seinem Speisezimmer für Spesengespräche, einem der wenigen Lokale in Bonn, die wenigstens qua Rechnung demonstrieren, daß sie erstklassig sind. Wie immer vor einem Mittagessen wünscht er sich, in Brüssel stationiert zu sein. Bonns kulinarische Halbwüste stimmt ihn bisweilen verdrießlich. Hubert Blank jedoch, so gut kann er ihn einschätzen, ist bereits durch Speisekarten mit illustrer Preisgestaltung zu beeindrucken. Der schöne Ministerialrat ist ein Snob. Die Frage ist, wie weit er sich das leisten kann beziehungsweise ob er empfänglich ist für eine Förderung des gehobenen Lebensstils.

Wo das Taxi bleibe, schnauzt er die Rezeptionistin an, die unter anderem dafür bezahlt wird, auch bei unangenehmen Gästen höflich zu bleiben. Sie reklamiert bei der Taxizentrale und lächelt den Dicken an, den sie zum Spucken findet. Sie wünscht sich einmal mehr einen Beruf ohne Menschenkontakt, Tierpflegerin zum Beispiel. Der Fettsack läuft auf und ab wie ein gereizter Tiger. Sie entschuldigt sich bei ihm für die Verspätung, die nicht ihre Schuld ist. Er greift in die Tasche und schiebt ihr einen Fünfzigmarkschein in die Hand. Sie stutzt, greift dann schnell zu, lächelt noch einmal, diesmal echt, und der verzeihende Ausdruck bleibt auf ihrem Gesicht, bis er durch die Drehtür verschwunden ist.

5

Es ist keineswegs einfach, jemanden umzubringen. So weit sind Annas konkrete Überlegungen schon gediehen. Zwischen Redaktion, Terminen und Wohnung flackern ab und zu Ideen auf, die sie bei näherer Betrachtung wieder ad acta legt. Vergiften ist die naheliegend weibliche Idee: Bloß wie kommt man an Gift, ohne von vornherein eine Spur zu legen? Wie bricht man in eine Apotheke ein? Anna erinnert sich an vergebliche Bemühungen, das Türschloß zu öffnen, als sie wieder einmal ihren Schlüssel verloren hatte. Sie verwirft den Gedanken an einen Einbruch.

Erschießen? Keine Pistole. Erstechen? Anna geht im Geiste die Kollektion der Küchenmesser durch, entscheidet sich für das handlich-scharfe Tranchiermesser, das so gut in der Hand liegt, überlegt, mit wieviel Schwung man welche Stelle treffen muß. Ins Herz? Philipp hat kein Herz, obwohl das Ziel natürlich sehr passend wäre, von einer gewissen Symbolik geprägt, aber ... ins Gesicht könnte sie ihm nicht stechen, schon der Gedanke verursacht Gänsehaut, überhaupt ist diese Messerstecherei so blutrünstig, und dann müßte man Wege finden, sich der Tatwaffe zu entledigen. Und sich natürlich unbemerkt vom Tatort entfernen, alles sehr unwägbar. Nein. So nicht.

Nachts, wenn sie nicht schlafen kann, liest Anna Kriminalromane, auch in der vagen Hoffnung, die zündende Idee zu finden. Es ist besser, als sich in den Schlaf zu trinken. Noch ein Whisky ... Sie hat Angst vor diesem Einsamkeitstrinken, sich jetzt dem Suff hinzugeben wäre ein fataler Schritt vom Gesellschaftstrinker zum Alkoholiker. Sie zwingt sich seit Tagen dazu, nur ein einziges Glas mit ans Bett zu nehmen. Ein Gute-Nacht-Kuß von Johnnie Walker. Bloß einer ... Arme Anna, die Selbstdisziplin mit Selbstkasteiung verwechselt und es höchst selten fertigbringt, auf eigene Bedürfnisse mit einem klaren Nein zu antworten.

Anna wartet auf Sybille Blank, seit zwanzig Minuten bereits, und brütet über Mordplänen und der Speisekarte. Sie entscheidet sich für Kohlrouladen und überlegt, daß ihr der Gattenmord mit der tiefgefrorenen Lammkeule, die hinterher gebraten und dem Polizisten angeboten wurde, ganz besonders gut gefallen hat. Kein Problem, eine Lammkeule zu braten, mit Knoblauch und Rosmarin gespickt und mit Speck umwickelt, wobei das Fett auf die rohen Kartoffelscheiben tropft, die eine Stufe tiefer im Backofen schmoren. Kein Problem. Aber Philipp würde sich gewiß nicht mehr von ihr zum Essen einladen lassen. Sein Brief war von einer entsetzlichen Endgültigkeit.

Zwei Zigeuner kommen ins *Bistro,* und sie spielen diese schluchzende Kaffeehausmusik, die Philipp immer furchtbar fand und Anna so schön. Weinen könnte sie jetzt, statt dessen gibt sie dem Zigeuner mit dem schüchternen Lächeln einen Zehnmarkschein. Das Konto ist überzogen, darauf kommt es jetzt auch nicht mehr an.

Von Sybille keine Spur, Anna wundert und ärgert sich, und bestellt ihr Essen und noch ein Viertel Grauburgunder. Sybille mochte ihre Charakterschwächen über die Jahre verhärtet haben. Aber unpünktlich war sie nie gewesen, und Anna findet es schrecklich unhöflich, andere warten zu lassen. Mit zunehmendem Alter wird sie altmodischer: Sie schätzt Höflichkeit als eine Minimalforderung an den zwischenmenschlichen Umgang. Ob es Sinn machen würde, die rassistischen Ungeheuer, die Deutschlands Straßen und Fernsehbilder überschwemmen, in Benimmkurse zu stecken? Absurde Probleme fordern absurde Losungen. Gibt es den höflichen Mord? Mit einer Lammkeule erschlagen zu werden, würde Philipp gewiß nicht als solchen empfinden.

Annas Gedanken, immer schon sprunghaft, zerlaufen seit Erhalt jenes Briefes in Richtungen ohne Wegweiser. Sie schwankt zwischen Weltschmerz und dessen Verdrängung, Sentimentalitat und wütendem Haß, abgrundtiefer Trauer und flacher Selbstironie. Als Rettungsanker bleibt, daß sie immer noch ein Stück neben sich stehen kann, Anna aufmerksam zuhört und das Verrückte vom Vernünftigen trennt, es zumindest versucht. Manche ihrer Mordpläne bringen sie sogar zum Lachen. Das Festhalten an der Distanz zu sich selbst fördert zwar nicht das Selbstbewußtsein, aber zumindest den Selbsterhaltungstrieb. Und das Festhalten an Mordplänen, wie konkret oder abstrakt sie sein mögen, es ist tatsächlich ein probates Mittel gegen uferlose Trauer.

Oder die Beschäftigung mit den Problemen anderer Leute. Verdammte Sybille, denkt Anna. So zuverlässig in ihrer Begabung, andere Leute zur Weißglut zu treiben. Wie bei ihrer Hochzeit, vor etwa tausend Jahren in einem Nobelhotel außerhalb Bonns. Eine Hochzeit in Weiß, bezahlt von Vater Liebknecht, mindestens hundert Gäste, so weit sich Anna erinnern kann, und ein Brautpaar wie aus dem Bilderbuch für *Schöner heiraten.* Nur daß Sybille dem verarmten Zweig ihrer Verwandtschaft Katzentische im Speisesaal zugewiesen hatte, was zu einem familiären Eklat und der demonstrativen Abreise einiger Onkel und Tanten führte. Dies und die Tatsache, daß die holde Braut sie per Tischordnung neben einen pensionierten Oberst plaziert hatte, der Anna darüber aufklärte, wie man den Zweiten Weltkrieg hätte gewinnen können, verfestigten in ihr das Vorurteil, daß Hochzeiten anderer Leute schrecklich sind. Der Bräutigam trug einen Frack und lächelte die ganze Zeit. Ob Hubert Blank immer noch ein so schöner Mann ist? Und wie hält man schöne Männer aus? Wo gibt es überhaupt noch Exemplare dieser Gattung zum Liebhaben? Mensch, Anna, kannst du an nichts anderes denken? Nein, sagt Anna.

Sie hat es laut gesagt. Die beiden Männer, die schräg gegenüber am Fenster sitzen, sehen zu ihr hin, und sie sieht graue Zweireiher mit Krawatten und Köpfen darüber. Die beiden Exemplare reden jetzt über sie, sie spürt es genau und es macht ihr was aus. Verfluchte Sybille, die sie alleine hier sitzen und essen läßt.

Nach einer Stunde bezahlt Anna die Rechnung bei der liebenswürdigen Wirtin. Sie ist satt, und sie hat es satt, sich von Sybille ärgern zu lassen. Sie wird bei ihr anrufen und sich für das »gemeinsame Essen« mit gebührenden Worten bedanken und ihr sagen, daß sie an einer Auffrischung der Beziehung nicht mehr interessiert ist. Aber erst morgen. Auch dies ein Symptom des Weltschmerzes: Alles auf morgen verschieben, bloß heute keine Entscheidungen treffen.

6

Die Zeitverschiebung macht ihm noch zu schaffen, das ärgert ihn beinahe so sehr wie der angekündigte Besuch der Dame Marx. Eine lästige Person, sie hatte bereits dreimal privat angerufen und ihn beim letzten Mal so bedrängt, daß er eingewilligt hatte, sie zu empfangen. Das war gestern, am Tag seiner Rückkehr aus den USA, und immer noch verspürt Hubert Blank die bleierne Müdigkeit eines Reisenden zwischen den Zeiten.

Ein phantastisch organisierter Trip, das mußte man *Willbright* lassen, erster Klasse natürlich, und nur Luxushotels und erlesene Restaurants, von der Ankunft in New York bis zum Stammsitz in Phoenix, Arizona. Eine »Informationsreise«, wie Hank Kolofsky so richtig bemerkt hatte. Die Firma hatte für die Gäste aus Deutschland den roten Teppich ausgerollt und darauf die V-12-B, den Prototyp jenes Kampfflugzeuges präsentiert, das, wie man sich gegenseitig versichert, konkurrenzlos auf dem Markt sei.

Alles sehr beeindruckend, und wenn ihn überhaupt etwas gestört hatte, dann das Auftreten des Obersten Benning, der natürlich mit Gattin angereist war, nur nichts auslassen, und wenn es der Kaviar auf dem Buffet ist, den man sich löffelweise auf den Teller schaufeln muß. Benning und Lukosch (die Begleiterin des pensionierten Brigadegenerals war vermutlich nicht seine Tochter) waren mit ihren kritischen Fragen zu technischen Einzelheiten etwas nervig gewesen. Er selbst hatte sich auf finanzielle und abwicklungstechnische Einzelheiten konzentriert. Aber die *Willbright*-Leute waren natürlich sehr gut vorbereitet, sie hatten ihre Antworten parat und waren von einer verblüffenden Offenheit gewesen, was die Schwachpunkte der V-12-B anbelangte. Hubert Blank fragte sich natürlich, womit er diese Offenheit verdiene – und die Antwort, die er sich selbst gab, gefiel ihm weniger. Schätzte man seine Kritikfähigkeit so niedrig ein, nur weil er von Anfang an nicht verborgen hatte, daß er die V-12-B favorisierte? Es gab natürlich eine andere, schmeichelhaftere Erklärung: Vertrauen. Schließlich ist kein technisches Meisterwerk dieser Größenordnung absolut perfekt, sondern nur beinahe.

Das Bonbon kam dann am letzten Tag der Reise: *Willbrights* Vizepräsident eröffnete seinen Besuchern, daß die Regierung seines Landes im Falle eines erfolgreichen Abschlusses zu Konzessionen im europäischen Handelskrieg bereit sei. Streng vertraulich, diese Information, und von ganz oben. Gibst du mir, dann gebe ich dir: das alte Sandkastenspiel, aber in dieser Variante der Sache gewiß dienlich.

Kolofsky hatte ihn und Oberst Benning mit Fragen nach den »Entscheidungsträgern« überschüttet. Wer hat das Ohr des Ministers? Wie ist die Tendenz im Verteidigungsausschuß? Auf welcher Seite stehen die Kommandeure? Wie läßt sich die Einflußnahme der NATO ausschalten? Er, Blank, hatte das Gefühl, daß Kolofsky die meisten der Antworten schon kannte, aber Benning hatte sich mit ordensgeschwellter Brust aufgespielt, als sei er der bestinformierte Mann in Bonn. Hubert Blank war sich absolut im klaren darüber, daß der Oberst »Bürohengste« wie ihn geringschätzte. Benning war ein arroganter, sich selbst schmeichelnder Mann, der nach der Devise handelte: Alles mitnehmen, was das Leben so bietet. Er hatte *Blue Label* in sich hineingeschüttet, als würde in den USA noch während ihres Besuches die Prohibition wieder ausgerufen. 250 Dollar die Flasche, die Firma hatte in der Tat keine Kosten und Mühen gescheut.

Hubert Blank legt die *FAZ* aufgeschlagen neben sich, als es schellt. Er hört an der gräßlichen Musik, daß Fabian seine Tür im ersten Stock öffnet und wieder zuschlägt. Er hört Evangelistas Schritte, ihre Stimme in der Sprechanlage, eine tiefe

Stimme, die antwortet, dann das Surren der automatischen Türöffner. Er kann genau zwischen Evangelistas tippelndem Schritt und dem schweren Tritt der Besucherin unterscheiden. Das Haus ist mit italienischen Fliesen ausgelegt, ein herausragendes Beispiel für Sybilles Verschwendungssucht. Sie war immer davon überzeugt, den besseren Geschmack zu haben. Er war immer davon überzeugt, ihren besseren Geschmack nicht bezahlen zu können.

Evangelista führt die Besucherin in die Bibliothek und huscht sofort wieder aus dem Zimmer. Hier steht Anna Marx: groß, mit roten, gewellten Haaren, die im Nacken zusammengebunden sind; ein breites Gesicht mit ausgeprägten Backenknochen, grüne Augen und ein reichlich breiter Mund. Überhaupt ziemlich breit, Hubert Blank schätzt zierliche Frauen und findet, daß Anna Marx in beängstigender Weise den Raum ausfüllt. Er erinnert sich vage, sie bei seiner Hochzeit gesehen zu haben, und da hat sie ihm auch nicht gefallen. Er erhebt sich aus seinem Lesestuhl, begrüßt sie kühl, bietet ihr Kaffee an, bittet sie, sich zu setzen.

»Obwohl ich mir wirklich nicht vorstellen kann, womit ich Ihren werten Besuch verdient habe.«

Ein schreckliches Satzgebilde, denkt Anna, aber auch, daß dieser Blank immer noch verdammt gut aussieht, scheinbar alterslos, aber schon fast ein wenig langweilig, jawohl. Zu glatt. Er sieht sie nicht direkt an, sondern an ihr vorbei, fixiert einen Punkt an der Bücherwand. Anna Marx hat beim Eintreten ein Prachtexemplar des »Kapital« erspäht. Von dem Bärtigen, der es nicht so gemeint hat, auch Intellektuelle können irren, wenn sie sich in die Niederungen der Politik begeben.

Jetzt lacht sie auch noch. Frauen mit so breiten Mündern sollten nicht lachen. Er setzt seine Kaffeetasse geräuschvoll auf den Unterteller und mustert sie mit dem Blick, der Frau Siemens Angstschauer über den Rücken jagt.

»Entschuldigen Sie. Es war so eine herrlich altmodische

Floskel. Und ich entschuldige mich auch dafür, daß ich Sie zu dieser Einladung quasi gezwungen habe. Aber ich ... wissen Sie, ich mache mir wirklich Sorgen um Sybille. Finden Sie es nicht merkwürdig, daß sie vor zwei Wochen einfach ... verschwunden ... ist?«

Was geht Sie das an, will er fragen, aber Hubert Blank ist ein Mann mit guten Manieren. So wiederholt er geduldig, was er ihr schon am Telefon gesagt hat: »Sybille ist nicht verschwunden, liebe Frau Marx. Sie ist vor zwei Wochen plötzlich abgereist. Das war, wenn Sie es genau wissen wollen, nach einer kleinen Meinungsverschiedenheit, und es ist nicht das erste Mal, daß Sybille so spontan reagiert. Vermutlich ist sie in unserem Haus in der Toskana, aber genau weiß ich es nicht, weil wir dort kein Telefon haben. Es ist mehr eine Hütte, müssen Sie wissen ...«

Warum erklärte er ihr das? Warum in Gottes Namen hatte er sie überhaupt empfangen? Er sitzt da, als ob sie sein Vorgesetzter wäre, der ihn zum Rapport bestellt. Und jetzt zündet sie sich auch noch ungefragt eine Zigarette an. Er haßt Zigarettenrauch – und Besucher, die sich über die Tatsache hinwegsetzen, daß es in diesem Raum keine Aschenbecher gibt.

»Sie gestatten doch, daß ich rauche?« Anna bläst ihm Rauch in sein attraktives Gesicht und denkt, wie unfair der liebe Gott Frauen und Männer altern läßt. Hubert Blank sieht umwerfend aus, und er sieht sie an, als wolle er sie standrechtlich erschießen lassen. Jetzt steht er mit eisernem Gesicht auf und holt einen Aschenbecher aus einem Nebenzimmer. Ein großes Haus, beinahe ein Anwesen, und als er zurückkommt, lobt Anna die Schönheit des Hauses und fragt sich dabei, wie ein Beamter solchen Aufwand unterhalten kann. Das Haus ist ein Erbstück, wie Sybille sagte, aber die Einrichtung ist neu, und Anna schätzt, daß die Einrichtung im Flur mehr gekostet hat als ihr gesamtes Mobiliar.

»Man gewöhnt sich an die Größe eines Hauses«, sagt Blank jetzt, und daß sie das sicher verstehen könne.

Kann sie nicht. Annas Zweizimmerwohnung am Rhein ist spottbillig, was bei der Bonner Mietpreisentwicklung schon beinahe ein Wunder ist. Anna denkt, der Mann versucht, liebenswürdig zu sein, und fragt sich, warum weder sein Charme noch sein gutes Aussehen bei ihr Wirkung zeigen? »Ich weiß, daß Sie mich lästig finden ...«

Ja.

»... aber ich kenne Sybille so nicht. Mich einfach zu versetzen, ohne ein Wort, das ist nicht ihre Art.«

Der Rauch steigt an die strahlendweiße Decke. Er verfolgt ihn mit den Augen, fixiert dann Anna Marx: »Sie haben sie über zwanzig Jahre nicht gesehen, nicht wahr? Meinen Sie nicht, daß Menschen sich verändern? Sybille ist seit dem Tod unserer Tochter sehr ... sprunghaft und spontan in ihren Entscheidungen ... geworden. Ich habe mich daran gewöhnt und bin absolut nicht beunruhigt.«

Jetzt schlägt sie die Beine übereinander, statt aufzustehen. Sagt: »Aber das Baby? Sie wird doch nicht einen einjährigen Jungen einfach alleine lassen. So was tun Mütter nicht.« Ich hab den Mutter-Mythos drin, denkt Anna, trotz allem, was mir Sybille gesagt hat.

Hubert Blanks Stimme ist sehr sanft. Wenn Anna Marx ihn besser kennen würde, wüßte sie, daß er äußerst gereizt ist. »Ich komme gerade von einer anstrengenden Reise aus den Vereinigten Staaten zurück und habe keinerlei Verlangen, mit Ihnen darüber zu diskutieren, was Mütter tun oder nicht tun. Sybille hat Jonathan hiergelassen, weil sie weiß, daß er von unserer Evangelista bestens versorgt wird.«

Evangelista muß die hübsche Filipina sein, die ihr die Tür geöffnet hat. Ein überaus ästhetischer Haushalt, denkt Anna, bloß strahlt dieser Mann eine Kälte aus, die gewissermaßen zu den nackten Fliesen paßt. Warum fällt ihr kein Argument mehr ein, das Gespräch zu verlängern? Irgend etwas an dem Mann lähmt sie. Warum hält er sich für so maßlos überlegen? Und warum redet er über Sybille, als wäre sie … naja, so uninteressant wie der goldene Füllfederhalter auf seinem Schreibtisch?

Er erkennt ihre Frustration an dem angestrengten Gesichtsausdruck und daran, wie sie wütend die Zigarette ausdrückt. »Sie wird sich bestimmt bald melden. Glauben Sie mir, es ist nicht das erste Mal, daß Sybille einfach verschwindet.«

Der abschließende Ton zwingt sie zum Aufstehen. »Wären Sie so liebenswürdig, mich anzurufen, wenn Sybille sich meldet?«

Er begleitet sie zur Tür. »Ja, natürlich. Ich wußte gar nicht, daß Ihre Beziehung zu meiner Frau so … eng … ist. Aber in den letzten Jahren weiß ich nur noch wenig von ihr.«

Mit der Geschichte seiner Ehe in einem Satz verabschiedet Hubert Blank seine Besucherin. Die letzte Aussage, so beiläufig hingeworfen, gibt Anna das Gefühl, daß er sie auf seine Seite ziehen will. Hat er das nötig?

Beim Hinausgehen sieht sie das Mädchen Evangelista am Fenster stehen, ein winziges Wesen im Arm. Die philippinische Hausperle, der Sybille einfach ihr Kind überlassen hat. Warum nicht? Warum mischt sie sich ein in Dinge, die sie nun wirklich nichts angehen?

Weil du nichts Besseres zu tun hast, gibt sie sich selbst die Antwort. Weil du noch verrückt wirst, wenn du ständig um das eigene Unglück kreist oder Mordkomplotte schmiedest. Das morbide Spiel überträgst du auf Sybilles plötzlichen Abgang, für den ihr schöner Ehemann plausible Erklärungen hat. Vermutlich, denkt Anna, führen sie seit vielen Jahren eine mörderische Ehe, obwohl Sybille die Fassade familiären Glücks aufrechterhält. Und doch ist es merkwürdig, daß Sybille nichts davon erwähnt hatte, daß ihr zweites Kind, ihre Tochter, gestorben war.

Anna geht durch das Gartentor, das sich automatisch hinter

ihr schließt. Über ihren Wagen gebeugt steht ein junger Mann mit sehr kurz geschnittenen schwarzen Haaren. Als er sich aufrichtet, erkennt sie die Familienähnlichkeit. Der Junge wäre attraktiv, wenn die Pubertätspickel nicht wären. Sie verunstalten seine Stirn und das Kinn, auf dem zarte Bartstoppel von dem Versuch zeugen, einen alles verdeckenden Bart wachsen zu lassen. Er mußte wissen, daß er keine Chance hat.

»Gefällt dir mein Auto?« Anna öffnete die Fahrertür ihres Sparschweins.

»Für einen MK II ist er gut in Schuß. Baujahr 62?« Fabian Blank lächelt nicht Anna, sondern ihr Auto an.

»59. Wenn du in die Stadt mußt, kann ich dich mitnehmen. Ich bin übrigens Anna Marx – eine alte Schulkollegin deiner Mutter. Du bist doch Fabian Blank … oder?«

Der Junge nickt sparsam, er öffnet die Beifahrertür, setzt sich neben Anna. »Trotzdem solltest du so ein sensibles Auto im Winter abmelden.«

Anna gibt Gas. »Ich hab auch ein sensibles Bankkonto. Wenn er sich im Winter ziert, fahr ich mit der U-Bahn. Aber alles in allem ist er ganz zuverlässig – und ich habe einen guten Mechaniker gefunden, der das alte Stück so liebt wie ich. Der wichtigste Mann in meinem Leben.«

Verdammt, es stimmt auch noch, denkt Anna. Der Junge, der alte Autos mehr zu schätzen scheint als alte Frauen, beobachtet Anna mit einer Intensität, die sie nervös macht.

»Du fährst das Auto zu aggressiv.«

»Ich bin aggressiv. Jedenfalls zur Zeit.« Anna fragt ihn jetzt, wo sie ihn absetzen kann, und erhält die vage Antwort »Irgendwo in der Stadt«.

»Ich fahre zum Pressehaus. Paßt das?« Anna schielt ihn von der Seite an, die Ähnlichkeit mit Hubert Blank ist unverkennbar. Junge Männer, die ihr in diesen Zeiten unheimlich werden, zählen nicht zu ihrem Erfahrungsschatz. Junge Männer machen ihr manchmal angst.

»Geht schon.« Er lehnt sich zurück und schließt die Augen, um dem Motorengerausch zu lauschen.

»Weißt du, wo deine Mutter ist?« Anna fährt über die Reuterbrücke, hupt wütend einen Fahrer an, der sie an einem Spurwechsel hindern will.

»Läßt du mich das Auto mal fahren?«

»Und dann?«

»Dann beantworte ich Fragen.«

»Woher weißt du, was ich dich fragen will?«

Fabian Blank lächelt mit geschlossenen Augen. Sie denken, daß sie ihm überlegen sind, aber er weiß, daß sein Wissen sie ins Unrecht setzt. »Du magst meinen Vater nicht, stimmt's?«

Stimmt, denkt Anna, aber vielleicht ist es auch nur das Vorurteil gegen schöne Männer in schönen Positionen in schönen Häusern. Vielleicht ist es auch nur die sehr vage Vermutung, daß Sybille etwas zugestoßen ist und Hubert Blank damit zu tun hat. »Ich kenn ihn ja kaum«, sagt sie ausweichend.

»Ich kenne ihn gut. Außerdem habe ich in seiner Bibliothek eine Abhöranlage installiert.«

Er lächelt befriedigt, als sie zischend einatmet. Sie hat einen großen Mund, und sie hat das Auto, das er besitzen möchte. Wenn sie jetzt etwas moralisch Entrüstetes sagen würde, dann würde er aussteigen, Auto hin, Auto her. »Schockiert?«

»Kaum. Kannst du überhaupt fahren?«

Fabian murmelt etwas, das nach »ja« klingt. »Aber nicht im Stadtverkehr«, sagt Anna. »Und erst die Fragen, okay?«

Fabian Blank inspiziert entzückt das hölzerne Armaturenbrett. Es gibt viele Dinge, die er ätzend findet. Dazu gehört, mit alten Leuten zu reden, ihre überflüssigen Worte zu hören, ihre Belehrungen und ihre Lügen. Alte Leute sind wie Steine, an denen das Leben abprallt. Sie schützen sich mit ihren Erfahrungen, die keinen interessieren. Sie warten auf den Tod, sie fürchten ihn und versuchen deshalb, andere unglücklich zu machen. Es müßte eine Gesellschaft geben von Menschen, die alle unter dreißig sind, denkt Fabian. Alles, was darüber ist, müßte in eine Sterbefabrik, müßte Platz machen für die Unverbrauchten. Diese Gesellschaft stellt er sich als ideal vor: Wären die Menschen nicht besser, wenn sie um die Endlichkeit ihres Lebens wüßten, statt an Karrieren zu denken, an Pensionsansprüche, Krankheit, Impotenz, die Erziehung ihrer Kinder nach ihrem schrecklichen Ebenbild?

»Hast du Kinder?« fragt er die Rothaarige, und sie verneint. Das zumindest findet er akzeptabel. Die Frau mit dem Auto, das er gerne besitzen möchte, spricht knappe und einfache Sätze, so daß er sich dem sanften Brummen des Wagens hingeben kann. Fabian liebt das Geräusch von Maschinen, weil es wahrhaftig ist. Jetzt meint er, einen leichten Mißton zu hören, vermutlich die Kerzen. Der Gedanke an das bevorstehende Gespräch verursacht eine leichte Überlkeit. Er muß vorsichtig sein, gerade weil er sie ganz nett findet. Seit Fabian denken kann, behandelt er Erwachsene mit dem Mißtrauen eines ungezähmten Haustieres.

7

»Ich hab Sie im Fernsehen gesehen«, sagt Udo Mertens, der Anna am Fax-Gerät stehen sieht und weiß, was die Uhr geschlagen hat. Die Marx sucht in den Agenturmeldungen nach Stoff für ihre Kolumne. Sie wird einfach immer fauler. Statt Termine wahrzunehmen, einen Rundruf bei Pressereferenten zu starten, sich in der politischen Szene zu tummeln ..., wählt Frau Marx den Weg des geringsten Aufwandes und schreibt Meldungen um. Nicht mal besonders gut, zumindest in letzter Zeit. Ihre Kolumne ist nicht mehr amüsant, sondern bösartig. Über die Queen zu schreiben, daß diese einem »Bullterrier mit

Contenance« gleiche, ist nicht witzig. Das hat er im übrigen auch dem Chefredakteur gesagt, aber der nimmt die Marx ja immer in Schutz, jedenfalls vor den anderen.

»Sie haben es hoffentlich überstanden.«

Sie schnappt. Seit ein paar Wochen trägt sie nur schwarz, und wenn man sie anspricht, wird sie gleich aggressiv. Udo Mertens tippt auf einen schlimmen Fall von Wechseljahren. Er sagt: »Ihr Hofknicks vor der Königin war ein wenig mißglückt, so schien es ... Sind Sie mal wieder auf Stoffsuche, liebe Kollegin?«

Soso. Diesen blöden Knicks hatte sie auch noch vor dem Spiegel geübt, und dann sagt dieser Arsch, daß er mißglückt sei. Es gibt Schlimmeres, aber alles, was Udo Mertens sagt, bringt Anna auf die Palme. Selbst in guten Zeiten. Und dies hier entwickelt sich wohl zu den mageren Marx-Jahren. Kein Mann, keine Freude, kein Geld, jedenfalls ist das Konto nach der letzten Autoreparatur überzogen, und irgendwie holt sie nicht mehr auf. Daran, daß es keinen Philipp mehr gibt, der ihre Essen bezahlt, kann es ja wohl nicht liegen. Sie geht ja kaum noch weg, und wenn, dann ißt sie sozusagen dienstlich und umsonst, wenn auch nicht vergeblich, denn sie hat in den letzten drei Wochen zwei Kilo zugenommen. Unglück verzehrt nicht, nicht bei Anna.

Diese ganze Spesenfresserei hält Anna überdies für sozial unverträglich, aber wer im Glashaus sitzt, dessen Steine prallen zurück. Es gibt die Gesellschaft der privilegierten Fresser, und sie gehört am Rande dazu. Die herrschende Klasse wird eher Mauern um ihre Privilegien ziehen, als diese abzubauen. Denkt Anna. Abstrakt sozial ist die Marxsche Befindlichkeit, wenig konsequent die Umsetzung.

Mertens steht zu nah neben ihr, während er die Agenturmeldungen mitliest. Er stinkt nach einem abscheulichen Rasierwasser, das Philipp nie benutzt hätte. Armer Philipp: Ob seine Frau ihm sagt, wie gut er riecht? Wie gut er schmecken kann? All das idiotische Zeug, das Anna ihm gesagt hat, weil sie ihn liebte …

Sie nimmt zwei Meldungen, die sie gebrauchen kann. Schnappt: »Bloß keine moralische Entrüstung: Sie schreiben ja auch nur ab« Der Satz, schon an der Tür gesprochen, erbost ihn zu ihrem Entzücken, und sie lächelt beinahe auf dem Weg zu ihrem Schreibtisch. Auf ein paar Feinde mehr oder weniger kommt es nicht mehr an, wenn man sich selbst befehdet.

Die Kolumne muß am nächsten Tag stehen aber Annas Bildschirm ist leer. THINK … flimmert über den Bildschirm, ein netter Gag der Computerfritzen. THINK …

Anna denkt an Sybille, die vielleicht in ihrem toskanischen Landhaus sitzt. Wieviel verdienen Ministerialräte?

Sie denkt an Hubert Blank, der in seiner großen Villa sitzt, die *FAZ* liest und sich angeblich keine Sorgen macht.

Sie denkt an Fabian Blank, einen merkwürdigen jungen Mann, der seinen Vater bespitzelt und über seine Mutter in einer Art Haßliebe spricht. Mißtrauisch, unsicher, von gewaltsam unterdrückter Aggressivität: Man mußte ihm die Sätze abringen, nach einer Stunde war sie schweißgebadet, und dann kam erst die Fahrt, in deren Verlauf sie ganz furchtbar mit ihrem Auto litt, das sich an Annas kleine weiche Füße auf dem Gaspedal gewöhnt hat. Zweimal würgte er den Motor ab, und farbenblind war er auch, aber das merkte sie erst, nachdem er eine Ampel bei Rot überfahren hatte. Das war dann der Punkt, an dem Anna seinem Treiben Einhalt gebot. Ein paar Minuten schrie sie auf ihn ein, bis er den Wagen an den Bordstein fuhr, ausstieg – und einfach wegging.

Selbst unter Berücksichtigung des Generationsunterschiedes glaubt Anna, daß Fabian ein wenig verrückt ist: seine Stakkato-Sätze, die Abhöranlage im Haus, die seltsam distanzierten und gefühllosen Informationen über seine Familie. Sie hatte ihm so viele Fragen gestellt und so wenig erfahren: Fabian wußte auch nicht, wo Sybille war. Ja, sie verreiste öfter spontan. Nein, das Baby wurde von Evangelista versorgt, fast immer. Sybille hatte nur Lydia geliebt. Aber Lydia war mit drei gestorben. Woran? An einem Unfall. Seither ging jeder im Haus seine eigenen Wege. Sybille hatte einen Liebhaber …

Das war die einzige brauchbare Information. Sybilles Liebhaber heißt Anton Laubwitz. Fabian wußte das natürlich, der Junge weiß mehr, als ihm guttut, denkt Anna. Aber auch er, wie sein Vater, scheint wenig beunruhigt. Sybille hat das Haus nach einem Streit verlassen, na und? Und dann war Fabian bei Rot über die Ampel gefahren, und Annas Angst hatte über ihre Neugierde gesiegt. Ende der Durchsage.

Anton Laubwitz: Anna kennt ihn sogar, jedenfalls einen Journalisten dieses Namens: Er saß im Pressehaus und hatte einen »Bauchladen«, bediente ein paar mittelständische Zeitungen. Um die dreißig, spärliches Haar, große Nase … an mehr kann sie sich nicht erinnern. Jedenfalls kein schöner Mann wie Hubert Blank, überhaupt nicht.

»Vielleicht kann dieser Laubwitz ein Kunststück.« Anna sagt es laut und zuckt zusammen, als Kollberg hinter dem Computer vor ihr steht. Er hat eine Flasche Wein und zwei Gläser in der Hand. Kollberg ist ein netter Kollege mit einem kleinen Alkoholproblem, das er bis jetzt noch im Griff hat.

»Wer kann ein Kunststück? Helmut Kohl? Und wenn ja, welches? … Ich dachte, du hättest vielleicht Lust auf ein Glas Wein?«

Anna nimmt das Glas, das er bereits vollgeschenkt hat. »Der Kohl kann keines, von dem ich wüßte. Prost.«

Der Chefredakteur sah es nicht gerne, wenn in der Redaktion getrunken wurde, aber ein Alkoholverbot am Arbeitsplatz auszusprechen, wagte er dann doch nicht. Schließlich wußte jeder, daß Gruber eine Sammlung alter Cognacs in seinem Schreibtisch hatte.

»Dir geht's wohl nicht so gut in letzter Zeit?« Kollberg trinkt ex.

Anna denkt, das ist die Untertreibung des Jahres. »Trinkst du deshalb soviel?«

Das war gemein, das hätte sie nicht sagen sollen, er hat schon zweimal versucht, aufzuhören, und jetzt macht er ein Gesicht, als hätte Anna ihm eine Ohrfeige verpaßt. THINK, Anna, bevor du redest. Man braucht auch ein paar Freunde, wenn man sich selbst befehdet. »Entschuldige, Kolli, aber ... nein, mir geht es nicht so gut. Sag mal, kennst du einen Journalisten namens Anton Laubwitz?«

Kollberg ist Gerichtsreporter des *Wochenmagazins,* seit dreizehn Jahren. Er ist geschieden, zahlt Unterhalt für seine Frau und seine zwei Kinder, und er glaubt, daß er Trost braucht, weil er mit seiner Familie fast nur noch per Zahlungsanweisung verkehrt. Die Kollegen nennen ihn »Kolli«, er ist nicht ehrgeizig und deshalb beliebt. Er mag Anna, weil sie seiner Exfrau sehr unähnlich ist. Noch aus ein paar anderen Gründen, aber darüber denkt er nicht nach. »Ja, klar kenn ich den Laubwitz. Bei größeren Prozessen in Bonn laufen wir uns schon mal über den Weg. Er ist ein lausiger Gerichtsreporter, aber von einem *Allroundman* kann man wohl nicht mehr verlangen.«

Anna hält ihm ihr Glas hin: »Ist er ein Frauentyp?«

Woher sollte er das wohl wissen? Er sagt trotzdem ja, um Annas Frage irgendwie zu beantworten.

»Kannst du mir das erklären?«

Anna kann gut trinken, das mag er an Frauen. Aber ihre Fragen sind oft nervtötend. »Naja. Er ist unverheiratet. Das macht ihn per se zum Frauentyp.«

Weder Kollberg noch Anna haben Grubers katzenhaften Auftritt in der Redaktion bemerkt. Gruber ist klein und fett und joggt auf leisen Sohlen. Jetzt in Richtung Anna, die ihr Glas so schnell zur Seite stellt, daß es umkippt und eine Agenturmeldung durch *Muscadet* unleserlich wird.

»Scheiße.« Ein Teil des Weines landet auf Annas schwarzem Rock.

THINK. THINK. THINK. Nichts weiter ist auf Annas Bildschirm, vor dem der Chefredakteur steht, ein unbestimmt gefährliches Lächeln im Gesicht.

»Tja, dann geh ich mal.« Kollberg läßt seine Weinflasche auf Annas Schreibtisch stehen, nicht direkt absichtlich, eher in einem Akt spontaner Feigheit.

»Hast du was zu feiern, Anna? Zur Abwechslung mal eine wirklich gelungene Kolumne?«

Kollberg sitzt an seinem Schreibtisch, über Zeitungen gebeugt, weit weg. Anna denkt, daß Kolli eine Memme ist und Ironie von oben nach unten gerichtet doch etwas sehr Einfaches. Umgekehrt muß man sich schon überlegen, was man sagt. »Ich bin zur Zeit nicht so gut drauf.« O mein Gott, Anna, das war auch nicht gelungen. Gruber sieht so aus, als ob er jetzt gleich noch einen drauflegt.

»Diese Erklärung war höchst überflüssig, das sieht und liest ein Blinder. Aber ich erwarte von meinen Leuten zumindest soviel Selbstdisziplin, daß sich die Wechselfälle des Lebens nicht in der Schreibe niederschlagen.« Gruber verkneift sich eine Bemerkung bezüglich des Weins, weil ihm Anna schon wieder leid tut, so wie sie da sitzt und zu ihm aufsieht, offenbar den Tränen nahe. Er mag es gern, auf Menschen herabzusehen, es passiert selten bei einem Mann, der nur 1,60 Meter mißt. Kleine Männer müssen sich mehr anstrengen als große, pflegt Gruber immer zu sagen, wenn er sich über seine Körpermaße lustig macht, gleichwohl er dies anderen nicht gestattet. Tatsache ist, daß er symbolisch immer auf Anna herabblickt, meistens wohlwollend, aber in letzter Zeit strapaziert sie seine Gutmütigkeit doch sehr.

»Nun reiß dich mal zusammen, Mädchen.« Er klopft ihr auf die Schulter, wirft noch einen autoritären Blick auf Kollberg, verläßt die Redaktion. Er wird Anna nicht sagen, daß die neue Redakteurin bei ihm war und ihm vorgeschlagen hat, Annas Kolumne »abwechselnd« zu schreiben. Eine Woche sie, die andere Woche die Marx. »Damit mehr Pep reinkommt«, hatte die selbstbewußte junge Dame versucht, ihm die Sache schmackhaft zu machen. Er hatte sich verkniffen zu fragen, ob Anna von ihrem Glück wußte. Natürlich nicht. Er hatte die Jungredakteurin mit unverbindlichen Worten abgespeist. Aber man muß darüber nachdenken. Die Redaktion ist kein Ort der Sozialfürsorge. Doch weil ihm vor einem eventuellen Gespräch mit Anna Marx graut, wird er die Entscheidung noch eine Weile hinausschieben.

8

Hubert Blank verläßt die Sitzung mit einem deutlichen Gefühl des Mißbehagens. Es hat etwas mit seinen Kopfschmerzen zu tun, die sich im Verlauf der fünfstündigen Debatte zu quälenden Hammerschlägen gesteigert haben. Vor allem aber Wertheim nagt an seinem Wohlbefinden. Ministerialdirektor Klaus Wertheim, sein Feind und überdies ein engagierter Verfechter der »nationalen Lösung« in der Frage des Kampfflugzeuges. Wertheim ist Bayer, Patriot, Jäger-2000-Propagandist, nunmehr nahtlos umgeschwenkt auf die Mogelpackung der »kleinen Lösung«, die nach Blanks tiefster Überzeugung der V-12-B nicht das Wasser reichen kann.

Unwesentliche Finanzierungsunterschiede: Ausgerechnet Wertheim mußte jetzt auf Milliardenpetitessen herumhacken, nachdem für den alten Jäger kein Preis zu hoch gewesen war. Wer widerspricht seinem Vorgesetzten in Anwesenheit des Staatssekretärs?

Er, Blank, beschränkte sich darauf, mit zustimmendem Gesichtsausdruck den Ausführungen von Generalmajor Efferz zu lauschen, der aus »militärisch-strategischer Sicht« die Bedenken gegen die »kleine Lösung« zum Ausdruck brachte. Auf den Punkt gebracht, ist Efferz' Meinung, daß die europäische Kompromißlösung eine militärische Katastrophe ist.

Gut so. Hubert Blank tauscht auf dem Weg zurück in sein Büro ein paar Sätze mit Ministerialrat Meyer, einem konsequenten Verfechter des Sowohl-als-Auch, der seine große Nase stets schnuppernd in die Windrichtung seiner Vorgesetzten hält und somit Karrierefehler strategisch umschifft. Meyer meint zu wissen, daß der Minister bereits eine Entscheidung getroffen habe.

»Was?« Der Schmerz im Kopf läßt ihn zusammenzucken, er ist stehengeblieben, er denkt an Hank und merkwürdigerweise an Sybille.

Meyer flüstert jetzt: »Er will Wertheim rausschmeißen. Angeblich hat es ... äh ... gewisse finanzielle Unstimmigkeiten bei der Planungsphase gegeben.«

In die Erleichterung mischt sich pure Schadenfreude, und der Schmerz läßt nach. Auf Meyers Appell der strengen Vertraulichkeit seiner Mitteilung antwortet Blank mit schwerem Nicken. Alles, was in den ministerialen Fluren und Büros als streng vertraulich geflüstert wird, findet seinen Weg ins Unendliche. Blank überlegt sofort, daß, wenn Wertheim tatsächlich frühzeitig pensioniert werden sollte, er diese gute Nachricht Kolofsky als sozusagen sein Werk verkaufen würde.

Blank revanchiert sich nun bei Meyer und sagt ihm – seinerseits streng vertraulich –, daß schon lange gemunkelt werde, daß Wertheim einer der Initiatoren des »Konservativen Kreises« sei. Um die stark spekulative Meldung abzuschwächen, fügt er hinzu, daß er selbst diesen Gerüchten keinen Glauben geschenkt habe. Meyer sieht schockiert aus: Der Mann ist Sozialdemokrat, man weiß es. Ein tüchtiger Beamter, aber kleinkariert und ängstlich.

Blank lächelt ihn zum Abschied tröstlich an. Man braucht Menschen, denen man sich überlegen fühlt. Gerade in der

Hierarchie eines Ministeriums muß das Selbstwertgefühl gepflegt werden, gerade in diesem Ministerium und im Umgang mit Uniformierten, die durchwegs eine gewisse Verachtung für Anzugträger durchscheinen lassen.

Er läßt sich von Frau Siemens zwei Kopfschmerztabletten geben, lehnt sich anschließend im Stuhl zurück, reflektiert mit geschlossenen Augen die Sitzung und analysiert die prozentuale Chance der V-12-B. In das Bild des schönen Kampfjägers mischt sich das Gesicht seiner Frau. Anklagend. Dieser Ausdruck scheint die einzige Konstante der letzten Jahre. Daß er ihr vorwurfsvolles Gesicht seit exakt drei Wochen nicht mehr gesehen hat, erfüllt ihn mit klammheimlicher Freude. Hubert Blank ist überzeugt davon, daß ihm seine Frau die Lebensfreude genommen hat. Die Freude am Haus seiner Eltern, das sie bis zur Unkenntlichkeit und über seine finanziellen Grenzen hinaus umgestaltet hat. Aus Rache. Die Freude an seinem Beruf, den sie mit ihren dummen pazifistischen Sprüchen abqualifizierte. Die Freude an seinen Kindern: Daß sie Fabian nicht liebte und das Baby Jonathan vernachlässigte, hatte das Familienleben insgesamt zerstört. Sein Sohn war ihm fremd geworden, und das Baby, nun ja, es war doch Frauensache, und es war so typisch für Sybille, daß sie ihre wenigen Pflichten vernachlässigte und Evangelista die Verantwortung für das Kind zuschob. Und den Haushalt: Was wäre, wenn es Evangelista nicht gäbe? Hatte Sybille sich jemals Gedanken darüber gemacht? Oder daß sie im Zuge ihrer Verweigerungshaltung nun auch das Kochen aufgegeben hatte, praktisch nichts mehr im Haushalt erledigte – nur noch vorwurfsvoll herumschlich und Szenen machte?

Es war so angenehm still im Haus, seit Sybille fort war. So angenehm harmonisch. Sybille, denkt er, das ist das personifizierte ICHICHICH. Sie hätte nie heiraten dürfen. Nie Kinder kriegen. Sie hätte nie die Möglichkeit haben dürfen, sich in sein Leben einzumischen.

Daß er in Vergangenheitsform über sie denkt, amüsiert ihn. Gedanken sind frei. Wer hat das gesagt? Er denkt darüber nach, aber es fällt ihm nicht ein. Das Telefon klingelt nur einmal. Es ist Hank Kolofsky, der wissen will, wie die Sitzung ausgegangen ist. Kolofsky ist manchmal lästig, er will jedes Detail wissen, er wird ungeduldig. weil die Entscheidungsprozesse so zähflüssig laufen. Hank lädt ihn zu einer Party im »kleinen Kreis« ein – nur Leute, die in irgendeiner Form mit der »Sache« zu tun haben, wie er es formuliert. Mit Damen zu Dekorationszwecken. Hubert fragt nicht nach, wie er das gemeint hat. Er will keine Details kennen von Kolofskys Machenschaften, nur das Geschäftliche interessiert ihn, die ideale Verbindung ihrer beiden Interessen.

Hubert Blank sagt nach kurzer und ausschließlich taktischer Überlegung zu. Die Gästeliste, die Hank aufzählt, schmeichelt ihm. Die Einladung zu einem »Jagdausflug« nach Belgien – nein, ja, er will es sich überlegen, seine Termine checken. Er legt auf.

Natürlich kommst du. Hank Kolofsky blättert in seinem Computer-Telefonbuch nach geeigneten Damen unter dem Buchstaben P wie Prostituierte oder Partydekoration für Gäste ohne Damenbegleitung, wie der NATO-Offizier und der bayerische Politiker, dessen Gattin in irgendeiner Almhütte residiert und von Bonner Umtrieben ferngehalten wird. Hank denkt mit einem seltenen Anflug von Selbstmitleid, daß er die Leute verachtet, die er korrumpiert. Sobald sie sich auf seine Ebene begeben, muß er sich zusammennehmen, ihnen weiter so schmeichlerisch zu begegnen, sind sie doch dümmer als er, weil sie sich immer noch etwas vormachen. So wie der kleine Hubert Blank, der an der Überzeugung festhält, daß er die V-12-B unter allen Umständen forcieren würde. Was, wenn ihn die andere Seite unter ihre Fittiche genommen hätte? Ihn mit Geld und guten Worten überzeugt hätte, daß IHRE Lösung die bessere ist, was sich ungeachtet technischer Kompliziertheiten bei gutem Willen immer nachvollziehen läßt? Die Brosamen, die von Milliardengeschäften abfallen, haben eine Sogwirkung, der sich kaum einer der Beteiligten entziehen kann.

Hank wählt die Nummer einer Dame unter P, die ihm persönlich bekannt ist. Sie sagt zu: 1000 Mark für den Abend, gegebenenfalls das Doppelte für erwiesene Dienste. Aber keine Schweinereien, sagt sie.

»Ich bitte dich: Es kommen nur hochrangige Leute.«

»Ja, eben.«

Setzt Geld mehr Phantasie frei? Es muß so sein, denkt Hank in Anbetracht seiner sexuellen Neigungen, die sich mit den Jahren sehr verfeinert haben. Er verspricht ihr, was sie will, und denkt, was er will. Aber er ist immer höflich zu Prostituierten, so lange sie nicht versuchen, ihn übers Ohr zu hauen. Schließlich war seine Mutter eine respektable Vertreterin dieses Gewerbes, bis sie mit Rauschgift anfing und dankenswerterweise schnell daran zugrunde ging.

In seinen Einsätzen in Indonesien, Nigeria, Saudi-Arabien und Italien hat Hank eine Vielzahl käuflicher Damen kennen- und schätzengelernt. Eine Vielzahl käuflicher Männer verachten gelernt ... Es muß so sein, daß der Täter sein Opfer haßt. Ganz besonders hafte er den arabischen Minister, der ihn über den Tisch gezogen hatte – und der Gedanke an seine wunderbare Rache erfüllt ihn heute noch mit Freude.

Der Einsatz in Bonn hat gegenüber exotischeren Gefilden Vor- und Nachteile. Die Geschäfte hier waren nicht so gefährlich; andererseits mußte man hier weiter unten ansetzen, um die Netze nach oben zu spannen. Einen Minister zu bestechen, ist theoretisch denkbar und in dieser teiltransparenten Gesellschaft mit großen Risiken behaftet. Menschen von Rang und Namen sind naturgemäß extrem vorsichtig und mißtrauisch. Ihr Machtinstinkt ist ausgeprägter als ihre Geldgier. Das ändert sich, je weiter man hinabsteigt.

Ministerialrat Hubert Blank hat Schulden. Das weiß Hank aus erster Quelle. Keine große Sache, aber in Anbetracht seines schlichten Gehalts genug, um anfällig zu sein für die Verlokkungen großer Scheine. In Belgien wird er fällig: Es wird Blanks Aufgabe sein, den lästigen Ministerialdirektor auszuschalten. Er wird ihm die Beweise übergeben, daß dieser Mann von der Gegenseite bestochen ist. So etwas soll man nicht an die große Glocke hängen, diese Angelegenheiten müssen intern bereinigt werden.

Nach seinen Telefonaten legt sich Hank in die selbst für seine Leibesfülle geräumige Badewanne. Fett und arm zu sein wäre schon deshalb ein trübes Schicksal, weil er sich dann in kleine Badewannen zwängen müßte. Der Gedanke führt zum nächsten: Die Überweisung der Firma ist fällig für Spesen allgemeiner Art, der letzte große Posten ging an den Journalisten, der einen flammenden Artikel gegen den »kleinen Jäger« geschrieben hat. Sehr sachkundig und gleichwohl engagiert. Er grinst, weil er daran denkt, daß er im Gegensatz zu den anderen ganz genau weiß, was er tut, warum er es tut, wie er es tut. Man kann ihn alles mögliche heißen, nicht aber einen Heuchler vor sich selbst. So wie dieses verdammte Arschloch aus der Firma, das ihn beim letzten Telefonat gefragt hatte: »Ja, muß das denn alles sein, Mr. Kolofsky?« Soll ich Ihnen die Spesen einzeln aufzählen, hatte er rückgefragt, und sofort war der Typ in die Defensive gegangen. O nein, bloß keine Einzelheiten, sie wollen nichts wissen in Phoenix, nur dies eine, daß er erfolgreich ist.

Ich muß erfolgreich sein nach dem letzten Flop, denkt Hank Kolofsky. Er liebt seine Niederlagen nicht, aber er nützt sie zur Weiterbildung in der Kunst, Milliardenentscheidungen entscheidend zu beeinflussen.

9

Sybille Blank ist seit einundzwanzig Tagen verschwunden, und Anna Marx tanzt auf dem Presseball im *Maritim-Hotel*, dienstlich sozusagen, denn sie tanzt nicht gerne, auch nicht mit Staatssekretären. Sie tanzt schlecht, der Politiker schwitzt, die Musik ist laut. Helmut Kohl schiebt sich mit Frau Merkel durch das Gewühle, auch dies kein tröstlicher Anblick.

»Sie werden doch schreiben, daß ich ein guter Tänzer bin«, scherzt der Staatssekretär. Er hat Sinn für Publicity und denkt, daß er ein geistreicher Mann ist. Anna denkt, der Kohl wird immer dicker, das ist bestimmt der Kummerspeck. Pressebälle gehören zu ihren Pflichtveranstaltungen, sie wird wieder eine gute Kolumne schreiben, witzig und spöttisch, aber eben nicht bösartig, genau so, wie die Chefredaktion es lesen möchte.

Die Musik endet, Annas Tanzpartner führt sie zurück an ihren Tisch, ziemlich weit vorne im großen Saal, dort, wo die Prominenten sitzen, während das Fußvolk in Nebensäle und auf Galerien verbannt ist. Aber dies spielt keine Rolle, weil kaum jemand an seinem Tisch sitzt, weil man dort etwas versäumen könnte. Beim Presseball wandern die Gestalten von Bar zu Bar, immer auf der Suche ... wonach?

Anna weiß es genau: Sie braucht Stoff für die Kolumne. Sie braucht etwas zu trinken, um in irgendeine Stimmung zu kommen und nicht daran zu denken, daß sie irgendwann nach Hause muß, in ihr leeres Bett. Anna braucht Ablenkung: Wenigstens daran kann sie sich festhalten, an ihrer Arbeit – auch wenn es den anderen nicht als Arbeit vorkommen mag, was die Marx jetzt tut: herumflanieren, Promis taxieren, ansprechen, nach dem Witz des Ganzen zu suchen. Bonn tanzt, das ist selten, und die Katastrophengeräusche bleiben vor der Tür, so wie die vielen Polizisten, die die Tanzenden bewachen.

Es ist kurz nach Mitternacht, im großen Saal singt Caterina Valente ergraute Evergreens in gnädiger Entfernung von den Zuhörern. Anna steht in der Pianobar und trinkt Whisky, neben ihr macht der Mann einer Ministerin Randale, weil man ihn seiner Meinung nach nicht schnell und ehrfürchtig genug bedient. So ist Bonn. Ein wenig Zoff am Rande, der kleine Aufstand der großen Leute. Kein Klassenkampf, sondern Gedränge an der Sektbar, zu der der Ministermann, ehemals Waffenlobbyist, sich nunmehr schwankenden Schritts begibt, auf der Suche nach Respekt und Trinkbarem. Der Mann, der seinen Platz an der Theke einnimmt, kommt Anna bekannt vor, sie mustert ihn erst verstohlen, dann unverhohlen.

Der Mann sieht eine große weibliche Person im schwarzen Kleid, sehr rothaarig und mit dem starren Blick eines Adlers, der nach Beute jagt. Warum nicht, denkt Anton Laubwitz, der über seinem Whiskyglas zurückstarrt in grüne Augen. »Kennen wir uns?« Er war schon mal origineller, aber andererseits war er auch schon mal jünger und nüchterner. »Hier kennt doch jeder jeden«, sagt sie. Eine Journalistin zweifelsfrei. Er nähert sich um einen Schritt, registriert die Jahresringe, bleibt dennoch stehen. »Ich kenne hier höchstens fünfhundert Leute, und das ist schon zuviel. Trinken wir einen zusammen? Anton Laubwitz ist der Name, seines Zeichens unbedeutender Journalist, unverheiratet, charakter- und humorvoll.«

Er schlurrt beim Reden. Anna denkt an Philipp, der seine Trunkenheit nie zu erkennen gab. Das Schwein hatte Klasse, während Anton Laubwitz, Sybilles Liebhaber, ein Würstchen ist, das von Whisky flambiert zu schrumpfen beginnt. Doch er kommt wie gerufen. Anna hatte ihm schon einige Male auf den Anrufbeantworter gesprochen und um Rückruf gebeten. Dreimal: Anna haßt Anrufbeantworter. Sie sagt es ihm, während er zwei Drinks bestellt, und er antwortet, daß er das »Ding« immer eingeschaltet habe, weil es ihm einen »Kick« gäbe, nicht direkt erreichbar zu sein. Die seltsame Marotte eines Journalisten, er kokettiert damit, und Anna schneidet die Aufzählung seiner Eitelkeiten ab, indem sie ihn nach Sybille fragt.

»Kenn ich die?«

Anton Laubwitz trägt einen Vollbart, um sein fliehendes Kinn zu verdecken. Er sieht aus wie ein Achtundsechziger auf der Suche nach der verlorenen Zeit. Anna findet ihn unattraktiv, aber vielleicht hatte Sybille ein Kontrastprogramm zu ihrem makellosen Ehemann gesucht. »Nach meinen Informationen ist Sybille Blank Ihre zeitweilige Lebensabschnittsbegleiterin. Wir sind befreundet und ... Wissen Sie wo sie ist?«

Der Ausdruck gefällt ihm, die letzte Frage irritiert ihn. Anton Laubwitz ist trotz seiner Geschwätzigkeit ein vorsichtiger Mann, der nicht gerne preisgibt, was andere als Waffe gegen ihn benutzen könnten. »Hat Hubert Blank Sie auf mich angesetzt?«

»Sie lesen zu viele Krimis.« Anna macht sich die Mühe, ihm zu erklären, warum Sybilles Abwesenheit sie verunsichert. Sie versucht seinen mißtrauischen Augen mit ehrlichem Blick zu begegnen und seinem Mundgeruch auszuweichen.

Anton Laubwitz schwankt zwischen Vorsicht und Geschwätzigkeit, und es ist meistens so, daß er letzterer Neigung nachgibt. Einer, der alleine lebt, hat zuwenig Gelegenheit zum Reden, und einer, der alleine lebt, hat zuviel Zeit, um zu trinken. Er hat einiges getrunken, und er giert danach, über Sybille zu sprechen: »Ehrlich gesagt mach ich mir große Sorgen. Sie war so verdammt unglücklich in letzter Zeit ... Aber was sollte ich unternehmen?«

Er hebt seine schmalen Schultern in einer Geste der Hilflosigkeit. Anna beginnt mit dem Kreuzverhör.

An dem Montag nach dem Klassentreffen hat Laubwitz Sybille das letzte Mal gesehen. In seiner Wohnung, er führt das nicht weiter aus. Man hatte sich für den Mittwoch zum Mittagessen verabredet, aber Sybille war weder gekommen, noch hatte sie angerufen. Er hatte fünfmal versucht, Sybille zu Hause zu erreichen, aber da war immer diese Evangelista am Telefon gewesen, die gesagt hatte, Frau Blank sei verreist. »Was hätte ich Ihrer Meinung nach tun sollen? Zur Polizei gehen?«

Anstelle einer Antwort bestellt Anna noch eine Runde. Sie weiß keine Antwort, aber jetzt ist sie davon überzeugt, daß die Sache stinkt. Man verläßt nicht Familie UND Liebhaber, oder …? Annas berühmtes letztes Wort, gesagt, gedacht, getan. Der wandelnde Selbstzweifel, verpackt in schwarzen Samt, dem trunkenen Anton Laubwitz zugeneigt …

Anton Laubwitz' Herz schlägt links. Und, wie er Anna versichert, es schlägt für Sybille, die »eine wunderbare Frau ist«. »Wahrscheinlich hat der Fascho sie mit seiner Dienstpistole umgebracht.« Er flüstert. Der Gedanke, sie sieht es, bereitet ihm schaurig-schönes Entsetzen. Welcher Journalist wünscht sich nicht, eine gute Story mal aus erster Hand zu erleben? Doch Hubert Blank in einem Akt mörderischer Leidenschaft ist Anna ebensoschwer vorstellbar wie dies: die große Liebe zwischen Anton und Sybille. Und wenn es so ist: Warum hat er sie nicht gesucht?

»War Blank denn sehr eifersüchtig?«

Anton Laubwitz merkt sehr wohl, daß der Alkohol seine Zunge gelockert hat. Aber es schmeichelt ihm, daß die Marx sich für ihn und seine Geschichte interessiert. Die Frauen, die er kennt, sprechen doch nur über sich, Sybille inbegriffen. »Sybille sagte immer, daß ihm alles egal sei, solange sie diskret vorgeht. Ein Spießer, dieser Hubert Blank. So einer, der auf Heller und Pfennig weiß, wie seine Pension ausfällt, wenn Sie verstehen, was ich meine.«

Der Presseball, gewiß eine Ansammlung von Spießern nach dem Weltbild des Anton Laubwitz, verfällt in jene nachmitternächtliche Ausgelassenheit, die mit Alkohol und dem diskreten Abgang der Allerhöchsten zu tun hat. Das zweite und dritte Glied ist weitgehend unter sich, die Damen im kleinen

Schwarzen oder größeren Roben haben ihre Nasen zum zweiten Mal gepudert, die Kellner und Barfrauen sehnen das Ende herbei. Anna Marx und Anton Laubwitz stehen immer noch an der Bar neben dem Pianospieler, und sie sehen von weitem aus wie ein Liebespaar, aber sie sprechen über eine andere Liebe oder das, was Anton darunter versteht. Anton spricht über Sybille, und Anna hört zu. Denkt, daß er im Grunde nur über sich redet, seine Gefühle, sein Glück, seine Ängste, übertragen auf eine Frau, die in ihm gewiß nicht den Felsen gefunden hatte, auf den sie sich retten konnte.

Antons Sybille ist ein Wesen, das vor allem an der geistigen Leere ihres Daseins gelitten hat, ein Mensch, der verzweifelt nach seiner Identität suchte und sie als Ehefrau und Mutter nicht fand. Antons Schuldzuweisungen sind eindeutig: Hubert Blank hat ihren Intellekt nicht gefördert, sie auf seine Mittelmäßigkeit reduziert, sie mit seiner Gefühlskälte in die Arme eines anderen Mannes getrieben.

In Antons durchgeistigten Armen (so Annas Schlußfolgerung) fand Sybille dann zu sich selbst. Er schildert sie als anlehnungsbedürftig, wißbegierig, süchtig nach Gesprächen auf hohem geistigen Niveau. Antons Sybille suchte nach der blauen Blume (tun wir das nicht alle, und wohin führt das wohl?), und sie fand Anton Laubwitz (blau ja, Blume nein). Antons Sybille war edel, rein und gut.

Anna kann in all diesen Beschreibungen ihre Sybille nicht wiederfinden. Annas Sybille ist eine vom Leben Enttäuschte, aber das ist weder ungewöhnlich noch bemerkenswert. Dann sucht man doch nicht einen Verlierer, denkt Anna, wenn man schon unbedingt gewinnen will. Oder hat Anton ihr das Gefühl gegeben, daß es immer noch schlimmer kommen kann?

Eine Gefährtin der Seele nennt Laubwitz seine Geliebte, er hat einen Hang zum Pathos, und das Wort Sex kommt ihm nicht über die Lippen. Anna wagt nicht zu fragen, aber die konnten ja nicht dauernd Rilke gelesen, Ausstellungen und Konzerte besucht, lange Spaziergänge unternommen haben? Den Gleichklang der Seelen, den Anton Laubwitz ihr da verkauft, findet sie ziemlich öde. Vielleicht hat sie sich umgebracht? Der Gedanke ist neu, aber nicht besonders originell. Oder?

»Sie werden's nicht glauben, aber wir hatten keine ... fleischliche Beziehung. Das wäre banal gewesen.«

Anton sieht Anna aus feuchtbraunen Augen an, und sie unterdrückt ein Kichern, das gemein wäre. Der Mann ist so penetrant pathetisch, es ist kaum auszuhalten. Vielleicht beginnt sie jetzt zu verstehen. Sybilles Masochismus hat sie in Antons sexlose Arme getrieben.

»Glauben Sie, daß Sybille sich ... umgebracht hat?«

Als sie den Gedanken laut ausspricht, stößt Anton ein langgezogenes Stöhnen aus, das die Aufmerksamkeit einiger Ballgäste auf sie lenkt. Eine Frau am Ende der Bar winkt ihr zu, eine Kollegin, die für ein Revolverblatt schreibt, diesen Schönheitsfehler jedoch mit der Arroganz der hohen Auflage ausgleicht. Sie trägt ein schauerliches Goldlamékleid mit tiefem Dekolleté über faltigem Brustansatz, Anna registriert es mit Befriedigung.

»Niemals«, sagt Anton Laubwitz jetzt. »Das würde sie mir nie antun.« Flüsternd: »Sie wollte sich von Hubert trennen und zu mir ziehen.«

»Wollten Sie etwa heiraten?« Annas Tonfall grenzt an Beleidigung, aber gottlob merkt er es nicht. »Doch nicht so was Bürgerliches. Einfach zusammenleben, verstehen Sie?«

Rilke forever. Anna versteht und versteht nicht. Sybille, in Nerz gekleidet, mit Schmuck behangen, in einem Designermöbel-Haus residierend, von einer Evangelista bedient, würde doch nicht in Antons Bude ziehen, mit ihm Pizza essen, sich nächtens an seinen Artikeln ergötzen? Und das Baby? Vermutlich würde Anton es sich um seinen Bauch schnüren und in verrauchten Kneipen herumtragen ... Es wäre, denkt Anna, als würde sie ihr Leben nochmals von vorne beginnen und alle Fehler wiederholen. Verdammte Sybille! Warum hat sie sie bloß wiedergesehen? Und wenn sie sich nicht mit ihr zum Essen verabredet hätte, dann stünde sie jetzt nicht hier und würde einen Laubwitz nach einer Frau ausfragen, die ihr immer mehr Rätsel aufgibt.

Es ist fast drei Uhr morgens, und Anna kann sich Anton nicht schöntrinken. Der Mann ist zu sanft, um wahr zu sein, und er paßt nicht in Annas derzeitiges Männerbild. Die Frau pflegt ihre Vorurteile, und eines davon gilt den seidenweichen Männern, von denen sie stets glaubt, daß ihr harter Kern aus maßlosem Egoismus geformt ist. Vielleicht glaubt Anton wirklich, Sybille zu lieben. Aber er liebt nur sein Spiegelbild, das weibliche Pendant, zu dem er Sybille geformt hat. Wenn es stimmt, was er sagt. Wenn er ihr nicht eine Menge Lügen erzählt.

Vielleicht, denkt Anna whiskyumnebelt, hat Laubwitz sie gemeuchelt. Oder Sybille sitzt in ihrem Haus in der Toskana. Wie kommt man an ein Haus in der Toskana? Mit Geld? Woher kommt das Geld, wenn man es nicht redlich verdient?

»Die Scheidung hätte Hubert natürlich eine Stange gekostet.«

Ah ja. Nun kommt man der Sache näher. Anna beginnt, ihr Gegenüber besser zu verstehen. Friede den Hütten und Krieg den Palästen. Marx ist tot, aber seine Ideen leben weiter. Sie sind ja auch so schön, man möchte sie einrahmen und an die Wand hängen. Nehmen ist seliger denn geben. Nein, das stimmt so nicht. Nichts stimmt, denkt Anna.

»Wir wollten nach der Scheidung eine Weltreise machen. Damit die arme Sybille sich von den Strapazen erholen kann.«

Auf Kosten des Ehemannes. Armer Hubert Blank – und wäre das nicht ein vortreffliches Motiv, Sybille umzubringen?

»Wußte er davon, ich meine, daß sie ihn verlassen wollte?«

Anton schüttelt sein semmelblondes Haupt. »Sie wollte es ihm längst sagen, aber ... und wenn er sie doch umgebracht hat?«

Sybille redet von Scheidung, und der Gatte, päng, erschießt sie mit seiner Pistole und vergräbt sie anschließend im Garten. Anna kann sich die Szene sehr gut vorstellen: Sybille greift sich an ihr Herz, sieht Hubert ungläubig an, sinkt mit einem letzten Seufzer dahin. Philipps Gesicht schiebt sich vor das sterbende Wesen. Er sagt: »Anna, verzeih mir«, und Anna verzeiht ihm, daß sie ihn umbringen mußte ...

»Was ist? Sie sehen so komisch aus.«

Ich bin komisch, denkt Anna bitter: Weil ich mich ständig in anderer Leute Angelegenheiten mische, bloß weil ich meine nicht unter Kontrolle bringe. »Der Mann ist Beamter, er hat eine hohe Pension zu erwarten. Der tut sowas nicht.«

Antons freundliches Gesicht sieht zum ersten Mal gemein aus. »Der macht noch ganz andere Geschichten, wenn Sie mich fragen. Sybille wußte ziemlich genau Bescheid.« Wieder senkt er seine Stimme zu konspirativem Flüstern. »Der Mann hat ein Konto in der Schweiz. Und da ist das Geld draufgegangen, das er ihr vorenthalten hat.«

»Ach ja?« Anna kann so naiv-dümmlich aussehen, sie nutzt diesen Ausdruck bei manchen Interviews und immer dann, wenn sie für eine Sünde nicht bestraft werden will.

»Ich sage nur: Waffengeschäfte.« Er sagt es im angewiderten Ton. Anton Laubwitz, wie er Anna im Verlauf dieser Nacht noch erzählt, haßt Waffen und Tierversuche, Rechtsradikale und Rassisten, Umweltzerstörung und die Atomindustrie, Multis und Porschefahrer ... Die Liste seiner Haßobjekte ist lang und in einigen Punkten für Anna nachvollziehbar, doch löst die allumfassende Betroffenheit bei ihr am Ende nur Ratlosigkeit aus. Und Langeweile. Die Welt ist schlecht. Wollen wir drüber reden oder besser schweigen und es uns im inneren Exil gemütlich machen? Antons Ekel mochte echt sein, aber mangels Konsequenzen klebt er breiig an Annas Ohren. Und trotz mehrmaligem Nachfragen sagt er kein Wort mehr darüber, was sie wirklich interessiert: die Waffengeschäfte und das Konto in der Schweiz. Statt dessen legt er ihr um vier Uhr morgens seine wächserne Hand auf die Schulter, appelliert mit schwerer Zunge an die Solidarität der wenigen Aufrechten in diesem Lande. Was er damit meint, ist, daß sie sein kaltes Bett teilen möge. Er zitiert aus Rilkes »Herbstgedicht«, und Antons Blätter fallen zu Annas Füßen, und sie denkt nicht im Traum daran, sie aufzuheben.

»Ich bin zwar betrunken, aber nicht verrückt«, sagt Anna Marx zu Anton Laubwitz und läßt ihn in der Bar stehen. Anna schreitet durch den verlassenen Hauptsaal ins Foyer, wo an den Bars der harte Bonner Kern über Sex und Politik lallt. Ein Fernsehjournalist, der sich hoch schätzt, versucht Anna zu bewegen, noch einen mitzutrinken. Sie geht weiter. Es ist zu spät, noch einen Mann zu ertragen.

10

»Wissen Sie, wie viele Menschen alljährlich allein in Nordrhein-Westfalen verschwinden: achttausend.«

Hauptkommissar Hermes kaut Sonnenblumenkerne, während er mit Anna telefoniert. Ihre Stimme klingt grauenvoll, als ob sie eine Nacht durchgemacht hätte, noch tiefer und rauher als sonst. Es ist Samstagmittag, er wollte in Ruhe Akten aufarbeiten, und da ruft sie an, wie immer, wenn sie glaubt, ihn zu brauchen. Sonst nie. Anna Marx benutzt ihn für ihre Detektivspiele, das amüsiert ihn oft, aber nicht immer. Und jetzt faselt sie was von einer Freundin, die sich vor drei Wochen in Luft aufgelöst habe.

Nein, eine Vermißtenanzeige kann sie ja wohl nicht aufgeben, sagt sie auf seine ironisch gemeinte Frage. »Und was soll ich Ihrer Meinung nach unternehmen, liebe Frau Marx?«

Anna liegt noch im Bett. Sie hat zwei Kopfschmerztabletten gefrühstückt, sie raucht und fühlt sich elend. »Ich dachte mir, daß Sie ein wenig ... äh ... nachforschen, ganz diskret natürlich. Mir zuliebe.«

Eine Unverschämtheit. Seit Monaten hat er nichts von ihr gehört, und jetzt spielt sie auf dem Klavier einer schüchternen Verehrung. Soll er ihr erzählen, daß seine Frau ihm beim Frühstück mit der Scheidung gedroht hat? Beim Frühstück! Nicht, daß es das erste Mal gewesen wäre, aber so früh hatte Nina ihre Attacken noch nie gestartet, und deshalb sitzt er hier und läßt sich von Anna Marx einseifen. Nina wirft ihm vor, daß er zuviel arbeitet und zuwenig Zeit für die Familie hat. Das ist richtig, aber kein Scheidungsgrund. Er liebt seine Tochter, er liebt seine Arbeit, und er hat sich mit diesem verdammten Leben arrangiert. Er braucht keine Scheidung. Braucht er Anna Marx?

»Wenn ich Ihnen einen Rat geben darf: Sprechen Sie nochmals mit dem Ehemann. Wenn er eine Vermißtenanzeige aufgibt, können wir was unternehmen. Ich mache Sie aber gleich darauf aufmerksam: Viel wird es nicht sein.«

Wieso stöhnt sie jetzt? »Oder erwarten Sie von mir, daß ich seinen Garten umgraben lasse?«

»Nichts Geringeres, mein lieber Hermes.«

Sie ist unglaublich. So können Frauen nur mit Männern umspringen, die zu schwach sind, sie in ihre Schranken zu verweisen. Wenn er nach Hause kommt, wird er Nina die Leviten lesen. Und jetzt, sozusagen als Probelauf, der Anna Marx: »Wenn Ihre Sybille tot ist, wird die Leiche irgendwann auftauchen. Dann werden wir ermitteln – und vorher nicht. Habe ich mich klar ausgedrückt?«

Annas Stimme klingt erstaunlich vergnügt: »Glasklar und

knallhart. Paßt überhaupt nicht zu Ihnen, dieses autoritäre Gehabe. Ich habe am Ende doch immer recht gehabt, oder?«

Hermes spuckt einen Sonnenblumenkern in hohem Bogen in den Abfalleimer an der Tür. Ein Kunststück, das er perfekt beherrscht, es hat ihn nur nicht weitergebracht, und der Triumph ist immer so kurzlebig. »Ja. Sie haben immer recht gehabt und es hat Ihnen immer recht wenig gebracht. Haben Sie nichts Besseres zu tun, als Ihre Nase in hypothetische Mordfälle zu stecken? Wie wäre es denn mit Politik? Können Sie sich nicht im Ortsverein engagieren oder sowas?«

Blattschuß. Anna drückte ihre Zigarette wütend aus, krächzt ins Telefon: »Nein, lieber Hermes. Alle alten Jungfern haben Marotten, und das ist meine. Und jetzt fahr ich zu dem Blank und bringe ihn dazu, eine Vermißtenanzeige aufzugeben. *Sie* werden schon sehen.«

Daß Hermes der »alten Jungfer« widerspricht, hört Anna nicht mehr, denn sie hat abrupt aufgelegt. Eine Angewohnheit, die Philipp außerordentlich gestört hat. Vermutlich sitzt er jetzt in seinem trauten Heim und schont sein herzinfarktgeschädigtes Organ, denkt Anna, während sie aus dem Bett steigt. Die Gattin bringt ihm die Pantoffeln, und die Tochter liest ihm aus der Zeitung vor.

Es tut so weh. Nichts kann sie dagegen tun, außer Mordpläne zu entwickeln und sich in Sybilles Tragödien einzumischen. Es ist ohnehin ein verkorkster Tag, und Anna hat beschlossen, Hubert Blank noch einmal zu besuchen.

»Herr Blank läuft im Wald«, sagt Evangelista Morales zu Anna Marx. Sie steht an der Tür und hält ein Baby im Arm. Sybilles Sohn, den sie jetzt besitzergreifend an sich drückt, eine so kleine und zierliche Person, daß Anna dagegen wie ein Riese wirkt. Sie nimmt Annas nächste Fragen vorweg: »Frau Blank ist auch nicht da. Und Fabian schläft.«

»Dann möchte ich auf Herrn Blank warten. Es ist wirklich wichtig.«

Das Nein steht in Evangelistas Gesicht geschrieben, doch Anna nützt die Sekunden der Unentschlossenheit, um sich hineinzudrängeln. Sie folgt der Filipina in die Küche, die groß und von funktionaler Schönheit ist, aber von chromblitzender Kälte. Sie setzt sich an die Küchenbar und beobachtet Evangelista, die Anna jetzt feindselig ansieht. Das Kind beginnt zu schreien, und Evangelista greift nach einer Teeflasche, die sie gekonnt in den schreienden Mund steckt. Ganz weich ist ihr Gesicht jetzt, ganz mütterliche Konzentration, das Kind schmatzt zufrieden, und Anna ist davon überzeugt, daß Sybille etwas zugestoßen ist. Auch nach allem, was sie zu Anna über das Thema gesagt hatte: Mütter sind nicht so. Sie gehen nicht einfach weg. Sie lieben diese schreienden, schmatzenden, schlafenden Gestalten mit hingebungsvoller Idiotie.

»Ein hübsches Kind«, sagt Anna, die das Baby ausgesprochen häßlich findet. Evangelista blickt hoch und lächelt sie zum ersten Mal an. Sie hat schöne Zähne, sie ist überhaupt ein attraktives Mädchen, wenn man das Kuhäugige, Sanfte mag. Anna schätzt sie auf unter Dreißig. Eine von Hunderten Filipinas in Bonn, die die Haushalte des Mittelstandes für wenig Geld in Ordnung halten. Ohne Aufenthalts- und Arbeitserlaubnis, so vermutet Anna, also keine Scheinasylantin, die dem Steuerzahler auf der Tasche liegt, wie volksverhetzende Politiker es zu formulieren belieben. Ein illegales Arbeitstier: Anna hat ihre deutsche Putzfrau vor kurzem gefeuert und beschäftigt jetzt einmal wöchentlich eine Filipina, die wundersam fleißig, zuverlässig und pünktlich ist.

»Wie schaffen Sie das überhaupt: das große Haus und das Kind?« Alles, was Anna bisher gesehen hat, ist von peinlicher Sauberkeit und Ordnung.

»Manchmal kommt meine Schwester und hilft mir.« Evangelista spricht Deutsch mit leichtem englischen Akzent. »Ich habe mich von Anfang an um Jonathan gekümmert. Frau Blank hatte keine Zeit.«

Sehr nett klingt das nicht, denkt Anna, und natürlich hatte Sybille Zeit, sie hatte nur Depressionen und ist in Antons Arme geflüchtet und sie konnte das nur tun, weil es eine Evangelista in ihrem Leben gab. Privilegiertes Unglück läßt sich dramatischer ausleben. Und du, Evangelista? Hast du selbstlos und gütig Sybilles Rollen übernommen, ohne was dafür zu fordern?

Der Junge in ihrem Arm beginnt wieder zu schreien, weil die Flasche leer ist. Evangelista wirft ihn über ihre Schulter und klopft beruhigend auf Jonathans Rücken. Das Interesse dieser Frau ist ihr mehr als unangenehm. Sie will keine fremden Leute im Haus haben, keine Fragen beantworten. Sie will Zeit haben für Jonathan und für das Haus, für die Familie. Alles andere ist lästig, und schlimmer noch: es macht ihr angst. Fremde sind eine Bedrohung in ihrer kleinen, sicheren Welt, die am Gartentor endet. Evangelista würde vor der Familie nie zugeben, daß selbst das Einkaufen eine Überwindung bedeutet. Jeder Polizist, jeder Mensch, der sie länger als ein paar Sekunden ansieht, könnte ein Feind sein. Evangelista will noch lange nicht nach Manila zurück: Fast alle von ihrer Familie sind hier in Deutschland, die meisten in Bonn. Allen geht es gut, sie haben Arbeit und eine Unterkunft, immer etwas Geld übrig, um es nach Hause zu schicken. Ihre Schwester hat acht verschiedene Putzstellen und bringt es auf 2000 Mark im Monat. Evangelista spart von ihren 1000 Mark jeden Monat die Hälfte, um sie nach Hause zu schicken. Sie hat ein Zimmer mit Fernsehapparat, das Essen ist frei, so gut leben nur wenige zu Hause. Aber natürlich weiß sie, daß ihre Existenz an einem seidenen Faden hängt, der jederzeit zerreißen kann. Evangelista weiß, daß dies furchtbar wäre. Sie liebt Jonathan, er ist das Baby, das sie zu Hause bei ihrer Mutter zurückgelassen hat. Ihr Bruder hatte geschrieben, bevor sie die große Reise antrat: »Laß das Baby zu Hause, die Leute hier wollen keine Filipinas mit Kindern.« Die Deutschen wollen nur Ausländer, die fleißig und anspruchslos sind, das ist schon in Ordnung, denkt Evangelista, sie haben trotzdem mehr Herz als die Leute zu Hause, die Reichen zu Hause, die ihre Dienstboten behandeln und bezahlen wie Sklaven. Jedenfalls die meisten haben mehr Herz, es gibt Ausnahmen, aber daran will sie jetzt nicht denken.

»Wann haben Sie Sybille, Frau Blank, zum letzten Mal gesehen, Evangelista?« fragt die Frau jetzt.

Warum fragt sie das? Wer hat die große Frau geschickt? »Ich verstehe nicht«, sagt Evangelista. Ihr Deutsch ist sehr gut, aber es gibt Situationen, in denen sie nicht verstehen will. Das Leben in Deutschland ist einfacher, aber auch in vielen Dingen komplizierter, und sicher ist sie nur, wenn sie sich an das hält, was ihr vertraut ist.

Jonathan rülpst und die Frau sieht aus, als ob sie ihr nicht glaubt. Die Frau erzählt ihr, daß sie eine Freundin von Frau Blank ist. Solange die Frau erzählt, muß sie keine Fragen beantworten. Und mit Erleichterung hört sie Schritte, das Öffnen der Haustür. Sie flieht mit Jonathan aus der Küche in das Kinderzimmer, Hubert Blank blickt ihr nach, erschrickt sichtlich, als er Anna sieht.

»Nicht *Sie* schon wieder!« Dieses dumme Ding hat sie reingelassen, denkt er wütend, und daß er in einer Stunde abfahren muß, zu seinem Trip nach Belgien. Er schwitzt von seinem Lauf und sehnt sich nach einer Dusche. Diese unerträglich neugierige Person raubt ihm noch den letzten Nerv.

»Hören Sie, Frau Marx: Ich habe Bekannte, die nach Radda gefahren sind, gebeten, nach Sybille zu sehen. Ich habe ihnen unseren Hausschlüssel mitgegeben. Sie kommen übermorgen zurück, und dann wissen wir mehr. Im Übrigen bin ich immer noch der Meinung, daß diese Angelegenheit Sie absolut nichts angeht.«

Schwitzende Männer verlieren an Schönheit, denkt Anna. Hubert Blank sieht jetzt aus wie Robert Redford nach einer verpatzten Szene. Sie sagt ihm, daß sie Anton Laubwitz getroffen hat, setzt noch einen drauf und erzählt ihm von Sybilles Scheidungsabsichten und den Gerüchten von Waffengeschäften, die Sybilles platonischer Freund unter die Leute bringt. Wenn Anna nicht weiterkommt, versucht sie es immer mit aggressiver Ehrlichkeit. Blank sieht sie an, als wolle er sie erwürgen, aber er unterbricht sie nicht.

»Wenn sich übermorgen herausstellt, daß Sybille nicht in Radda ist, werden Sie dann eine Vermißtenanzeige aufgeben?«

Hubert Blank geht an ihr vorbei in die Küche, nimmt sich eine Wasserflasche aus dem Kühlschrank, trinkt natürlich nicht aus dem Glas. Eine Denkpause, Ruhe vor dem Sturm? Wenn er jetzt versucht, charmant zu sein, denkt Anna, dann hat er was zu verbergen.

Hubert Blank ist weit entfernt davon. »Zunächst werde ich mir diesen Herrn Laubwitz vorknöpfen und ihm eine Verleumdungsklage androhen. Sollten *Sie* es wagen, diese unglaublichen Behauptungen zu verbreiten, gilt das auch für Sie. Und ob ich eine Vermißtenanzeige aufgebe oder nicht, das lasse ich mir von Ihnen keinesfalls vorschreiben. Wer glauben Sie eigentlich, wer Sie sind?!«

Sein ohnehin rotes Gesicht ist glühend vor Zorn. Er haßt es, die Kontrolle zu verlieren. Er steht in seiner makellosen Küche und durchbohrt Anna mit vernichtenden Blicken. Wie maßlos dumm von mir, alle Geschosse gleichzeitig loszulassen, denkt Anna, die einmal mehr bereut, ihrer schnellen Zunge gefolgt zu sein. Sie erwartet jetzt einen Hinauswurf, genau das würde sie an seiner Stelle tun, doch Blank sieht plötzlich wieder menschlich aus, und er sagt überraschend: »Setzen Sie sich doch, Frau Marx«. Seine Stimme ist wieder leise und beherrscht, sie nähert sich vorsichtig, setzt sich, erwartet mit übereinandergeschlagenen Beinen ... was?

»Wir sollten ein paar Mißverständnisse ausräumen, Frau Marx. Ich liebe meine Frau, und ich mache mir mittlerweile große Sorgen. Selbstverständlich werde ich etwas unternehmen, wenn ich nächste Woche kein Lebenszeichen von ihr habe.« Er fährt mit der Hand durch seine blonden Haare, die sehr kurz geschnitten sind. »Es tut mir leid, wenn ich vorhin etwas laut war. Ich bin nicht in der besten Verfassung, seit Sybille verschwunden ist. Das ist doch wohl nachvollziehbar, oder ...?«

Mißtraue schönen Männern, wenn sie an dein Mitleid appellieren ... In Zeiten, als Anna noch glaubte, geliebt zu werden, hätte sie seinen Worten leichter folgen können. Der Mann ist sich seiner Wirkung auf Frauen sehr bewußt, und jetzt versucht er, sie einzuseifen, bis sie ausrutschen und zu seinen Füßen landen würde. Annas Körperhaltung verrät Abwehr, und jetzt greift er nach ihrer Hand und hält sie fest.

»Ich teile Ihre Sorge um Sybille. Mein Gott, wir haben nicht die beste Ehe geführt, aber sie war immerhin meine Frau und Mutter meiner Kinder. Und sie war eine verdammt schlechte Mutter, wenn ich mir diese Bemerkung erlauben darf.«

Anna zieht ihre Hand weg.

Hubert Blank merkt es nicht. »Sybille war psychisch instabil seit dem Tod unserer Tochter. Hat sie Ihnen von Lydia erzählt? Nein? Sie war drei, als sie bei einem Urlaub in der Bretagne ertrank. Fabian und ich waren am Strand, als es passierte, Sybille war im Haus, weil es ihr zu heiß war draußen. Es war ein Unglück, verstehen Sie, das Kind ist ins Wasser gelaufen – und ein paar Minuten später war es zu spät. Niemand hätte es verhindern können, aber Sybille hat sich die Schuld gegeben, weil sie ins Haus gegangen war, und weil sie das nicht ertragen konnte, hat sie die Schuld verlagert auf mich und Fabian. Wir hätten besser aufpassen müssen, dann wäre es nicht geschehen. Und sie hat es mir – uns – nicht verziehen, obwohl wir nie darüber sprachen, verstehen Sie.«

Hubert Blank versucht, Annas Augen einzufangen und darin Mitgefühl zu erkennen. Sie starrt durch ihn durch: Sybilles Schatten in zu vielen Projektionen verwirren das Bild. Die Geschichte einer Ehe ist immer falsch, wenn nur einer sie erzählt. Logisch, daß Sybille ihm die Schuld gegeben hatte, schließlich hatte er nicht aufgepaßt. Können Männer besser verdrängen? Und wenn ja, warum erzählt er ihr das alles? Stichwort: Waffengeschäfte. Das Wort hatte den Redeschwall ausgelöst. So was nennt man Ablenkungsmanöver.

»Seid Lydias Tod war es nicht mehr wie ... vorher. Man könnte sagen, daß wir uns entfremdet haben. Aber das ist kein Grund für Sybille, mich *so* zu verlassen. Ich hätte einer vernünftigen Scheidung vermutlich sogar zugestimmt.« Hubert Blank sieht auf seine Uhr. Es gäbe mehr zu erzählen, aber wen interessiert es schon.

Sybille war schrecklich nachtragend, denkt Anna, schon in der Schule hat sie diejenigen gnadenlos verfolgt, die ihr einmal etwas angetan hatten. »Wenn Sybille Sie verlassen hätte, wäre sie jetzt bei Anton Laubwitz, oder?«

»Kennen Sie Laubwitz, Frau Marx?«

Anna nickt.

»Der Mann ist ein Spinner. Ein Spinner, Versager, gescheiteter Revolutionär. Wußten *Sie*, daß er früher mal gute Kontakte zur RAF hatte? Wie gut, das konnte man ihm nicht nachweisen.« Hubert Blank sieht Anna an, als hätte er ihr soeben einen Mörder präsentiert.

»Hat Sybille Ihnen das erzählt – oder woher wissen Sie das?« Anna ist beeindruckt, aber nicht erschüttert. Für Anna steht der Feind immer noch rechts, auch wenn sie mit zunehmendem Alter an ideologischer Standfestigkeit verloren hat.

»Ich habe eben meine Kontakte, Frau Marx.« Er erinnert sich an seine ohnmächtige Wut, als Sybille ihm triumphierend von ihrem »Freund« erzählte. Nicht, weil sie ihn betrog, sondern weil es dieser Mann war, mit dem sie versuchte, ihn zu demütigen. Ein Akt der billigsten Rache, den er nicht verdiente. Hatte er nicht immer alles in seiner Macht Stehende für die

Familie getan? Kein Dank. Keine Wertschätzung seiner endlosen Bemühungen, sie alle glücklich zu machen. Das Haus, die Reisen, all die schönen Dinge, die er ihnen garantierte, sie nahmen sie hin wie selbstverständliche Attribute seiner Ernährungspflicht. Auch Fabian, der Sybille in vielem ähnlich ist, versteht nicht, daß er immer nur das Beste gewollt und getan hat.

»Glauben Sie mir, ich habe alles getan, um unsere Ehe zu retten.«

Ich glaube dir nicht, denkt Anna. »Wie kommt Laubwitz dazu, Sie irgendwelcher Waffengeschäfte zu bezichtigen?«

Hubert Blank sieht jetzt aus wie ein beleidigter Beamter: »Es ist absurd. Dieser Mensch hat abstruse kommunistische Ideen, und ich kann es mir nur so erklären, daß er meine Frau gegen mich aufhetzen wollte. Sybille hat sich doch nie um Politik gekümmert, und erst seit sie ihn kennt, redet sie von Frieden, Umwelt und Entwicklung ... pseudolinkes Geschwätz, Sie wissen schon.«

Er sieht auf seine Uhr, dann auf Anna. »Ich würde wirklich gerne länger mit Ihnen sprechen, aber ich muß zu einer dienstlichen Veranstaltung nach Spa. Kann ich Sie am Montagabend anrufen, Frau Marx?«

Er kann, doch Anna hat noch eine letzte Frage: »Wann haben Sie Sybille zum letzten Mal gesehen – und hat sie was mitgenommen, Koffer oder so?«

Hubert Blank hört ein Geräusch, das er nicht zuordnen kann, und er fragt sich, warum er in letzter Zeit das Gefühl hat, daß ihm nachspioniert wird? Der Gedanke, nicht einmal im eigenen Haus sicher zu sein, ist erschreckend. Gewiß ist sein Beruf mit Anforderungen verbunden, die über das normale Maß hinausgehen. Doch hat er immer großen Wert darauf gelegt, Berufs- und Privatleben zu trennen. Er muß sich zwingen, die Frage konzentriert zu beantworten: »Es war am Abend davor, am Sonntag. Wir hatten Streit, nichts Besonderes ... Sie schlug die Tür zu und ging in ihr Zimmer. Das war das letzte, was ich von ihr gesehen habe. Evangelista sagte mir am Montagabend, daß Sybille verschwunden sei und daß zwei Koffer fehlen ... Schmuck, Kleidungsstücke, Toilettenartikel ... ich weiß nicht genau ...«

»Sie meinen, Sie haben nicht nachgesehen?« Anna fragt es ungläubig.

»Nein.« Hubert Blank steht auf, und Anna tut es auch. Ungläubig.

»Es gehört zu meinen Prinzipien, mich so wenig wie möglich in die Angelegenheiten meiner Frau zu mischen. Wenn Sie mich jetzt bitte entschuldigen?!«

Es bleibt ihr nichts anderes übrig, obwohl viele Fragen offen sind. Anna verabschiedet sich mit dürren Worten des Dankes, verläßt das Haus, der Kies knirscht unter ihren Stiefeln, sie denkt über Wahrheit und Lügen nach. Hubert Blank ist zu gut weggekommen, also hat er gelogen. Das Gespräch hinterläßt bei Anna den schalen Geschmack der Niederlage. Im Grunde hat sie nichts erfahren, außer daß Blank Laubwitz verabscheut und ihm nachspioniert hat.

Am Gartentor, vor dem Briefkasten, steht Fabian, in die Post vertieft. Der Jüngling, der Wanzen legt und Briefe abfängt, erschrickt keineswegs bei Annas Anblick. Er murmelt etwas, das nach »Hallo« klingt, und Anna fragt ihn, ob eine Karte von Sybille dabei sei. Er schüttelt den Kopf.

»Sie kommt nicht wieder.«

»Woher weißt du das?« Anna will ihn am Arm packen, aber er reißt sich los und läuft weg, zurück ins Haus. Bevor sie ihm nachrufen kann, fällt die Haustür zu. Oben, im zweiten Stock, sieht sie Evangelista wieder am Fenster stehen. Der gute Geist des Hauses, denkt sie, ist doch sehr neugierig. Auch sie hat wenig dazu beigetragen, Anna schlauer zu machen. Und jetzt das: Der Junge spielt ein Spiel, das sie nicht versteht. Das macht sie erst richtig wütend.

11

Um ein Projekt erfolgreich abzuschließen, braucht man dreierlei Art Menschen: Politiker, Beamte und Journalisten. Letztere unterscheidet Kolofsky nach Typen, die sich durch gezielte Informationen manipulieren lassen, und solche, die man schmieren muß, damit sie die geneigte Feder liefern. Mit einem Journalisten sitzt er in einer Bar am Rheinufer, einem Etablissement der plüschigen Sorte, ein bißchen angestaubt, so wie die ganze Stadt, aber nicht unsympathisch und in jedem Fall ein diskreter Ort, um Geschäfte zu besprechen.

Hank trinkt Bier, der viele Champagner in Belgien ist ihm nicht bekommen, und Wild, in welcher Form auch immer, will er für die nächsten Wochen nicht mehr zu sich nehmen. Die Herren hatten gesoffen, gefressen und gejagt, in der Reihenfolge, und er hatte die Rechnung von umgerechnet fünfzigtausend Mark (inklusive Damen) beglichen, ohne mit der Wimper zu zucken. Eine Lappalie, gemessen an den Summen, die schon geflossen sind und vielleicht noch fließen müssen. Mosaiksteinchen, so wie der Journalist Kössler, der teuren Whisky trinkt und auf einen Umschlag mit zehntausend Mark wartet, den Kolofksy noch in seiner Jackettasche trägt.

»Ihr Artikel war exzellent«, lobt Hank sein Gegenüber. »Aber wir müssen noch dazulegen, lieber Freund. Es geht darum, Ministerialdirektor Wertheim auszuschalten. Er bezieht seit Jahren Gelder von der Rüstungsindustrie ...«

»Was zu beweisen wäre.« Kössler schüttelt bedenklich sein ergrautes Haupt. Er ist nicht geneigt, einen Artikel zu schreiben, der ihn seine Reputation kosten könnte.

Natürlich, du dummes Schwein: Habe ich schon jemals von dir verlangt, mutig zu sein? Hank lächelt dabei, sein breites

Gesicht ist jovial und vertrauenerweckend, der ganze Mann lädt ein, mit ihm Geschäfte zu machen. »Das ist nicht nötig, lieber Kössler. Wir kriegen ihn mit einer anderen Sache: Wußten Sie, daß Wertheim einer der Initiatoren des ›Konservativen Gesprächskreises‹ ist?«

Wußte er nicht, aber warum muß Kolofsky das wissen? »Ich hab so was läuten hören. Eine Gruppe von mittleren und hohen Beamten und ein paar Uniformierte, die ihr braunes Süppchen kochen, aber in aller Diskretion.«

»Natürlich. Der Feind steht rechts. Zur Zeit jedenfalls, mein lieber Kössler, und ich würde meine Hand nicht dafür ins Feuer legen, daß es so bleibt. Aber wir wollen unsere Zeit nicht mit Politik vergeuden. Hier, ich hab was für Sie.«

Wie ein Zauberer das Kaninchen, so zieht Kolofsky ein Papier aus der Tasche, legt es auf den Tresen. »Die Kopie des Protokolls der konstituierenden Sitzung des ›Konservativen Gesprächskreises‹. Mit Wertheims Unterschrift.«

»Echt?« Kössler greift mit spitzen Fingern nach dem Papier, betrachtet es ehrfürchtig, formuliert im Geist bereits die ersten Sätze seines Aufmachers. Das Protokoll liest sich wie eine modernisierte Fassung alter Phrasen um Blut, Ehre und Vaterland. Selbiges vor dem Verfall zu retten, ist eines der erklärten Ziele, und die »Bewahrung der Demokratie mit anderen Mitteln« ist eine Phrase, die Kössler leichtes Unbehagen verursacht. Die beteiligten Herren wollen Einfluß nehmen, Politik mitgestalten. Und sie wehren sich, auch dies steht im Papier, gegen die unseligen Sparpläne der Regierung, die das Vaterland verteidigungsunfähig zurücklassen, mit allen ihnen zur Verfügung stehenden Mitteln. Wie diese aussehen, läßt das Papier offen.

»Ich bitte Sie, Herr Kössler.« Hank hat gelangweilt einer gelangweilten Stripperin zugesehen, während Kössler das Papier las. Selbst die schummrige Beleuchtung kann nicht darüber hinwegtäuschen, daß die Dame auf der Bühne das Zeug zu einer Großmutter hat. »Eigentlich müßten Sie mir was dafür bezahlen, daß ich Ihnen so ’ne heiße Story liefere.«

Kössler findet das nicht komisch. Daß er über unerschöpfliche Gelder verfügt, ist kein Grund für diesen Lobbyisten, sich auf seine Kosten zu amüsieren. Kolofsky weiß genau, daß er ein Journalist von gutem Ruf ist und nur ausnahmsweise und in dieser Sache bereit, sich seine Dienste bezahlen zu lassen. Er hätte nicht anders geschrieben, wenn Kolofsky nicht so bereitwillig von Geld gesprochen hätte. Schließlich: Wem tut er weh damit, daß er sich aus der großen Kasse bedient? Und wie weit kommt man mit fünftausendfünfhundert Mark netto im Monat bei ständig steigenden Steuern und Lebenshaltungskosten? Ein Unrecht durch ein anderes auszugleichen: Diese Chance hat ihm Kolofsky gegeben, und verdammt will er sein, daß er sie nicht genutzt hätte …

»Sie sollten an prominenter Stelle erwähnen, daß dieser Gesprächskreis sich aus nationalistischen Erwägungen für den J-2000 stark macht.« Kolofsky legt seine rechte Hand auf Kösslers Arm. Seine Finger sind lang und schmal und wirken beinahe obszön in Relation zu den Fettschichten seines Körpers. Kössler hält entgegen, daß er bereits in zwei Artikeln auf die technischen Mängel des Kampfflugzeuges hingewiesen habe. Er ist der Meinung, daß man den Bogen nicht überspannen solle.

Kolofsky nimmt seine Hand weg, holt einen Umschlag aus der Jackettasche, hält ihn dicht vor Kösslers Gesicht. Seine Stimme ist sehr leise, und nur der stärkere amerikanische Akzent verrät einen Anflug von Zorn. »Damit wir uns klar verstehen, lieber Freund: Ich bin der Käufer und bestimme den Inhalt der Ware. Und ich würde Ihnen nicht raten, mir Anlaß zu Reklamationen zu geben. Ich kann sehr unangenehm werden. Wirklich.«

Kössler glaubt es. Er kennt Kolofskys Biografie, jedenfalls den offiziellen Teil davon, und selbst der genügt, ihm angst zu machen. Der Mann war beim Geheimdienst, und es heißt, daß er noch gute Verbindungen zu Leuten habe, die ihre Karl-May-Spiele mit höchststaatlicher Genehmigung ausüben. Kössler hat sie in einem seiner brillanteren Artikel »Schattenmenschen« genannt. Kössler will im Licht bleiben. Er will mehr aus Kolofsky herausholen, jetzt, da er sieht, wie leicht sich Geld verdienen läßt. »Ich schreib es rein«, sagt er mit fester Stimme: »Der Zusammenhang ist ja auch sehr interessant.«

Na bitte. Hank verwandelt sich augenblicklich in den netten Onkel aus Amerika, und er steckt den Briefumschlag in Kösslers Brusttasche, klopft anerkennend darauf. »Ich bin entzückt, daß wir uns so gut verstehen.« Er meint das ernst: Es bereitet ihm kein Vergnügen, Menschen fertigzumachen, weil er weiß, daß in jedem Zwerg ein Widerstandspotential steckt, das gefährlich sein kann, wenn man Zwerge in die Ecke treibt. Das war nicht immer so. Doch Gewalt, die sich nicht in jedem Fall vermeiden läßt, ist für ihn heute das letzte Mittel der Wahl, eine Kapitulation vor allen Möglichkeiten des Geldes. Kössler ist ein nützlicher Idiot und weiß Gott keine Herausforderung, den Verstand zu verlieren.

Kössler spürt die Scheine in seiner Brusttasche knistern, und er ist glücklich und deshalb mitteilungsbedürftig. »Im Ausschuß schlägt die Stimmung um, und die Befürworter des J-2000 haben keine Mehrheit mehr. Ich weiß es aus erster Hand.« Er ist mit der Sekretärin des Ausschußvorsitzenden befreundet, das erzählt er Kolofsky nicht.

»Das reicht noch nicht ganz.« Hank weiß es längst von seinem Abgeordneten, der für ihn im Ausschuß spioniert. »Es wäre sehr wichtig, den MdB Frenzlein auf unsere Seite zu ziehen. Ich habe ihn bei einer Einladung in München kennengelernt. Der Mann ist sowas von stur« – und unbestechlich, das denkt er nur – »ich zerbreche mir den Kopf, wie man ihn überzeugen könnte.«

»Frenzlein trägt sein bayerisches Herz auf der Zunge. Und Ihre Konkurrenzfirma ist in seinem Wahlkreis angesiedelt.«

Kössler erzählt ihm Dinge, die er langst weiß. Das macht ihn ungeduldig, weil er spürt, daß das Geschäft jetzt heiß ist und er keine Zeit zu verschwenden hat. »Hat das bayerische Urviech keine Schwächen? Schulden, sexuelle Perversionen, eine Tochter, die fixt ... sowas in der Art?«

Sein Gegenüber schüttelt den Kopf. Selbst wenn er diese Information hätte, würde er sie nicht kostenlos preisgeben. Kolofsky schätzt nur, was er sich kaufen kann. Kössler verachtet ihn, aber er ist bereit, nach seinen Regeln zu spielen. »Soll ich mich umhören?«

»Tun Sie das. Für substantielle Informationen bin ich natürlich gerne bereit, mich erkenntlich zu zeigen.«

»Wieviel?«

Jetzt reitet Hank der Teufel, diesem Zwerg zu zeigen, wie wenig er wirklich wert ist: »100 000 für Frenzlein, lieber Freund, vorausgesetzt, es ist verwertbar.«

Kössler ist blaß geworden, der lächelnde Abgang fällt ihm schwer, Kolofsky sieht ihm nach, wie er seinen Mantel aus der Garderobe holt und mit kleinen Schritten aus seinem Blickfeld verschwindet. Ein Zwerg. Bestenfalls ein Bauer in seinem Spiel. Er denkt an Hubert Blank und ordnet ihn als Springer ein. Sein Gespräch mit ihm in Spa hat ihn beunruhigt. Springer sind austauschbar, aber das Spiel ist so weit gediehen, daß auch eine kleine Panne der Strategie gefährlich werden könnte.

Hank Kolofsky winkt der betagten Besitzerin, die hinter der Bar steht, und fragt sie, wieviel es koste, den ganzen Laden für einen Abend zu mieten. Sie nennt eine exorbitante Summe, und er lacht lauthals. Soviel ist ihm der Spaß nicht wert, man darf die Relation zu Geld nicht verlieren, auch wenn es millionenfach durch die Hände fließt. Hank einigt sich mit ihr auf zwei Mädchen nach seiner Wahl, legt tausend Mark auf die

Theke, feilscht noch darum, ob der Champagner inbegriffen ist. Er handelt gerne und gut, das hat er von den Chinesen in Los Angeles gelernt. Chinesen und Japaner sind Leute, die er respektiert und niemals unterschätzt. Sie sind erstklassige Geschäftspartner, zuverlässig auch in Deals, die sich juristischen Kriterien entziehen. Frei von den lächerlichen Skrupeln christlicher Ethik. Geld ist ein Gott. Das haben die Schlitzaugen am besten begriffen, denkt Hank, während er den beiden Filipinas folgt. Aus welchem anderen Grund würden die beiden Mädchen einen alten Mann wie ihn bedienen wollen?

Während er sich ausziehen läßt, denkt er an das Bündel Scheine, das er in Spa in Blanks Jackett gesteckt hat. Fünfzigtausend Mark, ein Geschenk des Hauses *Willbright,* für das Blank noch keine konkreten Leistungen erbracht hat. Kein empörter Anruf bis jetzt – der schöne Ministerialrat hat offenbar akzeptiert, daß er jetzt zur Firma gehört.

Während die beiden Filipinas vor und hinter ihm knien, überlegt Kolofsky seine nächsten Schritte. Beim Sex fallen ihm die besten Strategien ein. Blank ist jetzt fällig. Er packt das Mädchen vor ihm beim Pferdeschwanz und zwingt sie zu schnellerem Rhythmus. Dabei denkt er darüber nach, wie er den »Konservativen Gesprächskreis« für seine Zwecke benutzen könnte. Eine angemessene Spende für die Kasse der Patrioten? Oder ist es tatsächlich zweckdienlicher, sie auszuschalten?

»Wie weit bist du mit dem Fettsack?« fragt das Mädchen, das hinter ihm kniet, ihre Freundin. Sie sagt es in Tagalog, ihrer Landessprache. Sie kann nicht wissen, daß Hank ein Sprachgenie ist, daß er ihre Sprache versteht. Sie spürt nur seine Hand, die ihre Haare mit schmerzhaftem Ruck fassen und sie von ihm wegschleudern. Sie schreit und hört ihre Freundin aufheulen, als der dicke Mann ihr ins Gesicht schlägt.

»Ihr blöden Huren habt mir den Spaß verdorben.« Hank Kolofsky atmet schwer, versucht seine Wut unter Kontrolle zu bringen. Der verdammte Jähzorn, der ihn schon so oft in Teufels Küche gebracht hat. Er wendet sich von den wimmernden Mädchen ab und schnippt mit den Fingern. »Meine Kleider bitte. Das Honorar könnt ihr als Schmerzensgeld betrachten.«

Die Filipina, deren Wange von seinem Schlag brennt, sucht kniend nach seinen Kleidern. Sie sieht ihn haßerfüllt an, während er sich anzieht. Sie nimmt den Hundertmarkschein, den er ihr in die Hand drückt, Trinkgeld für unvollständig geleistete Dienste.

»Bitte sagen Sie nichts zur Chefin«, sagt sie zu dem dicken Mann. Sie hält sich ihre Wange, die rot ist und leicht angeschwollen. Stärker als der Schmerz ist die Angst: Angst vor dem dicken Mann, vor der Chefin und ihrem Freund, der die Pässe verwahrt und, wie er es nennt, »Ordnung im Hühnerstall hält«.

Hank Kolofsky, der das Wort Mitleid aus seinem Vokabular gestrichen hat, und zwar in allen Sprachen, wendet sich achselzuckend ab. Eine andere Frau, die ihn Fettsack genannt hatte, war im Krankenhaus gelandet. Die Mädchen hatten wirklich Glück, daß er seinen Jähzorn mit zunehmendem Alter besser unter Kontrolle hat.

12

Die Lammkeule wag drei Pfund. Im tiefgefrorenen Zustand war sie eine exzellente Mordwaffe. Anna hatte es ausprobiert: Der Küchentisch hatte nach dem kräftigen Schlag eine Delle, und Philipps Kopf war bei weitem nicht so hart.

Während Anna das nunmehr aufgetaute Fleisch vom Knochen löst und in mundgerechte Stücke schneidet, sieht sie die

Leiche neben sich liegen: die Brille in tausend Scherben, der Hinterkopf eine unappetitliche Matsche, das schüttere Haupthaar blutdurchtränkt. Leichen können den Bauch nicht mehr einziehen, der Mann hat eine beachtliche Wölbung über dem Gürtel; die Beine angewinkelt, sieht das Gesamtbild einer zerbrochenen Puppe ähnlich, einer Puppe von neunzig Kilo, deren Beseitigung problematisch erscheint.

Anna würzt die Lammstücke mit Salz, Pfeffer, Senf, Kümmel und bestäubt sie mit Mehl. Leichen löst man in Salzsäure auf. Wie kommt die Durchschnittsbürgerin an Salzsäure? Ich kann ihn doch nicht einfach in der Küche liegenlassen, denkt Anna, während sie die Zwiebel anschmort, das Fleisch darüberschichtet, die Kartoffeln, Karotten, den kleingeschnittenen Weißkohl. Die Sache muß jetzt in Schichten garen, sie hat eine Stunde Zeit, bis Anton Laubwitz kommt, um mit ihr Irish Stew zu essen.

Wohin mit der Leiche? Nicht der Kannibalismus ist das Problem, sondern die schiere Größe des Fleischstückes, das vor ihr liegt. Selbst für den Sperrmüll ist es zu groß, denkt Anna, und der Gedanke, an Philipp herumzusäbeln, löst Ekel aus. Sie hätte sich einen kleinen, handlichen Liebhaber zulegen sollen anstelle dieses Trumms, das vor ihr liegt. Wie lächerlich er aussieht, dieser Tote, überhaupt nicht mehr souverän oder sexy, einfach nur schwer und groß und unbeweglich. An seiner rechten Hand glitzert der Ehering, Anna starrt darauf und erinnert sich vergangener Qualen. Jetzt tut es nicht mehr weh, der Mann ist nur noch ein Entsorgungsproblem. Anna legt eine Zeitungsseite auf Philipps Kopf und denkt, daß die Kolumne von Mollfels alias Schmidt-Mühlisch auch ihre guten Seiten hat.

Der Teppich? Anna hat ihn von ihrer Mutter geerbt und würde sich nur ungern von ihm trennen. Ein Laken wäre ökonomischer, aber sie zweifelt daran, ob sie es schafft, ihn im Laken über zwei Treppen zu transportieren. Und dann? Annas

Keller ist voll, die Mülltonnen sind es auch, bleibt also nur ein Ort im Grünen für Philipps Leiche. Anna überhört beinahe das Klingeln des Telefons. Als es in ihr Bewußtsein dringt, denkt sie sofort an Philipp, vergißt, daß er tot vor ihr liegt, in ihrer Phantasie. Sie hastet zum Telefon.

»Ja ...«

»Babette Hönig. Kannst du dich nicht mit Namen melden?«

Zahnspangen. Anna denkt an Zahnspangen und an das Klassentreffen. »Tue ich nie. Es könnte ja jemand sein, den ich nicht sprechen will, und dann sage ich FALSCH VERBUNDEN.«

In der Küche beginnt es, nach Kohl zu riechen, und Anna ärgert sich, daß Babette ihre wundersamen Phantasien unterbrochen hat.

»So was Blödes hab ich schon lang nicht mehr gehört. Stör ich dich?«

Ja, will Anna sagen, aber sie sagt Nein. »Ich koche gerade. Was willst du? Ich hab doch zweihundert Mark für dein Frauenhaus gespendet, obwohl ich total pleite bin.«

Babette mag es nicht, wenn man Dankbarkeit von ihr erwartet. Sie mag Anna nicht, aber sie versucht, sich dies nicht anmerken zu lassen. »Hubert Blank hat mich soeben angerufen. Er macht sich Sorgen um Sybille. Sie ist wohl vor ein paar Tagen verschwunden.«

Anna hat sich den Telefonhörer hinters Ohr geklemmt und probiert mit dem Kochlöffel ihr Irish Stew. »Vor sechsundzwanzig Tagen exakt. Sybille ist wohl nicht im toskanischen Landhaus?«

»Nein, ist sie wohl nicht. Hast du ’ne Ahnung, wo sie sein könnte? Ihr habt euch doch früher so gut verstanden.«

Babettes Stimme klingt milde interessiert, aber nicht alarmiert. Anna starrt unter den Küchentisch: Die Leiche ist verschwunden. »In deinem Frauenhaus ist sie nicht zufällig.« Der Satz gerät ihr schnippischer als beabsichtigt.

»Es ist nicht MEIN Frauenhaus, verflucht. Und das wäre wohl der letzte Ort, den die Nerztante aufgesucht hätte.«

Babette schnauft am anderen Ende der Leitung. Sie hat mir bis heute nicht verziehen, denkt Anna, daß ich als Schulmädchen nicht Solidarität unter Arbeiterkindern praktizierte. Die kleine Marx wollte höher hinaus, mindestens ins mittelprächtige Bürgertum. Was soll das, mir heute noch lächerliche Träume von damals vorzuhalten.

»Ich habe bei Sybilles Cousine in Köln angerufen, die hat nichts von ihr gehört.«

Während sie umrührt, fragt Anna, warum ausgerechnet Babette zum Suchtrupp gehöre. »Beim Klassentreffen hatte ich den Eindruck, daß ihr euch nicht besonders mögt.«

Babette schnauft wieder, es klingt nach asthmatischem Zorn. »Es gehört nicht viel dazu, Sybille NICHT zu mögen. Ich tue es ihrem Mann zuliebe.«

Aha. Anna sagt, daß sie nicht den Eindruck habe, daß Hubert Blank besonders leide. Und während sie nachsalzt, sagt sie: »Jemand sollte zur Polizei gehen. Ich glaube, daß Sybille tot ist.«

»Selbstmord?« Babettes Stimme ist ungläubig. »Also hör mal, jemand, der sich selbst so liebt, der bringt sich nicht um. Und wenn, dann hätte Sybille eine große Show daraus gemacht. Sie ist nicht der Typ, der bei Nacht und Nebel aus dem Haus schleicht und sich diskret davonstiehlt.«

»Ich hatte mehr an Fremdverschulden gedacht.« Anna angelt nach einer Zigarette aus der Packung, die auf dem Küchentisch liegt. Es riecht nach Kohl und Lamm und Zwiebeln, und sie hat Lust auf den Wein, der verschlossen im Kühlschrank steht.

Schweigen am anderen Ende der Leitung. Dann hört Anna wieherndes Lachen, das abrupt abbricht. »Du hattest immer schon eine blühende Phantasie, Anna. Also wirklich: Meinst du etwa, ihr Mann hat sie …«

Jetzt zerrt Anna, auf der Suche nach einem Aschenbecher, am Telefonkabel, es knackt, und sie hält den Hörer ein Stück weg. »Na, jedenfalls hat sie nicht im Eheglück gebadet.« Wenn du ihrem Mann zuliebe rumtelefonierst, denkt Anna, dann wirst du sicher mehr darüber wissen.

Babettes Stimme klingt angewidert. »Hat er sie geschlagen? Ihre Kinder mißbraucht?? Sie ohne einen Pfennig Geld vor die Tür geworfen?«

»Mein Gott, was für Anforderungen du ans Unglück stellst.«

»Mach dich nur lustig, Anna. Das sind die Realitäten. Und ich habe mir schon längst abgewöhnt, mit frustrierten Mittelstandsweibern Mitleid zu haben.«

Dankeschön. Vielen Dank! In Annas Phantasie liegen nun zwei Leichen in der Küche. Die Lammkeule hätte auch Babettes harten Schädel geknackt. Im Rahmen eines Massenmordes denkt Anna jetzt auch an die Jungredakteurin, die sich so widerwärtig an den Chefredakteur ranmacht, es gibt da noch ein paar Leute, die ihr auf Anhieb einfallen, ein Blutbad wäre das, und man kann sich durchaus daran berauschen.

»Ich brauche dein Mitleid nicht, verdammt. Aber wenn du ein paar nützliche Informationen über die Blanks hast, kämen wir vielleicht in der Sache weiter. Zum Beispiel, ob unser Ministerialrat krumme Geschäfte macht – und ob Sybille versuchte, Geld aus ihm rauszuholen.«

Es riecht nach Kohl, und Babettes Stimme klingt wie Beton: »Du bist verrückt. Verrückt und bösartig. Ich kenne keinen Mann, der so … ehrlich ist wie Hubert. Ich warne dich, Anna …«

Sie knallt den Hörer auf, und Anna fragt sich, wovor Babette sie warnen will? Sie legt den Hörer sanft auf die Gabel, geht zum Herd, schaltet zurück, weil die Temperatur zu hoch ist. Hubert? Hubert! Wieso nennt Babette Sybilles Mann beim Vornamen? Und diese Aufgeregtheit … Babette und Hubert

Blank? Noch eine Seelenverwandtschaft à la Sybille und Anton? Oder mehr?

Anna denkt darüber nach, während sie den Tisch in der Küche deckt. Sie hat Anton nur deshalb eingeladen, weil sie glaubt, daß er ihr längst nicht alles erzählt hat. Vielleicht ist Sybille doch bei ihm und die beiden spielen ein Spiel, das Anna nicht versteht. Der Verdacht macht sie wütend, und beinahe wäre ihr die Chiantiflasche aus der Hand geglitten, die sie aus dem Kühlschrank holte. Sie trinkt Rotwein gern kalt und mutet dies auch ihren Gästen zu. Die Bordeaux-Zeiten sind ohnehin vorbei, ein paar gute Flaschen hat Anna noch, die sie aufhebt … wofür eigentlich?

Philipp kommt nicht wieder, Anna. Entweder du lernst, damit zu leben, oder du lernst, ihn umzubringen.

Die Stimme in ihrem Kopf ist mitleidlos, so wie Babettes Stimme, als sie über Sybille sprach. Und dies bei einer Frau, die sich sonst bedingungslos für Frauen einsetzt. Liebe macht blind, das weiß sie doch am allerbesten. Und Liebe macht so zornig …

Anna würzt ihr Irish Stew mit einem Schuß Sojasauce, mit Whisky und Sahne. Vermutlich Zeitverschwendung, für Laubwitz hingebungsvoll zu kochen, aber Kochen ist eines der wenigen Dinge, die Anna wirklich gut kann. Wie Philipp zu sagen pflegte … und hat sie seinen Humor nicht immer köstlich gefunden?

Anton Laubwitz kommt fünf Minuten zu früh; anstelle von Blumen bringt er eine Flasche griechischen Weißwein, den Anna nicht ausstehen kann. Er hat dieses jugendhafte Grinsen im Gesicht, und er trägt eine Krawatte, die sie grauenvoll findet. Er bedankt sich bei Anna für die Einladung, und sie läßt sich auf beide Wangen küssen, riecht Alkohol, tritt einen Schritt zurück. Anton Laubwitz findet es nach euphorischem Bekunden wunderbar, in der Küche zu essen.

Anton trinkt zum Essen Wein, aber er trinkt ihn wie Bier,

und er hat eine Art, sich die Bissen mit einem schnellen Schwupp in den Mund zu schieben, die Anna den Appetit verdirbt. Gewissermaßen wie ein Fisch schnappt er zu, manchmal bleibt etwas an seinem Bart hängen, und sie kann gar nicht anders, als hinzusehen, bis er es merkt und mit der Serviette in den Barthaaren tupft.

Anna muß ihn nicht auffordern, von Sybille zu sprechen, er tut es freiwillig, inbrünstig, zwischen den Schwupp-Bissen, den vielen Schlucken Wein, auch noch beim Dessert, das er in zu vielen Worten lobt, von dem er zuviel ißt. Und wieder malt er das Bild der unverstandenen Intellektuellen, der geistigen Gemeinsamkeiten, der ganze Rilke-Scheiß noch einmal. Drei Flaschen Wein hat Anna schon aufgemacht, jetzt trinkt er ihren Cognac und schlürft Kaffee dazu.

»Wie war eigentlich Sybilles Verhältnis zu Evangelista?« Anna unterbricht ihn bei der Beschreibung eines gemeinsamen Besuches einer Ballettaufführung.

»Wie bitte?« Antons große, verträumte Augen blinzeln hinter der Brille.

»Na, das Hausmädchen, die Kinderfrau, die Filipina für alles. Sybille muß ihr doch sehr vertraut haben.«

»Tja.« Ein Schluck aus dem Cognacglas verzögert die Antwort. »Sie war eben die Hausangestellte.« Anton Laubwitz überlegt, die Evangelistas dieser Welt interessieren ihn nicht sonderlich. »Sie hat einmal gesagt, daß das Mädchen ein bißchen zu tüchtig sei. Sie würde sich irgendwie aufdrängen, reindrängen, sowas in der Art.«

»In die Familie reindrängen?«

»So ähnlich.«

»Wenn sie den ganzen Tag im Haus beschäftigt ist, ist der Effekt wohl kaum zu vermeiden.« Anna sieht ihm an, daß Hausarbeit oder Kinderbetreuung nicht zu den Dingen gehören, die für ihn zählen. »Und Fabian? Wie war Sybilles Verhältnis zu ihrem Sohn?«

Sie fragt wie ein Staatsanwalt, denkt Anton Laubwitz. Während er gekommen ist, sich bei ihr auszuweinen, ist sie auf völlig uninteressante Einzelheiten fixiert. »Sie sagte immer, der Junge sei sehr schwierig. Irgendwie beziehungsgestört ...« Anton senkt seine Stimme zu einem Flüstern: »Der Junge war dabei, als die Tochter ertrank.«

Anna starrte ihn an: »Was wollen Sie damit sagen?«

Antons Kuhaugen schimmern geheimnisvoll. »Gar nichts will ich damit sagen. Ist noch was Wein da?«

Es ist eine letzte Flasche im Kühlschrank, Anna holt sie und denkt dabei, daß sie nüchtern bleiben sollte. Antons Anspielung auf eine Möglichkeit, daß Fabian an dem Tod des Mädchens beteiligt war, ist grausam. Sybille würde sowas doch nicht ernsthaft behaupten auch nicht, um sich in Szene zu setzen ...? Anna denkt an den Vorfall mit dem gestohlenen Liebesbrief. Aber das war vor langer Zeit ... Und jetzt sieht er sie wieder so triefend an, wie konnte Sybille bloß an Anton geraten?

Antons Stimme bebt vor Entrüstung: »Sybille hat Schreckliches durchgemacht. Jonathan, das Baby, ist das Produkt einer Vergewaltigung. Ihr Mann hat sie vergewaltigt, verstehst du? Sie wollte das Kind nicht, aber er hat sie gezwungen, es auszutragen.«

Es ist ein bißchen zuviel Unglück für Annas Geschmack. Ein bißchen zuviel Dramatik, die Anton da vor ihr ausbreitet.

Sybille war kein Opfertyp, denkt Anna, und wenn es Tragödien in ihrem Leben gegeben hat, dann hat sie die nicht passiv hingenommen und heimlich geweint. So war Sybille nicht. Anton ist entweder entsetzlich naiv, oder er erzählt Märchen. Und jetzt rückt er näher, sie kann direkt in seine feuchten Augen sehen, und wenn er meint, daß dies eine erotische Situation sei, muß er verrückt geworden sein.

Anna steht auf und holt ein Stück alten Gouda aus dem Kühlschrank. Aus sicherer Entfernung sagt sie: »Erzählen Sie mir mehr über die angeblichen Waffengeschäfte, Anton. Hat es was mit seiner Arbeit im Ministerium zu tun?«

Anton setzt seine Brille wieder auf; er lächelt wissend: »Ich sage nur eines: Kolofsky. Hubert Blank hat Beziehungen zu allen Rüstungsfirmen der Welt. Und er hat Angst. Wissen Sie, daß er mir mit einem Anwalt gedroht hat, falls ich etwas von meinem Wissen preisgebe? Blank hat Angst vor mir, ist das nicht komisch? Und außerdem glaubt er, daß Sybille bei mir ist.« Er greift beschwörend nach Annas Hand, die das Käsemesser nicht losläßt. »Aber sie ist nicht bei mir, das wissen Sie doch.«

Auch seine Hand ist feucht. Anna schüttelt sie ab und zeigt mit dem Käsemesser auf sein Herz. »Erzählen Sie mir von Blanks Geschäftsbeziehungen, Anton. Es ist doch möglich, daß Sybilles Verschwinden damit zu tun hat.«

Anton ist nicht so betrunken, daß er ihr auf den Leim geht. Sie ist eine Journalistin, denkt er, und sie interessiert sich überhaupt nicht für Sybille, sondern ist hinter einer Story her. Sie hat mich nur eingeladen, um mich auszuhorchen, aber so dumm bin ich nicht. Wenn etwas Schreckliches passiert ist, dann werde ich es herausfinden. Ich werde Sybille rächen, niemand sonst. Oh Gott, wie schrecklich die Welt ist, kalt und böse. Die Frau ist eine Spionin, denkt Anton. Mata Hari fällt ihm ein, und noch etwas, das sein Leben auf fatale Weise begleitet: Man unterschätzt ihn. Alle Leute glauben, daß er ihnen unterlegen sei. Und weil das so ist, behandeln sie ihn wie einen Idioten. Selbst Sybille ... Mein armer Schatz, hat sie das nicht öfter gesagt? Wie alle anderen hat sie den Fehler gemacht, Selbstbewußtsein mit Stärke gleichzusetzen. Das war böse von ihr – und dumm. Die meisten Frauen sind dumm, würden sie sonst immer die falschen Männer wählen ...

»Anton?!«

Ihre Stimme holt ihn zurück in die Gegenwart und befreit ihn von quälenden Erinnerungen. »Ich sage nichts mehr«, sagt

Anton, als Anna ihm den Teller mit Käse und Brot reicht. Er blinzelt, weil die Stücke vor seinen Augen verschwimmen. Die gelbe Masse erinnert ihn irgendwie an Brüste, so, denkt er, sehen sie aus, wenn man das Fleisch abzieht, das Fleisch …

»Geht es Ihnen nicht gut?«

Ihre Stimme kommt aus weiter Ferne, nein, er muß sich auf die Frau konzentrieren, sie ist gefährlich, aber ihm natürlich unterlegen. Alle Frauen. Jetzt fragt sie ihn, ob er eine gewisse Babette Hönig kenne? Das ist so komisch, sie hat keinen Humor, wie alle Frauen. Er beginnt zu lachen, erst leise, dann lauter, bis er auf Annas erstaunten Blick hin verstummt.

»Babette Hönig war eine von seinen widerlichen Affären. Sybille hat es mir erzählt. Eine häßliche Person, die er nur verführte, um Sybille zu demütigen. Das war das einzige, das er mit Leidenschaft betrieb: seine Frau zu demütigen.«

Anton nimmt seine Brille ab und putzt sie mit Annas Serviette. Sie sieht ihm schweigend zu und denkt, die arme Babette ist doch kein Typ für eine Liebelei.

»War eine Affäre oder ist eine Affäre?«

Anton Laubwitz zuckt die Achseln. Sie sind sehr schmal, und er betont es durch schlecht geschnittene Jacketts. Ein Typ, dem man Schulterpolster leihen möchte, wenn überhaupt.

Seine Gesprächspausen machen Anna nervös. Dann starrt er durch sie hindurch und formt mit seinen Lippen Worte, die sie nicht hören kann. Betrunken und ein wenig verrückt, denkt Anna, und vielleicht sogar ein bißchen gefährlich, obwohl ihr das vor einer Stunde noch lächerlich erschienen wäre.

Sie sieht ihn fragend an, und er weiß es nicht. Er kennt Hubert Blank und seine Häßlichkeiten nur aus Sybilles Erzählungen: die Affären, die emotionale Kälte, der Geiz und die Pedanterie. Die Selbstgefälligkeit und schließlich der Haß, den nur eine Ehe gebären kann. Anton hat Sybilles Darstellungen ihrer Leiden nie angezweifelt, versetzten sie ihn doch in die Rolle des Guten und Gütigen, den sie brauchte, um ihr Ego wieder aufzubauen. Natürlich hat sie ihn benutzt, Frauen sind so. Es war ein Irrtum, zu glauben, daß es helfen würde, über Sybille zu sprechen. Er will nicht mehr reden. Er will, daß diese Frau ihm sagt, daß sie ihn bewundert. Daß sie ihm zeigt, wie sie ihn bewundert.

Er schweigt und trinkt Annas Wein, und sie ist müde. Wenn sie müde ist, raucht sie eine Zigarette nach der anderen, Laubwitz wird ihr unheimlich, es ist nach Mitternacht, und sie will nichts mehr hören von seinem dummen Geschwätz. Anna glaubt nicht, daß Anton Sybille umgebracht hat. Er ist so unpraktisch. Er würde – wie sie – nicht wissen, wohin mit der Leiche. Also bleibt Hubert Blank. Oder Babette. Oder der/die große Unbekannte ... ein Waffenlobbyist ist durchaus imstande, Annas mörderische Phantasien zu beflügeln. Aber nicht um diese Zeit, nicht neben dem betrunkenen Anton, der jetzt wieder ihre Hand ergreift und sie an seine Wange legt.

»Du bist so verständnisvoll, Anna.«

Duz mich nicht, du Depp, denkt sie und versucht, ihm ihre Hand zu entziehen. Aber Anton ist viel stärker, als sie meint, er zieht die ganze Anna an sich, und bevor sie sich wehren kann, hat er seinen komischen Mund auf ihren gepreßt. Barthaare nimmt sie wahr, eine unglaubliche Fahne und den spontanen Ekel vor Antons Kuß.

»Du bist so süß«, murmelt er in ihr Gesicht, ein wenig Speichel bleibt kleben, es ist widerlich, und Anna holt mit ihrer freien Hand aus und boxt ihn in den Bauch.

Ein K.-o.-Schlag war es nicht, aber er bewirkt immerhin, daß er sie vor Schreck losläßt. Anna springt auf, stößt dabei die leere Weinflasche um, die mit häßlichem Klirren auf dem Boden rollt.

»Raus. Aber ganz schnell!!«

Anton hält seinen Bauch mit beiden Händen und stöhnt. Ihm ist schlecht, wenn ihm nicht so übel wäre, würde er sie jetzt schlagen, ihr in die breite Fresse schlagen ... aber alles dreht sich und ihm ist übel, er hat nicht die Kraft ... Wie eine Furie steht sie vor ihm, zeigt mit dem Finger zur Tür.

»Sitz hier nicht so blöd rum. RAUS!«

Schrecklich sieht sie aus. Anton steht langsam auf, nimmt vorsichtig seine Handtasche, ohne Anna aus den Augen zu lassen. Sagt: »Du bist eine dumme Kuh«, meint es auch so, und er huscht an ihr vorbei zur rettenden Tür. Erst dort dreht er sich um. »Meinst du, nach einer Klassefrau wie Sybille würde ich mich mit dir einlassen?«

Er ist weg, bevor sie etwas erwidern kann. Er geht langsam die Treppe hinunter, sein armer Bauch schmerzt von dem brutalen Schlag und von der Zurückweisung einer harmlosen Zärtlichkeit.

»Laß dich hier nie wieder blicken, du Arschloch.«

An der offenen Tür steht sie, keift ihm lauthals nach, aber Anton ignoriert sie und wirft die Haustür hinter sich zu. Es ist kalt, und er hatte vorgehabt, sich ein Taxi rufen zu lassen. Anton tut sich leid, es sind mindestens zwanzig Minuten bis zu seiner Wohnung, und er haßt Spaziergänge sommers wie winters. Er haßt Frauen. Sie können nichts anderes, als Männern weh zu tun, sie sind egoistisch, verschlagen, widerlich ...

Die Gedanken verlaufen im Alkoholnebel, er friert, und seine Schritte sind unsicher, als er über die Oxfordstraße in Richtung Stadthaus geht. Er winkt einem Taxi, es fährt vorbei. Die Welt ist schlecht, und niemand versteht ihn. Nur Sybille, aber sie ist weg, hat ihn verlassen. Anton weint, als er in der Ecke des Pornokinos ein Liebespaar sieht. Er sieht nicht, daß er die Aufmerksamkeit von drei jungen Männern auf sich gezogen hat. Er sieht nicht, daß sie ihm langsam folgen. Die jungen Männer tragen Lederjacken und Springerstiefel, sie tragen sehr kurze Haare, und selbst im trüben Licht der Straßenlaternen wirken ihre Gesichter leer und böse.

Doch Anton sieht das nicht. Er dreht sich erst um, als sich

eine Hand auf seine Schulter legt und ihn zum Stehenbleiben zwingt.

»He Kumpel, haste Feuer?«

Alkohol verdrängt Angst. Anton verspürt keine Angst, als er dem Jungen ins Gesicht sieht, nur Ärger darüber, daß man ihn in seinem Schmerz gestört hat. »Verpiß dich«, sagt er laut. Zu laut, seine Stimme hallt in der menschenleeren Straße, und jetzt erst sieht er die anderen beiden, die drei sehen einander so ähnlich, daß er zu lachen beginnt, aber auch das Lachen scheint nicht die richtige Reaktion zu sein, denn der Junge mit dem Bürstenschnitt packt Anton am Kragen und zieht ihn brutal zu sich.

»Sag das nochmal.«

Kein Gesicht, sondern eine aggressive Fratze ist das letzte, das Anton bewußt wahrnimmt, bevor der Schmerz jeden Gedanken verdrängt. Sie stoßen ihn zu Boden, und dort schlagen sie auf ihn ein, wortlos, nur Antons Stöhnen ist zu hören und das erregte Keuchen seiner Peiniger.

»Hilfe.« Zu leise und zu spät formt Anton das Wort mit blutendem Mund. Er weiß nicht, was mit ihm geschieht, nur daß es so weh tut. Seine Hände, die ihn nicht schützen können, liegen auf seinem Gesicht, seine Beine sind angewinkelt, Anton spürt den Tod und findet ihn unverständlich, aber nicht schrecklich.

Ein Taxi fährt langsam vorbei, es hält nicht an, doch der Fahrer verständigt über Funk die Zentrale, die den Notruf an die Polizei weitergibt.

13

Alleinstehende Damen um die Vierzig sehen sonntags morgens nicht sehr sexy aus. Annas Augen sind angeschwollen (der Wein), und ihr Atem pfeift (die Zigaretten). Sie sitzt in ihrem Bett, schlürft geräuschvoll Kaffee und liest einen Krimi von Montalbán. Sein Detektiv ist nach ihrem Geschmack, aber eben eine Kunstfigur. Richtige Männer muß man erfinden, doch Annas Phantasien sind zur Zeit auf Vernichtung, nicht auf Schaffung programmiert. Und der Abend mit Anton Laubwitz, er war nicht eben der heterosexuelle Lichtblick ihres Lebens.

Sie versucht, sich an alles zu erinnern, was er ihr erzählt hat. Das Gedächtnis läßt nach, und nicht nur das. Da war diese Geschichte mit Babette, und die Sache mit dem Waffenhändler, wie hieß er noch ...???

Das Schellen an der Tür ist laut und aufdringlich. Man könnte es ignorieren, aber Anna kann nicht. Sie hebt sich behäbig aus dem Bett, sucht in dem Chaos nach dem Morgenmantel, schlurft zur Tür.

»Ich kaufe nichts«, sagt sie in die Sprechanlage. Per Knopfdruck hört sie die Stimme aus der Außenwelt. Sie sagt etwas, das nach Götterbote klingt. Hauptkommissar Hermes. Hermes?

»Ich bin nicht angezogen«, sagt Anna in die Sprechanlage.

»Das macht gar nichts.«

Aber es macht ihm doch etwas aus, denn als er vor ihr steht, sieht er sie an, als sei sie das Schreckgespenst seiner schlaflosen Nächte.

»Noch nie 'ne ungeschminkte Frau gesehen?« Anna bedeutet ihm mit einer Handbewegung, einzutreten, schlurft voraus in ihr Schlafzimmer, knallt die Tür hinter sich zu. Ihre Stimme aus dem Schlafzimmer klingt aggressiv: »Während ich mich anziehe, können Sie mir erzählen, wo Sie Sybilles Leiche gefunden haben.«

Hauptkommissar Hermes steht etwas verloren in Annas Wohnzimmer, er hört das Knallen von Schranktüren, leise Flüche. Er ist zum ersten Mal in ihrer Wohnung, sieht sich neugierig um: Schwarzweiß sind die vorherrschenden Farben, ein paar schöne alte Möbel, die restauriert werden müßten, ein überdimensionaler Schreibtisch, moderne Sessel, die nicht zum Sitzen einladen. Und das Übliche: Bücherregal, Fernsehapparat, Stereoanlage. Die Lampen sehen teuer aus, aber insgesamt scheint die Marx ihr Geld nicht in Schöner Wohnen zu investieren.

»Ich hör nichts.«

Ihre Stimme ist noch rauher als sonst. Er verflucht seinen Bereitschaftsdienst, seine Idee, persönlich hierher zu fahren, sein zartes Verlangen nach einer Frau, die größer ist als er, zu fett und zu selbstbewußt. »Blank hat seine Frau als vermißt gemeldet. Aber natürlich haben wir ihre Leiche nicht gefunden.«

Anna öffnet die Schlafzimmertür. Sie trägt schwarze Jeans und einen schwarzen Pullover, der sehr weit ist. Sie hat ihre wilden Haare zu einem Pferdeschwanz gebunden, und ihr Gesicht sieht immer noch so aus, als habe sie eine Nacht lang durchgetrunken. Sie kommt auf ihn zu und mildert den verheerenden Gesamteindruck mit einem Lächeln.

»Was tun Sie dann hier? Wollen Sie mit mir frühstücken?«

Die Einladung ist leicht übertrieben: Anna hat nur Kaffee, altes Brot und Überreste von Käse in der Wohnung. In die Küche kann sie ihn auch nicht führen, sie trägt noch die Spuren der Nacht. »Kaffee?«

Gottlieb Hermes nickt und setzt sich in einen der unbequemen Sessel. Anna serviert ihm Kaffee, verschüttet ein wenig Flüssigkeit auf den Unterteller, blinzelt entschuldigend und setzt ihre Tasse mit leicht zitternden Händen auf den Glastisch. Während Hermes überlegt, wie er jetzt trinken soll, ohne weiteren Kaffee zu verschütten, setzt sie sich ihm gegenüber, die Beine übereinandergeschlagen, und sieht ihn erwartungsvoll an.

Diese Augen ... sie sollte morgens dunkle Sonnenbrillen tragen. »Kennen Sie Anton Laubwitz?« fragt Hermes.

»Warum?«

Das macht sie immer, erst die Gegenfrage, dann der erstaunte Blick, dann schnelles Überlegen ... Nach den Regeln seiner Kunst sollte er jetzt stur weiterfragen, aber er weiß, daß er der Marxschen Neugierde nicht gewachsen ist.

»Weil er tot ist. Innere Verletzungen ... sie müssen auf ihn eingetreten haben wie die Verrückten. Man hat ihn heute morgen gegen zwei Uhr etwa in der Oxfordstraße gefunden. Und in seinem Notizbuch fand sich ein Vermerk, daß er den Abend bei Ihnen verbracht hat, Frau Marx.«

»Mein Gott.« Der Ausdruck ist passend im Angesicht des Todes, doch das Entsetzen hält sich in Grenzen. Jemand hat Anton totgeschlagen. Armer Anton: Zu mehr ist sie nicht fähig.

»Kennen Sie ihn schon länger?« Wie gut, das wagt er nicht zu fragen.

Ein Verhör, und Hermes ist die Situation nicht gerade angenehm, das merkt man ihm an. »Nein. Ich kenne ihn eher flüchtig. Ich hab ihn eingeladen, weil er ein Freund von Sybille Blank ist, war ... aushorchen wollte ich ihn, das ist alles.« Warum sieht er sie so mitleidig an? Anna greift nach ihrer Krücke, der Zigarettenpackung. »Glauben Sie etwa, daß ich ihn erschlagen habe?«

Leicht erhobener Ton im letzten Satz. Hermes gibt ihr Feuer, zieht seinerseits Sonnenblumenkerne aus der Tasche. Die Frau macht ihn irgendwie nervös, das will er nicht näher analysieren. »Aber Sie hatten Streit mit ihm gestern abend.«

Er steckt eine Handvoll Sonnenblumenkerne in den Mund. »Ich habe zufällig eine Nachbarin im Flur getroffen. Sie sagte, daß Sie nach Mitternacht Türen geknallt und Unflätiges im Treppenhaus gerufen haben, als Laubwitz ging. Sie haben Ihre Nachbarin damit aufgeweckt.«

»Meine Nachbarin schläft nicht. Entweder sie sieht fern oder sie schnüffelt im Haus rum.« Lebendig oder tot, der Zorn auf Anton kocht wieder hoch. Anna springt auf, zielt mit dem Finger auf Hermes. »Der Typ wollte sich bei mir trösten, wenn Sie verstehen, was ich meine, also habe ich ihn kurzfristig verabschiedet. Vielleicht hab ich ihm auch was Unnettes nachgerufen. Aber er war noch verdammt lebendig, als er ging.«

»In der Tat. Circa in der Höhe des Gerichts wurde er buchstäblich zu Tode getreten. Der Taxifahrer, der uns den Vorfall gemeldet hat, sah drei junge Männer weglaufen. Lederjacken und Stiefel, das war alles, was er erkennen konnte.«

Sowas passiert in Bonn doch nicht, denkt Anna in ihrem sozialen Elfenbeinturm. Neonazis? Skins? Die Begriffe kommen schnell, sie gehören schon zum Alltagsvokabular. Anton war Jude, aber was hieß das schon, das konnten die Schweine doch nicht wissen. Armer Anton, denkt Anna ein zweites Mal. Er war so ein Feigling, bestimmt hatte er nicht mal versucht, wegzurennen oder sich zu verteidigen.

Und du, Anna? Was würdest du tun? Ganz laut schreien, kämpfen, um Gnade winseln?

Hermes beobachtet sie. Sie sieht aus, als ob sie Angst hätte. »Wenn wir Pech haben, ist er zufällig gestorben.« Nein, der Ausdruck ist unglücklich, Hermes korrigiert sich: »Laubwitz war zufällig an einem Ort, an dem drei Idioten ihr Gewaltpotential austoben mußten. Wir werden also die entsprechende Klientel durchkämmen ... und vielleicht werden wir zufällig fündig.«

Es klingt nicht vielversprechend: »Gibt's denn so viele von der Sorte in Bonn?«

Hermes zuckt die Achseln. »Grob geschätzt tausend, aber sie vermehren sich. Außerdem: Sie müssen ja nicht aus dem Bonner Raum kommen. Sie müssen überhaupt nicht aus der rechtsradikalen Szene kommen. Haben Sie irgendwelche Informationen, daß dieses Verbrechen kein ... sagen wir mal ... Zufall war?«

Sehr offiziell klingt das. Hermes sieht sie aus seinen blauen Augen durchdringend an, er kaut Sonnenblumenkerne und sieht ein bißchen aus wie der Nußknacker aus dem Nachlaß ihrer Mutter. »Sie meinen, ob Antons Tod mit dem Verschwinden von Sybille Blank zusammenhängt?«

Hermes seufzt: Schon wieder eine Gegenfrage. »Ich meine gar nichts. Wissen Sie was, was ich wissen sollte?«

Anna schüttelt langsam den Kopf. »Eigentlich nicht. Laubwitz war ein komischer Typ, ein bißchen verklemmt und ein bißchen aggressiv. Er hat Sybille wohl angebetet, und er behauptet natürlich, daß sie eine schreckliche Ehe geführt hat.«

Sind das nicht alle Ehen, denkt Hauptkommissar Hermes. Der gedankliche Ausrutscher in sein Privatleben mißfällt ihm, und er sagt schnell: »Es laufen die bei Vermißtenanzeigen üblichen Nachforschungen, aber ...«

Er hat so eine nette Art, Hilflosigkeit vorzutäuschen, wenn er seine Schultern hebt, denkt Anna. »Waren Sie bei Blank?«

Hermes denkt: Sie glaubt, daß ich bei der Polizei für jeden Dreck zuständig bin. »Ich habe die Akte gelesen, die ein Kollege angelegt hat. Blank war wohl lange Zeit davon überzeugt, daß seine Frau in ihrem Haus in der Toskana ist. Seine Aussagen sind nachvollziehbar, aber ...«

Sätze, die nicht mit Ausrufungszeichen, sondern mit Zweifeln enden, findet Anna sehr sympathisch. Hermes scheint weder von sich noch von der Welt überzeugt zu sein, das läßt auf eine verwandte Seele schließen. Vielleicht könnte man ihn ganz beiläufig über perfekte Morde aushorchen, überlegt Anna. Vielleicht sollte sie sich vorher etwas schminken ... »Haben Sie Lust, mit mir am Rhein spazierenzugehen? Ich erzähl Ihnen, was Laubwitz so alles von sich gegeben hat, und Sie erzählen mir, was man im Fall Blank unternehmen könnte. Außerdem ist es ein so schöner Tag.«

In der Tat, er hat es noch nicht wahrgenommen, aber draußen scheint die Sonne, und die Marx lächelt ihn an. Ihr Mund ist sehr schön, man darf nur nicht zu weit nach oben sehen und ... »Eine Stunde hätte ich schon Zeit.«

Anna springt auf. »Ich richte mich nur etwas, dann können wir ...«

Als Anna aus dem Zimmer ist, spuckt Hermes seine Sonnenblumenkerne mit Zielsicherheit in Annas großen schwarzen Abfallkorb neben dem Schreibtisch. Er kann nicht wissen, daß sie darin ihre ungeputzten Schuhe verwahrt. Schließlich kennt er sie kaum, aber er würde sie gerne kennenlernen. Ein Satz mit Ausrufungszeichen.

14

Evangelista serviert Steaks mit Pommes frites. Sie lächelt und setzt sich zu den beiden Männern an den Tisch.

»Jonathan schläft«, sagt sie mit mütterlichem Gesichtsausdruck, und Hubert Blank denkt, daß sie ihre neue Rolle als einzige Frau des Hauses sehr zu genießen scheint. Selbst ihre Kochkünste haben sich verbessert, das Steak ist leidlich zart, auch wenn Fabian es mit angewidertem Gesichtsausdruck in sich hineinschaufelt. Sein Sohn hat schreckliche Tischmanieren, seit Sybilles Abgang benimmt er sich wie ein störrisches Findelkind, und sein ohnehin sparsamer Wortschatz hat sich auf Grunzlaute reduziert.

Mein Sohn, denkt Hubert Blank, und erinnert sich an zärtlichere Zeiten, an ein zumindest harmonisches Familienleben, das mit Lydias Tod zu Ende gegangen war. Wie unfair von Sybille, Fabian zurückzuweisen, auch ihn zu bestrafen, so als ob der Junge irgendeine Schuld trüge. Und Fabian zog sich zurück in diesen Tagen, in seine eigene Welt, von der sein Vater keine Ahnung mehr hat. Und Sybille zog sich zurück und trieb ihn in die Arme anderer Frauen. So war das und nicht anders.

»Schmeckt es?« Evangelista fischt nach Komplimenten und erntet Huberts knappes »Ja«. »Iß nicht soviel Pommes frites, das ist nicht gut für den Teint«, sagt er zu seinem Sohn, dessen Pickel ihn irritieren bis anekeln.

Fabian ignoriert ihn, spießt drei Pommes frites auf und schiebt sie in den Mund. Er sieht Evangelista herausfordernd an.

»Dein Vater meint es gut«, sagt sie. Sie sagt es in einem Ton der harmoniesüchtigen Frau und Mutter. Sie findet das Schweigen am Tisch schrecklich. Bei ihr zu Hause, da war es nie still, und Essen war ein Fest für alle, bei dem viel gelacht und geredet wurde. Der Junge ist so undankbar, er hat doch alles, denkt sie wütend. Seit Sybille nicht mehr da ist, hat sich Fabians Verhalten ihr gegenüber verändert. Er begreift nicht, daß sie jetzt Sybilles Stelle einnehmen muß. Sie ist nicht mehr der *underdog*, den er mitleidig mochte. Sie ist jetzt sozusagen die Frau des Hauses, wer sollte sich sonst um die drei Männer kümmern. Sieht er denn nicht, wie sehr sie sich bemüht, alle glücklich zu machen?

Hubert Blank schiebt seinen Teller weg. Evangelista steht sofort auf und räumt ab. »Was wünschst du dir zum Geburtstag?« fragt er seinen Sohn, diese Frage wird er wohl nicht ignorieren.

»Einen neuen Computer. Die Unterlagen liegen schon auf deinem Schreibtisch.« Fabian sieht seinen Vater mit einem Ausdruck unendlicher Überlegenheit an. Friß oder stirb, sagt sein Gesicht. Er sieht, wie Hubert an dem fetten Bissen kaut, den er ihm vorgeworfen hat. Und er kann dessen Gedanken lesen: undankbar, unmäßig, unmöglich. Seines Vaters Blicke wandern zu Evangelista, die die Spülmaschine füttert. Er findet meine Pickelfresse unerträglich, denkt Fabian. Sein Vater, der Ästhet: Wie er Sybille immer kritisiert hatte, wenn ihre Erscheinung nicht seinen Ansprüchen entsprach. Bei seinen Freundinnen ist er weniger wählerisch gewesen.

Man sollte nicht soviel über andere wissen, denkt Fabian. Es gibt zwei Dinge in seinem Leben, die er bereut: Er hätte besser auf seine Schwester achtgeben müssen, und er hätte Huberts Arbeitszimmer nicht verwanzen sollen. Eines Tages, wenn ich von hier weggehe, werde ich es ihm sagen, daß ich all seine kleinen und großen Geheimnisse kenne, oder zumindest fast alle, denkt er, und weiß nicht genau, ob er diese Szene genießen oder schrecklich finden wird.

Komisch, daß er Sybille kaum nachspioniert hat. Er hat sozusagen ihre Trauer respektiert, er wollte nicht mehr über sie wissen, als sie ihm zu geben bereit war. Und dennoch erfuhr er zuviel über sie. Komisch auch, wie er sie vermißt. Die Szenen, die sie oft machte, selbst die fehlen ihm, jetzt wird alles schweigend übergangen. Niemand mehr, der ihn anschreit, weil er spät nach Hause kommt oder laute Musik macht. Keine Sybille, die wenigstens an manchen Tagen stundenlang in der Küche steht und mit angewidertem Gesicht wundervolles Essen serviert. Nur Evangelista ist geblieben – und die Lautlosigkeit dieses Hauses, die sein Schweigen absurd erscheinen läßt. Niemand mehr, der Hubert in seine Schranken weist.

»Möchte noch jemand Nachtisch?« Evangelista hat eine sehr leise Stimme, aber ihre Worte hallen in der Großraumküche.

»Du weißt doch, daß der Junge keine Süßigkeiten essen soll.« Hubert tupft sich mit der Serviette seinen Mund ab, steht auf. »Ich bin im Arbeitszimmer.«

Er haßt es, wenn er ihn vor Evangelista »Junge« nennt. »Hat

die Polizei was herausgefunden?« Fabian ist entzückt darüber, daß sein Vater und Evangelista zusammenzucken. Er sitzt ganz lässig da und sieht seinen Vater aus zusammengekniffenen Augen an. Der Augenblick seines Triumphes wird durch Jonathans Schreien unterbrochen, auf das Evangelista mit einem Blitzstart ins Kinderzimmer reagiert. Hubert wartet, bis sie die Treppe hochgegangen ist. »Evangelista hat es schwer genug, du mußt sie nicht noch quälen«, erwidert er barscher als beabsichtigt. »Aber um deine Frage zu beantworten: Nein. Hat sie nicht. Es laufen die üblichen Nachforschungen, und ich werde dich selbstverständlich informieren, wenn es etwas Neues gibt.«

Fabian findet die ministerialen Wendungen gräßlich und setzt noch einen drauf: »Ich vermisse sie sehr. Du nicht?«

Es ist ein Augenblick, um Mauern niederzureißen. Doch der Augenblick verstreicht ungenutzt, als Hubert »Natürlich, sicher doch« murmelt und die Küchentür hinter sich zuzieht. Er weiß, er hätte es anders sagen sollen, mit mehr Trauer und mehr Liebe. Doch als er sich an seinen Schreibtisch setzt und die Computerunterlagen sieht, kommt der Zorn wieder hoch. Achttausend Mark soll Fabians Geburtstagsgeschenk kosten. Was denkt sich der Junge eigentlich? Es ist Sybilles Schuld: Sie hat die Mängel dieser Familie immer mit materiellen Dingen wettmachen wollen und nicht nur die eigenen Ansprüche rücksichtslos durchgeboxt. Daß seine Erbschaft dabei draufging, war ihr egal. Und wie er den Lebensstil der Familie finanzierte, darum kümmerte sie sich einfach nicht. Männersache: Die Rolle der nicht-emanzipierten höheren Tochter spielte sie mit perfektem Selbsthaß. Und wie sagte sie immer? Qualität hat ihren Preis. O ja, denkt Hubert, und er wünschte jetzt, sie stünde vor ihm, damit er ihr sagen könnte, wie hoch der Preis ist.

Bei ihrem letzten Treffen hatte sich Kolofskys Verhalten subtil, aber unmißverständlich geändert. Ihre Bekanntschaft, die sich auf Respekt gründete und das Verfolgen eines gemeinsamen Zieles, schien plötzlich in ein Abhängigkeitsverhältnis abzudriften, und Kolofsky ließ keinen Zweifel daran, wer jetzt wen in der Hand hat. Er verlangte von ihm, daß er den Bericht an den Minister fälscht. Nein, das war zu hart gesagt: Kolofsky deutete an, daß gewisse Nachteile der V-12-B gegenüber der Konkurrenz keine Erwähnung finden sollten. Konkret gesagt die Kosten der Ersatzteile, die nach Huberts Meinung stark überteuert sind. Kolofsky widersprach diesem Vorhalt keineswegs, aber er machte deutlich, daß die versteckten Folgekosten, die Hubert nicht entgangen waren, in dem Bericht nichts zu suchen hatten.

»Dieser lächerliche Punkt könnte die Entscheidungsfindung in einem Maße beeinflussen, das *wir* nicht für wünschenswert halten.« O-Ton Kolofsky.

Dieser lächerliche Punkt kostet Milliarden. Hubert Blank ist im Gegensatz zu Kolofsky nicht davon überzeugt, daß er der einzige ist, der die raffiniert getarnten Kosten entdeckt. Das hat er ihm auch gesagt, und Kolofsky hatte lauthals gelacht. »Na wenn schon. Dann kann man Ihnen allenfalls vorwerfen, daß Sie etwas übersehen haben. Eine Bagatelle, Blank. Ich finde es nicht sehr loyal der Sache gegenüber, daß Sie diese Kleinigkeit so aufbauschen.«

Eine Bagatelle? Der Mann hat keine Ahnung, wie es in einem Ministerium zugeht, denkt Blank in einem eher seltenen Anflug von Selbstmitleid. Flog die Sache auf, so würde man ihn kaltstellen. Keine interessanten, verantwortungsvollen Projekte mehr, keine Reisen, keine Spesen. Aber natürlich war es möglich, daß niemand etwas bemerkte. Vielleicht sollte man in dem Bericht eine zarte Andeutung machen, nur zur Absicherung – und dann sozusagen das Schicksal entscheiden lassen? Schließlich: Der Bericht würde ja nicht auf direktem Weg dem Minister zugehen, sondern noch drei übergeordnete Stellen passieren, die ebenfalls Schicksal spielen könnten.

Er beginnt, sich mit diesem Gedanken anzufreunden. Nicht nur, weil er ihn vor einer klaren Entscheidung bewahrt, sondern auch, weil er damit seine Selbstachtung bewahren kann. Jawohl. Er ist nicht illoyal. Er steht zu seinen Zielen, wie er es Kolofsky gegenüber formuliert hat. Und er ist kein Betrüger. Er überläßt es seinen Vorgesetzten, diesen Bericht zu interpretieren und zu werten, und in ihrer Verantwortung wird es liegen, seinen Erkenntnissen zu folgen oder zwischen den Zeilen zu lesen und weitere Unterlagen anzufordern ...

Mit diesen Überlegungen hat er seine Nachgiebigkeit gegenüber Kolofskys Forderungen sozusagen im nachhinein sanktioniert. Und sich des Vertrauens würdig erwiesen, das der Mann ihm entgegenbrachte, denn er hatte ihm ein Geschenk gemacht, das er angesichts seiner finanziellen Lage nicht ausschlagen kann. Hubert weiß, wie lächerlich diese Summe von fünfzigtausend Mark ist angesichts dieses Milliardenprojektes. »Peanuts«, wie Kolofsky sagen würde. Der Mann ist ein wenig vulgär und von schrecklicher Gestalt, aber er ist überaus zielstrebig, clever, der Typ des Siegers, ein Mann, der über Leichen geht. Bildlich gesprochen.

Die Assoziation bringt dennoch Sybille in diesen Raum. Hubert sieht sie vor sich, wie sie neugierig ihre Nase in die Tür steckt, ihn spöttisch nach seinem Befinden fragt und so tut, als könne sie seine geheimsten Gedanken lesen. Manchmal machte sie merkwürdige Andeutungen über seine »Geschäftsbeziehungen«, obwohl er nie mit ihr darüber gesprochen hatte. Er hatte es ignoriert, so wie ihre ständig steigenden Ansprüche ans Leben überhaupt.

Glück? Dieser Laubwitz, diese Schießbudenfigur, das war ja wohl der Gipfel ihres Selbstbetrugs gewesen. Was glaubte sie denn, was sie damit erreichen würde? Seine Eifersucht? Besitzansprüche? Die große Versöhnung nach so vielen bitteren Jahren? Daß es zu spät sei, war ein Satz, der Sybille nie erreicht hatte. Sie hatte einfach nicht begreifen wollen, daß alle Züge abgefahren waren und sie auf dem Abstellgleis einer traurigen Ehe stand. Oder glaubte sie etwa, er hätte ihr das Haus im Falle einer Scheidung überlassen? Das Haus seiner Eltern?

Jetzt, aus der Distanz von fünfunddreißig Tagen, erkennt er ihren Kardinalfehler: Sybille hat nie abstrakt denken können, sondern sie hat aus dem Bauch, sie würde es Herz genannt haben, überlegt, gesprochen und gehandelt. Gnadenlos verfolgend, was sie Glück nannte, hatte sie die Familie terrorisiert, ihm noch ein Kuckucksei ins Nest gelegt, bildlich gesprochen, denn Jonathan ist sein Kind, diese Nacht hatte sie vorzüglich arrangiert, um ihm hinterher vorzuwerfen, daß er sie vergewaltigt habe. Die Fähigkeit, die Wahrheit zu verdrehen, war immer eine ihrer großen Stärken gewesen, das Kernstück unendlicher, unbefriedigender Streitereien. Und begonnen hatte die Entfernung von der Realität mit Lydias Tod und Sybilles Unfähigkeit, einen Schicksalsschlag zu akzeptieren.

Sie war eine schlechte Ehefrau und eine schlechte Mutter: Hubert Blank ist überzeugt davon, seine Kinder zu lieben, aber eben anders als Sybille, nicht so hemmungslos emotional, nicht mit Sentimentalität, die aus Dummheit geboren ist. Er hat auch gelitten, als die Kleine starb. Aber er hat weitergelebt, kraft seiner Vernunft und seines Willens, zu vergessen. Auch dies war ihr nie möglich – zu vergessen und zu verzeihen.

Merkwürdig, daß er selten so intensiv über seine Frau nachgedacht hat. Hubert meint, daß er sie in den letzten Jahren einfach hingenommen hat, wie eine unvermeidbare Katastrophe, wie Lydias Tod oder das qualvolle Dahinsiechen seiner Mutter. So wie Fabians Schweigsamkeit und Evangelistas hirnloses Zwitschern. Es ist alles in Ordnung, solange die Fassade hält. Und er wird Fabian seinen Computer schenken, warum nicht, wenn er damit den häuslichen Frieden erkaufen kann. Auch Evangelista würde er beschenken, ein Schmuckstück vielleicht oder einfach einen Scheck, um Fabians spöttischem Lächeln zu entgehen.

Sybille hatte zu ihren Geburtstagen immer ein Schmuckstück erwartet und auch bekommen. Merkwürdig eigentlich, daß Kolofsky nie nach seiner Frau fragte. Der Mann ist doch so gut informiert, der muß doch wissen, daß sie vermißt wird. Hubert Blank läßt die Frage unbeantwortet, weil das Telefon läutet. Er hebt nach dem ersten Klingelton ab, das tut er immer, und er meldet sich mit seinem vollen Namen. Er verzieht das Gesicht, denn Babette Hönig um zehn Uhr abends am Telefon läßt Böses erwarten. In der Tat schlägt sie vor, ihn zu besuchen, faselt etwas von Einsamkeit und daß er des Trostes bedürfe. Das ist komisch, aber er lacht nicht, sondern erklärt ihr in wohlgesetzten Worten, daß er müde sei, abgespannt nach einem anstrengenden Arbeitstag. Er würde sie anrufen. Sie ist enttäuscht, vielleicht auch böse, doch er gähnt ins Telefon, sagt ein bestimmtes »Gute Nacht« und legt auf.

Hubert Blank ist davon überzeugt, daß Frauen unfähig sind, eine Affäre anständig durchzuziehen. Vor allem deshalb, weil ihre Fähigkeit zum Selbstbetrug so groß ist wie ihr Kinderglauben an die Liebe. Und die arme Babette erscheint ihm als Paradebeispiel für die Inkonsequenz weiblicher Gefühlswelt. Es hat ihm durchaus Vergnügen bereitet, sie zu verführen, doch ihre unbeugsame Leidenschaft irritiert ihn zusehends. In Babettes Alter Liebesgedichte zu schreiben, das ist doch lächerlich.

Mit seinem Schlüssel öffnet er die Schublade, in der Babettes Gedichte, seine wichtigsten Papiere, seine Pistole und die beiden falschen Pässe liegen. Die Gedichte sind von ekelhafter Sentimentalität, und er zerreißt die engbeschriebenen Seiten in feine Schnipsel, die Evangelista nicht mehr identifizieren könnte. Dann streichelt Hubert Blank seine Pistole, die er durchaus als eine Art Statussymbol betrachtet, ebenso wie die beiden Pässe, die diejenigen Beamten erhalten, die in geheimen Missionen außer Landes reisen müssen. »Friedrich Marx« und »Karl Engels« sind die Namen, die er sich ausgesucht hatte, in ironischer Anlehnung an längst vergangene Zeiten und Überzeugungen. Glühende Ideologien sind ihm heute ein Greuel. Seine derzeitige Befindlichkeit ist maßvolle Lebensgier, gepaart mit dem Wissen, daß die letzten Jahrzehnte nichts Neues mehr bringen werden. Und was die Frauen anbelangt: Er hat sie immer gebraucht für die Bestätigung seiner Männlichkeit, aber sie alle haben mehr von ihm gewollt, als er ihnen geben konnte. Alle.

Friedrich Marx und Karl Engels: Die Leute vom Nachrichtendienst hatten zwar gestutzt, aber seinen Wünschen bezüglich der Pässe entsprochen. Es war, soweit er sich erinnern kann, seine letzte dienstliche Verrücktheit. Lange her. Seitdem war es – dienstlich – nur noch aufwärts gegangen, die Projekte wurden wichtiger und damit seine Person, und er genießt es durchaus, daß man ihn in seinen Kreisen für wichtig nimmt und hofiert, jawohl, soviel darf man vor sich zugeben.

Vielleicht wäre alles anders gekommen, wenn Sybille gearbeitet und von draußen Selbstbestätigung erhalten hätte. Vielleicht.

Hubert Blank verschließt seine Schublade, in deren hinterster Ecke Pornobücher liegen. Er löscht das Licht auf seinem Schreibtisch und verläßt sein Arbeitszimmer. Das Haus ist still, als er in sein Schlafzimmer geht. Er sieht Licht in Fabians Zimmer und widersteht einem halbherzigen Wunsch, mit seinem Sohn zu reden. Kein Laut kommt aus Jonathans Raum, der früher Lydia gehört hat. Auch Evangelista scheint zu schlafen, er hört sie nirgendwo mehr rumoren, die ebenso unwichtige wie unentbehrliche Frau seines Hauses. Im Schlafzimmer, das jetzt ihm allein gehört, muß er nicht mehr halbe Nächte diskutieren, streiten, sich durch Angriff verteidigen. Angenehme, einschläfernde Ruhe erfüllt ihn mit Wohlbehagen und vorübergehender Zufriedenheit. Evangelista hat ihm den seidenen Pyjama aufs Bett gelegt, eines von Sybilles phantasielosen Geschenken. Evangelistas Fürsorglichkeit, an die er sich sehr gewöhnt hat, gilt sein vorletzter Gedanke beim Einschlafen. Sein letzter: Man darf auch dieser Frau nur den kleinen Finger geben, niemals die ganze Hand.

15

Friedwald Kössler und Ministerialdirektor Klaus Wertheim sind ein Paar, das sich nicht aus Neigung, sondern aus Notwendigkeit gefunden hat. Der alte, eitle Journalist und der alte, eitle Beamte haben wenig gemeinsam außer Existenzangst und Selbsterhaltungstrieb. Beides hat mit Hank Kolofsky zu tun, genauer gesagt mit jenem Dokument, das dieser Kössler zur öffentlichen Hinrichtung Wertheims übergeben hat.

Es ist gefälscht. Kössler hat es geahnt und ist damit zu Wertheim gegangen. Der Ministerialdirektor hat sich erst geziert, ihn zu empfangen, änderte seine Meinung bei der Erwähnung des »Konservativen Gesprächskreises«, und nun sitzen sie bei einer Flasche Wein in Wertheims Haus und beschnuppern einander wie mißtrauische Hunde. Für Wertheim ist Kössler ein Typ, der bei Hofe durchfallen würde. Journalisten hält er gemeinhin für unseriös. Selbst die konservativsten Leitartikler der *FAZ* sind ihm suspekt und von jenem Geist falsch verstandener Objektivität durchdrungen, den er bei politischen Kommentatoren verabscheut.

»Man muß doch in diesen Zeiten Flagge zeigen«, sagt er zu Kössler, der Wertheim als ein sich maßlos überschätzendes Arschloch einschätzt. Was Wertheim mit »Flagge zeigen« meint, ist ihm durchaus klar. Doch was Kössler verabscheuungswürdig findet, muß er noch lange nicht ahnden, wenn es ihn seine Karriere kosten kann. Er ist verunsichert, fühlt sich von Kolofsky betrogen und sucht nach neuen Wegen der Selbstbehauptung.

»Eine unbrauchbare Fälschung«, schnarrt Wertheim, nachdem er die Kopie eingehend studiert hat. Kössler bestätigt, daß auch er diesen Verdacht hegte, und harrt nun der Erklärung. Er hat Duftmarken gesetzt, das Papier präsentiert und bei einer entsprechenden Erklärung Wertheims zugesagt, seinen Informanten zu verraten. Nun ist Wertheim dran.

»Ich bin kein Gründungsmitglied.« Klaus Wertheim mustert sein Gegenüber mit einschüchterndem Blick. »Ich bin später dazugestoßen, die Fälschung meiner Unterschrift läßt sich durchaus beweisen.« Das Funkeln in Kösslers Augen richtig deutend, fügt er hinzu: »Dieser Kreis, mein Lieber, setzt sich aus honorigen, einflußreichen *und* durchaus demokratisch gesinnten Freunden zusammen. Er hat weitreichende Verbindungen – auch in Politik, Wirtschaft und Medien. Glauben Sie einem alten Mann: Es wäre ein fataler Fehler, sich leichtfertig und unvorbereitet mit diesen Leuten anzulegen.«

»Eine Art Geheimloge?« Kössler grinst, aber sein Lächeln trägt Spuren der Unsicherheit.

»Seien Sie nicht albern. Nennen wir es eine lockere Interessengemeinschaft gleichgesinnter Patrioten. Ihre Kopie entspricht im übrigen dem Original – aber niemand hat das Original unterschrieben, insofern ist Ihr Papier nichts wert. Wenn Sie Namen nennen, werden Sie Schwierigkeiten bekommen, Kössler.«

Die Arroganz erbost ihn. »Glauben Sie im Ernst, daß ich mich einschüchtern lasse?«

Wertheim leistet sich ein überlegenes Lächeln. »Bestimmt nicht von mir. Ich habe gestern die Mitteilung meiner frühzeitigen Pensionierung erhalten. Nein, lieber Kössler, ich erkenne nur an Ihrer Initiative, daß Sie ein erfahrener und verantwortungsbewußter Vertreter Ihres Standes sind. Sie sind doch zu mir gekommen, weil Sie keinen Fehler machen wollen.«

»Ich mache nie Fehler«, erwidert Kössler. Er will keinen Zweifel daran lassen, daß in diesem Gespräch er der Überlegene ist. Daß Wertheim so cool auf das Papier reagiert, ärgert ihn über alle Maßen. Der Frühpensionär müßte ihn jetzt anflehen, nichts über seine Faschistengruppe zu schreiben, statt dessen versucht er, mit ihm zu spielen. »Die Information ist durchaus von öffentlichem Interesse, lieber Wertheim.«

Bonn wird von vielen Ministerialdirektoren dirigiert, die ihr Orchester besser kennen und beherrschen als ihre Vorgesetzten. Klaus Wertheim gibt den Taktstock nur ungern aus der Hand, doch er hat für die alten Tage längst vorgesorgt und Beziehungen zu einem europäischen Rüstungskonzern vertieft, der interne Berater mit guten Kontakten fürstlich zu honorieren pflegt. Dies und seine Funktion im »Gesprächskreis« lassen die Zukunft keineswegs grau erscheinen. Und was Kössler betrifft: Er weiß längst, aus welcher Quelle der alte Knabe schöpft. Kolofsky hat das Papier von Ministerialrat Blank, den einer der Kameraden zu einem Treffen mitgebracht hatte. Blank hatte Interesse bekundet, und Wertheims Warnungen bezüglich eines Mannes mit marxistisch-sozialistischer Vergangenheit hatte man ja in den Wind geschlagen. Ein höchst überflüssiger Lapsus, den man sich da geleistet hatte. Blank, bekanntermaßen ein Verfechter der V-12-B-Lösung, war mit dem Papier zu Kolofsky gelaufen, und der hatte eine Chance gewittert, über den »Gesprächskreis« die Lobbyisten des J-2000 auszuschalten. Gut gedacht, aber infolge der Fälschung der Unterschriften ein Rohrkrepierer. Der gute Kolofsky konnte sich nicht von seinen kriminellen Neigungen lösen, das würde ihm eines Tages das Genick brechen.

Wertheims Schweigen irritiert Kössler, der mit den Fingern auf den Eichenholztisch trommelt. Er glaubt, daß der alte Mann Erinnerungen an bessere Zeiten nachhängt und nebenbei überlegt, wie er ihn beruhigen könnte. »Sind Sie nun bereit, mir Informationen über den Gesprächskreis zu geben –

oder nicht? Ziele, Aufgaben Mitglieder, Strukturierung … Sie wissen schon …«

Wertheim beugt sich vor: »Ich mache Ihnen einen Vorschlag, über den Sie in Ruhe nachdenken sollten: Als Gegenleistung dafür, daß Sie die Recherchen über unsere kleine Gesprächsrunde noch eine Zeitlang zurückstellen, werden wir Sie mit Top-Informationen aus dem politisch-militärischem Bereich versorgen. Und wenn ich sage Top-Informationen, dann meine ich das auch so.«

Friedwald Kössler bemüht sich um ein Pokerface mit vier Assen. »Ein Beispiel?«

Sein Gesprächspartner hat es längst parat, gibt jedoch vor, zu überlegen: »Wie wäre es für den Anfang mit … einem hausinternen Bericht über Korruptionsfälle, der Ihnen zugespielt würde? Es versteht sich ja wohl von selbst, daß im Falle einer Zusammenarbeit Ihre Quellen geheim bleiben.«

»Selbstverständlich.« Der Journalist empfindet diese Bemerkung als überflüssig, das Angebot jedoch sehr verlockend. Statt einem Exklusivbericht viele, viele Artikel, die ihm quasi zufliegen … Er schließt seine Augen, gibt vor, tief nachzudenken. Er öffnet sie: »Ich will es mir überlegen, Herr Dr. Wertheim. Geben Sie mir zwei Tage.«

»Einen Tag.« Fische, die an der Angel zappeln, müssen frisch verspeist werden, denkt Wertheim und steht auf, um seinem Gast zu bedeuten, daß die Audienz beendet ist. Er geleitet Kössler zur Tür, um erst dort seinen letzten Pfeil abzuschießen. »Ich habe übrigens gehört, daß Sie passionierter Sportflieger sind. Ein Bekannter von mir ist in der Branche tätig, und wenn Sie Interesse haben, neue Typen zu fliegen, könnte ich da durchaus ähh … vermitteln.«

Ritsch. Er spürte förmlich, wie der Haken in das gierige Maul eindringt und sich im Gehirn festsetzt. Kössler verabschiedet sich mit einem beinahe strahlend zu nennenden Gesicht und verspricht, am nächsten Morgen anzurufen.

Wertheim sieht ihm nach, bevor er bedächtig die schwere Haustür schließt. Er ist Witwer, kinderlos, und er hat nicht viele Passionen im Leben. Eine davon ist die Politik, die andere der Sieg seines brillanten Geistes über die Durchschnittsintelligenz seiner Mitmenschen. Während er die Weinflasche und die Gläser abräumt und in die Küche trägt, denkt er über notwendige Strategien nach, die Kolofsky und Blank betreffen. Natürlich sollte man Verräter erschießen, aber in diesen Zeiten empfehlen sich andere Vernichtungswaffen. Er zweifelt keinen Augenblick daran, daß er die richtigen finden wird.

16

Anna sollte längst bei einem Empfang sein, doch sie wartet in ihrem Wagen unweit des Blankschen Anwesens auf Fabian, der um diese Zeit aus der Schule kommen sollte. Nicht direkt vor dem Gartentor steht sie, sondern um die nächste Ecke. Sie raucht ihre dritte Zigarette, denn Anna haßt Warten. Ganz besonders, wenn sie mit ihrem Einkaufswagen in einem Supermarkt steht, ausgerechnet in der Schlange mit der langsamsten Kassiererin und den umständlichsten Kunden. Sie hat eine kurze und unwichtige Periode des Skilaufens beendet, weil sie es nicht ertragen konnte, vor Skiliften anzustehen und mit Stöcken, Skiern und Ellbogen die drängelnden Skiterroristen abzuwehren. Das war noch in Zeiten, in denen Anna versuchte, Sport zu treiben. Einige Jahre her; das Tennisspielen gab sie auf, weil der Lehrer ihr glaubhaft versicherte, daß sie das Ballgefühl eines blinden Huhns habe.

Was man nicht kann, muß man abwerten. Zu Annas brüchigen Überzeugungen gehört die strikte Ablehnung jeglicher körperlichen Betätigung mit Ausnahme von Sex.

Sex as Sex can ... Man kann es auch zu zweit treiben, denkt Anna, aber die Aussichten sind trübe. Man kann doch nicht allen Ernstes eine Affäre mit einem Mann beginnen, der Gottlieb heißt. Hauptkommissar Gottlieb Hermes ist überdies verheiratet. Ihn scheint das nicht zu stören, während Anna Ehebrüche als schmerzhaft empfindet. Nicht noch einmal erleben, als Reserverad auf den Schrottplatz geworfen zu werden. Nicht noch einmal so ein Brief, so ein Abschiedsbrief, den man wutentbrannt zerreißt, um ihn dann Wort für Wort wiederzukäuen, nur weil man immer noch hofft, daß irgendeine Interpretation irgendeines Wortes doch noch eine Hintertür bietet. War nicht. Ist nicht. Anna raucht ihre vierte Zigarette und wartet auf Fabian Blank.

Hermes ist nett. Wenn es nur einen Mann auf der Welt gibt, der dich begehrenswert findet, kommst du nicht umhin, ihn nett zu finden. Er hat ihr nicht viel erzählen können, was Sybille Blank anbetrifft, die ihn im übrigen nicht zu interessieren scheint – tot oder lebendig. Anna hat ihm alles erzählt, was sie von Anton Laubwitz weiß. Und dann, als er über seine Ehe lamentieren wollte, hat Anna ihn geschickt abgelenkt und das Thema auf den perfekten Mord gebracht.

Hauptkommissare leiden nicht an überschäumender Phantasie. Ein gut getarnter Unfall ist Hermes' Idee des perfekten Mordes, wenn man nicht gerade den Traumberuf eines Arztes ausübt. »Ich würde mit ihr ins Gebirge fahren, an irgendeinen Ort mit plausibler Absturzgefahr, Segeln ginge auch, und dann den entscheidenden Stoß geben. Sehr schwer zu beweisen, daß es kein Unfall war.« Sagte Hermes, und er sprach immer von »sie« und »ihr« in bezug auf das Mordopfer, so daß Anna sich recht gut vorstellen konnte, in welchem Zusammenhang er seine Mordphantasien entwickelte.

Ihren Einwand, daß man dafür das potentielle Opfer doch sehr gut kennen müsse, konterte er sofort: »Es nicht zu kennen, ist doch noch besser. Dann muß man sich die Zeit nehmen, das Opfer zu beobachten, ihr zu folgen, und dann, im geeigneten Moment, spontan handeln.«

»Und wenn man das Opfer ein bißchen kennt?« hatte Anna gefragt, und er hatte sie sehr, sehr mißtrauisch angesehen und das Thema gewechselt. Nicht sehr ergiebig, ihre Recherchen in eigener Sache. Woher sollte sie die Zeit nehmen, Philipp zu beschatten? Und überhaupt würde der sie sofort entdecken, so wie sie gebaut ist. Einen Detektiv anheuern? Anna denkt an Hermes' Worte: Keine Mitwisser in Mordgeschichten, sowas muß man ganz alleine und verschwiegen durchziehen.

Dennoch findet Anna die Highsmith-Geschichte immer noch sehr attraktiv, die Story der beiden Fremden, die jeweils für den anderen einen Mord begehen, scheinbar Morde ohne Motiv. So wie der Mord an Anton ... So furchtbar einfach: Man stellt sich nachts an eine Ecke und drischt auf jemanden ein ...

Annas Schaudern über Antons Ableben vermischt sich mit der Erkenntnis, daß es für das Opfer letztlich keine Rolle spielt, ob man es nun brutal erschlägt oder elegant in den Abgrund stößt. Der Unterschied ist nur beim Täter auszumachen, bei seinen Motiven: blinde, ziellose Gewalt oder überlegte, zielgerichtete Rache. Letzteres, so meint Anna bar jeglichen juristischen oder moralischen Denkens, ist die entschuldbarste Form des Verbrechens. Klassisch. Alttestamentarisch fast. Anna denkt an »Zahn um Zahn« und verspürt dabei einen ziehenden Schmerz in ihrer rechten Backe.

Ihre präventiven Theorien der Absolution werden durch Fabians Auftauchen jäh unterbrochen. Er schlendert auf das Auto zu, eine Schultasche lässig im Arm, von weitem noch ein sehr attraktiver junger Mann, beim Näherkommen ein Pubertätsopfer. Fabian bleibt neben Annas Auto stehen, und sie öffnet die Wagentür, wobei sie einen Muskel im Kreuz strapaziert. Alte Damen sollten Autos mit Komfort fahren.

»Kein Zufall?«

Anna schüttelt den Kopf. »Sollen wir eine kleine Fahrt machen? Ich lad dich zum Essen ein.«

Beides recht verlockend. Fabian streichelt den Jaguar und denkt an Evangelistas Einheitsfraß. Er liebt sie, aber kochen kann sie wirklich nicht. Er steigt ein, wirft die Schulmappe auf den Rücksitz. »Wohin?«

»Wohin du willst.«

»Zum Japaner«, sagt Fabian.

Sie bestellen Sushi und Tempura, was Europäer beim Japaner so essen. Fabian trinkt Bier, Anna eine Weinschorle. Fabian erzählt ihr in äußerst knappen Worten, daß er Japanisch lernen und später in Tokio studieren möchte, weil er die japanische Lebensart und Philosophie gut findet. »Die bringen es«, sagt Fabian, und Anna gibt sich mit der Vereinfachung seiner Verehrung zufrieden. Aus Fabians spärlichen Informationen fügt sich ein Zukunftsbild, das aus Sushis, einer japanischen Frau, einem alten Jaguar und einem Managerjob in der Elektronikindustrie besteht. Wenn Anna bei einem Sushi mit rohem Lachs die Augen schließt, sieht sie einen Kirschbaum vor sich, der mit Wanzen gespickt ist.

»Find ich geil«, sagt Anna, als sie die Augen wieder öffnet.

»Das Wort ist out«, erwidert Fabian und zielt mit seinen Stäbchen auf Annas Kopf.

Hör auf, ihm um den Bart zu gehen, Anna, frag ihn direkt: »Wieso hast du gesagt, daß Sybille nicht wiederkommt?«

Fabian klaut ihr das letzte Stück mit Lachs vom Teller. »Sie ist tot. Wenn sie nicht tot wäre, hätte sie ihren ganzen Schmuck mitgenommen. Sie hing an ihrem Schmuck.«

Das klingt einleuchtend, aber warum ist der Typ so maßlos cool? »Sag mal, macht dir das nichts aus oder was?«

Fabian sieht Anna ernst an. »Klar. Sie war meine Mutter. Hubert tut es nicht leid. Glaub ich jedenfalls. Er hat ... andere Sorgen.«

Der Kellner bringt Tempura, knusprig gebackenen Fisch

und Gemüse. »Was für Sorgen?« Mein Gott, mußte man diesem Jungen jedes einzelne Wort aus der Nase ziehen?

»Kann ich zurückfahren?«

Anna antwortet nicht, nickt unbestimmt. Wie sie solche Entscheidungen haßt: ihr Auto oder ihre Neugierde? Fabian schiebt Tempura-Stücke in den Mund, als ob er einen Geschwindigkeitsrekord aufstellen wollte.

»Er hat Ärger. Da gibt es irgendwelche Faschisten im Ministerium, die wollen ihn fertigmachen. Und Kolofsky will die Faschisten alle kriegen. Es geht um Flugzeuge und Geld.«

Oh, mein Gott. Das Tempura-Stück fällt aus Annas Stäbchen in die Sauce. Kolofsky?! Den Namen hatte auch Anton genannt. »Wer ist Kolofsky, Fabian?«

»Kolofsky handelt mit Flugzeugen. Er gibt meinem Vater Geld, damit der erreicht, daß die seine Flugzeuge kaufen.«

Fabian spricht mit vollem Mund, aber immerhin, er spricht, und Anna übersetzt seine infantile Ausdrucksweise in ihre Sprache und wittert eine Story. Weiß der Junge nicht, daß er seinen Vater ans Messer liefert?

»Das bleibt unter uns, sonst sag ich nichts mehr.« Fabian verlangt von Anna, daß sie dies beschwört, und er beobachtet ihre andere Hand, als ob sie idiotischerweise die Finger kreuzen würde.

»Was hat Kolofsky mit Sybille zu tun?«

Fabian lächelt Anna strahlend an. Sie ist scharf im Denken, die rothaarige Alte. Sie gefällt ihm, nicht so gut wie ihr Auto, aber immerhin. Und sie gibt ihm das Gefühl, Macht zu haben. Wie sie an seinen Lippen hängt und auf jedes Wort von ihm wartet … Er kann sie quälen, wenn er nichts sagt, und er kann sie glücklich machen, wenn er ihr erzählt, was sie hören will. Hat er seine Sprache nicht deshalb so reduziert, weil er immer das Gefühl hatte, daß niemand wissen will, was er sagt? Jetzt ist das anders:

»Ich weiß es nicht. Aber sie hat sich mit ihm am Telefon

verabredet, ins *Maritim-Hotel.* Das war drei Tage, bevor sie verschwunden ist.«

»Wußte dein Vater davon?«

Fabian weiß es nicht. Natürlich hat er oft gelauscht, wenn sie Streit hatten, fast immer. Aber über Kolofsky haben sie miteinander nie gesprochen. Nur immer von Geld und von Vaters Weibern und von diesem Anton. Gezerre und Gezänke, eklige Worte, Streitereien, die ihn ankotzten und denen er doch immer wieder zuhörte, auch wenn er sich manchmal hinterher übergeben mußte. Worte sind das Zerstörerischste, das Fabian sich in seiner Welt vorstellen kann. Bevor er mit dem Studium beginnt, wird er in ein buddhistisches Kloster gehen und ein halbes Jahr schweigen.

»Aber sie haben sich gefetzt in der Nacht, bevor Sybille ... weg ist. Ich war im Kino, und so hab ich nur das Ende gehört. Sybille schrie, daß sie sich scheiden läßt und ihm das Haus wegnimmt. Hubert schrie zurück, daß sie keinen Pfennig von ihm kriegt und das Haus schon gar nicht. Und sie sagte, daß sie von seinem Konto in der Schweiz wüßte und ihn bei der Steuerfahndung anzeigen könnte.«

Wenn Anna die Augen schließt, kann sie sich die Szene vorstellen. Und Fabian serviert ihr ein Motiv für einen Mord sozusagen auf dem Silbertablett. Er mußte doch wissen, daß er seinen Vater schwer belastet. »Und was hat dein Vater dazu gesagt?«

»Er ist ganz still geworden.« Fabian kaut an seinem letzten Stück, und sie ordert ihm ein zweites Bier. Sie behandelt ihn wie ihresgleichen, das ist okay. Sybille hat ihn auch behandelt wie einen Erwachsenen, aber von ihr wollte er das nicht. Sie hat sich einfach nicht wie eine Mutter benommen, das hat er ihr oft übelgenommen. Hubert, das ist eine Sache unter Männern. So wie Hubert möchte Fabian nie werden, immer dem Geld und den Weibern nachlaufen und in einem Büro sitzen und sich von Vorgesetzten rumkommandieren lassen.

»Warum erzählst du mir das alles?« fragt Anna.

Sie stellt auch dumme Fragen, aber natürlich kann sie nicht wissen, daß sie Teil seines Plans ist. »Weil es Sie doch interessiert«, antwortet er und begegnet ihrem zweifelnden Blick mit Gelassenheit.

»War dein Vater eifersüchtig auf Anton Laubwitz?«

Achselzucken. »Dieses Schwein? Der wollte doch nur Mamas Geld. Der war doch viel jünger als sie.«

Fabians Gesicht sieht aus, als wolle er jeden Moment losheulen. Er frißt alles in sich hinein, denkt Anna, seit Jahren schon, und wehe, die ganze Scheiße schwappt nach oben. Fabians modischer Kurzhaarschnitt weckt in Anna Assoziationen, denen sie lieber nicht nachgehen will.

»Du sagst also, daß du Sybille als letzter gesehen hast. Du hast kurz nach ein Uhr Schritte im Treppenhaus gehört und deine Tür geöffnet. Du sahst Sybille mit zwei Koffern die Treppe hinunter in den Flur gehen. Dann hörtest du die Haustür ins Schloß fallen. Der Wagen deiner Mutter war in Reparatur. Wie ist sie weggekommen, kannst du mir das sagen?«

»Mit dem Taxi. Der Stand ist nicht weit von uns.«

Anna schüttelt den Kopf. »Das hat die Polizei gecheckt, sie hat keine Taxe genommen. Sie ist also entweder zu Fuß gegangen, was ich nicht glaube, oder jemand hat auf sie gewartet. Anton Laubwitz vielleicht. Hat sie nochmal telefoniert, nach dem Streit mit deinem Vater?«

Eigentlich möchte er nicht an diese Nacht erinnert werden. An diesen furchtbaren Streit, den er irgendwann nicht mehr ertragen konnte. Er hatte die Anlage eingeschaltet und Musik gehört, Guns N' Roses, mit Kopfhörern und so laut, daß die Welt draußen nicht mehr zu hören war. Er sagt »Ich weiß es nicht«, und ihr mißtrauischer Blick kränkt ihn. Noch so ein Blick, und er wird gar nichts mehr sagen, dann soll sie an ihrer verdammten Neugierde krepieren.

Ich verschwende meine Zeit mit dem Idioten, denkt Anna,

dann sieht sie in sein verletztes, trauriges Gesicht und schämt sich. »Findest du es nicht merkwürdig, daß sie so mitten in der Nacht … Ich meine, warum hast du sie nicht aufgehalten oder zumindest gefragt, wohin sie geht?«

Sie braucht ihn. Ohne ihn würde sie gar nichts wissen, nur das bißchen, das die Polizei weiß. Evangelista war in ihrem Zimmer geblieben, als die Bullen kamen, die hatte vor Angst gezittert, daß die sie mitnehmen und ausweisen würden. Hubert war ganz cool gewesen, und die Bullen nicht sehr interessiert, als er seine Story runterleierte. Fabian denkt an seinen neuen Computer und sieht Anna offen ins Gesicht. »Es ging alles so schnell, bevor ich kapierte, was los war, war Sybille schon draußen.« Er setzt nach: »Ich wußte auch nicht, was ich sagen sollte.«

Vielleicht stimmt es. Anna möchte Fabian glauben, weil er ihre beste Quelle ist. Hubert Blank hat die Polizei wenig bis nichts erzählt, der Streit blieb unerwähnt. Auch von Evangelista hat Hermes nichts gesagt … Evangelista?

Anna fragt ihn, und Fabian antwortet, daß Evangelista geschlafen und nichts gesehen und gehört habe. Er sieht wieder so aus, als wolle er gleich losheulen. Er leidet furchtbar, denkt Anna mitleidig, aber da ist manchmal ein Ausdruck in seinem Gesicht, der ihr mißfällt. Angst? Haß? »Du kannst mich jetzt nach Hause fahren«, sagt sie, nachdem sie die Rechnung bezahlt hat.

Erst im Auto fragt sie Fabian nach Anton Laubwitz. Ob er nicht gelesen habe, daß Anton brutal erschlagen wurde?

Fabian sieht glücklich aus, er fährt die Kurve wie ein Profi und unterläßt es diesmal, bei Rot Gas zu geben. »Ich hab's gelesen. Berührt mich nicht.«

Soll sie Fabian fragen, wo ER in dieser Nacht war? Anna denkt an ihren Wagen und schweigt. Fabian fährt langsam, er scheint jede Sekunde zu genießen, für Anna sehr lange Sekunden, die sie starr und mit zunehmenden Zahnschmerzen neben ihm sitzt. Als er vor dem Haus parkt, sieht Anna Evangelista mit dem Kinderwagen auf dem Weg vom Haus zur Gartentür. Fabian läßt den Motor laufen, steigt aus, sagt »Danke fürs Essen«, bevor er die Tür schließt. Anna sieht ihm nach. Er scheint etwas zu Evangelista zu sagen, als er am Gartentor steht. Sie kann es nicht hören, aber die Filipina zuckt zusammen. Fabian geht ins Haus, während Anna aussteigt und zum Fahrersitz wechselt. Sie grüßt Evangelista, die sie erschreckt ansieht, kurz den Kopf neigt und davonhuscht, bevor Anna auch nur ein Wort sagen kann. Sie schiebt den Kinderwagen auf das Haus zu, fast im Laufschritt. Anna beobachtet sie, wie sie in der Handtasche nach dem Schlüssel sucht, die schwere Holztür aufsperrt und im Haus verschwindet. Aus Annas Perspektive wirkt es wie eine Festung.

17

»Seit wann interessierst du dich für das Frauenhaus? Ich dachte immer, du schreibst nur Klatsch und Tratsch.«

Babette Hönig legt genug Verachtung in ihre Stimme, um Annas Zorn zu erregen. Sie sitzt Babette gegenüber, in einem Büro, das von schöpferischem Chaos und Geldmangel zeugt. Babettes Kanzlei liegt in einem renovierungsbedürftigen Haus in der Bonner Altstadt, und Anna denkt bösartig, daß auch die Mieterin dringend einer Renovierung bedürfe. Ein Frisör wäre ein guter Anfang, Babettes Haare sind strähnig und ausgefranst; das hagere Gesicht, das im merkwürdigen Kontrast zum birnenförmigen Körper steht, ist absolut ungeschminkt. Ein gutes Gesicht, wenn sie öfter lachen würde, denkt Anna. So wirkt es einfach vernachlässigt, ganz anders als bei jenem Treffen im *Bistro,* als sie ihre launige Rede gehalten hatte. Als

Sybille sehr abfällige Bemerkungen über Babette machte, die Anna jetzt versteht.

»Leg mal diese Arroganz des guten Menschen ab, und laß uns vernünftig miteinander reden. Also gut, ich bin nicht besonders am Frauenhaus interessiert, aber ich spende jedes Jahr 1000 Mark für gute Zwecke, und wenn du mal jemanden hast, der Hilfe braucht, würde ich nicht Nein sagen.«

»Oh, vielen Dank.«

Anna überhört den Sarkasmus. »Aber zur Zeit bin ich hinter Sybille her. Ich will wissen, was mit ihr passiert ist. Kannst du das nicht verstehen?«

Die Anwältin sucht in dem Chaos auf ihrem Schreibtisch nach den Cigarillos, findet sie nicht und nimmt eine von Annas Zigaretten. Sie läßt sich Zeit mit ihrer Antwort, bläst Anna erst Rauch ins Gesicht. »Nein, ich versteh's nicht ganz. Was geht dich das alles an? Ist es Sensationslust? Willst du 'ne Story über diese unwichtige Person schreiben? Mensch Anna: Hast du nichts Besseres zu tun? Wir suchen noch ehrenamtliche Mitarbeiterinnen – zum Beispiel.«

Anna auf sozialen Pfaden im Frauenhaus. O nein, denkt sie, ich will nicht mehr vom Unglück anderer mitbekommen, als unbedingt nötig ist. Wenn überhaupt, dann in kleinen Portionen, so wie in diesem Fall, und ich lasse mich von der dummen Kuh nicht anmachen, auch wenn sie sich wie 'ne Mischung aus Rosa Luxemburg und Mutter Teresa aufführt. Soll ich ihr sagen, daß ich von der Affäre mit Blank weiß? Nur um diesen überheblichen Gesichtsausdruck wegzuzaubern?

»Meine liebe Babette. Du hast doch auch mit dieser Geschichte zu tun, immerhin hattest oder hast du ein Verhältnis mit dem Ehemann.«

Der Schuß ist abgefeuert. Still ist es im Raum, man hört irgendwo das Miauen einer Katze. Anna hat Angst vor Katzen, denkt, sie muß irgendwo zwischen den Papierstapeln und Akten hocken, und sie beobachtet Babette mit einem ziemlich häßlichen Gesichtsausdruck. Sie sieht aus, als ob Annas Schuß ins Herz getroffen habe. Sie ist noch bleicher geworden, ringt nach Luft.

»Woher weißt du das?«

Eine Frage des Zeitgewinns, die Anna mit einer unbestimmten Handbewegung beantwortet. »Ist doch egal. Willst du nicht wissen, was mit Sybille geschehen ist? Wär doch möglich, daß sie deinetwegen abgehauen ist, obwohl ich mehr zu der Ansicht neige, daß Sybille ihre allerletzte Reise angetreten hat. Das kann ich nicht beweisen, das ist nur so ein Gefühl.«

Anna redet und gibt Babette Zeit, nachzudenken. Es wäre schrecklich, wenn er es ihr gesagt hätte. Babette überlegt sogar eine Sekunde, ob Hubert und Anna ...? Aber nein, das ist nicht möglich, das würde er ihr nicht antun. Nicht nach allem, was geschehen ist ...

»Mord ist häufig eine sehr familiäre Angelegenheit«, sagt Anna jetzt, und Babette wünscht, sie könnte ihre Katze auf sie hetzen. »Was willst du damit sagen?«

»In der Nacht, als Sybille verschwand, hatte sie einen heftigen Streit mit ihrem Mann. Sie wollte sich angeblich scheiden lassen und zu ihrem Liebhaber ziehen, zu Anton Laubwitz.«

»Ist das der Typ, den man umgebracht hat?«

Anna nickt. Babette ist jetzt nicht mehr bleich, sie hat hektische rote Flecken im Gesicht. »Glaubst du vielleicht auch, daß Hubert diesen ... Laubwitz ...? Du bist eine lausige Journalistin, Anna, und eine lausige Detektivin obendrein.«

In dem Duell der verletzenden Schüsse hat Babette einen Gegentreffer gelandet. Anna ist zusammengezuckt, sie sieht wütend aus. »Du warst immer nur mittelmäßig, Anna, in jeder Beziehung. Jaja, sieh dich nur um in diesem Büro: Ich arbeite verdammt hart, und ich arbeite für Frauen, die keine fetten Honorare zahlen können, die ich in Statussymbole umsetzen könnte. Aber ich habe im Gegensatz zu dir eine Aufgabe und ein Ziel, nicht bloß einen dämlichen Job.«

Anna ist aufgestanden. Sie hat Babettes Brieföffner in der Hand, ein schweres, häßliches Ding, das sie wahnsinnig gern in Bewegung gesetzt hätte. »Ich gehe jetzt, du selbstgefälliges, fettes, bösartiges Luder. Wenn ich nämlich nicht gehe, schleudere ich dir das Ding in dein großes Maul mit den schiefen Zähnen ...«

Schweigen. Anna hält immer noch den Brieföffner in der Hand, und Babette sitzt da wie ein ratloser Buddha. Jetzt lacht sie. Babette schüttelt sich vor Lachen, die ganze Frau bebt. Schließlich sagt sie: »Fett bist du aber auch.«

Anna läßt den Brieföffner sinken. Babette lacht immer noch, und Anna hat jetzt die Wahl eines lächerlichen Abgangs oder ...

Sie setzt sich auf den Stuhl und stimmt ein in das Gelächter. Zwei fette Frauen in hysterischer Lautstärke reizen die Katze, aus ihrem Versteck hervorzukommen. Sie springt auf den Schreibtisch und faucht Anna an, die sich die Tränen aus den Augen wischt.

»Nimm die Katze da weg. Sie ist humorlos.«

Babette scheucht ihre Promenadenmischung vom Tisch, ein Rassetier hätte nicht zu ihren Überzeugungen gepaßt. Jemand, der Verlierer um sich schart und aus ihrem Unglück den Sinn des Lebens zieht, holt die Katze aus dem Tierheim. Müßig, Anna zu erklären, daß tierische Lebensläufe nicht den Humor fördern.

Babette bemüht sich um das, was andere Frauen Contenance nennen, und denkt, ein Cognac kann jetzt nicht schaden. Sie steht auf, holt die Cognacflasche und zwei Gläser, stellt sie auf den Schreibtisch vor Anna. »Du doch auch, oder?«

Zwischen zwei Schlucken sagt Anna: »Ich nehme kein Wort zurück. Auch nicht, wenn du mir jetzt erzählst, was du über Sybille weißt.«

Die Anwältin grinst, dann wird sie ernst. »Hör mal, wir waren keineswegs befreundet, auch wenn wir uns ein paarmal gesehen haben. Daß dann die Sache mit Hubert geschah: Nun, ich kann nicht behaupten, daß ich stolz darauf bin. Aber so etwas passiert eben. Ja, sieh mich nicht so blöde an, so was passiert auch Frauen wie mir. Und weiß der Teufel, wie sie es erfahren hat. Sybille haßte mich, denn sie war wahnsinnig eifersüchtig. Natürlich hatte Hubert Affären, das fing an, als sie ihm das Leben zur Hölle machte, weil sie ihm die Schuld am Tod ihrer Tochter gab. Sie hat seine Leidensfähigkeit überstrapaziert, ganz einfach, und da hat er sich seine Streicheleinheiten anderswo geholt. Er ist kein übler Typ, ein Mann eben, aber als sie kapierte, was sie provoziert hatte, da fing der Zoff erst recht an. Warum die zwei sich nicht scheiden ließen, kapier ich nicht.«

»Das Haus«, sagt Anna. »Ich glaube, er hängt an dem Haus.«

Ein kurzer, mißtrauischer Blick. Wie gut kennst du ihn, fragen Babettes Augen.

»Er ist nicht mein Typ, ehrlich«, sagt Anna schnell. »Schöne Männer deprimieren mich.«

Babette ist an Annas Depressionen nicht interessiert. »Ich behaupte jetzt mal, daß sie ihre Kinder benutzt hat, um Hubert unter Druck zu halten. Sogar den tragischen Tod ihrer Tochter. Egomanisch hat sie sich und die Kinder in Szene gesetzt, nur um seine Aufmerksamkeit oder Fürsorge oder Liebe zu erregen. Sieh her, Hubert: Ich bin deine Frau und die Mutter deiner Kinder, unentbehrlich und unersetzlich …«

»Normalerweise urteilst du nicht so hart über Frauen, denke ich.«

»Ach Anna. Erlaube mir, in diesem Fall parteiisch zu sein wie in allen anderen Fällen auch. Sybille war überaus schwierig, und sie war wahnsinnig eifersüchtig.«

Die Katze schnurrt um Annas Beine, und sie fürchtet um ihre Strümpfe. »Ihr redet alle über sie, als ob sie tot wäre. Aber keiner spricht es aus.«

Babette spielt mit dem Brieföffner. Anna denkt, sie hat kräftige Hände, und sie ist bestimmt nicht jemand, der sich die Butter vom Brot nehmen läßt. Ist Hubert die Butter?

»Ich weiß es nicht, verdammt. Aber wenn sie tot wäre, würde ich nicht behaupten, daß es mir besonders naheginge. Sie war ... also irgendwie unnütz. Ich meine, sie hat nichts Positives in ihrem Leben getan. Es bestand hauptsächlich darin, anderen Leuten die Schuld für ihr Unglück zu geben und sich selbst leid zu tun.«

Anna schluckt. Könnte man diesen Nachruf, so es einer ist, auch auf ihre Person anwenden?

»Liebst du ihn?«

Babettes offenes Gesicht wird verschlossen, abweisend. »Es war keine Beziehung, sondern eine Freundschaft, die ein einziges Mal ins Sexuelle ausgerutscht ist.« Sie versucht ein Lächeln. »Oder kannst du dir vorstellen, daß ein Mann wie Hubert Blank sich in *mich* verliebt?«

Man hat schon Pferde kotzen sehen, denkt Anna. Der Spruch ist uncharmant, und so sucht sie nach gefälligen Worten. »So schön ist er wieder auch nicht«, erwidert sie schließlich, und Babette lacht, diesmal kurz und nicht sehr fröhlich.

»Sagen wir es mal so: Er benutzt mich als seelischen Mülleimer, und blöd wie ich bin, bin ich auch noch dankbar für diese Rolle in seinem Leben. So etwas würde ich meinen anderen Frauen nie erzählen, aber bei dir ist es ja egal.«

Anna trinkt den letzten Schluck Cognac aus dem Wasserglas und sieht Babette aus sehr grünen Augen an. Philipp hat immer behauptet, daß ihre Augen farbintensiver werden, wenn sie verletzt oder wütend ist. Philipp! Frauen sind sowas von blöd, denkt Anna, wenn es um Männer geht. Babette ist hoffnungslos verliebt, und sie leidet darunter, aber solange er ihr nicht den finalen Tritt gibt, wird sie sich zweiteilen und die Weibchenrolle weiterspielen.

»Wie hat die Geschichte angefangen? Ich meine, wie bist du

auf Sybille gekommen? Ihr habt euch doch in der Schule nicht gemocht.«

Babette greift nach der Cognacflasche, zuckt dann in letzter Sekunde zurück. »Das war die Filipina in ihrem Haus. Evangelista Morales. Es ist ein bißchen kompliziert.«

Anna sieht sie neugierig an. »Ich mag komplizierte Geschichten und solche mit einem Happy-End. Aber ich nehme an, du hast nicht viele in deinem Repertoire.«

Babette sieht auf ihre Armbanduhr. »In zwanzig Minuten hab ich einen Termin, auf den ich nicht vorbereitet bin, aber gut ... Evangelistas Schwester kam zu mir, weil sie von einem Typen ganz widerwärtig ausgebeutet wurde. So 'ne Art Schlepperorganisation, die den Filipinas Einladungsbriefe besorgt, so daß sie mit einem Dreimonatsvisum reinkommen und dann untertauchen können. Die vermitteln den Mädchen auch Jobs, meistens Putzstellen, aber auch in Bars und so, und dafür behalten sie die Hälfte ihres Lohns ein. Die letzten Schweine sind das – aber was kümmert das die Arbeitgeber, solange sie ihren Putzbedarf oder Schweinkram befriedigen?«

Über so was sollte sie berichten, denkt Babette. Das nenne ich Journalismus, nicht die blödsinnige Kolumne, die sie schreibt. »Also: Mary Morales wollte von mir beraten werden, was sie dagegen tun könne – ihr gesamter Clan bezahlte an diese Typen, unter anderem auch Evangelista. Ich will es kurz machen: Ich hab die Leute so unter Druck gesetzt, daß der Morales-Clan seither keinen Pfennig mehr an die abführt.«

»Das wäre 'ne tolle Story«, sagt Anna.

Ein kurzer, abschätziger Blick: »Sei nicht so naiv, Anna. Natürlich konnte ich die Leute nicht anzeigen, dann wäre die gesamte Sippschaft zurück auf die Philippinen verfrachtet worden. Sind ja alle illegal hier, bis auf zwei, die bei Diplomaten putzen. Du glaubst gar nicht, was für eine Scheißangst die vor einer Abschiebung haben, dafür ließen sie sich über Jahre von denen den halben Lohn abnehmen. Und du brauchst nicht zu glauben, daß die was zurückbekommen haben ... Der Deal, den ich mit dem feinen Sklavenhändlerbüro machte, ist, daß der Morales-Clan nichts mehr zahlt. Mary hat wohl noch andere Filipinas aufgestachelt, sich zu wehren, ich glaube, insgesamt war es ein relativer Erfolg.« Zuwenig, denkt Babette. Es ist immer zuwenig, und ich mache mir immer was vor, um nicht vor Wut zu krepieren.

»Und Evangelista?«

»Als die Sache hochkochte, bin ich zu ihr gefahren, weil sie wegen des Babys angeblich nicht wegkonnte. Ich sag dir, die wird auch ganz schön ausgebeutet im Hause Blank. Sybille hat sie mal behandelt wie die beste Freundin – und dann wieder wie einen Putzlumpen.«

»Du warst also öfter da.«

Babette seufzt. »Ja, ich war dann öfter da, ich habe dadurch die Kontakte mit Sybille aufgefrischt und mich dabei in ihren Mann verliebt. Hubert ist so ... verletzlich, sensibel, ein im Grunde seines Herzens einsamer Mann.«

»Ich fand ihn kalt«, sagt Anna.

Das war nicht gut. Babette sieht Anna wieder feindselig an, sagt »Es ist mir klar, daß wir zwei nicht den gleichen Geschmack haben. Jedenfalls solltest du mir glauben, daß Hubert sich mittlerweile große Sorgen macht ... Mensch, Anna, ich muß jetzt was tun. Du mußt wirklich gehen.« Sie sieht anklagend auf die Uhr, und Anna steht widerwillig auf.

Nach allem, der Abwehr, dem Lachen, dem Erzählen, hat sie den Eindruck, daß Babette etwas zurückhält. Ihr Gesicht ist wieder verschlossen, ihre Augen fixieren einen Punkt hinter Anna, ihre Hände bewegen nervös ein Stück Papier. »Tut mir leid, daß ich zu deiner Spurensuche nichts Wesentliches beigetragen habe.«

»Du verschweigst mir was«, sagt Anna.

»Tue ich nicht. Und wenn du jetzt nicht gehst, hetz ich meine Katze auf dich.« Babette ist aufgestanden, ihr Scherz ist als abschließende Bemerkung gemeint. Anna denkt, man müßte es aus ihr herausprügeln, manche männlichen Detektive tun das ja, zumindest in Büchern, aber wenn ich mich jetzt auf sie stürzen würde, wäre das eine lächerliche Veranstaltung mit Fettflecken.

»So übel bist du gar nicht«, sagt Anna, als sie ihr die Hand zum Abschied hinstreckt. Babette hat einen kräftigen Händedruck, sie bleibt ernst. »Sag sowas nicht. Manchmal könnte ich vor mir ausspucken.«

Jetzt zum Beispiel: Kaum hat sie die Tür hinter Anna geschlossen, greift Babette Hönig zum Telefon. Sie wählt eine Nummer, die besetzt ist, und kaut nervös an ihren Fingernägeln.

18

Es hat sich etwas verändert. Hubert Blank spürt es mit allen Instinkten, die ein Beamter im Lauf seiner Karriere entwickelt. Da ist zum Beispiel die Sekretärin des Staatssekretärs, immer zu einem Scherz aufgelegt und ausgesprochen hilfsbereit, wenn es um einen kurzfristigen Gesprächstermin geht – sie hat ihn am Telefon kühl abgefertigt und auf den Dienstweg verwiesen. Oder Ministerialrat König: Er hat ihn in der Kantine, ja man kann es so nennen, geradezu geschnitten. Die Kollegen im Referat, so kommt es Blank jedenfalls vor, treten ihm gegenüber distanzierter auf, er bildet sich sogar ein, daß ihn der eine oder andere mitleidige Blick gestreift hat. Und warum hat ihn niemand in die Kaffeerunde gebeten, die soeben in Königs Zimmer stattfindet?

Hubert Blank legt seinen Stift mit pedantischer Bewegung auf den ihm zugedachten Platz, dreht sich in seinem Ministerialratsstuhl zum Fenster und blickt auf die Betonklötze, ohne sie wahrzunehmen. Er denkt an Wertheim, der in sechs Wochen geht: Ausgerechnet Ministerialdirektor Wertheim behandelt ihn seit neuestem mit ausgesuchter Freundlichkeit. Er hat sich sogar den Scherz erlaubt, Blank zu fragen, ob er sich nicht für seine Nachfolge bewerben wolle, wo doch jeder weiß, daß dies gemäß den Beförderungsrichtlinien und parteilichen Dispositionen schier unmöglich ist. Feinde, die dir schmeicheln, sollst du doppelt fürchten. Und was sollte diese Frage, ob er ihm ein Hotel in Zürich empfehlen könne?

Er hat ihm geantwortet, daß er sich in Zürich nicht auskenne, und Wertheim hatte sonderbar gelächelt und anschließend den Bericht über die V-12-B gelobt, den er an das Ministerbüro weitergeleitet habe. Feinde, die dich loben, mußt du dreifach fürchten.

Ob es der Bericht ist? Hatten sie entdeckt, daß er sozusagen unvollständig ist, haarscharf an der Wahrheit vorbeiformuliert, da, wo es um die Ersatzteilfinanzierung geht? Der Bericht ist erstklassig. Blank kann einfach nicht glauben, daß sie ohne die Unterlagen seines Referats die entsprechenden Schlüsse ziehen können. Der Bericht ist so brillant, daß man ihn selbst hinterher, wenn die Kosten anfallen, nicht der Fahrlässigkeit zichtigen kann.

Unmöglich, daß Wertheims Verhaltensänderung aus dieser Quelle stammt. Sein Interesse, dem »Gesprächskreis« beizutreten? Ist es das? Hat man nicht von äußerster Diskretion gesprochen? Möglich, daß Wertheim Blanks diesbezügliche Vorstöße honoriert, es wäre eine Erklärung, mit der er leben kann. Den Gerüchten, daß Wertheim nicht mehr so vehement für den J-2000 votiert, mag Blank nicht glauben. Oder doch? Hat Kolofsky einen weiteren Coup gelandet, sozusagen den Feind erst zur Strecke gebracht und dann gekauft?

Kolofsky würde ihm nie sagen, wer alles auf seiner »Gehaltsliste« steht. Blank wünscht sich in berechtigtem Eigeninteresse, daß eine solche Liste gar nicht existiert, und wenn, dann irgendwo im fernen Amerika, im Safe eines stellvertretenden Generaldirektors von *Willbright.* Manchmal verursachte diese Liste Alpträume, aus denen er schweißgebadet erwacht. Dann beruhigt er sich mit Erklärungen, daß er nicht wirklich Unrecht begangen hat, sondern nur die Chance wahrnahm, persönliche Überzeugungen mit finanziellen Interessen zu verbinden. Und wären da nicht Sybilles Konsumorgien gewesen, es wäre nie dazu gekommen. Blank denkt, daß letztlich das System schuld ist, das Menschen dazu treibt, ihr Glück in materiellen Werten zu suchen. Dann soll sich das System nicht moralisierend erheben über jene, die die Philosophie der Geldvermehrung zum konsequenten Ende gedacht haben. Und wenn Kolofsky eine Symbolfigur des Systems ist: Der Mann verkehrt in den höchsten Kreisen, man akzeptiert seinen Beruf, ja man ignoriert sogar, mit welchen Mitteln er ihn ausübt. Das System ist falsch, und wer sich dem System anpaßt, kann gar nicht falsch handeln.

Hubert Blank sieht auf die Betonklötze, und sie verwandeln sich in riesige Ameisenhügel, in denen die kleinen Tierchen ihren Pflichten nachkommen, jedes auf seinem Platz, und jedes mit Geheimnissen, Hoffnungen, Ängsten, Begierden. Gäbe es Mikrofone dafür, würden sie in voller Lautstärke übertragen, die Welt ginge unter in einem Geschrei, das niemand ertragen könnte.

Frau Siemens klopft und bringt ihm ein Tablett mit Kaffee und Keksen, die sie selber bäckt und die er nur aus Freundlichkeit ißt. Sie sind fett und mit harter Schokoladenglasur überzogen, und manchmal wickelt er sie in Papier und wirft sie weg. Heimlich, um ihr nicht wehzutun. War er nicht immer nett zu Frauen? Und haben sie ihn nicht immer dafür bestraft?

Frau Siemens trägt einen kurzen Hosenrock, der zu weit über den knochigen Knien endet. Sie stellt das Tablett auf seinen Schreibtisch und sagt »frisch gebacken«, und wie immer lächelt er dankend und läßt sich Kaffee einschenken.

»Fühlen Sie sich nicht wohl?« fragt Frau Siemens, das fragt sie in letzter Zeit öfter, und er sagt mit leidendem Lächeln: »Es geht schon, Frau Siemens, vielen Dank.«

»Ach ja, Ministerialrat König hat anrufen lassen. Bei der Donnerstagsrunde soll es nur um technische Spezialfragen gehen, und Ihre Teilnahme sei nicht unbedingt erforderlich.« Frau Siemens hat die Unterschriftenmappe an sich genommen, die auf seinem Schreibtisch liegt. Ihr entgeht nicht, daß ihr Chef seine Lippen zusammenkneift, und mit Erschrecken stellt sie fest, daß auch er faltig wird, jetzt, als das Sonnenlicht auf ihn fällt, sieht sie die Linien in seinem Gesicht, und sie entstellen ihn zu ihrer herben Enttäuschung. Er hat Sorgen, das ahnt und weiß sie, aber irgendwie hat sie immer geglaubt, daß seine Attraktivität zeitlos sei.

»Gibt es etwas Neues von Ihrer Frau?« Sie steht schon an der Tür, die Unterschriftenmappe ans Herz gepreßt, das tut sie immer, und ihr Gesicht von jener Anteilnahme gezeichnet, die für eine Sekretärin schicklich ist.

»Leider nicht, Frau Siemens.« Hubert Blank hat seine Stimme und sein Abschiedslächeln völlig in der Gewalt. Als sie die Tür schließt, atmet er tief durch. Die Siemens hat geredet, natürlich, das muß es sein. Und nun wissen alle, daß ihm seine Frau abhanden gekommen ist, vermutlich gibt es Gerüchte von Mord und Totschlag, und das ist der Grund, warum sie ihn alle behandeln wie ein rohes Ei, das mit Salmonellen verseucht ist. Die Erklärung ist simpel und sehr beruhigend. Klar, daß niemand ihn darauf ansprechen möchte, also wird er selbst die Sprache darauf bringen, schließlich ist er vor der Welt das Opfer, und diese Rolle muß man ausspielen, um die Welt auf seine Seite zu ziehen.

Die Opferrolle ist ihm nicht unsympathisch bei genauerer Betrachtung. Sie entspricht einer gewissen passiven Grundhaltung, die er als solche nie definiert, aber nicht lustlos ausgelebt hat. Schließlich hat Hubert Blank sich niemals als der große Verführer gefühlt, ganz im Gegenteil waren es doch immer die Frauen, die den ersten Schritt machten und seine Schwäche, nein zu sagen, für sich ausnutzten. Sybille konnte das perfekt, aber eben auch all die anderen, die Täterinnen seiner Affären. In gewisser Weise war er so auch in Kolofskys Sog gerutscht, als Opfer, nicht als Täter. Und es war ein großes Unrecht von Sybille, daß sie dies nicht erkannte, sondern immer nur von Schuld sprach, von Schuld und Sühne ...

Das Telefon läutet, und er hebt nach dem ersten Klingeln ab. Kolofsky ist am Apparat, es ist ihm unangenehm, daß er so oft im Büro angerufen wird, und er sagt es ihm.

»Es gibt ein paar Dinge, über die wir dringend sprechen müssen« erwidert Kolofsky unbeeindruckt.

»Aber nicht am Telefon.«

Hubert Blank akzeptiert ein Treffen im *Negroni* um 22 Uhr, obwohl er weiß, daß Evangelista ihren freien Abend hat, den ersten seit fünf Wochen. Wenn Fabian nicht bereit ist, auf seinen kleinen Bruder aufzupassen, wird er Evangelista bitten müssen, ihren freien Abend zu verschieben. Er weiß, daß sie es tun würde. Er weiß auch, daß er in der einen oder anderen Form dafür bezahlen muß.

19

Der Empfang zum Abschied des Militärattachés findet im *Amerikanischen Club* statt. Anna Marx ist nur deshalb vor Ort, weil sie noch zehn Zeilen für ihre Kolumne braucht. Außerdem hatte man ihr am Telefon versichert, daß Oskar Lafontaine zugesagt habe, ohne Gründe dafür anzugeben.

Warum soll er in seinem Bekanntenkreis nicht auch einen Militärattaché haben, denkt Anna Marx. Sie sucht nach einem farbigen Tupfer inmitten von vielen Uniformierten, Diplomaten, Ministerialen und den unvermeidlichen Ehefrauen im *Kleinen Schwarzen.*

Sie steht neben einem Botschaftssekretär, der ihr vom Golfspielen erzählt, und hört ihm kaum zu, weil sie die Tür im Visier hat und auf Oskar wartet. So viele Uniformen, sie hat nichts dagegen, solange sie nicht im Krieg getragen werden. Annas Kriege finden im Fernsehen statt, und sie kann sie abschalten, wenn sie die Bilder und Worte nicht mehr ertragen kann. Manchmal wünscht sich Anna diese Fernbedienung in realen Szenen: Man ist mittendrin, fühlt sich schrecklich, und da ist kein Knopf, auf den man drücken kann, um sich wegzuschalten oder den anderen einfach stumm zu machen.

Der scheidende Militärattaché begrüßt seine Gäste, Anna steht nah genug, um die Begrüßungsfloskeln zu hören. Anna mustert die Uniformen, kann aber Leutnants von Generälen nicht unterscheiden.

»In Südafrika gibt es ganz ausgezeichnete Golfplätze«, sagt der Botschaftssekretär.

»Nice to see you, Kolofsky. How is business?«, sagt der Militärattaché zu einem Mann ohne Uniform, aber von der Statur eines Orson Welles.

Anna starrt auf den Dicken und verfolgt ihn mit den Augen, bis er in der Menge verschwindet. Den find ich wieder, denkt sie und unterbricht die Beschreibungen von saftigen Wiesen in Südafrika. »Kennen Sie den Dicken, den der Gastgeber eben begrüßt hat?«

»Hank Kolofsky? Er ist ein exzellenter Golfspieler.«

»Kann er sonst noch was?«

Der Botschaftssekretär macht ein etwas betretenes Gesicht. »Ich weiß nicht so genau. Er vertritt amerikanische Firmen, ein Geschäftsmann ...«

Anna behält die Tür im Auge. »Sind das zufällig Waffengeschäfte? Der Mann ist doch Lobbyist für eine Flugzeugfirma, wenn ich richtig informiert bin.«

Ihr Gegenüber hält die Zeit reif für einen diplomatischen Abgang. »Ich habe keine Ahnung. Aber ich muß mich jetzt um den Staatssekretär kümmern, wenn Sie mich bitte entschuldigen wollen ...«

Rund vierhundert Leute sind geladen. Anna, die sich in militärischen Kreisen wenig auskennt, identifiziert höchstens ein Zehntel der Gäste. Die Gäste halten Gläser in den Händen, sprechen über Krieg, Golfspielen oder Politik, und sie bewegen sich jetzt in Richtung des Buffets, wie magisch angezogen von der kostenlosen Durchfütterungsmaschinerie des Gesellschaftslebens. Man beurteilt die Empfänge nach der Qualität der Gäste und in zweiter Linie nach dem Aufwand an Speisen und Getränken. Natürlich sind die Zeiten härter geworden, aber in der Roastbeef-Klasse lassen sich auch Solidaritätszuschläge ertragen. Bonn schwelgte noch nie in Kaviar und Champagner, man muß sich also nicht kasteien. Der Sozialstaat war immer sozial zu seinen engsten Dienern. Darauf muß man sich verlassen können, und schließlich: Auch höhere Beamtenheime lassen sich mit höheren Mauern schützen, wenn es noch härter kommen sollte.

Wortfetzen dringen an Annas Ohr, sie klingen ähnlich, erschreckend ähnlich. Die Worte verschmelzen in Annas Kopf zu einer teigigen Masse, aus der sie später kleine Brötchen backen wird, unbedeutende Zeilen für ihre unbedeutende Kolumne. Kein Lafontaine in Sicht, er wäre auch nicht zu übersehen, Anna nähert sich also dem Gastgeber und entlockt ihm Abschiedsworte, die weder ehrlich noch originell sind.

»Diplomaten führen leider ein Zigeunerleben«, sagt die Gattin, die das Goethe-Institut zum Erlernen der deutschen Sprache besucht und sich in Bonn tödlich gelangweilt hat.

Der Vergleich hinkt, denkt Anna, und folgt dem Sog in

Richtung des Buffets, in Richtung eines dicken Mannes, der sich einen Platz freigeschaufelt hat und Lachsbrötchen auf seinen Teller hievt. Anna hält ihm ihren Teller unter die Nase. »Geben Sie mir auch noch eines, bevor Sie die Platte leerräumen?«

»Warum nicht?« Hank Kolofsky legt ihr ein Brötchen auf den Teller. »Aber Sie sollten nicht soviel essen.«

»Und Sie haben eine Ähnlichkeit mit Orson Welles.«

Er lacht und zieht sich mit Anna zurück in eine strategisch günstige Ecke. Sie hat immer noch den Eingang im Auge, doch die Hoffnung auf Oskar schon aufgegeben. Der Mann neben ihr konzentriert sich auch nicht aufs Essen, er beobachtet das Geschehen wie ein Adler, der nach Beute sucht. Er ißt schnell und gierig, sagt: »Ich hasse Buffets und diese Unsitte, im Stehen zu essen.«

»Suchen Sie jemanden?« Anna stellt ihren leeren Teller neben einen Blumentopf.

»Meinen Sie, ich bin wegen des Buffets hier?«

Anna sieht in sehr offene, dunkelbraune Augen, in ein gemütliches, fettgepolstertes Gesicht, und sagt: »Sie sind doch Rüstungslobbyist, oder?«

»Wollen Sie ein Flugzeug kaufen? Wenn nicht, verschwenden Sie nicht meine Zeit, gute Frau.«

Er bricht in dröhnendes Gelächter aus, als er Annas dummes Gesicht sieht. »Das war gut, nicht? Und Sie? Sind Sie in der Friedensbewegung oder was?«

Anna findet ihn abstoßend und komisch. Er benutzt seinen Umfang als Prellbock für seine Beleidigungen, denkt sie, und liegt damit völlig falsch. Kolofsky hat lediglich einen skurilen Sinn für Humor und keine Neigung, Charme und Höflichkeit an Leute zu verschwenden, die ihm nichts bringen. Sie sei Gesellschaftskolumnistin, sagt die Rubensfrau jetzt, und daß sie in der Friedensbewegung wäre, wenn sie nicht grundsätzlich etwas gegen Bewegung hätte.

Na und? denkt Kolofsky. Aber mahnt sich zur Vorsicht, die Journalisten gegenüber immer angebracht ist.

»Ich wollte immer schon mal 'ne Story über Lobbyismus machen. Haben Sie nicht Lust, mir ein Interview zu geben?«

Kolofsky ist hergekommen, weil er einen Abgeordneten des Haushaltsausschusses und einen Generalmajor treffen will. Ihr Ansinnen findet er naiv bis unverschämt. Und für Sex ist sie ihm zu fett. »Es gibt nichts, wozu ich weniger Lust hätte, Frau ... Wie war der Name noch gleich?«

Warum zögere ich bloß, denkt Anna, sagt dann laut und deutlich ihren Namen, den Kolofsky unter »unwichtige Begegnung« speichert. »Na gut, wenn Sie mir kein Interview geben wollen, erzählen Sie mir wenigstens was über Sybille Blank.«

»Kenn ich nicht.«

»Die Frau von Ministerialrat Hubert Blank. *Den* kennen Sie doch wohl, Herr ... Kolofsky.«

Grüne Augen. Jetzt starrt sie ihn so triumphierend an, die dumme Kuh. Es ist nicht gut, wenn Fremde sich in seine Angelegenheiten mischen. Kolofsky stellt seinen Teller achtlos zur Seite, baut sich vor Anna auf. »Ich kenne die Dame flüchtig. Ist was mit ihr?«

»Sie ist seit ein paar Wochen verschwunden«, sagt Anna und zeigt mit der Gabel auf seinen Bauch.

»Meinen Sie, daß ich sie verschluckt habe?« Kolofsky lächelt auf seinen Bauch herab, obwohl ihm nicht danach zumute ist. Die Erinnerung an Sybille Blank ist dank eines vorzüglichen Gedächtnisses sehr frisch. Eine extrem neugierige, sich selbst überschätzende und wichtigtuende Person. Eine Frau, die zu alt ist, um noch wirklich begehrenswert zu sein, und zu dumm, dies richtig einzuschätzen. Alles in allem eine gefährliche Frau. Und er mag es nicht, wenn sie sich in Männerdinge einmischen. So wie diese Journalistin, die ihn jetzt anstarrt, als ob sie irgendein Geständis erwartet. »Glauben Sie mir, ich habe Wichtigeres zu tun, als mich mit verschwundenen Beamtenfrauen zu beschäftigen.«

Er entschuldigt sich nicht, als er sich von ihr abwendet und in Richtung der Menschentraube watschelt. Er läßt Anna einfach stehen. Und er läßt eine Schachtel Streichhölzer liegen, die er benutzt hatte, um Annas Zigarette anzuzünden. Sie steckt die Streichhölzer achtlos ein.

Fett, unhöflich, gefährlich: Sie ärgert sich über die Abfuhr, nicht viele Leute wagen es, sie so zu behandeln, schließlich steht Anna Marx für eine Zeitschrift mit hoher Auflage. Noch, denkt Anna: Man hat ihr längst zugetragen, daß eine gewisse Jungredakteurin an ihrem Stuhl sägt. Solidarität unter Frauen? Das ist das Komischste, das Anna je gehört hat. Die Frauen in der Redaktion kämpfen mit feineren Waffen, aber nicht weniger gemein als Männer, wenn es um Vorteile geht, die nur auf Kosten anderer erreicht werden können. Wer nicht für mich ist, ist gegen mich: Anna ist längst zum Gegenangriff angetreten. Einladungen, die sie nicht wahrnehmen kann oder will, wirft sie weg, statt sie weiterzugeben. Kleinkrieg in den Redaktionskonferenzen: Würde man uns Waffen geben, denkt Anna, sie würde mich von hinten erschießen, während ich sie von vorne niederknüppeln würde. Die Überlegung läßt auf ein Ungleichgewicht der Kräfte schließen. Das Recht ist natürlich auf Annas Seite, weil sie nicht angreift, sondern verteidigt. Sind militante Pazifisten bessere Menschen?

Kein Oskar in Sicht. Anna empfiehlt sich und fährt zurück in die Redaktion, wo sie ihre zehn Zeilen in den Computer tippt, ihre Post sortiert, nach Udo Mertens sucht, den sie in der Kantine findet.

Daß sie sich zu ihm setzt, scheint ihn zu erstaunen. »Erzählen Sie mir, was Sie über einen gewissen Hank Kolofsky und Waffengeschäfte wissen«, sagt sie und löffelt Linsensuppe, während sie ihn mit großen Augen erwartungsvoll ansieht.

Das ist typisch für sie: Wenn sie was von ihm will, fällt sie gleich mit der Tür ins Haus und meint, ein freundliches Lächeln würde genügen. »Sagen Sie bloß nicht, daß Sie wieder in der Politik wildern, Frau Marx. Oder sind Waffengeschäfte schon gesellschaftsfähig?«

Udo Mertens hält sich für klug und geistreich – das tut Anna nicht, aber in Fällen wie diesen kann sie schmeichlerisch lachen und ihn bewundernd ansehen. »Es ist eine private Geschichte«, sagt Anna, und er beugt sich neugierig vor und fragt: »Schon wieder ein Mord?«

Anna zuckt geheimnisvoll mit den Achseln. Er ziert sich ein wenig, aber dann kann er nicht widerstehen, sie an seinem Wissen teilhaben zu lassen, hängt sie doch an seinen Lippen wie eine hungrige Katze am Milchtopf. »Er vertritt die Firma *Willbright*, deren V-12-B als einzige ernsthafte Konkurrentin des J-2000 gilt.«

Natürlich hat sie keine Ahnung. »Taktische Kampfflugzeuge«, sagt Mertens. »Es ist eine lange und teure Geschichte um ursprünglich 250, heute 120 Jäger zum Stückpreis von 105 Millionen Mark. Die Geschichte begann 1982 und ist seither ein unentwirrbares Knäuel aus militärischen, politischen und wirtschaftlichen Interessen. Im Grunde blickt keiner mehr durch, interessant ist nur, daß bloß zwei Konkurrenten übriggeblieben sind: das deutsch/europäische Konsortium und *Willbright.* Die Amis sollen das bessere Flugzeug haben, aber die Deutschen bzw. Europäer haben die besseren Argumente.«

»Also werden sie gewinnen.«

Die Marx und ihre simplen Denkweisen ... Udo Mertens zuckt die Achseln wie einer, der mehr weiß, als er sagt. »So einfach ist das nicht. Kolofsky versucht alles, um das Konsortium mit Schmutz zu überziehen – Bestechung, überteuerte Forschung und Studien, technische Mängel usw. Wenn er damit Erfolg hat, wird *Willbright* aus dem Haufen Dreck emporfliegen wie Phönix aus der Asche.«

»Interessant«, sagt Anna und lächelt Mertens aufmunternd zu.

»Kolofsky ist ein schlauer Hund mit einer sehr abenteuerlichen Vita. Es heißt, daß er früher bei der CIA war und dort gefeuert wurde, weil er einen überflüssigen Mord beging. Dann wurde er Waffenhändler und schließlich Rüstungslobbyist. Ihm eilt der Ruf voraus, selten und ungern zu verlieren. Als er es zuletzt tat, ich glaube irgendwo im arabischen Raum, da soll er die Frau des zuständigen Ministers so kompromittiert haben, daß sie Selbstmord beging. Aber das sind alles nur Gerüchte, versteht sich, Kolofsky pflegt keine Interviews zu geben.«

»Ich weiß.« Anna hätte sich auf Mertens' erstaunten Blick hin am liebsten die Zunge abgebissen.

»Was haben ausgerechnet *Sie* mit Kolofsky zu tun?«

»Es hat etwas mit Ministerialrat Blank zu tun beziehungsweise mit seiner Frau. Die ist nämlich verschwunden.« Anna sagt es widerwillig und setzt sofort mit einer Frage nach. »Kennen Sie Hubert Blank?«

Sie ist verrückt, denkt Mertens. Statt sich um ihren Klatsch zu kümmern und darum, nicht in die Kirchenredaktion versetzt zu werden, spielt sie wieder Detektivin. Ihr das auszureden würde keinen Sinn haben, weil sie starrköpfig ihre verschlungenen Wege geht, bis zum Ende. Mertens verspürt wenig Lust, sich Anna Marx in den Weg zu stellen, sie würde es ihm gewiß nicht danken. Fast tut sie ihm leid, aber eben nur fast. »Er ist seit zwei Jahren Projektleiter in Sachen TKF.«

»Taktisches Kampfflugzeug«, erklärt er ihr, und sie sagt, daß sie Abkürzungen haßt, jede Form von Insidervokabular. Sie pflegt ihre altmodischen Weisen, denkt Mertens und überlegt, ob er ihr Grubers Entscheidung verraten soll, die Jungredakteurin zur nächsten Auslandsreise des Bundespräsidenten anzumelden. Fräulein Voss, nicht Anna Marx. Wenn das nicht die Schrift an der Wand ist ... Arme Marx, einen Tobsuchtsanfall würde sie bekommen ... nein, soll ihr das ein anderer sagen.

Udo Mertens fragt Anna jedoch, was eine verschwundene Ehefrau mit Waffengeschäften zu tun haben könnte, und diesmal zuckt sie mit den Achseln. Die Blank-Kolofsky-Verbindung möchte sie nicht preisgeben, nicht an Mertens, so weit geht die Liebe nicht. »Ich suche nach Spuren und tappe im Dunkeln.«

»Seien Sie bloß vorsichtig.« Udo Mertens meint es anders, als Anna dies versteht. Anna sieht Fräulein Voss in die Kantine kommen, sie sagt immer »Fräulein« zu ihr, nur um sie zu ärgern, und Anna nimmt ihr Tablett und stellt es auf das Laufband. Sie sieht durch Fräulein Voss hindurch, als diese sie grüßt, eine spontane und dennoch drittklassige Reaktion, auf die die Voss mit einem gemeinen Grinsen antwortet.

Fräulein Voss ist jünger, hübscher und ehrgeiziger als Anna Marx. Sie hat während ihres Studiums gelernt, je nach Bedarf Ellenbogen oder Charme einzusetzen. Sie ist eben *tough*, wie ihre Freunde und Bewunderer sagen. Fräulein Voss hat persönlich nichts gegen Anna Marx, sie findet sie sogar exzentrisch und originell. Aber die Marx sitzt nun mal mit ihrem dicken Hintern da, wo sie selbst hinwill. Fräulein Voss ist davon überzeugt, besser zu sein als die Marx, und diese Überzeugung gibt ihr das moralische Recht zu kämpfen – und zu gewinnen.

Anna fährt zum *Maritim-Hotel.* Die Streichhölzer, die Kolofsky liegenließ, stammen aus diesem Hotel, und der Gedanke liegt nahe, daß eine schillernde Figur in einem schillernden Hotel absteigt. Außerdem kennt Anna einen der Portiers: Fritz heißt er, und für wenig Geld und viele gute Worte ruft er sie manchmal an, wenn exklusive Gäste im Hotel absteigen.

Fritz kennt Kolofsky. Anna schiebt ihm fünfzig Mark zu. »Ein ständiges Kommen und Gehen bei diesem Gast«, flüstert Fritz und behält dabei die Hotelhalle im Auge. »Der scheint halb Bonn zu kennen – dienstlich und zum Essen kommen allerdings nur Herren; die Damen kommen später und gehen in der Regel direkt in seine Suite.«

So wie er die »Damen« ausspricht, ahnt man, daß es keine sind, jedenfalls nicht im landläufigen Sinn. Anna fragt nach Sybille Blank, beschreibt sie ihm, und Fritz zieht sein Portiersgesicht in Denkerfalten. »Da war mal eine, muß so fünf, sechs Wochen her sein. Sie war erheblich älter als seine sonstigen, äh ... Bekanntschaften, deshalb ist sie mir aufgefallen. Und sie hat mit ihm zu Mittag gegessen, in unserem Gourmet-Restaurant. Anschließend hat er sie zur Tür gebracht.«

»Keine besonderen Vorkommnisse?«

»Doch, ja. Sie ist nicht auf sein Zimmer wie all die anderen.«

Anna fragt Fritz, ob er sich nicht an das genaue Datum erinnern könne, und er verspricht ihr, in seinem Dienstplan nachzusehen und sie anzurufen. Sie fragt ihn nach den männlichen Besuchern, ob er da welche erkannt habe?

Fritz überlegt, überlegt ... »Das kostet einen Tausender, tut mir leid.«

»Ein Tausender?« Annas Stimme bebt vor Entrüstung. Tausend Mark hat sie nicht mal auf dem Konto, geschweige denn in ihrer Brieftasche. »War der Papst hier? Oder der Bundespräsident? Fritz: Sie sind doch sonst nicht so ... materiell.«

»Och, man muß sehen, wo man bleibt. Ich sage nur eines: hochrangige Persönlichkeiten, Frau Marx.«

Jetzt überlegt Anna: »Das muß ich in der Redaktion chekken ... Können Sie mir nicht wenigstens einen Namen nennen – als Vorspeise sozusagen?«

Fritz, der Portier, schüttelt bedauernd sein Haupt. Er mag die Marx, aber man darf in diesen materiellen Zeiten das Geschäftliche nicht vergessen. Außerdem: Kolofsky gibt gutes Trinkgeld. Jetzt wendet sie sich enttäuscht ab, so will er sie denn doch nicht gehen lassen. »Da war noch was, Frau Marx ...«

Anna bleibt stehen.

»Sie sind nicht die erste, die sich nach Kolofsky und seinem Umgang erkundigt. So ein Spitzeltyp hat einen Kollegen von mir über ihn aushorchen wollen. Wissen Sie, was der dafür löhnte? Fünfhundert Mark. Für ein paar Informationen!«

»Ich hab wohl den falschen Beruf ... Vergessen Sie nicht, das Datum zu checken und mich anzurufen ... und ... danke, Fritz!«

Dafür kann man sich nichts kaufen. Aber es klang nett. Fritz sieht ihr nach, wie sie sich durch die Schwingtür schwingt, bevor er sich den Belangen seiner Gäste widmet. Sie für Sekunden am Hoteltresen stehen zu lassen, Sekunden nur, in denen er ihre Ungeduld wittert und vortäuscht, sie nicht zu sehen oder anderweitig beschäftigt zu sein ... es bereitet höllisches Vergnügen.

20

Sie ist kein abgebrühter Killer, und sie reagiert auf das Schreckliche mit Grauen. Der Mann, der vor ihren Augen von der Couch rollt, hält die Hände an den Magen gepreßt, seine Gesichtszüge sind entgleist und sein furchtbares Röcheln bringt sie dazu, sich die Ohren zuzuhalten. Aber sie kann den Blick nicht von ihm wenden, sein Todeskampf ist von so furchtbarer Intensität, daß sie meint, daran teilzuhaben. Was sie in gewisser Weise auch tut, denn sie hat das E 605 in die Schnapsflasche geträufelt, sie hat ihn unter dem Vorwand eines klärenden Gespräches zu sich gelockt und ihm ein Glas von dieser Flasche angeboten.

»Ex auf die Ex-Beziehung« hatte sie zu ihm gesagt und gewartet, bis er das Glas leergetrunken hatte. Was für eine gräßliche Art, zu sterben, auch wenn er es verdient hat. Sie wünscht sich vom Leben zumindest einen schmerzfreien Tod.

Jetzt liegt er auf dem Teppich wie ein Embryo, sie hört nichts mehr, und seine Glieder zucken nicht mehr, so daß sie einen Schritt näher tritt und mit der Fußspitze prüft, ob noch Leben in ihm ist. Nichts. Aus dem Mund läuft eine Schleimspur, und seine Augen sind leer. Er ist der erste Tote, den sie so aus der Nähe sieht. Nicht alle Toten lächeln friedlich, weil sie glauben, das Leben überstanden zu haben.

Nach dem Grauen fühlt sie nun ein Gefühl des Triumphes. Es ist gelungen, das Projekt ist nach Plan verlaufen, sie hat bisher keinen Fehler gemacht. Der Idiot ist in die Falle getappt, weil sie an sein Mitleid appelliert hat. »Eine letzte Begegnung« – wie konnte er den Doppelsinn ihrer Worte verstehen, er, der sie doch immer so unterschätzt hatte. Ob er in seinen letzten Sekunden kapierte, daß er an Ungeziefervernichtungsmittel krepierte – und wenn, durchblickte er die Ironie des Ganzen?

Als er zu schreien anfing, war sie ohne Eile ans Telefon gegangen und hatte den Notarzt angerufen. Sie hört die Sirene, die jetzt lauter wird, und blickt aus dem Fenster. Sie wartet auf das Klingeln, sie öffnet die Tür und wartet auf die Männer, die zu spät kommen. Sie stürmen in ihr Wohnzimmer, sie zeigt auf den leblosen Körper auf ihrem Teppich, und dann beginnt sie zu weinen.

Weinende Frauen, die einen Toten im Zimmer haben, werden zunächst mit Rücksicht behandelt. Natürlich wird man die Polizei holen. Man wird sie fragen, was geschehen ist, und sie wird sagen, daß sie diesen Mann empfangen und bewirtet hat. Er wollte Grappa trinken, sie schenkte ihm ein Glas ein, und für sich einen Calvados, weil sie keinen Grappa mag. Sie wird unter Schluchzen weiter erzählen, daß ihr diese Flasche von einem oder einer Unbekannten zugeschickt wurde. Wie konnte sie ahnen, daß die Flasche präpariert war?

Man wird es überprüfen, den Postboten befragen, und er wird sich daran erinnern, daß er ihr ein Paket mit einer Flasche zugestellt hat, weil sie beim Empfang des Pakets dieses geschüttelt und eine Bemerkung dahingehend gemacht hatte, wer ihr wohl eine Flasche zukommen lasse?

Der Postbote ist Teil des Planes. Der Plan ist, die Polizei glauben zu lassen, daß *sie* das Opfer sein sollte und daß *er* nur zufällig daran starb.

Der Absender des tödlichen Geschenks? Natürlich anonym, sie hatte sich sehr große Mühe gegeben, die Flasche anonym an ihre Adresse zu senden.

Ein perfekter Plan, denn die Polizei würde sich darauf konzentrieren, Motive für ihre potentielle Ermordung zu finden. Ein perfekter Mord, wenn sie nur überzeugend ihre Rolle spielt, die sie bis ins Detail geübt hat. Die Rolle des Opfers, das noch einmal davongekommen ist. Oh, wie furchtsam wird sie sein, wie fassungslos darüber, daß jemand ihren Tod wünschen könne. Sie weiß, daß sie überzeugend sein muß. Sie weiß, daß sie es kann.

Anna kocht Borschtsch für Hauptkommissar Gottlieb Hermes, und sie hat, während sie die rote Bete in Würfel schnitt und in Balsamessig, Wein und Zucker marinierte, die geeignete Methode gefunden, Philipp Handke zu ermorden. Ein von A bis Z vollendeter Plan, fast so gut wie die Suppe, die zwar vom Original abweicht, aber von Anna dennoch Borschtsch genannt wird. Sie kocht sie mit einer kräftigen Rinderbrühe, in der Rindfleischwürfel noch zwei Stunden köcheln. Sie fügt die marinierte rote Bete hinzu, Kartoffelwürfel, grob gehackten Kohl. Keine Gewürzorgie, nur Salz und Pfeffer sowie ein Hauch Tomatenmark – das Ganze einkochen lassen, mit Schmand und Sahne binden, mit Crème double und Dill servieren. Ganz einfach, so wie dieser Plan …

Sie hat Hermes eingeladen, weil man Borschtsch nicht für eine Person kochen kann, es wäre Verschwendung. Kolli hat keine Zeit, Freundin Elsa ist verliebt und unansprechbar, niemand liebt Anna und ihren Borschtsch. Dabei hat sie beim Kochen immer die besten Ideen.

Sie hat Hermes eingeladen, weil er gerade anrief, als sie Lust zum Kochen hatte. Nein, er ist kein Objekt ihrer Begierde, vielmehr ein Mann, den sie benutzt, um auf dem Boden der Realität zu bleiben. Das Spiel in ihrem Kopf macht euphorisch – und es macht auch angst. Gedanken setzen sich fest und fangen an, einen zu beherrschen. Anna weiß nicht, wie weit sie gehen will und kann. Die Mörderin in Anna Marx ist eine Person, die ihr das süße Gefühl der Rache verspricht und das Ende irrwitziger Hoffnungen. Diese Person behauptet, daß mit Philipps Tod auch die Leiden ein Ende haben. Anna hält dagegen, daß dies nicht sicher ist und in jedem Fall die extremste Form der Selbstverteidigung. Anna pflegt keine Selbstgespräche über moralische Fragen mit ihrer Mörderin. Ihre Argumente wären langweilig. Das Gute ist zuweilen langweilig und das Böse immer aufregend, faszinierend wie die verbotenen Höhlen der Kindheit oder die Höllenqualen der Sünder.

Das Leben ist anders, als wir denken. Es besteht darin, Gottlieb Hermes einen zweiten Teller Borschtsch aufzutragen, mit ihm Bordeaux zu trinken, für den sie sich herzlichst bedankte, als er ihn mit stolzem Lächeln auf ihren Tisch stellte. Das Leben ist reichlich verlogen, denn Anna spricht mit ihm über Dinge, die sie erst in zweiter Linie interessieren. Sie erzählt ihm von ihrer Begegnung mit Hank Kolofsky und von dessen Begegnung mit Sybille Blank. Wenn es eine Verbindung gibt zwischen dem Waffenhändler und Hubert Blank, und wenn Sybille Blank davon wußte und ihren Mann erpreßte, wäre dies nicht ein vorzügliches Motiv für einen Mord?

»Einen Mord aus Leidenschaft würde ich ihm auch kaum zutrauen«, sagt Hermes, »denn diese emotionale Schweinerei paßt ganz und gar nicht in das Bild dieses Mannes.«

Anna schluckt und sagt gar nichts.

Sie sieht verwirrt aus, denkt er zärtlich, und daß sie zu den altmodischen Frauen gehört, die noch kochen können und sich dafür Zeit nehmen, statt lieblose Mikrowellenküche mit Papierservietten auf den Tisch zu knallen. Frau Hermes behauptet, daß er sie nicht als Köchin engagiert habe und daß ihr ihre Zeit zu schade sei für solche Dienstleistungen. Dem Argument ist schwer zu begegnen, und er weiß natürlich, daß ihr Engagement in der Partei, der Friedens- und Umweltbewegung wichtiger ist als sein leibliches Wohl. Trotzdem reibt er sich mit zunehmender Verbitterung an ihrem Anspruch, die Welt zu verbessern statt die Künste einer Ehefrau.

»Gibt es Neues im Fall Laubwitz?« Anna denkt noch einmal an Anton und diesen verunglückten Abend, der sein letzter war.

»Eine vage Spur, nicht mehr ... Wir haben an die fünfzig Leute aus der einschlägigen Szene vernommen, aber ...«

Jetzt sieht sie enttäuscht aus, und um sie zu trösten, erzählt er ihr, was er nicht dürfte: »Die Staatsanwaltschaft ermittelt gegen Hubert Blank.«

»Wegen Mordes?«

Gottlieb Hermes schüttelt den Kopf. »Nein, und das muß wirklich unter uns bleiben. Es geht um Vorteilsnahme beziehungsweise Bestechung in einem äußerst geheimen Rüstungsprojekt, an dem auch der BND beteiligt war. Fällt in den Bereich Militärisches Nachrichtenwesen.«

Nun hat er ihre ungeteilte Aufmerksamkeit, und er gesteht sich ein, daß ihm dies schmeichelt. »Ich kann Ihnen nicht sagen, um welches Projekt es sich handelt, die Sache ist auch schon vier Jahre alt, aber vermutlich hat Blank als zuständiger Projektleiter ... zu enge Kontakte mit der Industrie gepflegt. Reisen, vermutlich ein Konto in der Schweiz ... das Übliche.«

Das Übliche, denkt Anna und fragt sich, wo die Empörung bleibt? Die vielen Hände, die in Deutschland einander waschen, sind kaum noch der Aufregung wert. Ein paar Staatsanwälte ermitteln, ein paar Journalisten schreiben, ein paar Bürger gehen nicht zur Wahl. Wer unten ist, findet das ungerecht, und wer oben ist, ist selbstgerecht. Die freie Marktwirtschaft ist so frei … »Halten Sie es für üblich?«

Sie sollte ihn nicht absichtlich mißverstehen. Gottlieb Hermes hält sich für einen treuen Diener dieses Staates, und er will es nicht zulassen, daß Einzelfälle seine positive Grundhaltung kaputtmachen. »Natürlich nicht. Aber wenn es um soviel Geld geht und um ein Projekt, das aufgrund der Geheimhaltung kaum kontrollierbar ist, dann kann dies die Beteiligten schon in Versuchung führen. Blank jonglierte mit Millionen, die zwischen Ministerium, dem BND und der beteiligten Industrie flossen. Er war eben, weil alle Fäden bei ihm zusammenliefen, der goldene Mann für die Industrie.«

»Ein kleiner Ministerialrat?«

»Ein kleiner Ministerialrat am richtigen Platz. Es wird natürlich sehr schwer zu beweisen sein, weil die beteiligten BND-Leute vermutlich keine Aussagegenehmigung bekommen. Und die Geldgeber haben sich bereits mit teuren Anwälten bewaffnet. Bleibt nur der Weg über Blank. Das Ganze geht übrigens auf eine anonyme Anzeige zurück.«

Anna denkt sofort an Sybille, fragt sich aber, warum diese eine Gans schlachten sollte, die goldene Eier legt? Sie zündet sich nachdenklich eine Zigarette an und ignoriert seinen strafenden Blick. Ein Mann, der Gottlieb heißt und Sonnenblumenkerne kaut, sollte nicht mit Steinen werfen. »Sehen Sie eine Verbindung zu Sybille oder Kolofsky?«

Er bemüht sich, die Rauchringe zu ignorieren. Sie hat die Teller nicht abgeräumt, sondern bloß zur Seite geschoben. Ihr Küchentisch ist groß, überhaupt ist der Raum gemütlich, und die Situation wäre perfekt, wenn auch sie Sonnenblumenkerne kauen würde. »Kolofsky ist erst später auf den Plan getreten, aber es ist durchaus möglich, daß sich die Ermittlungen auch auf dieses Projekt ausdehnen. Wer einmal nimmt ... Sie wissen schon.«

Ich weiß nichts, denkt Anna. Ich gehöre zu den Idioten, die keiner für bestechungswürdig hält. Ich schreibe dumme Geschichten über langweilige Leute, und ich stürze mich auf spannende Geschichten, die meist eine Nummer zu groß sind. Vielleicht wirst du mich eines Tages wegen Mordes verhaften, lieber Gottlieb Hermes, und ich werde gar nicht erst versuchen, dich zu bestechen, weil du auch zu den Dummen gehörst, die Feigheit mit Anständigkeit verwechseln. »Wird es eine Hausdurchsuchung geben? Ich meine, dann wäre es doch möglich, daß man ...«

»... die Leiche im Keller findet? Wäre das Ihre Vorstellung eines Happy-End?« Hermes grinst, denkt dabei, daß der Staatsanwalt ganz andere Leichen im Sinn hat. Die Spur führt von Blank weiter nach oben, zu Männern, die auch an dem Projekt beteiligt waren, wichtiger noch als Blank ... Aber das kann er ihr nicht sagen, er hat ihr schon viel zuviel erzählt. Natürlich hat er den Staatsanwalt über das mysteriöse Verschwinden der Frau Blank informiert. Natürlich ist es möglich, daß es Querverbindungen gibt ... alles ist möglich, sogar, daß Anna Marx eines Tages Sonnenblumenkerne kaut und jeden Tag für ihn kocht ...

Anna räumt ab und stellt Käse auf den Tisch, dazu Bauernbrot und eine Flasche alten Genever. »Sie sollten sich mal Fabian Blank vornehmen. Der Junge weiß mehr, als er sagt ...«

Hermes hört ihr nicht richtig zu. Kann er ihr sagen, daß er zutiefst davon überzeugt ist, daß Sybille Blank noch lebt? Mit Fakten kann er das nicht belegen, aber was spricht dagegen, daß Sybille Blank sozusagen als Vorhut mit all dem Geld vorausgereist ist, auf die Kayman-Inseln beispielsweise? Je nachdem, wieviel Geld Hubert Blank im Lauf der Jahre kassiert hat, wird es für ein Rentnerdasein in der Sonne reichen.

Für beide. Er hat dem Staatsanwalt, mit dem er auch befreundet ist, dringend geraten, einen Haftbefehl gegen Blank zu erwirken.

Er sagt es ihr, und weil sie eine störrische Person ist, die sich noch in jedem Fall in einer Spur verrannte, schüttelt sie den Kopf und murmelt unidentifizierbare Laute der Ablehnung. »Diese Ehe war eine Hölle«, sagt sie. »Wenn Blank Geld für seine alten Tage zur Seite geschafft hat, dann bestimmt nicht, um sie mit Sybille zu verbringen. Sie war maßlos eifersüchtig, also muß sie ihn geliebt haben, also verläßt sie ihn nicht einfach oder reist als Vorhut auf irgendwelche Inseln.«

»Sie hatte einen Liebhaber, Marx.«

Annas Augen sind sehr grün. »Mein Gott, von Frauen verstehen Sie gar nichts, Hermes.«

Die Worte kennt er wohl, und aus ihrem Mund sind sie besonders verletzend. Er schweigt beleidigt, trinkt den Genever in einem Zug leer. Denkt, daß die Blank womöglich mit Geld abgehauen ist, um sich mit ihrem Liebhaber irgendwo zu treffen, ein Plan, der von törichten Totschlägern vereitelt wurde. Aber nichts, was er sagen könnte, würde in diesen rothaarigen Kopf hineingehen. Ein markanter Kopf, der jetzt vor seinen Augen leicht verschwimmt, so daß ihm schwindelt. Zuviel Wein, zuviel Schnaps, zuviel Marx. Er bemüht sich, nicht zu schwanken, als er aufsteht und etwas davon murmelt, daß er am nächsten Morgen Frühdienst habe.

Jetzt sieht er aus wie Marlene Dietrich, falls man ihr je gesagt hätte, daß sie keine schönen Beine habe, denkt Anna. Soll er doch gehen, ich wollte ohnehin nicht mit ihm ins Bett.

Anna schlägt ihm immerhin vor, ein Taxi zu bestellen. »Der letzte Mann, der bei mir zum Essen war, lebt nicht mehr.«

Der Scherz klingt frivol, doch er wartet mit ihr an der Tür auf das Taxi, lobt noch einmal das Essen, legt ihr ans Herz, seine Informationen vertraulich zu behandeln. Das Leben ist sehr verlogen, denn eigentlich denkt er an Sex und daran, daß alles möglich gewesen wäre, wenn er nicht soviel getrunken und über erotischere Themen gesprochen hätte. Die Ansammlung verpaßter Gelegenheiten findet Gottlieb Hermes mittlerweile beunruhigend. Wenn sie sich zur Geschichte seines Lebens verflechten, hätte er jeden Grund, zu Fuß nach Hause zu gehen und das Schicksal herauszufordern.

21

Als Anna am nächsten Morgen erwacht, ist sie sechsundvierzig Jahre alt und einmal mehr verkatert und verquollen. Das Leben bietet keine Perspektiven, die dazu Anlaß gäben, das Gesicht im Spiegel anzulächeln. Anna sagt laut und deutlich »Scheiße«, bevor sie die Rituale der Säuberung und schlampigen Restaurierung vollzieht. Das positive Denken will sich nicht einstellen, während sie in schwarze Kleidung steigt. Sie sollte sich mal was Neues, Farbiges kaufen, aber die roten Zahlen sprechen dagegen. Anna vermeidet den Anblick ihrer chaotischen Küche und verläßt die Wohnung frühstücklos. Sie steigt in ihr Auto, das gnädig anspringt.

»Wenn Sie mir etwas zu sagen haben, tun Sie es jetzt«, sagt Annas Stimme auf dem Anrufbeantworter. Dann piepst es, bevor ein Rauschen ertönt, das auf weite Entfernung schließen läßt.

»Sybille hier. Mach dir keine Sorgen, mir geht es gut«, sagt eine Stimme, sehr schnell und sehr durchrauscht von sphärischen Tönen. »Danke für ihren Anruf«, sagt Annas Stimme nach dem finalen Piepston.

Hubert Blank sitzt dem Staatsanwalt gegenüber. Er ist bleich, aber gesammelt und fühlt sich in Gegenwart seines teuren Anwalts einigermaßen sicher. Die beiden sprechen über den Fall, als wäre er, die Hauptperson, gar nicht vorhanden. Der Staatsanwalt, ein kleines Männchen mit billigen Schuhen und der Mimik eines Gorßwildjägers vor dem Abschuß eines Elefanten, sagt etwas von einem Haftbefehl, wenn das Schweigen, Blanks Schweigen, andauere.

Der Anwalt spricht von seinem Mandanten, als sei er ein »kleiner Fisch im großen Haifischteich«. Hubert Blank findet den Vergleich anstößig, er will etwas sagen, aber seine Gedanken gleiten immer wieder ab zu der Frage, wer sich gegen ihn verschworen hat. Wertheim? Oder Kolofsky, aber welchen Grund sollte er haben, ihn mit einer alten Geschichte zu denunzieren, wo er doch alles für die aktuelle Sache unternommen hatte? Sie können mich nicht fallen lassen, denkt Blank: Ich weiß doch zuviel. Die glauben doch nicht, daß ich mir das gefallen lasse?

Evangelista putzt die Küche und singt dabei, um Jonathan zu unterhalten, der in seinem Laufstall mit farbigen Hölzern spielt. Er ist ein so lieber Junge, er ist ihr ans Herz gewachsen wie ein eigenes Kind. Wenn er bei ihr ist, dann verliert sie die Angst vor der Polizei und vor der rothaarigen Frau, die herumschnüffelt, so sagt Fabian jedenfalls, und er hat ihr dieses Wort erklärt, weil sie es nicht kannte.

Fabian sitzt am Eßtisch und hört Musik aus Kopfhörern, denn ihr Singen mag er nicht, das hat er schon oft gesagt. Warum sitzt er dann da und beobachtet sie?

Er macht sie nervös. Er stört sie bei der Routine des Arbeitens, die ihr auch hilft, die Angst wegzudrängen. Zweimal war die Polizei jetzt da, aber Fabian ist bei seiner Version geblieben, daß er Sybille aus dem Haus gehen sah. Zweimal hat sich Evangelista in ihrem Zimmer versteckt gehalten, und es ist gutgegangen. So wie Hubert gesagt hat: Kein Mensch interessiert sich für eine Filipina ohne Papiere. Sie vertraut seiner Klugheit. Denn er war es, der Fabian überredet hat, ihre Beobachtung als seine auszugeben. Als sie Hubert erzählte, daß sie Sybille gesehen habe, da wußte er sofort, daß sie als Zeugin nicht gut ist, daß sie dabei selbst in Gefahr kommt.

Natürlich weiß Evangelista, daß es auch für Hubert nicht angenehm ist, wenn sie abgeschoben würde. Man würde ihn bestrafen, aber was für eine Strafe wäre das im Vergleich zu einer Rückkehr auf die Philippinen. Was sollte sie dort machen ohne Jonathan, ohne Geld ... Die Familie hat sich ein Haus gebaut, das ist gut, aber von diesem Haus kann sie nicht leben ...

»Du solltest einen Deutschen heiraten, damit du endlich legal hier bist«, hat Hubert gesagt. Ob er damit jemanden Bestimmten gemeint hat? War das ein Versprechen? Sie hat doch niemanden außerhalb dieser Familie. Selbst Fabian, vor dem sie Angst hat, manchmal, ist ein Teil von ihr geworden, sie kennt ihn so gut, viel besser, als er glaubt.

So wie er jetzt sehen Männer Frauen an, wenn sie mit ihnen ins Bett gehen wollen. Evangelista legt das Poliertuch zur Seite und nimmt Jonathan in den Arm, als Schutz sozusagen. Fabian sieht sie unentwegt an, und dabei bewegt sich sein Kopf im Takt der Musik. Sie mag seine Musik nicht, aber das würde sie ihm nie sagen. Sie muß ihm dankbar sein dafür, daß er sie vor der Polizei gerettet hat. Es war Huberts Idee, aber der Junge hätte auch nein sagen können. Sie wäre nie auf den Gedanken gekommen, daß er in sie verliebt ist, bis ... Jetzt sieht sie es in seinen Augen. Warum hat sie solche Angst? Es ist doch nichts Besonderes, daß ein Mann eine Frau will. Sie wird es Hubert erzählen, und er wird die Sache in die Hand nehmen und zu ihr sagen »Alles ist in Ordnung«.

Jonathan gibt ihr einen feuchten Kuß. Diese Liebe ist ohne Angst, dieses Kind ist ihre große Liebe. Selbst Fabian respektiert, daß Jonathan vollkommen von ihr abhängig ist. Jetzt legt er seine Kopfhörer weg, wippt mit verschränkten Armen auf seinem Stuhl, schweigt sie an. Evangelista hält Jonathan fest, aber er wehrt sich gegen die Umarmung, will wieder auf den

Boden, strampelt so fest, daß sie nachgibt, so wie sie seinem Willen immer nachgibt. Auch diese Liebe funktioniert nicht nach Evangelistas Regeln.

»Die perfekte Mutter«, sagt Fabian jetzt spöttisch. »Aber an deiner Stelle würde ich Hubert nicht alles glauben. Die Polizei wird wiederkommen – und ewig kannst du dich nicht verstecken.«

Sie hockt neben Jonathan auf dem Boden, sieht zu ihm hoch. Fabian ist groß aus dieser Perspektive, sehr groß. Evangelista weiß, daß er recht hat, aber sie will nicht darüber nachdenken. Wenn sie nachdenkt, kommen diese Kopfschmerzen, das furchtbare Hämmern in ihrem Kopf, das schließlich alle Gedanken ausschaltet und sie nur auf den Schmerz reduziert. Sie hat diese Krankheit, seit sie in Deutschland ist, aber es gibt Pillen dafür. Gegen jeden Schmerz gibt es Pillen in Deutschland. Sie will nicht zurück.

»Dein Vater wird mich schützen«, sagt sie.

Fabian lächelt gemein. »So wie er Sybille geschützt hat?«

Sie weiß nicht, was er damit meint, aber die Worte klingen drohend, und in ihrem Kopf beginnt es zu hämmern, und sie möchte Jonathan dafür anschreien, daß er auf den Boden gespuckt hat, den sie gerade geputzt hat. Schleimige Milchreste auf den italienischen Fliesen, die so schwer zu putzen sind. Wie oft hat sie es getan ... tausendmal, Fliese für Fliese ...?

Evangelista holt ein feuchtes Tuch, während Jonathan mit kleinen Fingern sein Erbrochenes verschmiert. »Wenn du mich heiratest, bist du alle Sorgen los«, sagt Fabian, während sie dem Kleinen die Finger saubermacht.

»Du hast sie doch gehaßt.« Evangelista sieht nicht hoch, während sie auf den Knien den Boden schrubbt. Sie versteht nicht oder will nicht verstehen.

»Du bist dumm, Evangelista. Ich hab sie nicht gehaßt. Sybille hat mich enttäuscht, weil sie ein Typ war, der Liebe nicht gleichmäßig verteilen konnte. Hubert und Lydia, mehr war bei ihr nicht drin, gefühlsmäßig ... Und was sagst du zu meinem Angebot?«

Der Boden ist sauber, doch Jonathans Pullover ist verschmiert. Jetzt schreit er, weil sie ihn hochnimmt. Evangelista hält ihn als Schutzschild zwischen sich und Fabian: »Du bist zu jung. Und Hubert würde das nie erlauben.«

Ihr kleiner, schmaler, zäher Rücken ist ihm jetzt zugewandt. Sie trägt Jeans und ein T-Shirt, und seines Bruders Gesicht greint ihn von vorne an. Jonathan hat noch keine Pickel, seine Haut ist glatt und rosig, und Fabian denkt, daß der Bastard jeden Grund zum Weinen hat, bei dem, was ihm alles noch bevorsteht.

»Das ist mir scheißegal, was Hubert sagt«, ruft er ihr nach. »Und es gibt verdammt vieles, wofür ich nicht zu jung bin.«

Sie antwortet nicht. Im Kinderzimmer legt sie Jonathan auf den Wickeltisch und säubert ihn, während er schreit. Sie liebt ihn, aber jetzt gibt sie ihm einen Klaps auf den nackten Po. Nicht allzu hart, aber doch so, daß sich das Weinen in Brüllen steigert. Evangelista will nicht darüber nachdenken, daß dieses Kind das einzige Wesen ist, über das *sie* Macht besitzt. Jemand, der ihren Ängsten ausgeliefert ist. Sie könnte Jonathan sehr weh tun, aber sie tröstet ihn jetzt, singt ihm vor, bis er ruhig ist.

22

»Ich weiß nicht, ob das ihre Stimme ist. Aber es könnte sein. Es ist so ähnlich wie ihre Stimme.«

Hubert Blank läuft weiter, während Anna ihm das Tonband unter die Nase hält, sie läuft neben ihm und fühlt sich wie Zatopeks Großmutter. »Können Sie nicht stehenbleiben, verdammt noch mal, wenn Sie mit mir reden.«

Er läuft weiter, langsamer allerdings. Er trägt einen sehr teuren Jogginganzug und die entsprechenden Schuhe, und er ist sportgestählt, während Annas Raucherlungen gefährlich pfeifen. Sie sind allein auf diesem Weg im Kottenforst, und er erwägt den großen Sprint, um die Marx endlich loszuwerden.

»Warum ruft Sybille nicht zu Hause an? Warum bei mir? Und woher sollte sie denn wissen, daß ich mir Sorgen mache?«

Sie ist jetzt schon einen Schritt hinter ihm, er füllt seine Lungen mit Luft, um sie endgültig abzuhängen, davonzulaufen, vor ihr und all den anderen, die ihm auf den Fersen sind wie Bluthunde. Er dreht sich nicht nach ihr um, sondern sieht starr geradeaus auf den Weg vor ihm, eine Strecke, die endlos sein kann, wenn er einfach nicht aufhört zu laufen ...

Es ist sinnlos. Hubert Blank bleibt stehen und wartet auf Anna Marx, die betont langsam auf ihn zugeht, immer noch dieses lächerliche Tonband in der Hand. Jetzt steckt sie es in ihre Tasche. Jetzt steht sie vor ihm und sagt: »Wenn es einen Hinweis dafür gibt, daß Sybille tot ist, dann ist es dieser Anruf. Woher sollte sie denn wissen, daß ich mir Sorgen mache?«

Soll er ihr sagen, wie kalt ihn das läßt? Sybille, tot oder lebendig, weckt keinen Funken Gefühl mehr in ihm. Das ist die Wahrheit. Alle anderen Wahrheiten sind so kompliziert, daß nur er sie verstehen kann. Wie konnte er sie einem Staatsanwalt erklären oder einer Journalistin mit roten Haaren? »Gehen Sie zur Polizei, machen Sie, was sie wollen. Aber bitte lassen Sie mich in Ruhe.«

Manchmal kann sie erbarmungslos sein: »Sie haben Probleme mit dem Staatsanwalt, nicht wahr? Ein Bestechungsvorwurf, habe ich gehört.«

Er könnte sie umbringen. »Was hab ich Ihnen getan, daß Sie mich verfolgen ...«

Als er einen Schritt auf sie zugeht, weicht Anna einen Schritt zurück. Keine Feigheit vor dem Feind, bloß eine Vorsichtsmaßnahme. Wir sind ganz allein im Wald, denkt sie, bevor sie einen jungen Mann mit großem Hund sieht und beruhigt ausatmet. »Ich glaube, daß Sie mich von Anfang an belogen haben. Sie wußten, daß Sybille nicht ... verreist ist. Hat sie von Ihren ... Geschäften ... gewußt? Ich meine, sie war doch so neugierig, es war bestimmt schwer, vor ihr Geheimnisse zu haben.« Und vor Fabian, denkt Anna. Fabian, der Spion im Haus. Fabian, der Sybille als letzter gesehen hatte ...

»Ich bin unschuldig«, sagt Hubert Blank jetzt. »Ich bin Opfer einer infamen Intrige.« Er blickt Anna an, als sei sie Teil der großen Verschwörung, wie ein gehetztes Wild sieht er aus, aber auch wie ein beleidigter Ministerialrat. Die Mischung ist nicht mitleiderregend. Warum mag sie ihn nicht? Oder ist es nur Philipp, den sie in ihn hineinprojiziert?

Annas junger Mann mit Hund ist hinter den Bäumen verschwunden. »Sind Sie nie auf den Gedanken gekommen, daß Kolofsky damit zu tun hat? Sybille war bei ihm. Was wollte er von ihr – oder sie von Kolofsky?«

Das ist neu, das sollte ihn erschrecken. Doch Hubert Blank hat den Punkt bereits überschritten, an dem Überraschungen Schocks auslösen. Der Anwalt verlangt dreißigtausend Mark Vorschuß für seine Bemühungen. Evangelista pestert ihn mit ihrer verdammten Anhänglichkeit. Sein Sohn beobachtet ihn mit Argwohn und vielleicht Haß. Und selbst Babette, die loyale Freundin, stellt bohrende Fragen. Es ist so: Die Ratten, die ihn umgeben, verlassen das sinkende Schiff. Diese Frau hier, die ihm in anderen Zeiten vielleicht zugeflogen wäre, auch sie will seinen Untergang beschleunigen. Es war alles in Ordnung, denkt Blank, bis Kolofsky auf den Plan trat und mich in seine Machenschaften verwickelte. Hubert Blank war einer, der sein Leben immer unter Kontrolle hatte, im Gegensatz zu Sybille. Das ist nicht mehr so. Die Ordnung löst sich auf in ein Chaos, das in Wellen über ihm zusammenschlägt ...

»Hat Kolofsky mit Sybilles ... Tod zu tun?«

Hubert Blank kehrt von einer furchtbaren Reise ins Innere

zurück. »Ich weiß es nicht. Vielleicht hat sie sich mit ihm getroffen, um in unserem Ehekrieg neue Waffen zu schmieden.« Er lächelt böse: »Und Kolofsky wollte Sybille möglicherweise aushorchen. Ist das nicht alles sehr unwichtig geworden?«

Natürlich nicht. Anna fragt sich, ob da noch jemand seinen Realitätsbezug verloren hat. Opfer oder Täter vermischen sich einmal mehr zu einem Gebräu schaler Leidenschaften. Aus seiner Sicht, denkt Anna, hat Sybille den Tod durchaus verdient. Aber kann sich einer wie Blank über sein beinahe ordentliches Leben hinwegsetzen, um sich extreme Wünsche zu erfüllen? »Sie tun mir leid«, sagt Anna, und auch das ist falsch. Männer mögen es nicht, wenn Frauen sie bemitleiden.

»Ich wäre Ihnen sehr verbunden, wenn Sie sich jetzt entfernten.« Blank sagt es und tut es, indem er Anna stehenläßt und in Richtung Wald sprintet. Er entfernt sich sehr schnell von ihr, und sie hat weder Lust noch Chance, ihn einzuholen. So dreht sich Anna also um und geht den Weg zurück, den sie hinter ihm hergelaufen war. Als sie zum Parkplatz kommt, sieht sie einen Mercedes einparken. Am Steuer sitzt ein massiger Mann, und als er aussteigt, erkennt sie ihn: Es ist Hank Kolofsky, der Waffenhändler. Anna duckt sich hinter ihrem Auto, als er in einiger Entfernung an ihr vorbeigeht. Er geht in die Richtung, aus der sie gekommen ist, und es sieht so aus, als ob er sie nicht entdeckt hat.

Anna denkt, jetzt müßte ich hinter ihm herschleichen und das Gespräch zwischen Orson Welles und Robert Redford belauschen. Sie ist überzeugt davon, daß die beiden sich treffen. Aber sie ist auch davon überzeugt, daß sie keinesfalls unbemerkt in die Nähe der beiden käme. Kahle Bäume, sie kann sich ja nicht gut anrobben, und selbst dann würde man sie sehen. Feigheit ist auch immer ach so vernünftig.

Und jeder ist seines Glückes Schmied. Einer von Mutters dummen Sprüchen. Anna hat sich oft genug die Finger verbrannt, soviel ist dazu zu sagen. Annas Finger umklammern das Lenkrad, und eine Welle des Selbstmitleids überschwemmt sie mit gnadenloser Sentimentalität. In dieser Welle befindlich fährt sie rückwärts und bremst in letzter Minute, als sie zwei Kinder im Rückspiegel sieht. Die Kinder sehen erschrocken aus, und Anna denkt, was für ein verdammtes Glück sie eben gehabt hatte. Man darf sich eben nicht vom Leben ablenken lassen. Vielleicht ist das die Formel zur Relativitätstheorie des Glücks.

Die beiden Männer im Wald haben Bremsen quietschen hören, und Hubert Blank zuckte zusammen. »Sie sollten Ihre Nerven besser im Griff haben«, sagt Kolofsky. Ein konspiratives Treffen dieser Art ist allerdings auch nicht nach seinem Geschmack. Zuviel Natur macht ihn kribbelig. So wie der Mann vor ihm: Ein Hubert Blank, der in Panik gerät, kann ihm gefährlich werden. Es ist einiges nicht nach Plan gelaufen in den letzten Tagen, auch Kössler scheint vom Ruder zu gehen, und die Pressekampagnen über »Waffengeschäfte und Bestechung« haben eine Reihe von Leuten veranlaßt, sich am Telefon verleugnen zu lassen. Hank Kolofsky bevorzugt Länder mit angepaßten Presseorganen. Aber er ist keineswegs gewillt, jetzt aufzugeben, allenfalls, kurzzeitig Deckung zu suchen.

»Ich bin sicher, daß Wertheim oder einer von Wertheims Leuten mich denunziert hat.« Hubert Blank sieht ihn an, als ob er, Kolofsky, an seiner Unbill schuld sei. Nun ja, er hat ihn dazu bewogen, das Gründungspapier des »Konservativen Gesprächskreises« zu besorgen. Schon möglich, daß Wertheim zum Gegenschlag ausgeholt hatte. Auch wenn es ein krasser Fall von ministerialer Nestbeschmutzung wäre.

»Oder einer Ihrer Kollegen, der neidisch auf Ihre hervorragenden Industriekontakte war. Mein lieber Blank, es ist müßig, nach Schuldigen zu suchen. Sie müssen aus dieser Sache bestmöglich rauskommen, darum geht es. Und bitte vergessen

Sie nicht, man will Sie mit einer alten Sache festnageln. Das V-12-B-Geschäft steht nicht auf dem Spiel.«

Hubert Blank starrt auf einen Himmel von eisigem Blau. »Noch nicht. Wenn die erst einmal anfangen zu graben ...«

Kolofsky legt ihm eine schwere Hand auf die Schulter: »Unsinn. Nehmen Sie sich ein Beispiel an Ihren Politikern: Augen zu und durch. Alles belastende Material muß natürlich weg. Am besten geben Sie es einem guten Bekannten, mit dem man Sie nicht in Verbindung bringt. Und dann erzählen Sie in Gottes Namen von zwei Reisen, die Sie auf Kosten der Industrie unternommen haben. Ein bißchen Futter für den Staatsanwalt; Sie waren mit dem Industrieboß befreundet, wer könnte etwas dagegen haben? Wenn Sie den Zusammenhang nachweisen können, wird man Sie deshalb nicht hängen. Oder war damals etwa Geld im Spiel?«

Hubert Blank hat keinen Sinn für die Ironie dieser Frage. »Nicht direkt. Es hat natürlich gewisse Geldverschiebungen zwischen uns und den Firmen und dem BND gegeben.«

Erzähl mir nichts von deinen kleinen Schweinereien, du miese, korrupte Ratte. Kolofskys kleine Knopfaugen fixieren eine Tanne, die am Verrecken ist, und er findet es sehr erfreulich, daß das allgemeine Siechtum auch die Natur erfaßt hat. »Geheimdienst ist gut, die werden nichts sagen. Wo, lieber Freund, liegt also das Problem?«

»Was ist, wenn sie uns beide in Verbindung bringen?«

Kolofsky kann die Angst förmlich riechen. Sie durchdringt die kalte Waldluft, die ihm unangenehm genug ist. Er tritt einen Schritt zurück. »Ich habe mit diesen alten Geschichten nichts zu tun. Und niemand, Blank, ist zur Zeit daran interessiert, die Sache mit den Kampfflugzeugen hochkochen zu lassen. Dazu haben zu viele Beteiligte zuviel Dreck am Stekken. Auch unser Freund Wertheim. Das Schlimmste, was passieren kann, ist, daß die Entscheidung nochmals verzögert wird.«

Der Typ hat zuviel Angst für kalte Logik. Kolofsky ist durchaus in der Lage, den Entwicklungen der letzten Tage positive Seiten abzugewinnen. Wenn deutsche und europäische Rüstungsfirmen durch Skandale diskreditiert werden, kämen einer amerikanischen Lösung durchaus größere Chancen zu. Das hat er auch den Idioten in Phoenix gesagt, die sich schon in die Hosen machen, wenn Journalisten die Geschäftspraktiken der Rüstungsindustrie recherchieren. Hubert Blank gehört auch zu den Leuten, deren Appetit größer ist als ihr Magen. Sie kapieren einfach nicht, daß Geld und Risiko zusammengehören. »Sollte dieser lächerliche Staatsanwalt meinen Namen nennen: Sie sind mir auf dem Empfang des Luftwaffeninspekteurs begegnet. Keine weiteren Angaben zur Sache. Haben Sie das verstanden, Blank?«

Er haßt Kolofsky. In Blanks Rechtfertigung vor sich selbst spielt der dicke Holländer die Rolle des Bösen, und er denkt, daß Sybille von ihm fasziniert war. Sie hatte einen Hang zum Morbiden, eine Neigung zum Negativen, die er nur am Anfang interessant gefunden hat. Er ist froh, daß sie nicht mehr da ist, jetzt, da er verwundet ist. Jetzt braucht er Loyalität und Verständnis, etwas, das Frauen so selten zu geben bereit sind.

Er hat alle relevanten Papiere natürlich längst weggeschafft. Zu Babette, und das war ihm nicht leichtgefallen, aber nach reiflichen Überlegungen waren alle anderen Ratten ausgeschieden. Er ist nicht mehr sicher, ob das eine kluge Entscheidung war, aber ... sie liebt ihn und sie wird ihn nicht verraten. Das muß reichen in diesen Zeiten, in der jeder seine Haut zu retten versucht – im Zweifelsfall auf seine Kosten. Auch Kolofsky: Der Dicke hat Schweißperlen auf der Stirn, obwohl es kalt ist. Der Dicke bewegt seine Lippen zu einer Art Grinsen und fragt: »Was ist das für eine Geschichte mit Ihrer verschwundenen Frau?«

»Mußten Sie das nicht besser wissen? Sie haben sie doch getroffen.«

Bonn ist ein Dorf, denkt Kolofsky. Wer nicht gesehen werden will, muß sich in den Wald verziehen. »Ich weiß gar nichts. Ich habe sie mal zum Essen eingeladen, um sie über Sie auszuhorchen. Das ist alles, ich schwör's ... eine sehr charmante Gattin übrigens.«

Jedes Wort ist Lüge. Jedes Wort ist ein Angriff, so empfindet er es. Kolofskys fettes Gesicht verrät nichts als Hohn. »Eines sag ich Ihnen jetzt, Kolofsky: Wenn es hart auf hart kommt, werde ich niemanden schonen. Verstehen Sie mich. NIEMANDEN.«

Er hätte es nicht anders erwartet. Die Frage ist, ob man dieser Drohung mit Zuckerbrot oder Peitsche begegnen muß. Kolofsky entscheidet sich für letzteres. Blank ist der Typ, der kuscht, wenn man ihn richtig anfaßt. »Es wäre gesünder für Sie, sich für die kleine Lösung zu entscheiden, Blank. Und was Ihre Frau betrifft: Sie war eine penetrant neugierige Person, und sie wußte zuviel über Ihre Geschäfte. Jedenfalls so viel, daß sie versucht hat, mich um die stolze Summe von einhunderttausend Mark zu erleichtern.«

Es überrascht ihn nicht einmal, es steigert nur seine Wut auf die beiden, die ihn auf ihr Niveau gezogen haben, ihn, Hubert Blank, einziger Sohn eines Luftwaffengenerals, ein Mann mit blendendem Aussehen und blendenden Aussichten. Wann genau war es geschehen, daß die Hoffnungen auf das Mindestmaß des Lebens reduziert wurden? Es interessiert ihn nicht, aber er fragt trotzdem: »Haben Sie ihr das Geld gegeben?«

Kolofsky überlegt sich seine Antwort genau: »Nein, hab ich nicht. Ich habe sie vertröstet, ich wollte die Angelegenheit mit Ihnen besprechen, bis ich hörte, daß die Dame verschwunden ist. Haben Sie sie umgebracht? Das wäre in Anbetracht Ihrer gegenwärtigen Schwierigkeiten eine äußerst ungünstige Konstellation, Blank.«

Selbst der Staatsanwalt hat ihn mit seinem Titel angesprochen. Hubert Blank kann nicht mehr verstehen, daß er diesen Mann als eine Art Kamerad betrachtet hatte. Sich in seiner Gegenwart wohl und wichtig gefühlt hatte: Selbst die exklusive Reise nach Belgien war nicht mehr als eine Freß-, Sauf- und Sexorgie. Inszeniert von einem fetten Mann, der auf die niedrigsten Instinkte seiner Mitmenschen spekuliert. Es ist Hubert Blank nicht möglich, seine Rolle in Kolofskys Spiel zu definieren. Er legt nur alle Festigkeit in seine Stimme: »Verschonen Sie mich mit solch absurden Verdächtigungen, Herr Kolofsky. Wenn Sybille versucht hat, Sie zu erpressen, könnte ich die gleiche Frage auch an Sie stellen, nicht wahr?«

Der Giftpfeil prallt ab wie ein Wurfgeschoß aus Papier. Männer, die wie Helden aussehen und wie Feiglinge leben, sind ihm besonders verachtenswert. Wenn Neid dabei ist, so hat Kolofsky gelernt, damit umzugehen. Denn er braucht sie, die Blanks dieser Welt, und jetzt entschuldigt er sich, und er schmeichelt ihm, baut ihn auf für seine Zwecke. Der Zweck heißt Selbstschutz, die Wahrung seiner Interessen. »Ich werde übrigens morgen nach Phoenix reisen, für zwei Wochen oder jedenfalls so lange, bis die Wogen dieser dummen Geschichte geglättet sind.« Kolofsky sagt es und klopft Blank aufmunternd auf die Schultern, bevor er sich umdreht und zu seinem Wagen watschelt.

Hubert Blank atmet tief durch und setzt dann seinen Lauf fort, in Richtung Röttgen, nach Hause, in das Haus seiner Eltern, in dem über Geld nie gesprochen wurde, auch dann nicht, als die Krankheit seiner Mutter Unsummen verschlang und seinen Vater zwang, sich zu verschulden. Gut, daß sie das nicht mehr erleben mußten. Hatte seine Mutter ihn nicht gewarnt, Sybille zu heiraten …

Er läuft mit regelmäßigen, schnellen Schritten, seine Kondition ist gut, alles wäre in Ordnung, wenn er die Uhr zurückdrehen könnte, am besten bis vor die Zeit, als er Sybille kennenlernte. Hubert Blank stoppt seinen rhythmischen Lauf erst vor dem Gartentor, es ist unverschlossen, und er ärgert sich über Fabians oder Evangelistas Nachlässigkeit.

Das Mädchen öffnet ihm die Tür mit diesem devoten Blick, den er anfangs mochte und der ihm jetzt auf die Nerven geht. Er macht sie auf ihr Versäumnis aufmerksam, aber sie entschuldigt sich nicht einmal, sieht verängstigt und verstört aus. Noch ein Klotz an meinem Bein, denkt er und hört kaum hin, als sie erzählt, daß Jonathan von der Wickelkommode gefallen ist. Nur eine Schürfwunde, sagt sie, und er meint, das sei ja nicht so schlimm. Sie möchte getröstet werden, aber dazu ist er weiß Gott nicht in der Stimmung. Soll sie sich mit ihrer Hausarbeit beschäftigen, dafür wird sie schließlich bezahlt.

Er geht in sein Arbeitszimmer, der einzige Raum, der nicht nach Sybilles Geschmack eingerichtet wurde. Dorthin hat er die alten Möbel gerettet, die seine Frau als zu bieder empfand. Der große Schreibtisch seines Vaters ...

»Was machst du da?« Sein Sohn steht hinter dem Schreibtisch, er hat seine Pässe in der Hand, und die Pistole liegt auf der Arbeitsplatte. Sein Sohn, der schweigsame Schnüffler, er hätte ihn gerne geliebt, aber Fabian hat es nicht zugelassen, als er älter wurde und Sybilles Haß die Atmosphäre vergiftete.

»Die Schublade war offen. Friedrich Marx und Karl Engels – findest du das nicht ein bißchen zynisch ... Vater?«

Sein Sohn spricht mit ihm. Aber die Worte gefallen ihm nicht. Er geht auf ihn zu, nimmt ihm die Pässe aus der Hand, wirft sie in die Schublade und sperrt sie zu. »Ich schätze es nicht, wenn man in meine Intimsphäre eindringt.«

Fabian murmelt etwas, das nach »zu spät« klingt. Er ist nicht zurückgewichen, als sein Vater auf ihn zutrat. Sein unreines Gesicht glüht – vor Aufregung oder Haß, das hält er jetzt für möglich, jetzt, da alle Ordnung sich auflöst ...

»Ich werde Evangelista heiraten«, sagt Fabian jetzt. Soviel Festigkeit liegt in seiner Stimme, doch was er sagt, ist so idiotisch, daß Hubert Blank zu lachen beginnt.

»Hör auf. Ich meine es ernst.«

»Hast du sie gefragt? Liebt sie dich etwa auch?«

Diese Überlegenheit in der Stimme. Fabian findet es unerträglich, hat sich immer an dieser Arroganz gerieben, bis er beschloß, die Wanzen zu legen und Vater in all seiner Erbärmlichkeit zu entlarven. Er ist nicht besser als ich: Diese Erkenntnis hat gutgetan, aber sie hat die Wunden nicht verheilen lassen.

»Vater, ich weiß, daß du mit ihr schläfst.« Oh ja, das hat gesessen. Die Maske hat einen Riß, der sehr häßlich ist. »Mutter hat es übrigens auch gewußt, ich hab es ihr nämlich erzählt.«

Ist es möglich, daß nicht Sybille, sondern Fabian der Auslöser des Chaos war? Er beobachtet seinen Sohn und will sich nicht fragen, was er falsch gemacht hat. »In Anbetracht der ... paranoiden Eifersucht deiner Mutter war das nicht besonders klug von dir.« Hubert Blank weiß, daß er noch überlegen ist, und er geht zum Gegenangriff über: »Vielleicht hat sie uns deshalb verlassen ... Wolltest du das erreichen?«

Er haßt es, wenn sein Vater ihm direkt ins Gesicht sieht. Dann fühlt er seine Pickel glühen, fühlt sich wie ein häßlicher, dummer Junge. Gab es Zeiten, in denen er seinen Vater respektiert und geliebt und bewundert hat? Fabian erinnert sich an feste Hände, die ihn führten, als er noch sehr klein war. Ein großes Gesicht, dem er bedingungslos vertraute. Der Urlaub in Frankreich, als Lydias Unfall passierte, und dann, als Mutter sich zurückzog in ihre Depressionen, die sie alle ausschlossen. Du hättest mich mit deiner Liebe auffangen müssen, möchte er seinem Vater sagen: Aber du warst ja nie da, immer beruflich unterwegs, immer auf der Flucht vor Mutters Haß und Liebe. Und mich, will er ihm sagen, hast du zurückgelassen in diesem Haus, in dieser Einsamkeit, die alle befallen hat wie die Pest.

Er sagt: »Von all deinen widerlichen Affären hat Mutter

diese am meisten getroffen. Sie fühlte sich so ... erniedrigt. Evangelista und Babette: Das hat ihr den Rest gegeben.«

Nein, aber wie soll er Fabian die unendliche Geschichte erklären? Er sieht an seinem Sohn vorbei auf das Bild seiner Eltern, sein Vater in Uniform und seine Mutter in einem weißen Kleid, noch nicht von der Krankheit gezeichnet. War er früher auch so gewesen wie Fabian? Schwarz-Weiß, Gut-Böse, Richtig-Falsch? Eine Welt ohne Grauzonen, ohne entschuldbare Fehler und Kompromisse? Vermutlich ja, aber das bringt die Diskussion nicht weiter. Es ist unverzeihlich, wie Fabian ihn ausspioniert hat ... ein schweigsames, heimtückisches Ungeheuer, das in seinem Nest sitzt, sich von ihm füttern läßt und nach Vergeltung piepst. Undankbar, illoyal, zerstörerisch ...

»Du redest erfreulich viel und verstehst beklagenswert wenig. Unsere Ehe war die Hölle, aber, zum Teufel, das weißt du selbst am besten. Im übrigen kommt es überhaupt nicht in Frage, daß du Evangelista heiratest. Du machst dein Abitur und studierst. Das ist mein letztes Wort.«

Die Überlegenheit des Alters, des Geldes, der Erfahrungen, die er nicht machen möchte ... Fabian fühlt die alte Wut in sich aufsteigen, er mochte noch mehr Risse in dieser Maske sehen: »Du weißt, daß *ich* nicht gesehen habe, daß Mutter aus dem Haus ging ... in dieser Nacht!«

Jetzt braucht er einen Cognac – und Zeit, sich seine Antwort zu überlegen. Hubert Blank geht zur Bar, schenkt sich aus der Kristallkaraffe ein, trinkt langsam, bis die Wärme des Alkohols spürbar ist. »Erstaunlich, daß dir mal was entgangen ist, nicht wahr? Aber wenn du meinst, deine Aussage bei der Polizei berichtigen zu müssen, bitte schön, ich werde dich nicht aufhalten. Sie werden Evangelista ausweisen, und wir werden eine saftige Strafe bezahlen müssen. Das ist alles.«

Ein waidwunder Blick aus seines Sohnes Augen. »Vielleicht ist es ohnehin besser, wenn Evangelista nach Hause zurückgeht. Es war übrigens die Idee deiner Mutter, eine illegale Hausangestellte zu beschäftigen. Nicht meine.«

Was bist du für ein gefühlloses Ungeheuer, denkt Fabian. »Hast du sie schon über? Bei deinem Appetit in Sachen Sex müssen es ja immer neue Frauen sein. Sie ist dir langweilig, gib es doch zu!«

Soll er seinem Sohn sagen, was es ist? Daß nur die Jagd interessant ist und der Rest Mechanik, Routine, Langeweile? Würde sein Sohn verstehen, daß Sex eine schrecklich überbewertete Sache ist und nur das zählt, was man beruflich und gesellschaftlich erreicht? An diesem Punkt angelangt, überfällt ihn wieder die Panik, vor dem Ende seiner Karriere zu stehen. Anklage, Suspendierung, öffentliche Ächtung. Sex pp ... Sein Leben ausgebreitet vor der geifernden Menge, die nach seinem Kopf schreit, weil sie nichts erreicht und bewegt hat und zu gerne aus Siegern Verlierer macht.

»Ich habe wirklich andere Sorgen. Sei so nett, Fabian, und laß mich jetzt allein. Und sag Evangelista, daß ich nicht zu Abend esse.«

Sein Vater nimmt ihn am Arm und schiebt ihn aus dem Zimmer, Fabian läßt es mit sich geschehen, obwohl er ihm gerne mit der Faust ins Gesicht schlagen möchte. Als sie an der Tür sind, hört er draußen Schritte, er denkt, Evangelista hat gelauscht, und es macht ihm schrecklich viel aus.

Hubert schlägt die Tür hinter ihm zu, und Fabian geht in die Küche, wo sie so tut, als ob sie kochen würde. Ihr Gesicht ist verkrampft, sie sieht so aus, als ob sie gleich heulen würde. Sie hat ein so kleines, verletzliches Gesicht, am liebsten würde er sie in die Arme nehmen und wiegen wie ein Baby.

Fabian sagt: »Hubert will nichts essen.«

Sie hat Rotbarsch gedünstet, Huberts Lieblingsessen. Evangelista schiebt die Pfanne mit einem Ruck zur Seite, die Weinsauce schwappt über, sie sieht Fabian nicht an, holt einen Lappen und putzt die Herdplatte.

»Ich liebe dich.« Fabian steht neben dem Herd, er hat einen Platz gewählt, der nicht so grell beleuchtet ist.

Evangelista putzt verbissen: »Ich dich aber nicht. NICHT NICHT. NICHT.«

Weil es weh tut, will er ihr weh tun: »Glaubst du etwa, daß Vater dich heiratet? Es ist ihm scheißegal, wenn du auf die Philippinen zurückgehst. Das hat er gerade gesagt.«

Weiß sie es nicht? Evangelista will nicht denken, aber der Junge zwingt sie dazu. Am liebsten würde sie ihm ins Gesicht schlagen »Wenn du mich nicht endlich in Ruhe läßt, geh ich zur Polizei. Dann sage ich alles, verstehst du?«

Das hätte sie nicht sagen dürfen. DAS NICHT. Fabian geht einen drohenden Schritt auf das Mädchen zu.

23

Während ein Ministerpräsident eine mit bajuwarischem Pathos vorgetragene Ehrenerklärung abgibt, die von seiner Fraktion mit zynischem Beifall applaudiert und aus politischem Kalkül akzeptiert wird, beschließt man nördlich von München, Ministerialrat Hubert Blank vom Dienst zu suspendieren, bis die Ermittlungen der Staatsanwaltschaft abgeschlossen sind. Diese Entscheidung auf höchster Ebene spiegelt das Bemühen wider, das Ansehen staatstragender Organe im Volk zu rehabilitieren. Natürlich ist das Volk lästig, und eine Demokratie ohne Volk wäre die ideale Staatsform, doch die Mächtigen wissen durchaus Rücksicht zu nehmen auf die öffentliche Meinung, repräsentiert durch die Medien, sowie auf Wahltermine, in denen sich das Volk dafür zu rächen pflegt, daß es nicht an den fetten Fleischtöpfen sitzt. Das Volk ist uneinsichtig, muß es doch von individueller Fehlbarkeit ableiten, daß die Organe des Staates nicht besser sind als der Rest der Bevölkerung. Das Volk ist uneinsichtig, weil es fordert, aber nicht zu geben bereit ist. Gebt Absolution: Die Verflechtung von Politik und Wirtschaft ist ein Merkmal dieser Demokratie. Und Marktwirtschaft funktioniert dort besonders gut, wo Interessen aufeinanderstoßen, verschmelzen, einander befruchten ...

Die mannigfaltigen Verflechtungen sind, wie man befürchtet hat, nicht auf die Person des Hubert Blank beschränkt. Man ist um Schadensbegrenzung bemüht. Der Minister hat einen Informationsstop gegenüber der Presse verfügt und eine hausinterne Kommission eingesetzt, die jene Vorgänge klären soll, die mit der Finanzierung gewisser Waffensysteme in Verbindung stehen. Eine gewisse Nervosität in gewissen Abteilungen des Hauses muß in Kauf genommen werden.

Die Gelegenheit ist günstig, alte Rechnungen zu begleichen. Mit der gebotenen Rücksicht auf den Übelebenskampf in einem hierarchischem System werden Vermutungen und Verdächtigungen geäußert, die sich auf Kollegen beziehen, deren Entscheidungsbefugnisse ihre moralische Kompetenz überschreiten konnten.

Die Herren von der Industrie üben sich in großer Zurückhaltung hinsichtlich von Informationen, die zur Aufklärung beitragen könnten. Sie argumentieren, daß außergewöhnliche Aufwendungen bei Geschäften dieser Größenordnung durchaus nicht außergewöhnlich sind. Der eine oder andere verweist in vertraulichen Gesprächen auf Kontakte mit höchsten Persönlichkeiten, auch auf europäischer- und NATO-Ebene. Man könne, so die Herren von der Industrie, delikate Angelegenheiten nur in einem Ambiente abwickeln, das dem hohen Stellenwert der Sache und der Gesprächspartner angemessen sei. Und dazu gehören nun einmal Gelegenheiten, die in verleumderischer Weise als »Vergnügungsreisen« bezeichnet werden.

Ministerialrat Hubert Blank? An den Namen kann man sich erinnern, jedoch nicht an Einzelheiten. Dies haben die beauftragten Rechtsanwälte auch dem Staatsanwalt vorgetragen. Schließlich sei dies eine »alte Sache« und das Gedächtnis spielt manchen Streich, wenn es strapaziert wird. Und warum die Aufregung um ein Aufklärungssystem, das im Zuge der Auflösung des Ostblocks ohnehin überflüssig geworden war?

Es herrscht gewisse Einigkeit darüber, daß das streng geheime Projekt, unter Eingeweihten der »Milliardenflop« genannt, nicht geeignet ist, ein öffentliches Exempel zu statuieren. Die Rüstungsindustrie beziehungsweise der Rüstungszweig der beteiligten Industrien nutzt die Gelegenheit, auf gefährdete Standorte und Arbeitsplätze hinzuweisen, die durch den Auftragrückgang des in seinem Etat beschnittenen Ministeriums verursacht wurden. Dies und die extremen Exportbeschränkungen zerstören einen blühenden Wirtschaftszweig, klagen sie bitter. Die Herren gehen nicht so weit, Brecht zu zitieren, dennoch kreisen die Argumente in eleganteren Wendungen um die Prioritäten von Fressen oder Moral.

Allgemeine Fragen moralischer Natur lenken ab von individuellen Fehltritten. Je länger die Gespräche andauern, desto unklarer wird die Rolle des Ministerialrats Blank. Er hat, soweit unbestritten, persönlich-freundschaftliche Kontakte zur Industrie unterhalten. Er hat, soweit nachprüfbar, die finanziellen Transfers über den BND korrekt abgewickelt. Er hat weiterhin die enorme Kostensteigerung des Projektes – ein durchaus üblicher Vorgang beim Einsatz neuer und komplizierter Technik – hausintern durchgeboxt. Ein Verdienst oder sein Verdienst? Die Frage muß unbeantwortet bleiben, weil die Herren von der Industrie dazu nichts zu sagen haben.

Das Projekt, an dem Ministerialrat Blank zur Zeit seiner Suspendierung gearbeitet hat, findet natürlich Eingang in die Überlegungen um Wahrheit und Schadensbegrenzung. Höheren Ortes ist man ungeduldig bis ungehalten. Der Satz wird kolportiert: »Wenn der Scheißkerl Dreck am Stecken hat, soll man ihn hängen.« Höheren Ortes will man keine neuen Enthüllungen aus den Zeitungen erfahren. Die Journalisten, die wie Blutegel an Skandalen hängen, suchen nach frischer Nahrung. Ein bayerischer Ministerpräsident, der nicht zurücktritt, bleibt eben einer. Das gibt keine *news* mehr, allenfalls Stoff für bösartige Kommentare.

Wissen ist Macht. Zu wenige und gleichzeitig zu viele Leute wußten um die Aktivitäten des Ministerialrates, unter anderem Ministerialdirektor Klaus Wertheim, heute im wohlverdienten Ruhestand.

Der Pensionär steht sowohl der Kommission wie auch dem Staatsanwalt für Fragen zur Verfügung, die er zu seinem Bedauern nur sehr unpräzise beantworten kann. Wertheim hebt wahrheitsgemäß hervor, daß Blank bei dem fraglichen Projekt weitgehend autonom und unter Umgehung des Ministerialdirigenten und seiner Person an höherer Stelle Bericht erstattet habe.

Dies sei durchaus üblich bei geheimen Projekten, bestätigt Wertheim dem Staatsanwalt, den er als »Linksfanatiker« einstuft und mit entsprechender Arroganz behandelt.

Der Staatsanwalt glaubt an Gerechtigkeit, er legt eine Akte an, studiert die Gesprächsprotokolle, glaubt, der Wahrheit näherzukommen und ahnt doch, daß seinen Bemühungen Grenzen nach oben gesetzt sind.

Ministerialdirektor a. D. Wertheim, der mit dem Journalisten Kössler eine Vereinbarung zu beiderseitigem Nutzen geschlossen hat, plädiert beim Treffen des »Konservativen Gesprächskreises« für eine Doppelstrategie. Zum einen müsse man die Affäre Blank dazu nutzen, die Befürworter der V-12-B zu diskreditieren, um eine schnelle Entscheidung zugunsten des J-2000 herbeizuführen. Hierzu sollten der eine oder andere Journalist mit gezielten Informationen für eine entsprechende Kampagne manipuliert werden. Zum anderen – an dieser Stelle geht ein Raunen durch die Reihen der Uniformierten – wirft Wertheim die Frage auf, ob es nicht an der Zeit sei, einen Minister abzulösen, der aus parteipolitischen Erwägungen die Wehrbereitschaft untergrabe und zugunsten von populären Entscheidungen auf notwendigste Anschaffungen verzichte?

»Soll das Vaterland etwa mit Pfeil und Bogen verteidigt werden, meine Herren?«

Die Herren signalisieren durch zustimmendes Murmeln, daß die rhetorischen Attacken auf fruchtbaren Boden fallen. Im Konflikt zwischen Loyalität und vaterländischer Gesinnung entscheiden die meisten von ihnen gegen einen Dienstherrn, der seine Mitarbeiter nicht gegen die Attacken der jüdischen Presse zu schützen vermag. Der Widerspruch, eben mit Hilfe dieser Presse den verdeckten Angriff zu führen, wird hingenommen. Die Minderheit, entschieden unentschieden, und dies vornehmlich aus Gründen der Vorsicht, schweigt.

Für den Fall des Widerspruchs hat sich Wertheim das beste Argument zum Schluß aufgehoben. Es ist gleichzeitig ein Leitfaden zum Sturz eines Ministers, und die konzentrierte Stille, die seine Worte begleitet, nimmt er als Tribut für seinen selbstlosen Einsatz im Dienst der richtigen Sache.

»Ich weiß aus zuverlässiger Quelle, meine Herren, daß der Minister sich in der Frage des Kampfflugzeuges für die amerikanische Lösung entschieden hat. Lassen wir zunächst die Frage beiseite, welche Erwägungen in diesen Entschluß eingeflossen sind. Tatsache ist, daß er diese Entscheidung nicht bekanntgeben wird, solange die Korruptionsvorwürfe gegen das Haus nicht geklärt sind. Ich bin allerdings im Besitz der Kopie eines entsprechenden Entscheidungsvermerks aus dem Ministerbüro. Und diesen Vermerk werde ich in der Presse lancieren.«

Jetzt murmeln die Herren. Würde Protokoll geführt, so würde »Unruhe im Saal« notiert werden. Der Saal ist das

Hinterzimmer eines Gasthofes in Duisdorf, der gutes Bier und deutsches Essen führt. Er bietet ausreichend Platz für fünfundzwanzig Leute, die jetzt auf den Redner starren, als sei er ein Zauberer, der Kaninchen aus dem Zylinder holt.

Klaus Wertheim genießt es, im Mittelpunkt zu stehen. Jenseits finanzieller Erwägungen – seine Beratertätigkeit für die Rüstungsfirma ist sehr angemessen dotiert – fehlt ihm seit seiner Pensionierung der soziale Status eines Ministerialdirektors und der höchst angenehme Umgang mit den Werkzeugen der Macht. Schließlich steht er jetzt sozusagen auf der anderen Seite, ein Werbender, nicht mehr umworben. Das fehlt ihm manchmal, und auch im Privatleben ist diese Lücke seit dem Tod seiner Frau nicht mehr zu füllen.

»Wir werden das Papier mit der Entscheidung des Ministers lancieren. Und Sie fragen sich jetzt, was wir damit bezwecken? Nun, wir haben in unserem Kreis den Regierungsrat Löbel, der, wie Sie wissen, ein Mitarbeiter des Ministerialrats Blank war. Ein überaus fähiger Mann ...«

Regierungsrat Löbel errötet leicht.

»... der an dem Schlußbericht zur V-12-B mitgewirkt hat. Regierungsrat Löbel ist dabei auf Merkwürdigkeiten gestoßen, meine Herren – und hier kommen wir zur Doppelstrategie: Der gute Blank hat den Bericht gefälscht. Nein, sagen wir es so: Er hat wesentliche Informationen über die Nachfolgekosten der V-12-B unterschlagen beziehungsweise so formuliert, daß die tatsächlichen Kosten, die für Ersatzteile und Reparaturen entstehen, verschleiert werden.«

Begreifendes, zustimmendes Raunen im Hinterzimmer.

»Regierungsrat Löbel hat diese seine Erkenntnisse nicht sogleich seinem Vorgesetzten, Ministerialrat Blank, mitgeteilt. Belassen wir es dabei, daß persönliche Gründe eine Rolle spielten, zu diesem unglaublichen Vorgang zu schweigen. Jedoch hat Regierungsrat Löbel, zur Wahrheitsfindung und eigenen Absicherung, einen Bericht verfaßt, der die Verfälschung detailliert nennt und aufdeckt. Diesen Bericht ließ er mir dankenswerterweise zukommen.«

Die Gesichter sind dem jungen Mann zugewandt, der es noch nicht genießt, im Mittelpunkt der Aufmerksamkeit zu stehen. Eine leichte Röte färbt die Wangen und vermittelt den Eindruck von Scham oder unverhoffter Freude.

Man darf seine Rolle nicht überbewerten, denkt Wertheim, und konzentriert die Aufmerksamkeit wieder auf sich. »Sie werden sich denken können, wie unsere Geschichte weitergeht. Wenn die Medien sich über die Entscheidung des Ministers ausgebreitet haben – und er wird sie schwerlich dementieren können – dann, meine Herren, werden wir Löbels Bericht an die Presse geben. Und sie wird sich mit Wollust über eine Ministerentscheidung auslassen, die den Steuerzahler unnutze Millionen kostet. Damit sind sie erledigt – beide.«

In Ewigkeit Amen, hätte Wertheim hinzufügen können, aber er ist ein gläubiger Mensch und vermeidet es, politische Notwendigkeiten mit dem Wort Gottes zu verbinden. Seine Strategie ist genial und unfehlbar. Er weiß es, seine Kameraden hier im Saal wissen es. Die ein oder andere Einwendung, vor allem jene, daß der Skandal dem Ruf des gesamten Hauses schaden werde, weist er mit scharfen Worten zurück. Schlachten werden nicht ohne Opfer gewonnen. Daß auch Regierungsrat Löbel zu den Opfern zählen wurde, scheint dieser zu ahnen, denn seine Röte ist einer tiefen Blässe gewichen.

»Wir werden Sie selbstverständlich schützen, Löbel, das ist doch Ehrensache«, nimmt er die Frage des Regierungsrates vorweg. Der Mann ist natürlich ein Verräter, und er hat überdies Blank in den Gesprächskreis eingeführt. Aber siegreiche Schlachten brauchen auch den Verrat, und Wertheim ist durchaus willens, Löbel nach besten Kräften aus der Schußlinie zu halten. Ministerialdirektor a. D. Wertheim, der aufgrund eines Wirbelsäulenschadens nie gedient hat, wäre gern General geworden, und er hat sein Leben lang hart daran gearbeitet, die

Minderwertigkeitskomplexe gegenüber Menschen in Uniform abzulegen. Eine Berufskrankheit, so pflegt er gelegentlich zu scherzen, aber auch jetzt, in der Stunde seines Triumphes, fühlt er die Distanz zwischen jenen und ihm.

Sie diskutieren jetzt über die flugtechnischen Mängel der V-12-B, als ob dies von Relevanz für seinen genialen Plan wäre. Sie sind selbstverständlich auf seiner Seite, aber ein wenig, das spürt er, verachten sie ihn auch für den Akt der Illoyalität, zu dem er sie so leicht überreden konnte. Sollte etwas schiefgehen, der Gedanke ist absurd, aber nie auszuschließen, so werden sie sich von mir distanzieren, denkt Wertheim. Sie werden sich darauf zurückziehen, daß der »Konservative Gesprächskreis« ein Unternehmen ideeller Natur ist, von der Tagespolitik weit entfernt. Der gute Soldat denkt immer auch an die Notwendigkeit eines taktischen Rückzuges.

»Meine Herren, für mich steht fest, daß der J-2000 die bessere Lösung ist und diejenige, die der neue Minister favorisieren wird. Darüber hinaus sollte man sich in gewissen politischen Kreisen bereits Gedanken darüber machen, wer als Nachfolger in Frage käme.«

Mit diesen Worten schließt Ministerialdirektor a. D. Wertheim seinen Vortrag und begibt sich unter zustimmendem Trommeln an seinen Platz. Die Kellnerin bringt eine neue Runde Bier, einige der Herren plädieren dafür, mit Schnaps anzustoßen. Als die Gläser auf den Tischen steht, hebt man sie an und ruft: »Auf bessere Zeiten – Ex«

24

Die folgenden Tage sind typische Marx-Tage: Das Wetter ist verhangen, die Narren leben karnevalistische Fröhlichkeit aus, nichts paßt zusammen und nichts passiert, das sie in ihrem privaten, beruflichen oder detektivischen Leben weiterbringen würde.

Anna hat das Band mit Sybilles rauschender Botschaft an Hauptkommissar Hermes übergeben. Ein Stimmenvergleich ist möglich, wird aber nach Hermes' Prophezeiung keinen hundertprozentigen Beweis bringen.

Ist es eine frohe Botschaft, daß er zwei von drei Tätern, die Anton Laubwitz erschlugen, gefaßt hat? Einer der beiden hat ein Geständnis abgelegt, er sei erst 16, sagt Hermes, und er sei zur Tatzeit betrunken gewesen und habe nur mitgemacht, weil die anderen es auch taten. So seine Aussage. Der andere schweige. Der dritte sei untergetaucht, offenbar der Anführer, soweit diese idiotische Sache überhaupt ein Schema habe.

Warum, hat Anna gefragt, und Hermes hatte, auch am Telefon hörbar, einen Sonnenblumenkern ausgespuckt. »Kein Motiv, das Sie verstehen könnten, Marx. Laubwitz war zur falschen Zeit am falschen Ort. Vielleicht hat er auch was Falsches gesagt. Die Jungs leben ihre Aggressionen nicht mit Worten aus. Macht, sagte der Kleine. Es gäbe ihnen ein Gefühl von Macht über andere, das Zuschlagen. Umbringen wollten sie ihn natürlich nicht, das sei eben Pech gewesen.«

Anna war dazu nichts eingefallen. Sie hatte Hermes versprochen, ihn »die Tage« in seinem Büro zu besuchen, und dann hatte sie mit Kolli ein Glas Wein getrunken, in der Redaktion, und ihm von Anton erzählt und von seinem Pech, drei Jungs zu begegnen, die eine andere Form von Pech in anderer Weise abreagierten. »Meinst du, er hat ihnen gesagt, daß er Pazifist ist, als sie ihn schlugen? Und wenn ja, fühlten sie sich verarscht, oder kannten sie das Wort nicht, oder war das gerade die Herausforderung?«

»Die Hölle, das sind die anderen«, sagte Kolli düster und dachte dabei im Speziellen an seine geschiedene Frau. Und weil er sich dazu verpflichtet fühlte, erzählte er Anna von Grubers Entscheidung, Fräulein Voss die nächste Dienstreise mit dem Bundespräsidenten zu überrtragen. Eigentlich hatte er einen Tobsuchtsanfall erwartet. Statt dessen hatte Anna ganz still dagesessen und nichts gesagt.

Marx-Tage: Das Poster mit Karl und seinen »letzten Worten«: »Sorry, Jungs, ich hab's nicht so gemeint«, hängt über ihrem Schreibtisch. Die Zeitungen auf Annas Schreibtisch tragen mit dicken Überschriften die *news* von der Ministerentscheidung für ein amerikanisches Kampfflugzeug. Es ist ihr prinzipiell egal, auch wenn sie ahnt, daß Hubert Blank und ein gewisser Kolofsky damit zu tun haben. Blank ist vom Dienst suspendiert, das weiß sie von Hermes. Annas Mitleid hält sich in Grenzen, vor allem, weil er nach wie vor ihr Hauptverdächtiger ist.

Anna hat eine wunderbare Kolumne geschrieben über Politiker und ihr Verhältnis zu schwarzem Humor. Fazit: Sie lachen sich tot, wenn sie sich reden hören. Die kleine Voss mochte jünger, hübscher und gieriger sein. Aber Annas Schreibe ist besser, davon ist sie überzeugt, selbst wenn der Kampf vermutlich schon verloren ist.

Der Chefredakteur versucht, Anna auszuweichen, und wenn er es nicht vermeiden kann, ist er von überschäumender Herzlichkeit, für seine Verhältnisse jedenfalls. Ihn und andere Kollegen scheint gleichermaßen zu erleichtern und zu irritieren, daß Annas Toben ausgeblieben ist.

Anna hat unter den Kollegen, die auf ihrer Seite stehen, das Gerücht ausgestreut, daß die kleine Voss ein Verhältnis mit Skandal-Krause habe. Die Meldung ist falsch, die Intrige häßlich, aber sie zeigt ihre Wirkung insofern, als darüber heftig geklatscht und die Affäre auch unter Annas Feinden schärfstens verurteilt wird. Anna sollte sich schämen, tut es aber nicht. Der Mensch ist edel, hilfreich und gut, außer wenn man ihm zusetzt und er sich wehren muß. Dem Anspruch, die andere Wange hinzuhalten, ist Anna ohnehin nie gewachsen gewesen.

Dieser Marx-Tag führt Anna in die Bonner Innenstadt, ein Ort, den sie wegen drangvoller Enge und mangelnder Barschaft zur Zeit meidet. Sie ist beim Zahnarzt angemeldet und verläßt den Warteraum nach einem kurzen Blick auf zehn grimmige Gesichter. »Ich warte nicht, wenn ich einen Termin gemacht habe«, sagt Anna zu der Zahnarzthelferin, die gleichgültig mit den Achseln zuckt.

»Es ist unhöflich, seine Patienten warten zu lassen.« Der Satz ist gut, sie schlägt die Tür hinter sich zu, bevor jemand widersprechen kann. Das Loch im Zahn, von der Zunge häufig besucht, erscheint ihr kein ausreichender Grund mehr, sich fremder Leute Unhöflichkeit auszusetzen.

Anna schlendert durch die Sternstraße, das ist immer noch besser, als beim Zahnarzt zu sitzen. Sie erwägt, Geld auszugeben, das sie nicht hat, bleibt vor Schaufenstern stehen, in denen Kleider hängen, in die sie garantiert nicht paßt. Es nieselt ein wenig und sie überlegt, einen Schirm zu kaufen, als jemand »Hallo, Anna« ruft und sie sich umdreht.

Babette Hönig steht vor ihr, sie trägt Einkaufstüten in der Hand, und sie sieht so gehetzt aus wie immer, von Pflichten getrieben und Freuden gemieden. »Sollen wir einen Kaffee trinken?« fragt sie. Mittlerweile regnet es, und Anna nickt und folgt ihr in das nächste Kaffeehaus auf dem Markt. Eigentlich mag Anna Cafés nicht, aber »eigentlich« ist ein idiotisches Wort, und in Wien denkt sie auch anders darüber.

Wiens Kaffeehäuser sind von plüschiger Trägheit. In Bonn heißen sie Cafés und sind bevölkert von Menschen in Eile, die unfreundliche Kellnerinnen antreiben. Anna bestellt zwei Espresso und zwei Cognac. Die Kellnerin nimmt die Bestellung ohne Begeisterung entgegen. Babette klemmt ihre nassen Tüten zwischen Stuhl und Tisch. »Warum sitzen wir hier?« fragt Anna.

»Weil es draußen regnet. Und weil ich dich nach Sybilles Anruf fragen will.« Babette legt ihre Hand auf Annas Arm. »Laß ihn in Ruhe, Anna. Er hat genug Sorgen.«

Warum treffen kluge Frauen auf Männer, die dumm machen? Die Frage hätte Anna ebensogut an sich selbst richten können. Sie zieht ihren Arm weg. »Ich hab das Band der Polizei übergeben. Wie schaffst du das nur, mit deinen hohen moralischen Ansprüchen so einen Mann zu lieben?«

»Ein Mörder ist er bestimmt nicht.«

Die beiden noch älteren Damen vom Nebentisch horchen entzückt auf. Sie warten auf Kuchen und sprachen vom Wetter, und nun bietet das Leben ein wenig Aufregung aus zweiter Hand.

»Woher weißt du das so genau? Sybille hat ihm aus lauter Liebe das Leben zur Hölle gemacht, und möglicherweise hat sie ihn sogar erpreßt: Der Mann hat ein wunderbares Motiv, siehst du das nicht? Und Fabians Aussage, daß sie das Haus verlassen hat, die kann man glauben oder auch nicht. Weißt du, was der Junge mir erzählt hat? Daß er sich bald einen alten Jaguar kauft. Mit wessen Geld, frage ich dich?«

»Sprechen Sie von einem Film?« fragt die alte Dame am Nebentisch, und ihre Freundin zischt ihr zu, ruhig zu sein.

Annas anklagender Ton geht Babette auf die Nerven, er erinnert sie an eine Richterin, deren Gerechtigkeitssinn in garstige Selbstgerechtigkeit ausgeartet ist. Anna hat keine Ahnung von wahrer Liebe. Wenn sie nicht an Hubert glauben würde, hätte sie dann die Papiere für ihn verwahrt? Vielleicht hat er den einen oder anderen beruflichen Fehler gemacht, er hat seine Schwächen. Aber er hat nicht das Zeug zu einem

Mörder. »Quatsch. Außerdem war es gar nicht Fabian, der Sybille aus dem Haus gehen sah, sondern Evangelista. Hubert hat das nur so gedreht, damit die Polizei das Mädchen in Ruhe läßt. Schließlich hat sie keine Papiere. Evangelista hat Sybille aus dem Haus gehen sehen in dieser Nacht. Und jetzt sag ich dir noch was, was die Polizei nicht weiß: Sybille war bei mir, in dieser Nacht. In meinem Büro. Ich hab auf der Couch geschlafen, das tue ich öfter, wenn ich lange arbeite. Sybille kam gegen zwei und hat mir eine Szene hingelegt – und dann gesagt, daß ich ihn haben kann. Sie verläßt ihn, hat sie gesagt. Und zwar für immer.«

Die Kellnerin bringt zwei Tabletts, und die beiden alten Damen essen Kuchen und lauschen angestrengt. Anna sieht verblüfft aus, der Gesichtsausdruck steht ihr nicht, und sie greift nach dem Cognacglas, um Babettes Worte zu verdauen.

»Du lügst«, sagt Anna jetzt. »Du warst schon in der Schule eine verdammt schlechte Lügnerin. Ich sehe es dir an.«

Babette verliert das Blickduell. Gott, wie sie es haßt, ins Unrecht gesetzt zu werden. Es ist wahr, daß mit Hubert die Geradlinigkeit ihres Lebens gelitten hat. Sie lügt nicht gern und sie haßt es, dabei ertappt zu werden: »Also gut. Nein. Sie war nicht bei mir. Aber das mit Evangelista, das stimmt.«

Ein kleiner Triumph, Anna hat ihn nötig in dem Gestrüpp von Wahrheit und Lüge, das mit Sybilles Verschwinden gewachsen ist. Hat Babette für Hubert geschwindelt oder aus berechtigtem Eigeninteresse? Alle Wege führen zu Blank, soviel steht fest. Ganz leicht im Ton sagt Anna: »Natürlich kommen auch Fabian oder Evangelista in Frage oder dieser Kolofsky – oder *du*! Vielleicht hast du sie in dein Büro bestellt, mit dem Brieföffner erstochen, und jetzt verfütterst du sie in kleinen Portionen an deine gräßliche Katze.«

Die alte Dame schüttelt angeekelt ihr silbergefärbtes Haupt. Der Gedanke, daß ihr Kater eine Leiche essen müßte, ist absolut widerwärtig. Sie flüstert ihrer Begleiterin zu, daß man die Polizei verständigen sollte.

Babette starrt Anna entgeistert an, bricht dann in ein hysterisches Gelächter aus, das die Aufmerksamkeit weiterer Gäste auf sie lenkt. »Du bist verrückt«, sagt sie dann. »Noch verrückter als Sybille, und die war schon fast jenseits von Gut und Böse.«

Jenseits, das Wort bleibt bei Anna hängen: »Ich habe durchaus Verständnis für einen Mord aus Eifersucht.« Ganz sanft: »Aber du warst bei weitem nicht die einzige, auf die Sybille eifersüchtig war.«

Es gibt Sätze, die zu wahr sind und zu verletzend, um sie ohne Gefühlsregung zu überstehen. Babette schnauft, es ist eine Angewohnheit, die mit dem Rauchen von Zigarren zu tun hat. Sie ist längst auf leichtere Cigarillos umgestiegen, aber es ist zu spät. Sie möchte Anna jetzt gerne weh tun, schwer ist das nicht bei Frauen, die alleine leben. »Besser eine sehr unvollkommene Liebe als gar keine, Anna.«

Ein guter Satz, aber Anna hört ihn nicht. Ihre Blicke gehen durch Babette hindurch, quer durch den Raum zur Tür, an der ein älterer Mann mit einem sehr jungen Mädchen steht. Die beiden sind eben gekommen und suchen mit Blicken nach einem freien Tisch. Der Mann zeigt auf eine freie Ecke und geht darauf zu, während das Mädchen sich ihres Parkas entledigt. Der Mann sieht müde aus, und jetzt haben ihn die starren Blicke Annas erreicht, er sieht sie an und nickt mit dem Kopf, ganz leicht und kaum wahrzunehmen. Dann wendet er sich dem Mädchen zu, und sie gehen zu dem freien Tisch.

»ANNA.«

Die Stimme dringt zu ihr durch, sie denkt, ich muß Babette ansehen und mit ihr reden, und ich darf nicht mehr zu dem Tisch hinsehen. Nicht mehr hinsehen.

Anna sagt: »Komisch, daß er noch lebt.«

»Was redest du da. Wen meinst du?« Babette tut ihr Satz

leid, Anna sieht aus wie ein Zombie, richtig unheimlich. So sehen Frauen aus, die zu ihr kommen und Geschichten erzählen, die sie krank machen. Geschichten, an deren Anfang Liebe stand. Natürlich hat Anna recht: Nichts hat sie daraus gelernt. Natürlich nicht. »Anna, verflucht noch mal, sag was. Tu was. Sitz nicht da und starr mich an wie einen Geist. Ich hab sie nicht umgebracht. Ich schwör's dir.«

Anna Marx steht auf. »Na und wenn schon«, sagt sie, nimmt aus ihrer Jackentasche einen 20-Mark-Schein und legt ihn auf den Tisch. »Ich muß weg.«

Bevor Babette reagieren kann, ist Anna davongestelzt, sehr gerade und unnatürlich steif. Ihren Mantel hat sie von der Garderobe genommen und die Tür geöffnet, und draußen, in der regennassen Luft, atmet sie einmal tief durch, um nicht an Selbstmitleid zu ersticken.

Sie geht durch den Regen, den sie nicht spürt, und durch Menschen, die sie nicht wahrnimmt, in Richtung Friedensplatz, dort steht ihr Auto in der Tiefgarage, das weiß Anna noch. Sie hat auch seine Tochter erkannt, von dem Bild in seiner Brieftasche. Nina Handke. Was sie jetzt braucht, ist eine Brücke zum Hinabstürzen. Nein, keine Brücke. Sie lebt doch, ist das nichts? Sie kann die Nässe in ihrem Gesicht spüren, die klamme Feuchtigkeit in ihren Schuhen. Sie lebt. Das hat sie die ganze Zeit getan, auch nach dem Brief: gelebt. Und nicht immer an ihn gedacht. Nicht immer den Schmerz gespürt. Einfach gelebt. Und zum Teufel mit ihm. Er ist nur ein alter, kranker Mann, den sie mal geliebt hat. Ein kluger Mann, sonst hätte er vielleicht seine Familie verlassen und wäre zu ihr gezogen, und vielleicht wäre auch dies zur Tragödie ausgeartet. Muß man nicht dankbar sein für seine feige Klugheit?

Anna lebt. Sie stolpert über einen Verlierer, der im Regen sitzt und zu betrunken ist, um dies wahrzunehmen. Das Pappschild neben ihm ist durchnäßt, Anna bemüht sich, Worte zu lesen, die für sie ohne Bedeutung sind. Der Mann ist aufgewacht, er rüttelt an seiner Blechdose und lallt sie an, kaum verständlich, aber aggressiv-weinerlich im Ton. Anna sollte weitergehen, doch sie bleibt stehen und kramt in ihrer Handtasche, gibt ihm einen 20-Mark-Schein, weil sie nichts Kleineres findet und nicht den Mut hat, jetzt nichts zu geben. Der Schein wird von zittrigen Händen ergriffen, der Mund sagt: »Vergelt's Gott.«

»Für eine Entziehungskur reicht es nicht. Aber was soll's denn auch.« Sie geht weiter, und der Mann am Boden sieht ihr nach. Besser betrunken als verrückt, in diese Richtung zerlaufen seine Gedanken. Der Schein knistert angenehm in der Hand, er wird ihn nicht lange behalten, aber der Gedanke, ihn auszugeben, macht sekundenlang glücklich.

Für den dummen Spruch, daß es immer noch abwärts gehen kann, ist diese Episode ungeeignet, denkt Anna. Und daß das Leben nichts weiter ist als eine Ansammlung von Wiederholungen, die als Erfahrungsschatz oder Klischees identifiziert werden. Also endet dieser Marx-Tag mit allen Klischees aller verlassenen Frauen und unvollkommenen Erkenntnissen über den Fortgang des Lebens als Zweck an sich.

Der Tag endet auch mit einem Besäufnis, das Anna ganz allein zelebriert. Das allerletzte Einsamkeitssaufen, dieser Marx-Vorsatz ist zukunftsweisend. Schon sehr betrunken, spielt sie das Videoband von »Casablanca«. Zum fünften Mal sieht sie, wie der edle Rick seine Geliebte ziehen läßt. Größe, die im Verzicht liegt. So enden Filme. Das Leben verzichtet oft darauf, einem die Wahl zu lassen.

25

»Jetzt erzähl mir bloß nicht, daß *du* es warst.«

Fabians Gesicht ist weiß, so weiß wie die Wände des Krankenzimmers, und auf Annas brutale Bemerkung reagiert er mit zuckenden Mundwinkeln, die anzeigen, daß er weinen möchte, aber nicht weiß, ob er weinen kann. Er hat Anna angerufen, aus dem Krankenhaus, und sie ist von der Redaktion direkt zur Uniklinik gefahren.

Wie kann man nur versuchen, sich umzubringen, wenn man noch gar nicht weiß, wie beschissen das Leben wird? Denkt Anna. Sie hat Zeitschriften mitgebracht und Schokolade. Sie haßt Krankenbesuche, die Gerüche eines Krankenhauses, den Anblick effizienter Krankenschwestern und gehetzter Assistenzärzte. Besucher von Kranken fühlen sich schuldig, weil sie gesund sind. Sie suchen nach aufmunternden Worten und sagen dummes Zeug. Was sagt man zu einem verhinderten Selbstmörder?

Fabian hat sechs Schlaftabletten aus dem Giftschrank seiner Mutter geschluckt, war von Evangelista gefunden und mit Sirenengeheul in die Uniklinik gebracht worden, wo man beim Auspumpen des Magens feststellte, daß die Dosis zu gering war, um einen Siebzehnjährigen zu töten.

Man ist nicht sehr freundlich zu Leuten, die das Leben zu leicht nehmen und den Tod nicht erreichen. Fabians Rückkehr in die Welt war von ekelhaftem Würgen begleitet und vom Anblick seines Vaters, der kopfschüttelnd über ihm stand.

Die Bemerkung »Mußt du mir auch noch Sorgen machen« war nicht so herzlos gemeint, wie sie geklungen hatte, doch Fabian hatte den Kopf weggedreht und Antworten verweigert, bis Hubert sagte: »Ich habe noch einen Termin beim Staatsanwalt, ich muß weg.«

Und dann hatte Fabian die Schwester gebeten, Anna Marx anzurufen, und stellvertretend für alle Frauen in seinem Leben, die ihn enttäuscht hatten, trug sie diesen vorwurfsvollen Gesichtsausdruck, statt ihn tröstend in ihre Arme zu nehmen.

»Wie geht es dem Jaguar?« hatte Fabian sie gefragt, als sie sich an sein Bett setzte. Und dann: »Ich bin schuld.«

Nein, nein, er würde ihr nicht erzählen, daß er Sybille umgebracht hat. Dafür hatte er sie nicht hergeholt. Fabian setzt sich in seinem Bett auf und dreht den Kopf von ihr weg, so daß sie ihm nicht ins Gesicht sehen kann. Später wird er die Schokolade essen, die schlecht für seinen Teint ist, aber jetzt erzählt er ihr von seinem Vater, von den Geschäftsfreunden seines Vaters und von den Frauen seines Vaters, von Babette und Evangelista, die letzten seiner »Errungenschaften«, wie er es nennt. Und daß er, Fabian, seiner Mutter die Bänder vorgespielt habe, seine Aufzeichnungen über Hubert Blank. »Ich wollte ihr beweisen, daß ich auf ihrer Seite stehe, deshalb hab ich es getan. Und weil er sich wie ein Schwein benommen hat, in jeder Beziehung. Ich HASSE Männer.«

Komm, Bruder, gib mir deine Hand, denkt Anna. Bereits jetzt ist sie bereit, ihm alles zu verzeihen. Warum nur dürfen Erwachsene, die unfähig sind, ihr eigenes Leben in den Griff zu bekommen, Kinder in die Welt setzen, Kinder erziehen, Kinder verletzen fürs Leben?

Anna sagt jetzt nichts, und das ist gut so, denn Fabian will keinen Trost. Er will seine Geschichte loswerden, sie jemandem erzählen, der nicht dazugehört, dem er nichts getan hat. Jemand, der ihn ernst nimmt. Jemand aus der Welt der Erwachsenen, der er sich zugehörig fühlt, ohne sie zu verstehen. »Sybille war so hysterisch, ich hab sie noch nie so gesehen. Und der Witz war: Sie war böse auf *mich.* Sie hat Hubert Szenen gemacht, aber mit mir hat sie kaum noch gesprochen. Und dann war diese Sache mit diesem Laubwitz, diesem widerlichen Typen. Und ich bin zu ihm hingegangen, und hab ihm gesagt, daß Sybille ihn überhaupt nicht liebt, sondern nur aus Rache bei ihm ist und ...«

Fabians Hände spielen mit dem Bettlaken. Er hat kurze Finger mit häßlich abgebissenen Nägeln, und Anna starrt darauf und stellt sich vor, wie Fabians Hände Sybille berührten in dieser Nacht. Wenn es so war, dann hat Hubert Blank versucht, seinen Sohn zu schützen.

Fabian sieht Anna nicht an, als er ihr von dem Superkrach mit Sybille nach seinem Besuch bei Laubwitz erzählt. Er verschweigt, daß dieser Krach damit begann, daß Sybille ihn dabei ertappte, wie er ihren Schreibtisch durchwühlte. Daß sie ihn einen widerwärtigen Schnüffler genannt hatte. Fabian verschweigt Anna seine häßlichsten Niederlagen, auch die seiner unerwiderten Liebe zu Evangelista. »Ich wollte doch auf ihrer Seite stehen, das hat sie nicht kapiert. Dann hab ich ihr gesagt, was ich in Evangelistas Zimmer belauscht habe: Daß Hubert zu unserem Hausmädchen sagte, daß sie eine viel bessere Frau und Mutter wäre. Daß alles in Ordnung wäre, wenn Sybille weg wäre.«

»Weg wäre?« Er hat sich getäuscht, denkt Anna: Das Chaos ist noch größer geworden.

»Ja. WEG WEG WEG WEG WEG. Sybille hat es mir nicht geglaubt, aber ich konnte es ihr ja beweisen.«

»Mit Hilfe deiner unheilvollen Abhöranlage.« Das war kein tröstlicher Satz, Anna. Jetzt sieht er wieder aus, als würde er gleich zu weinen beginnen. Anna versucht ein mütterliches Lächeln: »Mensch, Fabian, hättest du es nicht bei den Arrangements deiner Familie belassen können? Manche Lügengebilde sind viel erträglicher als die Wahrheit.«

Fabian hat die Augen geschlossen. Sie hat unrecht, denkt er, ich wollte doch nur, daß alles *klar* wird.

»*Wann* hast du Sybille dieses Band vorgespielt?«

Mit geschlossenen Augen: »Am Sonntagnachmittag. Er war joggen.«

Der Tag, an dem Sybille verschwand. Anna atmet tief durch. Sie hat das Gefühl, am Ende der Geschichte zu stehen, nur noch ein Vorhang, den sie öffnen muß ... »Und dann, was ist dann passiert?«

»Sie wurde ganz weiß, und dann ist sie weggefahren. Als sie abends wiederkam, hat sie ihm die Szene gemacht. Als ich aus dem Kino zurückkam und am Arbeitszimmer vorbei, da hörte ich, wie sie ihm drohte, Evangelista auf der Stelle zu entlassen. Und daß sie dafür sorgen würde, daß Evangelista auf die Philippinen zurück muß. Und sie sagte, daß sie Hubert ruinieren würde.« Fabian sieht Anna an, als wäre sie im Besitz von Weisheiten: »Verstehen Sie, was die Frauen an meinem Vater finden?«

Ist das jetzt noch wichtig, denkt Anna. »Du wolltest nicht, daß Evangelista geht. Du bist ein wenig verliebt in sie, nicht wahr?«

»Antworten Sie.« Fabians freie Hand umschließt Annas Handgelenk. »Was ist so Besonderes an ihm?«

»Er sieht gut aus.« Nein, das befriedigt ihn nicht. »Ich kann nur raten ... Wahrscheinlich entzieht er sich den Frauen, ich meine, er gibt ihnen immer nur ein bißchen von sich, und sie glauben, daß da mehr zu holen ist und ... Ach Mist, ich weiß es nicht. Wahrscheinlich kann er ein Kunststück.«

Jetzt lächelt er sogar. Er läßt Annas Handgelenk los und läßt sich zurück ins Kissen fallen. »Evangelista gehört auch zu denen, die glauben, daß er was Besonderes ist. Deshalb hat sie ihre Schwester angerufen in Manila. Sie hat ihr gesagt, daß sie bei Ihnen anrufen soll und so tun, als ob sie Sybille sei. Sie hat ihr den Satz vorgesagt: Mach dir keine Sorgen, mir geht es gut.«

Evangelista! Anna hatte ihr bisher eine Nebenrolle zugedacht und das war falsch. Sybille war ausgerastet, nachdem sie Huberts Gespräch mit Evangelista gehört hatte. Evangelista log für Hubert Blank. Fabian log für Evangelista, als er der

Polizei erzählte, daß er Sybille als letzter gesehen hatte. Und dann gab es noch Fabians Wahrheitsmaschine ...

»Du weißt alles, was in diesem Haus passiert. Du weißt auch, wer Sybille umgebracht hat. FABIAN ...!«

Zu schnell, zu ungeduldig. Er dreht den Kopf weg, stellt sich tot. »Du hast versucht, dich umzubringen, weil du weißt, wer es war ... Du brauchst nichts zu sagen, nur zu nicken.«

Fabian nickt.

Zu Annas unermeßlichem Ärger stürmt jetzt eine Hilfsschwester ins Zimmer. »Sie regen den jungen Patienten auf«, sagt sie zu Anna und tritt ans Bett, um Fabians Puls zu messen. »Sind Sie seine Mutter?«

»Nein«, sagt Anna.

»Dann gehen Sie jetzt.«

Fabian hat die Augen geschlossen, die Schwester hat sich schützend vor ihn gestellt.

»Wir sind noch nicht fertig.« Anna ist aufgestanden, sie ist viel größer als die Hilfsschwester, und sie liebt es, Frauen in Uniformen einzuschüchtern. »Wenn Sie mit seinem Puls fertig sind, sollten *Sie* besser gehen. Sie stören.«

Die Schwester läßt seine Hand fallen. »Ich werde den Doktor informieren.« Aber sie ist schon im Rückzug begriffen, und sie läßt Anna nicht aus den Augen, bis sie die Tür geschlossen hat.

»Schnell jetzt, sie werden gleich kommen.« Anna steht vor Fabian und rüttelt an seinen Schultern. »Hat dein Vater sie umgebracht?«

Elend fühlt er sich. Elend und so müde. Es war gemein von ihnen, daß sie ihn nicht schlafen ließen. Und er hätte gar nicht erst versuchen sollen, mit ihr zu reden. Dumm ist sie, nichts versteht sie ...

Ein Assistenzarzt, gefolgt von der Hilfsschwester, stürmt ins Krankenzimmer und baut sich vor Anna auf. Was hier los sei, will er wissen, und sein Arztton ist autoritär, doch auch von jener Vorsicht, die man Geisteskranken entgegenbringt.

»Machen Sie nicht so 'ne Schau.« Anna ignoriert die beiden. »Ich gehe jetzt zur Polizei, Fabian, wenn du mir diese Frage nicht beantwortest. Du brauchst nur zu nicken oder den Kopf zu schütteln ...«

Auch Assistenzärzte nervt es, wenn man ihren Anweisungen nicht folgt. Der junge Mann mit der Hornbrille fordert Anna auf, sofort das Krankenzimmer zu verlassen, andernfalls werde man sie entfernen lassen.

Fabian sieht durch Anna hindurch auf einen unendlichen Punkt, den er nicht zu erreichen scheint. Schließlich nickt er. Er nickt und schließt die Augen, und Anna nimmt ihre Handtasche, steht neben ihm, fährt ihm mit der Hand sanft übers Gesicht. »Ich lasse dich nicht im Stich«, sagt sie und weiß nicht genau, was sie damit meint.

Die beiden Weißkittel weichen zur Seite, als Anna an ihnen vorbeigeht zur Tür. Sie öffnet sie vorsichtig und geht hinaus, ohne sich noch einmal umzudrehen. Sie ist am Ende der Geschichte, jetzt braucht sie nur noch die Bänder, um sie nacherzählen zu können.

26

Die Meldungen über die Ministervorlage, die fälschliche Angaben über Nachfolgekosten der V-12-B enthielt, laufen über die Ticker der Nachrichtenagenturen unter der Headline »Eine millionenschwere Fehlentscheidung«.

Dem Bonner Haftrichter liegt ein Antrag des Staatsanwalts vor, Ministerialrat Hubert Blank wegen Verdunkelungsgefahr in Untersuchungshaft zu nehmen.

Hauptkommissar Gottlieb Hermes wartet auf die Durchsuchungserlaubnis für das Anwesen der Familie Blank und versucht vergeblich, Anna Marx telefonisch zu erreichen. Sowohl in der Redaktion wie auch bei ihr zu Hause nervt ihn ihre Stimme auf dem Anrufbeantworter. Ein Sonnenblumenkern verfehlt den Abfallkorb, ein Vorfall, der keineswegs geeignet ist, seine Stimmung zu heben. Auf den Gängen grölen Sekretärinnen Karnevalslieder; er hat vorsichtshalber seine Tür versperrt und ist nur bereit, auf Klopfen und männliche Stimmen zu öffnen. Gottlieb Hermes ist nicht willens, sich feuchtfröhlichem Treiben hinzugeben, nur weil das Datum es so will. Der Verdacht, daß die Marx sich in Kriegsbemalung unter die Weiber auf den Straßen mischt, liegt nahe und stimmt ihn verdrießlich. Na gut, sie hat sich in sein Herz geschlichen, und er wird es mit Fassung tragen. Schließlich ist er kein Jüngling mehr, sondern ein verheirateter Mann in einer Gehaltsklasse, die alle Scheidungsabsichten sabotiert. Außerdem hat er keine Ahnung, wie *sie* darüber denkt. Sich in dieser Richtung zu exponieren und lächerlich zu machen, ist ein Gedanke, der Angstschweiß hervorruft.

In der Bonner Innenstadt sind die Weiber losgelassen, es ist ihr Tag, sie haben nur einen, wenn sie die Regeln des Karnevals und der Männergesellschaft ernst nehmen. Alkoholisierte Fröhlichkeit schwappt durch die Gassen und Kneipen, und Krawatten fallen anstelle anderer Symbole männlicher Vorherrschaft. Frauen, die sich mit einem Tag und mit Krawatten zufriedengeben, haben jeden Grund, sich zu betrinken. Helau und Alaaf.

In Bonn wird Karneval gefeiert, und der Minister bereitet seinen Rücktrittsbrief vor, statt in fröhlicher Runde zu demonstrieren, daß sich auch Politiker dem Diktat deutschen Kalenderhumors beugen. Er nimmt sich Zeit mit der Formulierung des Briefes, nichts steht darin, was der Wahrheit annähernd ähnlich wäre. Bei aller Bitterkeit über die Intrige, der er zum Opfer gefallen ist, bleibt die erste Überlebensformel der Politik, die Öffentlichkeit über Politik zu täuschen. Denn sie würde nie verstehen, daß Politik nichts anderes ist als der entlarvende Spiegel ihrer selbst. Politik ist die Wissenschaft von der Fehlbarkeit des Menschen, dem Macht gegeben. Und nur die Narren scherzen darüber.

Anna Marx steht im beeindruckend gestylten Flur des Hauses Blank und lügt Evangelista vor, daß sie aus Fabians Zimmer »einige Sachen holen und ihm ins Krankenhaus bringen will«.

Evangelista hat sie hereingelassen, doch ihre Körpersprache signalisiert Abwehr. Sie steht mit verschränkten Armen vor der Treppe, schmal und blaß, aber da ist noch etwas mehr: Anna spürt Stärke, eine Art verzweifelter Stärke, die von dieser kleinen Person ausgeht, die ihr gerade mal bis an die Achseln reicht.

»Fabian geht es besser, ich war gerade bei ihm.« Anna geht an ihr vorbei dic Treppe hoch. Sie hat keine Ahnung, wo Fabians Zimmer ist, aber sie will auch nicht, daß Evangelista sie begleitet, wenn sie die Bänder sucht. Warum plärrt das Kind nicht, denkt Anna. Wenn sie schon das Glück hat, daß Blank nicht zu Hause ist, mußte Jonathan das Mädchen ablenken.

Mädchen? Sie hat Evangelista zum ersten Mal richtig angesehen: Sie müßte an die Dreißig sein, obwohl dies bei so zierlichen Frauen schwer zu schätzen ist. Sie ist fast schön, denkt Anna, obwohl sie gestreßt aussieht. Kein Wunder bei dem Chaos an Gefühlen, das Fabian mit seinen Wanzen angeheizt hat.

Anna hat gewartet, bis sie Blank in seinem Mercedes fortfahren sah. Ein Typ, der Mercedes fährt und seine Frau umbringt, weil er meint, daß dann alles in Ordnung komme. Hat er wirklich gemeint, damit durchzukommen?

Anna steht im ersten Stock und öffnet Türen, während Evangelista unten an der Treppe wartet. Anna findet Fabians Zimmer im zweiten Anlauf, es muß seines sein, weil es vollends von High-Tech-Anlagen beherrscht ist. Computer-Bücher, Videobänder und Kassetten liegen scheinbar ungeordnet in einem Bücherregal, das sich von Wand zu Wand erstreckt. Das Zimmer ist gleichermaßen chaotisch und peinlich sauber, letzteres Evangelistas Wirken, so vermutet Anna. Stapel von Bändern und elektronischen Geräten, die sie in ihrer technischen Unwissenheit nicht identifizieren kann, entmutigen sie nicht. Sie muß die Bänder finden, bevor Blank sie vernichten kann. Wenn er es nicht schon getan hat …

Auf Fabians Schreibtisch liegen Fachillustrierte: Computer, Elektronik und alte Autos scheinen seine einzigen Leidenschaften zu sein – außer Evangelista natürlich. Kein Bild an der Wand, kein Poster, kein Foto. Und der verdammte Schreibtisch ist abgeschlossen!

Sie sollte Gewissensbisse haben, einen jungen Mann zu hintergehen, der ihr vertraut. Doch Anna beruhigt ihr Gewissen: Hätte er ihr von den Bändern erzählt, wenn er nicht wollte, daß sie sie findet? Mit all den Lawinen, die Fabian ausgelöst hat, ist es nicht auch in seinem Interesse, die Schneeschichten zu räumen? Wie auch immer, jetzt kann sie nicht mehr zurück. Der Mensch verträgt nur ein gewisses Maß an Scheitern, und Anna hat ihr Maß an Versagen mehr als voll. Sie muß die Bänder finden!

Anna zerrt vergeblich an den Schubladen. Überzeugt davon, daß er sie versteckt oder verschlossen hat, sucht sie in ihrer Handtasche nach einer Haarnadel. In Annas Handtasche findet sich immer etwas, sie versucht es mit einem Zahnstocher …

»Suchen Sie was Bestimmtes?«

Anna ist vor Schreck die Haarnadel aus der Hand gefallen. »Scheiße.« Sie dreht sich zu Evangelista um, die an der Tür steht. »Ich suche die Bänder«, sagt sie. »Fabian will, daß ich sie ihm ins Krankenhaus bringe.«

Evangelista steht mit verschränkten Armen vor ihr. War sie jemals unscheinbar, devot gewesen? Anna denkt, daß es ihr

Fehler war, das Mädchen sozusagen nur in seiner Funktion zu sehen. Ein sehr dummer Fehler ...

»Die Bänder sind nicht mehr da. Ich habe sie vernichtet. Alle.«

»Alle«, wiederholt Anna blöde. Evangelista lächelt, als ob das komisch wäre. Die Gespräche mit Kolofsky, denkt Anna ... der Streit mit Sybille ... die Tat ...

Evangelista zeigt auf eine Truhe, auf der ein Fernsehapparat und ein Videogerät stehen. »Sie waren da drin. Ich habe sie alle genommen und ... sie sind weg. Sie brauchen nicht mehr zu suchen.«

Nach dem Grund muß Anna nicht fragen, sie weiß ihn. »Glaubst du, daß Hubert Blank damit zu schützen ist? Glaubst du das wirklich?!«

Ein Schrei weht durchs Haus, so schrill und durchdringend wie der Schrei einer kleinen Katze in Todesangst.

»Jonathan!« Evangelista läuft aus dem Zimmer. Sie hat viel schneller reagiert, als Anna dies könnte. Jetzt läuft sie ihr nach, durch den Flur in Richtung des Kinderzimmers, aus dem das Schreien kommt.

»Er hat sich den Kopf an der Bettkante gestoßen.« Evangelista hält Jonathan im Arm, das Kind plärrt leiser, und Anna wiederholt, was sie in Fabians Zimmer angedeutet hatte. »Hubert Blank hat Sybille umgebracht. Und das wird zu beweisen sein – auch ohne die Bänder.«

NEIN.

Evangelista schreit das Wort heraus. Anna hätte nie geglaubt, daß eine so sanfte Stimme so hysterisch klingen kann. »Es tut mir leid, Evangelista, aber Fabian hat gesagt ...«

»Fabian hat gesagt ...« Evangelista spuckt vor Anna aus. »Er war es doch selbst. Fabian hat sie umgebracht. Weil sie mich zurückschicken wollte, hat er sie getötet. WEIL ER MICH LIEBT ...«

»Unsinn.« Anna geht einen Schritt auf Evangelista zu. Das

Mädchen sieht nicht, daß Anna unsicher ist. Sie drückt Jonathan an sich, hält ihn zu fest, und er beginnt wieder laut zu schreien. Vielleicht glaubt Anna nur, daß Evangelista ihm weh tut, schließlich hat sie keine Erfahrung mit Kindern. Irritiert durch das Geschrei, zornig darüber, daß Evangelista Fabian beschuldigt, herrscht sie sie an, das Kind herzugeben.

»Nein.« Evangelista hält den Jungen noch fester, geht einen Schritt zurück. Ihr Gesicht ist grau vor Angst oder Anstrengung oder Zorn. Ihr Gesicht sollte Anna warnen, die jetzt sagt: »Du tust ihm doch weh, merkst du das nicht?«

»Hubert ist nicht schuld. Geh weg.«

Annas philippinische Putzfrau widerspricht ihr nie. Sie ist freundlich, zuverlässig und auf eine Weise unsichtbar, die Anna keineswegs mißfällt. So blind ist sie nicht, die Hysterie dieser Situation zu ignorieren, doch eine Mischung aus Selbstgerechtigkeit und Mutterinstinkt treibt sie dazu, drohend auf Evangelista zuzugehen. Jonathan plärrt, vor Schmerzen oder aus Angst vor den beiden Frauen.

»Muß ich die Polizei holen, Evangelista?«

Eine leere Drohung, eine dumme Drohung. Noch während sie sie ausspricht, hat Anna Evangelistas Schrecksekunden genutzt und ihr Jonathan entrissen. Jetzt schreit er noch lauter, während das Mädchen aus dem Zimmer läuft. Anna stößt beruhigende Laute aus, die keineswegs beruhigen. Sie hält ihn ganz sanft: Das kleine Gesicht ist tränenverschmiert, er brüllt aus voller Kehle, er hat eine Schramme im Gesicht, und Anna fragt sich, warum sie nicht einfach zu Hermes gegangen ist.

Wie kam sie bloß dazu, sich den Jungen aufzuhalsen? »Pscht, Kleiner, nun beruhige dich doch«, murmelt sie hilflos, während sie überlegt, daß sie nun auf Blank warten muß, sofern Evangelista nicht zurückkommt. Wie kann ein Kind nur so anhaltend laut brüllen? Ob er zum Arzt muß? Verdammte Evangelista, die Bänder vernichtet und aus dem Zimmer läuft, statt sich um das Kind zu kümmern.

Sie hört Schritte und denkt, Gott sei Dank, sie hat sich beruhigt, ich kann ihr das Kind wiedergeben. Doch Anna irrt, wie so oft:

Evangelista steht im Kinderzimmer, und sie hält ein Messer in ihrer rechten Hand: ein langes, in den Strahlen der einfallenden Sonne blitzendes Küchenmesser, dessen vielseitige Verwendungsmöglichkeit Anna sehr, sehr klar ist. Der Schritt rückwärts ist eine automatische Reaktion, nun steht sie mit dem Rücken zum Gitterbett.

»Gib ihn her.«

Evangelista kommt näher, das Messer auf Anna gerichtet oder auf Jonathan, den Anna jetzt festhält, um ihn zu schützen – oder damit er sie schützt. Sein Schreien ist von unverminderter Lautstärke. Anna hört es nicht mehr. Sie denkt, ich darf jetzt keinen Fehler mehr machen. Keinen Fehler. Evangelistas Gesicht ist so entschlossen, aber sie wird doch dem Kind nichts tun, oder? …

Man kann ein Kind nicht als Schutzschild benutzen. Anna dreht sich zur Seite und wirft Jonathan in sein Bett, eine Aktion, die er mit irrsinnigem Gebrüll quittiert. Anna steht jetzt seitlich zu Evangelista, dreht sich nun langsam und vorsichtig zu ihr … Sie registriert in Eiseskälte, daß das Messer auf ihre linke Brust zielt.

Anna hat schreckliche Angst vor Messern, jetzt meint sie, den Schmerz eines Stiches zu spüren, aber Evangelista hat sie nur angeritzt, durch den Pullover, es ist nichts, das Marx umbringen könnte, wenn das Messer in dieser Position bleibt.

Es ist pure Angst, die Annas Denken ausschaltet und sie sagen läßt: »Du hast Sybille umgebracht.«

Sie hat sich keinen Millimeter bewegt, jetzt sieht sie, wie Evangelistas Hand, die das Messer hält, zittert, und Marx denkt in einer Sekunde der Klarheit, daß man auch aus Dummheit sterben kann.

»Sie hat gesagt, daß sie mich bei der Polizei anzeigen wird.

Und daß sie meinen Eltern schreibt, daß ich eine Diebin sei.« Evangelista spricht so leise, daß Anna sie kaum versteht. Anna denkt, es wäre besser gewesen, den Jungen festzuhalten, ihm hätte sie nichts getan. Das Mädchen ist verrückt und verzweifelt, und ich habe sie in die Enge getrieben, so wie Sybille das auch getan hat ... und Sybille ist jetzt tot. Sag was Kluges, Beruhigendes, Anna. THINK ...

»Ich kann verstehen, daß du sie ... umbringen mußtest.« Was fällt einem Kluges ein, wenn man sich fühlt wie ein aufgespießter Schmetterling, ein plärrendes Kind im Rücken und Todesangst in jeder Pore des Körpers?

»Ich mußte sie umbringen. Sie wollte mich wegschicken, von Jonathan und Hubert, und sie wollte meine Familie mit hineinziehen. Sie verstehen, daß ich sie umbringen mußte.«

Es ist ein unpassender Moment, Mitleid zu haben. Anna fühlt dennoch eine Regung, die nichts mit Angst zu tun hat. So klein, so verzweifelt, und Blank ist an allem schuld ... und Fabian natürlich, aber es kommt darauf an, wer das Messer führt ...

Evangelista streichelt mit der freien Hand Jonathans Füße, während sie mit der anderen den Druck des Messers unmerklich verstärkt. »Hubert war weg, aber Fabian hat es gehört in seiner Maschine, in seinem Zimmer. Als er kam, war Sybille schon tot.« Sie sieht auf die Klinge: »Mit diesem Messer ... sie war gleich tot ...«

Na klar mit diesem Messer, denkt Anna. Ist doch lang genug, die Klinge, und Sybille war viel dünner als ich. Der Druck der Messerspitze scheint sich zu verstärken. Anna sieht wie hypnotisiert auf die Hand, die das Messer hält: klein, stark, an den Knöcheln getötet. Hände, die zupacken können ...

»Willst du nicht das Messer weglegen? Wir können in Ruhe darüber reden, Evangelista. Ohne Messer ...«

Evangelista schüttelt den Kopf. So dumm ist sie nicht. Die Frau will ihr das Kind wegnehmen – und Hubert. Genau so wie Sybille. Sybille ... Sie hat bis zum Schluß nicht geglaubt, daß sie es tun würde. Sie hat sie für eine dumme kleine Filipina gehalten, die nichts kann außer Hausarbeit ...

Jonathans Schreien erscheint Anna als Vorbote ihres eigenen Gebrülls, wenn Evangelista zusticht. Sie sorgt sich um den Jungen, denkt sie, und wird nicht mehr lange warten, wenn sie es wirklich tun will. Aber so schafft sie es nicht. Sie muß ausholen, wenn sie mich mit einem Stich erledigen will. Sie steht zu nah, soviel Kraft hat sie nicht. Oder?

Ist es besser, stehenzubleiben oder den Sprung zur Seite zu wagen? Oder nach der Hand greifen? Sich blitzschnell ducken und ihr den Kopf in den Bauch rammen ...?

Evangelista steht unbeweglich. Sie kann Jonathans Schreien besser ertragen als Anna, sie ist es gewöhnt. Sie wird den Jungen trösten, danach, ihn wickeln und ihm sein Lieblingsessen geben. Dann wird sie auf Hubert warten. Er wird wissen, wie es weitergeht. Er wird ihr helfen, er braucht sie doch. Und sie hat es doch für ihn getan, für ihn und für Jonathan.

Annas Seitensprung mißglückt. Sie spürt einen brennenden Schmerz, der ihr längst nicht so weh tut wie die Angstschmerzen davor. Der Schrei, den sie dennoch ausstößt, vermischt sich mit einem melodischen Klingeln, das aus einer anderen Welt zu kommen scheint.

27

Der Rücktritt des Ministers ist nur eines von Bonns närrischen Spektakeln. Am Aschermittwoch offiziell bekanntgegeben, gibt er Anlaß zu ernüchternden Kommentaren. Der Rücktritt überrascht niemanden, der die vorangegangenen Meldungen über getürkte Berichte und Korruption im Zusammenhang mit der Anschaffung der Kampfflugzeuge verfolgt hat. Einige Kreise nehmen ihn mit Bedauern, andere mit klammheimlicher Freude zur Kenntnis. Die Öffentlichkeit, vertreten durch die Medien, wendet sich Spekulationen über den Nachfolger zu.

Hank Kolofsky, weitab von der Schußlinie im imposanten Büro des stellvertretenden Generaldirektors im Hauptsitz Phoenix, bemüht sich, nicht wie der Verlierer auszusehen, der er ist. Nach dem Rücktritt des Ministers wird man in Bonn die europäische Lösung anstreben, die V-12-B ist mit dem Korruptionsskandal aus dem Rennen. Kolofsky erwartet, daß der stellvertretende Generaldirektor ihm die nicht unerhebliche Liste seiner Aufwendungen vorhalten wird, die nur im Falle einer Auftragserteilung gerechtfertigt wären. Er erwartet auch die vorzeitige Auflösung seines Vertrages. Wie er es haßt, zu verlieren.

Der stellvertretende Generaldirektor von *Willbright* erwähnt in der Tat die Summe von 3,6 Millionen Dollar, die aus dem Schmutzfonds der Firma nach Bonn geflossen sind. Jedoch ist sein Tonfall erstaunlich milde, verständlich erst, nachdem er den vor ihm sitzenden Lobbyisten darüber informiert hat, daß *Willbright* seit drei Wochen eine »bedeutende Beteiligung« an jener deutschen Firma habe, die als Teil des Konsortiums den Auftrag erhalten werde.

Er sagt dies mit sonnigem Siegerlächeln, das nur ein Milliardengeschäft in sein Pokergesicht zaubern kann. Und es ist durchaus seine Absicht, einen guten Mann aufzubauen, wenn er ihm jetzt versichert, daß die mittlerweile gekippte Entscheidung für die V-12-B den Überraschungscoup der Beteiligung durchaus erleichtert habe. Insofern sei Kolofskys Wirken in Bonn keineswegs vergeblich gewesen.

Ein zweifelhafter Sieg ist besser als gar keiner. Kolofsky läßt sich gern auf das nächstliegende Thema ein, wo und wie man die Kampfflugzeuge im arabischen Raum verkaufen könne.

In anderer Dimension beschäftigt das Thema mittlerweile zwei Bonner Staatsanwälte, die sich mit Hubert Blanks Rechtsanwalt über die Alternative der Untersuchungshaft oder eines »konstruktiven Geständnisses« beraten.

»Statt Blumen hätten Sie mir besser Zigaretten mitgebracht.«

Nicht allzuweit entfernt von Fabian Blank liegt Anna Marx der Willkür von Schwestern und Ärzten ausgeliefert in einem sehr ungemütlichen Krankenzimmer. Sie tut sich leid, das ist nichts Neues. Die Fleischwunde in ihrem Oberarm ist tief und schmerzhaft, aber keineswegs lebensgefährlich. Gottlieb Hermes weiß das und behandelt sie dennoch wie eine Heldin, weil er meint, daß die Marx wunderbar sein kann, wenn man sie nur richtig aufbaut.

Er reicht ihr Sonnenblumenkerne, die sie mit Kopfschütteln ablehnt. »Evangelista hat die Leichenteile im Tiefkühlschrank im Keller verwahrt, können Sie sich das vorstellen?«

Lieber nicht. Anna richtet sich auf, stöhnt ein bißchen. Hermes und seine Mannen hatten geklingelt, als sie zur Seite sprang und Evangelista zustach. Hermes kam mit einem Durchsuchungsbefehl; sie hätten Sybille oder das, was noch von ihr da war, ohnehin gefunden und den Fall auch ohne Annas Zutun geklärt. Das tut mehr weh als die bandagierte Wunde. Sie hat sich in der Tat wie eine Vollidiotin verhalten. Erst hatte sie Evangelista nicht zur Kenntnis genommen, borniert genug, ein philippinisches Hausmädchen als Teil des Inventars zu betrachten. Und dann hatte sie Evangelista bis an den Punkt gereizt, an dem diese durchdrehte.

»Was ist mit dem Kleinen?«

Hermes klopft Anna das Kissen zurecht und schielt dabei auf ihre unverletzten Brüste. »Dem ist nichts passiert. Blank hat ihn zu einer Cousine nach Köln gebracht, soviel ich weiß.«

»Und Fabian?«

»Der wird morgen entlassen. Aber das ist nicht das Ende.

Er hat dem Mädchen geholfen, die Leiche zu verpacken. Sie haben sie in vier Teile zerlegt, damit sie in die Kühltruhe paßt. Ziemlich makaber, wenn Sie mich fragen.«

Annas Stimme ist sehr klein: »Er liebt das Mädchen. Man macht die merkwürdigsten Dinge aus Liebe, wirklich ...«

Evangelista hatte nach sanftem Drängen bereitwillig erzählt, und Hermes erzählt es Anna weiter, ob sie es hören will oder nicht: Sybille, eifersüchtig und vor Wut außer sich, hatte Evangelista in die Küche gerufen und ihr mit Polizei und sofortiger Ausweisung gedroht. So wie Anna auch, hatte sie nicht erkannt, daß sie Grenzen überschritt, als sie Jonathan ins Spiel brachte.

»Lieber würde sie den Jungen in ein Heim geben, als ihn bei Evangelista zu lassen. Soll Frau Blank gesagt haben, als Evangelista durchdrehte und nach dem Messer griff. Sie hat nur zweimal zugestochen, sagt sie, und sie war sicher, sofort entdeckt zu werden. Aber Hubert Blank war nicht im Haus, und Fabian Blank, nun ja ... nein wirklich, Marx, das geht zu weit. Man muß nicht alles verstehen.«

Anna schweigt in ihrem Krankenbett. Sie sieht sehr mitgenommen aus, und er fragt sich, ob sie wirklich so verletzlich ist, wie sie manchmal tut. »Evangelista hat in Manila in einem Schlachthof gearbeitet und ... die Einzelheiten will ich Ihnen ersparen. Jetzt könnte ich noch sagen, daß wir die Leiche bei der Hausdurchsuchung ohnehin gefunden hätten – Ihr Einsatz war absolut unnötig und gefährlich.«

Anna Marx sieht nicht gerade schuldbewußt aus. Eher traurig. Sie hat ihm mal erzählt, daß sie nur Geschichten mit Happy-End mag. »Ich wünschte mir, Sie würden aufhören, in Verbrechen rumzustochern, Marx. Sie sind nicht dafür gebaut.«

Anna geht mit einem Achselzucken über seine Bemerkung hinweg. »Sie ist ein armes Schwein«, sagt sie und läßt offen, ob sie damit Täterin oder Opfer meint. Alles, was geschieht, könnte einem selbst geschehen, und Anna meint damit ihr eigenes Potential an Dummheit, Bösartigkeit, Haß und Rachsucht. Sie ist müde, vom Blutverlust und anderen Verlusten, und Hermes' mitleidige Blicke gehen ihr auf die Nerven.

»Wie hat Blank es aufgenommen?«

»Mit Fassung, wie man so schön sagt. Man könnte meinen, daß er andere Sorgen hat – vielleicht ist er auch nur ein guter Schauspieler. Er zuckte nicht mit der Wimper, als ich ihm von Fabians Mithilfe bei der Beseitigung der Leiche erzählte.«

»Wenn er nicht mit Evangelista rumgemacht und diese dummen Sätze gesagt hätte ... und wenn Fabian das nicht aufgezeichnet und Sybille vorgespielt hätte ... und wenn Sybille nicht so bösartig darauf reagiert hätte ... es war alles nur eine Kettenreaktion unglücklicher Umstände ... hat sie einen guten Anwalt?«

»Einen Pflichtverteidiger ... Was haben Sie denn gedacht?«

Anna denkt, daß sie an Blanks Stelle einen guten Anwalt für Evangelista bezahlen würde. Aber vielleicht ist das zuviel verlangt. Sie schließt pathetisch die Augen und Hermes springt schuldbewußt auf. »Sie können alles zu Protokoll geben, wenn es Ihnen besser geht. Soll ich morgen wiederkommen?«

Warum nicht? Anna nickt mit geschlossenen Augen, sie läßt sich die unverletzte Hand drücken, alles in allem eine sehr angeschlagene Heldin, aber dennoch zufrieden, am Leben zu sein.

28

Das Haus ist ganz still. Jonathan ist in Köln und Fabian noch im Krankenhaus. Das Haus ist still. Hubert Blank sitzt an seinem Schreibtisch, vor sich alle wichtigen Papiere seines

Lebens. Papiere sind wichtig, wer wüßte es besser als er? Die beiden falschen Pässe liegen vor ihm, die Versicherungen, sein Testament, der Brief an seinen Sohn mit dem Nummernkonto in der Schweiz. Fabian wird ihn zuerst finden, und wenn er klug ist, wird er den Brief nicht der Polizei übergeben. Für sie, die unbeteiligte Nachwelt, hat er nur eine Zeile geschrieben: »Ich begehe Selbstmord. Blank.«

Es gibt sicherlich elegantere Formulierungen zu guter Letzt, aber er will nicht elegant sein, sondern präzise.

Wenn sie den Brief seines Rechtsanwaltes finden, werden sie den Schluß ziehen, daß er aus Angst vor der Verhaftung den Freitod gewählt hat. Wie auch immer, es gäbe viele Gründe, und ihm ist absolut gleichgültig, welchen sie auswählen. Wichtig ist, daß er seine Papiere geordnet hat. Die Pistole wird ihn aus der unerträglichen Unordnung seines Lebens befreien.

Er sieht auf den Paß, als er die Pistole an die Schläfe setzt. Schwarzer Humor liegt ihm nicht, aber jetzt ist ihm nach einem letzten Scherz zumute.

»Marx ist tot«, sagt Hubert Blank, bevor er abdrückt.

Anna, Max,
der Müll und der Tod

Die Hauptpersonen

Herta Brand	hat eine Goldmine mit Zeitzünder entdeckt.
Stefanie Brand	erkennt zu spät die Absichten des Gegners.
Jürgen Wilhelm Brog	bekommt eine heiße Nachricht cool serviert.
August Hackbart	ist schön, schlau und gierig. Das schlägt manchmal auf den Magen.
Walter Lipinski	deponiert Müll und Geld.
Sigrid Kreuz	muß dienen und bedient sich.
Erna Thorsch	backt nicht nur kleine Brötchen.
RA Dr. Dagobert Eikelen	erlebt selbst als Platzhirsch, was ein Blattschuß ist.
RA Dr. Knobel	setzt mit der Robe eine freundliche Miene auf.
Richter Adam Herrenhaus	liebt juristisches Geplänkel und scharfe Wortgefechte.
Monika und Hannes Färber	kommen nur mühsam über die Runden.
Renate Kurland	kämpft allein gegen den Rest der Dorfwelt.
Bürgermeister Otto Franzen	hat die Dorfwelt auf seiner Seite.
Adolf Merkel	ist der letzte ehrliche Kommunist in Wesern.
Chefredakteur Gruber	leidet unter dem Berlin-Umzug.
Gertrud Mollwein	freut sich darauf.
Hauptkommissar Gottlieb Hermes	versteht seine und überhaupt die Frauen nicht mehr.
Anna Marx	erlebt die Krise und überraschende Momente.

1

Die Männer kommen, um sie zu töten. Sie hört ihre Schritte und sie riecht Angst. Ihre Angst vor dem Tod, die sie schon lange in sich trägt, ein vertrautes Gefühl unsäglichen Terrors. Sie hört die Schritte und kann sich nicht bewegen. Dort steht das Telefon, doch ihr Arm ist schwer und unbeweglich, so wie ihre Zunge, die trocken im Gaumen liegt und keinen Ton hervorbringt. Als ob die Totenstarre bereits eingesetzt hätte, liegt sie in ihrem Bett und wartet auf ihre Mörder. Wie viele Männer werden es sein? Zwei, drei ...? Die Schritte klingen nach schweren Stiefeln. Wie werden sie töten? Mit Messern? Äxten? Mit ihren Händen? Werden sie auf ihr Schreien reagieren oder nur stumm ihre Arbeit verrichten? Die Schritte kommen näher. Sie formt lautlose Schreie des Entsetzens, während sie über die Qual des Sterbens nachdenkt, in den letzten Sekunden vor der Ewigkeit, die für sie nichts weiter bedeutet als den Verlust des Lebens, Dunkelheit und Stille. Wäre es tröstlich, an Gott zu glauben, der zuließ, daß sie lebte und daran stirbt? Wenn es ihn gäbe, woran sie nicht glaubt, würde er lachen, während sie um Gnade fleht? Oder sich angeekelt abwenden, während ihre Mörder sie in ein schreiendes Bündel von Blut und Schmerzen verwandeln? Sie hört, wie die Männer sich gegen die Tür werfen, die nicht standhalten wird. Hört das splitternde Geräusch von Holz und Metall, und denkt an Stefanie. Was werden sie mit ihr tun? STEFANIE, mein Gott ...

Herta Brand erwachte aus ihrem Alptraum, als sie den Namen ihrer Tochter schrie. Ein paar Sekunden lag sie bewegungslos auf dem Bauch, das Gesicht ins Kissen gepreßt und die Hände im Laken verkrallt. Das Laken war feucht, und sie spürte eine Nässe zwischen den Beinen, die nicht vom Schweiß herrührte. Es war ekelhaft, sich so gehen zu lassen, während man seinen Alpträumen ausgeliefert war. Der Ekel war etwas Reales, das sie aus ihrer Starre befreite und aufspringen ließ. Das Zimmer war dunkel, doch durch die Gardinen schimmerte das erste Licht des Tages; der Zeiger der Uhr zeigte kurz vor fünf, als sie das Fenster öffnete. Von ihrem Schlafzimmer war das Geräusch des Meeres zu hören, ein monotoner Singsang von unbesiegbarer Stärke, den sie liebte. So wie diese Zeit zwischen Nacht und Morgen, wenn die Insel von keinen Lauten gestört wurde als jenen der Wellen und des Windes.

Herta Brand atmete tief durch, als sie am Fenster stand. IHR Alptraum, sie kannte ihn gut mittlerweile, und doch hatte er nichts von seinem Schrecken verloren. Sie hatte aufgehört zu zählen, wie oft er sie heimsuchte in vielen Variationen des Terrors, doch in der Substanz immer gleich: Sie wartet auf ihre Mörder, und sie ist nicht fähig zu kämpfen, sich gegen den Tod zu wehren.

Ihr Körper versagt, er versagte auch in dieser Nacht, und der dunkle Fleck auf ihrem Laken zeugte davon, daß es schlimmer wurde. Sie mußte das Laken wechseln, bevor Stefanie aufwachte und in ihr Zimmer kam. Herta riß es gewaltsam von der Matratze, warf es achtlos in die Ecke, tappte im Halbdunkel zum Wäscheschrank. Kein Licht, sie konnte es nicht ertragen, sich nach ihrem Alptraum im Spiegel zu sehen, der gegenüber ihrem Bett angebracht war. Weiß der Teufel, was die Besitzer sich dabei gedacht hatten, dieses barocke Ungetüm an die Schlafzimmerwand zu hängen. Herta hatte keine Lust, darüber nachzudenken. Es war schwer genug, nein, unmöglich, die Vergangenheit und die damit verbundenen Ängste zu verdrängen. Von all den Fehlern, die sie begangen hatte, war Sex eine wirklich kleine Nummer. Sex war doch immer nur ein Vehikel der Macht gewesen, die sie über Männer ausüben wollte. Jetzt war sie fünfundvierzig und setzte andere Techniken ein, um sich im Leben zu behaupten. So wollte sie es sehen, und verdammt sollten sie sein, diese Nächte des Grauens, die sie nicht verdiente. Natürlich nicht. Niemand bekam, was er verdiente, weder im Guten noch im Bösen.

Einiges hätte sie anders entschieden vom heutigen Standpunkt des Gewissens. Aber vieles war doch bloß Notwehr gewesen. Und vieles hatte sie für Stefanie getan, für ihre Tochter, die heute vierzehn war und keine Angst zu haben brauchte, weil Herta Stefanies Leben so gestaltet hatte, daß es keine Notwehrsituationen geben durfte. Nie hatte sie davon geträumt, daß die Männer Stefanie töten wollten. In dieser Nacht zum erstenmal war ihre Tochter ins Spiel gekommen, ein Grauen, das über die eigenen Todesängste hinausging. Herta dachte an die Schlaftabletten, die sie sich besorgt hatte und die sie bisher standhaft in der Schublade verschlossen hielt. Sie war kein Typ, der schnell aufgab, doch die Aussicht auf Tiefschlaf und traumlose Nächte wurde immer verlockender.

Herta hörte Schritte auf der Holztreppe. Sie war wach, sie stand am Fenster und wußte, daß Stefanie in die Küche ging, um sich ein Glas Milch zu holen. Ihre kleine Tochter, ihr großes Mädchen, ihre absolut einzige Liebe. Wenn sie nicht immer so gedacht hatte, dann hatten die Jahre die Gefühle für das Wesentliche geschärft. Man braucht keinen Mann, um glücklich zu sein. Man braucht EINEN Menschen nur, um das Maß an Liebe zu füllen. Und natürlich Geld. Ein bißchen Geld, um den Alltag angenehm zu meistern. Dieses Haus auf Kampen, das Herta für fünf Jahre gemietet hatte ... Schönheit ist käuflich, wer würde dem widersprechen, wenn er jahrelang in einem häßlichen Land gelebt hat? Gut möglich, daß sie das früher anders gesehen hatte, aber hatte sie nicht immer von einem Haus am Meer geträumt, schon als kleines Mädchen, das an die dummen Sprüche alter Männer glaubte? Die Vergangenheit war ein perfekter kleiner Scherbenhaufen, aus denen sie mit vorsichtigen Fingern Goldklümpchen zog. Stand ihr doch zu, dieses Leben mit ein paar erfüllten Träumen und einer großen Liebe!

»Du rauchst schon wieder vor dem Frühstück.« Stefanie stand an der Tür. Sie lächelte, um den Vorwurf abzuschwächen, und Herta schloß das Fenster, damit kein kalter Windhauch ihre Tochter treffen sollte. Ihre Tochter: groß, braungebrannt, mit kurzen dunklen Haaren und dem präzise geschnitzten Gesicht ihrer Mutter, das einige Männer als »apart«, andere als »charakterfest« beschrieben hatten, was immer das heißen mochte. Sich selbst hatte Herta stets als stark empfunden und diese Ausstrahlung durch entsprechende Aufmachung verstärkt. Stefanie kam erfreulicherweise nicht nach ihrem Vater, dem Idioten. Auch ihre Tochter würde den Männern nie mehr geben, als unbedingt nötig war.

Stefanie nahm ihrer Mutter die Zigarette aus der Hand, drückte sie aus, rückte Herta vor den gräßlichen Spiegel. »Du siehst furchtbar aus, hast du wieder schlecht geschlafen?«

Herta schnitt eine Grimasse, die komisch sein sollte und traurig mißglückte. Murmelte von Schlaflosigkeit, sie hatte Stefanie nie in ihre Träume eingeweiht, in das Mosaik ihrer Ängste, es gab keinen Grund, sie damit zu belasten. »Ich mache mir einen Kaffee, und dann joggen wir los, okay?«

»Okay« war ein relativ neues Wort in Hertas Sprachschatz, und es klang fremd, auch für Stefanie, die keineswegs wollte, daß aus einer einschätzbaren Mutter eine große Schwester wurde, auf die man sich neu programmieren mußte. Es machte einfach Spaß, mit Herta in dem großen Haus zu leben, mit Fernsehen und Kabelanschluß, mit Videorecorder und CD-Spieler und was man sonst noch brauchte zum Leben. Es machte Spaß, mit Herta einkaufen zu gehen, ohne auf Geld zu achten, oder in eine dieser schicken Sylter Kneipen, in denen junge Männer der Kategorie »nichtsnutzige Erben« saßen.

Herta war sehr scharf in ihren Urteilen über andere. Es war cool, mit Herta irgendwo zu sitzen und über die anderen herzuziehen. Niemand war gut genug, vor ihrer Mutter zu bestehen.

Dagegen sprach Herta kaum über sich selbst, darüber zum Beispiel, woher das Geld für diesen Luxus stammte, den sie sich leisteten. Stefanie hatte einmal gefragt und war barsch abgefertigt worden. Es war besser, an gewisse Dinge nicht zu rühren. Es war einfacher, mit Herta die neue Zeit zu genießen, zum Beispiel das Joggen am frühen Morgen, hinunter an den Strand, wo noch keine lästigen Touristen herumliefen und die Illusion zerstörten, daß alles hier Stefanie Brand gehörte, die ganze Insel, die ihre Mutter mit Märchengeld gekauft hatte. Stefanie und der Prinz, das war eine andere Geschichte. Sie mußte Herta ja nicht alles erzählen, doch wo, wenn nicht hier, würde sie ihren Prinzen treffen?

Während sie sich trödelnd anzog, trank Herta in der Küche Kaffee und verdrängte die Nacht. Das Laufen, die körperliche Anstrengung, würde ihr helfen zu vergessen. Bis zum Strand war es nur eine kurze Strecke, und sie liebte es, über den Sand zu laufen, in ihrem Blickfeld nur Himmel und Meer – und Stefanie. Würden Kinder ihre Eltern nicht mehr lieben, wenn sie all ihre Geheimnisse kannten? Sie fand keine Antwort auf die Frage, war aber ohnehin nicht bereit, ein Risiko einzugehen, das ihr Stefanies Vertrauen und Zuneigung entziehen könnte.

Es war noch dämmrig, als die beiden Frauen aus dem Haus traten. Stefanie rannte bereits zum Gartentor, als Herta die Haustür sorgfältig verschloß. Sylt war kein Paradies mehr, auch wenn die Reichen einmal geglaubt hatten, daß sie mit ihrem Geld unsichtbare Mauern ziehen könnten. Herta mußte darüber lächeln, daß sie sich immer noch zu der »anderen Seite« zählte, ideologisch gesehen, denn das alte Fell ließ sich nicht so ohne weiteres abstreifen in den neuen Zeiten.

»Kommst du endlich?«

Herta rannte los, ihrer Tochter voraus, die das Gartentor zuwarf, ohne darauf zu achten, ob das Schloß eingeschnappt war. Es war immer dasselbe Ritual, dieselbe Route: die schmale Straße zum Strand hinunter, eine Straße, die um diese Tageszeit kaum befahren war. Herta rannte um ihr Leben, so empfand sie es jedesmal, bis sie die Strecke hinunter zum Strand überwunden hatte, den harten Asphalt, der von Dünen umsäumt war.

Stefanie lief ein paar Schritte hinter ihrer Mutter, doch sie sah die aufgeblendeten Scheinwerfer zuerst, den Wagen, der um die Kurve bog und auf sie zufuhr. Stefanie haßte die Autos, die Kampens Straßen verstopften und die Luft verpesteten. Sie haßte dieses Auto, das vor Tagesanbruch unterwegs war und ihren Morgenlauf störte. Sie sah, wie ihre Mutter von der Mitte der Straße auf den Straßenrand wechselte, sah das Auto näherkommen, mit aufgeblendeten Scheinwerfern, die in dem diffusen Licht bedrohlich aussahen. Stefanie sah das Auto auf ihre Mutter zufahren, einfach so, und sie dachte, der Typ ist besoffen, sie schrie »Vorsicht«, doch Stefanies Schrei fiel zusammen mit einem häßlichen Geräusch, dem Zusammenstoß von Blech und Fleisch, dem Quietschen von Bremsen und dem lautlosen Tod ihrer Mutter. Stefanie begriff nicht, was geschehen war, auch nicht, als sie auf den leblosen Körper zulief, einen stummen Schrei auf den Lippen. Sie reagierte nicht, als der Wagen auf sie zufuhr, mit Lichtern, die sie blendeten, und dem aufheulenden Geräusch eines starken Motors. Der Instinkt, sich zur Seite zu werfen, kam zu spät, um dem Ungeheuer auszuweichen, das sich in ihr Fleisch grub. Mama war ein Wort, das sie viele Jahre nicht mehr benutzt hatte. Als sie auf der Straße lag, mit gebrochenem Rückgrat, doch bei Bewußtsein, murmelte Stefanie dieses Wort, weil sie nichts spürte, nichts verstand von dem, was geschehen war. Ihr abgerissener Arm lag unweit von Hertas leblosem Körper. Es hatte nichts mehr zu bedeuten, doch dieses Detail berührte den Fahrer des Wagens, der ausgestiegen war, um sich zu vergewissern, daß die beiden Frauen tot waren.

2

»Es wird ja wohl keine Frage von Leben und Tod sein.«

Anna ließ diesen Satz des Chefredakteurs an sich vorbeifließen und sah einer Fliege nach, die sich nach einigem Zögern auf Grubers Halbglatze niederließ und mit autoritärer Handbewegung verscheucht wurde. Dachte, daß es in Grubers Macht lag, Anna Marx von ihrem Schreibtisch, aus der Redaktion zu verscheuchen wie ein lästiges Insekt, dem man allerdings Abfindung zahlen mußte für zwanzig lange Jahre im Dienst des »Wochenmagazins«, herzlichen Dank auch, liebe Kollegin, und nichts für ungut ...

Die Fliege schwirrte auf das Porträt der Ehefrau, das in Silber gerahmt war. Annas Schweigen irritierte Gruber; mit zunehmendem Alter erinnerte ihn die Marx mehr und mehr an seine Frau: störrisch wie ein Esel und bisweilen auch so dumm. »Ich kann ja verstehen, daß die Arbeit einer Gesellschaftskolumnistin nicht immer befriedigend ist. Ich verstehe das sehr gut. Tatsache ist jedoch, daß in der Politik keine Vakanzen bestehen, absolut nicht. Ein Korrespondentenjob kommt nicht in Frage, da müssen wir ohnehin einsparen. Und bis die Verleger die Frage des Berlinumzugs entschieden haben, ist personalpolitisch nichts zu machen. Es tut mir leid.«

Wenn der Laden nach Berlin umzieht, werden sie mich ohnehin feuern, dachte Anna, und tat sich leid. »Sie haben doch vor kurzem einen neuen Redakteur in der Innenpolitik eingestellt.«

Gruber erlaubte sich ein komplizenhaftes Lächeln. »Ein Neffe des Verlegers, falls Sie das nicht wußten. Ein sehr fähiger junger Mann, nebenbei bemerkt.«

»Bananenrepublik«, erwiderte Anna, und ihre Haltung hatte nichts von der Kampfbereitschaft verloren, die ihn seit geraumer Zeit nervte. Die Frau nervte, merkte sie das nicht? Was man an einer Ehefrau tolerieren mußte, weil Scheidung ein so häßliches Verlustgeschäft war, geriet bei Mitarbeiterinnen zu einem Zwei-Fronten-Geschlechterkampf, der seine fragilen Kräfte überstieg. Herzrhythmusstörungen und hoher Blutdruck: der Arzt hatte ihm geraten, sich nicht aufzuregen. Und hier saß sie ein weiteres Mal, die Marx, seit einem halben Jahr auf dem Trip, ihn unter Druck zu setzen, weil sie der irrigen Meinung war, der Gesellschaftskolumnistin entwachsen zu sein. Altfrauenehrgeiz, Torschlußpanik, Wechseljahrhysterie, wie immer man es nennen mochte ... es war lästig, und nur weil er sie in einem verwegenen Winkel seines Herzens mochte (warum eigentlich?) und weil er ein sozialer Mensch war, höflich und gut erzogen, warf er sie nicht zur Tür hinaus, sagte ihr nicht, daß sie für den Verlag entbehrlich war – auch als Klatschtante.

Außerdem war zu bedenken: Die Marx war in der Journalistengewerkschaft, es würde möglicherweise Ärger geben. Und sie war ein Kampfroß, eines, das auch aussichtslose Gefechte austrug. Der Gedanke an Notschlachtung war häßlich, aber nicht unangenehm. Gruber lächelte bei dieser Vorstellung.

Wenn ich ihn lang genug nerve, dachte Anna, gibt er eines Tages nach. »Ich nehme alles – außer Wirtschaft, Kultur, Sport, Wissenschaft und Technik.«

»Bleibt ja nicht viel übrig.« Gruber zündete sich eine Zigarre an, die der Arzt ihm verboten hatte. Was blieb denn noch nach all den Jahren? Kein Sex mehr, nur Altmännerflirts. Kein fettes Essen, am besten keinen Alkohol, Rauchen ohnehin nicht. Was blieb? Golfspielen und ein wenig Macht. Handicap 28 und der Ärger mit renitenten Redakteuren. Eine Ehefrau mit Handicap 24. Ein Handicap von Ehefrau …

»Bitte«, sagte die Marx.

Grüne Augen, großer Mund, große Titten. Rote Haare, seit neuestem streichholzkurz geschnitten. Breiter Arsch, aber wenigstens lange Beine. Zu alt, um noch verführerisch zu sein, und zu jung, um es einzusehen. Gruber seufzte und wich ihrem Blick aus in Richtung der Beine, die aufreizend wippten. Aufrührerisch wippten. Als nächstes würde sie ihm drohen, beim Verleger anzuklopfen, und der würde ihn fragen, ob er sein Personal nicht im Griff habe.

»Wie wäre es denn mit einer Urlaubsvertretung, für den Anfang … ein Probelauf sozusagen?«

Grubers Gnadenbrot, dachte Anna. »Für Leibold?«

»Ja. Der Brog-Prozeß steht an. Ein Spionagefall müßte Ihren politischen Ambitionen doch entgegenkommen, Anna. Und Ihrem Hang zu … Mord und Totschlag.«

Sie hatte diese Art von offenem Gesicht, in dem man lesen konnte. Überlegte jetzt das Für und Wider unter Berücksichtigung aller Fallstricke, die er gespannt haben konnte. »Trauen Sie mir das zu?«

Nein, dachte Gruber. Sie würde zuwenig von den juristischen Feinheiten verstehen, um einen guten Artikel zu schreiben. Und sie war zu faul, um eine Geschichte gründlich zu recherchieren. Er nickte.

»Und was ist mit der Kolumne?«

»Unsere Volontärin macht das doch sehr gut; sie kann Ihnen Termine abnehmen.«

Anna grinste. »Sie ist ein ehrgeiziges kleines Biest, das meinen Job will.«

»Und Sie wollen einen neuen … wo ist das Problem?«

Anna stand auf. »Das Problem ist, daß SIE mir nicht zutrauen, daß ich noch etwas anderes kann außer blöden Klatsch zu schreiben. Aber gut, ich mache Leibolds Urlaubsvertretung UND die Kolumne.«

»Wir wollen Sie nicht überfordern, Anna.«

Anna ging zur Tür. »Das Gegenteil trifft die Sache besser, nicht wahr?«

Sie war einfach der Typ, der das letzte Wort haben mußte. Doch er war der Chef. »Übrigens ... der Verleger meint, daß Ihre Kolumne etwas mehr ... Sinnlichkeit gebrauchen könnte.«

Anna stand an der Tür, ein roter Drachen im grünen Sackkleid. »In Bonn? Sinnlichkeit? Verraten Sie mir mal einen sinnlichen Begriff, der Ihnen zu Kohl einfällt? Oder zu Scharping? Oder Kinkel?«

»Macht IST sinnlich.«

»So was kann nur ein Mann sagen.« Anna Marx drehte ihm den Rücken zu, bevor er etwas erwidern konnte. Schloß die Tür mit sanftem Knall. Über seinem Kopf kreiste eine Fliege, sie hätte auch ein Geier sein können. Gruber überlegte nicht zum ersten Mal, vorzeitig in Pension zu gehen und sein Handicap zu verbessern. Was zum Teufel war so schön daran, Druck von oben und Druck von unten abzuwehren? Der freie Fall ins gesellschaftliche Nichts, er gab sich die Antwort selbst.

Anna Marx, zurück an ihrem Schreibtisch, dachte über den freien Fall in die Arbeitslosigkeit nach, an Daueraufträge, Miete, Versicherungen, an das Paket von Verpflichtungen, das man sich schnürte, bis es einen fest umklammert hielt. Kein Mensch hinderte sie daran, zu kündigen und sich als freie Journalistin zu versuchen. Doch über dieser freien Entscheidung schwebten die Existenzängste einer Siebenundvierzigjährigen. Kein Ehemann, auf den man zurückgreifen konnte, nicht einmal ein Exmann mit Unterhaltsverpflichtungen; keine Aussicht auf Erbschaft, kein Sparkonto. Auf der Habenseite verbuchte Anna Marx eine Achtzig-Quadratmeter-Eigentumswohnung und einen alten Jaguar, der sich öfter in der Werkstatt aufhielt als auf Bonns Straßen. Gab es einen vernünftigen Grund, keine Zukunftsangst zu haben?

Angst macht klein. Anna Marx, einsachtzig groß, schrumpfte in Gedanken an das vorangegangene Gespräch, an Grubers wohldosierte Verlegerkritik, an den lächerlichen Sieg, den sie davongetragen hatte. Urlaubsvertretung für Leibold, damit wollte Gruber sie nicht belohnen, sondern bestrafen. Leibold war ein Arschloch. Wenn er in drei Wochen zurückkehren würde, würde er sich über Annas Prozeßberichte hermachen und sie mit beißender Kritik überziehen. Leibold hielt sich für Egon Erwin Kischs würdigen Nachfolger und die wandelnde Pulitzerpreissau. Leibold schrieb über Gut und Böse, Gnade und Strafe, als sei er der liebe Gott. Leibold trug Netzunterhemden unter Nylonoberhemden, er rauchte und trank nicht und hielt Anna für ein verworfenes Stück Fleisch, das ihn auch noch zum Vegetarierdasein bewegen könnte.

Es war bestimmt nicht klug gewesen, Grubers tückisches Angebot anzunehmen, nur um etwas zu beweisen, das niemand wissen wollte: daß die Marx mehr konnte als Klatschkolumnen zu schreiben. War es so? Selbstzweifel zählten zu Annas Stärken, und je älter sie wurde, desto schwerer fiel es ihr, sich in der Gesellschaft siegreicher Egomanen zu behaupten.

Sie drückte wütend ihre Zigarette aus und ignorierte die Volontärin, die pfeifend in die Redaktion kam, pfeifend den Computer anwarf und alsbald in die Tasten hämmerte, so effizient und zielstrebig, so bar aller Selbstzweifel, so gottverdammt ehrgeizig, daß sie vermutlich pfeifend über Annas Leiche schreiten würde, um sich auf ihrem Stuhl niederzulassen und alles besser zu machen.

Daß sie jung und hübsch war, kam erschwerend hinzu. Das Früchtchen und der faltige Apfel lagen auf Kollisionskurs.

Anna zündete sich eine neue Zigarette an und sortierte die Eingangspost: Einladungen zu Botschaftsempfängen, Abendessen in Landesvertretungen, Ausstellungseröffnungen, Wohltätigkeitsveranstaltungen, die übliche Mixtur aus entbehrenswerten kulinarischen Genüssen und gesellschaftspolitischer Selbstdarstellung. Anna warf die Einladungen der Botschaften von Togo und Ecuador auf den Schreibtisch der Volontärin, kleine, vergiftete Bonbons mit herzlichen Grüßen von Anna Marx, die an ihrem Schreibtisch kleben bleibt, bis man ihr was Besseres anbietet.

»Ich nehme Ihnen gerne mehr ab«, sagte die Volontärin Gertrud Mollwein, die sich von den männlichen Kollegen Trudy nennen ließ.

Anna stand auf. »Ist nur uninteressantes Zeug dabei.« Die reine Wahrheit und eine glatte Lüge ...

Trudys Augen hingen an Annas Einladungen: »Ich habe gehört, Sie machen jetzt Mord und Totschlag ...?«

»Leibolds Vertretung, bloß für drei Wochen ... und NEBEN meiner üblichen Arbeit. Es sieht so aus, als könnte ich nicht genug kriegen.«

Anna schloß die Einladungen in ihrem Schreibtisch ein und dachte, daß Gruber ein verdammtes Klatschmaul war und ihre Zustimmung wohl vorausgesetzt hatte. Gruber, bereits jenseits der Midlife-crisis und kurz vor der Altersresignation, war natürlich empfänglich für die Schmeicheleinheiten einer betörenden Ziege. Er war einmal ein guter Journalist und Chef gewesen, jetzt war er vor allem eitel und ängstlich. Es fiel ihr immer schwerer, das Positive zu sehen: Gruber war zumindest umgänglich und angenehm im Ton. Was man von der Marx nicht immer behaupten konnte. Ihr böses Maul war gefürchtet und brachte ihr nicht viele Freunde unter den Kollegen ein. Mit Frauen verstand sich Anna besser, von Trudy Mollwein abgesehen, doch wenn es um die Wurst ging, war die Frauensolidarität in der Redaktion keinen Hundeknochen wert. Bis auf eine Ausnahme waren die Ressortleiter Männer. Wenn es um die Wurst ging, hielt man sich besser an Männer ...

Anna, auf dem Weg zum Archiv, dachte über Männer nach, ein trauriges Thema, das sie nur bisweilen zum Lachen brachte. Frauen unter dreißig beschäftigten sich sexuell mit Männern. Frauen unter vierzig beschäftigten sich intellektuell mit Männern. Frauen unter fünfzig beschäftigten sich intellektuell mit der sexuellen Abwesenheit von Männern. Blieb die Frage, womit sich Männer beschäftigten?

Jürgen Wilhelm Brog, ein Name im Computerarchiv, beschäftigte sich sehr erfolgreich mit Müll, seit er 1992 von Ost nach West gewechselt war. 1941 in Leipzig geboren, ein tadelloser Ostlebenslauf inklusive Parteizugehörigkeit; Studium der Volkswirtschaft; Beschäftigung bei der Koko, Berlin, Abteilung Devisenbeschaffung mittels Müllentsorgung; diverse Westreisen; untergetaucht während der politischen Krisenmonate; wieder aufgetaucht in Euskirchen bei Bonn, wo er eine Müllverwertungsanlage aufkaufte, die sich alsbald als Goldgrube erwies. Im August 1994 verhaftet unter Verdacht der Spionage gegen die Bundesrepublik Deutschland; seither in Untersuchungshaft; vertreten von der Anwaltskanzlei Eikelen ...

»Eine deutsche Karriere« hatte Leibold seinen Artikel getauft, der im Archivcomputer verewigt war. Anna fand ihn sogar gut, diesen Artikel, auch wenn zwischen Leibolds Zeilen eine gewisse Häme durchschimmerte. Jeder in der Redaktion wußte, daß Leibold Verbrecher nicht mochte, die sich gute (und teure) Anwälte leisten konnten. Sein Nylonhemdenherz schlug für die armen Sünder, die einen guten Verteidiger brauchten – und wenn es nur ein Journalist war. Jürgen Wilhelm Brog war, soviel stand immerhin fest, ein äußerst reicher Sünder. Den Müllkönig von Euskirchen nannte ihn Leibold, und – auch dies filterte Anna aus einigen Zeilen – Spionage zählte nicht zu den Straftaten, für die sich Leibolds Herz erwärmen konnte. Er schrieb indes nicht, gegen wen oder was Brog spioniert haben sollte, hier waren die Informationen wohl sehr spärlich gewesen.

Das Foto zeigte einen Mann mit sehr asketischem Gesicht und Bürstenfrisur, nicht unattraktiv, aber reichlich leblos. Anna faßte eine instinktive Abneigung gegen Brogs Augen, die ihr eiskalt erschienen. Vielleicht war es auch nur ein schlechtes Foto. Oder Anna war in einer jener Stimmungen, in der ihr jedes Detail an jedem Mann mißfiel.

3

Jürgen Brog betrat die Bühne mit seinen beiden Anwälten, die schwere Aktentaschen trugen und sich von den Statisten durch schwarze Roben unterschieden, die über dunklen Hosenbeinen gefällige Falten warfen. Brog empfand seinen Einzug in den Saal des Oberlandesgerichts als Auftritt vor feindlichem Publikum, auch wenn auf den Zuschauerbänken nur sein Chauffeur August und drei ältere Personen saßen, die er als vergnügungssüchtige Penner einstufte. Die Leute wollten sehen, daß es jemanden gab, dem es noch dreckiger ging, so mußte man diesen Theaterbesuch wohl verstehen.

Brog war das erste Mal in einem Gerichtssaal, und er hätte es vorgezogen, nicht als Hauptdarsteller aufzutreten. Aber war es überhaupt so? Seine Anwälte, die ihn wie aufgeplusterte Krähen umschwirrten, führten Regie. Auf der Richterbank saßen die Gegenregisseure, jeder mit vorgefaßtem Text und vermutlich dem Wissen eines wenig tragischen Endes. Sie würden es nicht wagen, ihn zu verurteilen! Nie hatte Brog daran gezweifelt, die Widrigkeiten des Lebens besser zu meistern als alle anderen. Es war eine Frage von Geld, Mut und

Skrupellosigkeit. Gerade jetzt, wo er so tief unten war wie noch nie zuvor in seinem Leben, klammerte er sich an die Überzeugung ein Sieger zu sein.

Brog lächelte seinem schönen August aufmunternd zu. Kein Grund zur Sorge, sollte dieses Lächeln ausdrücken. Wir spielen das hier durch, dann kannst du das Steuer wieder in die Hand nehmen, für mich, deinen Herrn und Geldgeber, dem du in Treue ergeben bist, solange er dich angemessen belohnt. August trug einen gedeckten grauen Anzug mit grüner Krawatte, und selbst in einem Gerichtssaal wirkte seine Attraktivität wie ein erfreulicher Lichtblick im Dunkel des Staatsmobiliars.

Brog war nicht schön, nur reich, und so hatte er vor zwei Jahren unter vielen Bewerbern August Hackbart ausgesucht, in einer Art Neugierde, die darauf abzielte, die Wechselwirkung zwischen Attraktivität und Charakterstärke zu testen. August hatte auf seine Art bestanden, und so hatte sich jenes Band gefestigt, das eine Beziehung der Abhängigkeit auszeichnet, die letztlich beiden Seiten zum Vorteil gereicht. Für jemand, der niemandem traute, war Brogs Zuversicht in Augusts Loyalität spektakulär. In gewisser Weise, nur in gewisser Weise, traute er seinen beiden Anwälten, Dr. Knobel und Dr. Eikelen. Sie hatten Brog in der Mitte und studierten Akten, als ob sie ihre Hausaufgaben nicht gemacht hätten. Sie flüsterten miteinander, obwohl doch alles bis ins Detail besprochen war. Knobel und Eikelen, sie zählten zur Elite der deutschen Strafverteidiger, und Brog hatte sie ausgewählt, weil er daran glaubte, daß das, was teuer war, auch gut sein mußte.

Vertrauen war eine andere Sache, die beiden waren nicht von ihm abhängig, auch wenn sie mit elitärer Selbstverständlichkeit je sechstausend Mark pro Prozeßtag gefordert hatten. Seine teuren schwarzen Krähen behandelten ihn, als ob er strahlender Müll wäre, mit Vorsicht, kritischer Distanz, kaufmännischem Interesse und dem gedämpften Optimismus bei ungeklärten Entsorgungsmöglichkeiten. Weder Eikelen noch Knobel hatten ihm einen gloriosen Freispruch prophezeit, auch wenn er nichts Geringeres von ihnen erwartete. Ein Brog ließ sich nicht ausbeuten und nicht beirren. Selbstdisziplin bis hin zur Zensur der Zweifel hielt er für eine seiner großen Stärken. Es gab nichts Böses, außer man dachte es. Der Rechtsstaat, in dem er lebte, war fair zu denen, die sich im großen und ganzen an die Spielregeln des Kapitalismus hielten. Daran glaubte er, und nichts in seinem bisherigen Lebenslauf deutete darauf hin, daß man ihn diesmal enttäuschen würde.

Nachdem er den Schock der Verhaftung überwunden hatte, trainierte Brog seine Glaubensfähigkeit an sich selbst. Gut, auch Superstar Eikelen hatte es nicht geschafft, ihn aus der Untersuchungshaft zu holen. Spionage war eine so emotionsgeladene Spielwiese für staatstragende Organe. Spionage war das Böse schlechthin, der Verrat am Großen und Ganzen, die Faustsche Formel der ewigen Verdammnis.

»Poppycock«, hatte Eikelen die Anklageschrift kommentiert. Eikelen war anglophil, ein pessimistischer Fettkloß, ein brillantes Ungeheuer, dem man nachsagte, Gerichte zu überrollen, wenn auch nur der Hauch einer Chance bestand. Eikelen saß mit verschränkten Armen, die auf dem Gewölbe von Bauch ruhten, auf seinem Platz und starrte grimmig auf den Bundesanwalt, der soeben den Saal betreten hatte. Auch die Pressebank füllte sich langsam, Brog zählte acht Journalisten, die ihn mit gelangweilter Neugierde anstarrten. Eine große, rothaarige Person tuschelte mit dem Wachtmeister, der auf die Brüste der Journalistin stierte. Jürgen Wilhelm Brog bevorzugte kleine, schwarzhaarige Frauen, soweit Frauen eine Rolle in seinem Leben spielten. Frauen hatten sich, bis auf eine Ausnahme, nie als ebenbürtige Partner erwiesen. Je älter er wurde, desto fremder wurden ihm die Frauen. Die Einsamkeit des Jägers, der das Gejagtwerden als unwürdig empfand, war eine treffende Bezeichnung für seinen Gemütszustand, und als

Dr. Knobel ihn fragte, ob er sich wohl fühle – eine idiotische Frage –, antwortete er, daß alles in bester Ordnung sei.

Sein Drehbuch, von Eikelen verfaßt, schrieb Schweigen vor. Der Fettkloß hatte versucht, ihm seine Taktik zu erklären, herablassend, wie es seine Art war, und Brog hatte teilweise verstanden und den Rest mit Minimalvertrauen aufgefüllt.

Eikelen hatte während all der Besprechungen im Untersuchungsgefängnis nicht einen Hauch von menschlichem Mitgefühl gezeigt und nur gelächelt, wenn er von seinem Vorschußhonorar sprach. Eikelen hatte, als Brog ihm seine Unschuld beteuerte, kommentiert, daß ihn die Unschuld seiner Mandanten nicht interessiere, solange das Gegenteil nicht zu beweisen sei. Brog hatte das geschluckt, demütig, wie es sonst ganz und gar nicht seine Art war. Durfte man von seinem Anwalt ein aufmunterndes Lächeln erwarten? Knobel, die Nummer zwei, gebärdete sich etwas menschlicher, indem er gelegentlich seine schmalen Lippen zu einer Art Sympathiekundgebung verzog.

Die Saaltüren wurden geschlossen, als Dr. Knobel seinem Mandanten ein aufmunterndes Lächeln schenkte. Alle Anwesenden erhoben sich, als die fünf Richter einmarschierten. Am Ende des langen Tisches nahm die Protokollbeamtin Platz. Die Akteure und Zuschauer durften sich setzen; Brog verschränkte die Beine unter dem Tisch und fixierte die Richterbank. Nichts an diesen Leuten war ungewöhnlich, abgesehen von ihren imposanten Roben. Nichts an ihrem Gebaren deutete darauf hin, daß sie Macht besaßen. Die Macht des Guten über das Böse, dachte Brog und lächelte zynisch. Der Gedanke war an sich irrwitzig. Das Gute war immer banal, formal, so vergänglich wie die Akteure, die sich anmaßten, über andere zu rechten.

Der Vorsitzende Richter, Adam Herrenhaus, beschäftigte sich mit Papieren, die vor ihm lagen. »Ein gefährlicher Idiot«, hatte Eikelen über ihn angemerkt, eine seiner Begründungen dafür, warum Brog von seinem Recht auf Schweigen Gebrauch machen sollte. Auch Unschuldige sollen schweigen? Niemand ist gänzlich unschuldig, hatte Eikelen erwidert.

Jürgen Wilhelm Brog spürte seine relative Unschuld wie Adrenalinstöße, als der Staatsanwalt die Anklage verlas. Der Bundesanwalt, von dem Eikelen sagte, daß er Greenpeace unterstütze und Müllkapitalisten wie Brog hasse, sprach trotz des Mikrofons leise, in einer Art sanfter Monotonie, die an Vorbeten erinnerte. Er sprach über Jürgen Wilhelm Brog, der mit steinernem Gesicht zuhörte, wie ein Fremder sein Leben vor Fremden ausbreitete. Die Öffentlichkeit war das Schlimmste an diesem Prozeß, er hatte Öffentlichkeit immer gescheut, in jüngeren Jahren aus guten Gründen, später aus der Erkenntnis, daß nur die Anonymität Schutz vor Menschen gewährte. Es gab keinen Menschen, den Brog liebte, mit einer Ausnahme: sich selbst. Und es fiel ihm bisweilen schwer, sich selbst zu lieben. Welchen Sinn hatte diese Öffentlichkeit eines Prozesses? Würde sie eingreifen, die Öffentlichkeit, wenn man ihn als Unschuldigen verurteilte?

Sie warfen ihm vor, während seiner Geschäftsreisen im damaligen Westdeutschland eine Rüstungsfirma ausspioniert zu haben, in jener Zeit, als er aus dem anderen Deutschland kam, eine andere Staatsbürgerschaft hatte und einem anderen Staat diente. War es seine, Brogs, Schuld, daß es diesen Staat nicht mehr gab?

Die Journalisten schrieben mit während der Anklageverlesung. Eikelen starrte gelangweilt zur Decke. Der Vorsitzende blätterte diskret in seinen Akten. Ein Richter gähnte und entblößte einen Goldzahn. War es seine, Brogs, Schuld, daß die Firma, deren Elektronikschrott er im Auftrag seiner Firma entsorgte, einer Waffenfirma zugearbeitet hatte? Ja, es hatte eine Affäre mit einer Sekretärin gegeben. Was hatte sie ihm erzählt in den zwei Nächten, das dieser Staat jetzt gegen ihn verwerten konnte? Eikelen hatte ihn wie ein Staatsanwalt befragt, und er hatte beinahe wahrheitsgemäß erwidert, daß er sich nicht erinnern konnte. Und welche Wahrheit war das? Die des anderen Staates, von dem er zumindest geglaubt hatte, daß er existiere und sich nicht einfach selbst auflösen könne?

In Untersuchungshaft hatte Brog das Buch »Der Untertan« gelesen und sich sehr stark mit jenem Helden identifizieren können, dessen Selbsterhaltungstrieb alle anderen Triebe beherrscht. Wen meinten die eigentlich hier vor sich zu haben? Ein Monster? Einen Verräter? Einen Bruchteil seines Lebens glaubten sie zu erkennen und maßten sich an, darüber zu urteilen. Brog wechselte einen Blick mit August Hackbart, der mit übergeschlagenen Beinen und unbewegtem Gesicht dem Bundesanwalt zuhörte. Grüne Socken, passend zur Krawatte: Wenn August damit die Farbe der Hoffnung signalisieren wollte, dann konnte Brog nur hoffen, daß Hackbart keine Verrücktheiten plante. Manchmal übertrieb der Mann seine Loyalität um ein gefährliches Quentchen. Brog versuchte, ihn zu hypnotisieren: Keine Dummheiten bitte, es geht um zuviel.

August erwiderte seinen Blick mit zuversichtlichem Augenaufschlag. Der Mann hatte grüne Augen unter dichten, schwarzen Wimpern, eine moderate Nase griechischen Zuschnitts und einen wohlgeformten Mund, der makellose Zähne beherbergte. Manchmal dachte Brog, daß Augusts Schönheit beinahe absurd war. Was fühlte der Mann, wenn er in den Spiegel sah? Bewunderung für sich selbst, die alle anderen Gefühle auslöschte? In Brogs Zelle gab es keinen Spiegel, und dieses eine Detail in seiner derzeitigen Befindlichkeit störte ihn ausnahmsweise nicht.

Es gab eine Zeit zu handeln und eine Zeit zu warten. Jürgen Wilhelm Brog war durchaus ein Mann des Handelns, doch in diesem Fall waren ihm die Hände buchstäblich gebunden. Natürlich hatte August die Beteiligten dieser Farce ausspioniert, den Bundesanwalt und die fünf Richter. Es gehörte zu

Brogs Geschäftsgrundsätzen, die Schwachstellen seiner Gegner zu erkennen und entsprechend zu nutzen.

Dies war im Müllgeschäft leichter als bei Organen des Staates. So hatte August lediglich herausgefunden, daß der Bundesanwalt keineswegs karrierefördernde Kontakte zu den Grünen und Umweltgruppen pflegte und seine Frau mit deren Freundin betrog. Ein Ansatzpunkt, den man noch vertiefen könnte, wenn es kritisch werden sollte. Brog, der sich in progressiven Liebesdingen nicht auskannte, hielt es allerdings für möglich, daß die Ehefrau Bescheid wußte und das linke Auge zudrückte, so wie sie es offenbar bei der Auswahl des Schuhwerks getan hatte: Der Bundesanwalt trug braune Gesundheitsschuhe über karierten Socken.

Der Vorsitzende Richter, Adam Herrenhaus, hatte sich mit dem Bau eines Einfamilienhauses verschuldet, allerdings in einem Rahmen, der nicht auf Erpreßbarkeit hindeutete. Herrenhaus war verheiratet, lebte mit Frau, Schwiegermutter und behinderter Tochter zusammen; knappes Geld, aber viel von jener Ehrbarkeit, die Brog seltsam und gänzlich fremd war. Herrenhaus war ein Richter, dem der Ruf vorauseilte, hart, aber gerecht zu sein – ein Begriff, den Jürgen Brog nie so recht verstanden hatte. Gott, mit dem er nie zu tun hatte, weder in seiner Jugend noch in späteren Jahren, Gott war gerecht, so sagte man. Brog hatte nie daran geglaubt. Nicht an Gott oder andere Werte. Gut war das, was ihm von Nutzen war. Böse waren die persönlichen und geschäftlichen Niederlagen, die sich – bis auf die jetzige Situation – in Grenzen hielten.

Ein Herr Herrenhaus mochte dies berufsbedingt anders sehen. Ein Herr Herrenhaus saß erhöht, physisch und psychisch, über einen Jürgen Brog zu Gericht. Es bedurfte äußerster Selbstbeherrschung, dies vorübergehend zu akzeptieren.

Brog fand es beruhigend, daß sein Anwalt Eikelen nicht viel von Richter Herrenhaus hielt, was wiederum mit Eikelens Eitelkeit zu tun haben konnte. Eikelen hatte keine Ahnung von den Recherchen, die Brog in Auftrag gegeben hatte, vermutlich würde er ihm das Mandat kündigen, wenn er es wüßte. Dennoch bereute Brog keinen Augenblick, August mit dieser delikaten Aufgabe betreut zu haben. Denn eine Information, eine wichtige Information war ein Faustpfand, das er einsetzen würde, wenn alles schiefgehen sollte. Es war gewissermaßen beruhigend, dieses kleine Gefühl der Macht in der fremdbestimmten, ohnmächtigen Situation, in der er sich zur Zeit befand.

Die Beisitzerin starrte konzentriert ins Nichts. Sie war vierunddreißig, ledig und hatte eine Affäre mit einem verheirateten Oberstaatsanwalt. Brog fand sie unsympathisch; er mochte keine Frauen, die über Männer zu Gericht saßen. Über den beisitzenden Richter zur Rechten hatte August nichts herausfinden können, das von Bedeutung war. Der Mann hatte Frau, Hund und Eigentumswohnung, ein Abonnement für die Oper und den Vorsitz in einem Tennisclub. Auch die beiden anderen zeichneten sich durch lasterlose Durchschnittlichkeit aus. Natürlich verdienten die Gestalten da oben lächerlich wenig, doch vermutlich reichte ihre Phantasie nicht aus, sich vorzustellen, was man sich mit Bestechungsgeldern leisten konnte. Brog warf einen Seitenblick auf den Fettkloß: Eikelen würde ihn anspucken, wenn er seine Gedanken lesen könnte.

Selbstverständlich hatte Brog auch Recherchen über Eikelen und Knobel veranlaßt. Zwei ehrenwerte Männer, die ihr Geld mit flüssigen Mandanten verdienten, großen Firmen und kleinen, reichen Gesetzesbrechern. Eikelen investierte seine üppigen Honorare in alte Uhren und alte Weine, um vermutlich den Rest zu verfressen. Knobel spekulierte mit Aktien und wartete darauf, daß sein Seniorpartner an Herzverfettung oder Leberzirrhose sterben würde.

Eikelen schien vor sich hinzudösen, während der Bundesanwalt die Anklage verlas. Sie war umständlich formuliert, in jener Juristensprache, die dem Bedürfnis der Laien nach Zurschaustellung des Bösen in keiner Weise gerecht wurde. Während die Worte an Brog vorbeiflossen, erinnerte er sich an eine keineswegs erfreuliche Jugend in Leipzig, in kleinen Verhältnissen, die in jenem Staate selbstverständlich waren und bei Brog dennoch schmerzhafte Erinnerungen körperlicher Entbehrung auslösten. Der Bundesanwalt behandelte nunmehr Brogs Einstieg in das Reich des Bösen: als Sachbearbeiter im Imperium Schalck-Golodkowskis, genauer gesagt der Intrac-Handelsgesellschaft mbH. Das Parteimitglied Brog habe gleichzeitig enge Kontakte zum Ministerium für Staatssicherheit gepflegt, wie aus Berichten des Angeklagten und Aktennotizen des MfS hervorgehe. Sagte der Anwalt des neuen Staates.

Es war eben alles vernetzt, wollte Brog einwerfen, doch er war nicht an der Reihe, er hatte Redeverbot, er hatte kein Recht, diese Leute zu belehren, was in anderen Zeiten als Gut und Böse empfunden wurde. Natürlich hatte er, wie die Anklage ihm vorwarf, Berichte geschrieben über seine Reisen in das kapitalistische Feindesland, über Geschäftspartner und Firmenaktivitäten. Ihm dies im Lichte einer anderen Wahrheit vorzuwerfen, war geradezu bösartig. Sie konnten ihm nichts, konnten sie?

Sie haben noch was in der Hinterhand, hatte Eikelen bei seinem letzten Besuch in der Untersuchungshaft gesagt, und dabei behäbig gelächelt, als ginge es um einen harten, aber fairen Boxkampf, dessen Herausforderung ihn amüsiere. Das Amüsement war einseitig, denn Brog zitterte manchmal in seiner Zelle, sehr tief innen zitterte er, da er sich selten gestattete, Angstgefühlen nachzugeben. Angst war ein dummer Ratgeber. Als man ihn damals nach Berlin zitierte, in das innerste Zentrum der Macht, da war es ihm schwergefallen, seine bebenden Hände zu verbergen, sein ängstliches DDR-Herz, von dem er wußte, daß es zu sehr für seine eigenen Interessen schlug und zuwenig für den Popanz des Gemeinwohls, den die alten Männer aufgebaut hatten. Doch sie waren sehr gnädig gewesen, beinahe liebenswürdig, obwohl sie Bescheid wußten über ein kleines Nebengeschäft im Zuge einer Westreise. Sie hatten ihn ermahnt, aber nicht bestraft. Sie baten ihn eindringlich, seine Reisen genauestens zu dokumentieren, um weiteren »Mißverständnissen« vorzubeugen. Auch die Waffenfirma wurde erwähnt, diese verdammte Klitsche, aus der man ihm jetzt einen Spionagestrick drehen wollte. Begriffen die denn nicht, daß er der richtige Bürger des falschen Staates gewesen war?

Der falsche Staat war von paranoider Neugierde gewesen. Alles wollten sie wissen, jedes Geheimnis aufdecken, auch wenn es noch so banal war. Die Entzauberung aller Geheimnisse war gewiß ein Verbrechen gewesen, doch es war nicht fair, dies einzeln abzurechnen.

Der Bundesanwalt warf ihm vor, über seine Bekanntschaft mit jener Sekretärin Konstruktionspläne der Waffenfirma kopiert und an das Ministerium für Staatssicherheit übergeben zu haben. Die Stimme des Anklägers hatte an Festigkeit gewonnen, so daß die Journalisten ihm müheloser folgen konnten. Brog kannte die Anklage und er wußte, daß die Sekretärin jenseits aller Strafverfolgung war, denn sie war tot.

Damals als sie Brog ins Ministerium zitierten und ihm sein Privatgeschäft vorwarfen, hatte er nicht gefragt, woher sie davon wußten. Natürlich nicht. Später hatte er seine Lebensgefährtin verdächtigt, doch nie gewagt, sie zu fragen. Sie war sehr mächtig gewesen, damals, und er hatte sie gefürchtet, auch wenn sie es nicht ausspielte in den Zeiten der Liebe. Die Erinnerung an die guten Tage dieser Beziehung hatte Brog verdrängt, mit Giftmüll zugeschüttet und unterirdisch vergraben. Er wollte nicht mehr wissen, wie oft er verraten hatte und verraten wurde, nicht in jener Zeit, in der doch jeder ein Stück Verrat in sich trug. Es galt, Entscheidungen zu treffen, sich weiter zu bewegen, wie ein Fisch in trüben Gewässern zu schwimmen und zu versuchen, den gefährlichen Haken auszuweichen. Das Aquarium war trotz modriger Substanz sehr überschaubar und in gewisser Weise auch komfortabel gewesen. Selbstmitleid war nie Brogs Ding gewesen. Er hatte sein Leben mit Fassung getragen, dieser Spruch, dereinst auf Brogs Grabstein, er erschien ihm sehr angemessen. Doch er würde nicht zulassen, daß sie ihn lebendig begruben, als menschlichen Abfall, der verseucht war und hinter Mauern entsorgt werden mußte.

In den langen Tagen der Untersuchungshaft hatte Brog sich gestattet, über sein Leben nachzudenken, über den Aufstieg des Arbeiterkindes zum erfolgreichen Geschäftsmann unter zwei unterschiedlichen Systemen. Letztendlich war es darauf angekommen, die Spielregeln zu durchschauen und zu eigenen Zwecken zu nutzen. Es erforderte nicht mehr als mittelmäßige Intelligenz, Anpassungsvermögen und eine gewisse Risikobereitschaft. In den zwei Jahren des Übergangs hatte Brog seine beste Zeit, vielleicht weil sie gewissermaßen gesetzlos, chaotisch, voller unbegrenzter Möglichkeiten war. Es war so leicht gewesen, die Beziehungen von früher neu zu knüpfen, als Müllhändler West-Ost neu einzusteigen, lukrative Verträge zu schließen, die Treuhand zu übervorteilen, die Deponien im Osten mit Müll zu überschütten, nach dem keiner fragte in den ersten beiden Chaosjahren, in denen sie Freiheit schrien und Geld meinten.

Müll war ein wunderbarer Stoff für Jürgen Wilhelm Brog: Hausmüll, Chemiemüll, Elektronikmüll, Giftmüll, Müll in Massen, auf Halden und Deponien, in Fässern, unter Tage, unterwegs durch Europa, grenzenlos lukrativ, die Exkremente einer Gesellschaft, die sich überfressen hatte – und das mußte man positiv sehen, denn es verhieß enorme Gewinnspannen. Einer wie er hatte die Gesellschaft in der Hand, weil sie nicht an ihrer Scheiße ersticken wollte.

Schärfere Gesetze erhöhten das Risiko, aber auch den Tonnagenpreis. Als sie im Morgengrauen kamen, um ihn zu verhaften, da hatte er zunächst gedacht, daß es die Geschäfte seien, um zu erfahren, daß sie ihm den Müll seiner Vergangenheit vorhielten.

Er hatte Lipinski befohlen, alle Transaktionen durchzuführen. Lipinski wußte, was damit gemeint war, auf den Mann war Verlaß, weil er ihn gekauft hatte und sie einen gemeinsamen Feind hatten. Doch manchmal, in den Nächten, in denen er nicht schlafen konnte, kamen ihm Zweifel an Walter Lipinski, seinem Geschäftsführer, seinem nächstbesten Vertrauten. Konnte ein Mann, den er aus dem Dreck gezogen hatte, um ihm eine hervorragende Existenz zu sichern, zum Verräter werden? Ein Schwächling wie Lipinski, einer, dem man drüben beizeiten das Rückgrat gebrochen hatte?

In den Nächten in seiner Zelle überfielen Brog Gedanken, die er tagsüber verdrängen konnte. Gedanken über Jahre im Gefängnis, über das Ausgeliefertsein, die vollkommene Abhängigkeit, über Machtverhältnisse und Machtausübung unter extremen Bedingungen. August würde sicherlich vergewaltigt werden, auch darüber dachte Brog nach, und daß es ihm dank seiner relativen Häßlichkeit nicht geschehen würde, vielleicht, doch diese Angst vor der Erniedrigung und dem Schmerz war extrem. In dem bleiernen, kaum kontrollierten Zustand zwischen Wachen und Träumen dachte er vor allem daran und an ein Geschehen, das so lange zurücklag, daß er geglaubt hatte, es begraben zu haben. Er hatte Lipinski nie über seine Zeit im Gefängnis ausgefragt, und Lipinski hatte nie darüber gesprochen. Was hatten sie ihm angetan in den zwei Jahren, die er seiner Frau zu verdanken hatte?

Ob Eikelen, der Prozesse als intellektuelle Herausforderung begriff, einen Gedanken darauf verschwendete, was Gefängnis bedeutete? Oder Richter Herrenhaus, der mit einem Ausdruck milder Herablassung auf seinem Stuhl thronte und Urteile verkündete? Oder der Bundesanwalt, der zum Ende der Anklageverlesung kam und wieder in das Nuscheln zurückfiel, das seine Zuhörer je nach Gemütsverfassung irritierte oder einlullte?

Dagobert Eikelen öffnete seine Augen zu schmalen Schlitzen, als der Staatsanwalt erleichtert in seinen Stuhl zurücksank. Er wog mindestens doppelt soviel wie der Anwalt des Staates, und da er seine geistige Fülle zur körperlichen addierte, erfüllte ihn dies mit Befriedigung. Die Anklageschrift war keine Meisterleistung und die Rhetorik eine Katastrophe. Gewiß war Eikelen der Meinung, daß jene Mandate die ruhmreichsten waren, die keine Gerichte beschäftigten, sondern im Vorfeld geregelt wurden, mit arroganten Schriftsätzen oder demütigen Vorgesprächen, je nach den juristisch-psychologischen Erfordernissen. Doch wenn seine Kunst nicht ausreichte, einen Prozeß zu vermeiden, dann sollten zumindest die Rituale angemessen praktiziert werden: akustisch, optisch, unter penibler Einhaltung der Strafprozeßordnung. Nicht jeder Angeklagte verdiente einen Freispruch, doch zumindest eine würdige Veranstaltung. Eikelen war sich darüber im klaren, daß diese Ansicht ein wenig exzentrisch war, da die wenigsten, die auf der Anklagebank saßen, überhaupt begriffen, worum es ging. Sie wollten freigesprochen werden, sie logen und wanden sich, sie redeten zuviel, wenn ihre Anwälte es zuließen, sie unterschätzten leise Richter und ließen sich von scharfen Tönen einschüchtern. In Prozessen gab es keine Zwischennoten, die den Ausgang der Prüfung signalisierten. Es gab Zwischentöne – und man mußte fähig sein, sie zu hören und seine Taktik danach auszurichten. Nach Eikelens Ansicht gab es Prozesse, die so perfekt waren wie eine Salzburger »Jedermann«-Aufführung, und es gab solche, die auf dem Niveau eines Bauerntheaters lagen.

In diesem Stück hatte er sich noch nicht festgelegt. Zumindest war Jürgen Wilhelm Brog kein Mandant, der ihn mit juristischem Minimalwissen reizte. Brog war clever und geschmeidig in seinen Meinungen, tüchtig und skrupellos, ein Typ, den diese Gesellschaft belohnte – und vielleicht, nur vielleicht, auch bestrafen würde. Die Anklage gegen Brog stützte sich auf Akten, deren Herkunft ungeklärt war. Sie waren der Staatsanwaltschaft anonym zugespielt worden, stammten laut Gutachten aus authentischer Quelle, doch was besagte das schon in einem System, das so hervorragend mit Fälschungen operiert hatte? Brog bestritt nicht, für das MfS Berichte geschrieben zu haben, detaillierte Aufzeichnungen über seine Westreisen und Westkontakte, im wesentlichen dilettantische Elaborate über Müllgespräche, langweilige Verhandlungen, uninteressante Firmen, Einzelheiten über Geschäftspartner, denen Brog bei opulenten Geschäftsessen und Barbesuchen nähergekommen war. Ob dies für DDR-Erpressungsversuche ausgereicht hätte, war zweifelhaft.

Natürlich hatten beide Seiten gewußt, daß dem Hausmüll auch kritische Chemieabfälle beigemengt waren: Doch dies war nicht Gegenstand der Anklage. Brog war ein skrupelloser Müllhai, davon war Eikelen überzeugt. Doch dieses Detail an seinem Mandanten war zur Zeit uninteressant, und Eikelen war im Laufe eines langen, fetten Lebens, das sich aus Verbrechen nährte, jenseits aller moralischen Entrüstung. Zunehmend selten kreuzte ein armer Teufel seinen Weg, dessen Unschuld nach einem guten Verteidiger schrie, den er nicht bezahlen konnte. Einmal im Jahr beging Eikelen seine gute Tat als Pflichtverteidiger, doch nur, wenn ihn der Fall interessierte und überdies publicityträchtig war.

Brog hatte immerhin eine stattliche Anzahl von Journalisten angelockt. Eikelen kannte die meisten und hielt nicht viel von ihnen. Von juristischen Feinheiten verstanden sie nichts, also verstanden sie ihn nicht. Und wer zum Teufel war die große Rothaarige mit den hungrigen grünen Augen? Er hatte sie noch nie in einem Gerichtssaal gesehen.

Der Vorsitzende fragte nach der Einlassung des Angeklagten und bereitete sich auf einen ungleichen Dialog vor, um den Eikelen ihn mit einem donnernden »Nein« betrog.

Richter Herrenhaus sah den fetten Anwalt mit einer Mischung aus Abscheu und Respekt an. »Der Angeklagte will sich nicht zur Sache einlassen?«

»Nicht zur Sache und auch nicht zur Person.«

Schweigen.

Verdammter Mist, dachte Anna Marx.

Die Journalisten rutschten ungeduldig auf den harten Bänken, vor sich dürftige Aufzeichnungen, die Hände um Kugelschreiber verkrampft, die zitternd auf Informationen warteten. Anna Marx malte Strichmännchen auf ihren Stenoblock. Der Staatsanwalt entfernte imaginäre Haare von seiner Robe. Richter Herrenhaus wartete auf das Unausweichliche.

»Ich stelle den Antrag«, sagte Eikelen, »das Verfahren gegen meinen Mandanten im Hinblick auf die Entscheidung des Bundesverfassungsgerichts einzustellen, hilfsweise auszusetzen.«

Der Vorsitzende verspürte einen Anflug von Migräne.

Eikelen, groß und fett und selbstsicher, hatte sich von seinem Platz erhoben: »Es ist uns bewußt, daß die geplante Amnestie für Mitarbeiter des Auslandsnachrichtendienstes der ehemaligen DDR, wie sie im Gesetzentwurf der Bundesregierung vom 13.9.1990 formuliert wurde, nicht zustande gekommen ist. Auch wenn nach dem Tatbestand davon auszugehen ist, daß mein Mandant sich keineswegs der bewußten und bezahlten Agententätigkeit im Sinne der Anklage schuldig gemacht hat, so muß sein Fall – im Sinne der Anklage – unter den allgemeinen staatsrechtlichen und völkerrechtlichen Erwägungen behandelt werden. Denn: Nach BGHSt 30,1 ff waren in der DDR begangene Taten entsprechend den Regeln des internationalen Strafrechts so zu behandeln, als wären sie Auslandstaten. Mit dem Territorialitätsprinzip des § 3 StGB konnte demnach die Anwendbarkeit der §§ 94 ff StGB auf die von DDR-Bürgern als Mitarbeiter der HVA in der DDR ausgeübte Spionagetätigkeit nicht begründet werden.«

Anna Marx sah verzweifelt auf den fetten Mann. Wovon zum Teufel sprach er eigentlich?

Der Vorsitzende unterbrach Eikelen, obwohl er wußte, daß dies als unhöflich empfunden wurde. »Aber wir sind uns doch einig, Herr Rechtsanwalt, daß nach einem Urteil des Bundesverfassungsgerichts zum Grundlagenvertrag die DDR im Verhältnis zur Bundesrepublik Deutschland nicht als Ausland angesehen werden kann.«

Eikelen erlaubte sich ein kurzes, zustimmendes Nicken. Es war schön und spannend, auf einen Gegner zu treffen, der seine Ausführungen zu würdigen wußte. Was bedeutete schon der Fall Brog angesichts der rechtlichen Dimension, die sein kaltes Blut in Wallung brachte.

»Ich erlaube mir, Überlegungen zum ›Fusionsmodell‹ des Artikels 146 des Grundgesetzes zu erläutern, der im Vorstellungsbild des Parlamentarischen Rates als Rechtsgrundlage der angestrebten Wiedervereinigung eine herausragende Rolle spielte. Jawohl, die Wiedervereinigung ist in der Tat nach dem Modell des Artikels 23 Satz 2 des Grundgesetzes durch den Beitritt der DDR-Länder vollzogen worden, dies war wohl eine Frage der politischen Realisierbarkeit. Doch vor diesem Hintergrund ist es geboten, der Frage nachzugehen, ob eine Strafbarkeit von früheren HVA-Mitarbeitern – wenn wir unterstellen, daß dies auf meinen Mandanten zuträfe –, nach § 99 StGB in Betracht kommen kann, wenn wir uns das Bild einer Fusion zweier bislang gleichberechtigter Staaten vor Augen halten, wie sie ja auf der Basis der KSZE-Schlußakte von 1975 als unabhängige und selbständige Völkerrechtsobjekte behandelt wurden. In einem ›Fusionsmodell‹ verlieren die gegeneinander gerichteten Bestrafsansprüche jegliche Grundlage. Es gibt keine eigene oder andere Seite mehr. Oder anders formuliert: Einerseits wäre die Bestrafung von Mitarbeitern der HVA geboten SOWIE andererseits entsprechende Haftbefehle gegen Mitarbeiter des Bundesnachrichtendienstes zu erlassen.«

Fusion, Konfusion, Illusion: Richter Herrenhaus hatte nach seinem Wasserglas gegriffen und zwei Kopfschmerztabletten hinuntergespült, die einen bitteren Geschmack hinterließen. »Wenn ich Sie noch einmal unterbrechen darf, Herr Verteidiger: Auf der Grundlage des Beitritts nach Artikel 23 des Grundgesetzes und der im Einigungsvertrag getroffenen Regeln gibt es seit dem 3. Oktober 1990 kein Strafgesetzbuch der DDR mehr, während das geltende Strafgesetzbuch der Bundesrepublik in seinem § 99 Absatz 1 geheimdienstliche Agententätigkeit nur dann unter Strafe stellt, wenn sie GEGEN die Bundesrepublik Deutschland gerichtet ist.«

Anna Marx, erleichtert, einmal etwas verstanden zu haben, schrieb mit und hoffte, ihr Gekritzel später noch lesen zu können.

Sie schrieb: Kann denn Spionage Sünde sein? Dachte, daß dies eine gute Überschrift in einem ansonsten schlechten Artikel werden würde. Ein kurzer Seitenblick: Ihre Kollegen sahen klüger aus als sie, aber dies war die Marx ja gewohnt, das Unterlegenheitsgefühl gegenüber dem Rest der Welt, das sie mit großem Mundwerk zu verbergen trachtete.

Eikelen verschwendete keinen Blick auf seinen Mandanten, als er den Einwurf des Vorsitzenden mit zustimmendem Lächeln zur Kenntnis nahm. »Was meinem Mandanten zur Last gelegt wird, nämlich Spionagetätigkeit zugunsten seines Landes, ist in vielfacher und ebensolcher Weise von jenem Land ausgegangen, das sich heute anschickt, strafrechtlich zu verfolgen, was es selbst im staatlichen Auftrag betrieben und gefördert hat. Nach objektivem Recht ist dies eine Absurdität. Um es mal unjuristisch zu formulieren: Die einen kriegen dafür einen Orden, die anderen wandern dafür ins Gefängnis, je nachdem, auf welcher Seite der Mauer man geboren wurde.«

Richter Herrenhaus erlaubte sich eine millimeterkleine amüsierte Hebung der Mundwinkel. Unjuristische Formulierungen waren in diesem Saal ohne jedes Gewicht. Eikelen, der Selbstdarsteller, wollte offensichtlich auch die Journalistenmeute befriedigen. »Ist diese Formulierung Teil Ihres Antrages, Herr Rechtsanwalt?«

Herrenhaus war mager und gab sich majestätisch. Den Buddha durchzuckte die Erinnerung an Sandkastenspiele mit einem mageren kleinen Jungen, der ihn, wenn Dagobert in der Oberhand war, mit einem »du widerlicher Fettsack« zum Verlierer nach Punkten deklassierte. Es hatte sich nicht viel geändert, nur waren die Sandkastenspiele komplizierter geworden.

»Nein, Herr Vorsitzender, der letzte Satz war sozusagen ein emotionaler Einwand. Doch ich darf darauf hinweisen, daß der Gleichheitssatz des Artikels 3 des Grundgesetzes nach der Vereinigung zweier völkerrechtlich anerkannter Staaten ALLEN Bürgern gleiche Rechte zugesteht. Vor dem Hintergrund dieses Verfassungsgebots scheint es unrechtmäßig, nachrichtendienstliche Tätigkeit solchermaßen unterschiedlich zu behandeln: selbstverständliche Straflosigkeit auf der einen und volle Strafbarkeit auf der anderen Seite, gleichwohl die sogenannte Spionage – ich zitiere aus dem Wörterbuch des ›Völkerrechts – »im Krieg und Frieden eine völkerrechtlich legale Handlung ist. Ihr Gebrauch durch die Staaten ist ebenso wie ihre Abwehr völkerrechtlich erlaubt.‹«

Dagobert Eikelen schob das Mikrofon zur Seite und hob seine Stimme zu donnernder Lautstärke. »Die Bestrafung nachrichtendienstlicher Tätigkeit, wie sie im Falle meines Mandanten als möglich erscheint, verstößt gegen zwingende Normen des Völkerrechts. Ich verweise hierbei auf die Haager Landkriegsordnung von 1907, Artikel 31: ›Ein Spion, welcher zu dem Heere, dem er angehört, zurückgekehrt ist und später vom Feinde gefangengenommen wird, ist als Kriegsgefangener zu behandeln und kann für früher begangene Spionage nicht verantwortlich gemacht werden.‹«

Richter Herrenhaus wechselte einen Blick mit seiner Berichterstatterin.

Die Schreibgeräte der Journalisten fetzten übers Papier.

Jürgen Brog blickte ins Nichts.

Die Zuschauer rutschten ungeduldig auf ihren Bänken. August Hackbart, der diese Veranstaltung für eine überflüssige Show hielt, langweiliger noch als das schlimmste aller Fernsehprogramme, betrachtete seine grünseidenen Socken über den polierten, handgefertigten Schuhen.

Dagobert Eikelen ließ seine robenumhüllte Masse auf den Stuhl sinken. »Bezugnehmend auf diese Ausführung kann eine Bestrafung meines Mandanten nach § 99 StGB oder generell nach § 94 ff StGB nicht in Betracht kommen. Ich stelle den Antrag, das Verfahren gegen meinen Mandanten einzustellen, da nach den vom Bundesverfassungsgericht im Mai 1995 aufgestellten Grundsätzen die soeben verlesene Anklage völlig in der Luft hängt.«

Der Vorsitzende griff nach seinen Akten. »Wir unterbrechen für zwanzig Minuten.« Über den Antrag würde diskutiert werden und man würde ihn ablehnen. Als Eikelen an den Richtertisch trat, um seinen schriftlichen Antrag zu überreichen, konnte sich Herrenhaus eine Bemerkung nicht verkneifen: »Die meisten Ihrer brillanten Ausführungen, Herr Dr. Eikelen, finden sich bereits im Schriftsatz eines berühmten Revisionsanwalts aus Karlsruhe, nicht wahr?«

Eikelen hielt dem Herrenhaus-Blick stand. »Du bist ein widerlicher, fetter Plagiator«, stand in dem Blick des mageren Richters, und Dagobert fühlte, wie ihm der Schweiß ausbrach. Dünne schwitzen nicht. Dünne bewegen sich mit eleganter Geschmeidigkeit und verachten das Plumpe als proletarisch. Dünne sind maßvoll, Dicke sind gierig. Dagobert Eikelen sagte: »Wir Anwälte sind alle eine große Familie, die sich gemeinsam gegen das Unrecht im Recht zur Wehr zu setzen versucht.« Sein Blick sagte: Ich werde gewinnen. Das hatte jetzt nichts mehr mit Brog zu tun. Das war eine persönliche Sache.

Wir werden sehen, sagte Herrenhaus' schmales Lächeln. Der Angeklagte war ihm absolut gleichgültig, denn hier ging es um die höheren Weihen des Rechts, dessen korrekte Zelebrierung von weiterreichender Bedeutung war als das Schicksal des Individuums.

4

»Und wie geht es dir sonst, Anna?« Eine Kollegin von einer viel berühmteren Illustrierten, die Anna bei einem Journalistinnentreffen kennengelernt hatte, stand mit ihr neben dem Standaschenbecher für qualmende Verbrecher und nervöse Zeugen.

»Ich funktioniere.« Wie sie zu der Ehre kam, einem Prozeß beizuwohnen, der ihre intellektuelle Aufnahmefähigkeit überstieg, hatte sie bereits erklärt.

»Du meinst, kein Mann in Sicht?«

Anna drückte ihre Zigarette aus. »Nein. Ich funktioniere geschlechtslos.« Sie hatte keine Lust, über Männer zu diskutieren. Das Thema war so abgestanden wie die Frauen, die es nicht lassen konnten, darüber zu reden. Entweder man hatte einen Mann, dann konnte man die Angelegenheit subjektiv beklagen, oder man hatte keinen, dann konnte man die objektive Schuld der emotionalen Trägheit der Männer anlasten. Beide Varianten waren gleichermaßen unvollkommen, doch Frauen würden immer über Männer reden und sich auf Männer stürzen, wenn sie ihrer habhaft wurden. Das Lustprinzip war der Schmetterling auf dem Müllhaufen des Geschlechterkrieges, den Frauen erklärt hatten, weil sie solche Lust am Verlieren hatten. »Werden sie den Prozeß einstellen?«

»Niemals. Herrenhaus wird die Sache durchziehen, trotz der Entscheidung des Bundesverfassungsgerichts.«

Anna, unsicher auf fremdem Terrain und dankbar für jede Zuwendung, fragte nach Eikelen. Ihre Kollegin lachte und zeigte auf den Buddha, der gerade einem Fernsehjournalisten ein Interview gewährte. »Er genießt seine Auftritte, aber mal abgesehen von seiner unglaublichen Eitelkeit ist er ein As. Bossi mal drei, schon was die Leibesfülle betrifft. Eitle Männer sind so viel interessanter, findest du nicht?«

Nein, dachte Anna, widersprach jedoch nicht. »Und Brog? Was hältst du von ihm?«

»Ein typischer Vertreter der Kriegsgewinnler, nicht wahr, wenn wir mal bei Eikelens Haager Landkriegsordnung bleiben. Typen wie Brog würden in jedem System nach oben schwimmen. Ich glaube nicht, daß er verurteilt wird.«

»Aber er sitzt.«

Annas Kollegin senkte ihre Stimme, schließlich war Gerichtsberichterstattung ihr täglich Brot, und man war überall von Spionen umgeben. »Brog sitzt, weil Herrenhaus seinen kleinen Privatkrieg mit Eikelen ausficht. Die beiden sind geradezu lustvolle Gegner.«

»Und wie geht es weiter?« Anna folgte dem Blick ihrer Kollegin, der an einem außergewöhnlich gutaussehenden Mann festhing. August Hackbart lehnte an der Mauer und hatte die Hände lässig in den Hosentaschen vergraben. Er sah niemanden an, doch seine Haltung drückte aus, daß er sich dessen bewußt war, wohlwollend betrachtet zu werden.

»Den würde ich nicht von der Bettkante stoßen ... Was hast du gefragt?«

Anna verdrehte die Augen. *»Wie es weitergeht.«*

»Wie es weitergeht, fragst du ... Du lieber Himmel, so ein

Schmuckstück sieht man aber selten.« Sie senkte ihre Stimme: »Hab ich dir schon von meinem neuen Typen erzählt? Zehn Jahre jünger als ich, sowas ist jetzt in. Kann ich nur weiterempfehlen ... sehr sexy, sehr zärtlich ... nix für die Zukunft natürlich, aber das habe ich mir ohnehin abgeschminkt ... Hast du diesen Artikel im ›Spiegel‹ gelesen: Unsereins hat größere Chancen, in der U-Bahn vergewaltigt zu werden, als noch einen Ehemann abzukriegen. Ist das nicht gräßlich?«

»Ich fahre nie mit der U-Bahn«, sagte Anna. »Was passiert denn jetzt?«

Du dumme, sexlose Kuh. »Sie werden Eikelens Antrag ablehnen und in die Beweisaufnahme eintreten. Ich habe irgendwo läuten hören, daß es einen geheimnisvollen Zeugen der Anklage gibt, der Brog den Garaus machen soll. Aber die Bundesanwaltschaft ist sehr zugeknöpft diesmal, weiß der Teufel, vielleicht warten sie mit Schalck auf oder gar mit Wolf, obwohl, ich meine, im Spionagegeschäft war Brog ja nun wirklich eine kleine Nummer. Der Bundesanwalt hat das bloß so aufgeblasen, weil er in anderen Fällen nicht zum Zug kam. Die ganze Spionagechose ist ein Blindgänger. Alle wissen es, aber *the show must go* on, verstehst du.«

»Ich komme mir ziemlich blöd vor«, sagte Anna.

Ihre Kollegin zog die dünngezupften Augenbrauen in die Höhe. So was dachte man vielleicht, aber man sagte es nicht. Anna Marx war wirklich ziemlich ehrlich, auf eine so anrührend altmodische Art, die einen irgendwie nervte. Schwächen öffentlich zu bekunden, war sowohl aus feministischer wie auch karrieristischer Sicht absolut out. »Mach dir keine Gedanken, Anna, nach ein paar Tagen hast du das drauf.«

Sprachs und entschwand, als Eikelen an ihr vorbeiwatschelte, zurück in den Verhandlungssaal. Anna sah, daß sie auf den Anwalt einredete und dieser nickte. Frauen hatten zwei Möglichkeiten des Alterns. Sie wurden dünne Ziegen oder dicke Kühe. Männer wurden einfach alt, eitel und unerträglich.

Der schöne Mann folgte den beiden, und Anna dachte, daß sie entweder eine sehr ausgeprägte Abneigung gegen schöne Männer hatte oder *dieser* Mann etwas ausstrahlte, das absolut böse war. Sie fröstelte, doch das konnte auch andere Gründe haben. Diese gottverdammte Juristensprache grenzte die Deppen nun wirklich aus. Wozu ein öffentlicher Prozeß, wenn ohnehin nur die Juristen verstanden, worum es ging? Sie hatte die Kollegen beobachtet, während Eikelens Sprachgewirr an ihr vorbeirauschte: Sie hatten sich sehr bemüht, klug und verständnisgetränkt auszusehen, doch vermutlich hatten sie auch nicht viel kapiert. Aber jeder tat so, als sei er ungeheuer gut drauf, top informiert, im Brennpunkt des Geschehens. Der Angeklagte hatte ausgesehen, als ob ihn das alles überhaupt nicht interessiere. Unbewegte Richtergesichter. Die Zuschauer auf den Bänken langweilten sich zu Tode. Anna fragte sich, welchem romantischen Wahn sie mit dem Wunsch gefolgt war, Gerichtsberichterstatterin zu werden.

Im Beratungszimmer gab es eine kontroverse Diskussion über den Antrag des Verteidigers. Richter Herrenhaus war aus »grundsätzlichen Überlegungen« nicht bereit, das Verfahren auszusetzen, schon gar nicht, es einzustellen, während Richter Wellers einige Argumentationspunkte Eikelens aufgriff, die Herrenhaus mit der Bemerkung »Sie sind nicht neu und sie sind nicht gänzlich von der Hand zu weisen, aber für unser Verfahren ohne Relevanz« abschmetterte. Die Beisitzerin, Dr. Annegret Moll, wies darauf hin, daß der avisierte Belastungszeuge der Bundesanwaltschaft nun doch nicht zur Aussage bereit sei.

»Wie kann er sich auf einen anonymen Brief stützen und darauf einen Belastungszeugen aufbauen.« Herrenhaus bat um ein Glas Wasser, das ihm von der Richterin gereicht wurde. Die Frau wollte Karriere machen. Der Vorsitzende musterte sie ohne sexuelles Interesse, während er sich innerlich über die schlampige Anklage erregte. Wellers deutete auf seine Uhr, und Herrenhaus bemerkte abschließend, all die klugen Gedanken des Verfassungsgerichts könne man ja bei der Strafzumessung berücksichtigen. Falls eine Strafe zu verhängen sei, natürlich.

Der Zeuge Elmar Babeck wurde vom Vorsitzenden belehrt, daß er die Wahrheit zu sagen habe und Meineid mit Freiheitsstrafe nicht unter einem Jahr bestraft würde. Der Vorsitzende hatte diese Worte schon so oft gesprochen, daß sie im Leierkastenton vorgetragen wurden. Der Vorsitzende wußte, daß Zeugen dazu neigten zu lügen, zu beschönigen, zu vergessen.

Der Zeuge Elmar Babeck war mit dem Angeklagten weder verwandt noch verschwägert, in der Tat war er ein enger Mitarbeiter des Jürgen Brog bei der Intrac in Ostberlin gewesen, sein unmittelbarer Untergebener, wie er mit leiser Stimme bekundete. Leise und unauffällig, das war der Eindruck, den Elmar Babeck, 48 Jahre, auf die Anwesenden im Gerichtssaal machte. Daß er am liebsten unsichtbar wäre, war die ganz persönliche Einstellung des Elmar Babeck. Es lag einerseits an seinen Komplexen bezüglich seines Äußeren – noch nie hatte ihn eine Frau als attraktiv bezeichnet –, andererseits war seine Lebenserfahrung diese, daß ein gleichsam unsichtbarer Mensch angenehm auf die Umwelt wirkt und relativ gefahrlos seine engen Kreise ziehen kann. Es war ihm entsetzlich unangenehm, in dieser Situation nun im Mittelpunkt des Interesses zu stehen. Er hatte Angst vor den Männern in den Roben, Angst vor den Journalisten und Angst, etwas Falsches zu sagen, das gräßliche Bestrafung nach sich ziehen konnte. Angst, daß jemand seinen Angstschweiß riechen könnte.

Elmar Babeck gab seinen jetzigen Beruf als Mitarbeiter der Gesellschaft für integrierte Abfallentsorgung in Berlin an. Berlin-Ost, fügte er hinzu, und daß er nur als Sachbearbeiter tätig sei, keineswegs als leitender Angestellter. Er vermied den Blickkontakt mit dem Angeklagten und konzentrierte sich auf die Richterbank. Seine Lider flatterten ein wenig.

»Wir wären Ihnen sehr verbunden, wenn Sie etwas lauter sprächen.« Der Vorsitzende bot dem Zeugen sein freundlichstes Gesicht. »Erzählen Sie uns etwas über Ihre Arbeit und die Zusammenarbeit mit Herrn Brog bei der Intrac, Herr Babeck. Wann war das, welche Funktionen übten Sie aus, welche Art von Geschäften wurden getätigt?«

Der Zeuge räusperte sich, um seiner Stimme mehr Festigkeit zu verleihen. »Ich begann 1977 als Sachbearbeiter bei Herrn Brog, der als stellvertretender Abteilungsleiter für die Deponie Schönberg zuständig war. Insbesondere zuständig für die Auslastung der Deponie unter besonderer Berücksichtigung der Beschaffung von Devisen. Wir waren sehr erfolgreich, wenn ich dies in aller Bescheidenheit sagen darf, nicht zuletzt dank der ausgezeichneten Kontakte des Herrn Brog.«

»Die Koko erwirtschaftete mindestens vier Milliarden Westmark für Westmüll, dies ist in der Tat erfolgreich zu nennen.« Herrenhaus hatte seine Akten gelesen. Die Akten erzählten wundersame Geschichten über Geld und Müll, zwischen den Zeilen schimmerten Gier und Korruption und potentielle Haftstrafen von einigen hundert Jahren, doch wo kein Kläger, da kein Richter, und einer wie Elmar Babeck war gewiß nur ein kleines Rädchen im Getriebe.

»Über das große Ganze bin ich nicht informiert, nur über das Geschehen in meinem Sachbereich.« Elmar Babeck vermeinte, Brogs Blicke in seinem Rücken zu spüren. »Herr Brog verhandelte unter anderem erfolgreich mit dem Hanseatischen Baustoff Kontor – HBK –, das sozusagen als Müllmakler Sonderabfälle aus Europa nach Schönberg leitete. Ab 1985 kam die Stadt Hamburg als Großkunde dazu: Hausmüll, Sperrmüll, Klärschlamm etc. Eine Reihe von westdeutschen und europäischen Firmen arbeitete mit uns im Rahmen ihrer Müllentsorgung zusammen, zum Teil auf Vermittlung der HBK, zum Teil aufgrund der persönlichen Kontakte des Herrn Brog und höherer Dienststellen.«

»Darf man fragen, um welche Art Müll es sich handelte?« Der Bundesanwalt fing sich einen Seitenblick des Vorsitzenden ein, der es nicht schätzte, wenn man seinen Fragenfluß unterbrach.

Der Zeuge räusperte sich: »Alles, Wirtschaftsgut aller Art, Brennstoffe, Rohstoffe, Baumaterial, Verhüttungsmaterial, was eben so anfällt ...«

Der Bundesanwalt unterbrach ihn: »Dioxinhaltige Zersetzerschmelze, verseuchtes Altöl, Chemikalien, quecksilberverseuchte Abfälle ...«

»Wir sitzen hier nicht über die Deponie Schönberg zu Gericht, Herr Bundesanwalt.« Der Vorsitzende wandte sich an den Zeugen: »Die persönlichen Kontakte des Herrn Brog standen doch sicherlich in Verbindung mit einer Reihe von Westreisen.«

»O ja, er war ziemlich oft unterwegs. Ein Wanderer zwischen den Welten, so nannten ihn die Sekretärinnen unserer Abteilung. Aber er brachte immer was mit von seinen Reisen, so daß sich der Neid in Grenzen hielt. Ich meine, er war recht großzügig und deshalb auch beliebt.«

»Auch bei seinen Vorgesetzten?«

Elmar Babeck mochte keine Fragen, die ihm eine wertende Antwort abverlangten. Er zuckte mit den Achseln. »Ich weiß es nicht, denke aber schon, weil die Geschäfte so gut liefen. Außer einmal, als er in Schwierigkeiten geriet ...«

»Dazu kommen wir später.« Der Vorsitzende fragte den Zeugen, ob er Brog auf seinen Reisen begleitet habe?

»O nein, er war der Organisator – und ich war bloß ein kleiner Abwickler.« Babeck verstand nicht, warum der fette Mann in der schwarzen Robe links von ihm so amüsiert aussah. »Ich habe Brog auf einer einzigen Reise begleitet, auf seinen Antrag hin. Nach Straßburg, weil ich ein wenig Französisch spreche und Herr Brog gar nicht. Es gab Gespräche mit einer Maklerfirma, die problematische Abfälle aus Italien nach Schönberg vermitteln wollte. Sie boten für die Entsorgung einer Tonne 500 Mark, aber Herr Brog meinte, daß die Makler mindestens das Doppelte pro Tonne kassierten; er kannte sich aus in dem Geschäft. Es wurde schließlich nichts daraus, weil die Ablagerung von Pflanzenschutzmitteln auf der Deponie verboten war. Abgesehen davon war es eine sehr schöne Reise.«

Elmar Babeck konnte das Raunen, das durch dic Pressebank ging, hören, jedoch nicht interpretieren. Die Gesichter der Richter blieben ausdruckslos. Es war wirklich eine schöne Reise, dachte Babeck, und erinnerte sich an ein opulentes Essen und den Besuch einer Bar mit den schönsten Frauen, die er je gesehen hatte. Frauen wie Milch und Honig, prickelnd wie Champagner und so liebenswürdig wie die Feen seiner Märchenzeit. Sicher, heute würde er die Sache anders sehen, aber damals war es ihm als ein Zipfel vom Paradies erschienen.

»Abgesehen von Pflanzenschutzmitteln wurde in Schönberg so ziemlich alles entsorgt: Ist das richtig, Herr Babeck?«

Ziemlich richtig, dachte Brog, der sich an die Straßburger Nacht und den besoffenen Babeck erinnerte, der lallend und schmatzend zwischen den Brüsten einer teuren Nutte gehangen und später im Hotelfoyer gekotzt hatte. Eine wahrlich schöne Reise, die nichts gebracht hatte außer Spesen. Der kleine Babeck sah aus, als ob er am liebsten im Boden versinken würde. Ein armes Hascherl hatte Herta ihn genannt. Er wünschte sich sehr, daß Babeck nicht von Herta sprechen würde.

»Nun ja, nicht alles, die Seveso-Abfälle nicht, aber ziemlich alles. Ich meine, je problematischer der Müll war, desto höher der Tonnagenpreis. Man muß berücksichtigen, daß die Maklerfirmen sehr große Provisionen einzogen. Wenn die Firma sagen wir 500 Mark für die Entsorgung einer Tonne Sondermüll zahlte, blieben nach Abzug der Fracht und tatsächlichen

Deponiekosten etwa 300 Mark pro Tonne bei der Vermittlerfirma. Teilweise kassierten auch die Koko-Manager mit. Unterm Strich könnte man sagen, daß bei den Ost-West-Geschäften der Westen die besseren Geschäfte machte.«

Abgesehen davon, dachte Anna, daß der Westen jetzt auf der Scheiße sitzt, die er nach drüben verfrachtet hat. Das wäre komisch, wenn es nicht zum Himmel stinken würde. Der Zeuge Babeck hatte bei aller Mickrigkeit beinahe Politikerfähigkeiten. Er umging die Beantwortung konkreter Fragen, indem er sofort den Bogen zur Schwafelei spannte, die gleichsam unproblematischer Vergangenheitsmüll war. Worauf der Richter hinauswollte, war klar: die Beziehungen zu Firmen, die Brog angeblich ausspioniert hatte. Nicht um Müllverbrechen ging es, sondern um staatsgefährdende Untaten. Das erschien ihr fast absurd angesichts der Aussagen des Zeugen Babeck. Obwohl, Annas Vorstellungen von Müllhalden waren äußerst vage. In Manila, auf den Philippinen, hatte sie Müllberge gesehen, auf denen Menschen hausten. Müllmenschen, die vom Dreck der Gesellschaft lebten. Es war anzunehmen, daß der ost-westdeutsche Müll besser organisiert war, eingezäunt und von Verbotsschildern umgeben. Vermutlich sah der Dreck auch noch ordentlich aus. Jedenfalls verschwand in Annas Welt der Müll in bunten Tonnen und ward nicht mehr gesehen.

Erstaunlich offen, der Zeuge Babeck, dachte Eikelen, denn schließlich gab es die Deponie Schönberg noch und jene West-Ost-Schiene des Müllgeschäftes, an der sich ein paar clevere Leute goldene Nasen verdienten. So wie sein Mandant Brog, der Babeck nicht aus den Augen ließ und die Finger der rechten Hand zu einer Faust geballt hatte. Was sollte dieser kleine Wicht schon groß erzählen, das Brog belasten könnte?

Elmar Babeck antwortete auf die Frage des Vorsitzenden, daß er über Berichte Brogs an die HVA keine persönlichen Kenntnisse hatte.

»Aber es war üblich, daß Berichte über Westreisen an das Ministerium für Staatssicherheit gingen?«

»Es gab diesbezügliche Gerüchte, aber in meiner untergeordneten Position waren mir solche Informationen nicht zugänglich, Herr Vorsitzender.«

Herrenhaus straffte seinen Rücken. Ein verstockter Zeuge, ein ängstlicher Mensch, der ganz normale Streß der Wahrheitsfindung. Manchmal erboste es ihn noch, oft war er einfach nur noch gelangweilt. Babeck erboste ihn, doch dies lag an einer Ähnlichkeit, die Babeck mit einem Nachbarn hatte, der sich mit Herrenhaus angelegt hatte. Es ging um einen Kastanienbaum, dessen Äste in Nachbars Grundstück ragten und jenem angeblich die Weitsicht versperrten. Eine Lappalie, die sich zu einer Familienfehde ausweiten würde.

»Sie meinen, es wurde offiziell nur *ein* Bericht geschrieben, der an die übergeordnete Dienststelle in der Intrac ging?«

Einspruch, dachte Eikelen, doch er preßte die Lippen zusammen. An diesem Zeugen würde Herrenhaus sich auch ohne sein Zutun die Zähne ausbeißen. Das Lebensmotto der Babeck-Menschen war Vorsicht. Nie würden sie sich festlegen, einen Standpunkt vertreten, sich mit Vorgesetzten anlegen oder bei Gericht einfach die Wahrheit sagen.

»Es wurde meines Wissens nur *ein* Bericht geschrieben.«

»Wie detailliert waren diese Berichte: Ich meine, war es üblich, daß außer den geschäftsrelevanten Informationen auch über anderes berichtet wurde, zum Beispiel persönliche Daten über Geschäftspartner oder Informationen über die Firmen, mit denen verhandelt wurde?«

Babeck schrumpfte innerlich zu einem Knäuel, das Angst ausstrahlte »Die Berichte waren immer sehr ausführlich, so wurde das von oben erwartet.«

»Auch Informationen über außereheliche Beziehungen oder ungewöhnliche Sexualpraktiken von westdeutschen Geschäftspartnern?«

Babeck senkte den Blick auf seine Schuhspitzen. »Dazu kann ich nichts sagen. Ich weiß es nicht.«

»War es üblich, daß den Berichten Computerprogramme oder Konstruktionspläne von Flugzeugelektronik beigelegt wurden, Herr Babeck? Oder war dies eine Art Sonderleistung Ihres Vorgesetzten Brog?«

»Ich widerspreche dieser Suggestivfrage.«

Das Blickduell Herrenhaus-Eikelen endete mit einem Lächeln des Vorsitzenden. »Ich nehme die Frage zurück.«

Jürgen Brog entspannte seine Fausthand. Der kleine Babeck hatte viel gelernt seit der Wende, zumindest die Fähigkeit der drei Affen, was die Vergangenheitsbewältigung anbelangte. Fast wurde er ihm sympathisch, der kleine Babeck, denn er mochte Menschen, die furchtsam und manipulierbar waren. Armer kleiner Affe: Es gab kein System in dieser Welt, das Babecks Rücken geradebiegen konnte.

»Herr Brog hat in der Intrac relativ schnell Karriere gemacht. Er war offenbar fähig und bei seinen Vorgesetzten angesehen. Was waren das für Schwierigkeiten, Herr Babeck, die Sie vorhin erwähnten und nicht weiter ausführten?«

Scheiße, dachte Brog, während Eikelen zufrieden lächelte.

Ein Wort zuviel. Der Zeuge sah zum ersten Mal direkt zu dem Angeklagten, doch Brogs Gesicht half ihm nicht weiter. »Nun ... ich kenne die Sache nur gerüchteweise. Also es hieß, daß Herr Brog von einem seiner Westpartner, wie soll ich sagen, einen Bonus für die erfolgreiche Abwicklung des Geschäftes erhalten habe. Und dies ist wohl auch der Leitung zu Ohren gekommen, er wurde, so hieß es, zitiert, aber ...«

Er schaffte es wieder mal, aus dem Dreck rauszukommen, dachte Babeck. Sie hatten Brog in ihren Kapitalistenclub aufgenommen, in dem fast alles erlaubt war.

»Aber was?«

»Es passierte nichts. Ich meine, offensichtlich hat Herr Brog die Vorwürfe entkräften können.«

»Aber nichts Genaues weiß man nicht.« Der Vorsitzende erntete für seinen lockeren Spruch vereinzeltes Gekicher von der Pressebank. Das Menschliche, man durfte es nicht vergessen in einer Zeit, in der die Presse oder sogar Politiker sich anmaßten, über die Unabhängigkeit der Rechtssprechung zu rechten.

»Haben Sie Kenntnis davon, Herr Babeck, daß man Herrn Brog mit dieser Anschuldigung unter Druck gesetzt hat, seine Berichte noch detaillierter abzufassen?«

»Nein.«

Eikelens Stimme war wie ein Donnerhall: »Es ist allgemein bekannt, daß Mitarbeiter in exponierten Positionen, wie Herr Brog es war, unter großem politischem und moralischem Druck standen. Angebliche oder tatsächliche Verfehlungen wurden in geradezu erpresserischer Weise benutzt, um Menschen gefügig zu machen.«

»War das eine Frage an den Zeugen, Herr Dr. Eikelen?«

»Nein, Herr Vorsitzender. Eher eine allgemeine Anmerkung zum Klima der Angst und der Repressalien, das in der Bewertung der Handlungen meines Mandanten nicht ohne Relevanz ist.«

»Wir würden es begrüßen, wenn Sie Ihre allgemeinen Anmerkungen an geeigner Stelle artikulieren, Herr Verteidiger. Ich muß Ihnen wohl keinen Vortrag über die Strafprozeßordnung halten.«

Elmar Babeck zuckte zusammen, obwohl die Rüge nicht ihm gegolten hatte. Sein hilfesuchender Blick blieb beim Angeklagten hängen, der ihn zu hypnotisieren versuchte. Laß Herta aus dem Spiel, sagte Brogs Blick, und Babeck dachte, daß er Brog immer beneidet hatte: um seine Selbstsicherheit, seine unmoralische Eleganz – und um Herta Brand, die lange Zeit Gegenstand seiner Begierde gewesen war. Eine Frau, die Schönheit und Macht ausstrahlte, etwas Unbesiegbares, das Männer schrecklich anzog. Herta Brand hatte ihre Hand über

Brog gehalten und gewiß dazu beigetragen, daß er eine solch steile Karriere in der Koko gemacht hatte. Einen Elmar Babeck hatte sie keines Blickes gewürdigt, aber was zum Teufel hatte sie an Brog gefunden, diesem Müllmann von Schalcks Gnaden?

Richter Herrenhaus entließ den Zeugen Babeck, der seiner Meinung nach die Zeit und Geduld des Gerichtes arg strapaziert hatte, und dies ohne relevante Ergebnisse. Die Anklage des Bundesanwalts stand wahrhaftig auf dürftigem Boden, auch dies eine Zumutung, für die er sich in geeigneter Weise bedanken würde. Während er eine einstündige Prozeßpause verordnete, dachte Herrenhaus über ein Gespräch mit Eikelen nach. Das Schlimmste stand noch bevor, die Klärung der Frage, welchen tatsächlichen Schaden Brog der Bundesrepublik Deutschland zugefügt hatte. Auch wenn die Akten eindeutig belegten, daß Brog die HVA beliefert hatte, so gab es keinen konkreten Hinweis dafür, daß seine Unterlagen genutzt wurden. Es war allgemein bekannt, daß die HVA-Leute mit der Fülle von Informationen hoffnungslos überfordert waren, und nirgendwo stand geschrieben, daß Brogs Konstruktionspläne Verwendung gefunden hatten. Welcher Schaden also, das war die Frage, die den Prozeß bestimmen würde. Er wußte das, Eikelen wußte das. Und sie würden das Spiel bis zum Ende spielen.

Die Prozeßbeteiligten, Journalisten und Zuschauer erhoben sich, als die Richter den Saal verließen. Ein Rascheln der Roben und Akten begleitete den Abgang, das Knarren von zurückgeschobenen Stühlen und das einsetzende Murmeln der Zuschauer. Als die Bühne leer war, wußten die meisten im Saal noch immer nicht so recht, welches Stück gespielt wurde, ob es tragisch war, trivial – oder am Ende nur eine Posse im Namen der Gerechtigkeit.

Wie es gelaufen sei, fragte Brog seinen Anwalt, und Eikelen antwortete: »Nicht übel.« Er hatte Hunger und keine Lust, Erklärungen abzugeben.

»Ich will hier raus.«

Buddha bemühte sich um ein weises Lächeln: »Es wird nicht mehr lange dauern, lieber Herr Brog.«

5

»Und? Wie ist es gelaufen?«

August Hackbart ließ sich mit seiner Antwort Zeit, um Lipinski zu ärgern. Erst als Sigrid ein unwilliges »Nun sag schon« nachsetzte, bequemte er sich zu einer Art Antwort: »Ganz gut. Sagt jedenfalls der fette Anwalt. Ich hab nicht viel verstanden. Sollte ich jemals vor Gericht kommen, würde ich noch vor der Urteilsverkündung an Langeweile sterben.«

»Wie geht es Brog?« Sigrid Kreuz war Brogs Sekretärin, Walter Lipinski der Geschäftsführer der »Gesellschaft für integrierte Abfallverwertung«, GIA. Hackbart saß in Lipinskis Büro und hatte seine Beine auf den Besuchertisch gelegt. Er saß bequem, dies war eine Art Lebensmotto, und Lipinskis strafende Blicke beeindruckten ihn keineswegs.

»Es geht ihm ganz gut. Aber er will raus.«

Sigrid Kreuz sah betroffen aus, und das stand ihr nicht. Sie war zweiundvierzig Jahre alt und lief unter dem Etikett »gut erhalten« durch die Männerwelt. Die Kummerfalten um den Mund ließen sie alt erscheinen, und August musterte sie mit überlegener Grausamkeit. Wenn sie gut drauf war und das Licht gut fiel, war sie eine verdammt attraktive Person, perfekt gestylt bis in die rotgefärbten Haare. Teure Schuhe, tadellose Beine, ein Kostüm, das vermutlich soviel gekostet hatte wie sein Anzug. Aber trotzdem alt, die Ärmste. August lächelte sie an, und sie verstand nicht, daß er damit nur seiner Freude an der eigenen Schönheit Ausdruck gab.

»Hat dir der Anwalt Anweisungen mitgegeben?« Walter Lipinski saß hinter seinem Schreibtisch, der zu groß für ihn schien. Er war ein hochgewachsener, hagerer Mann, doch seine gebeugten Schultern und sein trauriges Clownsgesicht paßten nicht zu dem eleganten Gebilde aus Chrom und Glas, das Brog seinem Geschäftsführer verordnet hatte. »In einem Müllbetrieb muß alles tipptopp aussehen«, war Brogs Devise. Er duldete kein Stäubchen Schmutz in den Büroräumen und pflegte selbst die Toiletten zu inspizieren. Nach seinem überraschenden Abgang in die Untersuchungshaft hatte Sigrid Kreuz seine Inspektionstouren übernommen. Aus Pflichtbewußtsein und Zuneigung, aber auch Angst, daß Brog eines Tages überraschend wieder auftauchen könnte. Sein Zorn konnte schrecklich sein, wer wüßte das besser als sie?

Hackbart hatte ganz lässig einen Umschlag aus seiner Jakkettasche genommen, den er Lipinski mit gekonntem Schwung auf den Schreibtisch warf. »Der Fettsack sagt, daß dies der letzte Brief war, den er für Brog aus dem Gefängnis geschmuggelt hat. Steht was über den Transport nach Wesern drin?«

Lipinski sah auf. »Natürlich. Ich werde dich zu gegebener Zeit informieren.« Es gab nicht viele Gelegenheiten, Hackbart in seine Schranken zu verweisen, doch wenn es ihm gelang, war eine Art Glücksgefühl spürbar. Er konnte den schönen August nicht ausstehen, weil er spürte, daß dieser ihn verachtete. Ein Gefühl, das er aus seiner Vergangenheit kannte: Verachtung. Nicht gut genug, nicht stark genug, nicht biegsam genug, um in dem Leben zu bestehen, in dem er gerade eine Rolle spielte. Die Rolle des Geschäftsführers der GIA paßte nicht zu ihm, und Hackbart hatte dies sofort erkannt. Nur wenn Brog dabei war, hielt Hackbart die Fassade der Höflichkeit aufrecht. Seit Brog in U-Haft saß, war die Luft zwischen ihnen dünn geworden.

August hatte die Beine vom Tisch genommen, stand jetzt

und sah auf Lipinski hinab. »Ich bin der einzige, dem Brog vertraut.«

Sigrid Kreuz setzte ihre Kaffeetasse mit eleganter Handbewegung auf den Glastisch. »Hört auf, ihr zwei. Er muß sich auf uns alle verlassen können – und das tut er auch.« Es fiel ihr schwer, den Blick von August auf Lipinski zu lenken. Der Kontrast zwischen Schönheit und Häßlichkeit war beinahe brutal. »Was soll ich dem Spediteur sagen?«

Walter Lipinski sah aus dem Fenster, durch das kein Geräusch von draußen drang, auf die Halle, in der die Fässer lagerten. »Brog will, daß wir den Transport bis zum Prozeßende verschieben.«

August lächelte: »Ich war sowieso nicht scharf auf den Trip nach Zoniland.«

In Brogs Gegenwart hätte er dieses Wort nicht benutzt. Lipinski verkniff sich eine Bemerkung über Augusts Sprachgebrauch und überdachte die Konsequenzen von Brogs Befehl. Wenn es eine Überprüfung gab, würden die Herren auf 120 Fässer stoßen, für die es keine Zwischenlagerungsgenehmigung gab. Sie würden die Herkunft und den Inhalt der Fässer überprüfen wollen – und da war kein Brog, der den einen oder anderen Beamten mit dem einen oder anderen Schein überzeugen konnte. Die Feinheiten des Geschäfts hatten immer in Brogs Händen gelegen; Lipinski war bloß ein Abwickler, der Mann für bürokratische und technische Feinheiten.

»Wir werden dem Spediteur Ausfallhonorar zahlen müssen.« Sigrid Kreuz sah Lipinski beschwörend an: »Es ist genauso gefährlich, die Fässer hierzubehalten, wie sie zu transportieren. Man sollte noch einmal mit Brog reden.«

»Brog hat Angst.« Hackbart sah Lipinski an, als er zu Brogs Sekretärin sprach: »Der Knast verändert die Menschen, glaubt mir. Er macht sie mickrig und klein.« Lipinskis Augen funkelten, und August freute sich darüber.

»Nicht Brog.« Sigrid Kreuz verfluchte den Tag, an dem die

Polizisten aufs Gelände gekommen waren, um den Chef abzuholen. An alles hatte sie gedacht, nur nicht an Spionage, das war so absurd. Und seit Brog weg war, lief es nicht mehr, trotz der Briefe, die August überbrachte. Lipinski war es nicht gewohnt, Entscheidungen zu treffen. Er war eine Null, unfähig, Geschäfte dieser Größenordnung durchzuziehen. Und jetzt steckte er sich auch noch einen seiner stinkenden Zigarillos an, die die Luft verpesteten. Sie öffnete das Fenster, und von draußen drang der Lärm der Shreddermaschinen. Es war ein schöner, kalter Tag, doch sie mußte über die Schrotthalden, die Maschinen und Lagerhallen hinwegsehen, um den Wald zu erkennen. Ein eigentümlicher Geruch lag in der Luft, eine Mischung aus verbranntem Laub und kokelndem Gummi. Sie dachte, wir werden alle früh sterben, ein Herbstgedanke, und sie dachte an ihre Mutter im Altenpflegeheim und fühlte kein Bedauern über die Kürze des Lebens. Im übrigen wäre es nicht schade um Hackbart und Lipinski. Daran dachte sie, als sie das Fenster wieder schloß. Und daß es gut wäre, wenn Brog bald wiederkäme.

»Ich muß los und ein paar Besorgungen für den Meister machen.« August nahm seinen ledernen Aktenkoffer vom Glastisch, die schwere Schnalle machte ein kratzendes Geräusch, und Lipinski dachte, daß dies mit Absicht geschehen war, doch er sagte nichts. Als sich die Tür hinter Hackbart geschlossen hatte, atmete er tief durch.

»August braucht eine harte Hand.« Sigrid Kreuz legte ihm einen Aktenordner auf den Tisch.

Lipinskis viel zu großer Mund lächelte schief. »Eine harte Hand, die ihm den Hals umdreht ... und was ist das?«

Die Chefsekretärin überging die Bemerkung mit einem knappen Lächeln, das nicht als Zustimmung ausgelegt werden konnte. Sie pochte mit dem Finger auf eine Akte. »Dr. Beck von der Arbor GmbH kommt um 15 Uhr. Sie müssen Brog vertreten. Es geht um die Entsorgung des Amorans.«

Walter Lipinski hob seine schmalen Schultern in einer Geste der Hilflosigkeit. »Ich hatte bisher nichts mit dem Vorgang zu tun, Verehrteste.«

»Deshalb habe ich Ihnen ja die Akte hingelegt.« Sie nahm Brogs Brief, der auf Lipinskis Schreibtisch lag, und las ihn, ohne zu fragen. »Brog will dieses Geschäft durchziehen, wie ich es mir gedacht habe.«

Sie tanzen beide auf meinem Kopf herum, dachte Lipinski, aber er bevorzugte Demütigungen durch Sigrid Kreuz. Irgendwo unter ihrem Designerkostüm schlug eine Art Herz, und die akkurat sitzenden roten Locken umrahmten einen klugen Kopf. Schade, daß Brog diesen Kopf manipuliert hatte. »Würden Sie mich dann kurz aufklären?«

Sigrid Kreuz setzte sich Lipinski gegenüber und schlug die Akte auf. »Amoran ist ein quecksilberhaltiges Pflanzenschutzmittel, das Becks Firma bis zur Wende in der Nähe von Halle produziert und vertrieben hat. Nach dem Beitritt trat die Pflanzenschutzanwendungsverordnung auch in den östlichen Bundesländern in Kraft; nun sitzt Beck auf seinem Zeug und will es loswerden. Bei ihrem ersten Treffen hat Brog ihm angeboten, das Amoran für 3000 Mark pro PE-Kanister zu entsorgen – und zwar in unserer Abwasserbehandlungsanlage.«

»Sie funktioniert doch nicht. Sie wird nie funktionieren.«

Sigrid Kreuz ignorierte Lipinskis Einwand. »Brog hat sie ihm gezeigt, als Beck das erste Mal hier war. Er erklärte ihm das System, Galvanikabwässer bis zur Trinkwasserqualität aufzubereiten, und überzeugte ihn, daß es möglich ist, die Quecksilberbeize ebenso zu behandeln. Dafür seien allerdings ein paar Umbauarbeiten bei unserer Anlage nötig. Beck hat das geschluckt, im Grunde ist die Sache vertragsreif.«

Wenn du nichts verbockst, Lipinski. Du bist ein komischer Kerl, aus dem ich nicht schlau werde, und ich mag das nicht, wenn ich jemanden nicht exakt einordnen kann.

»Wie viele Kanister?« Ich hasse meinen Beruf, dachte Walter Lipinski. Ich hätte mich nie darauf einlassen sollen.

»50 000 Stück. Das Zeug gibt es in pulverisierter und flüssiger Form.«

»Und der Quecksilberanteil?«

Sie checkte die Akte. »Die Analyse ergab einen organisch gebundenen Quecksilbergehalt von 1,27 Prozent.«

Walter Lipinski atmete den Duft ihres Parfums ein und rieb sich seine trompetenhaft geformte Nase. »Und was machen wir mit der Scheiße, wenn ich fragen darf?«

Seine Stimme ist das beste an ihm, dachte sie. Schwer zu glauben, daß der Mann einmal Schauspieler gewesen war, eine der wenigen Informationen, die Brog über seinen Geschäftsführer gegeben hatte. Allerdings ein ziemlich erfolgloser Schauspieler, so hatte er hinzugefügt.

Sie wußte, daß die beiden sich aus den alten Zeiten in Ostberlin kannten, und sie hätte gerne mehr gewußt. Lipinski mußte Brog gegenüber etwas in der Hand haben, sonst säße er nicht auf diesem Stuhl.

»Das hat Brog schon geregelt. Die Firma Soloc aus Kassel übernimmt die Ware für 750 Mark pro Kanister, und zwar den gesamten Bestand.«

Lipinski pfiff erschrocken oder anerkennend, es war schwer zu sagen. »Lassen Sie mich raten, Kreuz. Die Firma Soloc arbeitet mit einer polnischen oder tschechischen oder rumänischen Firma zusammen, die für sagen wir 300 Mark pro Kanister das Zeug in den Osten karrt und in die Landschaft kippt.«

»Rumänien. Sie werden das Zeug als recycelte Farbstoffe deklarieren. Aber das ist nicht unser Problem. Unser Problem endet, wenn Soloc die Ware abnimmt.«

»Und Dr. Beck weiß von nichts?«

Sigrid Kreuz lächelte madonnenhaft. »Nein. Er hat ja unsere Abwasserbehandlungsanlage inspiziert und war ganz begeistert, der Gute.«

»Ist das nicht ein wenig unmoralisch, um nicht zu sagen – ungesetzlich?« Lipinski sah ihr in die wohlgeschminkten Augen. Er hatte eine ausgesprochene Vorliebe für unmaskierte Frauen. Es gab wenige von ihnen, und unter den wenigen kaum solche, die sich für ihn interessierten. Dieses Geschäft stank zum Himmel, aber hatte er nicht immer gewußt, daß Brog sein Vermögen damit verdiente und nicht mit den Recyclinganlagen, die sozusagen das Feigenblatt waren. Hielt sich deshalb seine Entrüstung in Grenzen? Oder war es so, daß der Allgemeinzustand der Verzweiflung ihn gegen alle Schweinereien immunisiert hatte?

Sigrid Kreuz schlug die Akte mit einem Knall zusammen. Ihre Stimme war hart: »Das sind die Art Geschäfte, die Brog Ihnen bisher erspart hat. Nun müssen Sie ran, und es wird nicht einfach sein, denn Beck weiß, daß unser Chef im Gefängnis sitzt. Beck ist der Typ, der schon ›Vorsicht‹ geschrien hat, als er zur Welt kam. Vermutlich hat er seine kleinen, blutigen Händchen ausgestreckt, damit sie reingewaschen werden. Er wird diese und jene Bedenken vorbringen, und *Sie* werden ihn davon überzeugen, daß dieser Justizirrtum keinerlei Auswirkungen auf unsere Geschäftsbeziehungen hat. Beck will sein Amoran unbedingt loswerden. Sie werden es schon schaffen.«

»Und was, wenn er die Anlage sehen will?«

»Ich habe drei unserer Leute angewiesen, an der Anlage rumzuwerkeln. Sie wird zur Zeit gerade umgebaut, so daß keine weiteren Demonstrationen möglich sind.«

Walter Lipinski dachte an den Tag, an dem sie ihn gezwungen hatten, seine eigene Scheiße zu fressen. Den Geschmack hatte er verdrängt, doch in anderen Variationen wiederholte sich diese Szene in seinem Leben. Irgendwann würde er daran ersticken. Oder irgendwann einfach Schluß machen.

»Schauen Sie nicht so traurig drein, es ist doch nur ein Geschäft.« Sigrid Kreuz sah auf ihre Uhr. »Ich werde Dr. Beck in Empfang nehmen und dann in Ihr Büro bringen. Die unterschriftsreifen Verträge sind in der Mappe.«

»Warum machen *Sie* es nicht?«

Sigrid Kreuz lächelte: »Ich bin nur eine Frau, Herr Lipinski. Brogs Sekretärin.«

»Und ich bin Brogs Hampelmann, Verehrteste.«

Sie erwiderte nichts und ging aus dem Zimmer. Er mochte die Art, wie sie die Türe hinter sich schloß, so sanft, während Brog mit Türen umging, als wären sie seine Feinde, die er vernichten mußte. Nun gab es eine Situation in Brogs Leben, in der die Tür nicht mehr aufging. Ein grauenhaftes Gefühl, das Lipinski allzugut kannte. Tausende von Tagen hatte man ihn in Bautzen festgehalten, die längste Zeit seines Lebens. Als er dort war, da hatte er gedacht, daß nichts Schlimmeres mehr in seinem Leben passieren könnte. Und er hatte nicht recht behalten. Wie hatte Herta immer gesagt?

Das Schlimme an dir ist, daß du dich an dein Leben klammerst, als ob es was Besonderes wäre.

Was hatte sie erwartet? Daß er sich umbringen würde – ihretwegen? Komisch, daß ihm *das* nie in den Sinn gekommen war – damals nicht und auch jetzt nicht, obwohl er der Verzweiflung nicht einmal mehr Haß entgegensetzen konnte. Er lebte einfach weiter, das war es, eine Hülle, die ihren Überlebenspflichten nachkam. Ein Teil von ihm war vermutlich schon gestorben, als er zur Welt kam, und später mehr, als er das Gesicht seiner Mutter erkannte. Aber weiß Gott, er hatte sich bemüht, die Lust am Leben zu lernen. Liebe war am Ende das einzige, das gezählt hatte – und es hatte zuwenig davon gegeben.

Ein winziger Zigarrenfussel blieb an seiner Oberlippe haften, und er schluckte die bittere Hülle. O Gott, wie er sich nach seinem Haß zurücksehnte. Nichts war so schlimm wie die Leere, die ihn erfüllte wie splitterndes Glas. Wenn er laut schreien würde, vielleicht würde er zerspringen und die Welt mit Scherben übersäen. Lipinski, würden sie schreien, Lipinski, das ist nicht komisch ...

Walter Lipinski nahm Brogs Brief und zerriß ihn in unzählige Schnipsel. Brogs Auftrag, seine Briefe zu vernichten. Der allgegenwärtige, unbesiegbare Brog: Was wäre er ohne ihn? Er gab sich selbst die Antwort: ein arbeitsloser Schauspieler, ein Komödiant ohne Komödie, ein Nichts, wie Herta ihn gelegentlich genannt hatte.

Draußen, vor dem Bürogebäude, stand der weiße Mercedes, den August hingebungsvoll polierte. Er wusch ihn jeden Tag, Brogs Mercedes, und er ging so liebevoll mit dem Wagen um, daß Lipinski glaubte, daß August eine Art Gefühl haben mußte. Für Autos zum Beispiel, denn er hatte August weinen sehen, als vor ein paar Monaten einer der LKW-Fahrer den Mercedes anfuhr und der Kotflügel verkratzt war. Hackbart hatte geweint und wollte sich dann auf den Fahrer stürzen, was einige Arbeiter verhinderten, die ihn festhielten.

Hackbart fuhr einen Porsche, den er sich von seinem Chauffeursgehalt unmöglich leisten konnte. Brogs lukrative Nebengeschäfte, es mußte so sein, daß August daran beteiligt war. Der Porsche war blau mit weißen Ledersitzen, und er stand neben Lipinskis dreckigem Jeep und Sigrids violettem Golf mit Autotelefon. Das Telefon bezahlte Brog, weil er es für nötig fand, seine Sekretärin immer zu erreichen. Die gute alte Sigrid Kreuz, die so viel von Brogs Geschäften wußte. Auch sie behandelte ihn mit Geringschätzung, und selbst wenn sie freundlich war, ließ sie durchblicken, daß sie sich ihm überlegen fühlte. Frauen konnten das besser als Männer – und Herta hatte das Spiel perfekt beherrscht.

Er dachte an Herta, als es an der Tür klopfte, und er zuckte zusammen, als Sigrid Kreuz mit dem Besucher sein Zimmer betrat. Doch er funktionierte. Er stand auf und ging um seinen großen Schreibtisch herum, um Dr. Beck zu begrüßen. Ein taxierender Blick, dann hatte Beck ihn als »mir unterlegen«

eingestuft, der Mann mit dem Quecksilber und den grauen Haaren, dem grauen Anzug und der grauen Aktentasche.

Ihr habt alle keine Ahnung, dachte Lipinski, als er kraftlos die Hand seines Besuchers schüttelte und auf den weißen Ledersessel wies. Der Aktenkoffer wanderte auf den Glastisch, ohne zu kratzen. Dr. Beck war ein vorsichtiger Mensch, man sah es an seinen Bewegungen und daran, wie er bedachtsam das Zimmer und sein Gegenüber taxierte.

»Kaffee, Cognac, Bier, Wasser?« Sigrid Kreuz spielte Sekretärin, und Dr. Beck antwortete: »Wasser, bitte.«

»Es tut mir leid zu hören, daß Herr Brog in ... äh ... Schwierigkeiten ist?«

Lipinski wartete, bis Sigrid aus dem Raum war. »Ein Mißverständnis, und es hat nichts mit den Geschäften zu tun, das kann ich Ihnen versichern. Wir arbeiten mit staatlichen Organen zusammen, Herr Dr. Beck, und können uns keine Fehler erlauben.« Mein Gott, war das komisch. Beck hatte keine Antenne für Ironie.

»Ihre Recyclinganlagen sind in der Tat beeindruckend; besonders die Abwasserentsorgungsanlage, die Herr Brog mir bei meinem letzten Besuch vorgeführt hat.« Beck öffnete vorsichtig seinen Aktenkoffer. »Es gibt noch ein paar Fragen zu klären, bevor wir ...«

Lipinski spürte den Angstschweiß in seinen Achselhöhlen. »Kein Problem, Herr Dr. Beck. Ich bin sicher, daß wir zu einem befriedigenden Ergebnis kommen.«

»Die Ware ist etwas problematisch«, sagte Dr. Beck, der sich nur noch vage erinnerte, daß die Firma die Amoranbeizen an Bauerngenossenschaften verkauft hatte, die sie bedenkenlos gegen Weizenbrand und Wurzelbrand eingesetzt hatten. Diese kleinlichen Bedenken kleingeistiger selbsternannter Umweltschützer: Schließlich war das Amoran nur eines von vielen tausend Pflanzenschutzmitteln gewesen, die weltweit im Umlauf waren. Es war doch so, daß die Menschheit gegen Gifte längst immun war. »Ich kann doch davon ausgehen, daß für den Transport alle nötigen Sicherheitsvorkehrungen getroffen sind.«

»Selbstverständlich, Herr Dr. Beck. Wir haben große Erfahrung im Transport von problematischen Abfällen.«

Lipinski sah Beck lächeln, und plötzlich wußte er es: Sein Gegenüber hatte nie an das Funktionieren der Abwasserbehandlungsanlage geglaubt. Beck wollte nichts anderes als sein Amoran loswerden, und das ganze Theater diente nur dazu, daß Beck sich und seine Firma irgendwie absicherte. Für diese Risikominimierung war er bereit, einen hohen Preis zu zahlen – und Brog war bereit, sich das Risiko bezahlen zu lassen.

Beck griff nach den Verträgen, die auf dem Tisch lagen: »Wir lassen es uns etwas kosten, mit einer seriösen Firma zusammenzuarbeiten, Herr ... äh ...«

»Lipinski.«

»Um unsere Umwelt für die Kinder zu erhalten, Herr Lipinski. Ich habe übrigens die Vertragsentwürfe von unserem Anwalt prüfen lassen. Sie scheinen in Ordnung zu sein.«

Lipinski hätte gern gelacht über das Ausmaß an Heuchelei, das gerade zelebriert wurde. Früher hatte er viel gelacht, schon als Kind, vermutlich eine Folge seines clownhaften Gesichtes und der Vorstellung, daß man dies von ihm erwartete. Wann hatte er aufgehört zu lachen? Als Herta ihn aus der Wohnung warf, als Siegerin einer Schlacht, in der sie immer mit besseren Waffen gefochten hatte? Oder später, als sie ihn endgültig ans Messer lieferte? Er mußte sich zwingen, die Bilder aus seinem Kopf zu vertreiben, und er beobachtete Beck, der die Verträge studierte, Wort für Wort, und sie mit den Entwürfen verglich, die er mitgebracht hatte.

Ein ehrenwerter Mann, dachte Lipinski zynisch, der von drüben kommt und sein Sächsisch beinahe auf Hochdeutsch getrimmt hat. Aber wir erkennen einander, jedenfalls noch in unserer Generation. Wir sehen uns im Spiegel des anderen und erkennen darin, daß Schuldgefühle unter Schuldzuweisung begraben wurden. Wir erkennen die Unfähigkeit zur Ehrlichkeit vor sich selbst.

Dr. Julius Beck spielte den ehrenwerten, den anständigen Bürger, und er glaubte daran. Walter Lipinski stellte den Heuchler und Bösewicht dar, den Beck durchschaute. *Und es ist gerade dieses Subjekt, das ich zu sein habe und das ich überhaupt nicht bin.* Einmal hatte er den Garcin gespielt in der »Geschlossenen Gesellschaft«. Ein Mißerfolg, und niemand, schon gar nicht Walter Lipinski, hatte sich darüber gewundert.

Beck leckte sich die ehrenwerten Lippen. »Ich denke, daß es so in Ordnung ist. Unterschreiben Sie stellvertretend für Herrn Brog?«

Lipinski faltete seine Hände in einer Geste falscher Demut: »Er hat mir diesbezügliche Vollmachten erteilt. Darf ich Sie noch etwas fragen, Herr Dr. Beck?«

Sein Gegenüber vollendete die Vertragsunterzeichnung, sah dann irritiert auf. Eine Frage stand nicht auf dem Spielplan. Er nickte.

»Warum haben Sie das Amoran nicht in den Osten verkauft?«

»Sie müßten das doch wissen, Herr Lipinski. Es gibt dort gesetzliche Importbestimmungen gegen Abfall; Amoran fällt nach den gesetzlichen Bestimmungen der BRD eben unter diesen Begriff – wie immer man dazu stehen mag.«

In der Betonung des letzten Satzes lag die ganze Verachtung Becks für das System. Ein Mörder, der seine Mordlust absolut unter Kontrolle hat, dachte Lipinski, während er seine dicken Lippen zu einem schmalen Lächeln verzog. Wieviel von dem Zeug war wohl auf die Felder verbracht worden in den goldenen Zeiten der Diktatur? Wieviel Scheiße hatten die Bürger gefressen, um immun zu werden gegen das Gift der Verantwortung? Wieviel Scheiße mußte ein Walter Lipinski fressen, bis er endlich erbrach? Keine Fragen, die man diesem Mann hier stellen konnte – und er wußte auch, daß er die Antworten selbst finden mußte.

»Ist Ihnen nicht gut, Herr … äh …«

Er wiederholte seinen Namen nicht mehr, sondern ließ diesen komischen Satz in der Luft hängen. Es gab viele Leute, die sich an seinen Namen nicht erinnerten, und er mußte lernen, sie zu ertragen.

»Es geht mir ausgezeichnet, vielen Dank. Wir werden die Ladung vereinbarungsgemäß am 25. des Monats abholen.«

Dr. Beck verstaute die Vertragsformulare vorsichtig in seinem Aktenkoffer, er schloß ihn sorgfältig und polierte eine Stelle, auf die ein Stäubchen gefallen war. Brog, so dachte er, würde ihn jetzt zu einem Glas Champagner bitten, aber dieser Clown hat kein Format. Er stand auf, vermied es, Lipinski die Hand zu schütteln. Sagte »Adieu« und »Auf ein gutes Gelingen« und ging zur Tür. Erst als sie geschlossen war, sagte Lipinski laut: »Du weißt doch genau, daß diese Anlage nicht funktioniert.« So war das mit seinem Mut: Er entsprach nicht den Standards eines furchtlosen Menschen.

6

Er kam gerade von einem guten Mittagessen, ein Vergnügen, das er mit Vorliebe allein genoß, weil ihn das Geschwätz der Tischnachbarn vom Wesentlichen ablenkte: essen und trinken. Eine Flasche Château Palmer, das war Standard, mehr trank er mittags nicht, und alles, was unter diesem Niveau lag, erfüllte ihn mit Griesgrämigkeit. Dagobert Eikelen verabscheute Prozesse, die ihn dazu zwangen, seiner Mittagslust zu entsagen. Niemals ein Essen in der Gerichtskantine: Es gab Grundsätze in Eikelens Leben – und einer davon war, im Bereich leiblicher Genüsse keine Kompromisse einzugehen. Kantinenessen betrachtete er als Folter des Gaumens, also pflegte er bei kurzen Prozeßpausen nur ein Stück Käse zu sich zu nehmen – und wenn er hungrig in die nächste Prozeßrunde ging, dann war er gereizt wie ein Löwe, das war bekannt und wurde belächelt, doch gewiß trug es auch zu seinem Image bei, ein »harter Brocken« zu sein, schwer verdaulich für Richter und Staatsanwälte, Zeugen und Sachverständige.

Eikelen hatte zwanzig Jahre hart an diesem Image gearbeitet – und trug es nicht auch Früchte, wenn der ein oder andere schwache Richter sich lieber auf einen Deal einließ, statt einen strittigen Prozeß mit ungewissem Ausgang zu führen? Oder einen, der in der Rechtsmittelinstanz zerplatzte?

Man mußte sich beizeiten entscheiden, ob man geliebt oder gefürchtet werden wollte: Dagobert Eikelen streichelte selbstgefällig seinen Bauch, in dem unter anderem ein Zicklein in Blätterteig ruhte. Sein Schreibtischstuhl – eine Spezialanfertigung – ächzte dezent, als er sich zurücksinken ließ. Sein Magen fühlte sich behaglich an, er war zufrieden mit sich und seinem Leben, auch wenn er seit längerer Zeit einem Hobby seiner Jugendjahre entsagt hatte: schöne Frauen zu erlegen. Die letzten zwanzig Kilo hatten den Ausschlag gegeben, auf jegliche sexuelle Akrobatik zu verzichten. Er sah sie immer noch gerne an, die schönen Frauen, er zog sie gerne aus in seinen Gedanken und gelegentlich regte sich sogar jener vernachlässigte Teil seines Körpers, der mit der übrigen Leibesfülle nicht mitgewachsen war. Tatsächlich war es so, daß das ein oder andere Weib nicht mal abgeneigt war, unter seinen Fettschichten nach der Seele und dem Sexualorgan zu suchen. Nach der Seele vor allem, Frauen hatten einen perversen Drang, sich in die Herzen der Männer zu schleichen und dabei den Unterleib in Kauf zu nehmen. Er hatte nie geheiratet. Auch dieser Kompromiß in Sachen Sex wäre mit seiner Genußphilosophie nicht vereinbar gewesen. Wozu eine Frau heiraten, wenn es so viele von ihnen gab?

Das Klingeln des Telefons unterbrach seine Verdauungsgedanken. Seine Sekretärin war am Apparat, die treue Seele, die er für 8000 Mark brutto pro Monat gekauft hatte. Sie entschuldigte sich, seine Mittagsruhe gestört zu haben: »Da ist eine Frau Morgan in meinem Büro. Sie will Sie unbedingt sprechen.«

Seine Sekretärin war genervt, er hörte es am Tonfall, doch die Gefühle seiner Sekretärin interessierten ihn nicht, solange sie perfekt funktionierte. Er sah auf seine Uhr: »Diese Journalistin war erst für fünfzehn Uhr bestellt, wenn ich nicht irre.«

»Es ist nicht Frau Marx, Herr Dr. Eikelen. Die Frau heißt Morgan, und sie will mir nicht sagen, in welcher Sache sie Sie konsultieren möchte.«

Leichte Hysterie in der Stimme: Eikelen grinste ins Telefon, dachte, daß diese Frau Morgan oder wie immer sie hieß eine sehr durchsetzungsfähige Person sein mußte, wenn sie seine Sekretärin aus der Fassung bringen konnte. Aus schierer Bosheit sagte er: »Sie wissen doch, daß wir nur nach Terminabsprache empfangen.«

Schnauben am Telefon. Wahrscheinlich hat sie wieder nur Joghurt gegessen, dachte Eikelen, diese dämliche Hungerei schwächt ihre Widerstandskräfte. »Schicken Sie sie rein in Gottes Namen, ich gebe der Dame genau fünf Minuten ... Ach ja, und bringen Sie mir einen Espresso und ein paar Ingwerplätzchen ... ach ja, und die Revisionsbegründung Decker muß heute noch raus – wenn Sie es nicht schaffen, müssen Sie ein paar Überstunden einlegen.« Hatte er da ein Stöhnen gehört? Er ignorierte es und legte den Hörer auf.

Dagobert Eikelen saß aufrecht, und sein Bauch ruhte auf den gewaltigen Schenkeln, halb verborgen hinter dem massiven Mahagonischreibtisch, als die Sekretärin eintrat, gefolgt von einer Frau, bei deren Anblick er lautlos durch die Zähne pfiff.

»Frau Morgan«, sagte die Sekretärin mit Eisesstimme, und er wies auf seinen Besucherstuhl, auf den sich Frau Morgan mit eleganter, selbstsicherer Bewegung niederließ. Sie war schön, selbst nach seinen kritischen Maßstäben, vielleicht schon vierzig, aber wunderbar erhalten. Ein Schuß Asien war denkbar: Ihre Haare waren pechschwarz, glatt und lang und die Augen dunkel und ein wenig mandelförmig. Weiße Haut und ein knallroter Mund, der ihn siegessicher anlächelte. »Ich bin Ihnen sehr dankbar, daß Sie mich so kurzfristig empfangen konnten«, sagte der Mund, und Eikelen scheuchte seine Sekretärin vom Schreibtisch weg, nachdem sie den Espresso und die Plätzchen vor ihm aufgebaut hatte. »Ich brauche Sie nicht mehr, danke. Und wenn diese Journalistin kommt, dann soll sie warten.«

Der rote Mund lächelte. Seine Sekretärin verließ den Raum und schloß die Tür mit einem ungnädigen Geräusch. Dann war es still in seinem Büro, und er dehnte das Schweigen aus, um sie in Ruhe zu beobachten und sie aus der Ruhe zu bringen. Ihr Kostüm war schneeweiß und umhüllte formvollendet eine bemerkenswerte Figur. Die Beine hatte sie übereinandergeschlagen, wohl wissend, wie lang und schön sie waren. Teure weiße Schuhe, die Frau strahlte Geld und Eleganz aus, und nur ein Schönheitsfehler sprang ins Auge, als sie ihre Hände auf den Schoß legte: Das Weib hatte häßliche Hände, kurz und plump, mit breiten Fingernägeln, und weder der Nagellack noch der Brillantring konnten darüber hinwegtäuschen.

Sie war seinem Blick gefolgt, jetzt verkrallte sie ihre Hände im Schoß, und Eikelen lächelte breit. »Ihrem Akzent nach zu urteilen, kommen Sie aus den Niederlanden, Frau Morgan. Darf ich fragen, was Sie bewogen hat, diesen weiten Weg zu machen, nur um einen unbedeutenden Anwalt zu überfallen?«

Erwartungsgemäß mußte sie ihm jetzt widersprechen, doch die Dame schwieg impertinent.

Sie beantwortete auch seine Frage nach ihrer Nationalität nicht, sondern griff nach ihrer großen Handtasche und zog einen Brief hervor, einen relativ dicken Brief mittlerer Größe, den sie mit beiden Händen festhielt. »Ich will Ihre Zeit nicht über Gebühr in Anspruch nehmen, Herr Dr. Eikelen. Ich bin gekommen, um Ihnen diesen Brief zu geben. Er ist für Herrn Brog bestimmt.«

Sie hielt den Brief fest und sah ihm in die Augen. Sie war wunderschön, und sie blinzelte nicht einmal, als er sie grimmig anstarrte. Eikelen sagte: »Brog sitzt in Untersuchungshaft.«

»Ich weiß.« Ihr Lächeln erhellte den etwas düsteren, barokken Raum, den Eikelen eingerichtet hatte wie ein kleines, geschmackloses Königreich. Er griff nach seinem Espresso, der mittlerweile lauwarm war und bitter schmeckte. Warum dachte er auf einmal, daß diese Frau gefährlich war, er, dem noch kein Verbrecher angst gemacht hatte?

»Dann wissen Sie sicher auch, daß es nicht gestattet ist, Briefe ins Gefängnis zu schmuggeln. Es würde mich meine Anwaltslizenz kosten, Verehrteste.«

Die Frau war unbeeindruckt. »Es ist ein sehr wichtiger Brief«, sagte sie mit ihrer leisen, leicht angerauhten Stimme, die den Raum mit gewissen erotischen Schwingungen füllte. »Der Brief ist wichtig für die Verteidigung Jürgen Brogs, unendlich wichtig.«

»Dann können Sie ihn ja mir geben, seinem Verteidiger.« Er streckte die Hand aus, doch auch die Geste blieb unbeantwortet.

Sie hielt den Brief fest, ihre Stimme war plötzlich laut und schrill: »Nein, auf keinen Fall. Jürgen Brog muß diesen Brief zuerst lesen, und er muß entscheiden, ob und wie er seinen Inhalt verwenden will oder nicht. Diese Entscheidung kann ihm niemand abnehmen. Auch nicht sein Anwalt.«

Seine dritten Zähne zermalmten ein Ingwerbiskuit. »Klingt ein wenig dramatisch, wenn Sie mir die Bemerkung gestatten. So nach Leben und Tod. Dennoch kann ich Ihrem Wunsch wirklich nicht entsprechen. Tut mir leid.«

Es tat ihm tatsächlich leid, denn sie war eine Frau, deren Wünsche man gerne erfüllte. Möglicherweise war sie nur fünf Jahre oder zwanzig Kilo zu spät gekommen. Wie erregend sich ihre Brüste hoben und senkten, wenn sie tief Luft holte. Sie trug keinen Ehering an ihren häßlichen Fingern: War sie Brogs Freundin oder die Geliebte eines seiner Geschäftspartner? Und warum warf er sie nicht endlich raus, wie er es mit jedem Mann getan hätte?

Sie war nicht beeindruckt, die Frau, die sich Morgan nannte. Sie hielt ihren Brief fest und lächelte ihr geheimnisvolles Lächeln und sagte: »Es wird Ihnen leid tun, wenn Sie diesen Brief nicht transportieren, bitte glauben Sie mir das. Und ich zahle jeden Preis für diesen ... Liebesdienst.«

Was für ein merkwürdiges Wort. Dagobert Eikelen sah aus wie ein verblüffter Buddha, fast ein wenig dümmlich, und er, der nie um Worte verlegen war, überlegte, was zum Teufel er darauf sagen sollte. Eine Million? Eine Nacht? Die Preisgabe all ihrer Geheimnisse?

Sie unterbrach seine unbescheidenen Gedanken mit einem häßlichen Satz: »Schließlich schmuggeln Sie auch Brogs Briefe aus dem Gefängnis.«

Wie hart und vulgär das klang. Und wie erpresserisch. Jetzt hatte sich ihr Gesicht verändert, sah verschlagen und gemein aus für ein paar Sekunden, bis sie es wieder in der Gewalt hatte. Brogs Briefe, dieser Idiot von August Hackbart, diese Verbrecher, denen man sich auslieferte mit so was ... Eikelen wütete mit sich selbst, daß er je Brogs Drängen nachgegeben hatte. Das hatte er jetzt davon, eine Sünde zog die andere nach sich. Wie siegessicher sie jetzt lächelte, diese Schlampe, die sagte: »Ich habe mir erlaubt, bei Ihrer Sekretärin eine Kiste Romanée-Conti, Jahrgang 1949, abzugeben. Man sagte mir, daß Sie gerne Wein trinken.«

Er mußte sich zwingen, sie nicht danach zu fragen, wie sie an den Wein gekommen war und was er gekostet hatte. Es interessierte ihn mehr als die Frage, was in diesem verdammten Brief stand, den sie immer noch festhielt wie einen Schatz.

»Jahrgang 49 kann schon gekippt sein«, sagte Dagobert Eikelen, und er wußte, daß er wahrscheinlich richtig lag mit seiner Skepsis gegenüber der Lebensdauer von Burgundern. Ein Brief mehr oder weniger, eine Mitwisserin mehr oder weniger, ein paar Flaschen mehr oder weniger ... schließlich war er nie ein Moralist gewesen, sondern immer nur ein begnadeter Schauspieler der Rechtspflege.

»Sagen Sie mir, von wem der Brief ist, gnädige Frau.«

»Von einem Freund«, sagte sie und wußte, daß sie gewonnen hatte. Sie gab ihm den Brief mit einem strahlenden Lächeln. »Sie werden sehen, daß Sie die richtige Entscheidung getroffen haben. Und ich weiß nicht, wie ich Ihnen meine Dankbarkeit zeigen kann.«

Setz dich auf meinen Schoß und mach mir die Hose auf, dachte Dagobert Eikelen; oder geh schnell weg, bevor ich mich an diese merkwürdig kurzen Momente erinnere, die nicht mal Glück bedeuteten, sondern nur Erleichterung, daß man es geschafft hatte. Wie schön sie war – und wie grausam. Ihr Blick sagte ihm, daß sie tun würde, was er von ihr verlangte. Ihr Blick sagte, daß er ein häßlicher, fetter alter Mann war, der eine Frau wie sie nicht verdiente. Vermutlich würde die ganze Geschichte mit einem Herzinfarkt enden und einem skandalösen Abgang, an dem sich die meisten seiner Feinde delektieren würden.

»Gehen Sie.« Eikelen sah auf den Brief, der weder Adresse noch Absender hatte, ein brauner Umschlag, den er in seine Handakte stecken konnte.

Die Frau, die sich Morgan nannte, stand auf. »Es hat mich

wirklich gefreut, Sie kennenzulernen. Sie sind ein sehr interessanter Mann – und glauben Sie mir, ich kenne viele.«

Sie schaffte es, ihm noch ein Lächeln zu entlocken, das seine Eitelkeit spiegelte. Sie ging zur Tür, und er erwartete, daß sie sich noch einmal umdrehte. Sie tat es und sagte: »Und bitte bestellen Sie Brog, daß er den Brief erst lesen soll, wenn er allein ist. Das ist wichtig. Bitte vergessen Sie es nicht, Herr Dr. Eikelen.«

Seine Augen malten die Konturen ihres Körpers, als sie schon längst aus dem Zimmer war. Alterssentimentalität, dachte Eikelen, als sich eine Träne aus seinem Auge löste. Vielleicht hätte er in diesem Moment seinen Weinkeller für Jugend und Schönheit gegeben, doch der Moment ging vorüber, und er stand auf, um den Romanée-Conti zu begutachten, den sie im Zimmer seiner Sekretärin hinterlassen hatte. Ein Duft von »First« war zurückgeblieben, er kannte das Parfum, weil er es seiner widerwärtigen Schwester alljährlich zu Weihnachten schenkte, eine Duftverschwendung aus neuester Erkenntnis.

Dagobert Eikelen stand im Zimmer seiner Sekretärin und hielt eine staubige Flasche in der Hand, als Anna Marx die Tür öffnete. Es war nicht ihr Vergehen, daß er sie ungnädig musterte. Sie war pünktlich; sie trug ein graues Kostüm, das nett zu Fettpolstern war; sie lächelte freundlich und sagte mit tiefer Stimme: »Guten Tag«. Sie war nur eine Frau und keine Verheißung. Sie war, im Vergleich zu der Frau, die sich Morgan genannt hatte, eine unerotische alte Dame.

»Ich habe nur zwanzig Minuten Zeit«, sagte Dagobert Eikelen und stellte die Flasche mit einem Seufzer zurück. Er watschelte vor Anna Marx in sein Arbeitszimmer und wies unwirsch auf den Besucherstuhl, plumpste in seinen Thron, fragte mit scharfer Stimme: »Was wollen Sie also wissen?«

»Alles.« Anna Marx packte ihren Recorder aus. »Darf ich mitschneiden?«

Eikelen nickte. »Alles werden Sie von mir nicht erfahren. Auch nicht sehr viel zum Fall Brog, da ich ein laufendes Verfahren nur zurückhaltend zu kommentieren pflege.«

»Wieso kriegen Sie Brog nicht aus der Untersuchungshaft?« Sie fragte sehr direkt und sah ihm in die Augen, doch auf eine Weise, die er nicht schätzte: kühl, professionell, bar jeder Erotik. Und selbst wenn sie ihm als Frau begegnen würde, sie würde ihn nicht erreichen.

Er ist ein altes Ekelpaket, dachte Anna, auch wenn er zufällig ein begnadeter Verteidiger ist. Eikelen sagte: »Das sollten Sie besser mit dem Richter klären; an entsprechenden Anträgen meinerseits hat es nicht gefehlt.«

Er bot ihr keinen Kaffee an. Er bot ihr Antworten, mit denen sie nichts anfangen konnte. Anna zündete sich eine Zigarette an, und er holte aus einer Schublade seines gewaltigen Schreibtisches einen Aschenbecher, den er vor sie auf die Glasplatte knallte. »Sie stellen ziemlich dumme Fragen«, sagte er. »Die meisten Journalisten tun das, weil sie keine Ahnung haben, wie ein Prozeß läuft – was sie offenbar nicht daran hindert, darüber zu schreiben.«

»Ich habe nicht Jura studiert, wenn Sie das meinen«, antwortete Anna kühl. Sie verwarf den Gedanken, ihm zu schmeicheln. Der Mann war ein unnahbarer, misanthropischer Koloß. Und er stank nach teurem Rasierwasser und penetranter Selbstgefälligkeit.

»Auf die Idee, daß Sie Juristin sind, wäre ich auch nicht gekommen, Frau Marx. Ich will versuchen, es Ihnen zu erklären, auch wenn ich weiß, daß es nicht viel bringt. Sehen Sie, so ein Prozeß läuft vor und hinter den Kulissen. Er ist ein strafprozessuales Kammerspiel und ebenso ein höchst menschlicher Machtkampf. Ich kämpfe gegen die Anklageschrift, die Zeugen und Gutachter, gegen mehr oder weniger voreingenommene Richter, manchmal sogar gegen meine Mandanten, wenn sie aus dem Ruder laufen. Ich reite auf Paragraphen und fechte mit psychologischen Tricks. Im Fall Brog steht die Anklage auf wackeligen Füßen, nicht nur wegen der grundsätzlichen Fragen zur Strafbarkeit von Spionage, die im Fall BRD-DDR eine sehr pikante Note hat. Der größte Schwachpunkt der Anklage ist die Beweisführung des Schadens, den Brog seinem jetzigen Vaterland zugefügt haben soll. Die Gutachten für und wider die Glaubwürdigkeit der Akten sind in diesem Fall relativ uninteressant; Brog bestreitet ja gar nicht, Berichte geliefert zu haben. Die Sache hat wunderbare juristische Häkchen – die jenseits Ihrer Vorstellungskraft liegen.«

»Deshalb bin ich ja hier. Um von Ihnen zu lernen.« Anna versuchte, gelassen und klug auszusehen, doch sie war nur wütend. »Werden Sie auf Freispruch plädieren?«

Vielleicht werden wir zu einem Deal kommen, dachte Eikelen. Herrenhaus kommt ins Schlingern, und er ist klug genug, es vorauszuahnen. »Ja, selbstverständlich werde ich auf Freispruch plädieren. Jürgen Brog ist so gut wie unschuldig.«

So gut, wie jeder ein bißchen unschuldig ist. Anna sprach das Thema Müllgeschäfte an, doch Eikelen war nichts zu entlocken außer Phrasen oder Bösartigkeiten. Sie hatte das Gefühl, daß er ihr gar nicht zuhörte. Er starrte auf einen Umschlag, der vor ihm auf seinem Schreibtisch lag, und ihre Worte wehten an ihm vorbei.

»Was macht einen guten Anwalt aus?«

O Gott, dachte Eikelen. Sagte: »Ideen.«

»Was für Ideen verflixt noch mal?« Das war ihr rausgerutscht, aber der Mann konnte einen wirklich zur Weißglut treiben. Sie schlug ihre Beine übereinander. Ihre Beine waren gut, doch er würdigte sie keines Blickes.

Ein verächtliches Lächeln. »Den Dreh finden, Verehrteste, aus einer verfahrenen Kiste noch was rauszuholen, das die Anklage ins Schleudern bringt. In dubio pro reo, falls Sie das verstehen, auf diesem Klavier muß ein guter Verteidiger spielen. Schauen Sie, der Normalfall sind ja nicht die Unschuldigen – obwohl, wenn ich es mir recht überlege, sind fast alle meine Mandanten unschuldig.«

»Interessiert Sie das überhaupt – Schuld oder Unschuld?«

Rote Haare und aggressives Emanzengehabe, dachte Eikelen. »Nur im Sinne der Verteidigungsstrategie. Falls Sie es noch nicht wußten: Jeder Verbrecher, auch das größte Schwein, hat das Anrecht auf einen guten Verteidiger. Meistens hat er nicht das Geld dafür, aber das ist eine andere Sache.«

Brog hat Müllberge von Geld, dachte Anna. Sie zündete ihre zweite Zigarette an und ignorierte seinen Todesurteilblick. »Sie meinen damit, daß Sie alles verteidigen würden – Kinderschänder, Umweltschänder, Massenmörder, RAF, Nazis ... was so kommt?«

»Das ist eine typische blöde Journalistenfrage. Nur in der Übertreibung liegt die Würze. Jawohl, Frau Marx, ich verteidige alles und jeden, sofern das Geld stimmt und der Mandant mir nicht in die Verteidigung hineinredet. Beide Punkte sind übrigens gleichgewichtig. Aber fragen Sie mich doch mal was Ernsthaftes. Fragen Sie mich über die Pläne der Regierung, die Rechte von Verteidigern zu beschneiden, bloß weil diese Hohlköpfe dem Volk nach dem Maul regieren und man die Bösewichte aus dem Verkehr ziehen möchte, möglichst ohne fairen Prozeß. Fragen Sie mich nach der Beschneidung des Beweisantragsrechtes und der juristischen Kompetenz der Gesetzgeber ...«

Anna sah ihn an ...

»Streichen Sie die letzten beiden Sätze als nicht zitierfähig. Außerdem verstehen Sie sowieso nichts davon.«

Anna sah ihn an und hob ihre Stimme: »Schwer zu sagen, was ausgeprägter ist: Ihre Unhöflichkeit oder Ihre Arroganz. Wenn Sie mit Ihren Mandanten auch so umgehen, kann ich nicht verstehen, daß Sie überhaupt einen haben. Wenn ich jemanden umbringen würde, würde ich jedenfalls nicht zu Ihnen kommen, das steht fest.«

Dagobert Eikelen lachte. Es war ein merkwürdig gurgelndes Geräusch, so als versuchte er, das Lachen abzuwürgen. Seine fetten Wangen zitterten von der Anstrengung, und er sah lachend noch absurder aus als sonst. Anna wandte den Blick zum Fenster. Draußen schien die Sonne, doch was besagte das schon.

»Sie könnten meine Honorare ohnehin nicht bezahlen, Frau Marx.«

Arschloch. Anna holte tief Luft, um nicht zu platzen. »Ihr Mandant Brog kann es sich bestimmt leisten; schließlich hat er mit seinen Müllschweinereien genug Geld verdient.«

Der Anwalt stieß sich mit seinen Beinen ab und hievte sich aus seinem Thronsessel. Seine kleinen Augen schossen Blitze, und die Stimme war ein Donnergrollen: »Wenn Sie dieses Wort in Ihrem Artikel verwenden, dürfen Sie mit einer Verleumdungsklage rechnen.«

Anna war ebenfalls aufgestanden. In Größe konnte sie es mit ihm aufnehmen, doch gegen seine Leibesfülle und Grobheit kam sie nicht an. Man konnte durchaus sagen, daß dieses Interview ein Flop gewesen war. Das passierte ihr selten, denn normalerweise hatte sie ihre Ekelgefühle unter Kontrolle und tobte sich erst in den Formulierungen aus – doch auch dies nur in Maßen, schließlich konnte sie es sich kaum leisten, wenn Bonner Türen sich für Anna Marx schlossen.

Eikelen sah sie an, als sei sie widerwärtiges Ungeziefer. Nicht meine Schuld, dachte Anna, während sie ihr Tonbandgerät einpackte und ihn wütend anfunkelte. »Schon möglich, daß Sie ein guter Anwalt sind; als Mensch sind Sie untauglich.«

»RAAUUUS!«

Sein fetter Zeigefinger wies ihr den Weg zur Tür. Anna warf sie hinter sich zu, mit sattem Knall, und als sie das Büro seiner Sekretärin passierte, hörte sie ihn schreien: »Dieses Weib hat Hausverbot.«

Anna knallte noch eine Tür, dann war der Spuk vorbei. Es

war still im Treppenhaus, der Liftschalter leuchtete verheißungsvoll, doch kein Lift kam, um sie bequem zu entfernen. Sie hastete die Treppe hinunter, wäre beinahe gestolpert, und als sie endlich vor dem Haus stand, mußte sie sich beherrschen, nicht auf sein protziges Schild zu spucken. Was für ein ekelhafter Bastard! In ihrem langen Journalistenleben hatte sie eine Menge mieser Typen kennengelernt, doch Eikelen würde einen Ehrenplatz in ihrer Galerie der Kotzbrocken bekommen.

Die Sonne schien, doch sie wärmte nicht an diesem Dezembertag, an dem Anna Marx durch die Innenstadt zu ihrem Auto ging, das Vorweihnachtsgebimmel und die Menschentrauben ignorierend, die sich mit ihr durch die Straßen schoben. Sie würde es Eikelen heimzahlen, jawohl, mit einem brillanten Artikel, der von Bosheiten strotzte. Bloß keine Selbstzweifel, Anna, auch wenn Drohungen von Verleumdungsklagen wie Scheren im Kopf wirken. Jetzt hatte sie Lust auf einen doppelten Whisky und einen Menschen, der ihr sagte, wie gut sie war. Anna ging die Liste der Menschen durch, auf die sie zurückgreifen konnte: Viele waren es nicht, und die meisten waren selten verfügbar. Verheiratet, verhindert, verzogen ... die Reihen lichteten sich von Jahr zu Jahr. Übrig blieb Anna Marx, siebenundvierzig, ledig, leidlich erhalten, liebenswert bisweilen, aber schon eine Weile ungeliebt von Männern oder Frauen, wobei sie letztere Möglichkeit – sexuell gesehen – noch nicht ernsthaft in Betracht gezogen hatte.

Ein altes, müdes Schlachtroß bin ich, dachte Anna, als sie in die Kneipe einkehrte, die ihrem Durst am nächsten war. Sie stellte sich an die Theke und bestellte einen doppelten Black Label mit Eis und Wasser. Die Bedienung war jung und unfreundlich, und der Whisky schmeckte bitter, doch dies hatte vermutlich mit Marxscher Befindlichkeit zu tun. Ein paar wenige Männer standen dumpf an der Theke, junge und mittelalte, und Anna ignorierte ihre mäßig neugierigen Blicke. Das Männerpotential in der Exhauptstadt war so traurig unterspült wie der Schürmann-Bau. Es roch nach Bier und Zigaretten, kein Armani-Duft wehte durchs Etablissement. Zur Toilette mußte Anna auch, doch sie hatte einfach keine Lust, die paar Schritte zu gehen, um festzustellen, daß es dort anders stank. Sie hielt sich an ihrem Glas fest und fixierte einen unbestimmten Punkt hinter der Theke, als sich die Schwungtür öffnete und ein Paar hereinkam, dessen männlicher Teil Anna bekannt vorkam. Die beiden wirkten wie Wesen aus einer anderen Welt: schön, edel und duftend. Man durfte starren und tat es, und erst nach einer Weile fiel bei Anna der Groschen. Den Mann kannte sie aus dem Prozeß, jeden Tag saß er im Zuschauerraum, und weil er so attraktiv war, konnte man ihn einfach nicht übersehen. In einer Gerichtspause war er ganz nah an ihr vorbeigegangen, und die Nähe hatte seine Schönheit relativiert. Da war etwas in seinem Gesicht gewesen, das ihr nicht gefallen hatte; Anna erinnerte sich an ein Frösteln, und wenn sie es jetzt zu erklären versuchte, fiel ihr nichts dazu ein.

Der Mann redete auf die Frau ein, die ihn etwas spöttisch beobachtete. Er sprach so leise, daß Anna selbst bei äußerster Konzentration nichts hören konnte. Die Frau rückte näher zu dem Mann. Man bestellte trockenen Weißwein, hörbar, und sie fand das ziemlich mutig in dieser Kneipe. Die Thekensteher fraßen die Frau mit hungrigen Augen auf, jeder auf seine Weise, und die Stimmung war plötzlich umgeschlagen, von einer gewissen Spannung erfüllt, auch von Aggression, die sich gegen den Mann richtete, der auf seine schöne Begleiterin einredete. Anna dachte, gleich fallen sie über ihn her und danach über das Weib, und es gibt eine Massenvergewaltigung ... doch die dumpfe Wirklichkeit war stärker als die Phantasie, und die Gedanken und Wünsche und Begierden blieben in Köpfen verschlossen, die sich längst damit abgefunden hatten, nicht gut und nicht böse zu sein, nicht reich und nicht schön, in keiner Weise bemerkenswert, aber doch einmalig in der bloßen Existenz. All dies galt auch für Anna Marx, selbst wenn sie sich damit tröstete, daß die wahren Abenteuer im Kopf stattfinden.

Nach dem gespannten Schweigen setzte Gemurmel ein, eine dialektgefärbte Geräuschkulisse, die Anna seltsam beruhigte. Sie trank ihr Glas leer, legte fünfzehn Mark auf die Theke und sagte: »Stimmt so«, obwohl die Bedienung kein Trinkgeld wert war. Der schöne Mann und seine Begleiterin würdigten sie keines Blickes, als sie das Lokal verließ. Anna fröstelte, als sie auf die Straße trat. Die Sonne hatte keine Kraft mehr, sich gegen die Dezemberkälte zu wehren. *Wer jetzt kein Haus hat, baut sich keines mehr.* Ein Stück Rilke, das sie an einen armen Kerl erinnerte, der von armen Idioten erschlagen worden war. Anna war bei vertrauter Friedhofsstimmung angelangt und beschloß, sich erheitern zu lassen. »Vier Hochzeiten und ein Todesfall«: Sie ging nicht gern allein ins Kino, aber andererseits gab es viele Dinge, die sie nicht gern allein tat. Also ging sie rein. Um zu lachen.

7

Die Zelle maß zwei mal drei Meter und war in etwa so groß wie die Toilette seiner Villa. Das innenarchitektonische Glanzstück seiner derzeitigen Behausung war die Kloschüssel, die gleichermaßen symbolhaft daran erinnerte, daß sich das Leben hier auf das Allerwesentlichste beschränkte: Essen, verdauen, schlafen. Oder einfach daran, daß er in der Scheiße saß.

Jürgen Brog wartete auf den Vollzugsbeamten, der ihn in das Anwaltszimmer führen würde. Eikelen war angesagt, sein teurer Anwalt, der es nicht schaffte, ihn aus diesem Bau zu holen. Eikelen kam nicht jeden Tag, oft schickte er seinen

Kollegen, der nichts weiter zu tun hatte, als den teuren Mandanten zu unterhalten. Seelenmassage. Anwaltsgeschwätz. »Machen Sie sich keine Sorgen, wir kriegen das schon hin« … und dann ging der Mann nach einem verbindlichen Gruß zur Tür hinaus, die ihm, Brog, verschlossen blieb.

Jürgen Brog starrte auf die Zellentür, als wolle er sie hypnotisieren. Für einen, der drei Telefone, ein Radio und einen Fernsehapparat in seinem Büro installiert hatte, war die Stille eine besonders grausame Art der Folter. Die Stille flüsterte, daß er hier, in diesem Raum, vergessen würde, daß er hier sterben würde, unbeachtet von der Welt. Nichts war so schlimm wie diese Stille, die ihn dazu trieb, Selbstgespräche zu führen, imaginäre Telefonate mit Geschäftspartnern. Würde Lipinski den Amoran-Deal durchziehen oder ihn infolge seines höchst diffusen Gefühls von Recht und Unrecht schmeißen? Lipinski, sein kleiner Schauspieler, der Verträge unterschreiben durfte, die gefährlich werden konnten; Lipinski, der Jasager, der das Nein stets auf der Zungenspitze trug.

»Mich nicht.« Brog sagte es laut in die Stille seiner Zelle. Nach allem, was geschehen war, war dies nur eine Prüfung. Die Prüfung seiner Stärke und Widerstandskraft und seiner Fähigkeit, sich jeder Situation anzupassen. Einer wie er war nicht unterzukriegen: nicht von dieser Justiz und ihren kleinen und großen Schikanen; nicht von Eikelen und seinem Zweckpessimismus; und schon gar nicht von den menschlichen Enttäuschungen der letzten Zeit. Der Abteilungsleiter im Ministerium, der Staatssekretär, der Abgeordnete: sie alle hatten sich einmal seine Freunde genannt. Hatten mit ihm gegessen und getrunken, jenes Maß an Bestechlichkeit geteilt, das zu guten Geschäften gehörte, waren seine Kumpels gewesen im augenzwinkernden Einvernehmen der Macht, die sie zu gegenseitigem Nutzen ausübten. Einige von ihnen kannte er schon aus DDR-Zeiten. Älter waren sie geworden und vielleicht noch gieriger, doch feige waren sie geblieben, verdammt feige. Als er August zu ihnen geschickt hatte, nach seiner Verhaftung, da gab es das große Schulterzucken. Brog! Brog? Er konnte sich vorstellen, wie sie da saßen in ihren mickerigen Büros, die Gesichter verzerrt von der Anstrengung der Erinnerung. Einige gaben vor, sich nicht einmal an den Namen zu erinnern, andere fertigten August mit Floskeln des Bedauerns ab. Man würde ja gerne etwas tun, doch die Unabhängigkeit der Justiz ...

Brog schnitt eine Grimasse der Verachtung. Keiner hatte sich auch nur bereit erklärt, ihm zu helfen, und alle würden dafür bezahlen müssen. Wer nicht mein Freund ist, ist mein Feind: Diese Maxime seines Lebens hatte sein Handeln stets bestimmt. Seine Feinde, er würde an sie denken, wenn er wieder draußen war. Zeit, so viel Zeit hatte er, darüber nachzudenken, *wie* er sie bestrafen würde. Da gab es sein Wissen über ihre schwachen Stunden, doch dieses Wissen würde ihn, wenn er es an Journalisten weitergäbe, auch selbst belasten. Zu gefährlich, zu unsicher. Nein, er würde sie sich einzeln vornehmen, Material sammeln, sie in Angst und Panik versetzen. Eine Frage von Zeit und Geld; noch hatte er beides – und selbst wenn sie ihn mit seinen Geschäften packen würden, blieb genug geparktes Geld, um zumindest die Rache zu vollenden.

Wer nicht mein Freund ist, ist mein Feind. Brog richtete sein ikonenhaftes Gesicht zur Tür, die sich nicht öffnen wollte. Doch er hörte Schritte, die metallenen Schritte dieses Hauses, das Klirren der Schlüssel ... dieses Glücksgefühl, als sich die Tür langsam öffnete und das lächelnde, von ihm geschmierte Wesen einen freundlichen guten Tag sagte. »Ihr Anwalt ist eingetroffen«, sagte das Wesen. Auch das Sie mußte erkauft werden in dieser geschlossenen Welt. Eine Kreatur, die er in seinem wirklichen Leben übersehen hätte, schlurfte neben ihm her zum Anwaltszimmer und fragte ihn, ob er noch irgendwelche Wünsche habe. Komisch war das und dann wieder auch nicht. Brog schüttelte den Kopf. Brog schüttelte sich vor

Ekel über seine derzeitige Existenz. Er stank, die Kreatur stank, alles stank in diesem Menschengrab, in das man im Namen des Volkes geworfen wurde.

Eikelen paffte an einer seiner Zigarren. Auch dies stank ihm. Eikelen saß auf einem Stuhl, der zu klein für ihn war, und sagte vorwurfsvoll: »Es dauert immer eine Ewigkeit, bis man Sie endlich zu mir bringt.« Die Kreatur versicherte, daß dies nicht ihre Schuld sei. Brog zuckte die Achseln: »Ich bezahle Sie schließlich für Ihre Zeit, also weiß ich, daß sie kostbar ist.«

Brog setzte sich ans andere Ende des Tisches, und die Kreatur verzog sich ins Nebenzimmer. Die beiden Männer sahen sich an, sie erkannten einander und sie verabscheuten einander.

»Ich will raus hier«, sagte Brog.

Eikelen haßte Gefängnisse. Selbst die Besuchszeiten im Gefängnis haßte er, das Anwaltszimmer in seiner grauen Schäbigkeit, die muffige Luft, seine unschuldigen Mandanten, die immer nur raus wollten. Und doch waren sie am gefügigsten, während sie hier saßen, bereit, all seine Honorarforderungen zu erfüllen, wenn er ihnen nur zur Freiheit verhalf. Er haßte Gefängnisse, doch er mochte Mandanten, die zahm waren und pünktlich bezahlten.

»Geduld. Ich denke, daß es noch in dieser Woche zu einem Gespräch mit dem Vorsitzenden kommt. Der Mann ist am Ende.«

»So sieht er nicht aus.«

»Reden Sie nicht von Dingen, von denen Sie nichts verstehen.«

Brog spürte Wut in sich aufsteigen, doch dann dachte er, daß Eikelen recht hatte. Er hatte den Fettkloß angeheuert, weil er der Beste war, zumindest der Beste unter denen, die man dazu bewegen konnte, auch als Kurier Dienste zu leisten. Und er brauchte jemanden, der seine Anweisungen nach außen trug.

Eikelen griff in die Innenseite seines Jacketts und zog einen

Brief heraus, den er vor Brog auf den Tisch legte. Sein Mandant sah den Umschlag an und sagte: »Der ist nicht von August.«

»Nein, so sah sie nicht aus, obwohl sie es an Schönheit mit ihm aufnehmen könnte.« Eikelen grinste ein wenig anzüglich, doch Brogs Maskengesicht ließ keinerlei sexuelle Kumpanei erkennen.

»Von wem ist das?« Er zeigte mit dem Finger auf den Brief, der, von Eikelens Zigarrenqualm umweht, auf dem Tisch lag.

»Woher zum Teufel soll ich das wissen? Die Dame hat sich nicht vorgestellt, mein Bester. Sie erweckte den Eindruck, Ihre Freundin zu sein, und sie versicherte mir, daß dieser Brief von äußerster Wichtigkeit sei. Und ich darf Sie noch einmal darauf hinweisen, daß ich Leib und Leben riskiere, wenn ich Ihre Post transportiere. Von Kritik bitte ich daher abzusehen, sonst kann es passieren, daß ich dieses Mandat kündige, Herr Brog. Es ist ja nicht so, daß es mir an Kundschaft mangelt.« Dagobert Eikelen paffte wütend Rauch aus; seine Stimme war leise und scharf, und sein Doppelkinn zitterte ein wenig.

Brog betrachtete das Kinngewölbe und den darunter befindlichen Rotweinfleck auf der weißen Krawatte. Man mußte im Gefängnis sitzen, um hinzunehmen, daß jemand so mit einem sprach. »Ich habe doch nur nach dem Absender gefragt«, sagte er sanft. »Außer uns beiden wissen nur drei Leute von unserer Vereinbarung: meine Sekretärin, August und Lipinski ... und meine Sekretärin ist keine bemerkenswerte Schönheit.«

»Zu viele Leute wissen davon!« Eikelen pflegte seine aggressiven Momente. »Es paßt mir nicht, Herr Brog – und nun machen Sie diesen verdammten Brief schon auf, dann werden Sie schon erfahren, wer der Absender ist.« Er schob ihm den Brief zu, der beinahe über die Tischkante rutschte. Brog fing ihn auf, hielt ihn in der rechten Hand und benutzte seinen linken Zeigefinger wie einen Brieföffner.

Die Explosion ließ die vergitterten Scheiben bersten. Sie riß den Tisch entzwei und zerfetzte Brogs linke Hand, den Brustkorb und den unteren Teil seines Gesichtes. Eikelens Zigarre wurde in die Luft geschleudert und kam als Konfetti wieder zur Erde. Splitter aus Stahl und Glas gruben sich in seinen gewaltigen Körper, seine rechte Hand, die auf dem Tisch gelegen hatte, lag unter den Trümmern des Tisches. Eikelen lebte ein paar Sekunden länger als Brog, und in seinen letzten Sekunden konnte er sich nicht an den Namen der Frau erinnern, deren Gesicht er ganz deutlich sah. Dagoberts Herz hörte auf zu schlagen, als die Alarmanlage zu schrillen begann.

8

»Ich bin nicht zuständig.«

Hauptkommissar Gottlieb Hermes sprach diesen Satz ins Telefon, nachdem ein Kürbiskern ganz knapp den Papierkorb verfehlt hatte. Er war nicht nur nicht zuständig, er war auch eigentlich nicht im Dienst und insofern ein Idiot, als er den Hörer abgenommen hatte. Anna Marx, die Stimme aus einer anderen Welt …

»Sagen Sie mir nicht so was Blödes«, sagte die Stimme. »Ich bin, genau genommen, auch nicht zuständig, aber ich will wissen, was passiert ist.«

»Das LKA ist zuständig, rufen Sie deren Pressestelle an«, sagte Hermes und blätterte eine Seite des *Hustler-Magazins* um. So konnte die Marx mal ausgesehen haben vor ziemlich langer Zeit, dachte er beim Anblick der üppigen Rothaarigen, die ihm ihre Brüste hochglanzerotisch entgegenstreckte.

»Dort ist dauernd besetzt. Außerdem ist die Sache in Bonn passiert, da *müssen* Sie doch was mitgekriegt haben.«

Hatte er. Ein Anwalt und sein Mandant, die im Gefängnis

in die Luft flogen, waren einfach nicht zu überhören. Doch er war ihr böse, weil sie nur dann anrief, wenn sie was von ihm wollte, und nie, um ihm zu sagen, daß sie ganz einfach seine Stimme hören wollte. »Nimm mich«, sagte das nackte Mädchen kleingedruckt, und er dachte, daß sie doch ein ziemlich doofes Gesicht hatte. Im Marx-Gesicht war eindeutig mehr drin, mehr Leben und mehr Klugheit, obwohl sie sich manchmal benahm wie eine alte Kuh auf der Suche nach dem Stall. »Laden Sie mich zum Essen ein, Marx, dann erzähl ich Ihnen was.«

»Ich bin in der Redaktion ...« Ihre Stimme klang unschlüssig. Ihre Stimme klang auch ein wenig hungrig, und er machte sich Hoffnungen.

»Schräg gegenüber ist ein Italiener. Sagen wir um ... neun?«

»Gut. Aber die Getränke gehen auf Ihre Rechnung.«

Ein kurzes Lachen hörte er noch, dann legte sie auf. Er mochte ihr Lachen sehr, es kam von ganz tief unten, breitete sich über das ganze Gesicht aus und kippte nie in hysterische Höhen. Er hatte sie auch schon mal weinen sehen, aber daran mochte er jetzt nicht denken. Verdammt lang her, er kannte sie jetzt seit zehn Jahren, nein elf, und früher hatte sie öfter gelacht, aber vielleicht war dies auch nur eine Selbstbespiegelung.

»Wie geht es der werten Ehe?« fragte sie, nachdem sie ihn begrüßt und ihren Mantel achtlos auf den Nebenstuhl geworfen hatte. Das fragte sie immer, und immer antwortete er: Es könnte schlechter sein.

Sie lachte und winkte dem Kellner. »Haben Sie schon was ausgesucht, Götterbote?«

»Steinpilzrisotto.« Er haßte es, wenn sie ihn so nannte.

Der Kellner hieß Luigi und empfahl die Lotte auf Spinat, und so bestellte er dieses Gericht, und Anna sagte, er solle doch vorher das Steinpilzrisotto nehmen, sie habe gewaltigen Hunger und würde mindestens eine Vorspeise essen. Er nickte, weil er sich gegen italienische Kellner und deutsche Frauen so schlecht wehren konnte. Anna bestellte zweimal Steinpilzrisotto, dann Tomatensalat, dann die Lotte ... »Die Dessertkarte schauen wir uns später an, Luigi, mille grazie.«

Ein wenig Italienisch spricht jeder beim Italiener, dachte Hermes spöttisch, während die Marx Gavi di Gavi und Brunello bestellte, sie war nicht nur hungrig, sondern auch durstig. »Was Teureres haben sie leider nicht auf der Karte, Hermes. Sie zahlen doch die Getränke. Ich bin ziemlich pleite, wissen Sie, aber das Essen schaffe ich noch. Es ist nicht zu fassen, aber die haben meinen Spesenetat beschnitten. Sparmaßnahmen! In Deutschland spart man beim Essen, das finde ich schrecklich. Und jetzt informieren Sie mich, damit wir in Ruhe essen können.«

Manchmal sprach sie so atemlos, daß er ganz benommen wurde. Jetzt lächelte sie, als ob sie seine Gedanken lesen könnte. Ihr Mund war groß und die Zähne waren leicht nikotinverfärbt. Ihr Mund war rot bemalt in einer Farbe, die nicht zum Ton der Haare paßte. Wie schrecklich, daß sie ihre Haare abgeschnitten hatte. Er war eben altmodisch, mochte Frauen, die üppig waren, Dekolletés und lange Haare trugen. Sie sah ihn an mit grünen Augen, und er dachte, daß es eine Art von Liebe war, die er für sie empfand. »Es war eine Briefbombe. Brogs Anwalt hat, so nimmt man an, einen Brief ins Gefängnis geschmuggelt, und Brog hat ihn geöffnet, als sie beide im Anwaltszimmer waren. Der Zünder war so eingestellt, daß das Ding beim Öffnen hochgehen mußte. Nitroglyzerin, läßt sich relativ leicht herstellen aus Glyzerin, Schwefelsäure und Salpetersäure. Was die Zündung betrifft, so braucht man ein paar Spezialkenntnisse, aber ein begabter Laie würde das schon hinkriegen.«

Anna sah ihn an und war ganz auf seine Worte konzentriert.

»Das ist alles ungeschützt, weil die Untersuchungen noch laufen. Brog und dieser Anwalt ...«

»Eikelen.«

»... Eikelen waren sofort tot – mehr oder weniger in Einzelteile zerlegt. Es war eine sehr potente Mischung, stärker als beispielsweise diese Briefbomben in Österreich. Es deutet alles darauf hin, daß der Anwalt den tödlichen Brief mitbrachte, besser gesagt ins Gefängnis schmuggelte. Wenn man davon ausgehen kann, daß ein Mann wie Eikelen nicht auf solche Weise Selbstmord begehen würde, dann wollte man entweder Brog erwischen und hat Eikelens Tod in Kauf genommen – oder beide waren als Opfer vorgesehen.«

»Muß ein tolles Ding gewesen sein, wenn es den Fettkloß zerfetzt hat«, sagte Anna mitleidlos und probierte den Weißwein. »Sehr gut. Und bringen Sie schon mal das Brot. Ich hab Hunger, Luigi.«

»Reden Sie doch nicht immer den Kellner mit Namen an. Das ist albern.«

Zum ersten Mal, seit er sie kannte, sah ihn die Marx mit Verwunderung an. Oder war es Bewunderung? Er errötete.

»Wirklich?« Anna sah ihn für eine Weile an und senkte als erste den Blick. Luigi, der Kellner, stellte Brot, Butter und Oliven auf den Tisch. Gottlieb Hermes spürte einen Anflug von Angst. Vor Frauen, die sanft auf Kritik reagierten, mußte man sich in acht nehmen. Seine Ehefrau zu kritisieren, hatte er vor längerer Zeit aufgegeben, da dies Grundsatzdiskussionen übelster Art auszulösen pflegte. Meine Fehler – deine Fehler, er war das Thema leid. Die Frauen eigentlich auch, aber es gab da ein paar Ausnahmen.

»Und?« Die Marx schob sich eine Olive in den Mund.

»Und was?«

»Gibt es irgendeinen Hinweis, wer Eikelen diese Briefbombe untergejubelt hat?«

Hermes schüttelte seinen Kopf, der mit blonden Haarwirbeln bewachsen war, die jeder Friseurkunst standhielten. Er sieht aus wie Max oder Moritz, dachte Anna, obwohl er um die Fünfzig sein mußte, ihr Götterbote, dessen dezent erotische Sympathie sehr angenehm fürs Ego war. Eine erfrischende Ausnahme im Männerallerlei ihres Jahrgangs. Schade, daß die Kanaille verheiratet war, hatte sie sich doch ein Nie wieder geschworen, nachdem ein gewisser Philipp Handke ihr den Stellenwert von Geliebten demonstriert hatte. Ein Briefchen zu guter Letzt, mit herzlichem Dank für die schönen Zeiten. Tat kaum noch weh, der Gedanke an Handke, soviel zum Ewigkeitswert von Liebestragödien ohne tödlichen Ausgang.

»Die Ermittlungen laufen auf Hochtouren«, sagte Hermes. »Schließlich wird dieser Vorfall zur Folge haben, daß Anwälte künftig peinlich untersucht werden, wenn sie ihre Mandanten im Gefängnis aufsuchen.«

Er trank einen Schluck Wein und genoß ihr Interesse. »Es wird sehr unterschiedlich gehandbabt. Berühmte Anwälte wie Eikelen kommen normalerweise rein, ohne daß sie die Hosen runterlassen müssen.«

Anna grinste pietätlos. »*Den* Anblick hätte vermutlich auch keiner ertragen. Aber ein ganz anderer Gedanke: Wäre es nicht möglich, daß jemand bewußt Eikelen *und* Brog ins Jenseits befördern wollte?« Anna deutete mit ihrem Buttermesser auf Hermes' Herz. »In diesem Prozeß sind viele Dinge nicht zur Sprache gekommen, die Brogs frühere Geschäfte mit westdeutschen Politikern betreffen. Seine schmutzigen Müllgeschäfte, Hermes ... Was ist, wenn Brog und sein Anwalt noch was in der Hinterhand hatten – und jemand wollte sie um jeden Preis am Reden hindern?«

Hermes hob seinen Blick vom Steinpilzrisotto in Annas triumphierend funkelnde Augen. »Ich kenne den Prozeß nicht, aber wenn Sie mit dem Buttermesser auf der Spur der großen politischen Verschwörung sind, klinke ich mich aus. Weil es dummes Zeug ist, Marx. Was damals im ost-westdeutschen Müllgeschäft geschah, basierte im wesentlichen auf gesetzlichen Bestimmungen. Ein bißchen Gemauschel hier und Bestechung da gehört zu Geschäften dieser Größenordnung.«

»Und so was sagt ein Polizist! Pfui Teufel.«

»Ein Polizist. Ein Realist. Ein Kapitalist …« Er hielt inne. Das mit dem Kapitalisten war wohl mehr Wunschdenken. »Es liegt ja noch im Bereich des Möglichen, daß Brogs plötzliches Ableben mit seinen aktuellen Geschäften zu tun hat. Mit Giftmüll läßt sich heutzutage soviel Geld verdienen wie mit Rauschgift. Unterstellt, daß Brog mit Giftmüll handelte …«

»Wie kommen Sie zu dieser Unterstellung?« Gefährlich sanft und leise gefragt … Sei bloß still, Hermes, sonst überrollt sie dich wieder mit ihrer Neugierde. Sie wird dich ausquetschen wie die Zitrone, die sie über den Fisch verteilt, großzügig, wie es ihre Art ist.

»Brog ist im Recyclinggeschäft, dies ist zumindest die offizielle Version«, sagte Anna in das Schweigen.

Hermes stocherte in seinem Fisch. »Bringen Sie Ihre gebrauchten Batterien zur Sondermüllentsorgung? Nein? Und nach einer Biotonne sehen Sie auch nicht aus. Es würde mich nicht wundern, Marx, wenn Sie Ihre Weinflaschen in die Hausmülltonne werfen …«

»Keine Ablenkmanöver. Wenn ich eine Müllschlampe bin, heißt das noch lange nicht, daß ich das gutheiße. Wird gegen Brog wegen illegalen Müllhandels ermittelt?«

Er entschied sich für eine glatte Lüge. »Nein.« Abschwächend: »Jedenfalls nicht, soviel ich wüßte.« Sie glaubte ihm nicht, er sah es an ihrem Gesicht, das er doch ziemlich gut kannte. Anna Marx war so erbarmungslos neugierig, wenn sie ihre Nase in eine Sache steckte. Er könnte darauf wetten, daß sie sich in den Fall Brog-Eikelen verbeißen würde … wie ein Bullterrier … nur netter irgendwie …

»Eigentlich könnten Sie mich gleich vernehmen.« Anna lächelte. »Ich war nämlich bei Eikelen, an dem Tag, bevor er mit dem Bombenbrief zu Brog ging.«

»Ich bin doch nicht zuständig.« Ein spöttischer Blick. »Erzählen Sie.«

Sie erzählte und beschönigte ihr Abschneiden etwas. Ließ kein gutes Haar an Eikelen, und er dachte, daß sie manchmal sehr drastisch in ihren Urteilen über andere war. Und von Pietät gegenüber Toten hielt sie wohl auch nichts. Als Anna mit ihrer Beschreibung des mißglückten Interviews fertig war, sah er, daß sie angestrengt über etwas nachdachte. Sogar vergaß, zu essen.

»Weiß man, wie der Brief aussah?«

Hermes schüttelte den Kopf. Sagte: »Zu früh ... Warum fragen Sie?«

Anna schloß die Augen, um sich besser an Eikelens Schreibtisch zu erinnern. Da war das Telefon gewesen, eine Unterschriftenmappe, ein altmodischer Füllfederhalter, eine Kaffeetasse und ein kleiner Teller mit Krümeln ... der keifende Eikelen, dessen Leib jetzt in Einzelteilen zur Hölle fuhr ... die Vorstellung war so makaber, daß sie beinahe gelacht hätte ...

Sie öffnete die Augen. »Auf Eikelens Schreibtisch lag ein blaßbrauner Brief. DIN-A5-Format. Ziemlich dickes Papier. Ich meine, der Brief war nicht dünn, vielleicht zwei Zentimeter dick. Und es stand keine Adresse drauf. Es ist mir deshalb aufgefallen, weil sonst nicht viel auf diesem großen Schreibtisch lag. Keine Akten, keine losen Papiere ... Offenbar war Eikelen ein sehr ordentlicher Mensch.«

Jedoch kein korrekter, dachte Hermes. Anwälte, die für ihre Klientel Briefe schmuggelten, begaben sich auf gefährliches Terrain. »Das kann eine sehr wichtige Beobachtung sein. Ich fürchte, Sie müssen sich beim LKA als Zeugin melden.«

»O nein.«

Hermes ignorierte ihren Einwand. »Aber erzählen Sie denen bloß nichts von Ihren staatstragenden Verdächtigungen. *Bitte.*«

Luigi servierte den Nachtisch und brachte den Brunello

unter Vermeidung der namentlichen Ansprache. »Und warum nicht?«

»Weil die Jungs vom LKA Amateurdetektive nicht schätzen. Weil Sie sich lächerlich machen. Weil ich nicht möchte, daß man Sie runterputzt. Können Sie nicht einmal, *einmal nur,* still sein und den Experten ihre Arbeit überlassen?«

»Nein«, sagte Anna Marx. »Außerdem habe ich noch einen Job.«

»Gesellschaftsklatsch.«

»Gerichtsberichterstattung.« Anna dehnte die Wahrheit ein wenig, weil die Wahrheit immer so unbefriedigend war. »Schließlich hat die Bombe nicht nur Brog und Eikelen, sondern auch meinen Prozeß zum Platzen gebracht.«

»Ich geb auf.«

»So ist's recht«, sagte sie spöttisch. Wechselte das Thema und sprach von Politik, die ihn nur am Rande interessierte. Er versuchte es mit Jazz, doch die Marx schien jemand zu sein, der alles und nichts hörte. Auch Fußball interessierte sie nicht. Gottlob hatte er Hoeg gelesen, ein Thema, das bis zum Ende des Desserts reichte. Zum Espresso und Grappa sprachen sie über »Vier Hochzeiten und ein Todesfall«. Es war nicht viel, was sie gemeinsam hatten, und sie teilten die Rechnung nach Speisen und Getränken, wobei er mehr bezahlen mußte.

Als sie gingen, sagte sie »Gute Nacht« statt »Gute Nacht, Luigi«, und er hätte sie küssen mögen. Doch er gab ihr nur die Hand zum Abschied und sagte: »Rufen Sie mich morgen an?«

Anna nickte, unbestimmt enttäuscht und bestimmt ein wenig betrunken. Es war kalt, und die Taxen ließen auf sich warten. Das Schweigen war spannungsgeladen, doch nicht zu überbrücken. Die erste Taxe kam. »Gute Nacht, Götterbote«, sagte Anna, als sie in ihr Taxi stieg. Der Fahrer roch nach Knoblauch und imitierte sprachlich Konrad Beikirchner. »Nach Hause«, sagte Anna, und der Fahrer sah sie fassungslos an, bevor er den Wagen startete. Erst dann erkundigte er sich, wo Annas Zuhause war. Hermes Gesicht verschwand hinter der Scheibe. Scheiße, dachte Anna. Ein Wort, das zu jeder Jahreszeit paßte.

9

Die Ladepapiere waren in Ordnung, doch niemand hatte sie angehalten auf der langen Fahrt von Euskirchen nach Wesern, einem Dreihundert-Seelen-Dorf an der tschechischen Grenze. Es hatte geregnet, streckenweise, und Kurt Hinze hatte sich auf die nasse, im Scheinwerferlicht spiegelnde Straße konzentriert und es vermieden, mit seinem Beifahrer mehr als die nötigsten Worte zu wechseln. Er mochte August Hackbart nicht, niemand von den Fahrern tat es, denn Hackbart gehörte gewissermaßen zur »anderen Seite«. Er war ein Mann des Chefs – und darüber hinaus ein arroganter Schnösel, einer, der sich für was Besseres hielt.

Kurt Hinze schielte auf seinen Beifahrer. Jeans und Lederjacke, das war okay, aber Hackbarts Jeans und Hackbarts Jacke waren eben anders als die der Fahrer, teures Zeug mit allem möglichen Schnickschnack, und die Schuhe mit ihren Fransen und Zeugs waren der Gipfel. Ein Schwuli sei er, sagten die anderen, aber Hinze hatte so seine Zweifel. Für einen Schwulen war Hackbart ein verdammt harter Typ, und Hinze hatte sich immer sehr in acht genommen, wenn er mit ihm unterwegs war.

Durch die regennasse Scheibe sah er das Ortsschild »Wesern« und er setzte den Blinker und sagte »Gott sei Dank, bald haben wir's geschafft.« Hackbart sagte: »Wird ja auch Zeit«, mehr nicht. Er war nicht sehr gesprächig, der dumme August, eine Bezeichnung, die man ihm nicht ins Gesicht sagen würde.

Nicht einem Typen, der damit protzte, japanische Kampfsportarten zu beherrschen.

Seit zwölf Stunden waren sie unterwegs, und es war eine Scheißfahrt gewesen mit nur zwei kurzen Pausen, in denen Hackbart ungeduldig auf die Uhr gesehen hatte. Verdammt müde bin ich, dachte Hinze, die Lichter der entgegenkommenden Fahrzeuge tanzten wie Irrlichter vor den Augen. Er dachte an das Zusatzhonorar für diese Fahrt, tausend Mark auf die Hand, und an den Urlaub auf Mallorca, der bald anstand. Brog war ein Leuteschinder, aber er war nie kleinlich gewesen, das mußte man ihm lassen.

Natürlich hatte sich herumgesprochen, daß der Alte im Gefängnis saß, und die Kumpels waren ganz schön unruhig geworden, doch Lipinski hatte sie beruhigt, und es war ja auch so, daß der Laden weiterlief wie immer, die Shreddermaschinen, die Lastwagen, der Müll, der kam und ging ... Es war beruhigend, daß alles so weiterlief wie immer, auch die Lohnüberweisung war pünktlich gekommen. Ein Justizirrtum, hatte Lipinski gesagt, was immer das heißen mochte. Für Kurt Hinze war es ziemlich unverständlich, daß ein reicher Mann wie Brog einem Justizirrtum zum Opfer fallen sollte.

»Da vorne rechts den Weg rein«, sagte Hackbart, und Hinze bremste abrupt, so daß Hackbart mit dem Oberkörper gegen das Armaturenbrett fiel und ihm einen mörderischen Blick zuwarf. Hinze grinste entschuldigend, er war so verdammt müde, daß er am liebsten angehalten hätte kurz vor dem Ziel. Die Straße, die zu ihrem Bestimmungsort führte, war schmal, doch es gab kaum Gegenverkehr um diese Zeit. Den langgestreckten Ortskern von Wesern hatten sie links liegen lassen, an dieser Straße gab es kaum Häuser, sie lagen im Dunkeln und wurden nur kurz von den Scheinwerfern gestreift. Ein gottverlassenes Nest, dachte Hinze, und was er sonst noch hätte denken können im Zusammenhang mit seiner Fuhre, das blockte er schnell ab.

»Da vorne ist es.« Hackbart zeigte mit dem Finger auf ein alleinstehendes Gebäude, zu dem ein schmaler Schotterweg führte. »Scheißstraße«, murmelte Hinze, als er einbog und sein LKW auf das Tor zufuhr. »Und wer läßt uns da rein?«

Hackbart zog einen Schlüssel aus seiner Lederjacke. Der Gedanke, bei diesem Regen auszusteigen und sich an einem schmutzigen, nassen Tor zu versuchen, war keineswegs verlockend. Seine Lederjacke würde das Abenteuer kaum überstehen, dachte er und beschloß, dann doch lieber den Kaschmirpullover dem Regen zu opfern.

Hinze sah grinsend und trocken zu, wie Hackbart das Vorhängeschloß öffnete und die schweren Türen zur Seite schob. Verlockend, jetzt mit dem Wagen durchzustarten und Hackbart mit einer Pfütze voll zu erwischen ... er traute sich nicht, sondern stoppte den Wagen, so daß er direkt neben ihm stehenblieb. »Wat nu?«

»Da hinten, das Lagergebäude. Fahren Sie rückwärts an die Rampe ran, ich mache inzwischen das Tor zu.«

Hinze pflegte bei seinen Fahrten das spekulative Denken auszuschalten, war besser fürs Gemüt und Arbeitsklima. Doch während er den schweren Wagen vorsichtig rückwärts an die Rampe heranfuhr, überlegte er, was diese Gebäude einst beherbergt hatten. War ziemlich verfallen, das Ganze, als ob man schon lang vor der Wende aufgegeben hätte, irgendwas zu reparieren. Eine kleine Fabrik vielleicht? Er bremste den Wagen vorsichtig und sah Hackbart im Regen auf ihn zulaufen. Hinze spuckte schnell auf das Seidenfutter der olivfarbenen Lederjacke, dann war ihm besser. Hackbart würde seine Spucke für Regentropfen halten. Das war komisch und Hinze mußte sich beherrschen, nicht laut zu lachen.

Hackbart sperrte die Tür der Lagerhalle auf, er war naß und fluchte und schnauzte Hinze an, endlich mit dem Abladen zu beginnen. Der Fahrer entlud die Paletten mit den Amorankanistern und brachte sie mit dem Gabelstapler in den Lagerraum. Hackbart hatte einen Lichtschalter gefunden, und in dem trüben Licht der Glühbirnen sah Hinze, daß die Lagerhalle bereits halb gefüllt war mit Blechtonnen, die ordentlich nebeneinander gestapelt waren. Nicht nachdenken, das war besser fürs Gemüt.

Er machte sich daran, den zweiten Container zu entladen, stellte ihn auf der leicht abschüssigen Fläche vor der Lagerhalle ab und vergewisserte sich, daß die Kanister während des Transports nicht umgefallen waren. Es regnete, er war so naß wie Hackbart, der jetzt im Trockenen stand und Anweisungen gab. Als Hinze die Paletten mit dem Gabelstapler auslud, rutschten ihm zwei Kanister weg und platzten, als sie auf die Erde fielen.

»Scheiße«, schrie Hinze.

»Kannst du nicht aufpassen, du Arschloch.« Hackbart stand jetzt bei ihm und besah sich die Bescherung. Eine gelbliche Flüssigkeit lief aus den Kanistern und floß mit dem Regenwasser in Richtung der Schotterstraße.

»Tu was«, rief Hackbart.

»Was soll ich denn tun?« Hinze drehte sich wütend zu ihm. »Sagen Sie mir lieber, was für'n Scheiß da drin war.«

»Etwas Quecksilber, soviel ich weiß.« Hackbart trat einen Schritt zurück. »Das Zeug ist irgendwie giftig.«

Hinze hielt instinktiv die Luft an. Nur nicht nachdenken, Junge, das Zeug fließt ja weg von dir, und der Regen wird es schon irgendwie auflösen, verteilen ...

»Und was machen wir jetzt?« Er war bloß der Fahrer und Hackbart war der Boß. Wie gut, daß er jetzt keine Entscheidungen treffen mußte.

Der Boß sah in den Regen hinaus und sagte: »Weiter abladen. Wenn es hell ist, sehen wir uns die Bescherung mal an. Sollte dann noch was da sein, spritzen wir das Zeug weg.«

»Gut«, sagte Hinze, obwohl er das Gegenteil meinte. Er war jetzt vorsichtig mit den Kanistern, behandelte sie wie rohe Eier und registrierte am Rande, daß Hackbart seiner Arbeit in gebührender Entfernung zusah. So war es immer, so würde es immer sein: Die einen waren zum Schuften auf der Welt und die anderen zum Abkassieren. Im Schein der Glühbirnen stapelte er das Zeug neben die Tonnen, die groteske Schatten warfen. Es regnete, während er meinte, Stunden um Stunden zu brauchen, bis die Kanister endlich umgeladen waren. Hackbart wurde so ungeduldig, daß er schließlich mit Hand anlegte. Hackbart war stark und durchtrainiert, das sah Hinze, und er riß sich zusammen, um mit dessen Arbeitspensum mitzuhalten. Die beiden Männer arbeiteten schweigend, bis endlich der letzte Kanister an seinem Platz war.

»Geschafft«, stöhnte Hinze, er war am Ende seiner Kräfte, hungrig, durstig und müde. Fein säuberlich waren die Tonnen und Kanister jetzt aufgereiht, in ordentlichen Linien, wie sich das gehörte. Hackbart verschloß die Lagerhalle, draußen wurde es langsam hell, und es regnete nur noch in spärlichen Tropfen. Während er die nähere Umgebung nach Spuren des ausgelaufenen Amorans absuchte, sagte er: »Wir fahren ein Stück zurück und frühstücken irgendwo unterwegs.«

»Einen Dreck werd ich.« Hinze rieb sich seine brennenden Augen.

»*Ich* fahre. Sie können meinetwegen pennen, macht mir nichts aus. Ich habe jedenfalls keine Lust, in Wesern alt zu werden.«

Hinze hätte jetzt sagen können, daß Lipinski von einer Übernachtung gesprochen hatte, aber er schwieg. »Was ist mit dem Zeug?«

»Nix mehr zu sehen.« Hackbart ging die Kiesstraße ab. »Der Regen hat es weggespült, wie praktisch. Sonst hätten wir hier noch 'ne Spritzaktion starten können.«

Hinze war stehengeblieben, die Hände in den Taschen seiner alten Jeans. »Müßten wir das nicht irgendwie melden? Ich meine ...«

Hackbart kam auf ihn zu. »Sind Sie wahnsinnig geworden? Wem sollen wir das wohl melden? Der Polizei? Greenpeace? Oder was?«

Hinze schwieg. Schließlich scharrte er mit den Füßen im Kies und murmelte: »Ich hab ja nur gemeint ...«

»Wenn Fahrer schon anfangen zu denken ... Mensch, wir können froh sein, daß nix passiert ist. *Sie* können froh sein, schließlich war das verdammt nachlässig, wie Sie mit den Kanistern umgegangen sind.«

Kurt Hinze schwieg. Er dachte sich seinen Teil, kam dann aber doch zu dem Schluß, daß Hackbart recht hatte: War ja nix passiert.

August Hackbart wies auf den Wagen. »Fahren Sie ihn raus und ich verschließe das Tor. Und, Hinze: Wir werden unser kleines Mißgeschick Lipinski gegenüber nicht erwähnen. Ich werde auch Brog nichts sagen, der hat sowieso andere Sorgen.«

Die beiden Männer waren unterwegs in Richtung Westen. Im Dorf Wesern erwachte das Leben mit ländlicher Behäbigkeit. Die Männer, die Arbeit hatten, machten sich auf den Weg. Die Frauen, die keine bezahlte Arbeit hatten, fütterten ihre Kinder und putzten die Küche. Kühe wurden gemolken. Schafe weideten auf den Wiesen. Hühner krähten und Misthaufen dampften im Nebel. In der Grundschule läutete eine verstimmte Glocke den Unterricht ein. Der Bürgermeister frühstückte in seiner geräumigen Küche und ließ sich Eier mit Speck servieren. Der Dorfpolizist las die Zeitung. Das Regenwasser, vermischt mit den Amoranrückständen, lief entlang der abschüssigen Kiesstraße über die Hauptstraße hinweg und verteilte sich in den Graben zwischen Straße und Wiesen. Sickerte durch den durchnäßten Boden tiefer ein, verschwand sozusagen von der Erdoberfläche.

August Hackbart hatte das Autoradio eingeschaltet, während er sich mit äußerster Konzentration dem Straßenverkehr widmete. Neben ihm schnarchte Kurt Hinze, und August hätte ihm am liebsten einen Boxhieb mitten ins dämliche Gesicht verpaßt. Häßlichkeit war etwas, das er nur schwer ertragen konnte. Häßlichkeit und der Gestank, den Hinze verbreitete. Er griff nach seiner Tasche und zog ein Eau de Toilette von Chanel heraus, das er großzügig verteilte. Sogar Hinze bekam ein paar Spritzer ab. August hielt seine Augen auf der Straße, als er die Flasche zurücksteckte, doch er hätte beinahe einen PKW gerammt, der zu weit auf seiner Straßenseite fuhr. Es war knapp, millimeterknapp, und August hupte wie verrückt, als er weiterfuhr. Er verfluchte die Autofahrer, die das Leben anderer durch schiere Dummheit gefährdeten. August war ein exzellenter Fahrer, als er sehr jung war, hatte er sogar mit dem Gedanken gespielt, Rennen zu fahren. Doch der Traum von der Formel eins war immer ein Traum geblieben. Er schaltete den Gedanken weg.

Träume waren nichts für Männer. Man mußte sich an den Realitäten orientieren und den Rest ignorieren. Schließlich hatte er es nicht schlecht getroffen bei Brog, der sich bedingungslose Loyalität was kosten ließ.

Hackbart horchte auf, als er den Namen Brog hörte, in den Nachrichten, und er schaltete das Radio lauter. »... gemeinsam mit seinem Anwalt, Dr. Dagobert Eikelen, von einer Briefbombe getötet. Gegen den Unternehmer Jürgen Brog lief ein Prozeß wegen nachrichtendienstlicher Tätigkeit gegen die Bundesrepublik Deutschland. Noch ist unklar, wie die Briefbombe ins Gefängnis gebracht wurde.«

Die Nachrichten liefen weiter, doch August hörte nichts mehr. Er war wie erstarrt, während seine Hände und Füße automatisch auf den Verkehr reagierten. Kein Gefühl, nichts. Nur das Bedürfnis, den Satz auszusprechen. »Brog ist tot«, schrie er, und Hinze wachte auf und rieb sich die Augen.

»Was ist denn los, verdammt?«

Hackbart sah ihn kurz und haßerfüllt an. »Brog ist tot, und du schläfst, du Arschloch. Hörst du: BROG IST TOT.«

»Brog ist tot«, wiederholte Kurt Hinze, während er auf die Straße stierte. »Weshalb denn?«

»Man hat ihn ermordet«, sagte August Hackbart, und noch nie hatte Hinze feststellen können, daß der Mann auch zu Gefühlen fähig war. Schmerz zum Beispiel. Hackbarts Gesicht war irgendwie verzerrt, häßlich beinahe, und Hinze fragte sich, ob das alles echt war. Gefühle paßten nicht zu diesem aalglatten Typen. Na gut, Brog war tot. Das war nicht gut, der Arbeit wegen. Aber es war kein richtiges Unglück, so als ob jemand aus der Familie gestorben wäre. Bloß nicht übertreiben, dachte Hinze, schläfrig und hungrig, denn der Verrückte neben ihm hatte immer noch keine Pause eingelegt.

Hackbart hatte das Autotelefon in der Rechten und steuerte mit der Linken. Er war, das mußte man ihm lassen, ein guter Fahrer, doch das war alles, was Hinze zu Hackbarts Verteidigung vorbringen würde. Während Hackbart mit Lipinski telefonierte, dachte Hinze an die geplatzten Kanister, an das gelbe Zeug, das der Regen wegspülte. Scheiße, dachte er, denn es war etwas anderes, verpackten Kram zu transportieren, da machte man sich keine Gedanken über den Inhalt, sondern verließ sich auf die Ladepapiere, auf denen Putzmittel oder Farbstoffe oder so was stand. Da dachte man nicht weiter drüber nach, sondern erledigte seinen Job – und was konnte schon groß passieren, wenn es in Kanistern oder Tonnen verschlossen war. Quecksilber, verdammte Scheiße, das war Gift, das wußte doch jedes Kind, sogar seine Kinder, die ständig von Umwelt faselten und – der neueste Tick – keinen Tannenbaum mehr zu Weihnachten wollten. Wegen der Wälder, sagten sie, als ob ein Baum schon einen Unterschied machen würde.

Hackbart sagte zu Lipinski, daß alles planmäßig verlaufen sei. Scheißkerl, dachte Hinze, aber jetzt war es ja doch zu spät, noch was zu tun. Er schloß die Augen und ließ sich vom Brummen des Motors einlullen. Brog war tot. War vielleicht gar nicht schlecht, weil man sich dann nach anderer Arbeit umsehen mußte. Sicher, Brog hatte die Sonderfahrten, wie er sie nannte, immer mit Extrageld bezahlt, aber vielleicht wars an der Zeit für was Solideres. Möbeltransporte, dachte Hinze schläfrig, erwog dann etwas Leichteres, Gemüse oder Blumen, dann begann er, von wirklich Schönem zu träumen, vom Urlaub in Mallorca, mit Familie, Sonne, Strand und kühlem Bier …

Der Mann am Steuer konzentrierte sich auf die Straße, doch seine Gedanken liefen kreuz und quer von der Fahrbahn in elende Seitenwege. August tat sich leid, das war das vorherrschende Gefühl, und selbst dies konnte er nicht richtig einordnen. Er war verunsichert, das war nicht angenehm, und er war wütend, das hinderte ihn daran, klar zu denken. Lipinski hatte gesagt, daß zunächst alles weiterlaufen würde, aber wer zum Teufel war Lipinski? Kein Garant für Sicherheit, in keinem Fall. Brog mochte ein Schwein gewesen sein, aber eines, auf das man sich verlassen konnte. Sicher, er hatte August wie einen gut gemästeten Sklaven behandelt, ein bißchen nur, aber immerhin so, daß der Sklave es gemerkt hatte. Denn Brog hatte nicht realisiert, daß August genauso clever war wie er selbst. Wie hatte er ihn manchmal, fast zärtlich, genannt? Dummer August hatte er ihn genannt, und das war nicht nett gewesen, wirklich nicht. Einmal hatte er es sogar vor den Fahrern gesagt, und das hatte sehr wehgetan. Aber Brog hatte eben nie über die Gefühle anderer nachgedacht, die Schmerzgrenzen, die es zu berücksichtigen galt. Brog hatte seine Sklaven nach ihrer Funktionalität und Geldgier eingeschätzt und eingesetzt und keine weiteren Gedanken an sie verschwendet. Ein Fehler, dachte August, der von sich selbst behauptete, jeden Fehler nur einmal zu machen. Er sah das Schild der Autobahnraststätte und folgte ihm, weil er Kaffeedurst hatte. Hinze schnarchte, und August dachte boshaft, daß er ihn nicht wecken würde. Der sollte nur pennen und das Frühstück versäumen und es bloß nicht wagen, sich mit August Hackbart anzulegen.

10

Gertrud Mollwein erhob sich lässig von Annas Schreibtischstuhl, als sie die Marx wütend auf sich zukommen sah. Sie trug eine Art von Hot pants über schwarzen, blickdichten Strumpfhosen und einen breiten Gürtel, der die Taille betonte. Seht her, welch perfekte Figur ich habe, sagte ihre Kleidung, und die Männer in der Redaktion sahen hin und dachten sich was dabei.

Anna registrierte die Bekleidung in einer Mischung von Anerkennung und hoffnungslosem Neid und sagte: »Noch ist es nicht soweit, Herzchen.«

»Wie meinen?« Sie wußte genau, wie Anna das gemeint hatte.

Anna setzte sich auf ihren hot-pants-vorgewärmten Platz. »Noch sitze *ich* auf diesem Stuhl, das habe ich gemeint.«

Gertrud »Trudy« Mollwein stemmte die Hände in die Wespentaille. »Ich habe bloß zwei Telefonate angenommen. Das eine ist 'ne Einladung zu 'ner Ausstellung, ich hab's auf den Zettel dort geschrieben. Der andere Anruf kam von Leibold. Er hat Ihren Prozeßartikel gelesen – und er hat ihm gar nicht gefallen. Einzelheiten will er persönlich weitergeben.«

Anna spielte mit ihrer Post. »Soso, hat ihm gar nicht gefallen. Ihr Interview, Kollegin Mollwein, mit unserer neuen Oberbürgermeisterin hat mir auch nicht gefallen. Es war zu nett gefragt, wenn Sie verstehen, was ich meine. Daß die Frau alles neu und besser machen will, sind nicht gerade heiße

News. Da muß man nachfragen, nachhaken, die ein oder andere kritische Sachfrage stellen.«

Tot umfallen müßte die Marx, dachte Trudy Mollwein, und stellte sich einen riesigen Fettfleck vor. »Außer Ihnen hat sich niemand beschwert.« Sie setzte sich auf ihren Platz, der zu nah an Annas Schreibtisch war.

»Vielleicht hat's außer mir niemand gelesen.« Anna stellte ihren Computer an und betrachtete interessiert die Wörter, die über den Bildschirm flimmerten und für sie absolut keinen Sinn ergaben. Ihr Verhältnis zu ihrem Computer war geprägt von dumpfem Ausgeliefertsein. Das Ding hatte zu funktionieren, sonst wurde sie hysterisch und schrie um Hilfe.

»Sie sind wirklich gemein«, sagte Trudy Mollwein, und Anna fand, daß dies ein ziemlich kindischer Satz war, selbst für eine Siebenundzwanzigjährige.

»Wer nicht mein Freund ist, ist mein Feind«, sagte Anna Marx zu ihrem Computer und fand den Satz richtig gut. THINK ... erwiderte ihr Computer, und Trudy Mollwein sagte: »Was hab ich Ihnen eigentlich getan?«

Hot pants, dachte Anna, aber dies waren nur zwei Worte in einer längeren Geschichte, von der sie nicht sicher war, ob sie sie erzählen wollte. Sie drehte sich zu Trudys Schreibtisch und zündete sich eine Zigarette an. »Sollen wir mal ganz ehrlich zueinander sein, Mollwein?«

Mollwein nickte, wenn auch etwas unsicher.

Anna blies den Rauch in ihre Richtung. »In sechs Monaten ist Ihr Volontariat zu Ende, und dann wollen Sie natürlich als Redakteurin übernommen werden. Ist ein bißchen schwierig, weil zur Zeit alle Posten besetzt sind, aber in dem Ressort, wo Sie hinwollen, da sitzt ein Fossil, von dem keineswegs feststeht, daß es beim Berlin-Umzug mitgenommen wird. Und dies, Mollwein, betrachten Sie als Ihre große Chance.«

Trudy Mollwein schüttelte den Kopf. Sie mochte es nicht, wenn man sie durchschaute, und sie mochte die Marx nicht.

»O ja, das tun Sie. Und weil *ich* dieses Fossil bin, fällt es mir gewissermaßen schwer, Ihnen uneingeschränkte Sympathie entgegenzubringen. Dafür bitte ich um Verständnis.«

Kollberg war in die Redaktion gekommen, hatte Annas letzte Worte gehört und sah mißbilligend auf ihre Zigarette. Sagte: »Wir hatten doch in der Redaktionskonferenz beschlossen, hier nicht mehr zu rauchen. Es gibt ein Raucherzimmer, Anna.«

»Es ist nicht so, wie Sie das sehen«, flüsterte Trudy Mollwein. Zu Kollberg: »Sie kann doch nicht schreiben, wenn sie nicht rauchen kann.«

Anna schloß die Augen. Vielleicht war schon dies ein Entlassungsgrund: die Sucht. Vielleicht hatte die Mollwein diesen Satz gar nicht so schlimm gemeint, wie er geklungen hatte. Vielleicht sollte sie jetzt ihre Stimme erheben und ganz laut schreien, so lange, bis die Männer kamen, um sie fortzutragen in eine Welt, in der man sich nicht mehr entscheiden und beherrschen und wehren mußte.

Noch war es nicht soweit. Trudy Mollwein glotzte sie mitleidig oder wie auch immer an, und Kollberg erhob seinen Nichtraucherzeigefinger. »Die anderen halten sich doch auch dran. Meistens jedenfalls.«

»Weißt du, was mein Problem ist, Kollie?« Anna drückte ihre Zigarette aus. »Ich bin nicht mehr anpassungsfähig, das ist mein Problem.« Zu Mollwein: »Insofern stehen Ihre Chancen doch ziemlich gut, Herzchen.«

Sie wäre jetzt gerne aufgestanden und gegangen, ein guter Abgang war ihr schon immer was wert gewesen, doch da war der Artikel über Brogs Höllenfahrt, den sie noch schreiben mußte. Dreißg Zeilen über Brog und Eikelen, die das Leben auf spektakuläre Weise überstanden hatten. Die Mollwein flirtete mit Kollie, während Anna in die Tasten hämmerte.

Als das Telefon klingelte, nahm sie nach einem boshaft-fragenden Blick in Richtung der Volontärin den Hörer ab. Sigrid

Kreuz meldete sich, die Sekretärin Brogs, die Anna bereits zweimal angerufen und um einen Termin gebeten hatte. Vergeblich, doch jetzt meinte Frau Kreuz, daß man sich die Sache überlegt habe. »Herr Lipinski, das ist der Geschäftsführer, und ich, wir werden Sie empfangen, wenn Sie es heute gegen siebzehn Uhr einrichten können.«

Wie vornehm für einen Mülladen, dachte Anna, doch sie bedankte sich angemessen und meinte, daß sie es schaffen könne.

»Aber bitte keinen Fotografen.«

»Hatte ich nicht vor«, sagte Anna und legte auf. Zu Kollberg: »Fährst du mich in einer Stunde mal eben nach Euskirchen? Zurück nehm ich ein Taxi.«

»Warum?« Er saß auf dem Mollweinschen Schreibtisch und hatte rote Ohren.

»Weil ich einen Termin habe. Weil mein Auto in der Werkstatt ist. Darum.« Kollberg war ein alter Kollege und in gewisser Hinsicht auch ein alter Freund. So hatte sie immer gedacht. Annas Stimme war ein wenig verzweifelt, doch er hörte es nicht.

»Dein Auto ist immer in der Werkstatt.« Kollberg sah ein, daß er die Kröte schlucken mußte, weil im Kalender kein Termin für ihn eingetragen war.

»Es gefällt meinem Auto da, es ist so warm und gemütlich.« Und teuer, dachte Anna. Wie viele Male, überlegte sie, habe ich dich irgendwo hingefahren, habe ich für dich gekocht und meinen Wein geöffnet und mir deine blöden Weibergeschichten angehört. Habe mich gelangweilt und dich dennoch getröstet, weil ich doch an den dummen Spruch glaube, daß man Freunde in der Not braucht. Wenn auch Kollie eine Ratte war, die von sinkenden Schlachtschiffen gehört hatte und dezent die Schwimmweste anlegte, dann war ihre Situation schon ziemlich dramatisch.

»Natürlich fahr ich dich hin«, sagte Kollie. Er vermied den

lauernden Blick Trudy Mollweins und erwiderte Annas dankbares Lächeln. »Ist es ein wichtiger Termin?«

»Weiß nicht. Ich würde gerne rauskriegen, wer Brog und Eikelen in die Luft gejagt hat.«

»O Gott.« Kollberg verdrehte die Augen.

»Ist dafür nicht die Polizei zuständig?« fragte Trudy Mollwein.

Bezaubernd einfältig, dachte Kollberg, während Anna in ziemlich scharfem Ton sagte: »Neugierde ist eine wunderbare journalistische Tugend, finden Sie nicht auch, liebe Kollegin?« Ein pompöser Satz, wie sie selbst fand, aber die Mollwein hatte nun einmal die Gabe, sie unglaublich zu reizen. »Und jetzt muß ich meinen Artikel fertigschreiben – und noch eine rauchen.« Uneinsichtig, süchtig, eifersüchtig: Die Marx schrieb, was sie zu schreiben hatte, weil sie nichts anderes zu tun hatte, wofür sie bezahlt wurde.

Später, in Kollbergs Wagen, hielt er ihr vor, daß sie die Volontärin sehr unfair behandle. Die Mollwein sei ein sensibles junges Ding, das Anna im übrigen sehr bewundere. »Von Dingen, die zwischen Frauen ablaufen, verstehen Männer nichts«, sagte Anna und schwieg dann für den Rest der Fahrt. Nach einer knappen Stunde höllischen Verkehrs fuhr Kollberg durch ein offenes Tor auf ein riesiges Gelände, in dem ein strahlend weißer Neubau klein und verloren wirkte.

Eine Landschaft aus der Hölle, dachte Anna, als sie an Bergen vorbeifuhren: Bergen aus Autowracks, Bergen aus Kühlschränken, Bergen aus Computern, Waschmaschinen, Fernsehapparaten, Kabelberge, fein säuberlich geschichtet, und dazwischen erhoben sich Förderbänder, die zu altertümlich anmutenden Maschinen hin- und wegführten. Ein Höllenlärm deutete an, daß hier geshreddert, zermalmt, zerkleinert, sortiert wurde. Die Hölle sah sehr ordentlich aus, denn die Berge waren akkurat geschichtet. Weiter weg standen Lagerhäuser, auch sie neu oder frisch gestrichen, so appetitlich aussehend, als würden Müllerotiker hier ihre Ferienwohnungen beziehen.

Anna staunte stumm, bis Kollberg vor dem Haupteingang des Neubaus vorfuhr. Er parkte neben einem Lastwagen: »Und du bist sicher, daß du zurückkommst – oder soll ich dich abholen?« Er mochte Euskirchen, das ihn irgendwie an eine Wildweststadt erinnerte, und er mochte Anna, obwohl sie manchmal verdammt schwierig war.

»Danke nein. Du bist ein Schatz.« Sie gab ihm einen Kuß auf die Wange, der knallrote Lippenstiftspuren hinterließ, und stieg aus. Während sie die Treppe hochging, wunderte sich Anna darüber, daß Kollie auf diese visuelle Horrorschau überhaupt nicht reagiert hatte. Die Wunder der Technik auf dem Schrotthaufen der Geschichte. Die Fäkalien der Wohlstandsgesellschaft, die im Ganges des Brogschen Imperiums schwammen. Sie hatte so etwas noch nie gesehen und es schockte sie.

Als sie ausgestiegen war, hatte sie instinktiv ihre Nase blockiert. Jetzt nahm sie einen Duft wahr, der sehr künstlich roch. Das weiße Haus war klimatisiert, und auch die Frau, die ihr jetzt entgegenkam, sah irgendwie air-conditioned aus. »Sie sind sicher Frau Marx«, sagte sie und gab Anna die Hand. »Ich bin Sigrid Kreuz, die Chefsekretärin. Wir gehen jetzt in Herrn Lipinskis Büro.«

Anna folgte ihr durch weiße Gänge, die von weißen Türen unterbrochen waren. Fühlte sich wie in einem erstklassigen Sanatorium für die kranke Welt. Kein Personal in Sicht außer Sigrid Kreuz, die einen sehr tatkräftigen und schnellen Gang hatte, obwohl sie hochhackige Schuhe trug. Gute Figur in teurem Kostüm, registrierte Anna, die Frau könnte in ihrem Alter sein, war jedoch besser konserviert.

Walter Lipinski stand am Fenster, als die beiden Frauen ins Büro kamen. Sein schmaler Rücken vor dem großen Fenster und die elegant-kühle Einrichtung erinnerten Anna an eine Filmszene, doch sie konnte sich nicht mehr an den Film erinnern. Als der Mann am Fenster sich umdrehte, sah sie in ein Gesicht, in dem eine heitere Traurigkeit festgeschrieben war. Stoppelige Haare, abstehende Ohren, blasse, fast wäßrige Augen, eine trompetenförmige, leicht gerötete Nase. Walter Lipinski lächelte – und er hatte tatsächlich makellose Zähne, was in diesem Gesicht schon wieder komisch wirkte. Er trug eine rote Fliege zu einem karierten Hemd, und sein Lächeln bat um Verzeihung für sein Aussehen. Anna hatte ihn fast sofort lieb, und sie mochte seine Stimme, die sie aufforderte, sich in einem der Designersessel niederzulassen. Sigrid Kreuz schenkte Kaffee in weiße Tassen, man setzte sich gegenüber, und Anna fragte: »Schön, daß Sie mich doch noch empfangen. Darf ich fragen, weshalb es zu dem Sinneswechsel kam?«

Die beiden wechselten einen Blick. »Wir haben noch mal darüber gesprochen«, sagte Sigrid Kreuz. »Und kamen dann zu der Auffassung, daß Jürgen – Jürgen Brog – einen Nachruf vielleicht gut gefunden hätte. August war dagegen, aber er ist zur Zeit ohnehin nicht ansprechbar. Nähere Verwandte gibt es nicht, die man dazu hätte fragen können.«

»Überhaupt keine Verwandten?« Anna führte die weiße Tasse an die Lippen und verbrannte sich die Zungenspitze an dem heißen Kaffee.

»Eine Cousine, die in Amerika wohnt. Man bemüht sich zur Zeit, sie ausfindig zu machen.«

Anna mochte Lipinskis Stimme, die sehr weich und angenehm war. »Und wer ist August?«

»August Hackbart. Er ist, besser gesagt war Brogs Chauffeur, Faktotum, Mann für alles.« Sigrid Kreuz' Stimme klang kühl, als sie über Hackbart sprach. »August wohnte sogar früher bei ihm. Brog hat ein Anwesen in der Nähe von Mekkenheim, eine Art nachgebautes Rittergut.«

»Man nannte ihn den Müllkönig von Euskirchen.« Anna

merkte, daß die beiden oft Blicke wechselten, bevor eine Antwort kam, und sie fragte sich, ob Kreuz/Lipinski nur ein gutes Team oder mehr als das waren.

»Er war nicht so groß wie beispielsweise Hilmer«, antwortete Lipinski. »Aber er hat in den paar Jahren schon Beachtliches auf die Beine gestellt. Übrigens mochte Brog die Bezeichnung ›Müllkönig‹ überhaupt nicht. Er war ein Geschäftsmann – und sein Geschäft bestand eben zufällig aus Müll. Allein auf diesem Gelände hier« – sein Arm zeigte in Richtung Panoramafenster und Müllberge – »sind hundertfünfzehn Arbeitnehmer beschäftigt.«

»Und Arbeitnehmerinnen«, ergänzte Frau Kreuz. Ihre langen Fingernägel waren rot lackiert, im Farbton passend zu den Haaren.

»Was war er für ein Mensch?« fragte Anna, die der Feminisierung der Sprache nicht in jedem Fall etwas abgewinnen konnte.

Wieder ein Blickaustausch. Sigrid Kreuz sagte: »Es war nicht immer leicht, den Menschen zu erkennen. Brog hat sofort abgeblockt, wenn man ihm zu nahe kam. Er war freundlich – solange alles lief, wie er es sich vorstellte. Er hat seine Leute fair behandelt, aber er hat auch Höchstleistungen erwartet. Der typische dynamische Unternehmer, würde ich sagen.«

»Obwohl er doch aus dem Osten kam.« Ein dummer Marx-Einwurf, dachte Anna sofort. Sie sollte entweder ihre Vorurteile überdenken oder länger nachdenken, bevor sie redete.

Lipinski lächelte mit seinem Mund, nicht mit den Augen. »Man darf nicht vergessen, daß Brog schon immer in der kapitalistischen Nische der DDR gearbeitet hat. In Fragen der Anpassung hat er jedes Chamäleon übertroffen ... und das schreiben Sie bitte nicht. Ich kann manchmal meinen Mund nicht halten.«

»Das versteh ich.« Anna versuchte, mit ihrem Lächeln seine Augen zu erreichen. »Hat er denn keine Schwächen gehabt?«

Sigrid Kreuz räusperte sich: »Er war sehr empfindlich, schnell verletzt, überaus nachtragend ... Müssen Sie so was schreiben?«

Dann erzählt mir's doch nicht, dachte Anna, und fragte nach seinen geschäftlichen Erfolgen.

»Sie müssen sich vorstellen«, sagte Lipinski, »daß in der Bundesrepublik Deutschland jährlich 1,2 Millionen Tonnen Elektronikschrott anfallen. Weitgehend ungeordnet, das heißt, sie gelangen über Haus- bzw. Sperrmüllsammlungen auf Deponien oder in Verbrennungsanlagen. Brog hat als einer der ersten angefangen, Verträge mit Firmen zu schließen und das Zeug zu shreddern und noch verwertbare Stoffe herauszufiltern. Das ist ein ungeheuer komplizierter und technisch aufwendiger Vorgang. Relativ lukrativ ist es bei Kupferdrähten; schwierig bei Computer- und Elektronikschrott, die Chlor- und Bromverbindungen enthalten. Kondensatoren und Transformatoren wiederum haben mit PCB belastete Öle ... im übrigen sind auch die Kabel aus der Ex-DDR mit PCB belastet. Dennoch schaffen wir mit diesen und anderen Anlagen, jährlich etwa 150 000 Tonnen zu recyceln.«

»Und was passiert mit dem belasteten Zeugs, das nicht mehr verwertbar ist?«

Wieder ein Lipinski-Kreuz-Blickwechsel. »Wir haben keine Zwischenlagerungsgenehmigung«, sagte Walter Lipinski langsam. »Das heißt, wir müssen die belasteten Schadstoffe in speziellen Tonnen einlagern und so schnell wie nur irgend möglich zu einer Untertagedeponie schaffen. Das kostet.«

»Wieviel?«

»Der Preis liegt zur Zeit bei 1400 Mark pro Tonne.«

Anna stellte sich vor, wie Deutschland unterirdisch mit Giftmülltonnen aufgefüllt wurde, auch eine Vorstellung von der Hölle. »Und wer bezahlt das?«

Sigrid Kreuz antwortete: »Die Untertagedeponie von nicht verwertbaren Rückständen ist in der Kostenkalkulation enthalten.«

Die Müllsprache ist doch eigenartig, dachte Anna. Scheiße wird so abstrahiert, daß sie als solche nicht mehr zu erkennen ist.

»Oder nehmen Sie die Autos«, sagte Lipinski schnell. »Sie haben doch bestimmt unseren Autofriedhof gesehen. Zur Zeit werden jährlich gut zwei Millionen Autos stillgelegt. Wissen Sie, was das heißt? Rund siebzig Prozent sind Metallfraktionen und können stofflich verwertet werden. Doch dann bleiben Materialien wie Gummi, Glas, Filz, Thermoplaste, verschiedene Kunststoffe, Reifen, Getriebeöl, Benzinreste, Batterien ... dies alles muß irgendwie entsorgt werden.«

»Wie denn?«

»Brog hat ein paar alte Fabriken im Osten aufgekauft«, sagte Sigrid Kreuz. »Ein Teil der Restposten, auch Elektronikschrott, wird in Recyclinganlagen wiederverwertet beziehungsweise entsorgt.«

»Ah, ja.« Anna erinnerte sich an den Fuhrpark hinter dem Hauptgebäude. »Was genau heißt denn *entsorgt?*«

Sie fragt sehr naiv, fast dümmlich, dachte Sigrid Kreuz, die sich von Anna Marx keine Sekunde täuschen ließ. Sie sah, daß Walter boshaft grinste, doch bei seinem komischen Gesicht war das schon fast ein Dauerzustand. »Naja, entsorgt eben.« Nein, damit kam sie nicht davon: »Alles, was nicht wiederverwertbar ist, Frau Marx, wird ordnungsgemäß gelagert, unter Tage gelagert oder der Müllverbrennung zugeführt. Herr Brog hat immer sehr darauf geachtet, daß umweltverträglich gearbeitet wird. Aus unseren Betrieben gelangen keine Giftstoffe in die Umwelt.«

»Und da sind Sie ganz sicher.« Anna sah Lipinski an bei dieser Frage, und Walter Lipinski lächelte traurig und zuckte mit den Schultern. Sigrid Kreuz blickte auf ihre makellos lackierten Fingernägel. Anna sagte: »Entsorgt scheint mir nicht ganz der richtige Ausdruck, wenn Tausende Tonnen oder Millionen, was weiß ich, irgendwo unter der Erde eingemottet sind. Ich meine, Sie sind ja noch *da.*«

»Noch Kaffee?« Anna nickte, und Sigrid Kreuz schenkte nach. »Wäre ein bißchen unfair, uns für den Müllnotstand verantwortlich zu machen«, sagte Lipinski sanft. »Die Firma recycelt und entsorgt im Rahmen der gesetzlichen Bestimmungen – und es gibt beispielsweise noch keine Verordnung über Elektronikschrott. Wenn Hersteller und Vertreiber zur Rücknahme ihrer Produkte gezwungen würden, wäre es vorstellbar, daß sie mehr verwertbare und umweltverträgliche Materialien einsetzen würden. *Wenn* ... Frau Marx. Aber Sie sind doch sicher nicht hierhergekommen, um über Umweltpolitik zu diskutieren. Es ist ein weites und kompliziertes Feld ...«

»... und eröffnet wundersame Möglichkeiten der Geldvermehrung.«

»O ja.« Walter Lipinski murmelte etwas über die Segnungen des Kapitalismus.

»Wie bitte?« Anna dachte jetzt an den Elektronikschrott in ihrem Besitz, insbesondere an ihr verdammtes Auto. Die Elektronik des MK II konnte man durchaus als Schrott bezeichnen.

»Oh, nichts.« Lipinski schloß die breiten Lippen, deren Ränder immer nach oben gezogen waren und seinen Mund zu einer Art ewigem Lächeln eingefroren hatten. »Wenn Sie etwas über den Spionagevorwurf wissen möchten, Frau Marx, damit können wir leider nicht dienen.«

»Wir waren wie vor den Kopf gestoßen«, sagte Sigrid Kreuz. »Brog hat furchtbar unter dieser Anklage gelitten. Ich kann mir nicht vorstellen, wie er es im Gefängnis aushielt. Ich meine, er brauchte immer Action, das Klingeln der Telefone – er konnte Stille nicht ertragen. Im Büro liefen ständig Radio oder Fernseher – und in seinem Haus war es nicht anders. Er hatte oft Gäste dort, ich mußte immer die Einladungen und das Catering organisieren.«

»Frauen?« Anna fragte sich, ob Brog mit seiner effizienten Sektretärin …

Die Sekretärin ließ sich etwas Zeit mit der Antwort. Lipinskis Glasperlenaugen schielten ins Nirgendwo. »Gelegentlich«, sagte Sigrid Kreuz. »Die Beziehungen dauerten nie sehr lange. Brog sagte einmal, daß für ihn das Ende gekommen sei, wenn Frauen anfingen, Zeit und Geld zu kosten.«

Typisch, dachte Anna. »Er war nie verheiratet?«

Lipinskis Stimme war eigenartig, als er sagte: »Er hat mal mit einer Frau zusammengelebt, drüben in Ostberlin. Aber das war wohl das höchste seiner Gefühle.«

Und du bist nicht traurig über seinen Tod. Annas Gefühle gegenüber Walter Lipinski hatten sich seit Anfang des Gespräches nicht verändert. Sie mochte ihn, vielleicht, weil er nicht nur äußerlich ein seltsamer Kerl war. Kein dynamischer Manager, kein eiskalter Macher, kein eingebildeter Macho … einfach anders, vielleicht sogar ein wenig verrückt. Und wie zum Teufel kam er dazu, auf diesem Stuhl zu sitzen?

»Sind Sie interessiert daran, die Anlage zu besichtigen?« Sigrid Kreuz war der Meinung, daß Walter genug erzählt hatte.

Nein, dachte Anna und sagte ja. Durchlebte eine Stunde Höllenlärm im Schlepptau von Sigrid Kreuz. Atmete Staub, von dem sie überzeugt war, daß er sie vergiften würde. Lächelte Arbeiterinnen entschuldigend zu, die Fernseher zerlegten oder Drähte sortierten, bevor sie aufs Förderband gelangten. Ältere Frauen waren das, viele Ausländerinnen, nur an den Shreddermaschinen, an Kränen und Lastwagen waren Männer zu finden. »Wieviel verdienen die damit?« fragte Anna, und Sigrid Kreuz murmelte etwas von zweitausend Mark.

»Alle zusammen?«

Das fand Sigrid Kreuz nicht komisch. »Wenn Sie Brog

gegenüber so eine Bemerkung gemacht hätten, er hätte Sie rauswerfen lassen.«

»Entschuldigung«, murmelte Anna. Welches gnädige Schicksal hatte sie davor bewahrt, an einem dieser Sortiertische zu stehen und Drähte auseinanderzuklauben? »Haben Sie gern für Brog gearbeitet, Frau Kreuz?«

Ein erstaunter Blick. Achselzucken. »Er hat mich gut bezahlt. Sehr gut sogar. So einen Job werd' ich nicht wiederfinden.«

Sie standen vor einem Berg ausgedienter Kühlschränke. Kein Hauch von Verwesung, nur der sterile Geruch der Wohlstandsgesellschaft. Leute, kauft Kühlschränke, Waschmaschinen, Geschirrspüler, Staubsauger, Küchenmaschinen, Fernsehapparate, Videos, Stereos, Computer, neue Autos, kauft den Schrott, um glücklich zu werden ... Anna fühlte sich sehr klein vor diesem Berg, aber sie war ja nur ein kleines Rädchen der Schrottgesellschaft. Sie war hier, um Brogs Tod zu recherchieren. »*Sie* hatten also keinen Grund, Brog umzubringen?«

Die Frage war unverschämt. Sigrid Kreuz wischte Staub von ihren Schuhen, sah zu Anna hoch. »Nein, ich habe ihm keine Briefbombe geschickt, wenn Sie das meinen. Und ich habe keine Ahnung, wer es getan haben könnte. Das habe ich auch den Kripoleuten gesagt.«

»Vielleicht einer seiner Geschäftspartner?«

»Ich hab Ihnen doch gesagt, ich weiß es nicht.« Laß mich in Ruhe, signalisierte ihre Stimme, doch Anna war mit Sigrid Kreuz noch nicht fertig. »Und was ist mit Herrn Lipinski? Ich meine, er macht nicht gerade den Eindruck eines dynamischen Managers, den Brog sich zum Geschäftsführer auserkoren hat. Er ist irgendwie ...«

»Seltsam?« Sigrid Kreuz lächelte. »Vielleicht ist es so, daß Brog keine Kopie seiner selbst neben sich ertragen konnte. Er kannte Walter aus früheren Zeiten, und als Lipinski nach der Wende ohne Arbeit dastand, hat er ihn hier angestellt und ziemlich schnell nach oben befördert. Brog legte vor allem Wert auf Dankbarkeit, auf bedingungslose Loyalität. Das hat er in ...«

Der Satz blieb unvollendet, denn der Berg bewegte sich. Ein Berg aus Kühlschränken begann zu vibrieren, und der Schrott aus der Spitze des Berges rumpelte mit bedrohlichem Knarzen nach unten, auf die beiden Frauen zu. Anna sah die Bewegungen wie in Zeitlupe, doch sie reagierte schneller als die Kreuz, sie riß sie am Arm, lief los und zog sie aus der Gefahrenzone, bevor der Berg sich polternd nach unten verbreiterte.

Kühlschränke purzelten übereinander und landeten krachend auf dem Asphalt. Anna rannte und blieb erst stehen, als Stille eintrat, die relative Stille dieses Ortes. Sigrid Kreuz blieb keuchend neben ihr stehen. Anna drehte sich um.

Aus dem Berg war ein breiter Hügel geworden, ein Schrottplateau, hinter dem ein Bagger sichtbar wurde. Sie waren zu weit gelaufen, denn das mobilste Kühlschrankwrack lag etwa fünf Meter von Anna entfernt. Sie versuchte, sein Gewicht zu schätzen. Gereicht hätte es in jedem Fall ...

»Der Bagger«, sagte Sigrid Kreuz. Sie wies auf das leere Führerhaus: »Der Bagger muß den Berg bewegt haben.« Ihre Stimme zitterte ein wenig, und jetzt erst sah sie, daß sie einen Schuh verloren hatte. Sie war kleiner als Anna, mit nur einem Schuh. Anna fand ihn neben dem Gefrierfach, das sich vom Rest gelöst hatte. Sie gab ihn Sigrid Kreuz. »Ein ziemlich skurriler Tod – zwei alte Damen, die von Kühlschränken erschlagen werden.«

Die Kreuz versuchte ein Lächeln. »In der Tat ... hab ich mich schon bedankt? Wenn Sie mich nicht weggezogen hätten ...«

Anna zuckte mit den Achseln. »Sie wären in jedem Fall schneller gewesen als der Schrott. Aber welcher Idiot ...?«

Er kam auf die beiden Frauen zu. Fahrer Hinze hatte ein rotes Gesicht und stammelte Entschuldigungen.

»Sie Idiot«, sagte Sigrid Kreuz, die sich wieder unter Kontrolle hatte. Sie rieb sich imaginären Staub vom Kostüm und kontrollierte ihre Strümpfe nach Laufmaschen. Anna fand an ihrem Erscheinungsbild nichts auszusetzen.

»Ich hab Sie nicht gesehen, ehrlich.« Hinze baute sich vor den beiden Frauen auf. Er war ein großer und starker Mann, doch Sigrid Kreuz überragte ihn mit ihrem Zorn. »Sie hätten uns umbringen können, wissen Sie das?«

»Ich hab den Befehl vom Vorarbeiter gekriegt.«

»Was? Uns umzubringen?«

Wortspiele waren nicht seine Sache. »So ein Quatsch. Ich sollte den Haufen etwas zur Seite schieben, damit der große Lastwagen durchkommt. Ich konnt ja nicht wissen, daß die ganze Scheiße zusammenkracht.«

Die Chefsekretärin stemmte ihre Hände in die Hüften. »Es hätten ja auch Arbeiter unterwegs sein können, Hinze. Das hätte man doch vorher absperren müssen.«

Dumme Kuh. Hinze schluckte seine aufkeimende Wut. Von Frauen ließ er sich nicht gerne anmachen, und man könnte ja fragen, was die beiden Weiber hier zu suchen hatten. »Die sind jetzt alle auf Feierabend, Fräulein Kreuz. Ich konnt wohl nicht wissen, daß Sie hier rumschleichen.«

»*Frau* Kreuz ... und ich pflege hier nicht rumzuschleichen, verdammt noch mal. Das nächste Mal sichern Sie gefälligst das Gelände; sonst können Sie Ihre Papiere abholen.«

Anna sah den Mann, der auf sie zukam, zuerst, und sie erkannte ihn sofort wieder: der Schöne aus dem Gericht und aus der Kneipe. Er trug Jeans und eine pelzgefütterte Lederjacke und einen Ausdruck im Gesicht, den Anna nur als boshaft zu deuten vermochte.

»Ah, die Chefin höchstpersönlich hat gesprochen. Wir werden wahrscheinlich alle bald hier rausfliegen ... auch *Sie,* verehrte Frau Kreuz. Was hat er denn angestellt, unser armer Hinze?«

Sigrid Kreuz wandte sich dem Schönen zu, und ihr Gesicht war eine giftige Maske. »Er hat uns beinahe umgebracht, unser armer Hinze. Die idiotische Anweisung, das Depot zu verschieben, kam nicht zufällig von dir?«

August Hackbart sah keineswegs betroffen aus, eher amüsiert. »Aber nicht doch, ich habe in diesem Laden nichts zu sagen.« Zu Anna: »August Hackbart, Brogs Fahrer, Leibwächter und ergebener Diener. Und wer sind Sie?«

Daß sie ihm bei ihren Begegnungen nicht aufgefallen war, überraschte Anna nicht. »Anna Marx.«

»Und was sonst?« Es interessierte ihn nicht, doch er langweilte sich.

»Journalistin.« Sie konnte nicht anders, als ihn anzusehen: dieses perfekt zusammengebaute Gesicht, in dem bis zur Form der Augenbrauen alles zueinander paßte. Schauspieler könnte er sein, dachte Anna, oder Dressman oder Gigolo. Noch nie war sie einem Mann mit solch strahlenden Augen begegnet. Sie strahlten absolute Gleichgültigkeit aus, diese Augen. Auch das amüsierte Anheben der Mundwinkel war unverändert starr. Sie hatte das Gefühl, daß August Hackbart jegliche Gefühlsregung nach außen kontrollierte.

»Aaah, gibt es einen schönen Nachruf auf den Chef?! Wollen Sie mich nicht auch interviewen? Ich kannte ihn am besten von allen. Nicht wahr, liebste Sigrid?«

Hinze hatte das Geplänkel mit wachsender Unruhe verfolgt. »Kann ich jetzt weitermachen?«

»Erst wenn wir außer Reichweite sind.« Sigrid Kreuz nahm unvermittelt Annas Arm. »Frau Marx hat schon genug Informationen, herzlichen Dank für das Angebot, August. Wir alle wissen, daß *du* ihm am nächsten gestanden hast.«

Und wir alle fanden das nicht so gut, dachte Anna den Satz zu Ende. Sie würde auf Hackbarts Angebot zurückkommen, doch jetzt schob die Kreuz sie sozusagen in Richtung Hauptgebäude, und ihr blieb nichts als ein bedauernder Blick auf

August Hackbart, der in diesem Moment gegen einen der Kühlschränke trat, eher lässig als aggressiv, doch glaubte Anna zu wissen, daß er mit seinem beiläufigen Tritt Sigrid Kreuz gemeint hatte.

»Haben Sie Lust, zu mir nach Hause zu kommen? Ich mach uns was zu essen – und wir können noch ein bißchen reden.«

Das Angebot überraschte Anna, und im ersten Moment wollte sie höflich absagen. Doch Frau Kreuz, die nicht Fräulein genannt werden wollte, sah Anna so flehentlich an, daß sie gar nicht anders konnte, als zuzustimmen. Außerdem war vieles noch nicht gesagt worden – und Anna war neugierig. Schließlich hatte sie an diesem Abend ohnehin nichts vorgehabt, außer sich vor den Fernsehapparat zu legen. Seit Philipp sie verlassen hatte, hatte sie den Fernseher ins Schlafzimmer gestellt.

11

Schöner Wohnen hatte ihm nie etwas bedeutet. Mit Grauen dachte Walter Lipinski an Brogs Anwesen, die vielen Zimmer mit all dem unnötigen Gerümpel, das Brog gesammelt hatte, weil das viele Geld, das er verdiente, irgendwie ausgegeben werden mußte. Statuen, Bilder, Skulpturen, Vasen, Schalen ... bei den seltenen Einladungen in Brogs Villa hatte er immer Angst gehabt, etwas umzustoßen, weil er ungeschickt war und manchmal unkoordiniert in seinen Bewegungen. Brog hatte zu jedem seiner »Sammlerstücke«, wie er sie nannte, eine Geschichte, vor allem die Geschichte des Preises, und dann saß man da und bewunderte ein scheußliches Kunstwerk, bloß weil es viel Geld gekostet hatte.

Nichts in Walter Lipinskis Ein-Zimmer-Appartement mit

Panoramablick auf Alfter-Oedekoven war von irgendeinem Wert. Wenn er seine Möbel zum Sperrmüll gegeben hätte – die Flohmarktsammler hätten sie stehenlassen. Kein Bild unterbrach das Weiß der Wände. Ein kleines, selbstgezimmertes Bücherregal war überladen mit Büchern, auf dem häßlichen Holztisch vor der Couch lag ein zerfleddertes Taschenbuch mit der Biographie von Lenny Bruce.

Er legte keinen Wert auf Schöner Wohnen, nachdem er zwei Jahre in einer Zelle verbracht und festgestellt hatte, daß auch in der kleinsten Hütte Platz für große Gedanken war. Nachdem er draußen war, hatte er aufgehört, Großes zu denken. Es war alles gedacht, man mußte sich nur noch aufs Weiterleben konzentrieren, auf die Pflichten des Überlebens, das war anstrengend genug.

Walter Lipinski saß auf seinem Schaukelstuhl, er trank Bier aus der Flasche und sah sich eine Fernsehserie an, in der schlechte Schauspieler miserable Dialoge aufsagten.

»Mitbürger, Freunde, Römer, hört mich an. Begraben will ich Caesar, nicht ihn preisen ...« Wo waren sie, die Schauspieler wie Ernst Deutsch, wie Quadflieg, Gründgens ... die Großen, die das Pathos beherrschten und mit der Sprache spielten wie auf einem Instrument, das in seiner Perfektion keine Mißklänge zuließ? Brandauer, na gut, Brandauer, das war noch einer, der an die Tradition der Großen anknüpfte, der keine Angst vor Pathos hatte, vor dem Großen und Erhabenen oder dem Kleinen und Häßlichen, vor der Verfremdung der Kunst, die so lächerlich sein konnte, wenn sie die Wirklichkeit zu imitieren versuchte.

Die Fernbedienung entfernte den Gegenstand seiner Verachtung. Lipinski lehnte sich zurück und schloß die Augen. Begraben will ich Caesar, nicht ihn preisen ... seine Traumrolle, der nie gespielte Part, denn statt dessen hatten sie ihn begraben, in einer Zelle, die für Publikum ungeeignet war. Auch für Schauspieler. Vielleicht wäre er ein großer Schauspieler geworden, doch die Zeit war gegen ihn gelaufen. Der Auftritt vor Gericht: Zwei Jahre wegen Volksverhetzung oder konspirativer Tätigkeit, er konnte sich nicht mehr genau an den Text erinnern, es war ja schon so lange her und es war schon damals eine dumme Lüge gewesen, jeder wußte es, aber man hielt sich an den Text, weil kein anderer zur Verfügung stand.

Auch Herta, dachte Lipinski, hatte sich an den Text geklammert, obwohl sie gewiß ein wenig improvisieren mußte. Die Zeugin Herta Lipinski hatte es sich nicht nehmen lassen, zugunsten ihres Mannes auszusagen. Als einen unbedarften Trottel hatte sie ihn vor Gericht hingestellt, einen dummen kleinen Mitläufer, dem die Freiheit der Kunst zu Kopf gestiegen sei. Sie, im Besitz der Wahrheit, hatte ihn, den fehlgeleiteten Lügner, zu verteidigen versucht. In Maßen, versteht sich, denn schließlich war Herta Lipinski eine Stasi-Offizierin und als solche in der Potenzierung der Heuchelei doch ungeübt. In Maßen, denn schließlich hatte Herta ihn verraten, ans Messer geliefert, ein wenig geplaudert in Ausübung ihrer staatsbürgerlichen Pflicht. Das war nie zur Sprache gekommen, nicht, als sie ihn verhörten, nicht während der Farce, die sie Verhandlung nannten, nicht, als sie ihn noch einmal im Gefängnis besuchte, um ihm ihre Scheidungsabsichten mitzuteilen – und auch niemals später, nachdem Walter Lipinski in den Besitz doppelter Freiheit gelangt war: aus den Gefängnismauern in ein Land ohne Mauern. War man einmal durchgegangen, war die große Freude auch schon vorbei ...

Begraben will ich Caesar, nicht ihn preisen ...

Niemand würde von Walter Lipinski behaupten, daß er ein Held gewesen sei. Auch Walter Lipinski nicht. Ein wenig naiv, ein wenig querulant, nicht angepaßt genug, um sich seinen Teil zu denken und die Schnauze zu halten. So hatte er ein wenig mit dem Feuer gespielt, ein paar große Reden geschwungen im Kollegenkreis, mehr war es nie gewesen. Ein wenig Brecht, ein wenig zu viel Schiller, zuwenig Sartre und zuwenig ideologische Disziplin. Hatte er wirklich geglaubt, Herta damit imponieren zu können?

Er wollte nicht weinen, als er an Herta dachte und an Stefanie, aber er war auch ein sentimentaler Hund, einer, den die großen Tragödien aufwühlten. Und so weinte Walter Lipinski in seinem Schaukelstuhl in seinem schäbigen Zimmer. Dann stand er auf, um sich Bier aus dem Kühlschrank zu holen; er bevorzugte Wein, doch dies reichte nicht aus, die Anstrengung des Einkaufs auf sich zu nehmen.

In Alfter-Oedekoven gingen die Lichter an, und er saß im Dunkeln. Dachte an Herta, die zu Hause war, als sie ihn abholten, damals, aus der Dreizimmerwohnung in bevorzugter Wohnlage. Hertas Beziehungen, nicht seine. Herta saß oben und er saß im Nirgendwo, und Herta bereute zutiefst, daß sie einen vielversprechenden Schauspieler geheiratet hatte, der sich zum konspirativen Clown entwickelt hatte. Die Angelegenheit entsprach nicht ihren praktischen Lebenszielen. Sie war immer so praktisch veranlagt; schickte Stefanie aus dem Zimmer, als die beiden Männer in ihren lächerlichen Ledermänteln kamen, der eine trug einen karierten Hut, und Herta sagte »mein armer Walter«, als sie ihn aus der Wohnung führten. Herta hatte ihren armen Walter verraten, weil sie ihn endlich loswerden wollte, Platz schaffen für Brog, der doch eine Wohnung in Berlin suchte und einen warmen Platz im Bett einer schönen, praktisch veranlagten Frau.

Begraben will ich Caesar, nicht ihn preisen ... Er hatte es ihr nicht leichtgemacht, ihn zu lieben, zugegeben. Er hatte sich nicht für ihre lächerliche Arbeit interessiert, für ihre Sammlung alten Porzellans, für ihre unendliche Angst, von der Norm abzuweichen ins Irrationale, wie sie es nannte. Was immer sie einmal zusammengeführt hatte – und vermutlich war es Sex gewesen – jedes weitere Wort brachte sie auseinander. Weitere Worte von zehn Jahren, die sich zu Sätzen fügten, die nur noch verletzen konnten. Gewiß, er hatte sie nicht mehr geliebt, doch er war zu bequem gewesen, sie zu verlassen, die Wohnung zu verlassen – und vor allem seine Tochter, sie wollte er nicht verlieren, nicht Herta überlassen, die ihr nicht von den großen Gedanken erzählen konnte, sondern nur von den kleinen.

Er hatte sich geweigert auszuziehen, und Herta hatte einen Weg gefunden, ihn loszuwerden. Und Brog war fünf Wochen später eingezogen, der Liebhaber seiner Frau, auch so ein praktisch veranlagter Mensch, der seine Phantasie auf das Nützliche beschränkte. In diesem neuen Land nannte man sie die Gewinner, die Praktischen und Nützlichen und Angepaßten, doch natürlich war der Spielraum für die Verlierer größer als damals in dem anderen Land. Hier durften sie große Reden schwingen, auch wenn sie kleine Brötchen buken. Hier wurden Clowns gelitten, links und rechts und mittendrin. Wer nur irgendwie mitspielte, wurde durchgefüttert.

Auch Walter Lipinski, Sozialhilfeempfänger, arbeitsloser Schauspieler, Exknasti, Exzoni, Exmensch. Bis eine wunderbare Fügung – in der klassischen Tragödie die schicksalhafte Begegnung – ihn mit Herta zusammenführte – und mit Brog.

Nicht weiterdenken ... Walter Lipinski ließ sich nur allzugern von einem Geräusch ablenken, das aus der Wohnung unter ihm kam. Jemand schrie und eine Stimme schrie zurück, er wußte, daß es das Paar war, dem er manchmal im Hausflur begegnete. Sie waren noch jung, aber sie hatten kein Geld, und sie stritten sich um idiotische Dinge wie ihre Einkäufe und seine Ausgaben. Die Wände waren so dünn in diesem Haus, fragil wie die seelische Befindlichkeit seiner Bewohner. Er hatte schon mal daran gedacht, den beiden Geld zu geben, doch vermutlich würden sie dann erst recht streiten, und immerhin lenkte ihn ihr Unglück von seinem eigenen ab, manchmal, wenn er mithören durfte.

Der Gedanke, das Leben zu beenden, war verlockend. Er hatte bloß Angst davor.

Er stand auf, als er die Klingel hörte, blieb stehen und fragte sich, wer ihn besuchen wollte. Wenn er einmal aufmachte, würde er kaufen, egal was, egal von welchem armen Schwein, das ihn betrügen wollte. Das Geld war ihm gleichgültig, es war nicht das Geld, mit dem Brog ihn geködert hatte.

Gab es jemanden, der die Gänge zum Sozialamt als erträglich empfinden konnte? Für Walter waren sie schrecklich, das war's im Grunde gewesen, damit hatte Brog ihn gekauft – und mit der Aussicht, Stefanie wiederzusehen.

Die Klingel schrillte, ein billiger Ton, und er stand zögernd vor der Tür. Wagte nicht zu fragen, wer so aufdringlich klingelte, denn dann hätte er sich ja verraten. Männer mit Hüten? Eine schöne Frau? Die Journalistin, die noch Fragen an ihn hatte …?

Walter gab sich einen Ruck und setzte den linken Fuß vor den rechten, befahl seinem Arm, die Türklinke herunterzudrücken …

»Mein Gott, das hat ja ewig gedauert.«

August Hackbart stand in seinem winzigen Flur und sah sich naserümpfend um. »Wie hält man diesen Knoblauch-Kohl-Geruch aus? Das ist ja 'ne tolle Behausung für unseren leitenden Angestellten.«

Walter schloß die Tür und verfluchte sich dafür, daß er sie geöffnet hatte. »Ich habe Sie nicht gebeten, herzukommen, Hackbart.« Er sah wirklich komisch aus in seiner Wohnung, dieser perfekte August, der jetzt ungefragt ins einzige Zimmer trat und sich auf die Couch setzte, nachdem er einige Flusen entfernt hatte.

»Ich weiß, ich weiß. Kann ich ein Bier haben?«

Es war noch eine Flasche in seinem Kühlschrank. Er nahm sie zögernd heraus, stellte sie vor Hackbart auf den Tisch, einen Öffner daneben, kein Glas. »Mit Salzstangen kann ich nicht dienen.«

»Ich esse auch lieber Austern als Salzstangen.« Hackbart

öffnete die Flasche, setzte sie an seinen Mund, wischte mit einer eleganten Handbewegung Schaumreste ab. Sah sich angewidert im Zimmer um: »Können Sie sich nichts Besseres leisten von Ihrem Gehalt?«

»Lege keinen Wert darauf.« Walter setzte sich in seinen Schaukelstuhl und wippte herausfordernd. Schon möglich, daß August hinter der blendenden Fassade ein armes Schwein war, aber auch dann wäre er nicht verpflichtet, ihn zu mögen.

»Ich mache mir Sorgen, deshalb bin ich hier.«

Der Schaukelstuhl quietschte und das Geräusch nervte ihn, doch August wagte noch nicht, den Stuhl mit seinem Fuß zu stoppen.

»Sorgen?«

»Mein Gott, wir sitzen doch alle im gleichen Boot. Was ist mit Brogs Testament? Hat er eines hinterlassen? Was wird mit der Firma geschehen – mit uns? Interessiert das keinen außer mir?«

Die Ratte klammert sich ans sinkende Schiff, dachte Walter, und er sah August mit beinahe liebevollem Lächeln an. »Es gibt kein Testament. Brog hat sich für unsterblich gehalten. Vermutlich wird diese Cousine in Amerika erben – sofern sie gefunden wird. Bis dahin läuft alles weiter, einfach weiter.«

Es war nicht fair. Es war eine verdammte Ungerechtigkeit, und August mußte sich zusammennehmen, um Lipinski nicht anzuschreien. Seine Stimme war heiser: »Und was ist mit dem Geld in der Schweiz?«

»Welchem Geld?«

»Mein Gott, spielen Sie doch hier nicht den Idioten. Brogs Geld auf dem Züricher Konto. Ich hab's doch manchmal selbst transportiert, Aktenkoffer mit Geld. Was ist damit?«

Wie unsäglich diese Gier doch ist, dachte Lipinski, und es freute ihn, August zu demütigen. »Ich denke, dieses Geld war für den Überredungsfonds gedacht.«

Idiot. »Aber doch nicht alles, Lipinski. An Bestechungsgeldern flossen höchstens 500 000 im Jahr, das wissen Sie genau, weil *Sie* die Überweisungen unterzeichnet haben. Brog war viel zu clever, das selbst zu tun.«

August war so arrogant, daß es ihn nicht kümmerte, wenn er jemanden beleidigte. Jetzt lächelte Walter: »Ich weiß nicht, was mit dem großen Rest ist, Hackbart. Brog war viel zu clever, mir die Verfügungsgewalt über all seine Konten zu übertragen. Ich nehme an, das Züricher Geld ist perdu, wenn keiner es reklamieren kann.«

Er war erschüttert. Zum erstenmal sah Walter einen August Hackbart ohne Siegermiene. »Das sind doch Millionen«, sagte August leise. Er spürte Tränen aufsteigen, Tränen der Wut und Verzweiflung über die Ungerechtigkeit des Lebens. »Das kann nicht sein. Man muß doch irgendwie an die Konten rankönnen.«

Draußen begann es zu regnen. Tropfen klatschten gegen die schmutzigen Fensterscheiben. Die Gardinen sahen aus, als ob sie nie weiß gewesen wären. Alles war häßlich, deprimierend, zum Kotzen. August kämpfte mit Tränen. Walter Lipinski lächelte boshaft: »Ich fürchte, da gibt es keinen Weg. Die Bank wird die Konten nach angemessener Frist einziehen, ich glaube, sie warten fünfzehn Jahre oder so, genau weiß ich es nicht.«

August war aufgestanden und ging ans Fenster. Die Scheußlichkeit dieses Zimmers nahm er nicht mehr wahr, nur die Ausweglosigkeit seiner Situation. Nein, so leicht war er nicht abzuspeisen, nach allem, was er für Brog getan hatte. Seine Stimme wurde scharf: »Vielleicht hast du ihn ja umgebracht, Lipinski, weil du sehr wohl weißt, wie man an die Konten kommt. Aber weil du gierig bist, hast du keine Lust zu teilen.« Er kam auf Lipinski zu und bohrte ihm den rechten Zeigefinger in die Brust. »Soviel Gier würde mich sehr, sehr böse machen. Und wenn ich böse bin, kann ich sehr gemein und verletzend sein. Auch im körperlichen Sinne, wenn du verstehst, was ich meine.« Augusts Lächeln war noch bedrohlicher als seine Worte.

Walter hatte gemeine Erinnerungen an Menschen, die ihm sehr nahe gekommen waren, um ihn zu verletzen. Die Erinnerung steigerte seine Angst in eine Art Panik, die ihn beinahe lähmte. Er saß da, Hackbart hatte seinen Fuß auf dem Stuhlbein und den Finger auf seinem Herzen. Und er hatte erbärmliche Angst. Weil er ahnte, daß August nicht bluffte. August hatte das Potential, böse zu sein, er sah es in seinem Gesicht, das ganz entspannt war. August lächelte immer noch, weil er seine Stärke spürte und genoß. Er hob seinen Fuß, und der Stuhl schaukelte nach hinten und wieder nach vorne, wo sein Zeigefinger sich bewegt hatte und Lipinskis Nase traf, so hart, daß es weh tat. »Eine so große Nase und eine so große Fresse. Wäre es nicht besser, wenn wir Freunde würden, Walterchen ... Freunde, die alles teilen.«

Er zog seinen Finger zurück. Sein Gesicht zuckte merkwürdig, als er sagte: »Brog schuldet mir einiges. Und ich will es haben. So einfach ist das.«

Wie komisch, dachte Walter. Auch mir schuldet Brog einiges, doch ich kann es nicht mehr haben. Jetzt, da August wieder in relativ sicherer Entfernung war, kehrte seine Denkfähigkeit zurück. »Sigrid weiß, wo der Safeschlüssel ist«, sagte er. »Wir können ja morgen beide an den Safe, vielleicht gibt es irgendwo Unterlagen über die Konten.«

Hackbart trat einen drohenden Schritt auf ihn zu. »Brog war nicht so bescheuert, solche Unterlagen im Bürosafe aufzubewahren. Wenn, dann sind sie in seinem Haus. Du gibst mir die Schlüssel, und ich werde selbst suchen.«

»Die Hausschlüssel sind im Büro – im Safe.« Walter mußte sich beherrschen, kein Lächeln zu zeigen. »Sie können sie morgen haben. Morgen früh. Kein Problem.«

August sah ihn mißtrauisch an: »Und du hättest nicht den Wunsch, mitzukommen?«

Nein, du kleiner Idiot, das wäre ganz überflüssig. »Ich vertraue Ihnen, Hackbart. Ich habe nur einen Wunsch: Duzen Sie mich nicht. Ich kann es nicht ertragen.«

Dinge, die er nicht verstand, machten August Hackbart aggressiv. Den letzten Satz verstand er nicht. Er packte Lipinski am Hemdkragen und schüttelte ihn. »Na gut, Sie kleiner Wurm, es ist mir egal, solange wir uns in wesentlichen Dingen verstehen. Morgen früh kriege ich die Schlüssel – und dann sehen wir weiter.«

Es gab kein Mittel gegen Gewalt – als Gewalt. Walter wußte es, und weil er in dieser Situation das Opfer war, blieb er demütig, klein, so wie er es gelernt hatte, auch wenn es nicht immer geholfen hatte, die Gewalt zu verhindern. »Aber natürlich«, sagte er leise. »Ich meine, ich habe wirklich kein Interesse an Geld, das können Sie doch sehen.«

August ließ ihn los. »Ich kann es sehen, aber ich kapier's nicht, Genosse. Es ist unnatürlich.«

Du bist zu dumm, irgend etwas zu kapieren, dachte Walter, doch sein Gesicht blieb unterwürfig, hilfreich, und seine Stimme zitterte, als er Hackbart bat, jetzt zu gehen, da er dringend zur Toilette müsse. August lachte und enthüllte blendend gepflegte Zähne. Er schien gut gelaunt, als er die Wohnung verließ, Walter hörte ihn an der Treppe pfeifen. Walter verschloß die Tür. Er ging nicht zur Toilette, sondern zum Küchenschrank. Er holte eine Keksdose aus dem obersten Regal, öffnete sie und zog eine Pistole heraus, ein zierliches Ding, das in die Handtasche einer Frau gepaßt hätte. Walter hielt sie in der Hand. Er hatte kleine Hände, fast Frauenhände. Er hatte immer von sich gedacht, daß er nicht zur Gewalt fähig sei. Lange hatte er das gedacht, aber natürlich war es so, daß man jeden Menschen dazu bringen konnte, ein Mörder zu werden. Man mußte ihm nur das Gefühl geben, daß es keinen anderen Ausweg mehr gab.

12

Sigrid Kreuz wohnte in einer Siedlung für gehobene Ansprüche am Rande von Bad Godesberg. Die Garagentür öffnete sich auf Knopfdruck, der Lift funktionierte lautlos, die Dreizimmerwohnung in der dritten Etage war hell und freundlich, und keine Gerüche oder Geräusche störten die Wohnharmonie des arrivierten Mittelstandes.

Der Parkettboden knarrte nicht unter Annas Füßen. Die Sitzgarnitur war pastellfarben, im Ton passend zu den Gardinen, und Grünpflanzen in allen Variationen und Größen verrieten eine gewisse sterile Liebe zur Natur. Annas Grünpflanzenphase war bereits vorüber, wohl auch deshalb, weil ihre erratischen Bewässerungsphasen zum frühen Tod der Pflänzchen geführt hatten. Nur zwei Kakteen hatten überlebt, und Anna fand eine gewisse Symbolik darin.

»Eine schöne Wohnung haben Sie«, sagte sie, weil man so was sagte, und Sigrid Kreuz wies auf einen pastellfarbenen Stuhl. »Machen Sie es sich bequem, ich seh mal nach, was die Küche zu bieten hat.«

Sie hatte ihre Stöckelschuhe gegen Hausschuhe ausgetauscht, etwas, das Anna nicht besaß und ziemlich spießig fand. Sie näherte sich dem Wohnzimmerschrank, denn Bücher waren immer das erste Objekt ihrer Neugierde, wenn sie in fremde Wohnungen kam. Sigrid Kreuz schien sich auf die Bestsellerlisten einzulesen: Von Grisham und Simmel über Pilcher bis hin zu Wickert und den Straußschen Memoiren war fast alles vertreten, was in Buchhandlungen auf dem Präsentiertisch zu liegen pflegte. Anna entdeckte zwei Bücher von Greenpeace, spanische Wörterbücher, ein paar Taschenbuchkrimis und eine Reihe von Ratgebern zu den Themen Topfpflanzen, Naturkosmetika, Yoga, Gesünder leben und so weiter. Zwischen den Büchern waren kleine Topfpflanzen arrangiert; es gab keine Fotos und wenig Bilder. Ansonsten der übliche Wohnzimmerkram: Fernsehapparat, Videorecorder, Stereoanlage. Nichts in dem Zimmer deutete auf einen Mann in Sigrid Kreuz' Leben. Das, was Anna bisher gesehen hatte, sagte nur aus, daß die Frau ein gutes Auskommen und etwas Geschmack hatte, des Lesens kundig war und eine Leidenschaft für Topfpflanzen hegte. Draußen auf dem Balkon standen größere Exemplare sowie ein Vogelhaus aus Rattan. Anna hatte ihre Schuhe ausgezogen, um den Parkettboden nicht zu beschädigen.

»Brot, Käse, Oliven und Rotwein – ist das recht?«

Sigrid Kreuz stellte das Tablett auf den Wohnzimmertisch und brachte Teller, Besteck und Gläser. Es gab Stoffservietten. Anna sagte: »Sie hätten sich nicht solche Mühe machen sollen« und schielte auf den Rotwein. Es war ein Spanier, den sie nicht kannte; der Wein war kalt und sie war durstig. »Prost«, sagte Sigrid Kreuz, nachdem sie ihr Glas erhoben hatte: »Freut mich, daß Sie mitgekommen sind. Ich habe nicht so oft Besuch ... leben Sie auch alleine, Frau Marx?«

»Ganz und gar. Ich habe nicht mal einen geschiedenen Mann vorzuweisen«, antwortete Anna mit einer Leichtigkeit, die sie oft erprobt hatte.

Die Kreuz lachte und schob sich eine Olive in den Mund. »Ach, einen Ex habe ich, aber was hab ich davon? ... Obwohl es im großen und ganzen sehr angenehm ist, alleine zu leben.«

»O ja. Besonders, wenn man einen Beruf hat, der einen ausfüllt ...« Anfangsgeplauder ist eine mühsame Angelegenheit, dachte Anna, schaufelte sich Käse auf den Teller und hakte nach: »Haben Sie gern für Brog gearbeitet – im großen und ganzen?«

Die roten Fingernägel gruben sich in einen Käsewürfel. »Ja, schon. Er hat mich gut bezahlt und relativ selbständig arbeiten lassen. Er war ja oft unterwegs, im Osten und im übrigen

Europa. Müll ist ein sehr bewegliches Geschäft, Frau Marx.« Als sie Annas skeptisches Gesicht sah: »Früher war ich Chefsekretärin in einer Fleischfabrik. Das war auch nicht sonderlich appetitlich. Seither esse ich kaum noch Fleisch oder Wurst. Schmeckt der Wein?«

»Wundervoll.« Anna wagte nicht zu fragen, ob sie müllabstinent geworden war. Sie kaute und trank, fragte und erzählte. Worauf sie hinauswollte, wußte sie nicht genau, im allgemeinen ein Stück Wahrheit, das ihr weiterhelfen könnte, und Sigrid Kreuz schien gern zu reden.

Eine Einsamenkrankheit, dachte Anna, so wie das Trinken, das einem half, die Abende durchzustehen bis hin zu der Schwere, die das Schlafen ermöglichte. Sie waren jetzt bei der dritten Flasche angelangt, der Wein schmeckte nicht besser, aber vertrauter, und Anna durfte rauchen, ein selten gewordenes Privileg in Nichtraucherwohnungen.

»Was ist mit diesem schönen August los?« fragte Anna mit etwas schwerer Zunge.

Sigrid Kreuz kicherte. »Was soll mit ihm los sein? Er ist schön und hat einen häßlichen Charakter, womit wir wieder ein Klischee bedient hätten. Brog hat ihn von einer Dienstreise aus Spanien mitgebracht, einfach so. Vor eineinhalb Jahren. August zog auf das Rittergut, wurde dort nach drei Monaten rausgeworfen und fortan als Chauffeur eingesetzt.« Sie kicherte hemmungsloser. »Kann man nicht schreiben, weil es nur Gerüchte sind, aber angeblich hat Brog August eines Nachts sittlich belästigt, worauf dieser versuchte, Brog zu erpressen, vergeblich natürlich, aber für eine Dauerstellung hat es immerhin gereicht.«

»War Brog homosexuell?«

Die Gastgeberin wurde wieder ernst. »Nein, aber vielleicht war er beides, soll ja vorkommen. Und bevor Sie mich *das* fragen: Mit mir hat er nie was gehabt, aber ich habe die eine oder andere Biene in seinem Haus gesehen, wenn ich mithalf, ein Fest zu arrangieren. Sie wissen schon: jung, hübsch und ein wenig unmoralisch.« Ein Seufzer des Bedauerns: »Ich war leider nie so. Mit achtzehn hab ich diesen Idioten geheiratet und ...«

Schweigen nach diesem abrupten Ende des Satzes. »Woher wissen Sie das mit der sittlichen Belästigung?« fragte Anna schließlich.

»Von Erna, seiner Haushälterin. Sie sagte, die beiden hätten furchtbar gesoffen. Brog hat sehr diszipliniert getrunken, normalerweise, bei geschäftlichen Anlässen ganz wenig, aber manchmal flippte er eben aus. Kann aber auch sein, daß unsere Erna die Sache etwas übertrieben hat. Sie ist der Typ alte Jungfer, verstehen Sie, und sie konnte Hackbart nicht ausstehen. Jedenfalls erzählte sie mir die Geschichte so, und daß August eine Art Schmerzensgeld kassieren wollte, worauf Brog damit konterte, daß er von Augusts kleinen Rauschgiftdeals in Spanien wüßte. So ist das, wenn ein Gauner den anderen trifft ... 'tschuldigung, ist mir so rausgerutscht. Brog war kein Gauner, wenn auch ein ziemliches Schlitzohr. Das, was man einen ... hicks ... dynamischen Geschäftsmann nennt.«

Sigrid Kreuz verstummte, um ihren Schluckauf mit Wein zu bekämpfen. »Prost, Anna Marx. Sie gefallen mir, weil Sie so gut zuhören können. Ist wohl eine Berufskrankheit. Obwohl: schreiben dürfen Sie das nicht. Interessiert ja auch keinen, was Brog so getrieben hat, mit August und seinen Bienen und seinen Geschäftsfreunden bei den großen Festen, die dort gefeiert wurden. Sie müssen sich dieses Rittergut mal ansehen: Es ist die Krone der Geschmacklosigkeit. Protz hoch drei, würde ich sagen, aber Brog hat es gefallen. Er war kein schlechter Kerl, wissen Sie, nur eben zu reich – und das wird man nicht mit einer Vielzahl von moralischen Skrupeln.«

Ein wenig verschwommen war ihr sorgfältig geschminktes Gesicht bereits, und dadurch wurde es weicher und hübscher, und Anna dachte, daß Sigrids Wahrheiten vermutlich nur die Spitze des Müllbergs waren. »Und so haben sich der reiche Brog und der schöne August gefunden – in einer Art gegenseitiger Abhängigkeit.«

»Könnte man so sagen ... noch Käse?« Als Anna verneinte, stand Sigrid Kreuz dennoch auf und kam mit einer Schale mit Keksen zurück. »Nach dem Rezept meiner Mutter gebakken ... lebt Ihre Mutter noch?«

Anna verneinte.

»Seien Sie froh. Meine vegetiert in einem Pflegeheim – und jedesmal, wenn ich sie besuche, komme ich mit Depressionen zurück.« Sie lehnte sich im Stuhl zurück und schloß die Augen: »Der Kreis schließt sich, verstehen Sie? Man kommt als schreiendes, hilfloses Bündel auf die Welt, denkt dann irgendwann, daß man alles im Griff hat – und am Ende ist man wieder nur ein greinendes Stück Mensch, auf die Hilfe der anderen angewiesen. Mit dem Unterschied, daß Babys in der Regel geliebt werden ... Ich hasse meine Mutter dafür, daß sie mir ihr Elend vor Augen führt, verstehen Sie?«

Anna rülpste dezent. Dachte, daß der Wein ihr Kopfschmerzen bescheren würde, daß Altwerden etwas Scheußliches war und sie jetzt gehen sollte. Doch als sie Anstalten machte, sich zu erheben, was gar nicht leicht war – warum eigentlich nicht? – da hielt Sigrid Kreuz sie mit einer flehenden Handbewegung zurück. »Gehen Sie noch nicht. Ich mache uns Kaffee – und danach rufe ich ein Taxi. Einverstanden?«

Anna sank zurück, das war ohnehin leichter. Stellte sich die Orgien auf Brogs komischem Rittergut vor, ihre Phantasie kam da durchaus mit, und sie erwachte aus einem leichten Schlaf, als die Gastgeberin mit zwei Kaffeetassen zurückkam. »Ihr Rauchen wird meinen Pflanzen schaden«, sagte Sigrid Kreuz, »aber das macht nichts.«

Anna haßte es, wenn man sie ins Unrecht setzte und gleichzeitig Absolution erteilte. »Ist August homosexuell?«

Sigrid Kreuz setzte sich zu Anna aufs Sofa. Reichte ihr die Kaffeetasse. »Frau, Mann ... ist doch egal, oder? Ein bißchen Liebe braucht der Mensch, Wärme und Nähe ...«

Anna rückte ein Stück weg. »Ich glaube, ich bin etwas betrunken«, sagte sie, und es war die Untertreibung des Jahres.

Sigrid Kreuz' Gesicht war sehr nahe. Durch die bröckelnde Schminke schien ihr Gesicht zu zerfließen, es löste sich auf und setzte sich zu einer Fratze zusammen, die Anna überhaupt nicht gefiel. Später, viel später würde ihr einfallen, daß sie ihre Ängste in dieses Gesicht projiziert hatte. In diesem Augenblick hatte sie nur das Bedürfnis, einen einigermaßen ordentlichen Abgang zu schaffen. »Ich muß jetzt wirklich gehen. Rufen Sie mir bitte eine Taxe.«

»Feigheit kommt vor dem Fall«, murmelte die Kreuz in Annas Ohr. Etwas Speichel blieb hängen. Ich kann nicht, dachte Anna, jedenfalls so kann ich es nicht, und sie fühlte sich plötzlich wieder ziemlich nüchtern und stand auf. »Ich kann mir auch selbst ein Taxi rufen.«

Sigrid Kreuz zeigte auf ein pastellfarbenes Telefon neben der Palme. »Nur zu«, sagte sie, »raus in die einsame Kälte. Wäre doch ganz passend gewesen, von Kühlschränken erschlagen zu werden, nicht wahr?«

Anna wählte die Fünf, sechsmal, wiederholte Namen, Straße und Hausnummer. Die Gastgeberin lag mit geschlossenen Augen auf der Couch, die Beine mit den Hausschuhen angewinkelt, einen Arm über das Gesicht gelegt. Anna sammelte ihre Schuhe ein, die Zigaretten und die Handtasche. »Frau Kreuz ...?« Sie meinte ein leises Schnarchen zu hören und entschied, von einer Verabschiedungsorgie abzusehen. Sie würde am nächsten Tag anrufen und sich für den schönen Abend bedanken.

Anna schloß leise die Wohnungstür und wartete draußen vor dem Haus auf das Taxi. Es war spät, dunkel und kalt, und kein Mensch war auf der Straße. Kurz bevor ihre Zehen abfroren, kam der Wagen. Ein mürrischer Fahrer brachte sie nach Hause und bedankte sich nicht für das Trinkgeld.

Das Haustürschloß verweigerte sich ihren ersten Versuchen mit dem Schlüssel, bis es endlich klappte. Bevor sie den Lichtschalter fand, stolperte sie über einen Kinderwagen, der im Flur abgestellt war. Der Lift war außer Betrieb, es geschah zunehmend häufiger und deutete auf eine baldige Mieterhöhung hin. Während Anna die Treppe hochschlich, dachte sie, daß sie ihre Arbeitskraft hauptsächlich für die Erhaltung der Wohnung und des Autos aufwendete. Vielleicht sollte man daran denken, eine Wohngemeinschaft mit Sigrid Kreuz einzugehen, haha. Das Licht ging zweimal aus, bis sie vor ihrer Wohnungstür stand, vermutlich hatte der Hausbesitzer den Zeittakt verkürzt. Der Hausschlüssel paßte. In der Wohnung schaltete sie sofort alle Lichter ein, um die bösen Geister zu vertreiben. Annas Wohnung war in keiner Weise pastellfarben und ziemlich unaufgeräumt. Aber sie war froh, zu Hause zu sein. Irgendwie. Ging leicht schwankend zum Anrufbeantworter, der Hermes' Stimme gespeichert hatte.

»Tag Marx. Sie haben sich natürlich *nicht* gemeldet. Und die Jungs vom LKA haben mir erzählt, daß Sie eine ziemlich schwierige alte Kuh seien. Nett, nicht? Ich bin bis zehn ungefähr im Büro. Sollten Sie es wagen, später nach Hause zu kommen, rufen Sie mich gefälligst morgen an. Gute Nacht.«

»Ich bin doch nicht mit dir verheiratet, Junge.« Anna drückte auf die entsprechende Taste, um Hermes zu löschen, und warf gleichzeitig ihre Schuhe in die Ecke. Auf dem Weg ins Schlafzimmer flogen die Kleidungsstücke in alle Richtungen, bis sie nackt aufs Bett fiel.

Anna dachte an Orgien, aber sie war zu betrunken für eine Singleorgie und schlief ziemlich schnell ein.

13

Das satte Brummen des Motors war Musik in seinen Ohren. Er lenkte den Porsche durch die engen Altstadtstraßen, mehr als vierzig Stundenkilometer waren nicht drin bei dem Verkehr, doch er wurde dafür entschädigt durch bewundernde oder neidische Blicke auf Auto und Fahrer. Die Stereoanlage spielte Volksmusik, eine Weise von Heimat, Liebe und Glück, und das Gedudel beruhigte ihn etwas, denn August Hackbart war wütend und er liebte diese Art von Musik.

Er war furchtbar wütend. Als er die Auffahrt zu Brogs Anwesen hinaufgefahren war, hatte er die Bullenautos vor der Tür gesehen und sofort kehrtgemacht. Scheißbullen, die ihn daran hinderten, Brogs Haus auf den Kopf zu stellen auf der Suche nach Unterlagen zu Schweizer Konten. Gut möglich, daß die Kripoleute was fanden – andererseits war Brog von paranoider Vorsicht gewesen. Bestimmt hatte er brisante Papiere weder zu Hause noch in seinem Büro untergebracht. Beim Anwalt? Auch dann wären sie für ihn verloren.

Pech. Letztlich war er im Leben immer von Pech verfolgt gewesen, und das hatte schon in der Kindheit begonnen, an einem strahlenden Tag im Juli, als die Herren in Lederjacken in die Hackbart-Villa kamen, sie auf den Kopf stellten und den Hausherrn mitnahmen. Vierzehn Jahre alt war er damals gewesen, das einzige, verwöhnte Kind von Alfons und Sieglinde Hackbart, die ihrem Sohn zwar kein Übermaß an Liebe, aber doch reichlich irdische Güter geschenkt hatten. Alfons hatte mit Wertpapieren gehandelt, besser gesagt, er hatte wertlose Papiere an irgendwelche Idioten verkauft, die zuviel Geld hatten und es am Finanzamt vorbei vermehren wollten. Diese Details von Alfons' Geschäften waren allerdings erst an jenem strahlenden Julitag ans Licht gekommen. Sieglinde, seine schöne und anspruchsvolle Mutter, hatte sie ihm erzählt, weil sie eine Schulter zum Ausweinen brauchte, als sie Vater fortgeführt hatten. Später hatte sie dann Alfons' Anwalt getröstet, besser als der Sohn es vermochte, aber dieses Detail hatte den Anwalt wohl abgelenkt, denn Alfons bekam sechs Jahre aufgebrummt und verschwand aus dem Leben von Sieglinde und August Hackbart. Gewissermaßen verschwand alles, was das Leben bis dahin so angenehm erscheinen ließ – die Villa, die Hausangestellten, die Freunde und Feste. Als ob eine Seifenblase geplatzt wäre, zeigte sich der Rest der Welt von einer bis dahin ungewohnten Seite. Sie zogen in ein Hotel, als die Villa beschlagnahmt wurde. Sieglinde heulte, die Freunde schwiegen, und Augusts Freundin Lilian erklärte ihm ganz kühl, daß sie mit einem Knastisohn nichts mehr zu tun haben wolle. Er ging noch eine kurze Weile zur Schule, gelobt sei, was dich hart macht gegenüber den Gemeinheiten, zu denen Vierzehnjährige fähig sind. Dann beschloß Sieglinde, sich von dem »Scheißleben in Düsseldorf« zu verabschieden und dorthin zu ziehen, wo zumindest ein standesgemäßes Wohnen möglich war: in Alfons' Haus auf Mallorca, unweit von Palma auf einem Hügel gelegen und beizeiten auf Sieglindes Namen überschrieben. Das Haus war das einzige, was ihnen nach vierzehn Jahren Überfluß übriggeblieben war, das und dreißigtausend Mark auf Sieglindes persönlichem Konto. Nicht sehr viel, hatte August damals gedacht und seinen Vater verflucht, der nicht für Notzeiten vorgesorgt hatte.

August pfiff einem Mädchen nach, das die Straße überquerte. Sie konnte es nicht gehört haben, doch sie drehte sich um und sah den Mann im Porsche einladend an. Keine üble Matratze, er überlegte eine Sekunde und fuhr dann langsam weiter.

Mit vierzehn Jahren hatte er den Wert des Geldes erkennen gelernt. Sie flogen nach Palma, hintendrin in der Holzklasse, wo man vom Flugpersonal behandelt wurde wie Übergepäck.

Sieglinde heulte, was ihrem Teint gar nicht bekam, obwohl sie für eine Sechsunddreißigjährige ziemlich schön aussah. August Hackbart, vierzehn, saß in seinem engen Sitz und schwor sich, alles zu tun, um wieder in der ersten Klasse zu fliegen. »Heulst du um Alfons oder um den Anwalt?« fragte er seine Mutter, und sie schneuzte sich und schwieg.

August parkte seinen Wagen vor dem »Amadeus« im Halteverbot. Die Bonner Auswahl an ordentlichen Lokalen war äußerst klein, doch er hatte keine Lust, nach Köln zu fahren, weil er die Absicht hatte, seinen Frust mit Champagner hinunterzuspülen. Besoffen Auto zu fahren, war nicht sein Ding. Nicht weil er der Meinung war, daß man Gesetze respektieren müßte, sondern weil er eine gottverfluchte Angst hatte, seinen Führerschein zu verlieren.

Der Amadeus-Wirt begrüßte ihn überschwenglich, denn August war ein guter Kunde. Wirte mochten Porschefahrer und Champagnertrinker; August bekam seinen Lieblingsplatz und bestellte eine Flasche Rose-Champagner, dazu Austern, dazu Weißbrot, dazu das dienende Lächeln der Kellnerin, die ihn verehrte. Die Welt könnte so schön sein, wenn er im Besitz von Brogs Schweizer Konten wäre. Prost August, noch ist nicht alles hin.

Sie ließ sich gar nicht so schlecht an, die Zeit in Mallorca. Das Wetter war besser, es gab keine Freunde, die einen schnitten, man konnte im Pool schwimmen oder Tennis spielen, es war beinahe so wie früher. Und Sieglinde machte keine Anstalten, ihn in die Schule zu schicken. Sie frühstückten morgens gemeinsam, meist sehr spät, dann gingen sie in die Stadt, um einzukaufen, und faulenzten rum, bis der Abend kam. Sieglinde brauchte etwa zwei Stunden, um so atemberaubend auszusehen, daß alle Männer sich nach ihr umdrehten. Abends gingen sie meist aus, in billige oder teure Lokale, je nachdem, ob Sieglinde jemanden fand, der bezahlte. Sie begann, zuviel zu trinken, aber das wäre nicht schlimm gewesen, wenn sie nicht im Zustand der Trunkenheit August und die Männer, die sie einluden, mit Tiraden über Geldmangel, Alfons' Rücksichtslosigkeit und die Ungerechtigkeit des Lebens genervt hätte.

Die dreißigtausend Mark waren schnell verbraucht, das Mutterherz hatte eben nicht gelernt, sparsam zu wirtschaften, und dann kam Sieglinde auf die Idee, einen Teil des Hauses zu vermieten.

August erinnerte sich sehr genau an Rory und Elsa, ein australisches Pärchen, das im Herbst anreiste und die Zimmer im ersten Stock bezog. Rory war Maler und Elsa eine Schlampe, die nichts im Sinn hatte als Tennis zu spielen (»oh, please, August, let's have a match«) und Männer anzuschleppen, die mit Rory und Elsa im ersten Stock, manchmal auch am Pool, die Nacht vertranken. August lernte Spanisch und Englisch durch Elsa, die sehr stolz darauf war, noch nie in ihrem Leben gearbeitet zu haben. Rory malte und verkaufte einen Teil seiner Bilder an Touristen, aber auch an die Männer, die Elsa anschleppte.

Es dauerte eine Weile, bis August die wundersamen Wege der Erwachsenen durchschaute, genaugenommen bis zum Frühling, als er Sieglinde und Elsa in Sieglindes Bett ertappte. Seine Mutter schrie irgendwas wie »du widerlicher Spion«, bevor er den Rückzug antrat, aber er hatte genug gesehen, um als Fünfzehnjähriger Bescheid zu wissen. Zunächst fand er es ekelhaft, später war es ihm egal, mit welchen Geschlechtern seine Mutter ihr Bett teilte.

Nicht sehr viel später klärte ihn Elsa darüber auf, daß sie die Männer nicht für sich, sondern für Rory anschleppte, teils als Käufer, teils als Liebhaber, teils für beides. Elsa war lesbisch und Rory war schwul, das war die ganze Geschichte, und als Dreißigjähriger fand August sie völlig normal. Mit fünfzehn war es ein Schock gewesen, an dem er eine Weile zu kauen hatte. Für ein paar Wochen weigerte er sich, mit seiner Mutter oder mit Rory zu sprechen, was niemandem besonders auffiel. Rory malte, schlief, soff oder machte Sex mit seinen Besuchern. Er verließ grundsätzlich nie das Anwesen, weil ihn fremde Menschen auf fremdem Terrain irritierten, wie er erklärte. Er ging mit August und den beiden Frauen sehr höflich, aber auch indifferent um. Er war irgend etwas zwischen dreißig und fünfzig, trug Bart und lange Haare und benahm sich wie ein Genie, das er nach Augusts Meinung nicht war.

August fand Rorys Bilder obszön und abscheulich. Elsa hingegen meinte, daß er ein großer Künstler sei. Elsa meinte von sich, daß sie nichts könne außer Frauen lieben, Männer aufreißen und Tennis spielen. August war ihr hoffnungslos unterlegener Partner, denn Sieglinde weigerte sich zu spielen, weil sie fürchtete, daß ihr die Sonne Falten ins Gesicht brennen würde. Sieglinde schlief mit Elsa, aber auch mit einer Reihe von Männern, die sie bei ihren Ausflügen nach Palma kennenlernte. Sie war eben schön und brauchte Bewunderung, manchmal auch ein wenig Geld, das ihr zugesteckt wurde. Wenn Sieglinde einen Mann nach Hause brachte, gab es am nächsten Tag Zoff mit Elsa, die eifersüchtig war. Fielen die Streits beim Frühstück gegen elf Uhr besonders laut aus, dann schrie Rory manchmal, daß er seine verdammte Ruhe brauche. August schlich sich aus dem Haus und wanderte zum Strand, wo er schon mal Touristen beklaute, die so dumm waren, ihr Geld im Strandkorb zu hinterlassen, während sie im Wasser plantschten. GELD, das war ein Dauerthema in der »Villa Preciosa«, an dem sich lediglich Rory nicht beteiligte. Sieglinde jammerte, daß die Mieteinnahmen nicht fürs Leben reichten und sie nur deshalb von Männern Geschenke annehmen müsse. Elsa hielt ihr vor, daß sie verschwenderisch sei und Rory mit den Bildern nicht genügend verdiene.

Dies war eine Lüge, wie August im Sommer erfuhr, als er ein Gespräch zwischen Elsa und Rory belauschte, in Englisch, doch er beherrschte die Sprache inzwischen gut genug, dank

Elsa. Sie hielt ihrem Maler vor, daß er zuviel Geld für Kokain ausgebe, und Rory hielt dagegen, daß Elsas Koksquellen maßlos überteuert seien. Im übrigen brauche er den Stoff, um malen zu können. Und wenn er nicht malen würde, gäbe es überhaupt kein Geld in der Villa Preciosa.

August, fünfzehneinhalb, rauchte inzwischen stinkende spanische Zigaretten, doch Rauschgift war Neuland für ihn. Er fand seine jüngsten Informationen sehr interessant und überlegte, ob er Sieglinde davon erzählen sollte, entschied sich jedoch dagegen. Seine Mutter (er nannte sie längst nicht mehr so, sondern Siggi, wie Elsa und Rory es taten) war zwar mit wenigen moralischen Skrupeln behaftet, doch sie hatte Angst vor der Polizei seit jenem Tag, an dem man ihren Mann abgeholt hatte. Und August wollte nicht, daß sie Rory und Elsa hinauswarf, schon gar nicht Elsa, die so verloren war wie er, ihm von der Welt erzählte und beibrachte, die Gitarre zu spielen – mithin als eine Art Lehrerin und Freundin fungierte, die ihm nicht autoritär oder erwachsen kam und meistens gute Laune hatte.

August Hackbart, dreißig Jahre alt, beobachtete das junge Mädchen, das sich an einen Katzentisch gesetzt hatte und Weißwein bestellte. Vielleicht, weil sie eine vage Ähnlichkeit mit Elsa hatte, die der einzige Mensch gewesen war, den er ein wenig geliebt hatte. Das junge Mädchen trug ihre schwarzen, glatten Haare halblang – bei Elsa hatten sie bis zu den Hüften gereicht. Braune Augen – Elsas waren mandelförmig. Das Mädchen war genauso dünn und relativ klein. Auch Elsa war nicht schön im klassischen Sinn, viel unattraktiver als Sieglinde, doch wie dieses Mädchen hier strahlte sie etwas aus, das Menschen anzog.

Das Mädchen merkte, daß August sie betrachtete, und sie reagierte mit einer übertrieben abweisenden Geste. Er schätzte sie auf achtzehn, höchstens, und dachte an Elsa, die mit ihren damals fünfundzwanzig Jahren schon sehr viel von der Welt gesehen hatte und nach dem Grundsatz lebte, daß jeder Tag ein Maximum an Vergnügen bieten mußte. Sieglinde hatte das nie so bewußt gelebt, sie war einfach zu schön, zu dumm, zu schwach und zu pleite, um ihre Tage mit anderem als Vergnügen aufzufüllen. Wenn August sich an die endlosen sonnigen Tage des Nichtstuns erinnerte – Rory ausgeschlossen – und an die langen Nächte, erfüllt von Wispern und Lachen und vielen anderen Geräuschen, die ihn aufregten – wenn er sich an diese Tage und Nächte erinnerte, dann konnte er sich einreden, daß sie schön und unbeschwert waren. Sieglinde erwähnte manchmal, daß man ihn doch auf die Schule schicken müßte, doch vergaß sie es wieder, und es wäre eine Anstrengung gewesen, die sie ins Schwitzen gebracht hätte – und schwitzen fand Sieglinde vulgär, denn auf ihre schlichte Art war sie ein unglaublicher Snob.

Augusts Schule des Lebens waren die Tage und Nächte in der Villa Preciosa, seine Ausflüge an den Strand, die kurzen und immer von Abschied umschatteten Begegnungen mit Jungen oder Mädchen, die mit ihren Eltern in Palma Urlaub machten und die Begegnung mit einem deutschsprachigen Ortskundigen sehr interessant fanden. Er hätte sich nie getraut, seine Urlaubsbekanntschaften mit in die Villa zu bringen, denn er hatte Angst, daß sie Sieglinde oder Rory oder Elsa durchschauen könnten. Er klaute nach wie vor, denn Sieglinde gab ihm kein Geld.

Es war Elsa, die ihm ab und zu Peseten zusteckte, aber natürlich reichte es nicht für die Zigaretten, die Cola am Strand, seine Ausflüge in die »vulgäre Welt«, wie Sieglinde das Touristenchaos in Palma bezeichnete. Es war Elsa und nicht Sieglinde, die ihn bei der Polizei abholte, nachdem sie ihn am Strand erwischt hatten. Ein fetter, nasser deutscher Tourist hatte ihn am Kragen gepackt, als August gerade dessen Bademantel nach Münzen und Scheinen durchsuchte. Ein fetter, mitleidsloser Arsch, der nach Polizei schrie und Augusts deutsches Flehen ignorierte. Die Polizisten ließen sich durch sein Weinen nicht beeindrucken und schlugen ihn mit Knüppeln und Fäusten, und er begriff, daß er kein Kind mehr war, und er schwor sich, sich nie wieder erwischen zu lassen, während er vor Schmerzen und Angst heulte. August merkte sich das Lachen eines Polizisten, der ihm mit einem Knüppel auf die Beine schlug.

Elsa nahm ihn mit, nachdem sie auf der Polizeistation Geldscheine verteilt hatte. Sie legte den Arm um ihn, während ihn ein Arzt untersuchte und keine gravierenden Verletzungen feststellte. Sie schrie Sieglinde an, ihren Mund zu halten, als diese bei Augusts Anblick hysterisch reagierte.

Es war nur ein Mißverständnis, sagte August, um sich vor seiner Mutter zu schützen, und Elsa tat so, als ob sie ihm glauben würde. Er liebte Elsa an diesem Tag und wünschte sich nichts sehnlicher, als diese Nacht in ihrem Bett zu verbringen. Doch Elsa gab ihm eine Schlaftablette und stieg in Sieglindes Himmelbett.

Von diesem Tag an gab ihm Sieglinde kleine Scheine und sprach wieder davon, daß er zur Schule gehen sollte. Elsa brachte Bücher nach Hause, eine unsystematische Sammlung deutscher, spanischer und englischer Werke, und weil er ihre Bemühungen um seine Bildung anerkannte, las er eine Zeitlang, statt in die Stadt zu ziehen. Außerdem hatte er Angst vor der Polizei.

Rory hatte das, was er eine Schaffenskrise nannte. August, der auf der Terrasse im Schatten lag und las, hörte ihn im ersten Stock rumoren, fluchen und mit Elsa streiten. Ein paar Tage kam er nicht zum gemeinsamen Abendessen, das je nach Elsas Lust und Laune wundervoll oder ungenießbar war. In den Tagen von Rorys Schaffenskrise schmeckte es abscheulich, und es gelang August nicht, Elsa aufzumuntern, indem er ihr von seinem neuen Wissen über Alchemie, Hannibals Feldzüge oder die Mätressen der englischen Könige erzählte.

»Elsa ist nett, aber instabil«, sagte Sieglinde, die eine Nacht außer Haus verbracht hatte, weil ihr die Stimmung auf die Nerven ging. August schwieg, weil ihm zu Elsas Verteidigung nur Verrücktes einfiel, immerhin hielt er seiner Mutter vor, daß Elsa ihn aus den Klauen der Polizei befreit hatte. Sieglinde erwiderte, daß sie den Anblick von Uniformierten nicht mehr ertragen könne, und im übrigen sei der Sohn wie der Vater: ein Dieb.

August nahm das Brotmesser und richtete die Spitze an den Hals seiner Mutter. Er sagte kein Wort, doch er registrierte mit Erstaunen, daß seine Hand nicht zitterte. Sieglinde versuchte zu schreien, doch er verstärkte den Druck der Messerspitze, und sie wurde ganz still. Sah ihn mit weit aufgerissenen Augen an, eine schöne, alte, dumme Schlampe, und er erkannte ihre Todesangst. Es war ein herrliches Gefühl. Noch in der Erinnerung spürte er die Kraft, die ihn durchströmte in jenem Augenblick absoluter Macht. Er kostete sie einige Sekunden aus, sagte dann: »Nenne mich nie wieder einen Dieb. Und laß Vater in Ruhe, sonst bringe ich dich um.«

Als er das Messer sinken ließ, atmete Sieglinde tief durch, und in diesem Augenblick kam Rory in die Küche. Er trug Jeans und ein weißes Hemd und lief barfuß, wie immer, und sagte: »Ich glaube, die Krise ist überwunden. Wo ist Elsa? Ich hab Hunger.«

»Elsa ist einkaufen.« August lächelte Rory dankbar an: »Wir sind froh, daß du wieder okay bist.«

Sieglinde war froh, mit ihrem Sohn nicht mehr allein zu sein. Sie brachte eine Art Lächeln zustande und sagte: »Das muß gefeiert werden.« Sie holte eine Flasche spanischen Sekt aus dem Kühlschrank und vermied es, August anzusehen.

Es war einer jener schönen Oktoberabende, warm und angenehm nach der Sommerhitze, und sie saßen auf der Terrasse, nachdem Elsa üppig Fisch und Gemüse und Reis gekocht hatte und dazu eine Auswahl scharfer Saucen, die höllisch schmeckten. Elsa war gut drauf, Rory geradezu strahlender Laune, und August hatte zum erstenmal erkannt, was Macht bedeutete. Er war glücklich im Kreis seiner Familie, und Rory erzählte von Neuseeland und seinen südamerikanischen Reisen und davon, daß er seine abstrakte Phase abgeschlossen habe und sich nunmehr der Landschaftsmalerei zuwenden würde, weil sich dies an Touristen besser verkaufen würde. Elsa munterte Sieglinde auf, die sehr still war, und Rory und August sprachen über Motive, die sich für künftige Werke anboten. Sie tranken viel portugiesischen Weißwein, auch August trank mit, obwohl ihm Alkohol nicht besonders schmeckte.

»Weißt du, daß du schön bist«, sagte Rory irgendwann und sah ihn ganz komisch an. August griff innerlich nach einem Brotmesser; auch Elsa warf Rory einen scharfen Blick zu, doch dann lachte Rory und zog August spielerisch an der Nase: »Es wird nicht mehr lange dauern, bis du reihenweise Mädchenherzen brichst, mein Lieber.«

Sieglinde kicherte blöde, sie war betrunken, und dies war ein Zustand, in dem sich ihre Schönheit merklich auflöste. »Ich brauch mal wieder einen Mann«, sagte sie mit provozierendem Blick auf Elsa. »Ist Rory wirklich ausschließlich auf Männer fixiert oder macht er schon mal Ausnahmen?«

August betrachtete seine Mutter mit Ekel, sie hatte die wunderbar ausgelassene Stimmung zerstört mit ihren dummen Worten, auch wenn Rory lachte und sagte: »Vielleicht, wenn du die Güte hättest, dich auf den Bauch zu legen …«

Er war fünfzehn und fühlte sich älter. Und er spürte, daß sich seine kleine, wenig heile Welt verändern würde. Sagte, daß ihm vom Alkohol schlecht sei und er zu Bett gehen wollte. In seinem Zimmer hörte er ihr Gelächter, und er fragte sich, wer in wessen Zimmer gehen würde, doch er schlief ein, noch während sie auf der Terrasse saßen.

Die Erinnerungen waren bis zu diesem Punkt noch sehr erträglich. August Hackbart bestellte eine zweite Flasche und fragte die Kellnerin leise, ob sie das Mädchen kennen würde, das am Katzentisch saß und wenig graziös eine Suppe löffelte. Die Kellnerin, ein bißchen eifersüchtig, zuckte mit den Schultern, beschloß, das Mädchen mit schlechter Bedienung zu strafen, und brachte August eine zweite Flasche.

Die Erinnerung an den Weihnachtstag seines fünfzehnten Lebensjahres war nicht zu verdrängen in der Chronologie der Ereignisse. Die Stimmung in der Villa war schlechter geworden, als der Winter begann, eine langweilige Mischung aus sonnigen und trüben Tagen, die jahreszeitlos dahinflossen und eine andere Art von Touristen nach Palma brachten, zu viele alte Leute, die Sieglinde deprimierten und Elsa zu sarkastischen Bemerkungen veranlaßten. Rory malte Landschaftsbilder, die ihn in melancholische Stimmung versetzten. August las Bücher, die Elsa nach wie vor für ihn anschleppte. Es kamen weniger Männer ins Haus, und das Geld wurde mal wieder knapp.

Am Nachmittag des 24. Dezember fuhr Sieglinde in die Stadt, um einen Weihnachstbaum zu besorgen, ein spontaner Einfall, den Rory als senile Sentimentalität bezeichnete. Sieglinde war wütend, doch sie nahm Elsa mit in die Stadt, weil Elsa Stoff für Rory besorgen mußte. August, der das Gezänk der drei satt hatte, blieb in seinem Zimmer und las Tolkiens »Herr der Ringe«. Er hörte den Jeep abfahren und Rory in den ersten Stock gehen. Es war wunderbar still im Haus, und August schlief über seinem Buch ein, als er eine Hand an seiner Schulter spürte.

»Wach auf, du Penner.« Rory stand über ihm. »Wach auf, ich will dir was zeigen.«

Rory war high. August sah es an dem Glanz seiner Augen und der Euphorie in Rorys Gesicht.

»Ich hab mein Bild fertig. Komm mit ins Atelier.«

August wachte auf. Es war eine seltene Ehre, in Rorys Zimmer eingeladen zu werden. »Sind Elsa und Sieglinde zurück?«

»Nein, keine Spur. Vermutlich kommt Sieglinde nicht mit einem Weihnachtsbaum, sondern mit einem Weihnachtsmann zurück.« Rory grinste und August lächelte zurück, obwohl er das nicht komisch fand. Schließlich war Weihnachten, und schließlich war Sieglinde die einzige Verwandte weit und breit. Er stand auf, Hemd und Hosen waren zerknittert, aber dies schien Rory, der keinen Wert auf gepflegte Kleidung legte, nicht weiter zu stören. Er ging vor August die Wendeltreppe hinauf in sein Zimmer, das das beste Licht hatte. In der Mitte des Ateliers stand die Staffelei und darauf ein überdimensionales Gemälde in kalten Blautönen, das August entfernt an die Aussicht auf das Meer erinnerte, das weit unter der Villa lag. Es war weder abstrakt noch realistisch gemalt, einfach häßlich, wie er fand, doch Rory sah ihn erwartungsvoll an, und August sagte: »Wirklich schön. Sehr beeindruckend.«

»Findest du wirklich?« Ein Flehen war in Rorys Stimme, und August fühlte sich sehr wichtig.

»Ehrlich. Ich würde es dir sagen, wenn es mir nicht gefallen würde.« Eine doppelte Lüge, und August hoffte, daß er nicht rot dabei wurde.

Rory kniff die Augen zusammen und strich sich über den Künstlerbart. »Fünftausend Dollar müßte es bringen. Was meinst du?«

Eine unvorstellbare, idiotische Summe für diese Abscheulichkeit. August nickte zustimmend, und Rory begann triumphierend zu lachen. »Das muß gefeiert werden. Ist Champagner im Haus?«

»Sieglinde wollte welchen mitbringen.« August mochte Champagner nicht, aber er freute sich über Rorys gute Laune, das würde zumindest die Weihnachtstage erträglicher gestalten.

»Ich hab ’ne bessere Idee.« Rory ging zu einem Schrank neben seinem Bett, und August dachte, daß das Chaos dieses Zimmers wohl ein Ausdruck künstlerischer Freiheit war. Er sah, daß Rory mit ehrfürchtigem Gesichtsausdruck eine Streichholzschachtel aus dem Schrank nahm und vorsichtig öffnete: »Schon mal gekokst?« fragte Rory.

August schüttelte den Kopf und versuchte, cool auszusehen.

»Du bist in dem Alter, in dem man alles einmal ausprobieren muß. Nimm es als mein Weihnachtsgeschenk, August, eine Prise Koks für die jungfräuliche Nase.« Rory kam auf ihn zu und lächelte erwachsen, fast väterlich. »Gib mir deine Hand, Junge. Ich nehm auch ’ne Prise, und du guckst mir zu und machst es mir einfach nach. Du wirst sehen, daß es ein wunderbares Gefühl ist. Man fühlte sich wie ein König … oder wie Picasso …«

Er ist so nett, dachte August und schämte sich einer unbestimmten Angst. Was ist schon dabei, dachte er. Das hier war Rory, der Künstler, Teil seiner komischen kleinen Familie, und Rory würde nichts tun, was ihm wirklich schaden könnte. Er war unschlüssig, er war neugierig, er wollte Rory nicht verletzen. Er stand da und streckte ihm seine Hand entgegen, und Rory lachte und sagte: »Setz dich hin, sieh mir zu. Einfach durchs Nasenloch ziehen, das Zauberpülverchen, dann öffnet sich das Paradies …«

Rory schloß die Augen, als er das Kokain durch die Nase zog. August sah ihm angestrengt zu. Dann gab ihm Rory das weiße Pulver auf den Handrücken und sagte zärtlich: »Na los, Großer, einmal ist keinmal …«

August zögerte, doch das Pulver war bereits auf seinem Handrücken, und Rory sah ihn auffordernd an. August schloß die Augen und inhalierte, spürte einen sonderbaren Schmerz, dann eine kleine Explosion im Kopf.

Rory lächelte. Er kam auf ihn zu, streichelte ihm übers

Gesicht, und August fand das schön und komisch. Er lachte, als Rory eine Platte der Stones auflegte und ihm ein Glas Rotwein hinstellte. Die Musik war göttlich, und er trank den Wein und ließ sich nachschenken. Er lachte, als Rory zu der Musik zu tanzen begann, es war so lustig, und als Rory ihn hochzog, tanzte er mit, sie beide waren einfach göttlich, und er lachte noch, als Rory ihn an sich zog und küßte. August spürte Rorys Zunge in seinem Mund und Rorys Hände auf seinen Pobacken. Er spürte Rorys Erektion. August war erregt, und er kicherte voller Scham, als Rory ihm die Jeans auszog und ihn zum Bett führte. Er sagte »nein«, als Rory seinen Schwanz erst streichelte und dann in den Mund nahm. Er fühlte tausend kleine Explosionen, als er in Rorys Mund kam, und er schrie, als Rory in ihn eindrang. Er schrie vor Schmerz und Scham, doch Rory hörte ihm nicht zu. August schrie Elsas Namen, als Rory ihn mit seinem Samen überschwemmte. ELSA, schrie August, HILF MIR, ELSA.

Rory lachte und rollte von ihm weg.

August blieb auf dem Bauch liegen. Es tat so weh, und das Gefühl, unbesiegbar zu sein, war längst verflogen. Scham und Wut waren an seine Stelle getreten. Er hörte Rory sagen: »Besser, wenn Sieglinde nichts von unserem kleinen Fest erfährt. Sie ist in manchen Dingen ein bißchen spießig. Elsa hingegen würde es verstehen.«

Komisch, daß ihn der letzte Satz so traf. August sah Rory nicht an, als er aufstand und sich seine Unterhose und die Jeans nahm, sich mit zitternden Händen anzog. Er sah auf den kalten blauen Himmel, der weit weg war. Er wußte, daß er Rory haßte. Er ging schweigend aus dem Zimmer, die Treppe hinunter.

Am Fuß der Treppe stand Elsa. Sie sah August und sagte: »Ich bin gerade gekommen.«

Sie log. August wußte, daß sie log, obwohl Elsa eine begabte Lügnerin war. Denn er sah seine Scham in Elsas Gesicht. Und er spuckte vor ihr aus und ging schweigend an ihr vorbei in sein Zimmer. Als Sieglinde kam, mit einem Weinachtsbaum aus Blech und Drähten, den sie als progressives Kunstwerk bezeichnete, blieb August im Bett liegen. Er weigerte sich, ihr zu antworten, und er weigerte sich, zu ihrem progressiven Weihnachtsfest aufzustehen.

Er hörte sie im Wohnzimmer trinken und essen und reden, während er im Bett lag. Er hörte Rory sagen, daß August wohl zuviel Rotwein getrunken habe, den er nicht vertrage, und Elsas Stimme, die sagte: »Er wird sich schon wieder erholen.«

Fünf Monate später, an einem schönen, klaren Maitag, stieß August Rory von einer Felsklippe. Ein Unfall mit tödlichem Ausgang, wie es später im Polizeiprotokoll hieß. August hatte Rory eine besonders malerische Stelle für ein Landschaftsmotiv gezeigt, Rory hatte sich zu weit vorgewagt, war ausgerutscht und in die Tiefe gestürzt. Ein Unfall. Die Polizei glaubte Augusts Darstellung, die er in gebrochenem Spanisch vortrug. Sieglinde zeigte einen Anflug von mütterlichen Gefühlen, weil sie dachte, daß August verstört und voller Schuldgefühle sei, daß er Rory nicht habe festhalten können. Nur Elsa sagte kein Wort, sah ihn nur an, und August spürte ihre Angst und ohnmächtige Wut, bevor sie zu schreien begann und sich wie eine Verrückte gebärdete. Sieglinde blieb nichts anderes übrig, als einen Arzt zu rufen, der Elsa eine Beruhigungsspritze gab.

Als sich Elsas Schreikrämpfe wiederholten, wann immer sie August begegnete, fühlte sich Sieglinde überfordert und ließ Elsa von einem Krankenwagen abholen. »Sie hat ihn wohl mehr geliebt, als wir dachten«, sagte Sieglinde zu August. »Außerdem kann sie die Miete nicht mehr bezahlen, das arme Mädchen.«

»Kommt sie jetzt ins Irrenhaus?« fragte August.

Sieglinde überhörte den Tonfall und zuckte mit den Achseln. »Keine Ahnung. Aber wir werden uns wohl neue Mieter suchen müssen.«

Als das deutsche Pärchen einzog, verließ August die Villa Preciosa und heuerte auf einer britischen Yacht als unterbezahlter Matrose an. Er betrat das weiße Haus nie wieder. Später, mit zweiundzwanzig, kam er nach Palma zurück und erfuhr, daß Sieglinde die Villa verkauft hatte und mit einem reichen Amerikaner in die Staaten gezogen war. Von Elsa hörte er nichts mehr, doch er hoffte, daß sie entweder im Irrenhaus oder tot war.

Das Mädchen, das eine entfernte Ähnlichkeit mit Elsa hatte, ließ sich von August zu Champagner einladen, was ihn nicht überraschte. Sie trank in komischen kleinen Schlucken und redete dummes Zeug, das ihn nicht interessierte. Sie folgte ihm zu seinem Wagen und fuhr mit ihm in seine Wohnung. Er mußte sich keine große Mühe geben, denn sie war leicht zu beeindrucken und leicht auf die Matratze zu bringen. Schrie ein bißchen, als er ohne Vorspiel über sie herfiel. Als sie hinterher wimmerte, sagte er ihr, daß sie bezaubernd sei und er schon lange eine Frau wie sie gesucht habe. Sie glaubte ihm und hörte auf zu weinen, und sie ging, als er ihr versprach, sie am nächsten Tag anzurufen. Als sie endlich seine Wohnung verließ, griff August zum Telefonbuch und suchte die Nummer der Journalistin Anna Marx. Daß sich ihr Anrufbeantworter meldete, erleichterte die anonyme Botschaft, und er gab sich nicht einmal die Mühe, seine Stimme zu verstellen.

»Brog war ein Schwein. Wenn Sie was über seine Geschäfte erfahren wollen, fahren Sie doch nach Osten, wo er seine sogenannten Recyclingbetriebe hatte. Zum Beispiel nach Wesern, da werden Sie bestimmt was Schönes finden …«

14

»Hören Sie, es tut mir so leid wegen gestern abend.« Sigrid Kreuz' Stimme am Telefon klang belegt.

»Es gibt nichts, was Ihnen leid tun müßte. Es war ein sehr schöner Abend.« Anna stocherte mit einem Finger auf den Computertasten, während sie telefonierte. Fünfzig Zeilen über das wohltätige Engagement von Politikerfrauen sollten es werden, und ihr fiel nicht einmal eine ein.

»Doch, doch.« Die Frau am anderen Ende der Leitung schluckte. »Ich habe zuviel getrunken, und da passiert es manchmal, daß ich, wie soll ich sagen, zutraulich werde. Es ist nichts weiter als das Verlangen nach menschlicher Nähe, verstehen Sie? Ich meine, ich möchte nicht, daß Sie es falsch verstehen ...«

»Ich verstehe gar nicht, was Sie meinen«, log Anna. Am Telefon war sie eine begnadete Lügnerin. Saß man ihr gegenüber, fiel ein verräterisches Funkeln in den Augen auf. »Ich weiß, was Einsamkeit ist, Frau Kreuz. Es besteht wirklich kein Anlaß für Bedauern. Ich habe den Abend sehr genossen. Ehrlich.«

»Mein Freund hat mir vor zwei Jahren den Laufpaß gegeben«, sagte Sigrid Kreuz ins Telefon, und Anna dachte, erzähl es mir nicht, ich will nichts hören über Männer, die Frauen verlassen, weil sie ihnen zu alt und zu lästig werden und weil es keinen Ehevertrag gibt, der sie in Zweisamkeit knechten könnte. »Das tut mir ehrlich leid«, sagte sie. »Vielleicht könnten wir uns nächsten Sonntag mal zum Mittagessen treffen, dann erzählen Sie mir ...«

»O ja, gerne«, antwortete Sigrid Kreuz viel zu schnell. Hundert Jahre Einsamkeit in einem Satz. Oh, verdammt, dachte Anna, die sich wieder etwas aufgeladen hatte, das sie nicht tragen wollte. Aber eine Frage hatte sie noch: »Was fällt Ihnen zu Wesern ein, Frau Kreuz?«

Stille am Telefon. Dann ein Räuspern. Dann die Frage: »Wie kommen Sie auf Wesern?«

»Eine anonyme Information«, antwortet Anna. »Jemand sagte mir, ich solle nach Wesern fahren. Ich weiß überhaupt nicht, wo das ist.«

»Ein Kaff im Osten, circa zehn Kilometer von der tschechischen Grenze entfernt. Wir haben dort vor einem Jahr ziemlich viel Land gekauft, von der Treuhand. Ein stillgelegtes Bergwerk, das Gelände einer Haushaltsdeponie und eine kleine Fabrik, die pleite gegangen war. Alles sehr günstig im Preis, wenn ich mich recht erinnere. Brog wollte dort eine große Recyclinganlage und eine große Deponie aufbauen. Aber dazu wird es wohl nicht mehr kommen, ich weiß also nicht, was Sie in Wesern sollten, Frau Marx.« Sigrid Kreuz klang völlig unbefangen.

»Ich auch nicht, war nur so 'ne Frage.« Anna sah auf ihre Uhr und dann auf den Computer. »Also, ich ruf Sie an wegen Sonntag. Ich freu mich schon, Frau Kreuz. Bis dann.« Und legte auf. Es gab nicht viele Dinge, die Anna gut konnte. Eines davon war, ein Telefongespräch abrupt zu beenden. Sie zündete sich erleichtert eine Zigarette an, vergaß Wesern und das Rauchverbot in der Redaktion, und als es ihr einfiel, paffte sie triumphierend weiter. Tippte »Die guten Taten der hohen Damen« in den Computer, eine Überschrift immerhin, als das Telefon klingelte. Anna dachte schuldbewußt an Hermes, den hatte sie vollkommen vergessen, doch es meldete sich das Sekretariat der Chefredaktion. Anna möge zum Chefredakteur kommen, sagte die Sekretärin. Auf Annas Nachfrage konnte sie nicht sagen, worum es bei dieser plötzlichen Audienz gehen sollte, was erstaunlich war, da sie normalerweise bestens informiert war und von ihr ausgewählte Leute im Vorfeld zu warnen pflegte.

Anna hatte so ein dummes Gefühl, als sie in den fünften Stock fuhr, das Gefühl einer drohenden Niederlage, aber sie war bei weitem nicht auf das vorbereitet, was Gruber ihr in wohlgesetzten Worten sagte.

Er begann mit einem Kompliment über ihr gutes Aussehen, bot ihr eine Zigarette an und fragte, ob sie einen Cognac wolle. Zigarette ja, Cognac auch. Scheiße, dachte Anna, als er ihr Feuer gab. »Leibhold hat sich bei mir über ihren Prozeßartikel beschwert«, sagte Gruber.

»Leibhold ist ein widerlicher Kerl.« Anna biß wütend auf ihre Zigarette. »Er findet nichts gut, was andere schreiben, das wissen Sie doch.«

»Jaja, er ist etwas schwierig.« Gruber schenkte sich ebenfalls einen Cognac ein. »Aber das ist es nicht, worüber ich mit Ihnen sprechen wollte, Anna. Es ist so, ich komme gerade von einer Konferenz mit den Verlegern und dem Betriebsrat. Es geht um die Umzugspläne nach Berlin.«

Sie sah ihn nur an. Das stumme Flehen in ihren Augen war ihm unangenehm. Er wollte sie stark und bissig haben, um sich besser zu fühlen. »Es ist so. Der Umzug steht jetzt definitiv zum Jahreswechsel fest. Man hat wohl auch schon geeignete Räumlichkeiten gefunden.«

»Wie schön«, sagte Anna in ganz flachem Ton.

»Naja, so schön ist es wieder nicht. Wir werden nicht nur umziehen, sondern auch kräftig sparen müssen. Sie wissen ja, der Konkurrenzdruck ist größer geworden, die Anzeigen sind zurückgegangen ...« Mist, dachte Gruber, als er in Annas Augen sah. Mühte sich um Leichtigkeit: »Sie haben ja immer gesagt, daß Sie NIE nach Berlin wollten.«

Was interessiert mich mein Geschwätz von gestern! Anna spürte Eiseskälte und gleichzeitig Schweiß auf ihrer Stirn.

»Es wird da noch entsprechende Mitteilungen von den Verlegern geben. Man arbeitet gerade mit dem Betriebsrat an einem Sozialplan.«

»Wie nett.« Sag es nicht, Grübchen, ich will es nicht hören ...

»Naja, man muß abwarten, wie der Sozialplan im einzelnen aussieht. Fest steht jedoch, daß rund zwanzig Prozent der Belegschaft ... äähmm ... nicht mit nach Berlin ... also, ich halte es nur für fair, Anna, Ihnen das rechtzeitig mitzuteilen, damit Sie sich in aller Ruhe darauf vorbereiten können und ...«

»Ich bin doch nicht zwanzig Prozent der Belegschaft«, sagte Anna leise.

»Nein. Aber Sie gehören zu den zwanzig Prozent, die eingespart werden müssen, sozusagen. Natürlich wird es eine sehr großzügige Abfindung geben, Anna. Die Verleger sind sich ihrer sozialen Verantwortung sehr wohl bewußt. Aber es geht um das Überleben der Zeitung, um nicht mehr und nicht weniger.«

Nicht schreien, Anna. Nicht zusammenbrechen. Nicht winseln. Sie leerte das Cognacglas und fragte nach ihrem Entlassungsdatum.

Gruber war sehr erleichtert über ihre Reaktion. »Am Jahresende, zum Umzug. Sie haben noch ein gutes Jahr Zeit, sich ... äh ... umzusehen.«

Und du weißt genau, daß ich in meinem Alter nicht mehr als Redakteurin angestellt werde, dachte Anna haßerfüllt. »Leibhold darf natürlich mitgehen, oder?«

Der Chefredakteur versuchte ein beruhigendes Lächeln. »Der Mann hat Familie, Anna. Man ist da durchaus unter sozialen Gesichtspunkten vorgegangen.«

Ich kann das Wort nicht mehr hören, sonst fang ich an zu schreien, dachte Anna, die Grubers gütigen Gesichtsausdruck als blanken Hohn empfand. »Nur noch zwei Fragen.«

»Fragen Sie, Anna, fragen Sie. Noch ein Cognäckchen?«

»Nein, danke. Wird die Mollwein meinen Job kriegen?«

Ja, dachte Gruber. Sagte: »Das steht noch überhaupt nicht

fest. So weit ist das Ganze noch nicht durchdacht. Schließlich ist das Mädchen bloß eine Volontärin.«

Und du bist ein verlogener Glatzkopf. Natürlich kriegt sie meinen Stuhl. »Wie hoch ist die Abfindung?«

»Das ist im einzelnen noch nicht festgelegt, aber Sie können davon ausgehen, daß es sich um eine fünfstellige Summe handelt.«

Das konnte alles heißen zwischen zehn- und neunundneunzigtausend Mark. Anna drückte ihre Zigarette im Aschenbecher aus und stellte sich vor, dies auf Grubers Glatze zu tun. »Ich werde mich mal mit einem Rechtsanwalt darüber unterhalten«, sagte sie, um das dumme Grinsen aus seinem Gesicht zu wischen.

»Tun Sie das, Anna, tun Sie das.« Gruber stand sogar auf, um sie zur Tür zu begleiten. Die Rechtsfragen waren längst geklärt, sie hatte keine Chance, die arme Marx. Irgendwie hatte er sie doch liebgewonnen in all den Jahren, aber schlimmer noch als der Verlust von ein paar Originalen war die Tatsache, daß er mit dem Berlin-Umzug seinen Golfclub wechseln mußte. »Sie glauben ja gar nicht, wie mir das persönlich leid tut«, sagte er zum Abschied.

Dann stand sie draußen vor der Tür, und die Sekretärin fragte »War's schlimm«, und Anna antwortete: »Sehr schlimm« und fragte nach den Urlaubsformularen. »Ich nehme ab morgen meine zwei Wochen Resturlaub.«

»Ende November?«

»Warum nicht?«

»Weiß Gruber davon?«

»Nein, aber du wirst es ihm schon sagen.«

»Was ist denn passiert um Himmels willen?«

Sie würde es ohnehin bald wissen, dachte Anna. »Ich gehöre zu den zwanzig Prozent, die zum Bonner Müll kommen. Die Jungs machen im Zuge ihres Berlin-Umzuges so 'ne Art Altlastenentsorgung.«

Die Sekretärin sah Anna voller Mitgefühl an, während sie an ihre Stelle dachte. »Das glaub ich nicht, doch nicht *du.*«

Anna füllte ihren Urlaubsantrag aus und setzte eine krakelige Unterschrift darunter. »Doch. *Ich.* Sei so lieb und gib ihm den Wisch. Mit kollegialen Grüßen ...«

An ihrem Arbeitsplatz drückte Anna auf die Austaste des Computers, nahm einen Stapel Einladungen und Unterlagen und ließ diese auf Gertrud Mollweins Schreibtisch fallen.

»Was soll ich damit?« fragte die Mollwein, und Anna antwortete: »Ich bin für zwei Wochen in Urlaub, und Sie vertreten mich doch immer so exzellent. Der Wohltätigkeitsartikel muß heute noch geschrieben werden, Recherchen anbei. Und viel Spaß ...«

Der Mollwein-Mund blieb offen, als Anna ihre Handtasche und ihren Mantel nahm und die Redaktion verließ. Den Mollwein-Satz »Jetzt ist sie endgültig übergeschnappt« hörte Anna nicht mehr. Sie ging grußlos am Pförtner vorbei auf die Straße. Sie hatte keine Ahnung, was sie jetzt tun wollte. Weinen war eine Möglichkeit, doch damit konnte sie warten, bis sie zu Hause war.

Zu Hause war Hermes wieder einmal auf ihrem Anrufbeantworter. Vorwurfsvoll, weil sie noch nicht zurückgerufen hatte. Anna rief im Polizeipräsidium an und fragte ihn, ob er den Abend bei ihr verbringen wollte, aber es würde nicht lustig werden. Er war in einer Besprechung, verstand nicht, was sie von ihm wollte, und versprach, später zurückzurufen. Anna knallte den Hörer auf. Weinte eine Weile. Beschloß, ihren Urlaub in Wesern zu verbringen, warum auch nicht, für die Karibik reichte die Kohle ohnehin nicht, und wer weiß, vielleicht würde sie ja doch noch einen Artikel schreiben, der so brillant war, daß er alles verändern würde. Und dann, wenn sie sie fragen würden, ob sie nicht doch bleiben wolle, dann würde sie NEIN sagen und ihnen von einem Angebot des *Spiegel* erzählen und ...

Hermes rief an, als sie am Schreibtisch saß und ihre Versicherungen und monatlichen Festkosten sortierte, zusammenzählte und zu dem Schluß kam, daß sie sich ihr Leben nicht leisten konnte.

»Es muß was passiert sein, daß Sie anrufen, Marx. Und mich einladen. Aber ausgerechnet heute abend kann ich nicht. Elternabend im Gymnasium. Meine Tochter ...«

»Es tut mir leid.« Sie tat sich leid und hielt ihm seine unverschämte Bemerkung über ihren LKA-Auftritt vor.

Hermes lachte ins Telefon und sagte, es sei doch nur ein Scherz gewesen. Tatsächlich habe ihre Aussage über den Briefumschlag die Ermittlungen weitergebracht. »Eikelens Sekretärin sagte aus, daß vor Ihnen eine Besucherin bei ihm war, die nicht im Terminplan stand. Eine sehr schöne Frau, die ihren Namen nicht nennen wollte und darauf bestand, Eikelen sofort zu sprechen. Und Eikelen hat sie tatsächlich empfangen, obwohl das – nach Aussage der Sekretärin – sonst nicht seine Art war. Man zieht also in Betracht, daß diese Frau die Briefbombe überbrachte. Leider hat Eikelens Sekretärin nicht die Neigung, an Türen zu lauschen. Sie hat lediglich eine Personenbeschreibung abgegeben, nach der ein Phantombild erstellt wurde. Sie haben die schöne Unbekannte nicht zufällig gesehen, als Sie reingingen?«

Anna verneinte.

»Brogs Leute haben ausgesagt, daß Eikelen öfter Botschaften überbrachte, die er aus dem Gefängnis schmuggelte. Geschäftsanweisungen Brogs, die er nicht über die Gefängnispost laufen lassen wollte. Ein gewisser August Hackbart hat den Kurier für Eikelen gespielt, Brogs Chauffeur. Ein Kerl mit ziemlich windiger Vergangenheit. Soll in Spanien und Lateinamerika mit Drogen gehandelt haben, aber es ist nie zu einer Anklage gekommen ... Wieso erzähl ich Ihnen das alles, Marx. Hören Sie mir überhaupt zu?«

»Doch, doch.« Anna studierte einen Brief der privaten

Krankenversicherung, in dem mitgeteilt wurde, daß die Beiträge sich im nächsten Jahr um fünfundsechzig Mark plus die Kosten der Pflegeversicherung erhöhen würden. Eine Unverschämtheit. Und wie versicherte man Arbeitslose?

»Is was?«

»Nein. Erzählen Sie weiter, Hermes, ich bin ganz Ohr.«

Ihre Stimme klang traurig, möglicherweise hatte sie wieder einen ihrer Anflüge von Weltschmerz. Frauen waren so schwierige Wesen, man wußte nie, in welcher Stimmung sie gerade waren. »Brogs Haushälterin, Erna Sowieso, hat ausgesagt, daß Brog diesen Hackbart von einer Spanienreise mitbrachte und ihn ein paar Monate im Haus wohnen ließ. Er stellte ihn als Chauffeur an, schmiß ihn aber irgendwann aus dem Haus raus, weil der Kerl immer rumschnüffelte, wenn Brog nicht da war. Vielleicht hat er auch was geklaut, die Haushälterin machte da so ihre Andeutungen, sie konnte Hackbart wohl nicht leiden, sagen die Kollegen. Ein gefäääährlicher Mensch, dieser Hackbart – das alte Mädchen kommt aus Böhmen und war Brog in leidenschaftlicher Treue ergeben. Sie meinte auch, daß Hackbart immer unverschämter gegenüber seinem Herrn geworden sei. Kurzum: Sie ist überzeugt, daß Hackbart der Täter ist.«

»Toll.« Annas Stimme klang teilnahmslos. »Dürfen Sie mir so was überhaupt erzählen, Hermes?« Sie studierte die Autoversicherungsprämie und beschloß, den Jaguar zu verkaufen.

»Nein, natürlich nicht. Deshalb irritiert es mich ja so besonders, daß Sie gar nicht interessiert scheinen. Ich dachte mir, Sie wollen den Mord an Brog und Eikelen aufklären, Marx?« Ein wenig Ironie, doch auch darauf ging sie nicht ein. »Ja, sicher will ich das. Und wenn es das letzte ist, was ich tue.«

»Wieso das letzte? Was ist los zum Teufel?«

»Nichts. Es geht mir nicht so gut, aber das hat nichts mit Ihnen zu tun, lieber, liebster Hermes ... Wissen Sie was über Brogs Sekretärin, diese Sigrid Kreuz?«

Er dachte nach und dann fiel ihm ein, was ihm der Kollege ganz zum Schluß erzählt hatte. »Ja doch, ein merkwürdiges Detail. Sigrid Kreuz, die überaus effiziente Chefsekretärin, hat eine Tochter, die eine ziemlich militante Umweltschützerin war. Wo es was zu schützen gab, war die kleine Kreuz mit von der Partie, wenn Sie verstehen, was ich meine.«

»Ich weiß nichts von einer Tochter. Wo soll die jetzt sein?«

»Die ist mittlerweile volljährig und irgendwohin verschwunden. Sagt die Mutter. Ich meine, das ist keine heiße Spur, aber irgendwie irritieren mich solche Kleinigkeiten am Rande. Sie nicht auch?«

Irgendwie ja. Anna versuchte sich zu erinnern, aber in Sigrid Kreuz' Wohnung hatte es keinen Hinweis auf eine Tochter gegeben, kein Bild, nichts. »Finde ich sehr interessant«, sagte sie. »Darf man fragen, wie Sie an all die Informationen kommen?«

Gottlieb Hermes zögerte ein paar Sekunden. »Wenn Sie's nicht weitersagen. Der LKA-Mann ist in meinem Kegelclub. Da wird schon mal über Fälle gesprochen.« Anna Marx, dachte Hermes, hatte noch nie etwas geschrieben, das er ihr vertraulich erzählt hatte. Sie war zuverlässig – in dieser Beziehung. Von anderen Beziehungen konnte er nur träumen. Gelegentlich waren es Alpträume.

Schweigen. »Is was?« wiederholte Hermes, und Anna sagte: »Ich wußte gar nicht, daß Sie in einem Kegelclub sind.«

»Finden Sie das proletarisch?«

»Nein. Komisch vielleicht. Oder altmodisch, ich weiß nicht. Jeder belustigt sich, so gut er kann.«

Sie war launenhaft. Undankbar. Spöttisch, manchmal auch verletzend. An all das hatte er sich gewöhnt im Lauf der Jahre. Aber die Gleichgültigkeit in ihrer Stimme, die regte ihn auf. Schließlich hatte er nicht zum Spaß einen Kollegen ausgehorcht, nur um ihr einen Gefallen zu tun. »Wenn die Tatsache, daß ich einem Kegelclub angehöre, alles ist, was Sie erregt, dann brauch' ich Sie in Zukunft wohl nicht mehr anzurufen.« Hermes knallte den Hörer auf die Gabel und steckte sich wütend einen Kürbiskern in den Mund. Wartete, daß sie anrief und sich entschuldigte.

Sie tat es nicht. Anna stand auf und wischte mit einer zornigen Handbewegung die Papiere vom Schreibtisch. Ging zum Kühlschrank und aß im Stehen: Fleischwurst mit Senf, Essiggurken, Schweizer Käse. Spülte mit Bier nach. Dann wurde ihr übel, und sie trank einen doppelten Whisky. Im Wohnzimmer lagen Papiere rings um ihren Schreibtisch verstreut. Die Lilien hingen traurig in der Vase. Um sich den Anblick ihres Wohnzimmers zu ersparen, ging Anna ins Bad, erschrak beim Anblick ihres verheulten Gesichts und trottete weiter ins Schlafzimmer. Wesern. Sie würde jetzt packen, dann die Zugauskunft anrufen, die chaotische Wohnung zusperren und wegfahren. Interessierte ohnehin keinen, wo sie war und was sie tat. Und wer weiß, vielleicht würde sie in Wesern dem Mann ihres Lebens begegnen, einem Bauern ohne Trauring, der charakterfest, leidenschaftlich und humorvoll war und jemand gebrauchen konnte, der ihm beim Ausmisten des Stalls behilflich war. Vorsorglich packte Anna Jeans und Gummistiefel in ihre Reisetasche. Für alle Fälle. Sie begann zu lachen, aber es klang schrecklich.

15

Erna Thorsch erinnerte ihn an Torbergs Tante Jolesch, nicht nur wegen ihres leicht böhmischen Akzents, sondern auch, weil ihre Speckknödel hervorragend waren, ihre Küche altmodisch duftete und sie ihn mit wogendem Busen umsorgte, als sei er ein heimgekehrter Sohn. Walter Lipinski saß an ihrem

Küchentisch und aß mit Genuß, während sie ihn mit verschränkten Armen beobachtete, Rotwein nachschenkte und ein Auge auf die Buchteln hatte, die im Backofen bräunten.

»Eine einzige Verwirrung ist das«, sagte Erna Thorsch zu ihrem Gast: »Ich sitz hier rum und wart, daß was passiert. Aber es passiert nix.«

»War Hackbart hier?« Lipinski wischte sich das Fett mit einer Serviette vom Mund. Erna Thorsch schnaufte angewidert: »Der war wohl hier, ist aber sofort umgedreht, als er die Polizeiwagen sah. Ich hätt den sowieso net reingelassen, den nicht. Noch einen Knödel?«

»Danke nein. Ich krieg nichts mehr runter. Aber einen Rotwein könnte ich noch ...«

Erna Thorsch schenkte nach. »Ich hab den Hauptschlüssel auswechseln lassen, man weiß ja nie.« Sie setzte sich zu Walter an den Tisch. »Die Sigrid Kreuz war auch hier, kurz nachdem Herr Brog ... Wollte an den Hauptsafe, unsere Sigrid, aber ich habe zu ihr gesagt, Sigrid, hab ich gesagt, das kann ich nicht zulassen, das hätte Herr Brog nicht gewollt. Naja. Kurz darauf kam dann eh die Polizei, die ham ja alles durchwühlt und kein Stück auf dem andern gelassen. Wenn das der arme Herr noch erlebt hätte ...«

Ihre Augen wurden wäßrig. Lipinski sah sie teilnahmsvoll an und dachte, daß Erna fast eine Karikatur ihres Berufsstandes war, eine aussterbende Gattung, die Brog gewiß nicht verdient hatte. »Hat sie gesagt, was sie suchte?«

»Irgendwelche Papiere, ich versteh nix davon, jedenfalls hab ich ihr noch einen Kaffee gemacht, Mehlspeis wollte sie ja keine ...«

Walter beugte sich vor. »Ich bin nicht wegen der Knödel gekommen, auch wenn sie's verdient hätten. Ich möchte wissen, wann Brog die Herta das letzte Mal besucht hat.«

Sie mußte nachdenken, es war so lange her. Kurz nach der Wende, wie die Leute das nannten, waren Herta und ihre

Tochter in die Villa gekommen, aber sie blieben nur eine Woche – und es war eine Woche mit einem Haufen Gezänk gewesen, was irgendwie schade war, denn die Frau hatte ihr gut gefallen in ihrer direkten Art, und gegessen hatte sie auch ordentlich und die Tochter erst ... Eine Schande, wie sich sonst Brogs Gäste manchmal benommen hatten: Ließen ihr Essen einfach stehen, dafür tranken sie wie die Schweine ...

»Ich weiß nicht. Er war im November in Sylt, daran kann ich mich erinnern, weil er mir Urlaub gab, eine Woche, da bin ich zur Cousine Margot gefahren, die hatte sich ein Bein gebrochen und humpelte in der Küche rum ...«

Walter Lipinski legte seine Hand auf ihren Arm. »Denk nach, Erna, bitte. Der Unfall war im Februar. Und Brog ist Anfang Februar nach Sylt geflogen. Das hat er jedenfalls gesagt, damals. Jetzt habe ich einen Vermerk gefunden, daß Brog am 10. Februar in Marseille einen Vertrag unterzeichnet hat. Wie kann das sein? Er kann ja nicht an beiden Orten gleichzeitig gewesen sein.«

Erna sah ihn plötzlich mißtrauisch an: »Was soll das denn, Walter, ich meine, Herta ist tot und Herr Brog ist tot – ist doch jetzt wurscht, wo er wann gewesen ist.«

Walter sah beinahe krank aus. Ihm fehlte eine gute Frau, das war Ernas Meinung. Eine, die ihn ordentlich fütterte und ihm sagte, daß man zu grünen Hosen keine roten Socken trug. »Es ist mir wichtig, Erna«, sagte er jetzt, und sie dachte nach, war ja alles schon so lange her, und man wurde nicht jünger und die Beine taten weh ... wer kümmerte sich um sie? Wer sagte ihr, was sie jetzt tun sollte? Der Herr Brog hatte immer klare Anweisungen gegeben, naja, jedenfalls, solange er nüchtern war. Seine Partys, das war etwas, woran sie sich lieber nicht erinnern wollte. Und noch ein paar andere Dinge ...

»Erna. *Bitte*, versuch dich zu erinnern.«

Sie versuchte es ja. Das Telefongespräch fiel ihr ein, der Anruf aus Sylt. »Sie hat ihn angerufen, die Herta, eines Abends

Anfang Februar. Er war furchtbar wütend, so zornig hab ich ihn nicht oft gesehen, den Herrn Brog. Schrie sie am Telefon an, daß sie irgendwie, na ich weiß nicht, Verräterin sagte er, glaube ich, und daß er das nicht verdient habe. Und daß er sich das nicht gefallen läßt. Ja, das hat er gesagt. Mit dem Herrn Brog war nicht gut Kirschen essen, wenn man ihn reizte, jawohl.«

»Und dann ist er zwei Tage später nach Sylt geflogen?« Walter bemühte sich, seine Ungeduld nicht zu zeigen.

»Nee. Das heißt, ja, er wollte nach Sylt, das stimmt wohl. Aber dann sagte er zu mir, daß er seine Pläne geändert habe, ja, jetzt erinnere ich mich. Er sagte, er muß nach Frankreich, in Geschäften, sagte er.« Wieso wurde der Junge so blaß? »Jedenfalls ist Herr Brog nicht nach Sylt. Er hat die Flüge selber umgebucht, von zu Hause, weil Sigrid krank war oder so und er sagte, die anderen Sekretärinnen wären zu dumm ... Was ist denn, was hab ich denn gesagt?«

»Welcher Tag war das?«

Wenn's nicht Walter gewesen wäre, für den sie eine weiche Stelle im Herzen hatte, hätte sie sich nicht so ausfragen lassen. Erna dachte daran, wie sie den armen Polizisten gequält hatte, der dies und das von ihr wissen wollte. Sie hatte einfach die dumme Köchin gespielt, war zäh wie Strudelteig gewesen, und am Schluß hatte er aufgegeben, der Polizist. Sie dachte angestrengt nach und sagte: »Der neunte Februar war's, das ist nämlich der Todestag meiner Mutter, und ich hab mir noch gedacht, daß es eine Schande ist, daß ich ihr keine Blumen ans Grab legen kann.«

Walter Lipinski sah auf seine zitternden Hände. Der Gedanke, in seinem Leben alles verkehrt gemacht zu haben, kam ihm nicht zum ersten Mal. Er murmelte: »Der Vertrag wurde am zehnten Februar unterschrieben. Er kann also nicht auf Sylt gewesen sein.«

Erna schlug mit der Faust auf den Tisch. »Natürlich war er

nicht da. Herr Brog hatte nichts mit Hertas Unfall zu tun. Im Gegenteil: Er hat immer gut für sie gesorgt. *So* ein Begräbnis hat er ihr und der Tochter ausgerichtet. Mit einem Grabstein sogar. Einen besseren Menschen wie Herrn Brog konnte man nicht finden auf der Welt.«

»Ich weiß«, sagte er ungeduldig. »Aber Geld spielte ja keine Rolle. Die paar Tausender haben ihm bestimmt nicht weh getan.«

Zuviel Geld, dachte Erna, und daß es charakterverderblich war, auch bei Herrn Brog, dessen Freunde – und Freundinnen – ihr oft gar nicht gefallen hatten. Schmarotzer, Tiere waren es gewesen, nach so manchem Fest hatte sie Brog kündigen wollen und es dann doch nicht getan, weil er sie in die Arme nahm und sie »Erna-Schatz« nannte. »Die hat viel Geld von ihm wollen«, sagte sie schließlich: »Ihr habt alle was von ihm gewollt: Du und der dumme August und die Herta und die Kreuz ... ausgenommen habt ihr ihn wie eine Weihnachtsgans.«

Bevor er Luft holen und protestieren konnte, sprach sie weiter, denn wenn sie einmal in Fahrt war, duldete sie keine Widerworte: »Der August Hackbart, der war ja 'ne Zeitlang verschwunden von hier, aber in den letzten Monaten ging der wieder ein und aus, als ob er hier zu Hause wäre. Zu jedem Fest hat Brog ihn eingeladen, und dann schlich er so rum und schaute die Leute gierig an. Ein böses Tier war dieser August.«

»Er lebt noch.«

»Leider. Der hätt's verdient, statt dessen mußte die arme Frau sterben und das Kind ... und der arme Herr Brog, Gott hab ihn selig.«

Wenn es in der Hölle ein Müllproblem gibt, dachte Walter böse, dann ist Brog sicher wieder im Geschäft. »Was war zwischen Brog und Hackbart? Du wußtest doch fast alles, was in diesem Haus vorging, Erna?«

Es gab Dinge, die sie niemals dachte, geschweige denn aussprechen würde. Sie preßte die Lippen zusammen, stand auf und inspizierte die Buchteln, die eine warme Bräune angenommen hatten. Erna nahm zwei Geschirrtücher, öffnete das Ofenrohr und zog das Blech heraus. Der Geruch war schöner als jedes Parfum, aber dafür hatten die Leute keinen Sinn mehr.

»Brog ist tot«, sagte Walter in ihren breiten Rücken. »Und ich wüßte gern, wer ihn umgebracht hat.«

Erna knallte das Blech auf die Geschirrspüle, daß die Buchteln tanzten. »Der August wahrscheinlich, dem wär alles zuzutrauen. Wußtest du, daß der manchmal Fotos gemacht hat, wenn die Herren Gäste betrunken waren und mit den billigen Weibern rummachten? Der Herr Brog hat einmal gesagt, daß der August einer wäre, der für Geld alles tun würde.«

»Ist denn August nach Sylt gefahren?«

Sie drehte sich um. »Das weiß ich nicht. Ich hab nicht alles gewußt, was in diesem Haus vorging. Aber es war genug, manchmal mehr als genug.«

»Ich wüßte gerne, was August gegen Brog in der Hand hatte«, murmelte Walter Lipinski. Erna wandte sich wieder ihren Buchteln zu, sortierte sechs in eine Blechdose und stellte sie vor Walter auf den Tisch. » Schlecht siehst du aus, Junge, du mußt besser essen und auf deine Gesundheit achten. Solltest eine Weile hierherziehen zu mir. Hier am Land ist die Luft besser und ich weiß eh nicht, für wen ich das alles kochen soll, jetzt, wo Herr Brog ...«

Erna wischte sich ein paar Tränen von der Wange. Walter stand auf und legte den Arm tröstend um sie, auch wenn er wußte, daß Brog ihre Trauer nicht verdient hatte.

»Ich glaube, der August hatte auch Fotos von Herrn Brog«, sagte Erna leise und bekreuzigte sich. Um nichts auf der Welt würde sie sagen, welche Fotos, aber gottlob fragte Walter nicht nach. Sagte: »Und du bist sicher, daß Brog nicht jemand anders an seiner Stelle nach Sylt geschickt hat?«

Erna löste sich von ihm. Sagte zu ihren Buchteln: »Der Mensch ist lästig. Ich hab ihm doch gesagt, daß ich nichts davon weiß. Er soll aufhören, dumm zu reden, und statt dessen ordentlich essen. Was tot ist, ist tot.«

Der Untergang des Abendlandes hatte sich in Walter Lipinskis Leben in vielfältiger Form wiederholt. Es fiel ihm schwer, Ernas Küche zu verlassen, denn sie war warm und gemütlich, ganz im Gegensatz zum Rest der Protzburg, die Brog sich gebaut hatte. Und Ernas Gerede lenkte ihn ab, über sich nachzudenken, über Brog, Herta, Stefanie …

»Und wo warst *du*, als der Unfall passierte?« Ernas robustes Köchinnengesicht war auf einmal sehr hart. »Im Büro warst du nicht, das weiß ich zufällig genau, weil der Herr Brog schimpfte, daß man in dem Saftladen keinen erreichen kann.«

»Ich war krank«, murmelte Walter. »Zu Hause. Im Bett.«

»Ah ja.« Sie dehnte die Silben, und Walter sagte in einem Ton, der keinerlei Trauer ausdrückte: »Meine Exfrau und meine Tochter sind umgekommen, und ich würde alles tun, das Schwein zu erwischen, das daran schuld hat. *Alles,* Erna, das kannst du mir glauben.«

Sie sagte nichts und ging aus der Küche. Er hörte Türen schlagen, dann kam sie mit einem großen braunen Umschlag zurück, der mit Tesafilm zugeklebt war. »Hier, nimm.«

»Was soll ich damit?«

Erna drückte ihm den Umschlag in die Hand. »Das sind die Fotos. Ich hab sie versteckt, bevor die Polizei kam. Mußte ja nicht sein, daß Fremde so was sehen müssen. Ich denke, der August hat die Fotos suchen wollen, aber der wär der letzte, dem ich sie gegeben hätt.«

Er hatte keinen Bedarf für Fotos, doch er war gerührt über ihr Vertrauen und dankte ihr. »Keine Ursach.« Erna gab ihm die Blechdose. »Überleg's dir, ob du hier wohnen willst. Man weiß nicht, wie lang es noch dauern wird. Ob sie diese Cousine überhaupt finden, ist auch ungewiß. Eine Schande, daß der Herr Brog nicht dazugekommen ist, für meine alten Tage vorzusorgen.«

»Brauchst du Geld?«

Erna schüttelte den Kopf. »Erspartes ist da – und eine gute Köchin wird immer gebraucht.«

»Nimm dir doch eine von seinen goldenen Statuen, sind ja genug davon da. Verdient hättest du es schließlich.«

An ihrem Gesichtsausdruck war zu erkennen, daß dieses Ansinnen ungeheuerlich war. »Ich? Was nehmen? Da denkt der Herr Lipinski aber was ganz Falsches von mir. Sowas würd ich nicht tun – und wenn ich keinen Groschen Geld mehr hätt.«

Nein, so was würde sie nicht tun, und es war idiotisch gewesen, es vorzuschlagen. Erna gehörte unter anderem auch zur aussterbenden Gattung anständiger Menschen. Walter schämte sich und verabschiedete sich mit einer Entschuldigung und einem schnellen Kuß auf die Wange. Er ging, den Umschlag und die Blechdose unter dem Arm geklemmt, über den knirschenden weißen Kies zu seinem Wagen und winkte ihr noch einmal zu, als er sie am Küchenfenster sah.

Den Umschlag mit den Fotos öffnete er erst im Büro: Farbbilder fielen heraus, mehr als fünfzig, und obwohl sie von unterschiedlicher Qualität waren, hatten sie alle ein gemeinsames Motiv: Sex. Sex mit Frauen und Männern und Gegenständen, die mehr oder weniger phantasievoll eingesetzt waren. Brog war auf keinem der Bilder, auch Hackbart nicht, doch unter vielen Unbekannten erkannte er einige Geschäftspartner sowie einen Abgeordneten, der seine Hände auf die nackten Brüste eines jungen Mädchens gelegt hatte und in die Kamera grinste. Er machte nicht den Eindruck, als ob er wüßte, daß er fotografiert wurde. Wer wäre auch schon so dumm, sich bei Orgien ablichten zu lassen? Walter vermutete, daß Hackbart mit einer winzigen Kamera gearbeitet hatte, vermutlich auf

Brogs Anweisung, und daß man in guter alter DDR-Manier ein Archiv angelegt hatte, auf das man im Bedarfsfall zurückgreifen konnte. Es waren auch ein paar Fotografien dabei, die nicht in Brogs Haus gemacht worden waren, sie zeigten Männer und Frauen auf der Straße, in Autos, vor Häusern. Walter kannte sie nicht und konnte nichts damit anfangen. Aber er fragte sich, ob diese oder andere Fotos eingesetzt worden waren – und wenn ja, gegen wen? Ernas Behauptung, daß August Brog mit Bildern erpreßt hatte, war plausibel. Wie konnte Brog nur so dumm gewesen sein, sich diesem Kerl auszuliefern? Es gab vieles, das Walter nicht verstand, und es machte seine Situation nicht besser.

Er steckte die Fotos zurück in den Umschlag und verschloß ihn im Tresor, als Sigrid Kreuz nach kurzem, symbolischem Klopfen in sein Büro kam. »Wir zwei müssen uns mal unterhalten«, sagte sie anstelle eines Grußes.

Lipinski verschloß den Safe. »Worüber?«

»Über Brog. Was sonst?«

16

Sie hatte sich gegen den Zug entschieden und den MK II aus der Werkstatt geholt. Der Meister hatte sie gewarnt, daß man die Elektronik immer noch nicht ganz im Griff habe. So könne es durchaus passieren, daß bei starkem Regen ein Kurzschluß den Totalausfall der Elektronik auslösen würde. Anna antwortete, daß es eben nicht regnen dürfe. Im übrigen könne kein Mensch von ihr verlangen, dreimal den Zug zu wechseln, um nach Wesern zu gelangen. Der Meister zuckte die Achseln, und sie schrieb einen Scheck über 2455,30 Mark inklusive Mehrwertsteuer für kleinere Reparaturen. Dachte, ist ja bloß Geld, und zumindest kann ich noch einmal eine größere Reise mit meinem Auto machen. Es durfte eben nicht regnen.

Jemand hatte ein Einsehen. Anna fuhr den alten Jaguar durch trockene Landschaften, von West nach Ost, und sie pfiff beim Fahren, weil sie von Zeit zu Zeit gerne Auto fuhr und der Verkehr über weite Strecken erträglich war. Sie fuhr mit mäßiger Geschwindigkeit, schließlich war es ein altes, müdes Auto, mehr Schein als Sein, und anders als bei Menschen fand sie das bei Autos erträglich. Schließlich würde sie ihn bald verkaufen müssen, ihren MK II, ein abscheulicher Gedanke, den sie schnell wegschob. Besser, nicht an das Loch zu denken, das sich Zukunft nannte, sondern sich auf das Naheliegende zu konzentrieren: Wesern, der Fall Brog, die Geschichte über Müll und Mord, die sie schreiben wollte.

Sie hatte keine Ahnung, was sie in Wesern erwarten würde, und sie hatte nicht mehr als gewagte Gedankenspiele, was den Fall Brog betraf. Die Tatsache, daß jemand Brog *und* seinen Anwalt in die Luft gejagt hatte, konnte nur eines bedeuten: Jemand wollte um jeden Preis verhindern, daß im Prozeß Dinge zur Sprache kamen, die ihn belasten würden. Ein Jemand also, der in Brogs Ost-West-Müllgeschäfte verwickelt war oder in seine Spionagetätigkeit. Wohl kaum der geheimnisvolle Belastungszeuge, von dem im Prozeß die Rede war, denn dieser hätte sich nicht selbst geoutet, um dann Brog zum Schweigen zu bringen. Vielleicht ein Westinformant Brogs? Einer, der durch Brogs Aussage fürchten mußte, selbst der Spionage angeklagt zu werden? Oder ein gewendeter Stasi-Mensch, der Angst vor Brog hatte? Oder noch höhere, mächtigere Kräfte, von denen sie nur diffuse Vorstellungen überflüssiger Indianerspiele mit gefährlichem Material hatte?

Annas Phantasie schlug Purzelbäume, doch die Fakten waren so dürftig, daß sie sich wieder dem Nächstliegenden zuwandte. Sigrid Kreuz zum Beispiel, die Sekretärin und Vertraute Brogs, die ganz offensichtlich kein unbelastetes Verhältnis zu Umweltsündern hatte. Man mußte herausfinden, was mit der Tochter geschehen war und zu welchem Zeitpunkt die Kreuz in die Dienste Brogs getreten war. Obwohl Sigrid Kreuz nicht den Eindruck einer fanatischen Umweltschützerin gemacht hatte. Und wenn schon, war das noch lange kein Motiv, Brog zu ermorden. Da müßte mehr dazukommen, enttäuschte Liebe zum Beispiel, in dieser Richtung konnte sich Anna *alles* vorstellen.

Geld? Die verschollene Cousine in Amerika war die große Unbekannte im Spiel. Und was wäre, wenn ebendiese Cousine sich irgendwann mit Sigrid Kreuz ins Einvernehmen gesetzt hätte, Jürgen Brog zu ermorden und zu beerben? Ein Vorschuß für die Kreuz, deren Tochter eine begabte Briefbombenbastlerin war und mit ihrem Anteil in die Karibik verschwand ...?

Ein BMW-Fahrer hinter Anna hupte, um sie von der Überholspur zu drängen. Ein Wessi, wie das Nummernschild zu erkennen gab, einer, der es nicht ertragen konnte, hinten zu sein. Anna zeigte ihm den Vogel, und er hupte zurück. Schließlich fuhr sie doch auf die rechte Seite, um in Ruhe weiterdenken zu können, statt sich von Idioten verrückt machen zu lassen. Hupend zischte er an ihr vorbei, bis er auf seinen nächsten Feind traf.

Anna dachte an die schöne Frau, die Eikelen den tödlichen Brief überbracht hatte. Die große Unbekannte ... war sie die Frau gewesen, die Anna mit August Hackbart in der Kneipe gesehen hatte? Man mußte die Personenbeschreibung von Eikelens Sekretärin haben, vielleicht konnte sie das telefonisch aus Wesern erledigen. Wenn es dort Telefon gab ...

Die Cousine und Hackbart: Warum nicht? Sie hatten ein schönes Paar abgegeben in dieser Kneipe, und vielleicht brauchten sie sehr viel Geld, um glücklich zu sein. Brogs Geld. Und Hackbart war offensichtlich nicht der Typ, der von Skrupeln geplagt war, was die Beschaffung von Geld anbelangte. Er war ein Widerling und ihr als Mörder sehr sympathisch.

Anna zündete sich eine Zigarette an und starrte kurz, aber vorwurfsvoll auf den überfüllten Aschenbecher. Noch rund achtzig Kilometer bis Wesern, und bis jetzt hatte sie sich noch nicht einmal verfahren, was man Glück nennen durfte. Und wer blieb noch? Lipinski, der Geschäftsführer, der aus dem Osten kam und einen offenkundig verlorenen Eindruck machte. Hatte Brog ihn ins Müllgeschäft gezwungen, weil er etwas gegen ihn in der Hand hatte? War Lipinski so frei gewesen, sich mittels einer Briefbombe zu befreien? Anna fragte sich, ob die Sache mit den rollenden Kühlschränken eine Warnung gewesen war oder nur ein unglücklicher Zufall. Sie mußte sich unbedingt noch einmal mit Walter Lipinski unterhalten. Wenn sie aus Wesern zurück war. Was zum Teufel wollte sie überhaupt in Wesern?

Sie war von der Autobahn abgebogen, wie man ihr bei der Tankstelle gesagt hatte, und fuhr auf einer Landstraße in Richtung tschechische Grenze. Die Straße war schlecht und wenig befahren. Irgendwo, irgendwann mußte das Dorf Wesern kommen in dieser Landschaft aus Feldern und Bäumen und vereinzelten Häusern, die im Licht der untergehenden Sonne zu einer Art Einheitsgrau miteinander verschmolzen. Anna wußte, was sie als erstes tun würde, wenn sie nach Wesern kam: einen Gasthof suchen, ein Bier trinken, ein Bad nehmen.

Das mit dem Bad erwies sich als schwierig. Anna hatte, als sie in Wesern einfuhr nach acht Stunden Fahrt, vor dem erstbesten Gasthof gehalten. Sie bekam Bier, aber die Frage nach Zimmern wurde mit einer Art höhnischem Lachen beantwortet. Als der Wirt Annas verzweifeltes Westgesicht sah, unterwürfig beinahe, ließ er sich zu der Bemerkung hinreißen, daß »die Monika« Zimmer renoviere; vielleicht sei ja schon eines fertig. Noch ein Bier. Der Monika gehöre der Gasthof »Zum

Grenzer« in Richtung Ortsausgang. Immer gerade die Hauptstraße durch ...

Es gab kein Bad bei Monika, aber ein erstaunlich hübsches Zimmer, das nach frischer Farbe roch, und eine schmale Dusche mit einem Plastikvorhang, der blauweiß gestreift war. Monika Färber sprach von Glück, daß das Zimmer gerade fertiggeworden sei. Hundertzwanzig Mark die Nacht inklusive Frühstück und Abendessen. Die Wirtin war jung, schwanger und freundlich, und sie fragte Anna, was sie denn in Wesern wolle.

»Urlaub machen«, sagte Anna.

»Kein Mensch macht in Wesern Urlaub.«

»Und warum renovieren Sie dann Ihre Zimmer?«

»Gute Frage.« Monika Färber lächelte. »Dies hier ist so was wie das Ende der Welt. Manchmal verirrt sich ein Fernfahrer hierher, einer, der mit seiner Fuhre nicht über die Autobahngrenze will. Ich koche sehr gut.«

»Das glaub ich«, sagte Anna. »Und Hunger habe ich auch.«

Beim Abendessen traf Anna Hannes Färber, der hinter der Holztheke stand, während seine Frau in der Küche verschwand. Ein düsterer Typ, fand Anna, die es trotz mehrmaliger Anläufe nicht fertigbrachte, ihn über Wesern auszufragen. Seine Antworten beschränkten sich auf Ja und Nein. Der einzige vollständige Satz lautete: »Ein komisches Auto haben Sie. Keine Angst, daß was damit passiert, so nah an der Grenze?«

»Die alte Kiste klaut keiner mehr.« Anna bestellte einen Schnaps nach dem üppigen Braten. Zwei alte Männer kamen in die Gaststube, Bauern, dachte Anna, und sie setzten sich nach einem neugierig-vorwurfsvollen Blick auf Anna an den Stammtisch und bekamen unaufgefordert zwei Bier und zwei Schnäpse. Sie sprachen nicht, sondern starrten abwechselnd auf Anna und die Tischplatte. »Gutes Wetter heute«, sagte der Wirt, und die beiden nickten zustimmend.

Nightlife in Wesern, dachte Anna, ist sehr einsilbig. Sie war müde und hatte keine Lust mehr, sich anstarren zu lassen. Sie zahlte ihre Getränke, sagte laut und deutlich »Gute Nacht« und vernahm ein Murmeln hinter ihrem Rücken. Ihr Zimmer hatte einen kleinen Fernsehapparat, aber kein Telefon. Bevor sie ins Bett ging, sah sie noch einmal auf die kleine, unbeleuchtete Seitenstraße, wo sie ihren Wagen geparkt hatte. Kein Mensch war zu sehen, Wesern schlief bereits. Fast wie in Bonn, dachte Anna, bevor sie ihre Nachttischlampe löschte und die Augen schloß. Sie träumte von tanzenden Kühlschränken, die vor ihr explodierten, und von Gruber, der ihr den Mord an Brog gestand. Sie wachte auf, als das Tageslicht durch die Gardinen schien. Es roch nach frischer Farbe und Kaffee, Annas Uhr zeigte neun, und sie stieß beim Aufstehen gegen den Nachttisch, weil er irgendwie anders stand als bei ihr zu Hause. Der Duschvorhang klebte, und die Handtücher waren nicht besonders saugfähig. Doch der Kaffee, den die Wirtin servierte, war stark und gut.

Monika Färber beschrieb ihr beim Frühstück den Weg zum Bürgermeister, und Anna beschloß, zu Fuß zu gehen, um sich Wesern anzusehen. Als sie aus dem Haus ging, hörte sie die Wirtin zu ihrem Mann sagen: »Die will bestimmt was kaufen.«

An diesem sonnigen, ziemlich kalten Dezembertag begegnete Anna in Wesern zwei Frauen mit Einkaufskörben, zwei Traktoren und drei Autos. Als sie die Hauptstraße entlangging, meinte sie, Gesichter an den Fenstern zu sehen, die schnell verschwanden, wenn sie hochsah. Die Häuser waren klein, eng, zum Teil baufällig, einige renoviert und frisch gestrichen. Es war nichts Besonderes an Wesern, nicht auf den ersten Blick, und Anna ging an der kleinen katholischen Kirche vorbei, der Apotheke, einer Bäckerei, der Videothek, einem Gemischtwarenladen und einem bescheidenen Supermarkt. Es war nur so, daß sie sich beobachtet fühlte wie in diesen Western, in denen der einsame Cowboy die Straße entlanggeht, um in einem Duell seinen Gegner zu erschießen. Anna näherte sich dem Bürgermeisteramt, das himmelblau gestrichen war und auch die Polizeistation beherbergte. Eine junge Frau, die eine Akte in der Hand hielt, kam ihr entgegen. Sie grüßte freundlich und fragte nach dem Bürgermeisterzimmer. Eine Handbewegung wies in Richtung Flurende.

Kein Namensschild, aber eine prächtige hölzerne Tür: Anna klopfte und trat ein. Ein kleines Zimmer mit einem leeren Schreibtischstuhl und noch eine Tür. Sie klopfte, öffnete die zweite Tür und begegnete dem Mann ohne Pistole, Bürgermeister Otto Franzen. Er war klein und dick und trug eine Brille mit roter Fassung, die ihm das Flair eines intellektuellen Schweinchens verlieh.

»Tut mir leid, daß ich so unangemeldet eingedrungen bin. Guten Tag. Ich bin Anna Marx, Journalistin aus Bonn. Ich bin hergekommen, um einen Artikel über Wesern zu schreiben, und ich dachte mir, daß ich zuerst zu Ihnen komme, Herr Bürgermeister.« Cowboys würden so etwas nie sagen, und Anna kam sich ziemlich blöd vor.

Otto Franzen faltete seine Zeitung zusammen und sagte: »Wer kommt denn auf so eine Idee?«

»Na, ich. Darf ich mich setzen?«

Sie durfte. Sie durfte ihn fragen, und er gab ihr Antworten, während er mit seiner Brille spielte und den Colt in der Schublade ließ. Otto Franzen war ein ländlich-sittlicher Bürgermeister, das war das Bild, das er Anna vorführte, und sie war sich darüber im klaren, daß er seinen Rahmen sorgfältig ausgewählt hatte. So höflich war er, ein pastellfarbenes Polittier mit rustikalem Charme. Bei Journalistinnen mußte man doch sehr vorsichtig sein, hahaha. Ein unbeschwertes, aufrichtiges Lachen, in das man einfach einstimmen mußte. Schwierige Fragen glitten über sorgfältig überlegte Phrasen ins Nichts. Keine Widerhaken, aber auch nichts, woran man sich festhalten konnte. Er gab ihr Kaffee, den die junge Frau brachte, der Anna zuvor begegnet war. Otto Franzen hatte nichts zu verbergen, wie er zwischendurch immer mal betonte, ein wenig zu oft für Annas Geschmack. Er lächelte, und Anna lächelte zurück. Als sie nach eineinhalb Stunden sein Büro verließ, hatte Anna das Gefühl, von »Zwölf Uhr mittags« noch weit entfernt zu sein. Das Duell mit Wattebäuschen war bestenfalls unentschieden ausgegangen.

In der Gaststube Zum Grenzer, die zur Mittagszeit leer war, trank Anna ein Bier, bestellte ein Würstchen mit Senf und Brot und rekapitulierte die bürgermeisterlichen Antworten.

Dreihundertfünfzehn Einwohner, rund siebzig weniger als vor der Wende, denn viele junge Leute waren weggezogen. Überwiegend Land- und Viehwirtschaft, doch seit der Wende eine zunehmende Verschuldung der Bauern, die noch Probleme hatten, sich an den marktwirtschaftlichen Strukturen (O-Ton Franzen) zu orientieren. Früher hatte es neben der LPG ein Sägewerk und eine kleine Fabrik zur Herstellung von Feuerwerkskörpern gegeben, beide waren von der Treuhand übernommen und kurz darauf geschlossen worden. Strukturelle Probleme, Arbeitslosigkeit, ein wenig kleiner Grenzverkehr (augenzwinkernd Franzen) – und dann war der Messias gekommen in Gestalt von Jürgen Brog.

Vor zwei Jahren hatte er die kleine Hausmülldeponie, das Sägewerk und die Fabrik sowie Ackerland rund um die Deponie gekauft. Und die Bauern verkauften, weil sie Geld brauchten – wer tut das nicht (kleiner Scherz, Franzen). Auf Annas Frage, wieviel Land Brog in Wesern besitze, hatte der Bürgermeister ausweichend gemurmelt, daß er die genauen Zahlen heraussuchen müsse. Um dann begeistert von den modernen Recyclinganlagen zu erzählen, die Brog hier aufbauen wollte, Müllverwertung vom Feinsten, was natürlich Arbeitsplätze schaffen und ...

Auf Annas Einwand, daß Brog tot sei und diese Pläne etwas in der Luft hingen, reagierte Otto Franzen mit Trauermiene und der Bemerkung, daß dies ein großes Unglück für Wesern sei. Aber er sei doch zuversichtlich, für diesen Standort auch andere Geschäftspartner zu finden. Müll sei schließlich das Geschäft der Zukunft.

Anna schrieb sich Stichworte vom Tonband, als die Wirtin das Würstchen brachte. »Ist das unser Bürgermeister, den Sie hier abhören? Er kann gut reden, was?«

»Er will Wesern in ein Müllparadies verwandeln. Kann ich noch ein Bier haben?«

»Na klar.« Monika Färber zapfte das Bier und sagte: »Franzen war früher Geschäftsführer des Sägewerks und ein sehr verdienter Genosse. Aber menschlich war er immer in Ordnung, ich meine, er hat niemanden angeschwärzt oder so. Hätte vermutlich sowieso keinen interessiert, was in dem Kaff vorging. Insofern hat sich nicht viel verändert. Bloß daß die Leute jetzt die Freiheit haben, hier abzuhauen und woanders ihr Glück zu versuchen.« Sie brachte das Bier. »Was wollten Sie denn vom Bürgermeister? Was kaufen?«

»Ich hab kein Geld«, erwiderte Anna wahrheitsgemäß. »Ich bin Journalistin und mache hier ein paar Tage Urlaub. Vielleicht schreibe ich einen Artikel über Wesern.«

Monika Färbers Gesicht veränderte sich um Nuancen. Sie preßte ihre Hände auf ihre blaukarierte Schürze, die über dem Bauch spannte. »Wie lang dauert's noch?« fragte Anna.

»Zweieinhalb Monate. Wenn's das Kind nicht gäbe, wären wir vielleicht auch weggezogen.«

»Vielleicht«, sagte Hannes Färber, der im schmutzigen grauen Overall hereingekommen war, »sollte meine Frau nicht soviel reden.«

Sie hat Angst vor ihm, dachte Anna, als sie Monika Färbers Gesicht sah. Ein Gesicht, das starrer wurde, wenn ihr Mann dabei war. Die beiden verschwanden in der Küche, und Anna biß in ihre Wurst, die inzwischen kalt geworden war. Sie hörte sich das letzte Viertel des Interviews an, in dem der Bürgermeister die Vorzüge der europäischen Marktwirtschaft preis, an die sich die Bauern eben noch gewöhnen müßten. Er sagte nicht »die dummen Bauern«, aber genau dies hatte er gemeint. Und daß Anna ruhig mit den Leuten in Wesern sprechen sollte, die seien alle für den Müllstandort, obwohl es natürlich immer ein paar Spinner gäbe, die den einen oder anderen umweltrelevanten Einwand hatten. Dabei: Umwelt sei das einzige, das in Wesern im Überfluß vorhanden sei. Anna löschte das Gelächter, das danach kam.

Wer zum Beispiel hat was dagegen, hörte sie ihre Stimme auf dem Band, und Franzens Antwort: Das werden Sie schon selbst herausfinden müssen. Man muß als Bürgermeister auch mit der Opposition leben, das ist lebendige Demokratie.

Klang das zynisch oder wollte sie ihn nur so sehen? Werd ich auch rauskriegen, dachte Anna, wenn ich schon mal hier bin. Es lag nahe, den Pfarrer zu fragen, vielleicht auch den Dorflehrer, Leute jedenfalls, die keine Grundstücke zu verkaufen hatten und das Gemeinschaftswohl etwas differenzierter betrachten konnten, als der Bürgermeister dies tat.

Anna schaltete das Tonband aus, dachte, er ist nicht einmal unsympathisch, ein politisches Schlitzohr eben, das seine Wahrheiten gut verpackt und verkauft. In einem Punkt hatte er wahrscheinlich recht: Wer sollte wohl an diesem Ende der Welt investieren, wenn nicht einer wie Brog? Brog, der ein willfähriges Dorf brauchte, keinen Ärger bei Genehmigungsverfahren, viel Land und wenig Menschen ... aber wofür? Doch gewiß nicht für die modernste europäische Recyclinganlage?

Anna ging in ihr Zimmer, zog sich Hosen und Gummistiefel und einen Anorak an, fühlte sich solchermaßen wie ein Landmensch und beschloß, die Umgebung von Wesern zu erkunden und ihre Besuche beim Pfarrer und Dorflehrer auf den späten Nachmittag zu verschieben. Das Wetter war passabel: kalt, aber trocken. Als sie auf die Straße trat; hatte sie wieder den Eindruck, von vielen Augen beobachtet zu werden. Zwei junge Männer auf Fahrrädern fuhren langsam an ihr vorbei und starrten sie ungeniert an. Anna bog von der Hauptstraße ab und folgte einem Schild, auf dem »Deponie« stand, ein weißes Schild mit roter Schrift. Kleine Häuser, kleine Gärten, die meisten Häuser in Fünfziger-Jahre-Billigbauweise: Wer hier lebt, dachte Anna, wird nicht von Schönheit verwöhnt. Fast jedes Häuschen hatte eine Satellitenschüssel auf dem Dach. Hunde bellten, als sie vorbeimarschierte, und ab und zu bewegten sich Rüschengardinen, wenn sie ein Haus passierte. Doch sie begegnete keinem Menschen auf ihrem Weg zur Deponie, der über eine schlecht asphaltierte Straße an Feldern vorbeiführte, die brachlagen.

Anna pfiff, weil sie sich einsam fühlte, und wünschte sich einen Hund, der in ihr Bonner Leben nie gepaßt hatte. Sie war bei einem Waldstück angelangt, als sie Schritte hörte. Der Schock war absurd, warum sollte nicht jemand auf dieser Straße gehen? Sie hörte Schritte hinter sich und fühlte ihr Herz pochen. Kein Haus mehr zu sehen, kein Auto. Anna ging langsamer ... und schrie auf als sich von hinten eine Hand auf ihre Schulter legte. Umdrehen und blitzschnell das Knie hochziehen ... Annas Knie war bereit auf den Befehl zu reagieren, als eine Frauenstimme sagte. »Erschrecken Sie nicht. Ich will nur mit Ihnen reden«

Anna drehte sich um. Die Frau war viel kleiner als sie, und sie kam Anna bekannt vor. Klein und dünn, mit lockigen dunkelbraunen Haaren und einem etwas spitzen Gesicht, das ungeschminkt war, stand sie vor Anna und wußte nicht, daß sie um Haaresbreite einer schmerzhaften Knieattacke entgangen war

»Ich bin Renate Kurland, Monikas Schwester. Entschuldigen Sie, daß ich Sie sozusagen verfolgt habe. Aber es ging nicht, in den Gasthof zu kommen. Hannes und ich, wir stehen auf Kriegsfuß. Nicht, daß ich Angst vor ihm hätte, aber ich will meiner Schwester die Aufregung ersparen. Hannes kann so aufbrausend sein.«

»Kann ich mir denken.« Anna steckte die Hände in ihre Anoraktaschen. »Anna Marx. Aber ich glaube, Sie wissen, wer ich bin.«

Renate Kurland lächelte ganz wenig. »Sicher. Alle im Dorf wissen, wer Sie sind. Und seit Sie beim Bürgermeister waren, wissen auch alle, warum Sie hier sind. Gehen wir ein Stück weiter? Sie wollen doch bestimmt zur Deponie, wenn Sie diesen Weg gehen.«

Sie gehört zur Opposition, dachte Anna, während sie neben Renate Kurland herging, schweigsam zunächst, weil sie überlegte wie sie ihre Fragen stellen sollte. Die Kleine neben ihr sah nicht aus wie eine potente Feindin des Bürgermeisters. War es überhaupt möglich, in diesem Dorf gegen eine Müllmafia anzukämpfen?

»Mein Mann und ich haben ein Stück Land, nicht weit von der Deponie«, sagte Renate Kurland und wies mit der Hand in Richtung Osten. »Schlechtes Land, es hat sich immer nur zur Viehzucht geeignet. Mein Mann hat bei der LPG gearbeitet und ich im Kindergarten. Der wurde geschlossen vor zwei Jahren. Die LPG gibt es auch nicht mehr.« Ein Seitenblick auf Anna: »Sie können sich das vielleicht nicht vorstellen, aber wir haben ganz gut gelebt, vorher. Kein Luxus, aber unsere Ansprüche waren ja nicht groß – und ich habe immer gern mit Kindern gearbeitet.«

»Die Zukunft war früher auch besser.« Ein Zitat, dachte Anna, das auch auf ihre Situation zutraf. Renate Kurland sah sie etwas irritiert an. Sagte: »Das könnte schon stimmen. Als Brog hier auftauchte, da waren viele hier an einem Punkt, daß sie wegziehen wollten, weil es keine Perspektiven gab. Und dann kam Brog mit seinen Schecks, die er ihnen unter die Nase hielt – und Franzen war der erste, der sich auf seine Seite schlug und seine Schäfchen ins trockene brachte. Und Franzen zog die anderen mit. Die Leute veränderten sich, als Brog mit seinem vielen Geld kam, das hat mich am meisten erschreckt. Ganz vernünftige, nette Leute begannen, nach der Geldpfeife zu tanzen.«

»Brog und Franzen wollten Wesern aus dem Dornröschenschlaf holen«, sagte Anna.

Renate Kurland sah sie von der Seite an. »Mit einem vergifteten Apfel? Es ist ja nicht so, daß die Leute hier so dumm waren, alles zu glauben, was der Bürgermeister ihnen erzählte. Aber sie haben sich kaufen lassen: für Satellitenschüsseln und Autos und die Renovierung ihrer Häuser ... und Brog hatte Beziehungen von früher, es war für ihn ein Kinderspiel, die Genehmigungen für die Erweiterung der Deponie und seine anderen Pläne zu bekommen. Recyclinganlagen vom Feinsten, eine hochmoderne Müllverbrennungsanlage ... man hätte glauben können, daß Brog aus Wesern einen Luftkurort machen wollte. Und die meisten haben es geschluckt hier, weil Franzen ihnen immer wieder vorbetete, daß es die einzige Chance für uns wäre.«

»So einfach ist das ja nun nicht mehr mit den Genehmigungen.« Anna dachte, daß sie nie wieder ohne Aufnahmegerät spazierengehen würde.

»Damals, kurz nach der Wende, als alles eingefädelt wurde, da war es ein Kinderspiel. Brog nutzte die alten Seilschaften, jeder hatte ein bißchen was zu gewinnen, wie das so läuft bei Geschäften. Und die Leute in Wesern hofften auf Arbeitsplätze in seinen Müllbetrieben. Und der Bürgermeister träumte von Gewerbesteuern und einer Schwimm- und Mehrzweckhalle; die Geschäftsleute von dem großen Aufschwung für das Dorf. Und die Deponie, die hat es schließlich immer schon gegeben. Ob sie nun ein bißchen größer wurde ... die Leute hier sind wie die Schafe, verstehen Sie? Kümmern sich um ihr Futter, ihre kleine Herde und ihren Platz im Schafhimmel, weiter wollen sie nicht sehen.«

»So ist es doch überall – mit ein paar Ausnahmen bockiger Schafe, die gegen den Zaun rennen.« Anna überlegte, in welche Kategorie sie wohl fiele.

»Sind Sie auch eines?«

»Manchmal«, antwortete Anna. »Es hat mir nicht viel eingebracht.«

Renate Kurland war stehengeblieben und wies mit dem Finger auf einen Drahtzaun. »Da vorne ist sie. Unsere alte Hausmülldeponie. Aber wer weiß schon, was die Lastwagen hier abladen ... Franzen hat vor sechs Monaten ein Gutachten anfertigen lassen, und raten Sie mal, was drinstand: Die geologischen und hydrogeologischen Verhältnisse der Deponie beeinträchtigen keineswegs das Grundwasser der Gemeinde. Das Multikomponentenkonzept – Hausmüll und Sondermüll – würde keinerlei schädliche Auswirkungen auf die Umwelt haben. Und so weiter. Sie werden bald ganz legal Sondermüll ablagern.«

Sie standen jetzt vor dem Drahtzaun und einem Hinweisschild, daß für Unbefugte das Betreten der Deponie verboten sei. Anna sah nichts weiter als einen sanft ansteigenden Berg von undefinierbarer Konsistenz. Wenn sie giftige Dämpfe erwartet hatte, so wurde sie enttäuscht.

»Das Gutachten ist natürlich von Brog finanziert worden. Hier sehen Sie den Konservenhaufen dort? Mit dem Emblem des Grünen Punktes?« Renate Kurland zog Anna zu der Stelle, an der sie den besten Blick hatten. »Es ist alles ein einziger Beschiß. Bis zur Maueröffnung war die DDR der größte Müllimporteur der Welt, wußten Sie das? Ein Scheißstaat, der sich mit Scheiße gegen Devisen zuschüttete, was ja irgendwo noch eine Logik hatte. Aber seit dem Mauerfall, Frau Marx, sind wir erst 'ne richtige Müllkolonie geworden. Seit der Wende sind mehr als zehn Millionen Tonnen Westmüll in den Osten geschafft worden – und Brog war einer der ganz großen Akteure unter den Müllschiebern. Er nutzte seine alten Kumpane, die ja auf Kommunalebene immer noch in den richtigen Positionen sitzen. Und was er hier nicht ablagern konnte, weil er Angst vor einem unabhängigen Gutachten hatte, das wurde einfach weiterverschoben in den Osten.«

Von weitem konnte man sehen, wie ein Bagger Müll bewegte; die Deponie war riesig, endlos. Anna sagte: »Aber irgendwo muß er doch hin, der Müll. Ich meine, wir alle produzieren ihn, aber keiner will ihn haben. Daß Leute wie Brog und andere aus dem Müllnotstand einen lukrativen Mülltourismus entwickelt haben, ist doch nur logisch.«

Renate Kurland schlug mit einer kleinen Faust gegen den Zaun: »Ja, sollen wir zusehen und nichts tun? So wie die Politik? Augen zumachen und den Dreck unserer Brüder im Wohlstand schlucken, damit auch wir mehr konsumieren und mehr Müll produzieren können? Das ist doch ein furchtbarer Kreislauf, der irgendwann zusammenbricht. Wenn es niemand gibt, der sich wehrt, Frau Marx, wird sich nichts verändern. So einfach ist das.«

Das Gute reizt bisweilen. Anna sagte: »Es ist nicht einfach. Leute wie Brog wird es immer geben. Und Leute, die in seinem Fahrwasser nach oben schwimmen möchten. Und all die anderen Leute, die sich nicht kümmern. Ihre Schafherde, Frau Kurland, ist auf der ganzen Welt verteilt. Und es gibt nicht genug Welt für jedermanns Gier.«

Renate Kurland sah Anna aggressiv an: »Sie hingegen, Sie fragen und schreiben, aber alles schön distanziert, nicht wahr. Ausgewogen. Auf der Seite der Guten, aber doch vom Bösen überzeugt! Leute wie Sie sitzen doch nur zwischen den Stühlen und halten mit traurigem Lächeln die Balance. Wir hingegen sind ein paar dumme Dörfler, die Franzen im Gemeinderat die Hölle heiß machen. Mein Mann, der Pfarrer, die Lehrerin ... Wissen Sie, daß Brog mir einen eigenen Kindergarten anbot, voll finanziert, wenn ich aufhören würde, gegen seine Pläne anzurennen? Er hat es nicht kapiert, daß ich ablehnte, er sah mich an, als sei ich verrückt. Und meinem Mann, dem hätte er einen sicheren Arbeitsplatz in der Verbrennungsanlage beschafft, die er bauen wollte. Sei doch besser, als kranke Kühe zu hüten, hat er gesagt. Und als ich ihn fragte, warum unsere Kühe krank sind, da hat er gesagt, er sei doch kein Tierarzt. So einer war das ... aber als ich Franzen sagte, daß wir ein Gutachten über die Dioxinwerte im Grundwasser erstellen lassen, da ist unser Bürgermeister ausgeflippt. Sein Gesicht hätten Sie sehen sollen. Er sah aus wie ein Schwein kurz vor der Schlachtung.«

Es stank. Anna verzog ihre Nase und wandte sich von der Deponie ab. Sie hatte keine Lust, sich mit Renate Kurland über objektiven oder subjektiven Journalismus zu unterhalten. Und außerdem fühlte sie sich ein wenig getroffen. »Brog ist tot, Frau Kurland. Ich nehme an, daß Sie das nicht traurig stimmt.«

Kleine, dunkle, wütende Augen. »Nein, überhaupt nicht. Aber das ändert nichts an den Tatsachen. Die Deponie ist da, das Dioxin in unserem Grundwasser und Boden. Und irgend jemand wird kommen, um gemeinsam mit Franzen das Projekt Brog zu verwirklichen. Keine modernen Recyclinganlagen, das war ohnehin nur Augenwischerei. Nein, zur Deponie soll noch 'ne Verbrennungsanlage kommen, damit wir die Gifte auch noch durch die Luft atmen. Und diese dummen Bauern hier kapieren nicht, daß ihre Kinder davon krank werden, ihre verdammten Kühe und Schafe ...«

Anna hielt sich die Nase zu. »Können wir jetzt gehen? Der Gestank ist auf die Dauer unangenehm.« Sie hätte auch sagen können, daß sie von Müll die Nase voll hatte, aber dies hätte ihre Begleiterin vermutlich nicht als Scherz aufgefaßt. »Können Sie beweisen, Frau Kurland, daß Brog hier Giftmüll abgeladen hat?«

Sie war Anna gefolgt, ging jetzt neben ihr. »Nein, nicht bevor das Gutachten da ist. Ich meine, selbst wenn wir nachts über den Zaun klettern und in der Deponie rumschnüffeln, werden wir kaum auf Fässer mit der Aufschrift GIFT stoßen. So blöd war Brog ja nun nicht.«

Ich kann's nicht schreiben, dachte Anna erbittert, solange sie mir keine Fakten an die Hand gibt. »Und wann kommt das Gutachten?«

»Im nächsten Monat, und dann muß man noch die Auswertung der Ergebnisse abwarten. Aber ich kann Ihnen was anderes zeigen, Frau Marx. Ich habe mir die Schlüssel für die alte Fabrik besorgt. Dort hat Brog eine Art Zwischenlager eingerichtet, dort stehen seine Giftfässer und warten auf den Weitertransport Richtung Osten.«

Das war handfest, brauchbar. »Können wir gleich hingehen?« fragte Anna. Sie hatte zwar Fotos von der Deponie gemacht, aber die waren wenig aussagekräftig: Vögel, die über den undefinierbaren Resten der Gesellschaft kreisten. Giftfässer, damit ließ sich eine Geschichte wunderbar aufmachen. Sie beschleunigte ihren Schritt, doch Renate Kurland hielt sie zurück. »Nicht jetzt, sind Sie verrückt? Ich hab mir die Schlüssel illegal besorgt, über einen Verwandten, der dort als Nachtwächter arbeitet. Heute nacht könnten wir rein, da hat Fritz Dienst. Er wird es mir nie verzeihen, daß ich seinen Job gefährde, aber er schuldet mir einen Gefallen.«

Heute nacht. Anna fand die Idee eines Quasi-Einbruchs sehr aufregend. »Haben Sie keine Angst? Vor den anderen, meine ich?«

Renate Kurland sah auf das Dorf, das vor ihnen lag. Mutter Courage als Schneewittchen verkleidet. »Na klar habe ich Angst. Aber die habe ich schon eine lange Zeit, man gewöhnt sich daran.«

»Gibt es denn konkrete Hinweise auf Vergiftungen durch die Deponie?«

Sie hatten den Wald passiert und gingen auf der linken Seite der Straße. Ein Golf fuhr in überhöhter Geschwindigkeit so knapp an ihnen vorbei, daß Anna instinktiv zur Seite sprang. »Arschloch«, schrie sie dem Auto nach, und Renate Kurland sagte: »Das war der junge Baumann mit dem Wagen seines Vaters. Sie rasen hier wie die Verrückten herum, weil sie die Öde nicht aushalten. Sie haben auch ein komisches Auto. Passen Sie darauf auf.«

»Das hat mir Ihr Schwager auch schon gesagt. Er steht wohl auf der Franzen-Seite?«

Renate Kurland grüßte eine ältere Frau, die am Gartentor stand. Die Frau nickte nur und wandte sich dann ab. »Ich bin nicht sehr beliebt, wissen Sie. Hannes kann mich nicht ausstehen. Er denkt ans Geschäft. Arbeitsplätze bedeuten Geldumlauf, und er will was machen aus dem Gasthof. Meine Schwester sieht das ein bißchen anders, aber sie redet nicht gegen ihn an.« Sie senkte ihre Stimme: »Nach Vergifteten fragen Sie? Tut mir leid, wir haben keine Toten aufzuweisen. Aber die Bauern, die noch Weideland in der Nähe der Deponie haben, sagen, daß mehr Kühe krank werden als früher, Appetitlosigkeit, rückläufige Fertilität ... aber sie wollen nicht wissen, woher das kommt. Die Kinder haben häufiger Asthma, auch Hautausschläge nehmen zu. Und die Mütter gehen zum Arzt, und der verschreibt Medizin. Keine fragt nach dem Warum.«

Schafe, dachte Anna, und daran, daß sie selbst eines war.

»Man müßte vergleichende Untersuchungen anstellen ... aber es ist ungemein schwierig, einen Zusammenhang nachzuweisen. Gutachter kosten viel Geld. Ein Gutachten führt zum Gegengutachten ... wer soll das bezahlen?«

Anna fror. Sie vergrub sich in ihrem Anorak und haßte Wesern. Im Gasthof würde sie das Gespräch aufschreiben müssen, um nichts zu vergessen. Kein heißes Bad, dafür die Aussicht auf eine Nacht im Müll. Sie wagte nicht zu fragen, ob der Ausflug gefährlich sein könnte. Nicht diese kleine Starke, die neben ihr ging und Anna wohl ein wenig verachtete.

Renate Kurland blieb stehen. »Ich muß noch ein paar Besorgungen machen. Wir treffen uns um zehn Uhr an der Kirche. Ziehen Sie sich warm an.«

»Mundschutz?« fragte Anna, doch die Kurland fand das nicht komisch. Sie wandte sich mit einem kühlen Gruß ab. Anna dachte, daß sie engagierter sein müßte, um sie nicht zu verärgern. Doch wie konnte sie einer Fremden erklären, daß ihr demonstrative Betroffenheit in der Koalition der Guten schwerfiel? Daß sie lachen wollte, wenn eine Katastrophe unabwendbar schien? Ein Schaf war auch sie, ein renitentes zwar, aber doch eins, das in der vorgegebenen Route trabte. Wie sollte sie der Wölfin erklären, daß der Müllhaufen, auf dem sie sich bewegte, einem die Luft zum Atmen nahm, wenn man sich nicht darauf konzentrierte, ganz flach und oberflächlich zu inhalieren?

In der Seitenstraße neben dem Gasthof *Zum Grenzer* parkte ihr Wagen, und Anna holte mit kalten Fingern den Autoschlüssel aus der Jackentasche, um an die Taschenlampe im Handschuhfach zu kommen. Als sie die Wagentür schloß, sah sie den Strich, den ein Nagel durch den Lack gezogen hatte, circa fünf Zentimeter lang und ziemlich tief. Sie fuhr mit den Fingern entlang und hatte den Wunsch zu weinen. Es war so bösartig, so idiotisch, und es würde sie ein kleines Vermögen kosten, die Seite neu lackieren zu lassen. Sie sah sich wütend um, doch natürlich war niemand zu sehen. Ein feiger, hinterhältiger Anschlag …

»Tut mir aber leid«, sagte Hannes Färber, als Anna ihm empört davon erzählte und einen doppelten Whisky bestellte. Er sah nicht so aus, als ob es ihm leid täte, und natürlich hatte er niemanden gesehen, auch seine Frau nicht. »Jugendliche«, meinte Monika Färber. »Sie langweilen sich in Wesern und streunen herum und machen nur Unsinn.«

»Das ist kein Unsinn. Das ist Sachbeschädigung.« Anna trank den Whisky, der nach Spiritus schmeckte. Dachte, daß sie nichts mehr über gestreßte Jugendliche und ihr Freizeitvergnügen hören wollte. »Morgen früh gehe ich zur Polizei und erstatte Anzeige.«

Hannes Färber lächelte beinahe. »Unser Dorfpolizist wird sich sicher freuen über ein bißchen Abwechslung. Passiert ja sonst nichts in unserem Dorf.«

»Aber Hannes!« Die Wirtin schenkte Anna ungefragt noch einen Whisky ein. Ihr Bauch wogte provozierend vor Anna, der Unfruchtbaren.

»Oh, ich denke schon, daß hier einiges passiert.« Anna lächelte böse. »Es scheint mir nur so zu sein, daß sich kein Mensch darum kümmert – außer ein paar ganz Mutigen.«

Hannes Färber sah Anna mit finsterem Gesicht an. »Wir erledigen unsere Dinge gern ohne die Einmischung von Fremden.« Gleich wirft er mich raus, dachte sie, doch Färber wandte sich ab und verschwand in der Küche.

Monika Färber fragte flüsternd, ob Anna mit ihrer Schwester gesprochen habe. Auf Annas Nicken sagte sie leise: »Passen Sie auf. Die Leute hier sind manchmal komisch.«

Komisch, fand Anna, war ein komisches Wort in diesem Zusammenhang. Sie wollte nicht verstehen, sondern zornig werden. Sie wollte alle Gedanken an ihre Zukunft wegschieben und sich über Wesern empören. Und was tat sie? Ärgerte sich maßlos über einen Kratzer an ihrem Auto. Alle die wunderbaren Verdrängungsmechanismen funktionierten noch. Und Wesern war ein Nebenkriegsschauplatz, der ausgezeichnet zu ihrer allgemeinen Verfassung paßte.

17

Renate Kurland wartete bereits, als Anna zur Kirche kam, gesättigt von Monika Färbers Abendessen und bewaffnet mit einer Taschenlampe sowie einer vollautomatischen Kamera. Anna erwartete, dem Pfarrer zu begegnen, der ihnen für ihre nächtliche Unternehmung seinen Segen aussprechen würde, doch der Pfarrer sei im Urlaub, sagte Renate, die Anna jetzt duzte, weil sie Komplizinnen bei einem geplanten Einbruch waren. Ihr Auto war hinter der Kirche geparkt, ein klappriger Lada, der sich gewissermaßen ächzend vorwärtsbewegte.

Renate war nervös oder eine miserable Autofahrerin. Ihre Fußbewegungen zwischen Gas- und Bremspedal waren so erratisch, daß Anna nicht mehr glaubte, an Gift sterben zu müssen. Der Wagen bewegte sich aus dem Dorf in Richtung Finsternis, bis sie auf eine Schotterstraße abbogen, die vor einem Tor endete.

Ist ja kein richtiger Einbruch, dachte Anna, als Renate die Schlüssel aus ihrem Anorak holte. Es war dunkel auf dem Gelände, im Licht der Scheinwerfer sah Anna schemenhafte Umrisse von Flachbauten. Irgendwo bellte ein Hund.

»Gibt's hier einen Wachhund? Ich hab keine besondere Beziehung zu Schäferhunden oder Dobermännern.«

Annas Scherz wurde wiederum ungnädig aufgenommen. »Er gehört Fritz und ist völlig harmlos«, sagte Renate, während sie den Wagen abwürgte. Sie stiegen aus und gingen auf das Tor zu. Anna leuchtete mit ihrer Taschenlampe, während Renate das Tor aufschloß. Sie hatten einige Mühe, den schweren Torflügel zu bewegen. Anna meinte, daß man das Quietschen bis ins Dorf hören mußte. Ein Hund bellte. Aus einem ihr unbekannten Grund war Anna plötzlich der Meinung, daß sie aus diesem Gelände nicht mehr lebend herauskommen würde. Sie gingen auf das erste Gebäude zu und kletterten die Rampe hoch, Anna stellte sich ungeschickt an, sie war eben unsportlich und für Expeditionen wenig geeignet. »Nun komm schon«, zischte Renate, »ich möchte hier nicht übernachten.«

Ich auch nicht, du dumme Kuh. Anna hievte sich hoch, während Renate den zweiten Schlüssel hervorkramte und eine schwere Aluminiumtür aufschloß. Dunkelheit. Im Strahl der Taschenlampe wirkten die leeren, teils zusammengebrochenen Regale wie Gespenster auf Krücken. Anna folgte Renate durch den Lagerraum, stieß an eine hohle Kiste und fluchte leise. Nichts. Da war nichts in dieser Halle, das zu fotografieren irgendeinen Wert hatte. Sie war leer bis auf das Gerümpel, das bizarre Schatten warf.

»Scheiße.« Anna sah Renate an. Renate sah Anna an. »Sie müssen das Zeug vor kurzem weggebracht haben«, flüsterte Renate. »Und Fritz, dieser Idiot, hat mir nichts davon gesagt.«

Es roch seltsam, doch das konnte auch an Annas empfindlicher Nase liegen. »Gibt es nicht noch 'ne Halle?«

»Ja. Aber da lagert er Altreifen und Autoshredder. Dafür gibt es 'ne Zwischenlagerungsgenehmigung.« Renate war sichtlich wütend: »Das kannst du auch fotografieren, aber das bringt nichts. Hier, in dieser Halle, sollten Tonnen mit giftigen Pestiziden sein, die weiter nach Tschechien sollten. Mist, verfluchter!«

»Besser Reifen als gar nichts.« Anna wandte sich ab und stapfte zur Tür. Der Hund bellte. Renates Schritte hallten hinter ihr. Investigativer Journalismus war ein mühsames, frustrierendes Geschäft. Ganz nett, daß sie ein paar Schritte weitergekommen war, doch ohne Gift keine Giftstory – und das Rätsel Brog war immer noch weitgehend ungelöst.

Renate versperrte die Tür. »Da hinten ist die andere Halle.« Sie zeigte mit dem Finger in die Finsternis. »Tut mir wirklich leid.«

»Nein. *Mir* tut's leid.« Anna kletterte die Rampe hinunter und fand Boden unter den Füßen. Daß sie die Mülltonne sah, war dem zufälligen Strahl der Taschenlampe zu verdanken. »Sieh mal da.«

»Eine Mülltonne, na und?«

»Vielleicht ist was drin?«

Renate fand den Gedanken irrwitzig, aber sie folgte Anna zu der Tonne, deren Deckel sie gemeinsam hochstemmten. Sie war fast voll. Doch zwischen Flaschen, Konserven, Papier und abgebrannten Feuerwerkskörpern entdeckte Anna, die mit ihrer Taschenlampe den Müllberg bewegte, einen verschmutzten und beschädigten Kanister, den sie angeekelt nach oben zog. Ihre Taschenlampe wies auf einen Totenschädel und die Aufschrift GIFT.

»Heureka.« Triumphierend hielt sie ihren Giftkanister in der Hand. Er war fast leer, und an dem Seitenriß hatte sich klebrige Flüssigkeit abgesetzt, die faul roch.

»Vorsicht.« Renate nahm ihr den Fund aus der Hand und stellte ihn auf den Boden. Las im Licht der Taschenlampe vor: »Amoran. Fruchtbeize ... der Rest ist vom Regen verwischt. Aber das ist das Zeug. Mensch, Anna. Wir haben doch noch was gefunden.« Ihr Lächeln war fast glücklich zu nennen, und Anna dachte, wie absurd diese Situation doch war: zwei Frauen, die in einer Gespensterfabrik hockten und sich über einen halbleeren Giftkanister freuten. »Ist das Zeug gefährlich?«

»Ich weiß nicht – aber ich hoffe es. Du fotografierst das jetzt, und ich seh in der Tonne nach, ob ich noch was finde. Der Kanister muß ihnen runtergefallen sein, vermutlich ist der Inhalt ausgelaufen, und sie haben den Kanister einfach hier reingestopft. Diese Schweine.«

Renate wühlte, und Anna fotografierte den Kanister von allen Seiten. Der Pulitzerpreis war's noch nicht, doch sie fühlte sich wie Sherlock Holmes, der sein entscheidendes Beweismittel gefunden hatte. Wäre sie bescheidener gewesen, hätte sie an Watson gedacht.

Das Bellen des Hundes von Baskerville klang jetzt sehr nahe. Eine Gestalt mit Hund kam aus der Dunkelheit auf sie zu, und Anna dachte an ihre Ahnung eines plötzlichen Todes.

»Hier ist noch einer.« Renate sah aus der Mülltonne auf und bemerkte erst Annas erschrockenes Gesicht, dann den Mann mit Hund und blendender Taschenlampe. »Fritz? Bist du das?«

»Haut bloß ab von hier.« Der Mann stand jetzt vor Anna, die das Fotografieren eingestellt hatte und bereit war, die Kamera als Totschläger zu benutzen.

»Wir haben was gefunden, Mensch. Einen Kanister, der ihnen geplatzt ist. Wann haben sie das andere Zeug abgeholt?« Renates Stimme war vorwurfsvoll.

»Gestern nacht.« Der Mann, der Fritz hieß und einen knurrenden Schäferhund an der Leine hielt, der Anna überhaupt nicht harmlos vorkam, wies mit der Taschenlampe auf sie. »Und wer ist die da?«

»Eine Freundin. Du hättest es mir sagen müssen.«

»Ich hab schon genug für dich getan. Und jetzt haut bloß ab hier. Die wissen was im Dorf, ich hab sie reden hören. Und ich will damit nichts zu tun haben.«

Ein legitimes Anliegen, dachte Anna, deren Verständnis für menschliche Schwächen mit den eigenen gewachsen war. Renate ließ den Deckel los, der auf die Tonne knallte. Der Hund knurrte lauter. Fritz' Stimme war hysterisch: »Weg hier, raus. Ich sperr das Tor hinter euch zu.«

Renate schien zu begreifen, daß er es ernst meinte. Sie nahm die Kanister und ging mit Anna in Richtung des Tores. Fritz und sein Hund folgten ihnen, das Gefühl war Anna unangenehm. Sie mochte keine Hunde im Rücken und ging sehr schnell. Sie war froh, als sie durch das Tor schlüpften und Fritz hinter ihnen zusperrte. »Die Schlüssel, Renate.«

Renate war schon auf der anderen Seite. »Nee. Die behalte ich.«

Anna sah aus der Ferne die Scheinwerfer eines Wagens. »Könnt ihr den Streit verschieben? Ich denke auch, wir sollten abhauen.«

Renate verstaute die beiden Kanister am Rücksitz. »Ich rede mit deinem Mann«, sagte Fritz, bevor er sich umdrehte und in der Dunkelheit verschwand.

»Scheißkerl.« Renates Stimme klang gepreßt. Sie fror und war enttäuscht und dachte, daß sie hier weiterleben mußte, während die Journalistin wegfuhr und aus sicherer Entfernung eine oder keine Geschichte schrieb. Sie mochte Anna Marx nicht, fand sie arrogant und konnte vor allem ihren Humor nicht nachvollziehen. Es war nicht komisch, in Wesern zu leben und mit diesem Dreck zu kämpfen. Aus der Ferne hörte sie das Bellen des Hundes – und noch etwas: das schwere Brummen von Motorrädern, die näher kamen. Es klang so bedrohlich, daß Renate zu zittern begann. Sie sah die Journalistin an, die die Geräusche aus der Nacht ebenfalls gehört hatte.

»Nichts wie weg hier«, sagte Anna Marx und öffnete die Wagentür. Doch während Renate mit zitternden Fingern versuchte, den Schlüssel ins Zündschloß zu stecken, sahen sie die Motorräder schon, fünf Maschinen mit aufgeblendeten Scheinwerfern, die näher kamen, immer näher. »Nun mach schon«, schrie Anna, doch Renate würgte den Motor ab, begann zu schluchzen.

»Scheiße.« Anna saß bewegungslos, als die fünf Motorräder den Wagen umkreisten und schließlich anhielten. Anna hatte diese Szene schon oft in Filmen gesehen: Männer mit ledernen Stiefeln, die sie breit auf den Boden stellten, während sie ihre Maschinen im Gleichgewicht hielten. Aufheulende Motoren. Dann die schwere Stille. Die Angst. Anna Marx, die bedrohliche Szenen mittels Fernbedienung aus ihrem Blickfeld zu verdrängen pflegte ... aus diesem Film konnte man nicht rausgehen. In Annas realer Szene trugen die Motorradfahrer dunkle Mützen über dem Kopf, die nur die Augen und Münder freiließen. Renates reales Auto reagierte nur noch mit quälendem Heulen auf den Zündschlüssel. Renate schluchzte. »Was sind das für Leute«, fragte Anna, während sie sich nach hinten beugte und nach einem Kanister griff.

»Jungs aus dem Dorf, denke ich ...« Renate versuchte, ihre Stimme unter Kontrolle zu bringen. Ich darf nicht feige sein, dachte sie, aber nach der langen Zeit der Feindseligkeit und Isolation war die Furcht ein sehr starkes Gefühl.

Anna hatte den Kanister auf ihren Schoß gehievt und drehte am Verschluß. Es war schön, daß die Jungs aus dem Dorf sich so viel Zeit ließen, erst jetzt langsam abstiegen ... Aus der Ferne war das Bellen eines Hundes zu hören. Fritz und sein Vieh werden sich da raushalten, dachte Anna, während sie die Autotür öffnete und ausstieg, den Kanister mit beiden Händen festhaltend. »Bleib sitzen. Vielleicht haben wir eine Chance.«

Renate saß im Wagen. Anna stand neben dem Wagen, den Kanister in der Hand, die beschädigte Seite zu ihr gewandt. Gift und Gegengift hielten einander die Waage, ebenso wie Angst und Wut. Einer der Vermummten kam auf sie zu, und Anna schrie: »Stehenbleiben.«

Er blieb tatsächlich stehen, etwa einen Meter vor Anna. Er war so groß wie sie und ziemlich kräftig, das war alles, was sie erkennen konnte. Die vier anderen blieben hinter ihm, also war er offensichtlich der Anführer.

»Zwei Weiber gegen fünf Männer«, sagte der Vermummte jetzt, und seine Stimme klang jung, höhnisch, freudig erregt. Annas Interpretation. Endlich was los in dem Kaff, dachte Anna und bewunderte diesen kühlen Gedanken. Ihre Zähne klapperten dezent, sie schob es auf die Kälte. »Haben wir euch was getan?« Ihre Stimme klang hysterisch.

»Die Renate geht uns schon lange auf den Nerv mit ihrer

Ökoscheiße.« Der Vermummte kicherte und die anderen stimmten mit ein. Es war nicht komisch. Anna wagte nicht, einen Blick auf Renate zu werfen. Ihre kalten Finger umklammerten den Kanister. An Verätzungen dachte sie nicht.

»Und du Schlampe hast uns gerade gefehlt. Wir mögen keine Schnüffler im Dorf. Keine breiten Westärsche.«

Er schien jedes Wort zu genießen, das Vorspiel eines Aktes, den Anna sich nicht vorstellen wollte. Der Kanister verströmte einen üblen Geruch.

»Der Bürgermeister«, sagte Anna, »hat nichts dagegen, daß ich einen Artikel über Wesern schreibe.«

»Einen Scheiß wirst du tun. Du wirst nichts mehr schreiben, wenn wir mit dir fertig sind.«

Der verdammte Hund bellte irgendwo, statt sich auf diesen Verrückten zu stürzen. Annas Zähne klapperten, sie konnte ihren Atem sehen. Immerhin, sie atmete noch. Sie registrierte jedes Geräusch, hörte, daß Renate vergeblich versuchte, den Wagen zu starten.

»Holt die Schlampe aus dem Wagen.« Der Vermummte gab seinen Kumpels ein Zeichen, als Anna aus voller Kraft »STOP!« schrie.

»Bleibt stehen. Alle. In dem Kanister, den ich in der Hand halte, sind ein paar Liter Gift. Ätzendes Gift. So wie Salzsäure. Wenn einer von euch näher kommt, kriegt er 'ne Ladung ins Gesicht.«

Sie blieben stehen, alle fünf. »Sie blufft«, sagte einer.

»Ich hab das Gift aus dem Lager. Ich weiß, was drin ist – und ich mein es ernst.«

»Sie hat das Gift aus dem Lager«, wiederholte einer. Im Halbdunkel meinte Anna zu sehen, daß sich die fünf nach rückwärts bewegten. Ihr Magen war ein eisiger Klumpen und ihre Stimme klang wie Reibeisen. »Ich schlage vor, daß ihr euch zu den Motorrädern begebt und von hier abhaut. Ich mein es ernst.«

Wiederholung. Ja, doch, sie meinte es ernst. Anna haßte vermummte Kinder, die gegen Schwächere Krieg spielen mußten, um Stärke zu finden. Haß und Angst waren eins. Ihr war so kalt, und die Finger, die sich um den Kanister klammerten, waren steifgefroren. Und sie würde dem ersten, der ihr nahekam, eine Ladung von dem Zeug ins Gesicht schütten, was immer da drin war, es war ihr egal. Fragte sich, für wie viele das Zeug reichen würde. Ein legaler Akt von Notwehr, dachte Anna, während sich die fünf flüsternd berieten, endlos lange, wie ihr schien. Sie hörte Gesprächsfetzen. Der zweite kriegt sie dann, hörte sie. Und daß einer sagte: Ja, aber wer geht zuerst?

»Ich erwische mindestens zwei von euch«, sagte Anna laut, nur für den Fall, daß es mehr als einen Mutigen geben sollte.

»Und im Auto ist noch ein Kanister«, hörte Anna Renates Stimme, ganz laut und klar. Liebe, wunderbare Renate. Eine, die ihr Auto abwürgte, aber im richtigen Moment den richtigen Satz sagte.

»Die Verrückten meinen es ernst. Laß uns abhauen. Wir haben unseren Spaß schon gehabt.« Die Stimme des Anführers. Eine sympathische Stimme. Autoritär, klug, feige.

»Wir kriegen dich schon noch, du Schlampe«, sagte einer, doch alle fünf bewegten sich vorsichtig um Anna und das Auto herum zu ihren Motorrädern, rückwärts, als ob Anna ihnen nachsetzen und sie mit dem Gift überschütten würde. Anna hielt den Kanister in der Hand, während sie sich auf ihre Motorräder setzten und starteten. Sie hielt ihn fest, während die fünf eine Tapferkeitsrunde um das Auto drehten und dann mit heulenden Motoren wegfuhren. Sie hielt ihn fest, bis sie die Rücklichter nicht mehr sehen konnte.

Renate war aus dem Wagen gestiegen. »Das war Klasse«, sagte sie und lächelte Anna an.

»Ich bin fast gestorben vor Angst.« Anna setzte den Kanister ab und lehnte sich an das Auto. Ihre Handtasche lag neben dem Sitz und sie holte eine Zigarette heraus, zündete sie an. Keine Verätzungen. Ihr war nur ein bißchen übel.

»Ich glaube nicht, daß sie uns wirklich was getan hätten. Die wollten uns nur erschrecken.« Renate verschloß den Kanister und verstaute ihn wieder auf dem Rücksitz. Sie ignorierte Annas empörten, ungläubigen Blick.

»Ich glaube, daß die in der Stimmung waren, was Großartiges zu tun. Es gibt nichts, was mich mehr in Panik versetzt als Gewalt gegen Schwächere.« Anna drückte ihre Zigarette mit der Schuhspitze aus und setzte sich ins Auto. »Vielleicht solltest du nochmal versuchen, den Wagen zu starten, bevor wir uns zu Fuß auf den Weg machen.« Mit den Kanistern, dachte sie und fand den Gedanken immerhin beruhigend. Doch das Auto, dieses blödsinnige Auto sprang jetzt an, und als Anna beim Anfahren zurücksah, standen Fritz und sein Hund am Tor. »Ich glaube auch nicht, daß der da uns geholfen hätte«, sagte Anna zu Renate, die mit den Achseln zuckte. Jegliche Hysterie war von ihr abgefallen, und ihre nachträgliche Kühle fand Anna fast beleidigend. Immerhin: Ihr Glaube an ihre Überlebensfähigkeit war gewachsen. Fünf Dorfidioten hatte sie in Schach gehalten. Sie war stark und mutig – und was konnte ihr jetzt noch passieren?

Renate stoppte den Wagen vor dem Gasthof. »Ich nehme die Kanister mit nach Hause. Wir werden den Inhalt analysieren lassen.«

»Hast du keine Angst mehr?« Anna stieg aus.

»Doch. Aber das ist kein Grund, aufzugeben. Wir sehen uns morgen.«

Anna stand vor der Tür, die bereits verschlossen war, und sah zu, wie Renate ruckartig an- und davonfuhr. Sie war eine miserable Autofahrerin, aber man konnte wohl nicht in allem gut sein. Anna suchte nach dem Schlüssel. Was konnte jetzt noch passieren? Und weshalb fiel ihr der Satz ein: Wir haben unseren Spaß schon gehabt?

Die Straße war menschenleer. Die Laternen an der Hauptstraße warfen trübes Licht auf trübe, dunkle Häuser. Anna nahm den Schlüssel und die Taschenlampe aus der Tasche und bog um die Ecke in die unbeleuchtete Seitenstraße, in der sie den Jaguar geparkt hatte. Ein Gefühl. Ein schlimmes Gefühl von Kälte und Katastrophe. Ein fast runder Mond und der Strahl einer Taschenlampe schienen auf ihr Auto, und Anna sagte: »O Gott.« Sie hätte auch »Scheiße« sagen können, doch die Anrufung eines höheren Wesens entsprach dem Grad ihrer Verzweiflung. Denn sie hatten ihren Spaß gehabt, die fünf, so wie einer es gesagt hatte.

Sie hatten ihre Wut an Annas wehrlosem Auto ausgelassen. Große Wut. Die Scheinwerfer und sämtliche Scheiben waren eingeschlagen. Baseballschläger, dachte Anna, als sie mit den Fingern über die Dellen an der Tür strich. An vielen Stellen war der Lack geplatzt. Die Motorhaube stand offen. Sie hatten mit Messern die Kabel zerschnitten. Hatten die Ledersitze aufgeschlitzt und irgendwelchen Dreck über das Wageninnere ergossen. Das Auto stank wie ein Hühnerstall, aber auch dafür war es vermutlich nicht mehr zu gebrauchen. Anna streichelte die abgebrochene Antenne und weinte. Sie weinte zu den dunklen Löchern in den Häusern dieser Straße, zu den Fenstern, deren Jalousien fest verrammelt waren. Sie heulte wie ein verwundeter Straßenköter, einsam und zornig über stumme Gleichgültigkeit. »Ihr Schweine«, heulte Anna, und sie meinte alle damit, alle in Wesern, und sie wünschte sich, sie hätte die Kanister noch, weil sie sie dann ausgekippt hätte vor den sauberen Türen und den stillen Häusern. Viele Kanister mit Gift für die braven Bürger …

»Das werdet ihr mir bezahlen«, schrie Anna, und merkte gar nicht, daß sie sich ihr Handgelenk an der kaputten Scheibe aufschnitt und zu bluten begann. Erst als sie die Faust gegen den runden Mond reckte, fiel ihr das Blut auf, das über den Arm in die Jacke lief. Der Schmerz war unerheblich. Es tat weh.

Anna nahm ihre Sonnenbrille aus dem Handschuhfach. Sie hatten vergessen, sie zu zerstören. Die Kassetten hatten sie mitgenommen. Anna steckte die Sonnenbrille in die Tasche und verschloß die Autotür, eine seltsame Handlung, die sie nicht in Frage stellte. Sie blutete ziemlich stark und band sich ein Taschentuch ums Handgelenk. Dann ging sie zurück zum Gasthof und drückte auf den Klingelknopf, so lange, bis Monika Färbers Gesicht am Fenster erschien.

»Aufmachen«, schrie Anna.

Monika Färber öffnete das Fenster. »Sie haben doch einen Schlüssel. Ist was passiert?«

Ihre Stimme klang verschlafen, und Annas Stimme klang wie ein Donnerhall. »Das ist gut. Ich werde von fünf Idioten mit dem Leben bedroht und mein Auto wird zu Klump geschlagen. Und *Sie* fragen, ob was passiert ist …«

»Um Gottes Willen, ich komm runter.«

Die Gaststube roch nach kaltem Rauch und schalem Bier. Monika Färber verband Annas Handgelenk und schenkte ihr Whisky in einem Wasserglas ein. Ein mütterlicher Bauch, ein mitleidvolles Gesicht: So fürsorglich war sie, daß Anna meinte, Weserns schlechtes Gewissen stehe vor ihr. »Wo ist Ihr Mann, Frau Färber?«

»Er ist über die Grenze. Zum Einkaufen.«

Anna stierte auf die karierte Tischdecke. Sie fühlte sich so zerschlagen wie ihr Auto. Dachte, daß Färber vielleicht von der Sache gewußt und es vorgezogen hatte, sie aus der Ferne zu genießen.

»Ist mit Renate alles in Ordnung?« Monika Färber stellte die Whiskyflasche auf den Tisch, ein Seelentröster zweifelhafter Güte.

»Ihr komisches Auto war noch ganz, als sie hier abfuhr.« Anna schlug mit der gesunden Hand auf den Tisch. »Das macht doch Lärm, wenn Leute ein Auto kaputtschlagen. Und keiner hat was gehört! Oder haben alle die Decke über den

Kopf gezogen und gedacht, ist ja nicht meine Karre, die sie demolieren ... sind ja bloß unsere Jungs, die sich ein bißchen langweilen und ihren Dorffrust austoben ... Was haben *Sie* gedacht, Frau Färber, als Sie den Lärm hörten?«

»Ich hab eine Schlaftablette genommen. Tue ich schon seit Jahren.«

»In der Schwangerschaft?«

Monika Färber lächelte entschuldigend und strich über ihren Bauch. »Nur noch selten und nur ein ganz harmloses Mittel. Früher hab ich's genommen, damit mein Mann mich mal in Ruhe läßt, nachts. Inzwischen bin ich abhängig von dem Zeug, so wie ich abhängig von meinem Mann bin. Ich meine, wohin sollte man gehen, wenn man in diesem Dorf lebt und nichts gelernt hat?«

Anna wußte keine Antwort – und im Grunde interessierte sie die Frage nicht. Ihr kaputtes Auto war ihr wichtiger als eine kaputte Ehe in einem unsäglichen Dorf. Ein Unglück kommt selten allein, würde ihre Mutter jetzt sagen, die ihre Lebensweisheiten mit ins Grab genommen hatte. Anna war mit ihrer Weisheit ziemlich am Ende: kein Job, kein Auto, und der Whisky schmeckte nach Spiritus.

»Sie hätten nicht hierherkommen sollen. Sie sind eine Provokation«, sagte Monika Färber und nahm eine von Annas Zigaretten aus der Packung. Eine Gelegenheitsraucherin. Eine Frau, der es an Gelegenheit mangelte, Mut zu zeigen.

Anna verkniff sich die Bemerkung, daß auch Rauchen schädlich fürs Kind sei. Es ging sie nichts an, in der Situation war es ihr auch egal. »Und was ist mit Ihrer Schwester?«

Monika paffte Anna Rauch ins Gesicht. »Renate ist eine Hiesige. Sie gehört dazu, auch wenn sie meint, anders zu sein. Für die Leute hier ist sie so 'ne Art Dorfidiotin. Ich meine, keiner glaubt, daß sie was erreichen wird ...«

»Brog hat das geglaubt. Sonst hätte er nicht versucht, sie zu bestechen.«

Monika Färber drehte an ihrem goldenen Ehering. »Er hat doch alle in der ein oder anderen Weise bestochen. Ich habe geglaubt, daß ich vielleicht den Absprung schaffe, wenn der Laden hier wirklich gut läuft – wenn Färber mich auszahlen kann. Ich glaube, Sie verstehen das nicht. Es geht den meisten Leuten hier ziemlich dreckig. Und Brog war derjenige, der ihnen versprach, aus Dreck Gold zu machen.«

»*Sein* Gold«, sagte Anna müde. Sie war nicht in der Stimmung, irgend jemandem in Wesern Verständnis entgegenzubringen. Sie war in der Stimmung, sich eine Maschinenpistole zu kaufen, die Straßen entlangzugehen und die Blumentöpfe von den Fenstern zu schießen.

»Soll ich den Adolf anrufen?«

»Wer zum Teufel ist Adolf?«

»Unser Polizist. Er ist ein netter alter Kommunist.« Monika Färber versuchte ein aufmunterndes Lächeln. »Es gibt hier auch ein paar nette Leute, glauben Sie mir.«

Nett, dachte Anna. Nett, taub, stumm und blind. »Ich bin todmüde. Der nette alte Kommunist wird's auch sein. Und er wird niemanden finden, weil niemand etwas gesehen oder gehört hat, Färberin. Wir können die Sache genausogut auf morgen früh verschieben.«

Was du heute kannst besorgen, das verschiebe nicht auf morgen. Mutter Marx kam Anna in den Sinn. Sie hatte 20 000 Mark von ihren Ersparnissen geopfert, als Anna sich in den alten Jaguar verliebt hatte. Hatte nie verstanden, was Anna an der alten Karre fand, im Grunde hatten sie einander nie verstanden, doch es war eine Art von Liebe gewesen, die nicht auf Verständnis aufbaute, sondern auf bedingungsloser Loyalität. Und diese Art von Liebe war Anna später nicht wieder begegnet. Und sie konnte sie nicht weitergeben, weil kein Mann so mutig gewesen war, sie zu schwängern. Und jetzt war es zu spät. Jetzt saß die Marx vor einem gewaltigen Scherbenhaufen und wußte nicht, wie es weitergehen sollte.

»Ich gehe schlafen«, sagte sie zu Monika Färber. »Ob Sie mir wohl eine von Ihren kleinen Tabletten geben können?«

Sie brachte ihr die kleine weiße Pille, und Anna spülte sie mit Whisky hinunter. Stand auf. »Schlaftabletten statt Sex ist doch auch keine Lösung«, sagte sie zu Monika Färber, die den Aschenbecher in den Mülleimer leerte.

»Es ist stiller.« Monika Färber begleitete Anna bis zur Tür ihres Zimmers.

»Gute Nacht.«

»Gute Nacht.« In Annas Zimmer war es still. Bedrohlich still, bis sie einschlief und zu schnarchen begann.

18

Ihr Büro war hell und freundlich und mit Pflanzen überladen. Der wirbelsäulengerechte Bürostuhl wippte unbeherrscht, während sie die beiden Fotos betrachtete. Sie zeigten ein junges, nur mit einem Minirock bekleidetes Mädchen. Auf dem einen Foto tanzte sie mit einem Mann, der seine Hände in ihren Rock geschoben hatte. Das Foto war unscharf, die Pose nicht. Auf dem zweiten Foto räkelte sich das Mädchen auf dem Schoß desselben Mannes. Sigrid Kreuz fand seinen Gesichtsausdruck widerlicher als alles andere. Sie steckte die Fotos zurück in den Briefumschlag. »Ziemlich eklig, aber nicht überraschend.«

»Ist das alles, was du dazu zu sagen hast?« August Hackbart saß entspannt im Besucherstuhl, die Beine übereinandergeschlagen und die Arme verschränkt. Er hatte ihr Zeit gelassen, die Fotos zu genießen. Genaugenommen hatte er es genossen, sie dabei zu beobachten.

»Ich nehme an, du hast viele solcher Fotos – als Brogs

Hausbursche und Hausfotograf.« Sie war trotz allem verletzt und ging zum Gegenangriff über. »Wenn er seine berühmten Feste gab, hast du die Mädchen und den Champagner besorgt – und diese netten Bilder gemacht, nur für den Fall, daß Brog jemanden ein bißchen erpressen wollte. Haben die alten Schweine eigentlich nicht gemerkt, was lief?«

Das mit dem Hausburschen würde er ihr noch heimzahlen. »Die meisten waren schon zu besoffen – außerdem ist es eine ganz kleine Kamera. Wußtest du, daß deine Tochter ein gerngesehener Gast in Brogs Haus war?«

Sie überlegte sich ihre Antwort einen Moment. »Nein, wußte ich nicht. Aber ich weiß schon seit längerer Zeit, daß meine Tochter in sexuellen Dingen ziemlich ... tolerant war.«

»So kann man es auch nennen.«

Ihre Stimme war scharf: »Ich glaube nicht, daß du die geeignete Person bist, sich moralisch zu entrüsten.«

August behielt sein amüsiertes Lächeln. »Nina ist, kurz nachdem diese Fotos gemacht wurden, verschwunden, nicht wahr? Ich denke mir, daß du davon wußtest und mit ihr und Brog wegen der Partys häßliche Auseinandersetzungen hattest.«

Er war einer jener Männer, dem sie liebend gern die Zähne einschlagen würde. »Nina war knapp neunzehn, als sie von zu Hause wegging. Meines Wissens mit irgendeinem Typen, der in Südfrankreich eine Kneipe aufmachen wollte. Und wenn du es wirklich wissen willst: Ich war froh, daß sie ging. Ihre Disziplinlosigkeit ging mir maßlos auf die Nerven.« Die Untertreibung des Jahres, dachte sie. Denn natürlich hatte sie Ninas Versagen als ihr eigenes empfunden. Nicht genug Zeit investiert, das war eine Erklärung, aber hatte sie nicht immer arbeiten müssen, nachdem dieser Mann, Ninas Vater, es vorgezogen hatte, sich seiner Verantwortung durch Verschwinden zu entziehen?

August beobachtete sie, und sie bemühte sich, jede Art von

Schmerz unter eine Maske zu legen. August sagte: »Soll ich dir sagen, wie ich die Sache sehe?«

Sie wollte es nicht hören, drehte ihr Gesicht zum Fenster, doch Augusts weiche und zugleich harte Stimme war unerbittlich. »Ich denke, daß unsere Nina ein verwöhntes, hübsches, vielleicht ein wenig naives Ding war, als sie in Brogs Hände geriet. Es war so seine Art, er mußte alles und alle beherrschen, und Geld und Sex sind hervorragende Machtinstrumente. Erst Brog ... und dann hat er sie dem ein oder anderen Geschäftsfreund vorgestellt ...«

Sigrid Kreuz ballte unter ihrem Schreibtisch eine Hand zur Faust. »Für Nina war das Leben eine große Party. Jemand wie du dürfte das verstehen, ich hatte ein paar Probleme damit.«

Seine grünen Augen zwinkerten freundlich: »Ziemliche Probleme, denke ich. Du hast Nina zur Rede gestellt und auch Brog, aber es hat nichts genutzt. Sie war ja schon volljährig. Und dann hast du sie aus dem Haus getrieben. Und Brog an allem die Schuld gegeben. Deshalb hast du ihn auch umbringen lassen, liebe Sigrid. Ich sag's ja immer: Wenn Frauen hassen ...«

Sein schönes Gesicht sah unerträglich gemein aus. Sigrid Kreuz zwang sich, ihn anzusehen, und sie zwang sich zu einem Lachen, das ihr nicht gefiel. »Du bist verrückt. Das ist eine wirklich absurde Anschuldigung. Kannst du mir mal sagen, wie ich das hätte anstellen sollen?«

Er betrachtete seine frisch manikürten Finger. »Aber bitte ... du bist doch ein intelligentes Wesen. Eine Freundin, die einen Liebesdienst erweist ... eine Fremde, die sich anheuern läßt ... ich hätte da wirklich keine Probleme, jemanden zu finden. Wirklich nicht ...«

Gegenangriff. Sigrid Kreuz war aufgestanden und zeigte mit dem Finger auf eine Stelle, an der sich Augusts Herz befinden könnte. »Eben. Ich war nämlich bisher der Meinung, daß du es warst.«

Er war ganz cool, das war seine Lieblingspose. »Sehr komisch, diese kleine Konterattacke. Du wirst lachen, die Polizei hatte auch so komische Gedanken, muß wohl mit meinem Image zu tun haben. Aber die Jungs fanden kein Motiv, nur echte Trauer. Welchen verdammten Grund sollte ich haben, Brog in die Luft zu jagen?«

Sie setzte sich wieder, schob den Umschlag mit den Fotos weg. »Es gibt da so Gerüchte, daß Brog dich in einer schwachen Stunde, wie soll ich sagen, verführt hat? Was ist, wenn du ihm dieses Machtspiel nie verziehen hast? Wenn das kein Motiv ist?«

Er war blaß geworden. Sprang auf. Schrie: »Erna Thorsch. Dieses verdammte Waschweib. Diese alte, bösartige, bigotte Kuh. Sie hat es erfunden, weil sie mir eins auswischen wollte.« August hatte sie an den Schultern gepackt, schüttelte sie: »Es stimmt nicht, hörst du. Und wenn du das noch einmal sagst, dann brech ich dir den Kiefer. Ich schwör's dir.«

Er hätte es nicht zu schwören brauchen, sie glaubte ihm, und sie hatte Angst vor ihm, zum ersten Mal. Er ließ sie los, und Sigrid taumelte zurück, hielt sich am Bürostuhl fest. »Ich habe Brog nicht umgebracht. Das mußt du mir glauben.«

August Hackbart betrachtete seine Hände, die zitterten. Er bewunderte seine Selbstbeherrschung, denn ein paar Sekunden lang hatte er den Wunsch gehabt, auf Sigrid Kreuz einzuschlagen, so lange, bis sie sich nicht mehr bewegte. Er bewunderte sich dafür, daß er ganz cool sagen konnte: »Die Frage ist nicht, ob ich dir glaube, meine Liebe. Ich könnte diese Fotos an die Polizei geben oder an die Presse. Ich denke, dann würde man dir unangenehme Fragen stellen. Mutterliebe ist ein so wunderbares Motiv.«

Sie stand ganz still, sah ihn an. So viel Haß las er in ihren Augen, und er fand den Haß der Unterlegenen immer sehr schmeichelhaft.

»Erpressen willst du mich also«, sagte sie schließlich. Ihr

Gesicht sah plötzlich sehr rissig aus, alt und verfallen, und er ekelte sich ein wenig vor der Demontage.

»Wenn du es so nennen willst. Aber denke bloß nicht, daß ich an deine Sekretärinnenersparnisse will, nicht so was. Ich will wissen, wo Brog seine wichtigsten Unterlagen verwahrt hat. Die Schweizer Konten zum Beispiel. Im Bürosafe hatte er sie nicht, und auch nicht zu Hause. WO SIND SIE?«

Zum ersten Mal in diesem Gespräch war Sigrid Kreuz imstande, zu lächeln. So gierig war sein Gesicht, beinahe flehend die Augen. August Hackbart war nichts weiter als eine miese, kleine, geldgierige Ratte. Für Geld hatte er sich an Brog verkauft. Und für Geld verkaufte er Brog. »Ich weiß es nicht.«

Sein Ausdruck veränderte sich, wurde drohend.

Sigrid Kreuz sprach schnell weiter: »Er hat niemandem wirklich getraut, auch mir nicht. Aber ich weiß, daß er einmal Papiere mit nach Österreich genommen hat, in sein Haus in Salzburg. Fast niemand wußte von diesem Haus – ich glaube, auch die Polizei nicht.«

»Und du meinst ...«

Sie lächelte. »Ich bin nicht hundertprozentig sicher, aber es wäre ein ziemlich sicheres Versteck. Das Haus ist nicht unter seinem Namen eingetragen ...«

August ärgerte sich über ihr Lächeln und darüber, daß er das Haus vergessen hatte. Brog war sehr selten dagewesen, und nur einmal hatte er sich dorthin fahren lassen. Brog hatte ihn nicht einmal reingebeten, sondern sofort zurückgeschickt ... August erinnerte sich an eine kleine Villa in der Nähe des Festspielhauses. »Die Möglichkeit ist nicht auszuschließen. Und was ist mit seiner Wohnung in Ibiza?«

»Zu weit weg, zu umständlich. Wenn ich Brog gewesen wäre, ich hätte brisante Papiere in Salzburg deponiert.« Sigrid steckte den Umschlag mit den Fotos in ihre Tasche. »Erna hat die Schlüssel, aber sie wird sie dir kaum geben.«

»Ich brauch die Schlüssel nicht. Ich komm auch so rein.«

Nicht nötig, ihr zu erklären, daß er in Santo Domingo zwei Jahre eine Zelle mit einem Einbrecher geteilt hatte. Nicht nötig, sich daran zu erinnern, denn es war nicht eine seiner besten Zeiten gewesen. Er stand auf. »Ich mache mich dann auf den Weg. Sollte ich was finden, können wir uns über einen Anteil unterhalten – und die Negative.«

Sie wollte diese Fotos nie mehr sehen. »Ich wünsche dir viel Glück«, sagte Sigrid Kreuz und hoffte, daß er sich auf der Fahrt das Genick brechen würde.

Er stand schon an der Tür, drehte sich noch einmal um. »Das solltest du auch. Sitzen wir doch in einem Boot ... Wo ist übrigens unser Clown?«

»Walter ist geschäftlich unterwegs. Übrigens ...« Sie legte eine künstliche Pause ein: »Brogs Notar hat angerufen. Man hat die Erbin gefunden, in Los Angeles. Sie ist dort mit einem reichen Makler verheiratet. Geld kommt immer zu Geld, nicht wahr, August?«

Der Türgriff in seiner Hand war heiß. Wie er die Reichen haßte, denen so mühelos zuflog, wonach er sein Leben lang jagte. Aber er haßte auch die Armen, deren Mühsal ihn anekelte. Er haßte Sigrid Kreuz, weil sie ihn nicht respektierte. Und er hatte auch Brog gehaßt, auf eine ganz besondere Weise. Bevor er die Tür schloß, trat er mit aller Kraft gegen Sigrids Palme. Sie bog sich und ein Stamm knickte ab. Dann schloß er sanft die Tür.

Sigrid Kreuz nahm den Umschlag aus ihrer Handtasche. Nahm die Fotos und zerriß sie in viele kleine Stücke. Sie brauchte die Negative, doch Geld brauchte sie nicht mehr. Schließlich hatte sie, nachdem sie die Nachricht von Brogs Tod erhalten hatte, fast 300000 Mark in bar aus dem Safe geholt. Schwarzgeld, nach dem niemand fragen würde. Ein Vermögen war es nicht, doch ein wenig Geld war ein angenehmes Schmerzmittel, das ihr nach allem, was Brog ihr angetan hatte, durchaus zustand.

19

Der nette alte Polizist stand kopfschüttelnd vor Annas Wagen, besser gesagt, den Überresten ihres Wagens. »Das wird wohl nichts mehr«, sagte er schließlich, und Anna mußte ihm zustimmen. Die Befragung der Nachbarn hatte nichts ergeben, das hatte sie erwartet. Die alten Damen, das junge Ehepaar, die tschechischen Landarbeiter, sie alle hatten weder was gehört noch etwas gesehen.

Als ob der Zirkus im Dorf sei, standen sie auf der Straße und dem schmalen Gehweg und bestaunten das Wrack, stumm, flüsternd, in respektvoller Entfernung. Anna konnte kein kollektives Schuldbewußtsein ausmachen, eher dumpfe Gleichgültigkeit, gepaart mit geiler Sensationslust. Ihre Wut war nicht mehr so ausgeprägt wie in der Nacht. Noch ein wenig benommen von der Schlaftablette, im Schneeregen frierend, stand sie auf der Straße und trauerte um das Ding, das einmal ihr Auto gewesen war. Spurensicherung?

Der alte Polizist schüttelte bedauernd seinen Kopf, da müsse man die Kollegen aus der Kreisstadt benachrichtigen. Bis dahin, dachte Anna, haben noch ein paar Leute das Wrack betatscht, das bringt dann sowieso nichts mehr. Komisch, daß sie das auch nicht mehr aufregte. Die wußten ohnehin alle, wer's gewesen war, und niemand würde etwas sagen. Adolf, der Polizist, rümpfte seine Nase, die er in das Wrack gesteckt hatte. »Schweine«, sagte er, und sein zerfurchtes, ein wenig einfältiges, doch nettes Gesicht ließ nicht erkennen, ob er die Schweine beim Namen kannte. »Wir müssen jetzt ein Protokoll aufnehmen.«

»Aber gewiß.« Anna steckte die Hände in die Anoraktaschen und folgte dem Polizisten in sein Amtszimmer, das im Bürgermeisteramt untergebracht war. Nicht so prächtig wie

Franzens Zimmer, aber warm und gemütlich. Der Polizist setzte sich an seine alte Schreibmaschine, und Anna setzte sich auf den abgewetzten Stuhl, der unter ihrem Gewicht ächzte. Sie gab ihre Daten zu Protokoll, und Adolf lächelte ein wenig bei der Nennung ihres Familiennamens. Er bot ihr Kaffee an, was sie dankbar annahm. Sie durfte rauchen. Die Welt war nicht abgrundtief schlecht, nur erbarmungslos gegenüber Anna Marx, zur Zeit. Sie erzählte dem Polizisten, daß sie mit Renate Kurland unterwegs gewesen sei, wahrheitsgemäß. Daß man sie vor dem Tor zum Brogschen Anwesen überfallen habe, eine kleine Lüge. Daß sie niemanden der fünf Vermummten gekannt habe, diese jedoch trotz verbaler Drohungen wieder abgezogen seien. Kein Wort von den Kanistern. Ja, und dann habe sie ihr Autowrack entdeckt. Anna äußerte die Vermutung, daß zwischen diesen beiden Vorfällen ein Zusammenhang bestehe.

Adolf Merkel tippte. Ziemlich langsam, aber zielsicher. »Gut möglich, daß es dieselben Schurken waren«, kommentierte er Annas Verdacht, und sie mochte dieses Wort Schurken, das er wiederholt benutzte. »Früher«, sagte der Polizist, »wäre so was nicht vorgekommen«, und Anna stimmte ihm halbherzig zu. Ob er auch ein Brog-Mann war? Sie fragte ihn, und Adolf Merkel antwortete, daß er den Herrn Brog für einen Wolf im Schafspelz gehalten habe. Aber die anderen, allen voran der Bürgermeister, die seien begeistert gewesen, und so habe er nichts gesagt. Sei immer besser gewesen, nichts zu sagen und seine Pflicht zu tun.

Anna dachte an die unzähligen Male, an denen sie stumm geblieben war – und blieb stumm. Während sie das Protokoll unterschrieb, kam Otto Franzen ins Zimmer. Der Polizist stand auf. Der Bürgermeister sah Anna über die Schultern. »Eine schreckliche Sache ist das«, sagte er, und als Anna aufsah, blickte sie in ein feistes, schlaues, mitfühlendes Gesicht. Er brachte es fertig, mitfühlend auszusehen und gleichzeitig das Protokoll zu lesen, auch gut, sie hatte nichts zu verbergen, kaum etwas, und vor Franzen hatte sie keine Angst … Der Polizist setzte sich wieder, und der Bürgermeister sagte: »Ich muß mich stellvertretend für die Unholde entschuldigen.« Unholde. Es klang so aufrichtig, daß Anna beinahe verzeihend gelächelt hätte. Dann dachte sie an ihr Auto, die Kanister, die Vermummten. »Ich habe das komische Gefühl, daß jeder im Dorf Bescheid weiß. Nur ich nicht … und erzählen Sie mir jetzt bloß nichts von der frustrierten Dorfjugend, die sich mal austoben muß. Das hier ging entschieden zu weit. Außerdem weiß ich nicht mal, ob ich gegen Vandalismus versichert bin.«

Der Bürgermeister setzte sich auf den Schreibtisch und versperrte Anna die Sicht auf den Polizisten. »Ich überlege die ganze Zeit, wie wir Ihnen helfen könnten. Vielleicht eine Art Entschädigungsfonds … man muß das gut überlegen. Auf jeden Fall möchte ich Ihnen anbieten, daß Wesern die Kosten eines Gutachters übernimmt. Ich habe da einen Cousin … vielleicht läßt sich der Wagen ja noch reparieren …«

»Das glaub ich nicht«, sagte die Stimme in Franzens Rükken. Adolf Merkel wußte, daß Franzens Cousin nichts weiter als ein arbeitsloser Mechaniker war.

»Auf jeden Fall würden wir den Wagen auf unsere Kosten nach Bonn bringen. Und selbstverständlich biete ich Ihnen mein Dienstauto für die Rückreise an, Frau Marx.«

Seine Brillengläser funkelten vertrauenerweckend. Er ist kein schlechter Mensch, dachte Anna, nur eben fehlbar, und die Fehlbaren sitzen auch dort, wo die Versuchung groß ist. Nein, sie glaubte nicht mehr, daß der Bürgermeister der Drahtzieher der Ereignisse der vergangenen Nacht war. Aber es war offensichtlich, daß er sie schnell loswerden wollte. Auf daß wieder Ruhe in Wesern einkehren würde, Ruhe und Vergessen. Wieso dachte sie gerade jetzt daran, daß Renate Kurland nicht die geringste Chance hatte?

Franzen schob seinen Unterleib vom Schreibtisch. »Möchten Sie noch einen Moment zu mir ins Büro kommen?« Anna dachte nichts Böses und folgte ihm, nachdem sie sich von Adolf Merkel, dem netten Polizisten, verabschiedet hatte. Der Bürgermeister setzte sich hinter seinen Schreibtisch und sah ein wenig wichtiger aus. Anna streckte die langen Beine gegen das hölzerne Ungetüm. »Ich denke, daß ich morgen oder übermorgen zurückfahre. Es würde mir schon reichen, wenn mich jemand zum Zug bringt.«

»Kein Problem.« Otto Franzen fügte hinzu: »Wir haben hier genug Probleme, Frau Marx. Was wollten Sie mit Frau Kurland auf dem Brogschen Gelände?«

Trau niemals Männern mit Schweinsgesichtern ... »Woher wissen Sie das? Von den Dorfterroristen, die mein Auto – und mich beinahe – zu Brei geschlagen haben?«

»Aber nicht doch, Frau Marx.« Der Bürgermeister zelebrierte jetzt Überlegenheit. »Der Nachtwächter ist ein Schützenbruder von mir. Er war sehr verzweifelt darüber, daß er unserer Renate den Schlüssel überlassen hatte ...«

Verzweiflung wäre angebracht gewesen, weil er ihnen nicht geholfen hatte. Anna verdrängte die Angst der letzten Nacht und konzentrierte sich auf Franzens Angriff. »Sie wissen doch, wonach wir gesucht haben. Giftmüll. Und Sie werden sicher wissen, daß wir zwei Kanister gefunden haben. Der große Rest ist vermutlich längst über die Grenze. Und Sie wissen auch, daß Brog niemals die Absicht hatte, auf diesem Gelände eine große Recyclinganlage zu bauen. Dafür wäre Wesern als Standort völlig ungeeignet. Aber als Verschiebebahnhof für Giftmüll, als Deponiestandort und für eine Müllverbrennungsanlage – dafür hat Wesern ideale Bedingungen geboten, um es mal so zu formulieren.«

Otto Franzen spielte mit einem silbernen Brieföffner, ein Geschenk Brogs. »Böswillige Spekulationen sind das, Frau Marx, vermutlich der Phantasie unserer Greenpeace-Aktivistin entsprungen. Es gab Verträge und konkrete Baupläne ... aber lassen wir das. Was Sie und Frau Kurland letzte Nacht getan haben, ist – juristisch gesehen – Hausfriedenbruch und Diebstahl.«

Anna zündete sich eine Zigarette an. »Zeigen Sie uns doch an. Das würde die Ereignisse dieser Nacht wunderbar abrunden. Angst können Sie mir damit jedenfalls keine machen.« Sie stand auf und ging zum Fenster. Draußen hatte es zu schneien begonnen, und dicke, wäßrige Flocken tanzten gegen die Scheiben. »Merken Sie denn nicht, wie vergiftet diese Dorfidylle ist?«

Hinter ihrem Rücken hörte sie ein tiefes Seufzen, dann Schritte. Der Gedanke, daß er jetzt seine Hände um ihren Hals legen würde, war absurd. Otto Franzen stellte sich neben sie. »Keine Anzeige. Ich mag Renate Kurland, auch wenn sie ideologisch völlig verbohrt ist. Außerdem ist sie um ein paar Ecken mit meiner Frau verwandt. Begreifen Sie denn nicht, daß ich nur das Beste für unser Dorf will? Ich habe wie ein Löwe darum gekämpft, daß das Sägewerk und die Fabrik erhalten bleiben. Das hat niemanden interessiert, schon gar nicht die Treuhand. Ich habe mich bemüht, Investoren zu finden. Man hat abgewinkt angesichts der infrastrukturellen Defizite. Sehen Sie sich doch mal die Straße an ... die Landesregierung sagt, daß sie kein Geld hat für Straßenbau. Wesern hat nicht mal eine Eisenbahnstation. Was soll mit diesem Dorf geschehen, Frau Marx, wenn wir die Deponie schließen und die letzten Arbeitsplätze verlorengehen?«

Schneeflocken tanzten, bis sie den Boden erreichten und schmolzen. »Ich weiß nicht«, sagte Anna.

»Aber ich weiß es. Die Bauern werden in Konkurs gehen oder sich mal eben über Wasser halten. Die Jungen werden wegziehen. Und irgendwann wird es dieses Dorf nicht mehr geben.«

Wäre nicht schade drum, dachte Anna hartherzig. »Und wie

wär's mit einer Genossenschaft? Bauern, die ökologisch anbauen und Vieh züchten? Dafür gibt es doch einen Markt?«

Franzen gab eine Art Lachen von sich: »Das sind Renates Träumereien. In dieser Gegend gibt es keinen Markt für solche Produkte – und auch nicht jenseits der Grenze. Und die Bauern sind jetzt schon pleite – wie sollen sie da investieren können?«

Anna sah den Polizisten Merkel aus dem Haus gehen, auf die Hauptstraße in Richtung ihres Wagens. Er trug einen grünen Anorak und ging ein wenig gebückt. »Wie viele junge Männer mit Motorrädern gibt es im Dorf, Herr Franzen?«

»Mehr als fünf. Merkel wird sie alle aufsuchen und befragen, und sie werden alle ein Alibi haben. Und Renate wird sagen, daß sie niemanden erkannt hat. Sie gehört zu diesem Dorf. Das verstehen Sie nicht, Frau Marx.«

Vermutlich hat er recht, dachte Anna müde. Vermutlich war alles, was geschehen war, eine Dorfposse mit ein paar brutalen Gags. Anna Marx, zufällig auf der Bühne, ziemlich lädiert und nur bedingt kritikfähig. Und was Brogs Mörder anbetraf, so war sie keinen Schritt weitergekommen.

»Oder sehen Sie es doch mal andersrum. Müll wird produziert. Müll muß entsorgt werden. Ihr müßtet doch froh sein, daß wir nach wie vor als Müllkippe herhalten. Das ist Politik, Frau Marx. Otto Franzen ist nur ein kleines Licht am Ende des Tunnels.«

Anna wandte sich vom Fenster ab, ging zum barocken Besucherstuhl, nahm ihre Handtasche. Sagte müde: »Sie waren nicht übel. Bloß verderben Sie es nicht, indem Sie sich als Dorfmärtyrer produzieren. Sie haben doch von Brogs Geschäften profitiert, oder etwa nicht?«

Otto Franzen schwieg.

»Ihnen gehört eine Menge Land hier, Herr Franzen. Billig gekauft nach der Wende. Sie haben auch ein ganz persönliches, finanzielles Interesse an Weserns Zukunft.«

Franzen ging zu seinem Schreibtisch, nicht forsch, sondern schlurfend.

»Es gibt Grundbucheintragungen, wissen Sie.«

Er sah Anna Marx an, die ihre Handtasche vom Stuhl genommen hatte und sich zum Gehen bereitmachte.

»Ja. Gut. Zugegeben. Aber wenn Sie es nur aus dieser Perspektive sehen, dann machen Sie einen Fehler, Frau Marx. Und Sie sehen nicht aus wie jemand, der blinden Kampfjournalismus betreibt.«

Anna ging und ließ diesen Satz so stehen. Dachte, als sie die Tür hinter sich schloß, daß Franzen eine wunde Stelle gefunden hatte. Denn es fiel ihr immer schwerer, Urteile zu fällen, Schwarz und Weiß zu orten. Annas Sicht der Dinge war reichlich grau, verschwommen, kontrastarm. Und je mehr sie eine Sache zu verstehen versuchte, desto geringer wurde die Fähigkeit, sich ohne Wenn und Aber zu empören. Eine Alterserscheinung. Die senile Mischung aus Zynismus und Resignation. Anna sehnte sich danach, jung zu sein, jünger, vielleicht sogar so jung wie Renate Kurland.

Aber es half nichts. In der alten, dehnfähigen Hülle ging sie auf die Straße, frierend und müde. Der Matsch durchweichte ihre Schuhe, ein Motorradfahrer fuhr langsam an ihr vorbei, um sie nicht zu bespritzen. Anna achtete nicht auf das Motorengeräusch hinter ihr, bis sie das Quietschen und Bremsen hörte und eine bekannte Stimme.

»Frau Marx?! Kann ich Sie irgendwohin mitnehmen?«

Anna drehte sich um. Aus einem schmutzigen Jeep, dessen Fahrertür geöffnet war, sah sie ein freundliches Gesicht herauslächeln, das zu Walter Lipinski gehörte.

Sie ließ keinerlei Überraschung erkennen. »Ich muß zum *Grenzer*, das ist so eine Art Gasthof.«

»Da wollte ich gerade hin. Steigen Sie ein.«

Der Wagen war auch innen ziemlich schmutzig. Auf Äußerlichkeiten schien Lipinski keinen Wert zu legen, auch seine karierte Jacke war schmuddelig. »Darf man fragen, was Sie hierhergebracht hat?«

Er bog in die Seitenstraße ein, wo Annas Autoreste auf einen Abschleppwagen gehievt wurden. »Latifundien besichtigen. Das tut mir leid, das mit Ihrem Wagen. Wesern ist ein ziemlich komisches Dorf.«

»Die in Wesern sagen, daß ich ein komisches Auto hatte.« Anna flog nach vorne, als er abrupt bremste. Sie hatte sich nicht angeschnallt, und ihre Nase kam kurz vor der Scheibe zum Halt. Er hatte seine Hand dazwischengehalten. Seine Hand roch nach einem Reinigungsmittel. Anna fragte nicht, woher Lipinski die traurige Geschichte mit ihrem Auto kannte. Inzwischen setzte sie voraus, daß jeder hier alles wußte.

Er half ihr beim Aussteigen und öffnete ihr die Tür. »Sollen wir zusammen essen? Zwei Fremde in Wesern?«

Anna formte ein lautloses Ja, erstaunt, daß sie hungrig war und dankbar für die Nähe eines menschlichen Wesens, das nicht aus Wesern stammte. Monika Färber nickte den beiden Gästen schweigend zu, als sie in die Gaststube kamen, in der zwei Tische besetzt waren mit älteren bis alten Männern, die Anna mit unbefangener Neugierde musterten. Sie blickte zurück, und einige von ihnen senkten die Augen, nicht alle. Ein paar grüßten Walter Lipinski, der völlig entspannt schien. Vielleicht auch einer von denen, dachte Anna, als sie sich setzte. Sie hatte Lust auf Wein, den es hier nur in den Kategorien Weiß oder Rot gab, also bestellte sie Bier, so wie Walter Lipinski, und dazu das Tagesgericht, Rouladen mit Rotkohl.

Was redet man mit jemandem, den man nicht kennt? Anna entschied sich für ungefährliche Gefilde: »Monika Färber kocht sehr gut.«

»Ich weiß. Was ist mit Ihrer Hand passiert?«

»Ich hab mich am Auto geschnitten.«

»Tut mir leid.«

Anna sah in seine gesprenkelten Augen. Die waren auch

irgendwie schief, wie alles an diesem Mann, und doch war das Gesamtbild anziehend. Mußte sie darüber nachdenken, ob das Mutterinstinkte waren oder einfach was Sexuelles? Nein.

Anna schwieg. Der Mann, der ihr gegenüber saß, sagte nichts. Sie tranken Bier, aßen, lächelten sich einmal an, so als ob sich Gedanken gekreuzt hätten. Anna dachte in diesem Augenblick, daß Lipinski ein Mann zum Wohlfühlen war, aber es war nur ein Gedanke. Hätte Anna allein in der Gaststube gesessen, hätte sie die Stille der anderen Gäste als aggressiv empfunden. So nicht, sie war sogar imstande, die Blicke der anderen zu ignorieren.

Monika Färbers Mann war offenbar noch nicht zurück von seiner Reise. Die Wirtin nahm die leeren Teller vom Tisch und brachte unaufgefordert zwei Schnäpse.

»Prost.« Walter Lipinski hob sein Glas.

»Prost. Ich muß ja nicht mehr Auto fahren ...«

Er stellte sein Glas ab, als er ihr Gesicht sah. »Ich habe keine besondere Beziehung zu Autos.«

»Zu was dann?«

Grüne Augen, kaum geschminkt. Hohe Backenknochen. Großer Mund, der Lippenstift etwas verschmiert. Ein angemessenes Arrangement von Falten. Wenn sie verlegen war, strich sie mit der Hand über die streichholzkurzen Haare. Er fand Frauen mit langen Haaren schöner, doch das war ziemlich bedeutungslos, jetzt. »Ich weiß nicht. Ich habe keine Leidenschaften mehr.«

»Du hast gelogen«, sagte Anna ein paar Stunden später, nach einem Spaziergang durch den Wald, der bei der Deponie endete; nach zwei Flaschen Bordeaux, die er aus dem Jeep geholt und in Annas Zimmer gebracht hatte. Nach dem Käse, den sie aufs Zimmer bestellt hatten. Nach der ersten, stummen Umarmung und seinem Eindringen in Annas einsamen Unterleib, der sehr wollüstig reagierte. Diese Geschichte war kurz, schön und warm. Sie hinterließ bei Anna das Gefühl, eine begehrenswerte Frau zu sein, obwohl er nichts sagte, sie nur ansah und streichelte, hinterher.

»Ich lüge, seit ich auf der Welt bin, Anna.« Er rekelte sich in ihrem Bett, ein schiefer, wunderbarer Mann, der zur rechten Zeit am richtigen Ort gewesen war. Sex war vor allem eine Frage des Timings. »Ist noch Wein da?«

»Nein. Der wurde zum Zwecke der Enthemmung bereits konsumiert. Hat durchaus gewirkt bei mir.«

Anna war dankbar für das düstere Licht der Nachttischlampe. Altes Fett war kein erotisierender Anblick. Walter war dünn, beinahe dürr, und er war erfreulich spärlich behaart. Sie fühlte sich massig angesichts dieses zierlichen Mannes und dachte, der Zauber ist schon vorbei, wenn ich anfange, darüber nachzudenken.

»Du bist schön und prächtig, Anna. Schade, daß wir uns nicht früher begegnet sind.«

»Wo?«

Er stützte den Kopf auf die Hand und sah auf sie herunter, auf das weiche, offene Gesicht. »Na, in Ostberlin zum Beispiel. Als ich den Garcin spielte ... du hättest zusehen und mich beklatschen und hinterher verführen können. Vielleicht vorher zum Essen einladen ... ich war ziemlich hungrig damals.«

Er begann zu reden, und Anna hörte zu. Walter erzählte von seiner schiefen Jugend, die er nie ganz geradegebogen hatte, und von seinem Entschluß, Schauspieler zu werden. Von den spärlichen Engagements und den ersten, sehr bescheidenen Erfolgen. Anna hörte zu und dachte, daß Walter auf eine Art erzählte, die beinahe verzweifelt war. Als ob er seine Geschichte loswerden müßte und auf Anna gewartet hätte, nicht als Liebhaberin, sondern als Zuhörerin.

Walter erzählte von einer Frau namens Herta, die er geliebt und geheiratet hatte. Von seiner Tochter Stefanie und dem beinahe privilegierten, beinahe glücklichen Leben an der Seite einer nach damaligen Verhältnissen erfolgreichen Frau. Nein, es hatte ihn nicht gestört, daß sie Offizierin bei der Stasi war. »Ich empfand das als eine Art Schutzschild, das mir erlaubte, mein Leben zu leben, verstehst du? Sie war meine Frau, sie war politisch unangreifbar und konnte sich einen frechen Clown leisten. Ich fühlte mich sozusagen unverletzlich, was meinen damaligen Mut zum verbalen Widerstand doch deutlich relativiert. Und dann geschah etwas, womit ich nicht gerechnet hatte. Herta verliebte sich in einen anderen, und das, was ich bis dahin als Schutz empfunden hatte, erwies sich als Waffe. Als ich mich weigerte, aus der Wohnung auszuziehen und mich scheiden zu lassen, hat sie mich nach Bautzen gebracht, meine Frau. Es war die schnellste und effektivste Art, mich loszuwerden.«

Anna gähnte.

Er fand das ungeheuerlich. »Langweile ich dich?«

»Nie. Wer war der andere Mann?«

Walter streichelte über Annas Haarborsten. »Jürgen Brog. Ich dachte, du wüßtest das. Er zog in die Wohnung ein und lebte mit meinen beiden Frauen, bis die Mauer fiel. Als ich aus dem Gefängnis kam, waren Brog, Herta und Stefanie schon weg aus Berlin. Ich habe mich dann in der Stadt rumgetrieben, kein Mensch interessierte sich nach dem Mauerfall für einen arbeitslosen Schauspieler und Exknasti aus dem Osten. Ich habe versucht, Herta und Stefanie zu finden, aber sie waren verschwunden. Und dann traf ich Brog, zufällig. Er kam als Gast in eine Bar, in der ich kellnerte. Es war eine merkwürdige Begegnung. Brutus trifft Cäsar in der Hölle. So hieß die Bar übrigens: *Die Hölle.* Brutus tat so, als ob es eine wunderbare Begegnung zweier Freunde wäre. Ich hätte nicht mit ihm gesprochen, wenn ich nicht gedacht hätte, daß er mich zu Herta und Stefanie führen würde ...«

»Hast du Herta noch geliebt, nach allem, was war?«

Nur Frauen konnten so fragen. Walter lächelte Anna an, die

ihre Hand in seine geschoben hatte. »Wohl kaum. Aber ich wollte meine Tochter wiedersehen. Ich habe also mit Brog gesprochen, und er sagte mir, daß Herta und Stefanie auf Sylt wären, in einem von ihm gemieteten Haus. Und er bot mir einen unglaublichen Job an, in seiner Firma.«

»Warum?«

Walter hob die schmalen Schultern. »Fragmente schlechten Gewissens. Mitleid oder Sadismus. Das dachte ich damals. Erst später kapierte ich, daß Jürgen Brog mich angestellt hatte, um eine Art Druckmittel gegen Herta in der Hand zu haben. Es war, ach, unsere Beziehung läßt sich schwer beschreiben. Als er Hertas Liebhaber war, hab ich ihn natürlich gehaßt. Aber ich glaube nicht, daß es Brogs Idee war, mich über die politische Schiene auszuschalten. Das war ganz allein die Idee meiner Frau. Herta ist immer schon den direkten Weg zum Ziel gegangen. Ich war ihr im Weg. Ich war störrisch. Also mußte ich weg. Brog war das wohl ziemlich egal, das Wie jedenfalls. Heute denke ich, daß er Herta vielleicht wirklich geliebt hat.«

»Das ist ein sehr gängiges Klischee in Beziehungen.«

Sein Lächeln erreicht die Augen nicht. »Herta hat sich Brogs Stasi-Akten besorgt, als alles zusammenbrach. Viele, die an der Quelle saßen, nahmen Akten mit, von denen sie dachten, daß sie ihnen einmal nützlich sein konnten. Und das Brog-Dossier war nützlich, denn Herta erpreßte ihn damit, ihr und Stefanie ein angenehmes Leben zu finanzieren. Sie wollte nicht mehr *mit* ihm, sondern *von* ihm leben, das muß ihn wohl sehr getroffen haben. Also stellte er mich ein, und ab und zu schickte er mich nach Sylt, um Herta davon zu überzeugen, wieder zu ihm zu ziehen.«

»Und das hast du getan?« Ehrlichkeit ist der Tod der Liebe, dachte Anna. Wie konnte man die Selbstauflösung des anderen ohne Verachtung ertragen. Sie rückte ein Stück ab, doch er merkte es nicht.

»Nein. Nicht direkt. Ich war eine Zeitlang nicht sicher, welches Spiel ich mit den beiden spielen wollte. Herta nahm mich ohnehin nicht ernst. Sie fühlte sich wieder so stark, weißt du. Keiner konnte ihr was, und Brog, den hatte sie in der Hand. Sie hat mir sogar seine Akten gezeigt. Und ...«

»Und was?« Sie erschrak vor dem Schmerz in seinem Gesicht. Wollte ihm sagen, daß er still sein sollte, aber es war doch schon zu spät. Walter krallte seine Finger in Annas Oberarm. »Ich hab einen Fehler gemacht, verstehst du? Einen unverzeihlichen, entsetzlichen Fehler, weil ich Brog nicht richtig einschätzte. Ich habe seine Akte aus Hertas Versteck gestohlen und sie der Staatsanwaltschaft zugespielt. Es erschien mir so eine schöne Rache, mit der ich sowohl Brog wie auch Herta treffen konnte. Ein Spiel, das einmal nicht auf meine Kosten ging.«

»Aber Brog muß doch getobt haben, als er davon erfuhr?«

Walter sah Anna gleichgültig an. »Du verstehst nicht. Brog dachte, daß Herta die Akten weitergegeben hatte. Und Herta ahnte nicht, daß ich es war, weil ich einen kleinen Einbruch vorgetäuscht hatte. Brog glaubte ihr einfach nicht, das war die Katastrophe.«

Stille. Anna sah in ein anderes, ein fremdes Gesicht. Walter sah sie nicht an, als er sagte: »Meine Frau und meine Tochter wurden überfahren, auf Sylt. Unfall mit Fahrerflucht, der Täter hat die beiden Frauen in Panik zweimal überrollt, sagt die Polizei. Ich habe von Anfang an gewußt, daß es Brog war. Und es war kein Unfall, Anna.«

Anna schwieg, weil sie nichts zu sagen hatte. Walter Lipinski war weit weg gewandert von diesem Bett, in eine Vergangenheit, die keine Zukunft ließ. Erst jetzt verstand sie, was er damit gemeint hatte, vor einer Million Stunden. Und daß er einen Menschen gebraucht hatte, nicht Anna Marx, nur irgend jemanden, dem er nahe genug kommen konnte, um seine Geschichte zu erzählen.

»Deshalb hast du Brog umgebracht.« Annas Stimme klang ganz kühl. Kein Grund zum Zittern. Walter Lipinski brachte nicht wahllos Leute um, er mußte schon einen besonderen Grund dafür haben.

Er lächelte Anna an, weil sie ihn immer noch ansah. »Wollte ich. Aber dann wurde er verhaftet, und ich dachte, ich warte, bis er wieder rauskommt. Eine Weile spielte ich auch mit dem Gedanken, mich selbst … aber dafür bin ich tatsächlich zu feige. Weißt du, ich dachte erst, daß Brog selbst hinterm Steuer gesessen hat. Aber es hätte nicht gepaßt, nein, er hat Hackbart geschickt, seinen treuen Diener. Brog wußte einiges aus Hackbarts Vergangenheit, er hat ihn damit erpreßt und ihm Geld geboten, und Hackbart hat es für ihn getan. Vielleicht hatte er nur die Order, Herta umzubringen, was sollte Brog gegen Stefanie haben? Aber sie war da, an jenem Morgen, und er hat auch sie getötet, weil er keine Zeugin gebrauchen konnte.«

Weinte er? Nein, er ließ es nicht zu, sondern sah Anna an, als ob sie Unwiderrufliches mit Worten heilen könnte. Anna fand ihre Frage ganz normal: »Warum hast du Hackbart nicht umgebracht?«

»Weil ich es erst seit kurzem weiß. Genauer gesagt, seit ich Brogs Safe geknackt habe, hier in Wesern. Fast alles, was ihm wichtig war, hat er hier gelagert, in einem Safe, der hinter ein paar Giftfässern versteckt war.«

»Wegen der Giftfässer bin ich hergekommen.«

Walter Lipinski sah Anna Marx erstaunt an. Natürlich, sie war nicht seinetwegen hier. Die Frau, in deren Bett er lag, war auf einer anderen Jagd.

»Ich kann dir Unterlagen zu den Giftmülltransporten besorgen«, sagte er gleichgültig.

»Das würdest du tun?« Er liefert sich doch selbst ans Messer dachte Anna und schämte sich dafür, daß sie diesen Gedanken nicht aussprach.

»Es ist doch egal. Ich meine, mir war diese Arbeit immer vollkommen gleichgültig. Sie ermöglichte mir, in der Nähe meiner Tochter zu bleiben. Alles andere, außer dieser Liebe und dem Haß Anna, ist im Gefängnis gestorben. Ich bin nicht der Typ, der so was aushält. Vielleicht gibt es niemanden, der unbeschadet rauskommt. Aber die Seelen der anderen kümmern mich schon lange nicht mehr.«

»Meine also auch nicht.« Es war keine Frage, sondern eine Feststellung.

Walter Lipinski sah Anna erstaunt an. »Du warst meine Rettung in dieser Nacht, Anna. Aber was erwartest du von Männern in meinem Alter? Den spontanen und bedingungslosen Liebesschwur? Die Hingabe an jetzt und morgen? Wir sind zu alt für die Liebe, wir beide, jedenfalls die Art von Liebe, für die es sich lohnt, Verrücktes zu tun. Zu heiraten. Kinder in die Welt zu setzen. Verlust und Schmerz in Kauf zu nehmen. Das alles tut man nicht mehr, wenn man alt und müde ist – und schuldig.«

Er übertreibt, dachte sie. »Du bist nicht schuld am Tod deiner Tochter und deiner Frau. Nein, hör mir jetzt zu. Ich will kein Plädoyer für die Liebe halten, bestimmt nicht. Aber du bist nicht schuldig. Brog und Hackbart sind verantwortlich. Und du mußt Hackbart anzeigen, ganz einfach.«

Lipinski fror. Er zog seinen Pullover an, wandte Anna den Rücken zu. »Du denkst in zu simplen Kategorien. Schuld und Sühne. Was ist, wenn man Hackbart nichts beweisen kann? Der Wagen, mit dem sie getötet wurden, war gestohlen.«

»Mein Gott, irgendwas wird die Polizei schon finden. Faserspuren. Seine Reise nach Sylt. Brogs Überweisungen. Wenn jemand in völlig idiotischen Kategorien von Schuld und Sühne denkt, dann bist du es. Ein bißchen mehr Kampfgeist könnte nicht schaden.«

Er zog seine Hose an, drehte sich um. »Seit ich denken kann, habe ich gegen andere verloren. Es wird zu einer Art fixen

Idee, weißt du. Man möchte so gern einmal gewinnen und weiß, daß man es nicht schaffen wird.«

Anna zog die Decke über den Kopf. Er ging zum Bett und zog mit seiner Rechten Annas Konturen über der Bettdecke nach. »Du bist wirklich wundervoll. Nicht ganz so stark, wie du dich gibst, denke ich. Aber einer wie ich wäre Zeitverschwendung, ehrlich, Anna.«

Annas Augen sahen hervor. Vorwurfsvoll.

Walter sagte leise: »Wir können noch gemeinsam frühstücken und gemeinsam nach Bonn fahren. Ich werde dir die Papiere geben, die du brauchst. Mehr wird nicht sein.«

Ist ziemlich viel, dachte Anna, und doch zuwenig. Sie reckte ihren Kopf ein Stück und lächelte in einer Art von Zustimmung.

»Und jetzt muß ich in mein Zimmer, um zu schlafen.« Er gab ihr einen Kuß auf den Mund, ganz leicht, schon eine Geste des Abschieds. Sie schloß die Augen, und er ging hinaus, aus Annas Zimmer, das ein wenig nach Liebe roch, nach ein wenig Liebe.

20

»Nicht schlecht, der Artikel, aber die Fotos sind wenig aussagekräftig. Ich meine, was kann man sich schon Böses unter zwei einsamen Kanistern vorstellen.«

»Amoran«, sagte Anna, »quecksilberhaltige Fruchtbeize. Brog hat Giftmüll tonnenweise nach Tschechien gebracht und in einem aufgelassenen Bauernhof gelagert.«

»Brog ist tot, das nimmt der Sache etwas Biß.« Gruber tätschelte Annas breite Schultern, die ihm sehr angespannt schienen. »Aber wenn die Story farbecht ist, dann könnten wir einen Fotografen rüberschicken, der dieses Giftlager fotografiert. Gibt es keine verätzten Kinder oder so?«

Sie biß in ihre Zigarette. »Nein, nicht daß ich wüßte. Vielleicht kann unser Fotograf einen Kanister öffnen und ein paar Kinder damit spielen lassen ...«

Der Chefredakteur ließ Annas Schultern los. »Na na, nur keine Überreaktionen. Das mit dem Auto tut mir ehrlich leid, Marx.«

Davon konnte sie sich kein neues kaufen. Und der öffentliche Nahverkehr war auch kein Trost. Mal abgesehen von allen anderen Tragödien ... »Ich habe alle Beweise. Und Brog ist nicht einfach tot, er ist ermordet worden.«

Gruber sah zu, wie Anna ihre Zigarette im Aschenbecher wälzte. »Hatten wir uns nicht auf Rauchverbot in der Redaktion geeinigt?«

»Sie können mich mal ...!«

Mein Gott, dachte Gruber, noch ein Jahr mit Anna Marx, bevor wir endlich umziehen. Er wollte nicht nach Berlin, aber es bedeutete immerhin, die Marx loszuwerden. »Wenn die Fotos gut werden, machen wir 'ne Titelstory draus. Außerdem sollte einer Brogs Anwesen und die Firma in Euskirchen ablichten. Und das Phantombild dieser Frau, die diesem Anwalt die Briefbombe gebracht hat, das muß auch rein. Schicken Sie den Schröder los, der hat zur Zeit Kapazitäten frei.«

Anna sah Gruber spöttisch an. »Das würde ich ja gerne tun, aber es gibt zur Zeit keine Reiseantragsformulare.«

»Bitte?!«

»Ohne ein Reiseantragsformular, das von Ihnen gegengezeichnet ist, kann ich den Fotografen nicht losschicken.« Sein dummes Gesicht war komisch, aber das unbeschwerte Lachen war zur Zeit etwas schwierig.

»Mein Gott, dann lassen Sie welche besorgen. Ich muß mich ja wohl nicht um jeden bürokratischen Mist in diesem Haus kümmern.«

Du hast diesen Mist immerhin eingeführt, dachte Anna. »Ihre Sekretärin sagt, daß es ein paar Tage dauern wird, bis die Formulare nachgeliefert sind.«

Passiver Widerstand. Seit sie wußte, daß ihre Tage gezählt waren, war sie noch aufsässiger als sonst. Außerdem sah sie schrecklich traurig aus. Mein Gott, es war doch nicht seine Entscheidung gewesen, das mußte sie doch wissen. »Wissen Sie was, Marx, schreiben Sie einen formlosen Vermerk und schicken Sie Schröder sofort los. Es ist 'ne wirklich gute Geschichte, und wir wollen doch nicht, daß uns einer zuvorkommt.«

Anna nickte. Was hatte sie erwartet? Daß man sie behalten würde wegen einer guten Story? Und was würde der Artikel bewirken? Man würde gegen ein paar Leute ermitteln, vielleicht ein paar Kleine hängen und die Großen laufen lassen. Annas Galgenhumor hatte seine Grenzen.

Gruber strich über Annas bloßen Arm. »Sie haben doch noch ein Jahr Zeit. Da findet sich immer was.«

Sie ließ es geschehen und starrte auf ihren Computer. »Im Bonner Loch findet sich immer ein Plätzchen.« Ihre Stimme klang bitter, sie merkte es.

Gruber zog seine Hand weg. »Sie haben schon immer zu Übertreibungen geneigt. Ich ... äh ... also schicken Sie den Schröder los.«

Annas Telefon klingelte, während Gruber den Rückzug aus der Redaktion antrat. Hermes war dran, Annas Götterbote in einer Zeit schlechter Nachrichten. Er hatte seine Hauptkommissarstimme aufgelegt: »Wo zum Teufel waren Sie die ganze Zeit? Ich mag das nicht, wenn Sie einfach verschwinden.«

Das klang vorwurfsvoll, aber nett. »In Wesern. Ich hab dort Urlaub gemacht und in Brogs Müllgeschäften gewühlt. Und man hat mein Auto kaputtgeschlagen.« Annas Stimme klang ganz leicht und verlogen.

»Der schöne alte Jaguar?« Hermes verkniff sich eine Bemerkung über Annas dilettantische und gefährliche Spielchen als Detektivin. »Was ist passiert?«

»Erzähl ich Ihnen ein andermal. Gibt's was Neues an der LKA-Front?«

»Ein andermal« klang nicht nach großer Sehnsucht nach einem Wiedersehen. Sie benutzte ihn, das war eine Tatsache. Ebenso wie jene, daß er sich benutzen ließ. »Man hat ein Phantombild der Frau angefertigt, die vor Ihnen in Eikelens Büro war. Sie ist definitiv als die Frau mit der Briefbombe identifiziert. Und sie ist nach ihrem Besuch bei Eikelen in den Zug nach Paris gestiegen. Dort verliert sich ihre Spur. Interpol ist eingeschaltet.«

Annas Frage kam blitzschnell: »Aber es ist nicht dieselbe Person, die als Brogs Erbin gefunden wurde?«

»Nein. Brogs Cousine ist bedeutend älter, und sie hat ein wasserdichtes Alibi. Sie hat Los Angeles nicht verlassen, das steht fest.«

Schade, dachte Anna, es hätte so gut gepaßt. Sie wußte sehr viel über Brog, Walter hatte auf der Fahrt nach Bonn auch über ihn gesprochen, und er hatte ihr, wie versprochen, die Unterlagen der Giftmülltransporte kopiert. Sie wußte, daß Brog ein Mörder war. Doch sie wußte immer noch nicht, wer sein Mörder war. Gruber hatte recht, so blieb die Geschichte unvollständig, unbefriedigend. Und Walter Lipinski würde sie nicht wiedersehen, das hatte er ihr versprochen. So wie man jemandem die Ehe verspricht, nur andersherum, verdammt noch mal.

»Was ist los? Haben Sie etwa eine heiße Spur?« fragte Hermes in Annas Schweigen.

»Nein.« Sie konnte ihm nichts von Herta und Stefanie Brand erzählen, das hatte sie Walter versprochen.

»Was ist mit Sigrid Kreuz? Könnte sie nicht die große Unbekannte sein? Oder hat sie ein Alibi?«

Hermes schnaubte am anderen Ende der Leitung, und Anna

hielt den Hörer ein Stück weg. »Also hören Sie, Marx, ich bin nicht Ihr gottverdammtes Auskunftsbüro. Es ist nicht mal mein Fall ...«

Schweigen. Wie sie ihn in letzter Zeit irritierte ... Hermes malte einen Galgen auf seinen Kalender, wartete ...

»Mir scheint, Sie sind auch nicht in bester Verfassung.« Annas Stimme klang sanft und gleichgültig.

»Nein, bin ich nicht. Meine Frau hat beschlossen, sich scheiden zu lassen. Sie will die Kinder, die Eigentumswohnung und etwas mehr als die Hälfte meines Gehalts. Ist das vielleicht komisch?«

Lauter schlechte Nachrichten, dachte Anna mit einer Spur mitleidiger Liebe. Es schien fast so, als ob sie das Unglück der anderen anzog, um ihr eigenes zu relativieren. »Warum?«

»Weil sie meint, daß ihr das zusteht nach all den Jahren, die sie für mich geopfert hat.«

»Nein, ich meine, warum will sie sich scheiden lassen?«

Fünf Galgen. Hermes malte Strichmännchen mit Brüsten darunter. »Sie will sich selbst verwirklichen, und ich stehe ihr dabei im Weg. Sagt sie. Wahrscheinlich hat sie einen Liebhaber, der darauf wartet, in die Wohnung einzuziehen. Frauen sind wirklich das letzte.«

»Männer auch. Kommt auf die Perspektive an.« Anna tastete mit der freien Hand nach der Zigarettenpackung. »Wenn Sie wirklich Trost brauchen, klingeln Sie einfach bei mir. Aber erwarten Sie nicht zuviel ...« Anna legte sanft den Hörer auf. Gottlieb Hermes war kein Gegengift zu Walter Lipinski. Es funktionierte nicht, nichts funktionierte. Aber sie hatte einen guten Artikel geschrieben, präzise und ohne Polemik. Auch Renate Kurland kam darin vor, die Jeanne d'Arc von Wesern. Sie hatte Anna angerufen, Anna hatte ihr das Manuskript vorgelesen, und Renate war zufrieden gewesen mit Annas Recherchen, wenn auch nicht so ganz mit dem sachlichen Stil.

Eine Nacht mit Walter Lipinski, das hatte Anna ihr nicht

erzählt. Renate war voller Optimismus, daß es ihr nun gelingen würde, Wesern in seinem Schlaf zu bewahren. Typisch Renate, daß sie während des Telefongesprächs Annas Auto nicht mal erwähnt hatte. Für Renate zählten Kreuzzug und Sieg – und nicht die Scheiterhaufen am Rande.

Anna blätterte im Manuskript, das Gruber ihr zurückgegeben hatte. Er hatte auch das Phantombild beigelegt, das die Polizei veröffentlicht hatte. Sie sah es zum ersten Mal, das Computergesicht nach den Erinnerungen von Eikelens Sekretärin. Ein hübsches Frauengesicht. Ein Allerweltsgesicht. Üppige Locken, die viel vom Gesicht verdeckten. Die Augen ähnelten im Schnitt denen von Renate Kurland. Ein flüchtiger Gedanke war das, dann dachte Anna an die Scheiterhaufen. Renate? Renate mit Perücke stark geschminkt?

21

Der Tacho des Porsche zeigte 260 Stundenkilometer an, und der Fahrer, den er von der Überholspur gedrängt hatte, hupte den Verrückten an, der sein Leben gefährdet hatte. August Hackbart hob den Mittelfinger zu einer eindeutigen Geste. Die Autobahn war eine Arena, in der das Kräftespiel zwischen Starken und Schwachen noch nach eindeutigen Regeln entschieden wurde. Hackbart war ein rücksichtsloser und leidenschaftlicher Fahrer, und die Wut verstärkte seine Aggressionen gegenüber dem Rest der Welt, der sich zur Zeit auf der Fahrbahn Richtung München befand.

Die Autobahn Salzburg-München war stark befahren, doch gelegentlich konnte man das Gaspedal durchdrücken und die Penner in ihren Schrottkisten von der linken Fahrspur treiben. Schneeflocken klatschten gegen die Windschutzscheibe, und

August hupte einen Mercedesschläfer an, der auf seine Rennstrecke ausscheren wollte. Er war müde und hungrig, vor allem aber wütend. Nichts hatte er in Brogs Safe gefunden, nichts außer ein paar Verträgen, mit denen er nichts anfangen konnte, die er aber doch mitgenommen hatte. Keine Kontoauszüge. Wo immer Brog sie versteckt hatte, nicht in seinem Salzburger Haus, in dem August die gläserne Bar mit all ihren Flaschen zertrümmert hatte, einfach so, weil er sich irgendwie abreagieren mußte.

Die eingetippte Nummer auf seinem Autotelefon blinkte, aber es kam keine Verbindung zustande. Sigrid Kreuz, dachte August, wird es noch bereuen, mich auf falscher Spur nach Salzburg geschickt zu haben. Schließlich hatte er die Fotos. Sie an eine Zeitschrift zu verkaufen, würde nicht sonderlich viel bringen, aber zumindest dies: Rache. Sigrid, diese falsche Schlange, die noch dafür gesorgt hatte, daß Erna Thorsch ihm die Schlüssel für das Salzburger Haus aushändigte. Allein dieser Vorgang hätte ihn mißtrauisch machen müssen. Ein alter Drachen, der freiwillig etwas rausrückte: sogar eine Dose mit Keksen hatte sie ihm mitgegeben, als Reiseproviant, wie Erna sagte, mit einer Art Grinsen in ihrem verschrumpelten Köchinnengesicht. Erna und die Kreuz hatten gewußt, daß er nichts finden würde. Das wußte er jetzt!

August bremste fluchend, als sich der Verkehr vor ihm verdichtete. Auf allen drei Fahrspuren krochen sie dahin, diese lächerlichen Autofahrer. Es schneite, und sie glotzten aus ihren Windschutzscheiben wie ängstliche Schneemänner. Mit der Rechten öffnete August die Dose, die Erna ihm mitgegeben hatte, steckte sich Kekse in den Mund und kaute verbissen. Sie schmeckten zu stark nach Zimt, im Grunde abscheulich, aber er hatte Hunger, wie immer, wenn er wütend war. Erna und Sigrid und Walter, die drei steckten unter einer Decke. Sie hatten die Schweizer Konten längst gefunden und geplündert, untereinander aufgeteilt, und jetzt meinten sie, sie könnten mit

Hackbart Schlitten fahren. Aber das war ein gefährlicher Irrtum.

Als ersten, dachte August, nehme ich mir Lipinski vor. Er ist ein Feigling, schwächer als die beiden Frauen, und wenn ich ihm mit dem Messer komme, wird er reden. Er muß reden.

Die Autoschlange kroch zäh vor sich hin, und der starke Motor brummte unbehaglich. Hackbart kaute Ernas Kekse und fuhr so dicht auf, daß sich die Stoßstangen beinahe berührten. Er war ein exzellenter Autofahrer. Er war immer gut gewesen in dem, was er tat. Er hatte Autos verschoben, reiche Kunden mit Drogen und Mädchen beliefert, und das eine Mal, als sie ihn erwischt hatten, das war einfach Pech gewesen. Nicht seine Schuld. Aber er war ausgestiegen aus diesen Geschäften, nach der Zeit im Gefängnis, und dann war ihm Brog über den Weg gelaufen, eine glückliche Fügung, denn Jürgen Brog brauchte einen Mann wie ihn, und er brauchte Brogs Geld. Hackbart erledigte Brogs schmutzige Geschäfte, und Brog zahlte gut. Eine ideale Verbindung, auch wenn Brog gemeint hatte, daß einer oben und einer unten sein müsse, und »unten« war ein Platz, den August zunehmend weniger schätzte.

Brogs Bitte, die Frau zu erledigen, war für ihn keine Geldfrage gewesen. Er hatte es getan, um seine Machtposition auszubauen. Mörder sind einander ebenbürtig, so hatte er zu Brog gesagt, und daß das Mädchen eine Zeugin war, die er eben hatte ausschalten müssen. August erinnerte sich sehr genau an das Gespräch nach seinem Ausflug nach Sylt. Brog hatte plötzlich Angst vor ihm, August roch es förmlich, und seit jenem Tag war ihr Verhältnis von Mißtrauen und unwiderruflicher Abhängigkeit geprägt. Brog und Hackbart waren Partner geworden. Im Guten, aber vor allem im Bösen. Eine sehr erotische Beziehung, dachte August und drückte aufs Gaspedal, als die Bahn freier wurde. Brog hatte ihm die Sache mit dem Mädchen ein paarmal vorgehalten. Ein unschuldiges Opfer ... als ob jemand, der ihm im Weg stand, unschuldig sein konnte.

Der Tachometer zeigte 200, und bei aller Konzentration merkte er seine Müdigkeit. Schließlich hatte er nicht geschlafen in Salzburg, sondern hatte sich sofort auf den Weg gemacht, nachdem er das Haus durchwühlt hatte. Brogs unerwarteter Tod war eine Katastrophe. August hatte an die 100000 Mark auf dem Konto und den Porsche, und das war nicht genug, um ein neues Leben zu beginnen, nicht so, wie er sich Leben vorstellte. Wohin sollte er gehen, nachdem Brog sich undankbar davongemacht hatte?

August gähnte. Wie absurd, daß die Bullen ihn verdächtigten. Wer wäre so idiotisch, den Goldesel zu schlachten. Brog war seine Lebens- und Altersversicherung gewesen. Wenn er nur wüßte, wer … und wenn es doch die Kreuz gewesen war? Mutterherz auf dem Rachefeldzug? Das veröffentlichte Phantombild hatte wenig Ähnlichkeit mit ihr, aber das besagte gar nichts. Vielleicht, dachte August, nehme ich mir doch zuerst die Sigrid vor. Sie ist zäh, aber einem Messer sicher nicht gewachsen. Das mit dem Messer hatte er im Gefängnis gelernt, zunächst auf der falschen Seite der Klinge, aber damals hatte er sich geschworen, daß es nie wieder dazu kommen sollte.

Die Keksdose war leer, und jetzt hatte er Durst und konnte kaum noch gegen die Müdigkeit ankämpfen. Die Kondition ließ nach, er mußte in Zukunft mehr trainieren. Erst Sigrid, dann Walter, und zum Schluß knöpfe ich mir Erna vor, dachte August und beschloß, bei der nächsten Raststätte anzuhalten, um Kaffee zu trinken. Er blinkte einen BMW von der Fahrbahn und beschleunigte auf 220 Stundenkilometer. Die drei hatten das Geld aus Zürich, und er würde es kriegen. Und was, wenn sie sich zusammengetan und Brog erledigt hatten? Um ans Geld zu kommen? Seine drei getreuen Musketiere, wie Brog sie scherzhaft genannt hatte?

Der Gedanke wäre elektrisierend, wäre die Müdigkeit nicht so entsetzlich … Das Schneetreiben hatte aufgehört, doch die

Fahrbahn war naß, und er rieb sich mit einer Hand die Augen, die vor Anstrengung tränten. Die Lichter der Autos tanzten auf dem Asphalt und verschwammen zu einer großen, grellen Wolke. BREMSEN, sagte eine Stimme in ihm, als er die blinkenden Warnlichter vor sich sah. Scheiße, ein Unfall, dachte August, als er aufs Bremspedal trat. Zu spät, wie er noch merkte, bevor der große Knall alle Gedanken auslöschte.

22

»Das wär aber nicht nötig gewesen, Jungchen.«

Erna Thorsch steckte den Umschlag mit dem Geld in ihre Schürzentasche. Sie zählte nicht nach, war sie doch überzeugt, daß es für den Lebensabend reichen würde. Schließlich waren ihre Ansprüche bescheiden, solange man nicht beim Essen sparen mußte. Walter war ein guter Mensch, sie hatte es immer gewußt. Nicht so stolz und klug wie Herr Brog, mehr ein Subalterner, aber nett und gedankenvoll im Umgang mit seinen Mitmenschen.

Walter Lipinski war gekommen, um sich zu verabschieden, und er hatte ihr den dicken Briefumschlag zugesteckt mit der Bemerkung, daß dies sicher im Sinne des Herrn Brog gewesen wäre. Erna dachte auch so, schließlich war ihre Rente mehr als bescheiden, weil Herr Brog ihr wenig bezahlt und viel nebenbei zugesteckt hatte. Um die Steuern zu sparen, wie er zu scherzen pflegte, der arme Herr Brog. War nicht alles koscher gewesen mit ihm, aber wenn man sich mal für jemand entschieden hatte, dann blieb man auch dabei. Das war immer ihr Lebensmotto gewesen.

»Du wirst mir fehlen«, sagte sie zu Walter und schämte sich der Tränen nicht, denn eine alte Frau durfte sentimental sein.

Er umarmte sie kurz. Erst nach Zürich, dann weiter nach Hongkong wollte er fliegen, eine Distanz, die außerhalb ihrer Welt lag.

»Soll ich nicht doch noch Kaffee aufsetzen?«

Walter schüttelte den Kopf.

»Oder ein Angesetzter?« Sie brachte zwei Gläser und die Flasche mit Kräuterschnaps, ohne auf seine Antwort zu warten. Walter setzte sich resigniert auf den Küchenstuhl. »Aber wirklich nur ein kleiner.«

Erna schenkte einen großen ein. »Dann wirst du wohl nicht zu Hackbarts Begräbnis kommen.«

Walter verneinte. In drei Stunden ging sein Flugzeug nach Zürich. Keine Begräbnisse mehr, er hatte genug davon.

»Na denn prost.« Erna leerte ihr Glas in einem Zug und wischte sich mit dem Schürzenzipfel den Mund ab. »Ist nicht schade um ihn, aber zum Begräbnis werd ich trotzdem gehen. Wenn ein paar Leute kommen, werd ich hinterher was kochen für sie. Herrn Brog wäre das bestimmt recht gewesen.«

Er leerte das Glas in einem Zug. »Und die Cousine, wie ist die?«

Erna hob die gewaltigen Schultern. »Zu dünn für ihr Alter. So eine, die ihr Leben lang Diäten macht, bis sie am Ende verdorrte. Das Haus und alles will sie verkaufen. Für so eine hätt ich sowieso nicht gearbeitet.«

Wo sie hinwolle, fragte Walter, und Erna meinte, daß sich irgendwo ein Plätzchen finden würde. Geldsorgen habe sie ja nun keine mehr. Er schüttelte den Kopf, als sie nachschenken wollte, und fragte, ob sie ihm noch einen letzten Gefallen tun könne.

»Jeden.« Erna schenkte sich nach. Die letzten Wochen waren doch etwas aufregend gewesen. Und Abschiednehmen war nicht ihre Sache. Wenn man so alt war wie sie, waren Abschiede immer so endgültig. Erst Herr Brog, dann Hackbart, jetzt Walter ... und auch der Kontakt zu Sigrid würde abreißen, wenn sie wegzog. Keiner mehr, für den man kochen konnte, das war schon traurig für sich genommen.

Walter legte einen kleinen und einen größeren Umschlag auf den Küchentisch. »Der kleine ist für Sigrid Kreuz. Ich schaff's nicht mehr, ihn ihr persönlich zu geben. Kannst du es für mich tun?«

Sie nickte. »Ist Geld drin?« Sie fragte nicht, woher er es hatte. Erna war nie eine gewesen, die überflüssige Fragen stellte. Sie dachte sich ihren Teil, aber schließlich war Herr Brog tot – und die dürre Amerikanerin würde mehr als genug erben. War schon richtig von Walter, daß er es unter denen aufteilte, die Herrn Brog treu gedient hatten. »Und der andere?«

Walter schrieb einen Namen und eine Adresse auf das Couvert und legte einen Autoschlüssel darauf.

Erna setzte ihre Lesebrille auf. »Anna Marx. Wer ist das?«

»Eine Frau, die ich kannte. In dem Umschlag sind Wagenpapiere. Hier ist der Schlüssel. Heute abend oder morgen bestell dir jemanden, der den Wagen und die Papiere zu ihr bringt, einen Taxifahrer am besten.«

Erna stand auf und ging zum Fenster. »Ist das der Wagen, mit dem du gekommen bist, dieses altmodische blaue Ding da?«

»Ist nur ein alter Jaguar. Ich möchte ihn ihr schenken.«

Erna sah ihn über ihre Lesebrille hinweg strafend an. »Wenn es so ist, daß du alles hergibst, wird nichts bleiben. Oder ist es genug, was du hast?«

Walter lächelte so komisch und traurig wie immer. »Mehr als genug. Bestellst du mir ein Taxi?«

»Und womit fährst du in Hongkong?« Sie sprach das Wort aus, als ob sie Knödel im Mund hätte, und als er nur lächelte, ging sie zum Telefon und dann mit ihm vors Haus, wo der weiße Kies unter ihren Schritten knirschte. Herr Brog hatte dieses Geräusch immer sehr gemocht.

Es war ein grauer Dezembertag, und Erna hätte ihm gern noch dies und jenes gesagt, was Walter für sein künftiges Leben gebrauchen könnte. Aber sie schwieg, weil er schon sehr weit weg schien.

»Hoffentlich kriegst du dort was Vernünftiges zu essen«, sagte Erna, als er in das Taxi stieg. Walter nickte, und er winkte ihr noch einmal zu, als der Wagen über den Kies fuhr. Sie verschloß die Eingangstür und ging zurück in die Küche, um ausnahmsweise noch einen Schnaps zu trinken. Ihr war ein bißchen flau im Magen, schließlich hatte Sigrid ihr heute morgen und auf nüchternen Magen mitgeteilt, daß August tödlich verunglückt war.

Scheint so, daß er am Steuer eingenickt ist und zu spät gebremst hat, hatte Sigrid gesagt. Ein Unfall. Ja natürlich, ein Unfall, denn von Keksen hatte keiner was gesagt. Gut möglich, daß Hackbart die Zimtbäckerei gar nicht zu sich genommen hatte. Daß er nur ein Stück gegessen hatte, weil sie wirklich zu stark nach Zimt geschmeckt hatten. Die Idee, den Keksen starkes Beruhigungsmittel beizumischen, die war Erna gekommen, nachdem Sigrid aufgeregt bei ihr angerufen und Hackbart angekündigt hatte. Gib ihm den Salzburger Hausschlüssel, hatte Sigrid gesagt, und daß Hackbart langsam durchdrehe und sie und Walter bedrohe. Na, und weil sie gerade am Backen war, hatte sie an Beruhigungsmittel gedacht, das Valium aus Herrn Brogs Apotheke geholt, pulverisiert und beigemischt. Ein Lump, der Böses dabei denkt. Erna hatte ihn ja nur beruhigen wollen, diesen Hackbart, bestimmt nicht umbringen. Sie bekreuzigte sich schnell bei dem Gedanken. Ein Unfall, eine Fügung Gottes, und sie würde August Hackbart, der ja auch nur ein fehlbarer Mensch gewesen war, einen schönen Kranz spendieren. Schade, daß sie ihn nicht mehr fragen konnte, ob auch er der Meinung war, daß die Kekse zu stark nach Zimt geschmeckt hatten …

23

Erst kam das Auto und einen Tag später der Brief. Das Auto stand vor dem Haus, Anna hat es oft und bewundernd umkreist und natürlich gewußt, daß es ein Geschenk von Walter war. Der Taxifahrer hatte es nur abgeliefert und sie sehr komisch angesehen, als er ihr die Schlüssel und die Wagenpapiere gab. Sagte »'ne tolle Kiste«, und daß sie ihm hundertzwanzig Mark für die Rückfahrt schulde.

Der MK II war dunkelblau wie ihr altes Auto, nur gepflegter, glänzender, fast neu sah er aus, und Anna betrachtete den Jaguar von allen Seiten, streichelte ihn, wagte jedoch nicht, damit zu fahren. Lipinski war verrückt, sie hatte es immer gewußt. Als sie versuchte, ihn anzurufen, sagte man ihr, daß er Deutschland mit unbekanntem Ziel verlassen habe. Ein Abschiedsgeschenk, das Anna bestimmt nicht verdient hatte, nicht von diesem Mann und für diese Nacht. So etwas durfte man nicht annehmen, aber was zum Teufel sollte sie mit dem Auto anstellen, wenn sie es nicht zurückgeben konnte?

Und jetzt dieser Brief, in Zürich abgestempelt, von Hand geschrieben, mit einer kleinen, krakeligen Schrift, so schief wie Walters Gesicht. »Ich hasse Abschiedsbriefe«, sagte Anna laut, als sie sich hinsetzte und den Umschlag mit dem Fingernagel aufschlitzte. Was hatte sie bloß an sich, daß Männer ihr Abschiedsbriefe schrieben, statt Eheringe zu kaufen? Die Grätze der Einsamkeit? Den Pesthauch des Alters? Wie viele Männer mußte man verabschieden, um zur Erkenntnis zu kommen, daß die großen Gefühle vergeblich waren?

Liebe Anna Marx!

Bitte tue mir den Gefallen und nimm das Auto an. Schon deshalb, weil ich mich so angestrengt habe, es in kürzester Zeit zu finden und für Dich zu kaufen. Was immer Du nicht verdient hast, Anna: dieses Auto hast Du verdient. Oder sieh es so: Wärst Du nicht mit Jürgen Brog in Berührung gekommen, hätte es dieses Geschenks nicht bedurft. Schade, daß ich Deinen Artikel nicht mehr lesen kann, aber es war höchste Zeit, zu gehen.

Wäre ich nicht mit Jürgen Brog in Berührung gekommen, wäre vermutlich auch einiges anders gelaufen. Der Gedanke liegt nahe, darf aber nicht als Entschuldigung gelten. Ich war immer nur ein Maulheld und den Brogs dieser Welt in keiner Weise gewachsen. An der ersten Begegnung mit ihm war ich unschuldig, bei der zweiten hatte ich weglaufen müssen. Daß ich es nicht getan habe, ja so vermessen war, Brog herauszufordern, mußte zwangsläufig zur Schuld führen.

Brog hat Herta und Stefanie töten lassen. Also habe ich Brog töten müssen. Ich habe Dich angelogen in unserer Nacht, weil ich keine Lust hatte, noch mal ins Gefängnis zu gehen. Oder hättest Du nicht Strafe, Strafe geschrien? Nein?

Ich weiß es nicht, Anna, ich wollte es aber nicht riskieren. Ich habe Brog töten müssen, Eikelen war nicht geplant und gewollt. Kannst Du die Parallele erkennen?Ich glaube nicht, daß Brog Stefanies Tod gewollt hat, er hat ihn nur in Kauf genommen. Ich bin nicht besser als er, nur geneigter, den Mörder in mir zu erkennen.

Du bist neugierig, Anna, und willst immer alles wissen. Das Motiv ist Dir jetzt klar. Die Ausführung war mir mit Hilfe eines Menschen möglich, dem ich im Gefängnis begegnet bin und der mir einen großen Gefallen schuldete. Er hat die Briefbombe konstruiert und die Frau ausgesucht, die Eikelen besuchte. Sie hatte die Anweisung, Eikelen eindringlich zu sagen, daß Brog den Brief erst öffnen darf, wenn er zurück in seiner Zelle ist. Ich weiß nicht, was schiefgegangen ist, aber Du mußt mir glauben, daß ich Eikelens Tod nicht gewollt habe.

Sein Tod tut mir leid, aber nicht allzusehr, wenn ich ehrlich bin. Die Summe der Fehler, die gemacht wurden, läßt unterm Strich die Null zurück, die Walter Lipinski heißt. Ich habe es einfach nicht geschafft, mich umzubringen, nicht einmal, als ich von Hackbarts Unfall erfuhr. Denn inzwischen hatte ich das Geld, Brogs Millionen, die er in die Schweiz geschafft hatte.

Ich habe ihn umgebracht, ich habe sein Geld, und ich werde weiterleben. Ein Trost ist gar nicht nötig, die Hölle, das sind die anderen. In Umwandlung dieses Zitats müßte man sagen, daß die Hölle meine Erinnerungen sind.

Damit werde ich weiterleben, mit meiner Hölle. Ich erinnere mich an den Schauspieler, der den Garcin gespielt hat. Ich erinnere mich an den gescheiterten Liebhaber und Ehemann. Ich erinnere mich daran, ein schlechter Vater gewesen zu sein. Ich erinnere mich an die Zeit im Gefängnis, an meinen Haß und später an die Verzweiflung, als ich erkannte, daß ich Brog umbringen mußte, um weiterleben zu können. Ich erinnere mich, einmal ein Mensch gewesen zu sein.

Zuviel Unglück für Dich, Anna? Sei unbesorgt, ich erinnere mich auch an unsere Nacht. Der Preis, den Du dafür bezahlst, ist dieser Brief. Während Du ihn liest, sitze ich an einem Ende der Welt, sehr komfortabel, sehr betrunken, vielleicht eine Frau im Arm, die Geld liebt und die Flüchtigkeit sexueller Beziehungen. Ich werde sehr viel trinken müssen, Anna, um anderen noch ins Gesicht sehen zu können.

Du wirst darüber nachdenken, ob Du diesen Brief vernichten oder verwenden sollst. Du wirst, verzeih mir, die Peinlichkeit bedenken, diesen Brief der Polizei zu übergeben. Die Frau, die mit dem Doppelmörder geschlafen hat …

Dann wirst Du mich dafür verfluchen, daß ich diesen Brief

geschrieben habe. Daß Du Entscheidungen treffen mußt ... Du wirst es ertragen, Anna, weil Du stärker bist als ich. Sind Frauen das nicht immer? Und bitte, Anna, behalte das Auto. Es ist nicht als Bestechung gedacht, nur als Entschädigung für den Müll, den ich ungefragt vor Deine Füße gekippt habe. Außerdem habe ich mehr Geld, als ich für meine Hölle brauchen werde. Leb wohl, Anna.

Du gottverdammter, sentimentaler, mörderischer Hund ...

Sie wollte den Brief zerreißen, in winzige Stücke. Zerschneiden. Sie griff nach der Schere, legte sie wieder zurück. Griff nach einer Zigarette. Schloß die Augen und stellte sich einen Mörder vor, der irgendwo saß, eine Flasche vor sich und eine Frau im Arm. Dachte, daß Walters Vorstellung von der Hölle doch sehr elitär war. Und seine Vorstellung von ihr sehr treffend: Die Frau, die unter dem Doppelmörder gelegen hatte ... diese Geschichte konnte sie nicht weitererzählen. Ein Punkt für den Clown, der sie kein einziges Mal zum Lachen gebracht hatte.

Das war eine Entscheidung. Die zweite würde sie später treffen.

24

Wilton Garfield betrachtete seinen Besucher mit Wohlwollen. Ein komischer kleiner Mann, der da vor ihm saß, doch er würde das Pro-Kopf-Einkommen der Cayman Islands weiter steigern – und es lag jetzt schon an der Spitze aller Karibik-Inseln. Wilton Garfield war Bankdirektor und dachte in erster Linie in monetären Dimensionen. Mr. Lipinski, der ein miserables Englisch sprach, wollte sich in George Town niederlassen und seine Millionen, die sich zur Zeit noch in Zürich befanden, auf dieser Insel anlegen.

Nach dem Warum fragte Mr. Garfield nicht, denn es handelte sich außer Frage um schmutziges Geld, das Mr. Lipinski aus Sicherheitsgründen aus Zürich abziehen mußte. Der Transfer, so versicherte er seinem Besucher, sei absolut kein Problem. Geld war nie ein Problem, so lange man darüber verfügen konnte, haha.

Mr. Lipinski lachte nicht mit. Er fragte mit kalter Stimme und in wirklich grauenvollem Englisch, welche Papiere er für den Transfer unterzeichnen müsse. Wilton klingelte nach seiner Sekretärin, die zunächst eine Flasche Champagner sowie zwei Gläser und danach die benötigten Vordrucke ins Direktorenzimmer brachte.

Zwölf Millionen Schweizer Franken, das war nach Cayman-Standard eine mittelmäßige Summe, die Mr. Lipinski der Bank einbrachte. Doch es ließ sich nicht von der Hand weisen, daß man davon eine Weile gut leben konnte. Ob Mr. Lipinski investieren wolle?

Er schien nicht sehr interessiert daran, seine Millionen zu vermehren. Wollte sie nur hierhaben. Vielleicht ein Hauskauf? Die schönsten Villen seien in festen Händen, doch man könnte vielleicht ein Fleckchen zum Bauen finden, natürlich seien die Preise hoch, aber in einem Steuerparadies sei dies nicht anders zu erwarten.

Mr. Lipinski, sagte, daß er immer gedacht habe, die Caymans seien ein Verbrecherparadies. Wilton Garfield fand diese Bemerkung rüde, lachte jedoch ein wenig und erwiderte augenzwinkernd, daß man auf dieser paradiesischen Insel lediglich großzügiger bezüglich der Herkunft des Geldes sei als anderswo. Sein Besucher trank den Champagner wie Wasser.

Als Adresse trug er das »Hyatt Regency« ein, das teuerste Hotel am Platze. Sagte, daß er dort vorläufig bleiben wolle, weil er allein sei und das Alleinsein nicht ertragen könne. Diese

Bemerkung verfestigte in Mr. Garfield die Meinung, daß sein jüngster Fisch an der Angel doch ein wenig verrückt sei. Das war nicht weiter ungewöhnlich, weil man ja wußte, daß Geld den Charakter verdirbt. Garfield liebte das Geld und die verdorbenen Charaktere. Er liebte die Seven Mile Beach mit ihren Hotels und Bars und Restaurants, den wenigen, aber teuren Geschäften, den Geruch des Geldes, den die Straße ausströmte. Mr. Lipinski war ein einsamer, reicher, verrückter Mann. Garfield lud ihn zum Essen ein, doch sein Besucher lehnte ab. Vielleicht ein Drink an der Hotelbar, heute, morgen ...

Die Zeit war nichts auf dieser Insel. Nichts geschah außer der Strömung des Meeres und der Geldströme, die auf die Caymans geleitet wurden, von überall her, nach überall hin. »Wenn Sie nichts suchen, werden Sie es hier finden«, sagte Mr. Garfield zum Abschied. Walter Lipinski gefiel dieser Satz, und er dachte, warum nicht, warum soll ich mich nicht mit diesem Mann betrinken, heute oder morgen oder irgendwann.

Er ging zurück ins Hotel, das protzig und kühl war, ein lauschiges Plätzchen für Leute, die gestrandet waren. Walter ging an die Bar und bestellte eine Flasche Bordeaux, die ein kleines Vermögen kostete. Er trank und beschloß, am nächsten Morgen die West Bay zu besuchen, weil es dort ein Gebiet mit ungewöhnlichen Felsformationen gab, das Hell – Hölle – hieß.

Wilton Garfield saß auf der Terrasse seines Hauses, das im traditionellen karibischen Stil aus Holz gebaut war, mit einem Schindeldach und umgeben von blühenden Hibisken und Bougainvilleen. Er trank Rum mit Cola und sprach mit einem Besucher, der erheblich jünger und dunkelhäutiger war als sein Gastgeber und diesem konzentriert zuhörte. Wilton Garfield sprach über Geld, genauer gesagt einen neuen Bankkunden, dessen Name nichts zur Sache tat. Garfield sprach von Millionen, die ein Mann auf die Caymans bringen würde, der offensichtlich etwas zu verbergen hatte. Ein Mann ohne Anhang, betonte Garfield, aber dies würde man sorgfältig prüfen müssen. Wilton blickte hinaus aufs Meer, als er leise sagte: »Zu überlegen ist, was mit den Millionen geschehen würde, wenn diesem Mann etwas zustoßen sollte.«